I

Eins, zwei, drei, Test, Test … der Recorder funktioniert … Olympus Pearlcorder, hab ich im Duty-free in Heathrow gekauft auf dem Weg nach … wohin? Kann mich nicht erinnern, macht nichts … Der Sinn der Übung besteht darin, so genau wie nur möglich die Gedanken aufzuzeichnen, die mir in diesem Augenblick durch den Kopf gehen um, muss nachschauen … um dreizehn Minuten nach zehn am Sonntagmorgen, dem dreiundzwanzigsten Febru-San Diego! Ich habe ihn gekauft auf dem Weg zu dieser Konferenz in … Isabel Hotchkiss. Natürlich, San Diego, *Sehen und Gehirn.* Späte Achtziger. Isabel Hotchkiss. Ich habe die Reichweite des Kondensatormikros ausprobiert … ja … Wo war ich? Aber das ist der springende Punkt, ich bin überhaupt nirgends, ich habe nicht beschlossen, über irgendetwas Bestimmtes nachzudenken, denn der Sinn der Übung besteht einfach darin, die willkürlichen Gedanken aufzuzeichnen, falls irgendetwas willkürlich sein kann, die willkürlichen Gedanken, die einem Menschen durch den Kopf gehen, na gut, mir durch den Kopf gehen, zu einem willkürlich gewählten Zeitpunkt an einem willkürlich gewählten Ort … nun, nicht völlig willkürlich, ich kam heute Morgen ganz bewusst hierher, weil ich wusste, am Sonntag ist hier alles verlassen, keiner der mich stört ablenkt belauscht, niemand sonst ist da, die Telefone und die Fax-Maschinen schweigen, die Computer und Drucker in den Büros und Arbeitsräumen befinden sich im Schlafmodus. Die einzige Maschine, die abgesehen von denen im Gehirn vor sich hin summt, ist unser absolutes Spitzenmodell von einer Kaffeemaschine im Gemeinschaftsraum, wo ich mir diesen Cappuccino mit Zimt ohne Zucker gemacht habe, bevor ich mit diesem Experiment anfing, wenn das nicht ein zu großes Wort dafür ist … Der Sinn der Übung besteht darin zu versuchen, die Struktur zu beschreiben oder eher eine Stichprobe zu erstellen, soll heißen die Rohdaten, auf deren Basis man mit dem Versuch beginnen könnte, die Struktur des Denkens zu beschreiben oder aus denen man auf die Struktur des Denkens schließen könnte … Ist es ein Strom wie William James gesagt hat oder ist es wie er auch sehr schön gesagt hat wie ein Vogel, der durch die Luft fliegt und sich dann einen Augenblick niederlässt, dann sich wieder emporschwingt, ein Flug unterbrochen an bestimmten Punkten … übrigens Punkte und Kommas, wie soll die Sekretärin, die das Band abhört, die *hier* setzen? Ich muss ihr Anweisungen geben, sagen wir machen Sie drei Pünktchen bei einer kurzen Pause und einen Punkt bei einer längeren Pause, neuer Absatz bei einer wirklich langen Pause … Das Ding ist stimmaktiviert, stoppt, wenn man etwa drei Sekunden lang nichts sagt, doch unterhalb dieser Schwelle gibt es hörbare Pausen im Fluss der Wörter … Tolles kleines Gerät … Isabel Hotchkiss … Ich habe uns aufgenommen, als wir miteinander im Bett waren, um die Reichweite dieses Kondensatormikros auszuprobieren, hab's auf dem Stuhl mit meinen Sachen laufen lassen ohne dass sie's wusste … sie kam ziemlich laut ich mag das bei Frauen … Carrie nicht, außer wir sind allein im Haus, was nicht sehr oft vorkommt … Mein Gott, ich kann dieses Zeug nicht transkribieren lassen … unmöglich … selbst wenn ich es über ein Postfach in Cheltenham unter Pseudonym an eine Agentur schicke, wär's zu riskant … selbst wenn ich so tue, als sei es ein Stück Avantgarde-Literatur, sind die Namen … es besteht immer das Risiko, dass jemand die Namen erkennt und es an ›Private Eye‹ schickt oder sogar versucht mich zu erpressen, Scheiße, ich kann die Namen nicht ändern während ich spreche, zu schwierig, lenkt zu sehr ab, ich werde dieses verdammte Ding selbst transkribieren müssen Scheiße wie lästig. Aber vielleicht ist das nur gut so, denn sonst würde ich möglicherweise wegen der Sekretärin meine Gedanken unbewusst zensieren … und vielleicht habe ich das schon getan, als mir Isabel Hotchkiss zum ersten Mal einfiel … schließlich besteht ein wesentliches Merkmal des Denkens darin, dass es privat ist, geheim, und das Wissen, dass ein anderer, und sei's nur eine anonyme Sekretärin, das hier anhört, würde das Experiment vollkommen zerstören, ich hätte daran denken sollen … Aber schließlich hatte ich die Idee heute Morgen im Bett, ich lag im Dunkeln wach, es war zu früh um aufzustehen, ich hatte nicht gut geschlafen, leichte Magenverstimmung, diese Vorspeise, die Marianne serviert hat, mochte ich wirklich nicht, Krabben-Mousse oder was es war … Was ich brauche ist eins von diesen Software-Paketen zur Spracherkennung mit denen man direkt in den PC diktieren kann … nur vermute ich man muss sehr langsam und deutlich sprechen, was einen vielleicht hemmt, die Spontaneität verdirbt wenn man so wie hier … zwischen … jedem … Wort … eine … Pause … machen … muss … Trotzdem wär's sinnvoll sich das mal anzuschauen, wenn ich noch mehr in dieser Richtung mache, kein Zweifel die Software wird laufend verbessert … Wo war ich? Du musst überhaupt nirgendwo sein, denk dran. Aber es war etwas Interessantes … Isabel Hotchkiss, nein nicht sie … nicht dass sie uninteressant wäre … wie viele Schamhaare sie hatte, schwarz und elastisch und dicht miteinander verwoben wie ein Vogelnest, man wäre nicht überrascht gewesen, ein kleines weißes Ei warm zwischen ihren Schamlippen zu finden ... James, ja, William James und der Bewusstseinsstrom oder Bewusstseinsvogel, das war es ... ich frage mich wo das Band ist, hab ich's jemals gelöscht? Wäre mir gar nicht recht, wenn Carrie es fände ... sie war sauer auf mich letzte Nacht wegen der Art in der ich gestern Abend bei der Dinnerparty Laetitia fertiggemacht hab, sie sagte fertiggemacht, ich hätte gesagt wie ich mich mit ihr stritt, wie ich sie argumentativ in die Ecke gestellt hab ... Jesus, man stelle sich vor, Laetitia zu heißen, Letty ist nicht viel besser, Laetitia Glover, ihr Scheiß über die Indianer und die Erde und Häuptling Seattle ... Das war ein wunderbares Steak letzten Mittwoch ... natürlich völlig unlogisch Steaks im Restaurant zu essen, auch wenn es der Savoy Grill war, sie müssen ihr Fleisch von den besten Herden bekommen ... auch so ist es bescheuert, zu Hause auf Rindfleisch zu verzichten und es im Restaurant zu essen, muss ich zugeben ... aber schließlich hat man zu Hause keine Speisekarte, also wird man auch nicht in Versuchung geführt ... Wirklich ich liebe ein saftiges Steak, halb durchgebraten, außen die Abdrücke des Grillrosts eingebrannt, innen rosa und leicht blutig ... *(seufzt)* ... BSE hat mir das genommen, BSE und AIDS, beide zusammen haben zwei der größten Freuden in meinem Leben, erstklassiges Rindfleisch und Muschis in freier Wildbahn, in mögliche Ursachen eines schrecklichen Todes verwandelt ... traurig. Selbst die Muschi zu Hause ist nicht mehr dasselbe seit wir ... Ich frage mich hat sie die Pille wirklich aus gesundheitlichen Gründen abgesetzt oder um mich dazu zu bringen, Kondome zu benutzen? Das Problem ist ich kann ihr nicht *sagen,* dass ich nicht mehr mit anderen Frauen rumvögele ... natürlich muss sie geahnt haben dass ich in all den Jahren nicht hundertprozentig treu war, aber wir hatten ein stillschweigendes Übereinkommen, dass sie kein großes Theater macht solange sie nichts davon erfährt … Als sie mich fragte, was ich mit dem Verleger zu Mittag gegessen habe sagte ich Hühnchen sie sagte »Was für ein Hühnchen?« ich sagte Hühnchen Kiew weil's mir gerade so einfiel, einigermaßen ätzend für den Savoy Grill, Carrie fand das offensichtlich auch, und mein Atem roch gar nicht nach Knoblauch, sie dachte wahrscheinlich ich hab's mit jemandem getrieben in London und das Essen mit dem Verleger sei nur eine Ausrede, was für eine Ironie … Vielleicht werden die Leute in unserer vegetarischen Zukunft Ehebruch als Alibi benutzen, wenn sie Fleisch essen wollen, man vögelt öffentlich und schleicht sich danach in heruntergekommene Rindfleischhotels, die stundenweise private Esszimmer vermieten … Wie bin ich überhaupt auf Rindfleisch gekommen? Ich dachte an … an William James und das Bewusstsein als Strom oder das Bewusstsein als Vogel, der auffliegt und sich niederlässt, interessant ist dabei die Frage, ist dieses Sich-Niederlassen des Vogels der Abschluss eines Gedankens oder eine Unterbrechung im Denken, eine Lücke, weiße Flecken oder weißes Rauschen wäre besser weil die Gehirnaktivität die ganze Zeit über immer weitergeht wenn nicht wäre man tot … *Ich denke, also bin ich* in diesem Sinne nur allzu wahr … Muss der bekannteste Satz der Philosophiegeschichte sein. Ich frage mich, was der zweitbekannteste ist. Aber denkt man ununterbrochen, unausweichlich, oder ist es so wie jemand gegen Descartes sagte, manchmal denke ich und manchmal bin ich einfach nur … Kann es sein, dass ich nur bin ohne zu denken? Das Verb binnen … Ich bin du binst er bint sie bint wir binnen, was einfach sein ohne zu denken bedeutet … aber ist Denken dasselbe wie Bewusstsein haben? Nein … Es gibt einen Unterschied zwischen dem passiven Bewusstsein, das die über die Sinne eintreffenden Signale empfängt, identifiziert, organisiert, sich bewusst ist, am Leben zu sein, wach zu sein und auf Reize zu reagieren … also doch nicht so passiv … aber ohne zusammenhängende Gedanken zu formulieren … Sagen wir also es gibt ein, keinen Unterschied, aber ein Kontinuum zwischen einem fast vegetativen Zustand, nein, streich das, Pflanzen haben kein Bewusstsein, auch wenn Prinz Charles gelegentlich ganz gerne einen Plausch mit seinen Geranien hält … Sagen wir es gibt ein Kontinuum zwischen der bloßen Verarbeitung von Sinnesdaten, mir ist warm mir ist kalt es juckt mich, am einen Ende und dem abstrakten philosophischen Denken am anderen, mit einer unendlichen Reihe abgestufter Zustände dazwischen … Ja aber es ist möglich, beides gleichzeitig zu tun, zum Beispiel fahren, es ist möglich Auto zu fahren, ohne sich dessen bewusst zu sein was man tut, schalten, bremsen, beschleunigen und so weiter, ganz effizient und sicher, während man über etwas völlig anderes nachdenkt, zum Beispiel über das Bewusstsein. Wo also führt uns das hin?

Ah, eine Lücke, ganz entschieden eine Lücke, für einen Augenblick, nicht länger als eine oder zwei Sekunden, hatte ich keinen Gedanken oder Sinneseindruck, der es wert gewesen wäre, aufgezeichnet zu werden, mein Kopf, wie man so sagt, war völlig leer, ich dachte an nichts, ich binnte einfach nur … Wenn also ein Gedankengang plötzlich zu Ende ist in sich zusammenfällt, bint man einfach nur, man verfällt in eine Art Standby-Zustand, bereit zu denken aber man denkt nicht … wie die Festplatte, die sich in einem PC dreht, der eingeschaltet ist, aber nicht benutzt wird, wie die Kaffeemaschine, die vor sich hin summt bereit Kaffee zu machen ohne dass sie welchen macht … Natürlich ist dieses Experiment hoffnungslos künstlich, denn die Entscheidung die eigenen Gedanken aufzuzeichnen bestimmt unweigerlich die Gedanken die man hat oder beeinflusst sie wenigstens ... Zum Beispiel ist mein Nacken im Augenblick ein wenig verspannt, ich bewege meinen Kopf, ich strecke mich ... ich drehe mich auf meinem Stuhl ... ich stehe auf ... ich gehe von meinem Schreibtisch ans Fenster ... alle diese Dinge würde ich normalerweise ohne einen Gedanken machen, ich würde sie »unbewusst« machen wie man so sagt, aber heute Morgen bin ich mir ihrer bewusst, denn ich habe den Kassettenrecorder in der Hand, Olympus Pearlcorder, genau zu dem Zweck weil ... Das war ein gutes Referat das Isabel über das Modellieren dreidimensionaler Objekte in San Diego gehalten hat, sie hat mir hinterher ein Exemplar geschickt, das ist mal eine Wissenschaftlerin nach deinem Geschmack, du vögelst sie in ihrem Hotelzimmer um den Verstand und dann schickt sie dir hinterher einen Sonderdruck ihres Referats von der Konferenz als Erinnerung ... Ist tot jetzt die arme Isabel Hotchkiss, Brustkrebs hat mir jemand erzählt, verdammte Schande, wer möchte da schon eine Frau sein, eins zu zwölf Chance dass deine Titten dich umbringen oder es versuchen ... Ihre waren übrigens hübsch, ich erinnere mich wie ich zu ihr gesagt habe hübsche dreidimensionale Objekte als ich ihr den BH auszog und sie in Händen hielt ... Ich muss nach diesem Band suchen, ich würde es mir gerne noch einmal anhören, wenn ich es nicht gelöscht habe und mir dabei in Erinnerung an Isabel Hotchkiss einen runterholen.

Noch ein Punkt am Schluss ... nun, der Tod ist ein Schlusspunkt ... genug davon genug davon ... der Campus ist verlassen, kaum überra... Moment mal das ist jetzt interessant, ich habe schon eine ganze Weile aus dem Fenster geschaut, aber nicht über das nachgedacht, was ich sehe, sondern über Isabel Hotchkiss als ob der Geist eine Filmkamera wäre, bei der man Großaufnahme und Schärfentiefe nicht gleichzeitig haben kann ... und als ich aufgehört habe über sie nachzudenken wurde der Campus scharf gestellt, jedenfalls so weit das möglich ist heute Morgen angesichts der Regentropfen die die Fensterscheiben hinablaufen und Streifen durch den Schmutz ziehen, das ist das Problem mit einem voll verglasten Gebäude es muss unbedingt sauber gemacht werden, ich muss ein Memo an die Gebäudeverwaltung schicken Zeitverschwendung das Budget für die Instandhaltung ist äußerst knapp kalkuliert … schon wieder ein Themenwechsel … Es ist eine Frage der Aufmerksamkeit, man kann sich nicht mehr als einer Sache gleichzeitig widmen, wie beim Enten-Kaninchen-Bild man kann beide nicht wirklich im gleichen Augenblick sehen obwohl man zwischen ihnen hin und her springen kann … Nicht viele Leute unterwegs, kaum überraschend, ein verregneter Sonntagmorgen, die Dozenten blättern bei einem späten Frühstück zu Hause die Sonntagszeitungen durch die Studenten schlafen ihren Rausch aus und die Drogen und das Rumtanzen und Rumvögeln der letzten Nacht aber da ist ein Jogger, platscht durch die Pfützen … Ich sollte mehr Sport treiben, wieder mit Squash anfangen, kein Jogging, ich halt's nicht aus dieses Rennen nur um seiner selbst willen … vergiss nicht Sex wie man so sagt ist gut als Sport, ein Fick das Äquivalent zu einer Meile rennen und ein verdammt viel schönerer Anblick … Da ist jemand, wer ist das, eine Frau im Regenmantel mit Schirm, keine Studentin die tragen keine Regenmäntel die haben Anoraks oder Regenjacken an oder werden einfach nass … ein eleganter Regenmantel übrigens mit einer Art Pelerine und einem langen weit geschnittenen Rock wer ist das und hohen Stiefeln … Carrie hatte ein Paar wie die mit hohen Absätzen, sie ist damit durchs Schlafzimmer stolziert hatte sonst nichts an um mir einen Gefallen zu tun … Jetzt nicht mehr, wollte nicht einmal einen Quickie gestern Nacht … ich war noch immer scharf vom Knutschen mit Marianne aber nichts zu machen … sauer auf mich weil ich mich beim Essen wichtig gemacht habe aber warum müssen manche Leute auch so einen Scheiß erzählen … Wer *ist* das, der da an einem verregneten Sonntagmorgen über den Campus spaziert, es sieht nicht aus als ob sie irgendwohin ginge, geht einfach nur spazieren aber wer würde bei diesem ah gut sie klappt den Schirm zusammen der Regen muss aufgehört haben sie … es ist diese Frau, diese Schriftstellerin von der Dinnerparty gestern Russell Marsdens Vertretung Helen Wieheißtsienoch … Helen Reed natürlich, sie wohnt in einer dieser kleinen Maisonette-Wohnungen am Westrand zwischen der Severn Hall und den Squash-Plätzen, sie hat mir vor dem Essen gesagt dass sie ihr eigenes Haus dieses Semester über vermietet hat. Dann flitzen Sie also zwischen Donnerstagabend und Dienstagmorgen nicht nach London zurück wie die meisten Autoren, die als Gastdozenten hierher kommen, sagte ich, »Nein«, sagte sie, »ich habe die Boote hinter mir verbrannt oder heißt es Brücken?« und sie lächelte, aber da war ein gehetzter Ausdruck in ihren Augen wie von einem gefangenen Tier als sie das sagte, hübsche Augen tief dunkelbraune Pupillen, hübsches Gesicht perfekt geformte schön geschwungene Lippen mit einem zarten ganz zarten Flaum über der Oberlippe ein langer zierlicher Hals schwer zu sagen was für eine Figur sie hat oder was für Beine, sie trug einen langen Rock und ein weites Oberteil, aber nicht mager nicht dick … wie alt würdest du sagen, muss wenigstens vierzig sein eins ihrer Kinder geht auf die Universität das andere ist gerade mit der Schule fertig, sie sieht aber nicht danach aus … Und was ist mit Ihrem Mann fragte ich weil ich ihren Ring bemerkt hatte, doch dummerweise nicht daran dachte dass sie gesagt hatte mein Haus nicht unser

Haus. »Er ist tot«, sagte sie, »er ist vor etwa einem Jahr gestorben«, gerade als Marianne in die Hände klatschte und uns zum Essen rief und ich hatte keine Gelegenheit mehr mit ihr zu sprechen denn wir saßen an den entgegengesetzten Enden des Tisches … Marianne hatte die Sitzordnung arrangiert, wollte nicht dass ich mit dieser attraktiven neuen Frau allzu vertraulich würde, einer Witwe zu allem Überfluss, er starb an einer Hirnblutung hat mir Marianne später zugeflüstert: »Ganz plötzlich sehr tragisch nur vierundvierzig er war Rundfunkproduzent bei der BBC …« Da geht sie um die Ecke der Metallurgie ich frage mich wo sie hingeht was sie macht an einem verregneten Sonntagmorgen um halb elf, muss verdammt einsam sein hier ganz alleine zu leben. »Sie müssen mal an einem Sonntag zu uns zum Essen kommen«, hatte Carrie gestern Abend zu ihr gesagt als wir gingen und sie sagte das wäre nett, sie schienen sich zu mögen, Marianne hat eine Bemerkung darüber gemacht … das war eine nette Knutscherei in der Küche zwischen Hauptgang und Dessert, ich hatte meine Zunge tief in ihr und sie knetete meinen Hintern ich krieg eine Erektion wenn ich nur daran denke … es ist sehr aufregend dieses wortlose Knutschen das wir auf Partys veranstalten seit dieser Vorweihnachtsparty bei den Glovers als wir beide betrunken waren und jetzt machen wir es jedes Mal wenn wir uns treffen obwohl wir nie darüber sprechen, es gibt da ein stillschweigendes Einverständnis zwischen uns, dass wir eine Gelegenheit finden müssen es zu tun, es ist eine Art Spiel … ein gefährliches Spiel aber genau das macht es ja so aufregend … Marianne hat das gestern Abend sehr sicher und geschickt organisiert indem sie mich bat ihr zu helfen das schmutzige Geschirr hinauszubringen als wolle sie dafür sorgen dass ich Laetitia Glover in Ruhe lasse aber mir fiel auf dass Carrie etwas überrascht aussah als ich da so bereitwillig gehorchte und irgendjemand, Annabelle Riverdale, sagte im Scherz zu ihr »Du hast ihn aber gut erzogen« … Ich frage mich ob Marianne wirklich dazu bereit ist. Nein, ich glaube nicht, ich glaube, es gefällt ihr einfach, nur darüber zu fantasieren, dass wir ein Verhältnis haben, Jasper ist ein völlig vertrockneter Typ wahrscheinlich braucht sie etwas zum Fantasieren wenn er sie stößt, und sollte ich jemals irgendetwas sagen während wir knutschen, und sei es auch nur »Liebling«, würden die Alarmglocken schrillen sie würde davor zurückschrecken und die Sache wär zu Ende denn es würde ernst, nicht nur ein Spiel … auch gut, sowieso nicht weit genug von zu Hause entfernt.

Noch eine Pause noch eine Lücke … der Olympus Pearlcorder ich frage mich warum er so heißt. Sicher nicht weil er die Perlen unserer Weisheit aufnehmen soll, zu schmalzig um wahr zu sein, aber was könnte es sonst bedeuten? Ich gehe zurück an meinen Schreibtisch setze mich auf meinen Drehstuhl schaue zum Fenster ausgefüllt von einem leeren grauen Himmel wie ich dieses beschissene englische Klima hasse, stell dir vor wie's jetzt in Boston wäre frische kalte klare Luft strahlend blauer Himmel Schnee auf dem Boden der in der Sonne funkelt, oder besser noch Pasadena, Orangen und Zitronen an den Zweigen im Garten hinter dem Haus oder eher im Hof wie sie das dort nennen selbst wenn er mehrere Morgen groß ist wie Daddy Thurlows Land bei Palm Springs … Soll ich meine E-Mail ansehen? Nein, die Idee war, überhaupt nicht zu arbeiten, keine Aufgabe zu erledigen, die ihre eigene Struktur dem Bewusstseinsstrom aufzwingen würde, wenn es wirklich ein Strom ist, in deinem Fall wohl eher ein Abwasserkanal würde Carrie sagen … Denn es ist leicht, menschliches Denken zu simulieren, sofern es aufgabenorientiert, auf ein Ziel gerichtet ist, zum

Beispiel eine Partie Schach zu gewinnen oder ein mathematisches Problem zu lösen, aber wie baut man die Willkürlichkeit die Unvorhersagbarkeit des gewöhnlichen nicht spezialisierten Denkens, des müßigen Denkens, wie baut man die ein in die Architektur, das ist das wirkliche Problem der KI, wobei dieses Experiment möglicherweise zu einer Lösung beitragen könnte …

Ich könnte ihr jetzt nachgehen so tun als ob ich sie zufällig wiedergetroffen habe oder sagen: *Ich habe Sie zufällig vom Fenster meines Büros aus gesehen, Sie sahen so einsam aus …* Nein, sag das nicht, die Leute mögen es nicht, wenn man ihnen sagt, dass sie … *Ich hab gerade gesehen, wie Sie vorbeigingen,* ja, so, *dachte, vielleicht möchten Sie eine Tasse Kaffee, wir hatten gestern Abend ja wirklich kaum Gelegenheit, uns zu unterhalten …* warum nicht? *(Ende der Aufnahme)*

Es ist drei nach elf. Ich ging nach draußen um sie noch einzuholen doch sie hatte sich in Luft aufgelöst, fast eine halbe Stunde lang lief ich auf dem Campus herum, keine Spur von ihr, nirgends, nicht im Laden am See, die Bibliothek macht erst am Nachmittag auf, vielleicht ist sie in eines der Studentenwohnheime gegangen, vermutlich, um mit einem ihrer Studenten einen Kaffee zu trinken, aber das klingt nicht sehr wahrscheinlich, möglicherweise ist sie zu ihrem Haus zurückgegangen, aber mir ist nicht danach, bei ihr anzuklopfen, selbst wenn ich herausfinden könnte, welches ihr Haus ist, um sie zu bitten, dass sie auf einen Kaffee hierher zurückkommt, es hätte eine spontane oder zufällige Sache sein sollen, und so langsam kam ich mir wirklich blöd vor besonders weil es wieder angefangen hatte zu regnen also bin ich wieder hierher gekommen, gerade noch rechtzeitig um einen Anruf von Carrie zu erwischen die mich bat auf dem Weg nach Horseshoes bei einer Tankstelle etwas Milch zu besorgen.

Sie sagte komm nicht zu spät zum Mittagessen ich sagte was gibt's, sie sagte Schweinebraten mit Apfelringen, ich sagte mit Kruste, sie sagte natürlich und ich sagte in dem Fall komme ich ganz bestimmt nicht zu spät ... Carrie macht die beste Kruste, die ich je gegessen habe, knusprig und saftig, ich merke wie mir das Wasser im Mund zusammenläuft wenn ich bloß daran denke. Sock und Polo wollen, dass du nach dem Essen mit ihnen Mountainbike fährst. Ich sagte ich hatte gehofft die Kinder könnten sich heute Nachmittag selbst beschäftigen und wir beide könnten uns zu einem kleinen Nickerchen zurückziehen. Vergiss es, sagte sie und legte auf, doch sie klang eher amüsiert als sauer. Es sollte also klappen heute Nacht. Es ist nämlich so dass ich sie will weil sie letzte Nacht Nein gesagt hat ... das ist das Einzige, was mich wirklich scharf macht, wenn sie Nein sagt ... sonst denke ich nicht groß darüber nach sie zu vögeln, ich meine im Voraus, doch wenn mir in den Sinn kommt es ihr vorzuschlagen und sie sagt aus irgendeinem Grund Nein dann hab ich keine Ruhe bis ich sie gehabt habe ... Eigentlich traurig, aber so ist das Leben nun mal. Oder Männer sind so. Ich jedenfalls.

2

Montag 17. Februar. Also gut, hier bin ich nun, ich hab mich mehr oder weniger eingelebt. Man hat mir auf dem Campus ein kleines Haus zugeteilt, eine »Maisonette«, wie sie das hier nennen (ein geziertes, pseudo-französisches Wort, das mir noch nie gefallen hat), am Ende eines aus fünf Wohnungen bestehenden Reihenhauses, das für Dauergäste oder neu eingestellte Dozenten reserviert ist. Unten das Wohnzimmer, das in die »Kitchenette« übergeht, oben eine Badezimmernette und eine Schlafzimmernette, beides verbunden durch eine offene Treppe. Für mich ist das groß genug, doch ich vermisse die geräumigen hohen Zimmer mit dem Fries unter der Decke in Bloomfield Crescent. Es wurde in einem vage skandinavischen Stil erbaut und möbliert – die Wände aus unverputztem Backstein oder weiß getüncht, nach dem Baukastenprinzip zusammengestellte Möbel aus Kiefer, ein Teppichboden aus Cordsynthetik, der mich an ein Novotel erinnert, funktional, aber trostlos. Die Tatsache, dass es mir zu Ehren gerade erst neu eingerichtet wurde, lässt alles nur noch düsterer erscheinen. Ich muss ein paar Poster kaufen, um die Wände zu beleben. Hätte ich nur daran gedacht, eines meiner Lieblingsbilder von zu Hause mitzubringen – die Lithographie von Vanessa Bell zum Beispiel. Zu Hause. Ich muss aufhören, über mein »Zuhause« nachzudenken. *Das hier* ist mein Zuhause für die nächsten sechzehn Wochen, während des Frühjahrssemesters.

»Semester«. »Campus«. Wie sehr die Universitäten seit meiner Studienzeit amerikanisiert wurden – oder vielleicht kommt mir das auch nur so vor, weil ich auf eine traditionelle Universität gegangen bin. Diese hier gab es schließlich schon, als ich nach Oxford ging. Man nennt das, glaube ich, eine Universität »auf der grünen Wiese« – grün ist es hier tatsächlich, wo das Severn-Tal an die Cotswolds stößt. Die University of Gloucester – auch wenn sie in Wirklichkeit näher bei Cheltenham liegt. Vielleicht dachten die Gründer, der Name einer Stadt mit einer Kathedrale würde ihrer Einrichtung mehr Würde verleihen. »Die University of Cheltenham« würde irgendwie nicht so überzeugend klingen. Wie auch immer, hier ist sie, wie ein riesiges Betonfloß, das auf den grünen Wiesen von Gloucestershire dahintreibt – oder eigentlich zwei Flöße, die lose miteinander verbunden sind, denn die meisten Gebäude bilden zwei Gruppen, die durch Gartenanlagen und einen künstlichen See voneinander getrennt sind. Den ganzen Tag über tuckert ein Pendelbus die Zufahrtsstraßen entlang, der Leute absetzt und abholt wie auf dem Parkplatz eines Flughafens. Jasper Richmond, Leiter der Englischabteilung und Dekan der Geisteswissenschaften, erklärte mir, dass der ursprüngliche Plan aus den utopischen sechziger Jahren einen gewaltigen Campus, ähnlich dem einer staatlichen amerikanischen Universität, vorgesehen hatte, der dreißigtausend Studenten Platz bieten sollte. Sie begannen an beiden Enden des Grundstücks damit, die Geisteswissenschaften an einem Ende und die Naturwissenschaften am anderen, im Vertrauen darauf, die dazwischenliegenden Morgen Land innerhalb kurzer Zeit auffüllen zu können. Doch die Kosten stiegen, immer weniger Geld stand zur Verfügung, und in den achtziger Jahren erkannte die Regierung, dass es viel billiger wäre, alle technischen Hochschulen mit einem einzigen Federstrich in Universitäten zu verwandeln, anstatt die bestehenden auszubauen. Es ist daher unwahrscheinlich, dass die Gloucester University jemals sehr viel mehr Studenten haben wird als die achttausend, die sie jetzt hat, und das freie Gelände zwischen den Gebäuden der Geistes- und denen der Naturwissenschaften wird wahrscheinlich niemals ausgefüllt. »Ich fürchte, wir sind eine architektonische Allegorie der zwei Kulturen«, sagte Jasper Richmond schief lächelnd, als wir aus seinem Büro im zehnten Stock des Turms der Geisteswissenschaften zu den in der Ferne liegenden Gebäuden der Naturwissenschaften hinübersahen. Ich vermute, dass es nicht das erste Mal war, dass er Besuchern gegenüber diese Bemerkung gemacht hat. Eigentlich fühlt sich fast alles, was er sagt, ein wenig abgenutzt an, wie Papier, das nicht mehr glatt und fest ist, nachdem man es zu oft in der Hand gehabt hat. Vielleicht ist das unvermeidlich, wenn man Lehrer ist – sogar, wenn man Hochschullehrer ist –, weil man dieselben Dinge ständig wiederholen muss.

Ein Gedanke, bei dem mich ein kaltes, ungutes Gefühl beschleicht. Ich kann es mir nicht leisten, jetzt, da ich selbst Dozentin bin, gegenüber Hochschullehrern herablassend zu sein. Jasper Richmond zeigte mir den Eintrag im Vorlesungsverzeichnis des Fachbereichs: »MA in Kreativem Schreiben. Erzählprosa. Di. & Do., 14–16 h. Tutorin: Helen Reed. (Dr. R. P. Marsden hat ein Forschungssemester.)« Russell Marsden, Kritiker, Herausgeber von Anthologien und in seiner frühreifen Jugend Autor zweier Mervyn-Peakeish-Romane, einer gut, der andere nicht so gut, der den Kurs von Anfang an abgehalten und der sich in die Dordogne in sein Cottage auf dem Land zurückgezogen hat, um einen ungeduldig erwarteten dritten Roman zu beenden oder (wie Jasper Richmond ziemlich gehässig spekulierte) anzufangen. Ich war einigermaßen bestürzt, als ich bei meiner Ankunft sah, dass Russell Marsden bereits nach Südfrankreich aufgebrochen war, denn ich hatte gehofft, von ihm einige Tips für die Gestaltung des Kurses zu bekommen. Die einzige Erfahrung, die ich bisher in dieser Richtung habe, die Abendklasse am Morley College für eine bunt gemischte Hausfrauen-Gruppe, Arbeitslosen und Rentnern, die nach dem Prinzip ›Wer zuerst kommt, mahlt zuerst‹ angenommen worden waren und von denen einige keinerlei formale Qualifikation mitbrachten, ist kaum eine angemessene Vorbereitung darauf, einen der angesehensten Kurse in Kreativem Schreiben im ganzen Land zu übernehmen. Die Studenten, die sorgfältig aus der Masse eifriger Bewerber ausgewählt wurden, haben sicher einen messerscharfen Verstand und wissen alles über so Sachen wie Postmoderne und Poststrukturalismus, die, als ich noch in Oxford studierte, nichts weiter als vage Gerüchte von jenseits des Meeres waren, ein entferntes Karrenrumpeln auf dem intellektuellen Kopfsteinpflaster von Paris, ein undeutliches Gebrabbel unergündlichen Jargons, das aus dicken amerikanischen Vierteljahresschriften aufstieg. Als ich Jasper Richmond gegenüber meine Bedenken erwähnte, sagte er: »Oh, na ja, ich habe immer gedacht, dass gute Studenten sich gegenseitig etwas beibringen.« Ich vermute, er wollte mich beruhigen.

Ich fragte ihn, wie lange er schon an der Gloucester University sei. Er seufzte und sagte: »So lange, dass ich gar nicht mehr dran denken mag. Ich war einer der Pioniere. Als das alles hier *(auf die Aussicht deutend)* noch eine einzige riesige Baustelle war. Zu den Sitzungen des Fachbereichsausschusses kamen wir alle in grünen Gummistiefeln.« Sein Ton war wehmütig nostalgisch.

Es scheint hier früher dunkel zu werden als zu Hause (jetzt geht das schon wieder los), obwohl das natürlich eine Illusion ist. In London wird es nie richtig dunkel. Die

Millionen Straßenlaternen, Leuchtschriftzeichen und beleuchteten Schaufenster erfüllen den Himmel mit einem diffusen Glanz, sodass er nie schwarz aussieht, sondern eher wie ein pastellfarbenes Gelblich-Grau. Hier stehen die Laternen in großen Abständen an den Zufahrtsstraßen, und die Sicherheitsbeleuchtung, mit der die Fußgängerwege und die Treppen ausgestattet sind, wirkt wie ein ziemlich schwacher Versuch, die undurchdringliche Dunkelheit einer Winternacht aufzuhellen, jenseits des Begrenzungszauns befinden sich nur dunkle Felder und noch dunklere Baumgruppen sowie verstreute Bauernhäuser, deren Lichter wie ferne Schiffe auf dem Meer schimmern.

Und es ist unheimlich still. Etwa um fünf Uhr nachmittags gab es eine Mini-Rush-hour, als die Dozenten ihre Autos aus den mehrstöckigen Parkhäusern holten (die in dieser pastoralen Umgebung unpassend und besonders hässlich aussehen) und zu ihren Cottages in den Cotswold-Dörfern oder zu ihren Stadthäusern in Cheltenham fuhren und die einfachen Universitätsangestellten und die Studenten, die nicht auf dem Campus leben, die Busse bestiegen, um in ihre Wohnungen und Zimmer zurückzukehren; aber kurz nach sechs senkte sich eine tiefe ländliche Stille auf den Campus herab. Tatsächlich kann ich, anders als beim verworrenen, unaufhörlichen Verkehrslärm in London, die Geräusche unterscheiden, die die einzelnen Fahrzeuge machen, wenn sie auf der Zufahrtsstraße vor meiner Haustür näher kommen, vorbeifahren und sich entfernen.

Mein Gott, ich fühle mich elend.

Hierher zu kommen war ein schrecklicher Fehler, ich möchte davonlaufen, ich möchte nach Hause eilen, nach London – ja, nach Hause, das ist mein Zuhause, nicht diese schäbige kleine Schachtel. Soll ich's wagen? Warum nicht? Ich habe noch nicht richtig angefangen. Ich habe noch keinen einzigen Studenten getroffen und kein Geld von der Universität angenommen. Sie finden leicht jemand anderen, der diesen Job erledigt – es gibt viele ausgezeichnete Schriftsteller, die sich sofort darauf stürzen würden. Warum nicht einfach gehen, morgen, ganz früh? Ich sehe mich selbst wie ein Dieb aus dem Haus schleichen, bevor es hell wird, meine Sachen ins Auto packen, leise, leise den Kofferraumdeckel schließen, um niemanden zu alarmieren, eine Notiz für Jasper Richmond zusammen mit den Schlüsseln auf dem Tisch im Wohnzimmer hinterlassen: »Tut mir Leid, es war ein schrecklicher Fehler, alles meine Schuld, ich hätte mich nie um die Stelle bewerben dürfen, bitte verzeihen Sie mir.« Und dann die Tür dieses skandinavischen Kaninchenstalls zuziehen und die leere Zufahrtsstraße entlangfahren – Schals aus Nebel hängen um die Hälse der Laternen –, an der Ausgangsschranke abbremsen, um dem Mann vom Sicherheitsdienst, der in seinem hell erleuchteten, verglasten Wachhäuschen gähnt, zuzuwinken. Er nickt zurück, schöpft keinen Verdacht, hebt die Schranke, um mich hinauszulassen, wie am Checkpoint Charlie in einem Spionagefilm aus dem kalten Krieg, und ich bin frei! Die Zufahrtsstraße hinab auf die Hauptstraße, weiter auf die M5, die M42, die M40, London, Bloomfield Crescent, zu Hause.

Außer dass Bloomfield Crescent Nr. 58 für die nächsten drei Monate an einen amerikanischen Kunsthistoriker vermietet ist, der ein Forschungssemester hat, und an seine Frau, die nächsten Freitag ankommen werden. Macht nichts, schick ihnen ein Fax: »Tut mir Leid, alles abgesagt, Pläne geändert, Haus doch nicht verfügbar.« Könnten sie mich verklagen? Es gibt keinen rechtsgültigen Vertrag, aber möglicherweise würde unsere Korrespondenz als einer gelten … Ach, was soll das ganze sinnlose Spekulieren in dieser Richtung, wo wir doch alle wissen (und mit »wir« meine ich mein neurotisches Selbst und mein eher rational beobachtendes Selbst, das das hier aufschreibt), wo wir doch wissen, nicht wahr, dass das nichts als ein Tagtraum ist? Und der wirkliche Grund, warum ich morgen Früh nicht davonlaufe, ist nicht der mögliche Rechtsstreit mit meinen amerikanischen Mietern (oder, was das angeht, mit der Universität Gloucester, die mich zweifellos wegen Vertragsbruch verklagen könnte, auch wenn ich große Zweifel habe, dass sie sich die Mühe machen würden), sondern weil ich nicht den Mut habe, es zu tun. Weil ich die Schuld, die Scham, die Schande nicht ertragen würde, zu wissen, dass jeder, der mich kennt, weiß, dass ich gekniffen habe, in Panik geraten, davongelaufen bin. Stell dir vor, wie es wäre, Paul und Lucy anzurufen und es ihnen sagen zu müssen, die Enttäuschung in ihren Stimmen zu hören, selbst wenn sie versuchen würden, ihrer verrückten Mutter eine Hilfe zu sein. Stell dir vor, das nur schlecht verborgene Grinsen und Lächeln der Leute auf literarischen Parties ansehen zu müssen, die einander über ihre Weißweingläser hinweg zuflüstern: »Das ist Helen Reed, wusstest du, dass sie als Autorin und Gastdozentin an die Gloucester University ging und am ersten Tag des Semesters davonlief, weil sie es nicht durchstehen konnte?« Und vielleicht fügen sie hinzu: »Nicht, dass ich ihr das vorwerfe, ich bin sicher, ich würd's auch nicht durchstehen«, und doch würden sie mich verachten, und ich würde mich selbst verachten.

Aber es war ein netter Tagtraum, solange er andauerte. Ich habe sogar das Band ausgesucht, das ich im Auto auf der M5 anhören würde, Bläserkonzerte von Vivaldi mit ihren munteren, fröhlichen Allegros.

Dienstag, 18. Feb. Heute Nachmittag traf ich meine Studenten zum ersten Mal in einem ziemlich kargen Seminarraum im achten Stock des Turms der Geisteswissenschaften. Wir saßen auf stapelbaren Plastikstühlen um einen großen Tisch herum, der mit einem dünnen Film aus Kreidestaub bedeckt war. An den Wänden hingen Notizen mit stilisierten Zeichnungen und diagonalen Streifen darüber, die Verkehrsschildern glichen und Rauchen, Essen und Trinken verbieten. Muss man Studenten heutzutage ausdrücklich verbieten, während des Unterrichts zu essen und zu trinken? Meine wirken beruhigend nett, alles in allem. Natürlich konnte einen die Situation nervös machen, wir taxierten uns gegenseitig. Sie hatten den Vorteil, einander bereits gut zu kennen, da Russell Marsden sie schon ein Semester lang unterrichtet hat. Sie sind eine gut eingespielte Gruppe, in der jeder seine Rolle übernommen hat oder ihm eine Rolle zugeteilt wurde: der Extrovertierte, die Skeptikerin, der Clown, der Snob, die Nörglerin, die Mutter, das ungezogene Kind, die Geheimnisvolle und so weiter. Sie mussten sich an diesem Nachmittag nur über einen Menschen eine Meinung bilden; ich hatte eine Gruppe von zwölf, die ich mir merken und die ich auseinander halten musste. Die meisten von ihnen sind Mitte zwanzig, aber nur ein paar kommen direkt, nachdem sie ihren ersten akademischen Abschluss gemacht haben. Die Mehrheit hat ein paar Jahre lang gearbeitet und die Jobs aufgegeben, um diesen Kurs zu belegen, und lebt jetzt von Ersparnissen und Darlehen, was die ganze Sache erschreckend ernst macht und nicht dazu beiträgt, meine Angst zu verringern. Wie, so frage ich mich, kann ich ihnen etwas geben für ihr Geld?

Um das Eis zu brechen, hatte ich mir vorgenommen, ihnen etwas von mir vorzulesen. Das hatte am Morley

College in der ersten Sitzung des Kurses ganz gut funktioniert, doch ich weiß nicht, ob es bei dieser Gelegenheit eine gute Idee war. Ich las aus *Das Auge des Sturms.* Nicht aus einem Roman, an dem ich gerade arbeite, denn ich habe keinen. Seit Martins Tod bin ich nicht mehr in der Lage, irgendetwas außer diesem Tagebuch zu schreiben. Letzten September habe ich versucht, einen neuen Roman anzufangen, doch da kam einfach nichts. Ich wurde körperlich krank, als ich versuchte, es zu erzwingen, und so gab ich auf. Fiktive Figuren zu erfinden und sich Dinge für sie auszudenken, scheint so vergeblich, so künstlich, wenn jemand, der so real und der einem so lieb und teuer war, plötzlich brutal aus dem Leben gerissen wird, wie wenn man eine Kerzenflamme mit den Fingern ausdrückt und

(Eine Unterbrechung hier, während ich ein wenig geweint habe. Schlechtes Zeichen. Ich dachte, ich hätte zu weinen aufgehört. Aber ich entdecke immer wieder aufs Neue, welche Leere sein Tod in meinem Leben hinterlassen hat, wie, so kommt es einem vor, die schockierend gewaltige Lücke, die ein gezogener Zahn hinterlässt, wenn man die Stelle, an der er sich befunden hat, mit der Zunge erkundet. Oder wie ein Phantomglied, das, wie man so sagt, noch immer schmerzhaft dazusein scheint, auch nachdem es amputiert wurde.)

Also las ich aus *Das Auge des Sturms* vor, das Kapitel über das Drachensteigenlassen. Die Studenten hörten aufmerksam zu und lächelten oder lachten leise an den richtigen Stellen und stellten hinterher intelligente Fragen. Doch ich spürte eine gewisse Zurückhaltung, so, als wären sie gerne kritischer gewesen, trauten sich aber nicht. Vielleicht ist das nur meine Paranoia.

Mittwoch, 19. Feb. Heute traf ich einige der Studenten einzeln in Russell Marsdens Büro im zehnten Stock des Turms der Geisteswissenschaften. Man hat meinen Namen mit einer Schablone auf ein Stück Papier geschrieben und ziemlich plump über sein Namensschild an der Tür geklebt. Er hat einige Bücherregale für mich freigeräumt und die Schubladen seines Stahlschreibtischs geleert, aber den Aktenschrank abgeschlossen und seine Poster von Kunstausstellungen an den Leichtsteinwänden hängen lassen. Ohne sie wäre der Raum sicherlich recht öde und trostlos, doch umgeben von diesen demonstrativen Bekundungen von Dr. Marsdens Kunstgeschmack (Mapplethorpe, Francis Bacon, Lucien Freud) musste ich mich gegen das mir stets vertraute Gefühl wehren, so etwas wie eine Hochstaplerin zu sein.

Simon Bellamy war der erste, der an meine Tür klopfte. Ich nutzte die Gelegenheit, ihn zu fragen, warum die Gruppe gestern im Seminar irgendwie gehemmt schien. Simon ist der Extrovertierte in der Gruppe – stattlich, fröhlich, mit lockigem Haar, redegewandt. Er wurde (stillschweigend, fast unbewusst) zum Sprecher der Gruppe gewählt, und ich fühlte mich recht sicher dabei, als ich ihm diese Frage stellte. Er erklärte mir, dass sie nicht so richtig gewusst hätten, wie sie reagieren sollten, denn Russell Marsden las ihnen nie aus seinen Arbeiten vor. »Ich vermute«, sagte er mit einem entwaffnenden Grinsen, »wir dachten, wenn wir loben, was Sie geschrieben haben, sieht das so aus, als wollten wir uns beim Dozenten einschmeicheln, und wenn wir es kritisieren, wäre das unhöflich.« Er fügte hinzu: »Ehrlich gesagt, ich fand's brillant«, und wir lachten beide darüber, wie er seine Anerkennung im Voraus unterminiert hatte. Und doch habe ich ihm geglaubt. Vielleicht glauben wir jedem Lob, das wir bekommen. Selbst wenn wir wissen, dass es nicht uneigennützig ist, sind wir überzeugt, es zu verdienen.

Marianne Richmond, Jaspers Frau, rief mich heute Abend an und lud mich für den Samstag zum Abendessen »mit ein paar Freunden« ein, und da habe ich etwas, worauf ich mich freuen kann. Ich fürchte mich vor dem Wochenende, besonders vor dem Sonntag – noch nie mein liebster Tag der Woche. Die Einsamkeit. Die Leere.

Es ist recht still hier in der Maisonette Row. Das Haus neben meinem steht leer. Eins weiter wohnt ein Herr aus Afrika, der früh am Morgen fortgeht und spät am Abend wiederkommt. Ich habe ihn in der Bibliothek im Lesesaal der Sozialwissenschaften gesehen, also nehme ich an, dass er dort seine Tage verbringt. Noch eins weiter lebt ein Gastprofessor der Wirtschaftswissenschaften aus Kanada, der recht angenehm ist, aber ziemlich taub. Im Haus, das von meinem am weitesten entfernt liegt, wohnt ein lächelndes, aber schüchternes Paar aus Japan, dessen Status und akademische Zugehörigkeit unklar sind. Nicht gerade viel Raum für soziale Interaktion.

Immer noch denke ich voller Sehnsucht daran, wegzulaufen, aber natürlich wird das mit jedem Tag, der vergeht, undenkbarer, die möglichen Folgen immer gravierender, und so halte ich durch und hoffe, dass ich schließlich den psychischen Punkt überschreite, an dem keine Umkehr mehr möglich ist, und mich mit meinem Schicksal versöhne. In der Zwischenzeit besteht mein Kopf darauf, die Vergangenheit noch einmal durchzugehen und sie umzuschreiben: Ich bewerbe mich um den Job, man bietet ihn mir auch an, aber nachdem ich auf dem Campus umhergegangen bin und es mir gut überlegt habe, lehne ich höflich und dankbar ab und fahre nach London zurück, während ich glücklich mit dem Radiorecorder mitsumme, um mein gewohntes Leben wieder aufzunehmen. Ich hole den aufgegebenen Roman aus der Schublade und entdecke, dass er doch noch ins Fließen kommt. Das Untergeschoss in Bloomfield Way Nr. 58 habe ich (mühelos) in eine eigenständige Wohnung verwandelt, und irgendeine reizende Frau in meinem Alter, Witwe wie ich oder geschieden, nimmt sie und wird ein guter Kumpel und meine aufrichtige Freundin. Immer wieder ertappe ich mich dabei, wie ich in diesen Tagtraum verfalle. Manchmal ist der neue Mieter ein Mann, und dann erinnern die Konsequenzen der Geschichte so sehr an eine billige Mills-und-Boon-Romanze, dass ich mich schäme, sie aufzuschreiben, sogar hier. Es ist, als sei ich zwei Menschen gleichzeitig: die Helen Reed, die andere sehen, die sich in ihren neuen Job an der Gloucester U eingewöhnt, ruhig, effizient und pflichtbewusst; und eine zweite, verrückte, sich Illusionen hingebende, körperlose Helen Reed, die irgendwo im Kopf der ersten ein paralleles Leben führt.

Die Belastung, diese beiden Leben gleichzeitig am Laufen zu halten, ist fast unerträglich. Ich sehne mich nach dem Augenblick, wenn es Zeit ist, ins Bett zu gehen, und ich beide ein paar Stunden lang ausruhen lassen kann. Der Schlaf ist ein Segen – aber leider Gottes ein Segen, den man per definitionem nicht bewusst genießen kann. Es gibt vielleicht einen kurzen Augenblick wunderbarer Mattigkeit, in dem man fühlt, wie man einnickt, wie wenn man ein Betäubungsmittel bekommt, aber schon als Nächstes erlebt man, dass alles vorbei ist, dass man, möglicherweise in den frühen Morgenstunden, aufgewacht ist, und alle Sorgen und alles Bedauern sind bedrückender als je zuvor, und man kann die Erfahrung, sich ihrer nicht bewusst zu sein, nicht wiedergewinnen. Ich bin versucht, zum medizinischen Versorgungszentrum zu gehen und mir Schlaftabletten verschreiben zu lassen, aber in den Monaten nach Martins Tod wurde ich davon so abhängig und fühlte mich an den Morgen, nachdem ich sie genommen hatte, so sehr wie ein Zombie, dass ich entschlossen bin, ohne sie auszukommen, wenn ich nur kann.

Donnerstag, 20. Feb. Das zweite Treffen mit allen Studenten. Ein Workshop, was bedeutet, dass einer von ihnen aus einem Werk vorliest, an dem er gerade arbeitet (in Zukunft wird das im Voraus verteilt), der Rest es verreißt und ich als Schiedsrichterin fungiere. So ist der Kurs organisiert. Am Donnerstagnachmittag gibt es immer einen Workshop. Der Inhalt des Seminars am Dienstag ist mir freigestellt: Ich kann sie Schreibübungen machen lassen, oder wir können irgendeinen Text diskutieren, den ich ihnen aufgebe.

Russell Marsden hat sie dazu ermutigt, in den Workshops offen zu sein, was ich nach der Wir-wollen-uns-alle-gegenseitig-helfen-Atmosphäre meiner Abendklassen am Morley ziemlich beunruhigend finde. Rachel McNulty las einen Ausschnitt aus dem Roman, an dem sie gerade arbeitet; es geht um ein junges Mädchen, das auf einem Bauernhof in Ulster aufwächst. Mir schien es einfühlsam und überzeugend, wenn auch noch nicht ganz durchgearbeitet, aber zwei der anderen kritisierten es, weil die Unruhen nicht erwähnt wurden. Die Frage wurde aufgeworfen: Ist es möglich, über Nordirland zu schreiben, ohne die politische Situation zu erwähnen? Ich schlug diplomatisch vor, dass man die Spannungen innerhalb der Familie, die in Rachels Roman beschrieben werden, als Symbol der verschiedenen Gruppen innerhalb der gesamten Gemeinschaft lesen könnte; doch es ehrte Rachel, wie sie diese Leerformel zur Wahrung des Gesichts zurückwies und sagte, dass es einige Dinge gibt, die von universellerer Bedeutung sind als Politik, und dass das die Dinge seien, über die sie schreiben will. Insgeheim stimmte ich ihr zu.

Freitag, 21. Feb. Soweit ich sagen kann, leben wenig oder gar keine meiner Studenten auf dem Campus. Die meisten von ihnen teilen sich Wohnungen oder haben Zimmer in Cheltenham oder Gloucester, und viele haben einen festen Wohnsitz in London oder an anderen Orten und verbringen nur drei Tage in der Woche hier, indem sie am Dienstag und am Mittwoch in B&Bs oder auf den Sofas ihrer Freunde übernachten. Dadurch habe ich das merkwürdige Gefühl, eher wie eine Studentin zu leben als sie. Nach dem Workshop gestern gingen wir alle hinüber in die Cafeteria der Geisteswissenschaften auf eine Tasse Tee, aus der dann ein früher Drink wurde, und ich hörte ihnen fast neidisch zu, als sie ihre Pläne für das Wochenende besprachen, das sie nicht auf dem Campus verbringen würden. Je mehr ich davon sehe, umso weniger erscheint er mir als ein Ort, an dem man versuchen könnte, junge Leute auf das Leben vorzubereiten. Wenn die Studenten keine eigenen Autos haben, ist es schwierig für sie, nach Cheltenham oder Gloucester zu kommen, und es gibt keinen großen Anreiz, sich die Mühe zu machen. Alles, was man zum Leben braucht, kann man auf dem Campus bekommen: Es gibt einen kleinen Supermarkt, einen Waschsalon, eine Bank, einen Damen- und Herrenfriseur, eine Buchhandlung nebst Schreibwaren, mehrere Bars, Cafés und Kantinen. Das Arts Centre organisiert ein gutes Programm aus Konzerten, Gastspielvorführungen von Theaterstücken, Kunstausstellungen und Filmen.

Laut Simon Bellamy, der hier vor ein paar Jahren mit dem Studium anfing, verlassen viele Studenten den Campus vom Anfang bis zum Ende des Semesters kein einziges Mal. Wenn es um ihre Verbindungen zum normalen Leben geht, könnten sie genauso gut in den Verheiratetenquartieren einer streng geheimen Luftwaffenbasis leben, die von einem elektrischen Zaun umgeben ist, oder eine riesige Weltraum-Plattform bewohnen, die um die Erde kreist. Simon versicherte mir, dass sie ganz zufrieden sind. »Vergessen Sie nicht, für die meisten von ihnen ist es das erste Mal, dass sie von zu Hause fortkommen. Sie können mit Sex, Alkohol und Dope experimentieren, ohne dass ihnen dabei allzu viel passiert. Kostenlose Verhütungsmittel aus dem medizinischen Zentrum. Kein Problem mit Alkohol am Steuer. Kein Bulle, der sie auffordert, ihre Taschen vorzuzeigen. Niemand, der ihnen sagt, wann sie ins Bett gehen, aufstehen oder ihr Zimmer sauber machen sollen. Die meisten Teenager träumen davon. Ein Paradies für Schweine.« Er grinste, als er diese Attraktionen aufzählte. Trotzdem frage ich mich, ob es ihnen nach einer gewissen Zeit nicht langweilig wird, und was dann? Einer der deprimierendsten Anblicke auf dem Campus ist der düstere, verräucherte, mit Linoleum ausgelegte Raum im Erdgeschoss des Gebäudes der Studentenvereinigung voller Flipper und Computerspiele. Er scheint vierundzwanzig Stunden am Tag geöffnet zu sein, und immer sind mehrere katatonische Gestalten darin, die konzentriert auf die Bildschirme und Displays starren und mit einem gelegentlichen Zucken die Knöpfe und Hebel bedienen. Haben sie deswegen für das Abitur gebüffelt, über den Aufnahmeformularen der Universität gebrütet und liegen ihren Eltern auf der Tasche? Ich bin froh, dass Paul in Manchester ist und Lucy einen Platz in Oxford hat, wirkliche Orte mit wirklichen Menschen.

Mir fällt auf, welch schlechte Gewohnheiten ich annehme, weil ich hier lebe. Mein kleines Haus hat einen Fernseher, und ich habe diese Woche viel ferngesehen. Zu Hause schalte ich selten vor den Neun-Uhr-Nachrichten ein, und in der Regel ist es noch später, wenn ich eine Kunstdokumentation oder einen Spielfilm anschauen will. Diese Woche habe ich während meiner einsamen Abendessen ferngesehen, und hinterher ließ ich den Apparat laufen, denn wenn ich ihn ausschalte, wirkt die Stille tödlich, und ich kann es nicht ertragen, mit meinem blechern klingenden Transistorradio Musik zu hören. Ich habe alle möglichen Programme gesehen, die ich mir normalerweise nie anschaue, Seifenopern und Sitcoms und Krimiserien, die ich ununterbrochen und wahllos konsumiere wie ein Kind, das sich durch einen Beutel verschiedener Süßigkeiten isst. Wenn es um simple, hirnlose Ablenkung geht, sind die Vorabendserien im Fernsehen unschlagbar. Keine Szene dauert länger als dreißig Sekunden, und die Geschichten springen so schnell von einer Figur zur anderen, dass man kaum merkt, wie klischeehaft sie sind.

Samstag, 22. Feb. Gestern kam nach den Nachrichten der Film *Ghost* im Fernsehen, und ich beschloss, ihn anzuschauen, obwohl ich ihn schon einmal gesehen hatte, mit Martin zusammen – genauer gesagt, ich schaute ihn an, *weil* ich ihn schon einmal mit Martin gesehen hatte. Er war ein Überraschungserfolg, als er herauskam, und jeder redete über ihn. Soweit ich mich erinnere, hatte er uns gefallen, auch wenn wir das professionelle Ausschlachten des Übernatürlichen abstoßend fanden. Ich erinnerte mich nur noch an die Grundzüge der Geschichte: Ein junger Mann wird auf der Straße ermordet, als er mit seiner Freundin nach Hause geht; er versucht, sie vor den Verschwörern zu beschützen, die ihn getötet haben, obwohl er als Geist unsichtbar ist und nur über ein Medium mit ihr sprechen kann. Die wenigen Einzelheiten, die mir im Gedächtnis geblieben waren, betrafen die Spezialeffekte, wenn eine der Figuren starb: So steht der Held zum Beispiel anscheinend unversehrt vom Boden auf und erkennt erst dann, dass er tot ist, wenn er sieht, wie seine verstörte Freundin seinen leblosen Körper in den Armen hält; und wenn die Bösen sterben, fallen sofort plappernde dunkle Gestalten über sie her und schleifen sie schreiend in die Hölle (was überraschend befriedigend war). Und ich erinnere mich, dass Whoopi Goldberg sehr komisch gewesen war in der Rolle des betrügerischen Mediums, wenn sie irritiert erkennen muss, dass sie eine echte Verbindung zur Geisterwelt besitzt. Diese Dinge waren auch beim zweiten Mal noch genauso wirkungsvoll. Ich war allerdings nicht darauf vorbereitet, dass mich die Liebesgeschichte so sehr überwältigen würde. Demi Moore, die ich immer für eine ziemlich hölzerne Schauspielerin gehalten habe, war als trauernde Heldin unglaublich bewegend. Als ihre Augen sich mit Tränen füllten, flossen meine über. Ich weinte eigentlich während des ganzen Films und lachte unter Tränen über Whoopi Goldberg. Vom Verstand her wusste ich, dass der Film billiger, sentimentaler und manipulativer Quatsch war, doch das alles änderte nichts. Ich konnte nicht widerstehen, und ich wollte nicht widerstehen, ich wollte einfach nur von der gewaltigen Flut der Gefühle, die er auslöste, überschwemmt werden. Als der geisterhafte Held die skeptische Heldin durch die von Whoopi Goldberg gespielte Figur an intime und warmherzige Einzelheiten aus ihrem gemeinsamen Leben erinnert, die ein Außenstehender unmöglich wissen kann, und als es Demi Moore langsam dämmert, dass ihr toter Geliebter *wirklich* mit ihr spricht, bekam ich eine Gänsehaut. Als der Held (dessen Namen ich schon vergessen habe, genauso wie den Namen des Schauspielers, der ihn spielt) die Fähigkeiten eines Poltergeists annimmt und sie dazu benutzt, dem Schläger, der Demi Moore bedroht, Angst einzujagen, jubelte ich und klatschte vor Freude in die Hände. Und als in einer selten dämlichen Szene gegen Ende Whoopi Goldberg ihm erlaubt, von ihrem Körper Besitz zu ergreifen, sodass er mit Demi Moore Wange an Wange tanzen kann, während die verträumte Melodie erklingt, zu der sie sich am Anfang geliebt haben, wurde ich fast ohnmächtig vor lauter Sehnsucht und Genuss aus zweiter Hand. Danach nahm ich ein langes, heißes Bad und trank ein Glas Wein, während ich meine Lieblingsszenen des Films noch einmal im Kopf ablaufen ließ, und bevor ich schlafen ging, masturbierte ich – etwas, das ich seit meiner Teenagerzeit nicht mehr getan habe, wobei ich mir vorstellte, dass Martins Geisterhand von meiner Besitz ergriffen hätte und er mich liebte.

Als ich in den frühen Morgenstunden erwachte, fühlte ich mich wie üblich niedergeschlagen, doch ich schämte mich nicht. Es war eine merkwürdig kathartische Erfahrung.

Sonntag, 23. Februar. Gestern zum Abendessen bei den Richmonds – der gesellschaftliche Höhepunkt meiner ersten Woche an der Gloucester U. Es war ein recht interessanter Abend. Sie haben ein hübsches Haus in einem etwa zehn Meilen entfernten Dorf – modern, aber geschmackvoll in traditionellem Stil aus Cotswold-Steinen erbaut. Ich verirrte mich auf den dunklen Landstraßen und kam als Letzte an. Es war schwer, so viele neue Gesichter auf einmal in sich aufzunehmen, doch glücklicherweise hatte mir Jasper am Freitag beim morgendlichen Kaffee im Gemeinschaftsraum für die Dozenten einen Überblick über die Gästeliste gegeben.

Jasper selbst öffnete die Haustür und überrumpelte mich einigermaßen, indem er mir einen dicken Kuss auf die Wange drückte. Meiner Ansicht nach kennen wir uns noch nicht lange genug für eine solche Begrüßung, aber ich trug's mit Fassung. Er hatte ein Glas Weißwein in der Hand, und ich nahm an, dass es nicht das erste war, das er an diesem Abend getrunken hatte. Ein Junge im Teenageralter, der unruhig hin und her wippte und torkelte, drückte sich in der Nähe herum.

»Oliver, nimm Helen den Mantel ab«, sagte Jasper zu ihm und stellte uns vor. »Das ist mein Sohn Oliver. Oliver, das ist Helen Reed. Sie ist Schriftstellerin. Sie schreibt Romane.«

»Egg schreibt einen Roman«, sagte Oliver, ohne mich anzusehen.

»Ja?«, fragte ich höflich. »Wer ist Egg?«

»Egg lebt in London, zusammen mit Milly und Anna und Miles.«

»Das sind Figuren aus einer Fernsehserie«, erklärte Jasper. Mit seiner freien Hand half er mir aus dem Mantel. »Es geht um lauter junge Anwälte, die sich ein Haus teilen.«

»Ich habe in letzter Zeit viel ferngesehen«, sagte ich, »aber die Serie muss ich verpasst haben.«

»Ich mag Miles am liebsten«, sagte Oliver und sah über meinen Kopf hinweg.

»Hier, Oliver. Häng bitte Helens Mantel auf«, sagte Jasper und reichte ihm das Kleidungsstück. »Dann kannst du gehen und fernsehen. Es kommt niemand mehr. Auf geht's.«

Als Oliver meinen Mantel mitnahm, sagte Jasper: »Oliver ist Autist. Ich hätte Sie warnen sollen, aber ich hab's einfach vergessen.«

»Schon in Ordnung«, sagte ich.

»Er glaubt, dass die Figuren in den Seifenopern wirkliche Menschen sind.«

»Na ja, ich denke, da ist er nicht der Einzige«, sagte ich.

»Stimmt«, sagte Jasper mit einem Lächeln.

Er führte mich in den Salon und stellte mich Marianne vor, die in einem tadellosen kurzen schwarzen Kleid, das durch eine teuer aussehende Goldbrosche geschmückt wurde, neben der Tür stand und das Licht einstellte. Das Zimmer – es hatte stattliche Dimensionen und einen offenen Kamin, in dem ein gasbetriebenes Pseudo-Holzfeuer brannte – besitzt jede Menge High-Tech-Punktstrahler und Deckenfluter und Bodenfluter, die durch Dimmer kontrolliert werden, die Marianne immer wieder neu einstellte, sodass man sich wie auf einer Bühne fühlte, vielleicht in einem Musical von Stephen Sondheim: Man führt mit jemandem eine leise Unterhaltung in einer Ecke, und plötzlich findet man sich in Licht gebadet wieder, und die Köpfe drehen sich einem zu, als erwarteten alle, dass man jeden Augenblick ein Lied zu schmettern beginnt. Marianne hat im Verlagswesen gearbeitet, und wir fanden heraus, dass wir ein oder zwei gemeinsame Bekannte haben. Jetzt arbeitet sie als freie Lektorin zu Hause. Sie ist jünger als Jasper und vermutlich seine zweite Frau. Sie sieht auf ihre besonders zurechtgemachte Art gut aus (goldener Nagellack, der zu ihrer Brosche passt) und wirkt zugleich lebhaft und unsicher; ihre Blicke wandern im ganzen Zimmer umher und beobachten die anderen Gäste, während sie mit einem spricht.

Die anderen Gäste waren: Reginald Glover, ein marxistischer Geschichtsprofessor mit haarigem Gesicht und einer Hornbrille, und seine Frau Laetitia, Musiktherapeutin, Vegetarierin und (wie später klar wurde) leidenschaftliche Natur-Schützerin. Colin Riverdale, ein junger Dozent aus der Englischabteilung mit rosigen Wangen, und seine

Frau Annabelle. Colin scheint Jaspers Protegé zu sein und war eifrig bemüht, einen guten Eindruck zu machen. Er sagte mehrere freundliche Dinge über *Das Auge des Sturms*, die so sehr ins Einzelne gingen, dass ich ziemlich sicher war, dass er das Ganze als Vorbereitung darauf, mich zu sehen, in den letzten paar Tagen durchgeackert hat. Sein eigenes Forschungsgebiet ist, wie das von Jasper, das achtzehnte Jahrhundert. Annabelle arbeitet in der Universitätsbibliothek und wirkt verständlicherweise erschöpft von den Mühen, bei ihrer Arbeit durchzuhalten und sich um drei kleine Kinder zu kümmern, von denen das jüngste in einer Babytragetasche droben auf dem Bett der Richmonds schlief. Sie sagte den ganzen Abend über kaum etwas und nickte einmal sogar ein. Nicholas Beck, ein silberhaariger Kunstprofessor, sollte ein Paar mit mir bilden, aber nur was die Sitzordnung betraf, denn Jasper informierte mich darüber, dass er ein enthaltsam lebender Homosexueller sei, aber ich weiß nicht, worauf er seine Behauptung stützt. Er war erst vor kurzem von Cambridge nach Gloucester gekommen und beherrscht diesen an Dozententischen üblichen Trick, zu jedem beliebigen Thema kultiviert Konversation zu machen, ohne dabei irgendetwas Denkwürdiges oder Tiefschürfendes zu sagen. Jasper fragte ihn immer wieder besorgt, was er vom Wein hielt – offensichtlich hat er früher den Wein für sein College gekauft. Beck war freundlich anerkennend, doch implizit kritisch gegenüber dem, was Jasper anbot, zum Beispiel: »Australische Rotweine sind so viel besser geworden, dass man sie gar nicht wiedererkennt.«

Die bemerkenswertesten Gäste, über die mich Jasper vorab am gründlichsten informiert hatte, waren Ralph und Caroline Messenger. Von ihm hatte ich schon gehört, natürlich, weil er oft im Radio und im Fernsehen ist, besonders im *Start in die Woche*, und weil er populäre Bücher über Naturwissenschaft und Psychologie in den Sonntagszeitungen bespricht. Er ist hier so etwas wie ein Star, Professor und Leiter des angesehenen Holt Belling Centre für Kognitionswissenschaft, eines merkwürdig aussehenden Gebäudes, das irgendwie einem Observatorium ähnelt und auf das mich Jasper am ersten Tag von seinem Bürofenster aus hinwies. Messenger ist Ende vierzig, würde ich sagen, und hat einen großen, stattlichen Kopf: dichtes, graumeliertes, aus der breiten Stirn gekämmtes Haar, eine Hakennase und ein kräftiges Kinn. Im Profil erinnert er mich an einen römischen Kaiser auf einer alten Münze. Caroline – oder Carrie, wie sie von allen genannt wird – ist Amerikanerin. Sie muss in ihrer Jugend atemberaubend schön gewesen sein; sie besitzt noch immer ein liebenswertes Gesicht mit großen Kuhaugen und blondem Haar, doch ihre Figur ist nach den heutigen strengen Maßstäben zu matronenhaft. Sie trug ein hübsches bauschiges Seidenkleid, das ihren üppigen Formen schmeichelte. Beide sind wahrhaftig ein bemerkenswertes Paar. Sie spricht ihn mit »Messenger« an, was merkwürdig und ambivalent wirkt, halb respektvoll und halb ironisch. In gewisser Weise trägt es dazu bei, ihn über die gewöhnlichen Sterblichen zu stellen, die ein privates Ich haben, das einen Vornamen besitzt, und eine berufliche Persona, die einen Nachnamen trägt; doch gleichzeitig scheint diese unpassende Förmlichkeit, mit der eine Frau ihren Ehemann mit seinem Nachnamen anspricht, seine Ansprüche zu verspotten und eine kühle Distanz zwischen ihnen zu schaffen. Ich konnte nur ein paar Worte mit ihm wechseln, bevor wir zu Tisch gerufen wurden. Er spricht in einem offenen, lebhaften Plauderton, der gelegentliche Amerikanismen mit einem leicht plebejischen Londoner Akzent vereint. Laut Jasper ist das der Grund, warum die Medien ihn lieben; er klingt nicht wie ein staubtrockener Akademiker.

Während des Essens saß ich Carrie gegenüber, und auch mit ihr zu reden fiel mir leicht, sie ist offen und freundlich, wie das bei Amerikanern häufig ist. Sie sagte, sie liebe meine Bücher, doch sie fühlte sich nicht gezwungen, die Tatsache, dass sie mit ihnen vertraut ist, dadurch zu beweisen, dass sie mich einer mündlichen Prüfung unterzog wie Dr. Riverdale. Sie gab mir nützliche Tipps zum Einkaufen in Cheltenham, was sie selbst recht häufig zu tun scheint. Jasper erzählte mir, dass sie Geld hat, und fügte hinzu: »Ich vermute, das sorgt dafür, dass Ralph ihr treu ist, auf seine Art.« Ich fragte, was für eine Art das sei. »Na ja, Carrie hat Marianne erzählt, dass sie die Abmachung haben, dass er sie in ihrer eigenen Umgebung nicht in Verlegenheit bringt. Er hat jede Menge Gelegenheiten, sich anderweitig zu vergnügen. Auf Konferenzen, bei seinen Ausflügen in die Welt der Medien. ›Private Eye‹ nannte ihn einmal einen ›Medienpimmel‹.« Jasper kicherte bei dem Gedanken daran und fragte mich, ob ich Messengers Fernsehserie zum Geist-Körper-Problem gesehen hätte. »Einen Teil davon«, sagte ich.

In Wahrheit habe ich nur die letzten zehn Minuten der letzten Folge der Serie gesehen, und auch das nur durch Zufall. Für mich kamen sie zu früh am Abend, und ich neige ohnehin dazu, mich vor naturwissenschaftlichen Sendungen zu drücken, aber jetzt wäre mir lieber, ich hätte sie angeschaut. Ich erinnerte mich daran, wie er den großen römischen Kopf von einem Apparat abwendet (einem Hirnscanner oder etwas in der Art, in den ein auf dem Rücken liegender Patient hineingeschoben wurde wie jemand, der aus einer Kanone geschossen werden soll), sich der Kamera zuwendet und in einer Großaufnahme fast genüsslich sagt: »Ist Glück – oder Unglück – nichts weiter als eine Frage der Leitungen in unserem Kopf?«

Der Kopf scheint unverhältnismäßig groß, wenn man

den ganzen Menschen sieht, denn seine Beine sind etwas kurz geraten. Er hat einen dicken Stiernacken und breite Hängeschultern, die den Kopf auf eine herausfordernde, irgendwie einschüchternde Art nach vorn drücken. Zweifellos besitzt er eine Art Präsenz, die kein anderer Mann am Tisch besaß – die Art, die Filmstars und Staatsmänner an sich haben. Immer wieder blickte ich verstohlen über den Tisch hinweg nach ihm und versuchte, jene Wirkung zu analysieren, die entsteht, wenn man ständig von Blitzlichtern angestrahlt wird, ohne mit der Wimper zu zucken. Einmal trafen sich unsere Blicke, und er lächelte liebenswürdig. Wir saßen zu weit voneinander entfernt, um uns zu unterhalten. Für ein einziges Gespräch war der Tisch zu lang, und es waren zu viele Gäste da. An unserem Ende, an dem Jasper den Vorsitz führte, diskutierten wir die aktuelle Manie für Filmadaptionen klassischer Romane und verglichen zwei konkurrierende Versionen von *Emma* (wobei Nicholas Beck sich pedantisch darüber beklagte, dass in beiden der Rasen deutlich sichtbar auf anachronistische Weise mit einer Maschine gemäht worden war), als die Stimmen am anderen Ende plötzlich lauter wurden. Laetitia Glover und Ralph Messenger stritten sich über Umweltschutz.

»Die Erde gehört nicht uns, wir gehören der Erde«, erklärte sie voller Ehrfurcht. »Die Indianer haben das gewusst.«

»Die Indianer?«, sagte Ralph Messenger. »Du meinst diese Jungs, die eine ganze Büffelherde in einer Stampede über Bergklippen treiben, damit es zum Abendessen Steaks gibt?«

»Ich zitiere aus einer Rede, die Häuptling Seattle Mitte des neunzehnten Jahrhunderts hielt, als die amerikanische Regierung das Land seines Stammes kaufen wollte«, sagte Laetitia steif.

»Ich kenne diese Rede«, sagte Ralph. »Sie wurde 1971 vom Drehbuchautor eines amerikanischen Doku-Fernsehspiels geschrieben.«

Annabelle Riverdale, die durch diesen Wortwechsel aus ihrer Trägheit aufgeschreckt wurde, gab ein kurzes prustendes Gelächter von sich und versuchte in der darauffolgenden Stille so zu tun, als hätte sie nicht gelacht.

»Von diesem Fernsehfilm weiß ich nichts«, sagte Laetitia errötend. »Ich habe sie in einem Buch gelesen. Wahrscheinlich hat der Drehbuchautor sie daher.«

»Er hat das ganze Ding erfunden«, sagte Ralph, »und dann fingen die Leute an, es in ihren Umweltschutz-Traktätchen zu zitieren, als sei es ein historisches Dokument.«

Laetitia sah auf der Suche nach Unterstützung zu ihrem Mann, doch der hielt seinen Kopf gesenkt, vielleicht, weil er seine akademische Reputation bei einem so unsicheren Thema nicht aufs Spiel setzen wollte. Galant kam Jasper Laetitia zu Hilfe.

»Ralph, selbst wenn sie nicht historisch ist, könnten die Gedanken darin immer noch wahr sein.«

»Im Gegenteil, sie sind ziemlich falsch«, sagte Ralph. »Wir gehören der Erde nicht, die Erde gehört uns, weil wir die klügsten Tiere darauf sind.«

»Das ist so arrogant, so eurozentrisch«, stöhnte Laetitia und schloss ihre Augen, um sich von einer derart widerwärtigen Ansicht so weit wie möglich zu distanzieren.

»Was meinst du mit eurozentrisch?«, wollte Ralph wissen und stieß herausfordernd seinen Kopf nach vorn. Einer nach dem anderen schwiegen wir und hörten zu essen auf.

»Es waren die europäischen Kolonialisten, die die Erde als etwas betrachtet haben, das man kaufen, verkaufen und ausbeuten kann«, sagte Laetitia. »Die Populationen der Eingeborenen haben einen natürlichen Instinkt, ihren

Lebensraum zu bewahren und mit seinen Ressourcen sparsam umzugehen.«

»Ganz im Gegenteil, nur die Grenzen ihrer Technologie haben primitive Völker davon abgehalten, ihre Umwelt in einem Maße zu zerstören, das uns entsetzen würde«, sagte Ralph.

»Ich verstehe nicht, wie du dir dessen so sicher sein kannst«, sagte sie.

»Die Polynesier haben die Hälfte der Vogelarten auf den Hawaii-Inseln ausgelöscht, lange bevor Captain Cook jemals dorthin kam«, sagte er. »In Neuseeland haben die Maori den gesamten Bestand des Moa-Riesenvogels abgeschlachtet, ohne den größten Teil des Fleisches zu essen. Bis heute fällen die Yukui-Indianer im bolivianischen Regenwald Bäume, um an die Früchte zu kommen. Naturschutz ist eine Vorstellung höherentwickelter Zivilisationen.«

»Messenger, hör auf anzugeben«, sagte Caroline, und wir alle lachten erleichtert.

»Ich versuche nur, Laetitia gegenüber ein paar Dinge richtigzustellen«, sagte er milde.

»Nein, das machst du nicht, du hältst ihr eine Predigt.«

»Ja«, sagte Marianne, die an der Spitze des Tischs saß, Ralph zu ihrer Rechten und Laetitia zwei Plätze weiter zu ihrer Linken, »lass Letty in Ruhe, Ralph, und hilf mir, das Geschirr in die Küche zu tragen.« Er grinste und folgte ihr mit einem Stapel schmutziger Teller aus dem Esszimmer, wobei er ziemlich zufrieden mit sich aussah, wie ein ungezogener Junge, der nichts bereut, während Laetitia versicherte, dass sie sich sehr wohl selbst verteidigen könne.

Jasper öffnete noch ein paar Flaschen seines Gummibaum-Pinot-Noir (oder was immer es war), ging um den Tisch herum und füllte die Gläser. Ich nutzte die Gelegenheit, um auf die Toilette zu gehen, doch ich musste Jasper falsch verstanden haben, als er mir den Weg beschrieb, denn die erste Tür, die ich öffnete, gehörte zu einem Besenschrank, und die zweite führte in den Garten hinter dem Haus. Ich ging nach draußen, um ein paar willkommene Züge kalter, frischer Luft zu atmen, und fand mich in einem kleinen, gepflasterten Hof wieder, von wo aus ich in die hell erleuchtete Küche sah. Ralph Messenger hatte unsere Gastgeberin in einer leidenschaftlichen Umarmung gegen die Küchentür gedrückt, und sie grub ihre goldlackierten Krallen in seine Hinterbacken. Sie hatte die Augen geschlossen, doch sie hätte mich ohnehin nicht sehen können, wie ich dort im Dunkeln stand. Es scheint, dass Jasper Richmond über Messengers »Arrangement« falsch informiert ist: Entweder gibt es keins oder es wird gerade gebrochen.

Als ich heute Morgen erwachte, hatte ich einen leichten Kater und Verdauungsstörungen vom Essen und vom Wein letzte Nacht (ich fürchte, ich hatte wahrscheinlich etwas zu viel, als ich – wenn auch langsam und vorsichtig – nach Hause fuhr), also machte ich nach dem Frühstück einen Spaziergang, um etwas frische Luft zu schnappen. Der Himmel sah nicht allzu vielversprechend aus – eine graue Wolkendecke hing von Horizont zu Horizont –, und kaum hatte ich das Haus verlassen, fing es an zu regnen. An einem verregneten Sonntagmorgen über den Campus zu trotten, war nicht dazu angetan, meine Stimmung zu heben, doch ich hielt durch und verschaffte mir so die Gelegenheit, die Geographie des Ortes kennen zu lernen und die Lage der verschiedenen Institute und Fachbereiche herauszufinden. Die Gebäude, die in den Sechzigern und Siebzigern errichtet wurden, sind nicht besonders wetterfest. Ihre Betonfassaden saugen den Regen auf wie Löschpapier, und die leuchtend bunten Paneele und Kacheln, mit denen sie besetzt sind und die das beherrschende Grau auflockern sollen, sind angeschlagen, haben Sprünge oder fehlen an vielen Stellen ganz. Ralph Messengers Centre für Kognitionswissenschaft sieht aus, als sei es jünger und auf einem höheren Niveau errichtet worden. Es ist ein rundes, dreistöckiges Gebäude mit einem Kuppeldach, das in der Mitte eine flache Einkerbung besitzt, die stark an ein Observatorium erinnert, nur dass es keine Öffnung für das Teleskop gibt. Laut Jasper Richmond wurde es nach einer internationalen Ausschreibung mit dem Geld der Computerleute von Holt Belling erbaut. Die Kuppel soll die beiden Hemisphären des Gehirns darstellen. Die Wände bestehen aus verspiegeltem Glas. Ich frage mich, was das darstellen soll – die Eitelkeit von Kognitionswissenschaftlern?

Kurz danach stieß ich auf ein weiteres merkwürdig geformtes Gebäude – diesmal achteckig. Es erwies sich als ökumenische Kapelle und als nicht an eine bestimmte Religion gebundener Treffpunkt, der von verschiedenen christlichen Konfessionen genutzt wurde, wie auch (ging man nach den Notizen, die in der Eingangshalle hingen) von Buddhisten, Bahaisten, Anhängern der Transzendentalen Meditation, Yoga-Enthusiasten, Tai-Chi-Anhängern und ähnlichen New-Age-Gruppen. Was mich jedoch in das Gebäude zog, waren die Klänge eines mir vertrauten Kirchenlieds, eines von denen, die wir in unserer Pfarrkirche gesungen hatten, als ich ein Mädchen war. *O Lord my God, when I in awesome wonder ...* Ich sah auf der Anschlagtafel nach: Ja, eine katholische Messe hatte gerade begonnen. Impulsiv schlüpfte ich in die Kapelle und setzte mich in die hinterste Bankreihe.

Vielleicht wird es Zeit, mir selbst einzugestehen, dass mein Verhältnis zur Religion völlig verworren und widersprüchlich ist. Ich bin zutiefst dankbar dafür, dass ich katholisch erzogen wurde, auch wenn ich deswegen als Kind und als Jugendliche unter unnötigen Qualen der Schuld, der Frustration und der Langeweile gelitten habe; und rückblickend empfinde ich nichts als nostalgische Zuneigung für die Nonnen, die mich erzogen haben, selbst wenn die meisten von ihnen mehr oder weniger verrückt waren vor lauter Aberglauben und sexueller Unterdrückung, die sie auch mir nach besten Kräften einimpfen wollten. Ich hörte im ersten Semester in Oxford auf, praktizierende Katholikin zu sein, zur gleichen Zeit, als ich meine Jungfräulichkeit verlor. Beide Ereignisse waren miteinander verbunden – ich konnte etwas, das ich als so befreiend empfunden habe, weder in aller Aufrichtigkeit als Sünde beichten noch versprechen, es nie wieder zu tun. Rasch folgte die intellektuelle Ablehnung der übrigen katholischen Lehre – ob als Folge oder als Rationalisierung dieser moralischen Entscheidung könnte ich nur schwer sagen. Mit einem gewissen Maß an Schwindel und Heuchelei heiratete ich ein paar Jahre später in einer katholischen Kirche, um meinen Eltern überflüssige Schmerzen zu ersparen, aber auch, weil ich mir letzten Endes auf dem Standesamt nicht wirklich verheiratet vorgekommen wäre. Als ich eigene Kinder hatte, ließ ich sie taufen, wiederum vorgeblich, um Mummy und Daddy einen Gefallen zu tun, doch insgeheim deshalb, weil ich mich nicht wohl dabei gefühlt hätte, hätte ich es nicht getan. Und das gab uns die Möglichkeit, sie zu gegebener Zeit auf eine katholische Grundschule zu schicken. Martin hatte nichts dagegen, obwohl er selbst nicht gläubig war, denn er erkannte, dass die örtliche katholische Grundschule besser war als die staatlichen, und zu der Zeit konnten wir uns eine private Schule nicht leisten. Seiner Meinung nach konnte es nicht schaden, dass unsere Kinder einige der freundlicheren Mythen des Katholizismus kennen lernten, wie Weihnachten, Schutzengel und Menschen, die nach ihrem Tod in den Himmel kommen, solange wir nur da waren, um einen Hang zu Morbidität und Fanatismus gar nicht erst zuzulassen, und dass sie zu gegebener Zeit aus jedem anerzogenen Glauben herauswachsen würden, was schließlich auch der Fall war. Kinder beobachten außerordentlich genau. Bereits mit fünf oder sechs Jahren schienen Paul und Lucy intuitiv zu wissen, dass sie in der Schule vorgeben mussten, Dinge zu glauben, die zu Hause nicht geglaubt wurden und vielleicht auch umgekehrt, und sie meisterten dieses Doppelleben mit bemerkenswertem Geschick. Auf den weiterführenden Schulen wurde ihnen die Religion bald ebenso gleichgültig wie den meisten ihrer Klassenkameraden, doch ich bilde mir gerne ein, dass sie durch ihre frühe Erziehung ein moralisches Bewusstsein erworben haben, das über dem Durchschnitt liegt, ganz zu schweigen von dem unbezahlbaren Schlüssel zur Literatur und Kunst der letzten zweitausend Jahre. (Ich war schockiert zu sehen, dass einige meiner Studenten letzten Donnerstag im Seminar Rachel McNultys Anspielung auf Martha und Maria aus dem Neuen Testament nicht verstanden hatten.)

Nach Paul und Lucys Erstkommunion gingen wir nie wieder gemeinsam als ganze Familie in die Kirche, es sei denn zu Hochzeiten, Beerdigungen und, mit meinen Eltern zusammen, zur Mitternachtsmesse an Weihnachten, um der alten Zeiten willen. Doch nach Martins Tod begann ich aus einem chaotischen Wirrwarr von Motiven heraus wieder alleine in die Sonntagsmesse der örtlichen Pfarrkirche zu gehen. Ich suchte verzweifelt nach irgendeiner Art Trost und Zuspruch, und vielleicht hatte ich die abergläubische Angst, dass der katholische Gott mich für meinen Abfall vom rechten Glauben bestraft hatte und dass ich besser daran täte, mich wieder gut mit Ihm zu stellen, bevor Er mir oder meinen Kindern noch etwas Schreckliches antun würde. Aber der Trost kam nie, und für die Furcht schämte ich mich, je mehr Zeit verging. Ich war angenehm überrascht zu sehen, dass es jetzt Ministrantinnen gab, doch sonst hatte sich nicht viel verändert, seit ich zum letzten Mal in einer katholischen Kirche gewesen war. Der Gemeindepfarrer war ein Ire ohne jede Ausstrahlung, der die Messe zelebrierte, als sei sie ein eintöniger Job, den irgendjemand notgedrungen erledigen müsse, und je schneller er vorüber wäre, umso besser, und seine Predigten waren fast beleidigend schlicht. Überflüssig zu sagen, dass ich weder zur Beichte noch zur Kommunion ging, und nach ein paar Wochen hörte ich ganz auf, in die Kirche zu gehen.

Warum ging ich heute in die Kapelle? Meine Moral war ziemlich auf dem Tiefpunkt, und ich vermute, dass ich dachte, die Atmosphäre wäre anders als die in einer Gemeindekirche, und das war sie auch, aber sie war kaum inspirierender. Schon die Ausstattung des Raums war deprimierend öde und karg, da jedes Anzeichen religiöser Kunst und Symbolik beseitigt worden war, das möglicherweise bei irgendeinem der Besucher hätte Missfallen erregen können. Ein einfacher Holztisch diente als Altar, um den herum in einem unregelmäßigen Bogen die Stühle angeordnet waren. Naheliegenderweise bestand die Gemeinde größtenteils aus jungen Leuten sowie ein paar Dozenten und ihren Familien. Ich war überrascht, wenn auch nicht gerade erfreut darüber, auf der anderen Seite des Raumes die Riverdales und ihre zwei kleinen Kinder zu sehen. Ich versuchte, mich so unauffällig wie möglich zu verhalten, erblickte jedoch Colin, wie er mir in der Mitte des Gloria zulächelte.

Der Stil der Liturgie war leger: Der Ministrant trug

einen Trainingsanzug und Turnschuhe, und die Musik, die von einem Mädchen in Jeans mit Gitarre angeführt wurde, bestand vor allem aus Folkmelodien und Folkrhythmen. Die kleinen Kinder der Dozenten durften überall im Raum umherstreunen oder krabbeln, wobei sie ihre Spielzeuge vor sich herschoben oder hinter sich herzogen – oder der junge Priester, der die Messe zelebrierte, hatte nicht den Mut, die Eltern zu bitten, sie davon abzuhalten. Es war der zweite Sonntag der Fastenzeit, wie ich herausfand. (Fastenzeit! Welch vielschichtige und vergessene Gefühle und Erinnerungen dieses Wort heraufbeschwört! Fasten und Abstinenz am Aschermittwoch und der schwarze Aschefleck auf der Stirn der Mädchen und der Lehrerinnen in der Schule, der den ganzen Tag über aus Frömmigkeit nicht abgewischt wurde … Süßigkeiten und Zucker im Tee »aufgeben« … Die Freude, sich am Ostersonntag mit Schokolade vollzustopfen … Es gibt Genüsse, die nur durch Selbstverleugnung möglich sind und die viele junge Leute niemals kennen lernen werden.) Die Epistel handelte von der Geschichte Abrahams und Isaaks – eine gute, aber auch ziemlich grausige Geschichte, wie Kierkegaard gezeigt hat. Bei einer Predigt zu diesem Text hätte man in der Messe an einer Universität wohl auf eine Anspielung auf *Furcht und Zittern* hoffen dürfen, aber nein. Schön wär's. Der junge Priester legte sie als simple Geschichte über den Gehorsam gegenüber dem Willen Gottes aus und konzentrierte sich auf die »Segnungen«, die Abraham als Folge zuteil wurden. Die Lesung aus dem Evangelium betraf die Geschichte der Transfiguration und endete damit, dass die Apostel »miteinander darüber diskutierten, was mit ›Auferstehung von den Toten‹ gemeint sein könnte«. Was du nicht sagst.

Hinterher konnte ich unmöglich einem Gespräch mit den Riverdales aus dem Weg gehen.

»Ich wusste gar nicht, dass Sie Papistin sind«, sagte Colin lächelnd und setzte das vorletzte Wort in ironische Anführungszeichen. Hätte er irgendeines meiner Bücher außer *Das Auge des Sturms* gelesen, hätte er vermuten können, dass ich so erzogen wurde.

»Keine praktizierende«, sagte ich. »Ich bin ganz spontan gekommen – ich ging zufällig gerade vorbei.«

»Nun, verlorene Schäflein sind immer willkommen«, sagte er, was mir wie eine ziemliche Frechheit vorkam, auch wenn es im Scherz gesagt wurde. »Ich möchte Ihnen gerne Father Steve vorstellen, unseren Teilzeit-Kaplan«, sprach er weiter.

»Nein danke«, sagte ich kalt. »Ich muss los.« Annabelle schenkte mir ein wehmütiges, halb entschuldigendes Lächeln, als ich sie verließ.

Auf meinem Weg zurück zu *la maisonette* ging ich im Supermarkt vorbei, um drei voluminöse Sonntagszeitungen zu kaufen, und dann verbrachte ich den Nachmittag damit, voller Sehnsucht etwas über all die neuen Theaterstücke, Filme, Ausstellungen in London zu lesen. Kurz bevor es dunkel wurde, machte ich noch einen Spaziergang. Der Regen hatte aufgehört, und rot ging die Wintersonne unter. Der Drahtzaun, der den Campus begrenzt, reflektierte das schräg einfallende Licht, leuchtete kurz auf wie die Spirale in einem Toaster und erlosch, als die Sonne hinter einem entfernten Hügel unterging. Ich fühle mich immer mehr wie in einem offenen Gefängnis: Ich könnte es leicht verlassen, ich *sehne* mich danach, es zu verlassen, doch die vorhersehbaren Konsequenzen, die eintreten würden, täte ich es, halten mich hier, an mein Ehrenwort gebunden, fest. Ich muss meine Zeit absitzen.

3

Ralph Messenger und Helen Reed treffen sich zufällig am Mittwoch der zweiten Semesterwoche um die Mittagszeit im Personalgebäude der Universität. Helen ist in der Lobby und schaut sich die Ausstellung von Bildern eines Künstlers aus dem Ort an. Ralph sieht sie, als er durch die Drehtür kommt, und tritt von hinten an sie heran.

»Was halten Sie davon?«, fragt er über ihre Schulter hinweg, worauf sie zusammenzuckt.

»Oh! Hallo … ich habe gerade gedacht, wenn sie *sehr* billig sind, kaufe ich vielleicht eins, um mein Wohnzimmer etwas freundlicher zu machen.«

»Na ja, sie sind ganz nett«, sagt er und betrachtet die Bilder prüfend mit zur Seite gelegtem Kopf. Es sind Landschaften, mit kühnen Strichen in grellen Acrylfarben gemalt, die man selten, wenn überhaupt, in der Natur findet.

»Ja, und sie sind auch recht billig. Aber irgendwie … «

»Irgendwie sind sie furchtbar hässlich.«

Sie lacht. »Ich fürchte, Sie haben Recht.«

»Haben Sie schon zu Mittag gegessen?«

»Ich war gerade auf dem Weg in die Cafeteria.«

»Warum essen wir nicht zusammen?«

»Gut. Das wäre nett.«

»Aber nicht in der Cafeteria.«

»Mittags esse ich üblicherweise nicht viel.«

»Ich auch nicht. Aber ich hab's gern behaglich.«

Im Speisesaal im zweiten Stock bedienen Kellnerinnen, und die Tische sind mit Tischtüchern und kleinen Vasen mit Plastikblumen gedeckt. Sie sitzen an einem Fenster mit Blick auf den See. Helen bestellt einen Salat, Ralph den Pasta-Tagesteller und eine große Flasche Mineralwasser für beide.

»Eigentlich wollte ich Ihnen schon letzten Sonntagmorgen einen Kaffee anbieten«, sagt Ralph. »Ich habe gesehen, wie Sie im Regen spazieren gingen. Sie sahen etwas verloren aus ... «

»Wie konnten Sie mich sehen?« Sie wirkt erschrocken und nicht besonders erfreut.

»Vom Fenster in meinem Büro aus. Sie gingen am Centre vorbei, und zufällig sah ich nach draußen.«

»Was machen Sie an einem Sonntagmorgen in Ihrem Büro?«

»Oh ... unerledigte Arbeiten nachholen«, sagt er vage. »Ich ging hinaus, um mit Ihnen zu sprechen, aber ich konnte Sie nirgendwo finden. Es war, als hätten Sie sich in Luft aufgelöst.«

»Tatsächlich?« Sie wirkt ein wenig verlegen.

»Wo haben Sie gesteckt?«

»Ich bin in die Kapelle gegangen.«

»Wozu?«

»Warum gehen Leute üblicherweise an einem Sonntagmorgen in eine Kapelle?«

»Sie sind also religiös?« Seine Stimme klingt missbilligend oder vielleicht enttäuscht.

»Ich wurde katholisch erzogen. Ich bin nicht mehr gläubig, aber ... «

»Oh, gut.«

»Warum sagen Sie das?«

»Na ja, es ist unmöglich, mit religiösen Menschen über irgendetwas Wichtiges vernünftig zu reden. Ich vermute, deswegen hab ich nicht daran gedacht, in der Kapelle nach Ihnen zu suchen. Ich hatte Sie als intelligent und vernünftig in Erinnerung. Was haben Sie dann dort gemacht, wenn Sie nicht gläubig sind?«

»Nun, ich glaube diesen ganzen Kram nicht buchstäblich«, sagt sie, »Sie wissen schon, die Jungfrauengeburt, die Transsubstantiation, die Unfehlbarkeit des Papstes und all das. Aber manchmal denke ich, es muss irgendeine Wahrheit dahinterstecken. Oder ich hoffe, dass es so ist.«

»Warum?«

»Weil das Leben sonst so sinnlos ist.«

»Das finde ich nicht. Ich finde es hochinteressant und zutiefst befriedigend.«

»Na ja, Sie haben Glück. Sie sind gesund, es geht Ihnen gut, Sie haben Erfolg mit Ihrer Arbeit ...«

»Sie etwa nicht?«

»Na ja, ich denke schon in gewisser Hinsicht. Aber es gibt Millionen, denen es nicht so geht.«

»Vergessen wir die mal für einen Augenblick. Wie steht es mit Ihnen? Warum ist dieses Leben nicht genug? Warum brauchen Sie die Religion?«

»Genau genommen brauche ich sie nicht. Ich meine, fast mein ganzes Erwachsenenleben hindurch bin ich ganz gut ohne sie zurechtgekommen, doch es gibt Zeiten, da ... sehen Sie, ich habe meinen Mann verloren, vor einem Jahr etwa.«

»Ja, ich habe davon gehört.«

Sie wartet einen Augenblick, als rechne sie damit, dass er noch etwas hinzufügt wie »Das tut mir Leid«, aber das macht er nicht.

»Es kam alles ganz plötzlich, ohne jede Warnung. Ein Aneurysma im Gehirn. Wir beide schienen so gut vorwärtszukommen, als es geschah. Martin war gerade befördert worden, und mein letzter Roman hatte einen Preis bekommen – wir wollten einen Teil des Geldes für eine

Reise ausgeben. Genau genommen sahen wir gerade die Prospekte durch, als …« Sie schweigt, offensichtlich von der Erinnerung überwältigt. Ralph Messenger wartet geduldig, bis sie weiterspricht. »Als er zusammenbrach. Er fiel ins Koma und starb einen Tag später im Krankenhaus.«

»Das war hart für Sie, aber ein gutes Ende für ihn.«

»Wie können Sie nur so etwas sagen?« Sie sieht schockiert aus, dann wütend, wütend genug, um aufzustehen. »Er war erst vierundvierzig. Er hatte noch so viele glückliche Jahre vor sich, auf die er sich freuen konnte.«

»Wer weiß? Vielleicht hätte er ein Jahr später irgendeine qualvolle degenerative Krankheit bekommen.«

»Vielleicht auch nicht.«

»Richtig. Vielleicht auch nicht«, gibt Ralph zu.

»Vielleicht hätte er lange und glücklich gelebt, noch viele brillante Radiosendungen gemacht, Enkelkinder gehabt, wäre um die Welt gereist und … und alles mögliche.«

»Aber das weiß er jetzt nicht mehr. Und er hatte nicht mehr die Zeit, darüber nachzudenken. Er starb voller Hoffnung. Deshalb meine ich, es war ein gutes Ende.«

Die Kellnerin kommt mit dem Essen, und sie unterbrechen das Gespräch, während sie bedient werden. Das gibt Helen die Möglichkeit, sich zu beruhigen.

»Sie glauben also, wir hören einfach auf zu existieren, wenn wir sterben?«, sagt sie, als die Kellnerin gegangen ist.

»Nicht im absoluten Sinn. Die Atome meines Körpers sind unzerstörbar.«

»Aber Ihr Selbst, Ihr Geist, Ihre Seele …?«

»Für mich sind das nur Bezeichnungen für gewisse Arten von Gehirnaktivität. Wenn das Gehirn zu arbeiten aufhört, hören sie zwangsläufig ebenso auf.«

»Und das erfüllt Sie nicht mit Verzweiflung?«

»Nein«, sagt er vergnügt und dreht sahnige Tagliatelle auf seine Gabel. »Warum sollte es?« Er schiebt sich die dampfende Pasta in den Mund und kaut sie energisch und schmatzend.

»Na ja, es scheint sinnlos, so viele Jahre damit zu verbringen, Kenntnisse zu erwerben, Erfahrungen anzuhäufen, zu versuchen, gut zu sein, darum zu kämpfen, etwas aus sich zu *machen*, wie man so sagt, wenn nach dem Tod nichts davon bleibt. Es ist, als ob man eine wunderschöne Sandburg unterhalb der Flutmarke baut.«

»Das ist die einzige Stelle am Strand, an der man eine Sandburg bauen *kann*«, sagt Ralph. »Aber wie auch immer, ich habe vor, der Geschichte der Kognitionswissenschaft auf Dauer meinen Stempel aufzudrücken, bevor ich abtrete. Genauso, wie Sie das ja wohl in der Literatur hoffen. Das ist eine Art Leben nach dem Tod. Die einzige.«

»Gut, ja, aber die Zahl der Autoren, die nach ihrem Tod wirklich noch *gelesen* werden, ist winzig. Die meisten von uns enden damit, dass man sie einstampft – im wörtlichen oder im übertragenen Sinn.« Helen schiebt einige schlaffe Blätter Kopfsalat mit bräunlichen Stengeln auf ihrem Teller zur Seite und schneidet dann den Rest in Stücke. »Was bedeutet Kognitionswissenschaft eigentlich genau?«

»Die systematische Erforschung des Geistes«, sagt er. »Das ist das letzte Neuland wissenschaftlicher Forschung.«

»Tatsächlich?«

»Die Physiker kennen den Kosmos inzwischen ziemlich genau. Es ist nur noch eine Frage der Zeit, bis sie eine vereinheitlichte Theorie haben. Die Entdeckung der DNS hat die Biologie ein für alle Mal verändert. Das Bewusstsein ist der größte weiße Fleck auf der Landkarte des menschlichen Wissens. Wussten Sie, dass dies das Jahrzehnt des Gehirns ist?«

»Nein. Wer hat das behauptet?«

»Nun, ich glaube, es war eigentlich Präsident Bush«, sagt Ralph. »Aber er sprach für die wissenschaftliche Gemeinde. Alle möglichen Leute interessieren sich seit kurzem dafür – Physiker, Soziobiologen, Zoologen, Evolutionspsychologen, Mathematiker …«

»Und was davon sind Sie?«, fragt Helen.

»Ich fing als Philosoph an. Ich habe in Cambridge Ethik unterrichtet und über die Philosophie des Geistes promoviert. Dann ging ich mit einem Fellowship nach Amerika und begann, mich mit Computern zu beschäftigen und mit KI …«

»KI?«

»Künstliche Intelligenz. Es gab einmal eine Zeit, in der sich niemand außer ein paar Philosophen für das Problem des Bewusstseins interessierte. Jetzt ist es die heißeste Sache überhaupt.«

»Und wo liegt das Problem?«

Ralph lacht leise vor sich hin. »Finden Sie die Tatsache, dass Sie ein Wesen mit einem Bewusstsein sind, gar nicht überraschend oder verwirrend?«

»Eigentlich nicht. Der Inhalt meines Bewusstseins, ja, natürlich. Empfindungen, Erinnerungen, Gefühle. Die sind sehr problematisch. Meinen Sie das?«

»Nun, die spielen mit hinein. In der Literatur heißen sie *Qualia.*«

»Qualia?«

»Die besondere Qualität unserer subjektiven Erfahrung der Welt – zum Beispiel der Geruch von Kaffee oder der Geschmack von Ananas. Sie sind unverwechselbar, aber sehr schwer zu beschreiben. Niemand hat bisher herausgefunden, wie man sie erklären kann. Niemand hat bewiesen, dass sie tatsächlich existieren.« Weil er merkt, dass sie gleich protestieren will, fügt er hinzu: »Natürlich *scheinen* sie nur allzu wirklich, aber sie könnten genauso gut Implementierungen von etwas Grundlegenderem und Mechanischerem sein.«

»›Die Leitungen in unserem Kopf‹?«, sagt sie.

Ralph lächelt erfreut. »Sie haben meine Fernsehserie gesehen?«

»Nur einen kleinen Teil, fürchte ich.«

»Nun, ich stimme den Neurowissenschaftlern nicht in jeder Hinsicht zu. Gut, der Geist ist eine Maschine, aber eine *virtuelle* Maschine. Ein System aus Systemen.«

»Vielleicht ist er überhaupt kein System.«

»Oh, natürlich ist er das. Wie alles im Universum. Als Wissenschaftler muss man von dieser Annahme ausgehen.«

»Ich vermute, das ist der Grund, warum ich in der Schule die naturwissenschaftlichen Fächer aufgegeben habe, sobald das möglich war.«

»Nein, ich vermute, Sie haben sie aufgegeben, weil sie Ihnen in Form von destillierter Langeweile löffelweise verabreicht wurden … Wie auch immer, das Problem des Bewusstseins ist im Wesentlichen das alte Geist-Körper-Problem, das uns Descartes hinterlassen hat. Meine graduierten Studenten nennen unser Centre »The Mind/Body Shop«. Wir wissen, dass der Geist nicht aus irgendwelchem immateriellen Spukzeugs besteht, dem Gespenst in der Maschine. Aber woraus besteht er dann? Feuernden Neuronen? Neurotransmittern, die von Synapse zu Synapse springen? In gewissem Sinne ja, denn das ist alles, was wir beobachten können. Man kann heute PET-Scans und MRS-Scans machen, die zeigen, wie die verschiedenen Hirnareale wie ein Flipper aufleuchten, wenn bei einer Versuchsperson verschiedene Gefühle und

Empfindungen ausgelöst werden. Aber wie wird diese Aktivität in Denken übersetzt? Wenn übersetzen das richtige Wort dafür ist, was es wahrscheinlich nicht ist. Gibt es eine Art vorsprachliches Medium des Bewusstseins – Mentalesisch –, das ab einem gewissen Punkt zu bestimmten Zwecken durch bestimmte Teile des Gehirns, die darauf spezialisiert sind, in Sprache verwandelt wird? Das ist eine der Fragen, die mich interessieren.«

»Was ist, wenn sie unbeantwortbar sind?«

»Es gibt auf diesem Gebiet ein paar Leute, die dieser Ansicht sind. Sie heißen Mysteriker.«

»Mysteriker. Mir gefällt, wie das klingt«, sagt sie. »Ich glaube, ich bin Mysterikerin.«

»Sie glauben, dass das Bewusstsein eine irreduzible, offenkundige Tatsache in dieser Welt ist, die nicht durch andere Begriffe erklärt werden kann.«

»Oh. Ich dachte, es hätte eher etwas mit Keats' negativer Befähigung zu tun«, sagt Helen. Sie klingt enttäuscht.

»Was bedeutet das?«

»Wenn jemand fähig ist, das Ungewisse, die Mysterien, die Zweifel zu ertragen, ohne alles aufgeregte Greifen nach Fakten und Verstandesgründen.«

»Nein, diese Jungs sind Wissenschaftler und Philosophen, keine Dichter. Aber ich glaube, Sie haben Unrecht damit, die Suche nach einer Erklärung aufzugeben.«

»Wie lautet Ihre?«

»Ich denke, der Geist ist wie ein Computer – Sie benutzen doch einen Computer?«

»Ich habe einen Laptop. Ich benutze ihn wie eine bessere Schreibmaschine. Ich habe keine Ahnung, wie er die Tricks fertig bringt, die er fertig bringt.«

»OK. Ihr PC ist ein serieller Computer. Er erledigt eine Aufgabe nach der anderen mit einer irrsinnigen Geschwindigkeit. Das Gehirn ähnelt eher einem parallelen

Computer, mit anderen Worten, es lässt viele Programme gleichzeitig ablaufen. Was wir ›Aufmerksamkeit‹ nennen, ist eine besondere Interaktion zwischen verschiedenen Teilen des Gesamtsystems. Die Subsysteme und die möglichen Verbindungen und Kombinationen zwischen ihnen sind so zahlreich und komplex, dass es sehr schwierig ist, den gesamten Prozess zu simulieren – genau genommen unmöglich beim gegenwärtigen Stand der Technik. Aber wir kommen hin, wie British Rail immer sagt.«

»Sie meinen, Sie versuchen einen Computer zu entwickeln, der denkt wie ein Mensch?«

»Das ist im Prinzip das ultimative Ziel.«

»Und der fühlt wie ein Mensch? Ein Computer, der einen Kater hat und sich verliebt und Trauer empfinden kann?«

»Einen Kater haben heißt, eine bestimmte Art Schmerzen haben, und Schmerz war schon immer eine harte Nuss«, sagt Ralph vorsichtig. »Aber ich glaube nicht, dass es grundsätzlich unmöglich ist, einen Roboter zu entwickeln und zu programmieren, der eine symbiotische Beziehung zu einem anderen Roboter eingeht und der Anzeichen von Kummer zeigt, wenn man den anderen Roboter abschaltet.«

»Sie machen natürlich Witze.«

»Keineswegs.«

»Aber das ist absurd!«, ruft Helen. »Wie können Roboter Gefühle haben? Sie sind nichts als ein Haufen Metall und Drähte und Plastik.«

»Im Augenblick sind sie das«, sagt er. »Aber es gibt keinen Grund, warum die Hardware in Zukunft nicht aus irgendeinem organischen Material bestehen sollte. In Amerika haben sie bereits synthetisches elektromechanisches Muskelgewebe für Roboter entwickelt. Oder wir könnten Computer auf Kohlenstoffbasis entwickeln, wie natürliche Organismen, statt auf Siliziumbasis.«

»Ihr Mind/Body Shop klingt wie eine moderne Version von Frankensteins Labor.«

»Wenn's doch nur so wäre«, sagt er mit einem wehmütigen Lächeln. »Wir haben nicht die Mittel, unsere eigenen Roboter zu bauen. Der größte Teil unserer Arbeit besteht aus Theorie oder Simulation. Das ist billiger – aber weniger spannend. Das, womit wir Frankensteins Labor am nächsten kommen, ist Max Karinthys Wandgemälde.«

»Und was ist das?«

»Ich kann es Ihnen jetzt gleich zeigen, wenn Sie Zeit haben. Und Ihnen eine Tasse vom besten von einer Maschine gemachten Kaffee geben, den Sie je getrunken haben.«

»Gut«, sagt sie. »Danke.«

Als die Bedienung die Rechnung bringt, will Ralph sie bezahlen, aber Helen besteht darauf, ihren Anteil zu übernehmen, und er macht keine große Sache daraus.

»Es macht Ihnen nichts aus, zu Fuß zu gehen?«, fragt er, als sie die Treppe in die Lobby hinabgehen.

»Nein, überhaupt nicht.«

»Es kommt ein Pendelbus in …« Er wirft einen Blick auf seine wuchtige Armbanduhr aus Edelstahl. »In etwa zehn Minuten.«

»Nein, ich gehe gern zu Fuß«, sagt sie. »Das ist der einzige Sport, den ich treibe.«

»Ich auch. Auf dem Campus gehe ich immer zu Fuß, es sei denn, es regnet.«

Draußen regnet es nicht, doch es sieht so aus, als würde es gleich anfangen. Ein feuchter Wind bläst auf dem Campus, über den graue Wolken ziehen. Sie nehmen den

Weg, der am See entlangführt, wobei sie immer wieder hintereinander gehen müssen, sobald das Läuten der Klingeln sie vor näher kommenden Fahrrädern warnt. Weil es ein Mittwochnachmittag ist, gibt es Anzeichen sportlicher Aktivitäten. Schwach erklingen Rufe und Schreie von den Spielfeldern am Ostrand herüber, und ein Rugbyball steigt und fällt sich um sich selbst drehend in einem Bogen durch die Luft. Auf dem See surfen einige Studenten in Tauchanzügen. Die leuchtend bunten Scherben ihrer Segel, die mit dem dunklen Wasser kontrastieren, bieten zwar einen hübschen Anblick, doch der See ist für diese Zwecke kaum groß genug: Kaum haben die Bretter eine gewisse Geschwindigkeit erreicht, müssen die Surfer flink wenden, damit sie nicht gegen das Ufer oder ineinander fahren. Viele kentern.

»Ich weiß, woran mich dieser Ort erinnert«, sagt Helen plötzlich. »Gladeworld. Waren Sie schon mal da?«

»Nein. Was ist das?«

»Eine Art exklusives Feriendorf. Ich bin letzten Sommer mit der Familie meiner Schwester hingefahren. Es liegt in einem großen Stück Waldland, umgeben von einem Drahtzaun. Man lebt in kleinen Häusern, die direkt zwischen die Bäume gebaut wurden. In der Mitte gibt es eine mächtige Kunststoffkuppel mit einer Art Schwimmbad nebst botanischem Garten, mit vielen Wasserfällen und Whirlpools und ähnlichem. Und es gibt einen Supermarkt und Restaurants und Sporthallen – und einen künstlichen See zum Segeln und Windsurfen, der dazu nicht groß genug ist. Das hat mich daran erinnert. Das und die Fahrräder. Es ist nicht erlaubt, in Gladeworld Auto zu fahren, nachdem man das Gepäck ausgeladen hat. Jeder leiht sich Fahrräder oder geht zu Fuß. Alles, was man die Ferien über braucht, gibt es innerhalb des Zauns. Man muss nie nach draußen gehen.«

»Klingt grässlich.«

»Ich muss zugeben, die Kinder meiner Schwester waren begeistert. Doch ein bisschen fühlte ich mich, als ob ich in der Falle sitze. Es gibt eine bewachte Sicherheitsschranke, die dafür sorgt, dass kein Unbefugter hineinkommt, doch ich kann mir nicht helfen, es kam mir so vor, als sei sie auch dazu da, uns daran zu hindern, hinauszugehen.«

Eine Zeit lang gehen sie schweigend.

»Ich habe den Eindruck, Sie wären lieber nicht hierher gekommen«, sagt er.

»Ich habe wahrscheinlich Heimweh«, sagt sie. »Ich vermute, dass ich mich bald eingewöhnt habe und dass es mir gefällt.«

»Warum haben Sie sich für den Job beworben?«

»Zunächst einmal brauche ich das Geld.«

»Aber die zahlen Ihnen Peanuts!«, ruft er und fügt hinzu: »Ich weiß das zufällig, weil ich im akademischen Auswahlkomitee des Senats sitze. Ich habe die Unterlagen gesehen.«

»Für Sie sind das vielleicht Peanuts, aber ich brauche sie«, sagt Helen. »Leider Gottes verdiene ich mit meinen Büchern nicht sehr viel. Und obwohl Martin eine Lebensversicherung hatte, bringt die nur eine bescheidene Jahresrente. Aber Sie haben Recht. Es war nicht nur wegen des Geldes. Meine Tochter pausiert ein Jahr zwischen Schule und Universität, sie ist in Australien. Es war alles so geplant, bevor Martin starb, und ich wollte sie nicht davon abhalten. Heute macht das jeder. Und mein Sohn ist für ein Auslandsjahr in Iowa – er studiert Amerikanistik in Manchester. Ohne sie kam mir das Haus riesig und voller Echos vor. Und voll zu vieler Erinnerungen. Ich dachte, ein Tapetenwechsel würde mir gut tun …«

Sie schweigt. Ralph gibt ein vage zustimmendes Grunzen von sich.

»Wie steht's mit Ihnen?«, fragt sie. »Gefällt's Ihnen hier?«

»Es ist schon in Ordnung«, sagt er, »aber ich würde durchdrehen, wenn ich nicht von Zeit zu Zeit rauskäme.«

»Zu Konferenzen und zu Ausflügen in die Welt der Medien?«

Er blickt sie fragend an, als ob ihre Wortwahl ihn getroffen hätte. »Derlei Dinge, ja. Es gibt schlimmere Orte zum Leben, aber es ist ein wenig verschlafen und provinziell. Die Universität war in den Siebzigern in Mode, aber sie erhielt nie genug Geld, um auf eine überlebensfähige Größe anzuwachsen, jedenfalls nicht, was ernsthafte wissenschaftliche Forschung betrifft. Jetzt ist sie ehrlich gesagt auf dem absteigenden Ast. Wie ein Fußballclub, der sich verzweifelt bemüht, nicht aus der ersten Liga abzusteigen. Das war mir nicht ganz klar, als man mir anbot, Direktor des Centre zu werden. Ich war glücklich an der Cal Tech, aber das hier schien mir ein Angebot, das ich nicht ablehnen konnte – mein eigenes Ding durchzuziehen in einem eigens dafür errichteten, preisgekrönten Gebäude.« Er zeigt auf das gedrungene zylindrische Gebäude, das jetzt in ihr Blickfeld gekommen ist und das eine von einer Furche durchzogene Kuppel und undurchsichtige Glaswände besitzt.

»Ich habe gehört, dass die Kuppel die beiden Hemisphären des Gehirns darstellt«, sagt Helen.

»Das stimmt.«

»Warum bestehen die Wände aus Spiegelglas?«

»Können Sie das nicht erraten?«

Helen lächelt wie über einen privaten Witz und runzelt dann die Stirn, während sie sich konzentriert. »Weil man hinaus-, aber nicht hineinsehen kann? Wie beim Geist?«

»Gut gemacht.« Ralph nickt wie ein zufriedener Lehrer. »Das ist die eine Hälfte der Antwort. Aber wenn es dunkel ist, wenn die Lichter eingeschaltet sind, kann man alles, was im Gebäude vor sich geht, von außen sehen, was die Erklärungskraft wissenschaftlicher Forschung symbolisieren soll. Jedenfalls wollte der Architekt das ausdrücken.«

»Aber wenn man die Jalousien zuzieht …«

»Gut beobachtet!«, lacht Ralph. »Der Architekt hatte bei seinem Entwurf Jalousien und Vorhänge explizit ausgeschlossen, doch bei strahlendem Sonnenschein fanden die Leute ihre Büros unerträglich, also musste er sie anbringen, und einige von uns ziehen sie gerne zu, wenn es dunkel wird.«

»Was die Symbolik ruiniert.«

»Eigentlich nicht. Beim Bewusstsein können Sie immer die Jalousien herunterziehen. Wir wissen niemals sicher, was andere Menschen wirklich denken. Selbst wenn sie sich entschließen, es uns mitzuteilen, können wir niemals sicher sein, ob sie die Wahrheit – oder die ganze Wahrheit – sagen. Und ebenso kann niemand unsere Gedanken kennen, so wie wir sie kennen.«

»Was vielleicht nur gut ist. Das Zusammenleben wäre schwierig, wenn's anders wäre.«

»Absolut. Stellen Sie sich bloß vor, was aus der Dinnerparty der Richmonds geworden wäre, wenn jeder wie in einem Comic eine Sprechblase über dem Kopf gehabt hätte, in der *Denkt …* steht.« Er sieht Helen direkt in die Augen, als er das sagt, als ob er darüber spekuliert, was Helen wohl über jenen Abend denkt.

Sie errötet ein wenig. »Ich vermute, das ist der Grund, warum die Leute Romane lesen«, sagt sie. »Um herauszufinden, was in den Köpfen anderer Menschen vor sich geht.«

»Aber alles, was sie wirklich herausfinden, ist, was im Kopf des Autors vor sich ging. Das ist keine echte Erkenntnis.«

»Oh. Was ist dann echte Erkenntnis?«

»Wissenschaftliche Erkenntnis. Das Problem ist, wenn man die Erforschung des Bewusstseins auf das beschränkt, was empirisch beobachtet und gemessen werden kann, verzichtet man auf das, was dabei absolut entscheidend ist.«

»Qualia.«

»Genau. Es gibt einen alten Witz, der in fast jedem Buch über das Bewusstsein auftaucht. Zwei Behavioristen haben Sex, und hinterher sagt der eine zum anderen: ›Für dich war's großartig, wie war's für mich?‹«

Helen hat diesen Witz noch nicht gehört und lacht.

»Das ist das Problem des Bewusstseins mit einem Wort«, sagt Ralph. »Wie kann man eine objektive Darstellung in der dritten Person von etwas geben, das ein subjektives Phänomen in der ersten Person ist?«

»Oh, Romanautoren machen das doch schon seit zweihundert Jahren«, sagt Helen leichthin.

»Was meinen Sie damit?«

Sie bleibt auf dem Weg stehen, hebt eine Hand, schließt die Augen und runzelt konzentriert die Stirn. Dann zitiert sie, fast ohne zu zögern oder bei einzelnen Worten zu stocken: »Sie, Kate Croy, wartete, dass ihr Vater hereinkäme, aber er ließ sie, vielleicht mit Absicht, unbillig lange warten, und es gab Augenblicke, in denen sich ihr im Spiegel über dem Kamin ein Gesicht zeigte, das wirklich bleich war von jener Erregung, die sie schon zu dem Entschluss gebracht hatte, zu gehen, ohne ihn gesehen zu haben. Gerade als sie so weit war, blieb sie jedoch; sie wechselte den Platz, setzte sich von dem schäbigen Sofa auf den Sessel, der mit einem Chintz bezogen war, der ihr sofort – sie hatte es ausprobiert – das Gefühl von etwas Glattem und Klebrigem gab.«

Er starrt sie an. »Was ist denn das?«

»Henry James. Die Anfangssätze aus *Die Flügel der Taube.*« Helen geht weiter, und Ralph fällt neben ihr in Gleichschritt.

»Ist das ein Partytrick von Ihnen – dicke Brocken klassischer Romane aus dem Gedächtnis zu zitieren?«

»Ich habe eine Doktorarbeit über die Erzählperspektive bei Henry James angefangen«, sagt Helen. »Aber leider nie zu Ende geschrieben. Einige der entscheidenden Zitate sind hängen geblieben.«

»Machen Sie's noch mal.«

Helen wiederholt das Zitat und sagt: »Sehen Sie – da haben Sie Kates Bewusstsein, ihre Gedanken, ihre Gefühle, ihre Ungeduld, ihr Zögern, ob sie bleiben oder fortgehen soll, die Wahrnehmung ihrer eigenen Erscheinung im Spiegel, die scheußliche Struktur der Polsterung des Sessels, ›das Gefühl von etwas Glattem und Klebrigem‹ – wie machen sich die als Qualia? Und doch wird alles in der dritten Person erzählt, in präzisen, eleganten, wohlgeformten Sätzen. Es ist subjektiv *und* objektiv.«

»Na ja, es ist wirkungsvoll geschrieben, so viel gebe ich zu«, sagt Ralph. »Aber es ist eine literarische Fiktion, keine Wissenschaft. James kann nur deshalb behaupten, dass er weiß, was im Kopf von Kate Wieheißtsienoch vor sich geht, weil er es dort hineingelegt hat, er hat sie erfunden. Aufgrund eigener Erfahrung und Volkspsychologie.«

»Henry James hat nichts Volkstümliches an sich.«

Er wischt ihre Spitzfindigkeit beiseite. »Volkspsychologie ist ein Begriff, den wir im Gewerbe benutzen«, sagt er. »Er bedeutet Annahmen über menschliches Verhalten und menschliche Motivation, darüber, wie Menschen ticken, aufgrund tradierter Weisheit und gesundem Menschenverstand. Das funktioniert im gewöhnlichen Zusammenleben ganz gut – wir kämen gar nicht aus ohne sie. Und es funktioniert ganz gut in Romanen und Filmen, von *Die Flügel der Taube* bis hin zu *Eastender.* Aber es ist nicht objektiv genug, um als Wissenschaft zu gelten. Wäre Kate ein richtiger Mensch, hätte sich James niemals anmaßen können zu sagen, was sie über diesen Sessel dachte, wenn sie es ihm nicht gesagt hätte.«

»Aber wenn Kate Croy ein richtiger Mensch wäre, könnte Ihre Kognitionswissenschaft uns nichts über sie verraten, was wir wissen wollten.«

»Das Wort ›nichts‹ würde ich nicht akzeptieren. Aber Sie haben Recht. Im Augenblick müssen wir uns damit zufrieden geben, weniger über das Bewusstsein zu wissen, als Romanautoren zu wissen vorgeben. Da wären wir.«

Sie haben den Eingang zum Holt Belling Centre für Kognitionswissenschaft erreicht.

Schiebetüren aus verstärktem Glas, in die groß die miteinander verschlungenen Buchstaben HB eingraviert sind, öffnen sich automatisch, als sie sich nähern, und zerschneiden leise die Luft hinter ihnen. Das Foyer ist von einem blauen Unterwasserlicht erfüllt, das durch die getönten Scheiben gefiltert wird. Von innen kann man sehen, dass das gesamte Gebäude zum größten Teil aus Stahl und Glas besteht. Von einem zentralen Atrium aus führen die Büros, Arbeitsräume und anderen Zimmer schräg nach außen. Ihre bogenförmigen inneren Wände bestehen aus Glas, sodass ein Besucher mit einem Blick die verschiedenen Aktivitäten, die in jedem Segment vor sich gehen, erkennen kann, selbst wenn die meisten Leute, die zu sehen sind, so ziemlich dasselbe tun: Sie sitzen an Schreibtischen und starren auf Computermonitore, wobei sie gelegentlich die Tastatur bedienen. Die drei Stockwerke des Gebäudes sind durch einen Liftschacht miteinander verbunden, der an der gegenüberliegenden Seite des Eingangs zum Atrium liegt, sowie durch eine offene Wendeltreppe aus Edelstahl und poliertem Holz, die sich von der Mitte des Erdgeschosses aus nach oben windet und mit den Stockwerken darüber durch horizontale Laufgänge und Galerien verbunden ist.

»Fällt Ihnen an der Wendeltreppe irgendetwas Ungewöhnliches auf?«, fragt Ralph.

»Hm. Sie ist äußerst elegant, besonders das Geländer«, sagt Helen.

»Nein, nicht das. Sie ist linksdrehend, wie die Doppelhelix der DNS. Wendeltreppen gehen in der Regel in die andere Richtung.«

»Ah, das habe ich nicht gewusst.«

Er zeigt ihr die Zimmer im Erdgeschoss: ein allgemeines Büro, eine kleine Bibliothek, ein Hörsaal mit schräg ansteigenden hochgeklappten Sitzreihen, Arbeitsräume für die postgraduierten Studenten mit identischen Computer-Terminals, die auf den Tischen aufgereiht sind, und einem klimatisierten Raum im Untergeschoss, den Ralph das Gehirn des Gebäudes nennt, voller Computer verschiedener Formen und Größen, die vor sich hin summen und blinken und auf deren Disketten und Bändern der größte Teil der Arbeit des Centre gespeichert ist. Ein Mann in einem weißen Laborkittel studiert einen Ausdruck einer dieser Maschinen. Ralph stellt ihn Helen als Stuart Phillips vor, seinen Systemverwalter. Helen bemerkt, dass alle Maschinen weiße Karten mit aufgedruckten Namen besitzen, die an den Gehäusen befestigt sind. Haddock, Thompson-Eins, Thompson-Zwei, Struppi und so weiter.

Stuart Phillips sagt: »Man macht leicht Fehler, wenn man ihre technischen Bezeichnungen – Buchstaben und

Zahlen – benutzt, um über sie zu sprechen, also geben wir ihnen Spitznamen.«

»Warum Namen aus *Tim und Struppi?*«, fragt Helen.

»Das war Professor Messengers Idee«, sagt Stuart Phillips und wendet sich Ralph zu.

»Meine Kinder haben sie sehr gemocht«, sagt er. »Sie mögen sie eigentlich immer noch – und ich, ehrlich gesagt, auch.«

Er führt sie in den Gemeinschaftsraum im Untergeschoss, der mit niedrigen modernen Sofas und Sesseln ausgestattet ist, die vom langen Gebrauch fleckig und abgewetzt sind, sowie mit einer strahlenden Schweizer Kaffeemaschine. Drei junge Männer in Jeans, Sporthemden und Turnschuhen unterhalten sich in einer Ecke. Ralph stellt sie Helen als Doktoranden vor: Jim, Carl (aus Deutschland) und Kenji (aus Japan). Sie fragt sie, woran sie arbeiten. Jim sagt Robotik, Carl sagt Affektmodellierung, Kenji sagt etwas Undeutliches, das Ralph ihr zuliebe wiederholt – »genetische Algorithmen«.

»Ich kann mir vorstellen, was Robotik ist«, sagt Helen, »aber was um alles in der Welt bedeuten die anderen Dinge?«

Carl erklärt, dass Affektmodellierung der Versuch ist, die Art, wie Gefühle menschliches Verhalten beeinflussen, auf dem Computer zu simulieren.

»Gefühle wie Trauer?«, sagt Helen und sieht Ralph an.

»Genau das«, sagt er, »obwohl Carl eigentlich an einem Programm über die Mutterliebe arbeitet.«

»Das würde ich gerne sehen«, sagt Helen.

»Ich fürchte, ich bin nicht in der Lage, eine Demonstration durchzuführen«, sagt Carl. »Ich schreibe das Programm gerade um.«

»Ein andermal«, sagt Ralph.

»Und genetische Wieheißtdas?«, fragt Helen und wendet sich an Kenji. Der junge Mann, dessen Englisch nicht so gut ist wie das von Carl, schwitzt und stammelt sich durch eine Erklärung, die Ralph taktvollerweise Helen zuliebe zusammenfasst: Genetische Algorithmen sind Computerprogramme, die dazu entwickelt wurden, sich selbst wie biologische Lebensformen zu replizieren. »Alle Programme erhalten ein Problem, das sie lösen sollen, und diejenigen, die das am besten machen, dürfen sich für den nächsten Test reproduzieren. Mit anderen Worten, zwei finden zusammen und haben Sex« – wie Ralph das zum Vergnügen seiner Studenten nennt. »Wir zerlegen jedes Programm in zwei Teile und tauschen die Hälften aus. Wenn man das oft genug macht, hat man am Ende manchmal ein Programm, das leistungsfähiger ist als eins, das ein menschlicher Programmierer hätte erfinden können.«

»Aber sie könnten außer Kontrolle geraten«, sagt Helen, »und die Welt übernehmen.«

»Höchstwahrscheinlich würde es damit enden, dass sie in Gemeinschaftsräumen darüber diskutieren, ob Menschen Bewusstsein haben oder nicht«, sagt er.

Die jungen Männer lachen höflich. Vielleicht weil sie glauben, dass sie etwas Fleiß und Hingabe gegenüber ihrer Arbeit zeigen sollten, gehen sie und lassen Ralph und Helen allein zurück. Er fragt sie, welche Art Kaffee sie gerne trinken würde, und drückt die entsprechenden Knöpfe der Maschine. Er sieht ihr erwartungsvoll zu, als sie an ihrem mit Schokopulver bestreuten Cappuccino nippt.

»Hmm, ausgezeichnet«, sagt sie. »Nur der Styroporbecher trübt das Bild etwas.«

»Na ja, die ständigen Mitarbeiter haben welche aus Porzellan«, sagt er und geht hinüber zu einem Brett, an dem mehrere verschieden bemalte Becher an Haken hängen, die die Namen der Besitzer tragen. Er nimmt einen schwarzen Becher, auf dem in weißen Großbuchstaben das Wort BOSS geschrieben steht, und stellt ihn unter den Hahn der Kaffeemaschine, um ihn mit einem doppelten Espresso mit Zucker zu füllen.

»Sie haben also keinen speziellen Gemeinschaftsraum für die Dozenten?«, kommentiert Helen. »Sehr demokratisch.«

»Na ja, wir haben nur Studenten mit Abschluss. Wir bieten keine Kurse für Studienanfänger an, sehr zum Missvergnügen der Universität.«

»Warum das denn?«

»Ich will nicht, dass meine Leute Zeit und Energie darauf verschwenden, Studienanfängern die Grundlagen des Programmierens beizubringen.«

»Nein, ich meine, warum gefällt das der Universität nicht?«

»Studentenzahlen bedeuten Geld. Die höhere Ausbildung ist ein Markt heutzutage, wissen Sie?« Er schaut sie über seinen Kaffeebecher hinweg an. »Das ist im Augenblick bei uns ein wunder Punkt. Ich könnte Sie mit dem Thema leicht zu Tode langweilen.«

»Versuchen Sie's«, sagt sie.

»Also gut, ganz kurz. Dieses Gebäude wurde mithilfe einer Stiftung der Holt Belling GmbH errichtet – der damalige Vizekanzler war mit dem Vorstandsvorsitzenden befreundet. Sie stellten das Kapital und die Hälfte der laufenden Kosten, die Universität bezahlt die andere Hälfte. Die Vereinbarung wird alle fünf Jahre erneuert. Nächstes Jahr gehen die zweiten fünf Jahre zu Ende, und Holt Belling will nicht erneuern. Sie sind voller Bewunderung für das, was wir hier machen, aber sie können es sich einfach nicht mehr leisten, uns weiter zu unterstützen. Ich kann ihnen keinen Vorwurf machen. Microsoft hat ihnen in letzter Zeit eine Menge Geschäfte weggeschnappt, und sie haben Finanz-Probleme. Ohnehin war schon immer geplant, dass sie sich schließlich zurückziehen und dass die Universität die volle finanzielle Verantwortung für uns übernimmt. Doch auch die Universität hat nicht genügend Geld. Der neue Vizekanzler und sein Komitee für öffentliche Sicherheit – so nenne ich seinen Trupp Verwaltungsbeamter – sagen mir, dass sie nicht die Kosten für den ganzen Betrieb tragen können.«

»Und was passiert dann?«

»Im allerschlimmsten Fall wird hier dichtgemacht.« Er lächelt sardonisch, als er hinzufügt: »Vielleicht verwandeln sie das Gebäude in ein Zentrum für Kreatives Schreiben. Von Jasper Richmond weiß ich, dass dem englischen Fachbereich der Platz ausgeht. Und mit Kreativem Schreiben wäre das Komitee für öffentliche Sicherheit überaus zufrieden.«

»Tatsächlich?« Helen klingt überrascht.

»O ja. Die Kurse sind sehr beliebt, sie sprechen eine Menge Bewerber an, Studienanfänger ebenso wie solche mit Abschluss. Amerikaner entscheiden sich dafür, ihr Auslandsjahr hier zu verbringen, denn sie können Scheine in Kreativem Schreiben machen. Viele Studenten, viele Studiengebühren. Der englische Fachbereich verpflichtet verarmte Schriftsteller, sie auf der Basis von kurzfristigen Zeitverträgen zu unterrichten …«

»Für Peanuts«, wirft Helen ein.

»Für Peanuts, genau. Nur das Honorar, ohne Beiträge zur Rentenversicherung, ohne Anspruch auf ein Forschungssemester oder Mutterschaftsurlaub. Für die da oben ist es unerheblich, wer die Kurse leitet. Vom wirtschaftlichen Standpunkt aus ist es ein Unternehmen, das bei geringen Kosten viel einbringt. Ob die Welt wirklich noch mehr Romanautoren braucht, ist Ansichtssache.«

»Braucht sie mehr Kognitionswissenschaftler?«

»*Ich* bin davon überzeugt, naheliegenderweise. Die Zukunft wird von Computerwissenschaft und Gentechnik beherrscht. Dazu braucht man Leute, die die fundamentalen Probleme und Möglichkeiten dieser Dinge verstehen, nicht nur die Anwendungen. Aber unsere Herren scheinen das nicht zu begreifen. Es ist immer schwer, Gelder zu bekommen, wenn man ins Blaue hinein forschen will, gleichgültig, auf welchem Gebiet.«

»Aber Sie können doch nicht ernsthaft glauben, dass die Universität den Laden dichtmacht.«

»Nein. Na ja, jedenfalls nur als letzten Ausweg. Wir sind eins der wenigen Institute von Weltrang, Platz fünf bei der letzten Forschungsevaluation. Es wäre schlechtes Management, ganz zu schweigen von der schlechten PR, wenn die Universität uns einfach den Stecker rauszieht. Wahrscheinlicher ist, dass wir aufgefordert werden, den Gürtel enger zu schnallen und Kurse für Studienanfänger anzubieten.«

»Können Sie keinen neuen Sponsor finden?«

»Das ist vertrackt. Sehen Sie, eine der Bedingungen der ursprünglichen Stiftung bestand darin, dass das Gebäude immer den Namen Holt Belling Centre trägt. Man kann sich kaum eine konkurrierende Organisation vorstellen, die damit glücklich wäre. Selbst weitere Mittel zur Finanzierung einzelner Projekte zu bekommen ist ziemlich schwierig – aus demselben Grund. Unsere größte Hoffnung ist im Augenblick das VM.«

»Das Verteidigungsministerium?«

»Sie haben an einigen unserer Arbeiten Interesse gezeigt, und natürlich ist Publicity das Letzte, was sie wollen. Egal, was passiert, für mich bedeutet das noch mehr Papierkram. Doch Schluss jetzt mit diesen langweiligen Verwaltungsproblemen«, sagt er, nimmt Helens leeren Plastikbecher und seine eigene Tasse und trägt sie hinüber zum Spülbecken, um ersteren wegzuwerfen und letztere auszuspülen. »Kommen Sie, ich zeige Ihnen Karinthys Wandgemälde.«

Auf dem Weg dorthin begegnen sie in einem der Gänge Jim, einem postgraduierten Studenten, der einen kleinen, etwa sechzig Zentimeter großen Roboter beobachtet. Er besitzt drei Räder, einen rotierenden Kopf mit Linsen als Augen und ein Paar mechanische Klauen.

»Das ist Arthur«, sagt Ralph. »Der jüngste Neuzugang zur Verstärkung des Fachbereichs. Von der Stange gekauft.«

Im Augenblick rührt sich Arthur nicht, sondern blickt in eine Ecke wie ein kleiner Junge, der dort stehen muss, weil er im Unterricht gestört hat.

»Was macht er?«, fragt Helen.

»Er misst den Raum aus«, sagt Jim. »Prägt ihn sich ein.«

Abrupt dreht sich Arthur auf seinen Rädern herum und setzt sich in Richtung der anderen Seite des Ganges in Bewegung, wo er ziemlich heftig gegen die Wand kracht.

»Autsch«, sagt Jim und runzelt die Stirn. »Irgendetwas kann nicht stimmen mit dem Programm.« Arthur rollt von der Wand zurück und betrachtet sie irgendwie sprachlos.

»Er sieht aus, als hätte er noch einen langen Weg vor sich, bevor er anfangen kann, sich mit anderen Robotern zu verabreden«, sagt Helen zu Ralph.

»Ja«, sagt Ralph. »Wir sind schon froh, wenn wir ihm beibringen können, Abfall vom Boden aufzuheben. Gehen wir weiter.«

Ralph führt Helen zum Lift. Nicht nur die Wände bestehen aus Glas, sondern auch der Boden, sodass man zwischen den eigenen Füßen auf die Kabel und die Maschinerie im Schacht hinunterblicken kann, wenn man

Lust dazu hat, was bei Helen jedoch eindeutig nicht der Fall ist. Während sie leise und reibungslos in die Höhe steigen, erklärt Ralph, dass Max Karinthy ein ungarisch-amerikanischer Philosoph und Amateurmaler war, der vor ein paar Jahren als Stipendiat für ein Forschungsjahr aus Princeton ins Centre gekommen war und sich mit Ralphs Erlaubnis, ja, von Ralph geradezu ermutigt, damit beschäftigte, den zweiten Stock des Gebäudes mit einem Wandgemälde zu schmücken, das verschiedene bekannte Theorien und Gedankenexperimente aus Kognitionswissenschaft, Evolutionspsychologie und der Philosophie des Geistes illustrieren sollte.

Der Lift hält in der Galerie im zweiten Stock, und seine Glastüren öffnen sich mit einem mechanischen Seufzen. »Ach du meine Güte!«, ruft Helen, als sie hinaustritt. Auf diesem Stock bestehen die Innenwände der Zimmer nicht aus Glas wie in den beiden Stockwerken darunter, sondern aus solidem verputzten Backstein, der den gewölbten Untergrund für ein Gemälde bildet, das um die ganze Kreislinie des Atriums herumführt. Eine Reihe sich überschneidender Szenen, Figuren und Vignetten, die in einem kühnen expressionistischen Stil gemalt sind, führt vom Liftschacht aus nach rechts und nach links bis zur gegenüberliegenden Seite der Galerie, wodurch eine Art Rundgemälde entsteht. Im Gegensatz zur High-Tech-Nüchternheit des übrigen Gebäudes eine Orgie von Farben und Formen.

»Ziemlich beeindruckend, nicht wahr«, sagt Ralph, der mit ihrer Reaktion zufrieden scheint. »Möchten Sie eine Führung?«

»Bitte.«

Er wendet sich nach links, und Helen folgt ihm. Das erste Bild, das ins Auge fällt, zeigt eine riesige schwarze Fledermaus, die mit ausgebreiteten Flügeln auf den Betrachter zufliegt wie ein Stealth-Bomber und die von fein gezeichneten konzentrischen Kreisen umgeben ist.

»In den frühen Siebzigern schrieb ein Philosoph namens Thomas Nagel einen berühmten Aufsatz mit dem Titel *Wie ist es, eine Fledermaus zu sein*«, erklärt Ralph. »Sein Argument war, dass es für uns absolut keine Möglichkeit gibt, zu wissen, wie es ist, eine Fledermaus zu sein – die einzige Möglichkeit, das zu wissen, besteht darin, eine Fledermaus zu *sein*. Ergo sind die Qualia unbeschreibbar, *ergo* ist die wissenschaftliche Erforschung des Bewusstseins unmöglich. Ein sehr simples Argument, meiner Meinung nach, doch zu seiner Zeit kam es überraschend gut an. Eine Fledermaus für das Gedankenexperiment zu wählen, war allerdings genial – es sind so unheimliche Kreaturen. Wussten Sie, dass sie sich mit einem Echolot orientieren, wie mit einem Radar?« Er deutet auf die konzentrischen Ringe. »Als einer der Jungs, die das entdeckt hatten, das bei einer wissenschaftlichen Konferenz beschrieb, kam hinterher irgendein alter Professor auf ihn zu und griff ihn praktisch an, so lächerlich fand er diese Idee.«

»Was machen die beiden Fledermäuse dort im Hintergrund?«, fragt Helen und deutet auf ein Paar dieser Kreaturen, die sich in einer disneyartigen Parodie menschlichen Werbens zu küssen scheinen.

»Das sind Vampirfledermäuse. Die eine würgt Blut aus ihrer Kehle in die der anderen.«

»Igitt. Hätte ich bloß nicht gefragt.«

»Wenn Fledermäuse von einem nächtlichen Ausflug zurückkommen, ist es anscheinend so, dass diejenigen, die Glück hatten, manchmal ihr transportables Abendessen mit denen teilen, die keins hatten.«

»Was hat das mit dem Problem des Bewusstseins zu tun?«

»Es hat etwas mit Motivation zu tun. Auf den ersten Blick sieht es wie Altruismus aus, aber eine Fledermaus, die Glück hatte, wird ihr Blut nur mit einer Fledermaus teilen, mit der sie ein Arrangement auf Gegenseitigkeit hat, sollten genau die umgekehrten Umstände eintreten, sodass es sich also in Wirklichkeit um eine Form aufgeklärten Eigeninteresses handelt. Für Menschen gilt dasselbe – wie das Gefangenendilemma illustriert.«

Ralph deutet auf ein Bild zweier Männer in gestreiften Comic-Uniformen, die jeweils an einem Ende einer Reihe leerer Zellen in ihren eigenen Zellen sitzen und verdrießlich durch die Gitterstäbe starren. Ein Gefängniswärter hält zwischen ihnen Wache. »Die Situation ist die, dass beide eines Verbrechens angeklagt sind und beide dazu aufgefordert wurden, gegen den anderen auszusagen. Man beachte, dass sie voneinander isoliert sind und nicht miteinander sprechen können. Wenn jeder den anderen verrät, bekommen beide lange Haftstrafen. Wenn nur einer als Kronzeuge auftritt, kommt er ungeschoren davon. Wenn beide schweigen, bekommen sie aus Mangel an Beweisen kürzere Strafen. Es ist die Wahl zwischen Kooperation und Verrat. Man kann das auf alle möglichen Situationen anwenden: Wirtschaft, Politik, Fischereirechte, den Schulhof. Man kann das ganze Leben als eine Reihe von Entscheidungen zwischen Kooperation und Verrat betrachten.«

»Wirklich?«

»Nehmen Sie zum Beispiel die jüngsten Sparmaßnahmen der Universität. Die Leiter der Fakultäten und Fachbereiche stehen vor der Entscheidung, für eine möglichst breite Verteilung der Einschnitte über die ganze Universität hinweg zu stimmen – gleiches Elend für alle – oder für drastische Einschnitte in anderen Fachbereichen zu stimmen, bevor jemand das mit ihnen macht. Kooperation oder Verrat. Mathematiker haben tausende von Stunden darauf verwendet, um die vorteilhafteste Möglichkeit auszuarbeiten, das Spiel zu spielen. Es gab einen internationalen Wettbewerb, um die effizienteste Strategie zu entwickeln. Und wissen Sie, welche das war?«

»Welche?«

»Wie du mir, so ich dir. WIDMSID. Man kooperiert mit den anderen Spielern, aber nur so lange, bis diese nicht mehr mit einem kooperieren, und beim nächsten Mal verrät man sie. Nur, solange der andere Spieler weiß, dass man genau das tun würde, braucht man es nicht zu tun. Das ist es, was die Gesellschaft zusammenhält. Das ist die Summe der menschlichen Moralität.«

»Hmm«, murmelt Helen, als könnte sie diese Behauptung anfechten, wolle es aber nicht tun. Sie geht zu einem anderen Abschnitt des Wandgemäldes. »Und was ist das?« Sie nickt in Richtung eines Mannes, der an einem Tisch sitzt, auf dem sich je ein Ablagekorb für eingehende und ausgehende Nachrichten sowie ein Stapel Bücher befinden. Ansonsten ist das Zimmer, in dem er sitzt, leer, und es hat keine Fenster. Die Körbe sind mit Schriftrollen gefüllt, die mit Ideogrammen beschrieben sind, und ähnliche Schriftrollen fallen durch eine Klappe in der Tür.

»Das ist Searls chinesisches Zimmer, ein sehr berühmtes Gedankenexperiment. Die Idee ist, dass diesem Kerl auf chinesisch Fragen gestellt werden, eine Sprache, die er weder sprechen noch lesen kann, und dass er eine Art Regelbuch hat, das die logischen Verknüpfungen enthält, die ihn in die Lage versetzen, auf chinesisch zu antworten. Er sitzt da den ganzen Tag, erhält Fragen und gibt korrekte Antworten, aber er versteht kein einziges Wort. Ist er sich dessen bewusst, was er tut?«

»Ihm wäre jedenfalls bewusst, dass er einen unglaublich langweiligen Job erledigt.«

»Gutes Argument«, sagt Ralph, »aber nicht das von Searle. Er argumentiert, dass der Mann sich der Information, die er verarbeitet, nicht bewusst sein kann, und insofern, als er sich dabei wie ein Computerprogramm verhält, kann sich auch ein Computerprogramm der Information nicht bewusst sein, die es verarbeitet. Deshalb muss Künstliche Intelligenz scheitern.«

»Ich vermute, dass Sie nicht zustimmen.«

»Nein, ich stimme nicht zu. Weil es selbst als Gedankenexperiment unmöglich ist, sich ein Computerprogramm vorzustellen, das so funktioniert, wie das hier funktionieren soll. Könnte man es, so hätte es nach allen üblichen Kriterien Bewusstsein.«

»Und ich nehme an, dass das die Chinesen sind, die die Fragen stellen und die Antworten entgegennehmen«, sagt Helen und deutet auf eine riesige Gruppe asiatisch aussehender Menschen im Mao-Look, die Schulter an Schulter stehen und an deren Ohren etwas festgeklemmt ist, das wie Handys aussieht.

»Nein. Das war das Gedankenexperiment von jemand anderem. Dazu gehörte, dass die gesamte Bevölkerung Chinas mit Zwei-Wege-Radios ausgestattet wird, um die Verbindungen zwischen den Zellen im menschlichen Gehirn zu simulieren.«

»Warum China?«

»Wahrscheinlich weil das die größte Bevölkerung mit einer gemeinsamen Sprache ist, nehme ich an. Ich glaube, es gibt etwa eine Milliarde Chinesen.«

»Aber es gibt keine Sprache, die alle Chinesen gemeinsam sprechen«, widerspricht Helen. »Mandarin ist nur eine geschriebene Sprache.«

Ralph lacht. »Stimmt das? Ich glaube nicht, dass der Kerl, der sich dieses Experiment ausdachte, das gewusst hat. Aber es gibt etwa einhundert Milliarden Neuronen in einem einzigen menschlichen Gehirn und mehr mögliche Verbindungen zwischen ihnen, als es Atome im Universum gibt, sodass das Experiment ohnehin nirgendwo der Wirklichkeit nahe kommt.«

»Worauf kam es an?«

Ralph zuckt mit den Schultern. »Ich hab's vergessen. Noch ein anti-funktionalistisches Argument, glaube ich. Die meisten dieser Gedankenexperimente sind so. Da ist ein interessantes.«

Es ist das Bild eines weiteren fensterlosen zellenartigen Zimmers, allerdings vollgestopft mit Möbeln und Geräten – einem Tisch, Aktenschränken, Bücherregalen, Computern und einem Fernseher. Alles ist in Schwarz und Weiß oder Grauschattierungen gemalt, einschließlich der jungen Frau, die am Tisch sitzt. Sie trägt schwarze Handschuhe, schwarze Schuhe, blickdichte schwarze Strümpfe und einen weißen Laborkittel. Das Fernsehbild ist monochrom. Aber das Zimmer liegt unter der Erde, und darüber befindet sich, wie im Querschnitt gezeigt wird, eine fröhliche bukolische Landschaft voller leuchtender Farben.

»Das ist Frank Jacksons Mary, die Farbwissenschaftlerin. Die Idee ist, dass sie in einer vollkommen monochromen Umwelt geboren wurde, aufwuchs und ausgebildet wurde. Sie weiß absolut alles, was es über Farben in wissenschaftlicher Hinsicht zu wissen gibt – zum Beispiel über die Kombinationen verschiedener Wellenlängen, die die Retina bei der Farberkennung stimulieren –, aber sie hat noch nie wirkliche Farben gesehen. Man beachte, dass es in ihrem Zimmer keine Spiegel gibt, sodass sie die Pigmentierung ihres Gesichts, ihrer Augen oder ihres Haares nicht sehen kann, und dass der Rest ihres Körpers bedeckt ist. Dann wird ihr eines Tages erlaubt, das Zimmer zu verlassen, und das Erste, was sie sieht, ist, sagen wir, eine Rose. Macht sie eine vollkommen neue Erfahrung?«

»Offensichtlich.«

»Das sagt Jackson auch. Es ist ein weiteres Argument dafür, dass Qualia unbeschreibbar und irreduzibel sind.«

»Das finde ich ein gutes Argument.«

»Na ja, es ist besser als die meisten. Aber wieder verlangt die Prämisse von einem, dass man ganz furchtbar viel voraussetzt. Wüsste Mary absolut alles, was es über Farben zu wissen gibt – und das ist viel, viel mehr, als wir im Augenblick wissen –, dann wäre sie vielleicht in der Lage, die Erfahrung der Farbe Rot in ihrem Gehirn zu simulieren, zum Beispiel, indem sie bestimmte Drogen nimmt.«

»Wer sind diese Leute?«, fragt Helen und deutet auf eine Gruppe von Figuren, die sitzen, stehen oder umhergehen. »Sie haben irgendetwas Merkwürdiges an sich, obwohl es schwierig ist, genau zu erkennen, was.«

»Gut für Sie«, sagt Ralph. »Und gut für Karinthy. Das sind Zombies.«

»Zombies?«

»Ja. Wir arbeiten viel mit Zombies. Zombies sind für Philosophen des Geistes das, was Ratten für Psychologen und Meerschweinchen für klinische Biologen sind. Ich wäre nicht überrascht, wenn es irgendwo eine Bewegung für die Rechte der Zombies gibt.«

»Aber sie existieren doch gar nicht!«, ruft Helen.

»Für eine Romanschriftstellerin nehmen Sie alles viel zu wörtlich«, sagt Ralph.

»Ich bin eine realistische Romanschriftstellerin.«

»Zu philosophischen Zwecken ist es nicht notwendig, dass Zombies existieren, nur dass ihre Existenz logisch möglich ist. Sie sind nützlich für Gedankenexperimente, denn in Erscheinung und Verhalten kann man sie nicht von Menschen unterscheiden, außer dass sie kein Bewusstsein im menschlichen Sinne haben. Zum Beispiel diese langhaarigen Kerle da drüben«, sagt er und zeigt auf sie, »sind ein junger Philosoph namens David Chalmers und sein Zombie-Zwilling. Aber wie Sie sehen, kann man unmöglich sagen, wer wer ist.«

»Da wir gerade über die Rechte von Tieren sprechen, was passiert mit dieser Katze?«, fragt Helen. Sie bleibt vor einem Bild stehen, das horizontal über eine Tür gemalt ist, die einem gewissen Professor D. C. Douglass gehört. In einer Serie von Einzelbildern, die denen eines Comic-Strips ähneln, wird ein Magier gezeigt, der eine schläfrige orangefarbene Katze in eine Holzkiste setzt, gefolgt von einem komplizierten wissenschaftlichen Apparat, worauf der Magier die Kiste schließt. Im letzten Bild ist er verschwunden, sodass nur noch die Kiste zu sehen ist.

»Das ist Schrödingers Katze, ein berühmtes Rätsel der Quantenphysik. Der Apparat in der Kiste verbindet ein Instrument, das den Spin eines Elektrons misst, mit einer Vorrichtung, die eine tödliche Injektion freisetzt. Das Experiment geht davon aus, dass der Apparat die Katze tötet, wenn der Spin des Elektrons *up* ist. Doch laut Quantenmechanik ist der Zustand eines Elektrons weder *up* noch *down,* solange niemand es beobachtet. Deshalb ist die Katze weder lebendig noch tot, solange niemand die Kiste öffnet.«

»Der Magier ist Schrödinger?«

»Nein. Das ist Roger Penrose, der Mathematiker.«

»Irgendeine Verbindung zu Robyn Penrose?«

»Wer ist er?«

»Sie. Eine Professorin. Sie hält am englischen Fachbereich dieses Semester eine Vorlesung. Ich hatte ein Infoblatt.«

»Ich glaube nicht, dass es da irgendeine Verbindung gibt. Dieser Penrose glaubt, dass die Quantenphysik die Antwort auf das Problem des Bewusstseins bietet. Bewusstsein als Zusammenbruch der Wellenfunktion. Quantenzusammenbrüche in Mikrotubuli.«

»Ich fürchte, da komme ich nicht mehr mit«, sagt Helen.

»Na ja, es ist nicht einfach zu erklären«, sagt Ralph. »Man sagt, dass jeder, der behauptet, die Quantenmechanik zu verstehen, entweder lügt oder wahnsinnig ist.«

In diesem Augenblick öffnet sich die Tür und ein ziemlich kleiner Mann mit einem Stapel Papier in der Hand erscheint auf der Schwelle. Er hält erschrocken inne, als er sieht, dass sie ihm im Weg stehen, und blinzelt sie durch dicke Brillengläser an. Wegen seiner ergrauenden Haare sieht er aus, als wäre er mittleren Alters, doch er hat ein jungenhaftes Gesicht.

»Ah, hier ist Duggers!«, sagt Ralph. »Duggers kann Ihnen das besser erklären als ich.«

»Was erklären?«, sagt der Mann.

»Die Quantenmechanik«, sagt Ralph. »Das ist Helen Reed, sie ist Autorin und dieses Semester Gastdozentin am englischen Fachbereich.« Zu Helen sagt er: »Das ist mein Kollege Douglas C. Douglass, bei allen und jedem bekannt als Duggers.«

»Ich habe diesen Spitznamen nie gebilligt«, sagt Douglass säuerlich.

»Ich bin erfreut, Ihre Bekanntschaft zu machen, Professor Douglass«, sagt Helen und reicht ihm ihre Hand. Sein frostiger Gesichtsausdruck taut um ein, zwei Grad auf.

»Wolltest du mich sprechen, Messenger?«, fragt er Ralph.

»Nein. Ich habe Helen das Wandgemälde gezeigt«, sagt Ralph. »Wir waren gerade bis zu Schrödingers Katze gekommen, als du aus deinem Büro aufgetaucht bist wie ein Quanteneffekt.«

»Es ist sehr interessant«, sagt Helen und deutet auf das Kunstwerk.

»Wenn's nach mir ginge, würde ich's weiß übertünchen lassen«, sagt Douglass.

»Mein Gott, warum?«

»Es ist frivol. Und es verwirrt die Besucher.«

»Helen ist von der Quantentheorie verwirrt, Duggers. Erklärst du sie uns?«

»Nicht gerade jetzt, wenn es dir nichts ausmacht. Ich muss ein paar Fotokopien machen.«

Er schließt die Tür zu seinem Büro und geht mit einem knappen Nicken davon.

»Dann werde ich versuchen müssen, sie selbst zu erklären«, sagt Ralph und seufzt.

Aber bevor er das tun kann, öffnet sich die Tür des Lifts und eine der Sekretärinnen aus den allgemeinen Büros tritt heraus und ruft: »Professor Messenger!« Auf klackenden hohen Absätzen kommt sie auf die beiden zu, ein wenig außer Atem, die Augen weit aufgerissen angesichts der Bedeutung ihrer Nachricht: »Oh, Professor Messenger – Stuart Phillips hat versucht Sie zu finden. Käpt'n Haddock ist abgestürzt.«

Ralph zieht eine Grimasse. »O mein Gott.« Er wendet sich Helen zu. »Ich fürchte, Sie werden mich entschuldigen müssen.«

»Natürlich«, sagt Helen.

»Käpt'n Haddock ist unser E-Mail-Server. Wenn wir ihn nicht bis heute Abend repariert haben, leiden meine Leute unter Entzugserscheinungen.« Er lächelt schwach, um zu zeigen, dass das ein Witz ist, aber vielleicht nicht nur ein Witz.

»Es wird ohnehin Zeit, dass ich gehe«, sagt Helen. »Trotzdem vielen Dank. Es war höchst interessant.«

»Gut. Ich hoffe, dass Sie mal wiederkommen«, sagt Ralph. »Wollen wir zusammen runterfahren?« Er deutet auf den Lift.

4

Eins, zwei, drei, Test, Test ... *(rülpst)* Pardon! Es ist jetzt, wie spät, sechs Uhr einundfünfzig am Mittwoch, dem 26. Februar ... Ich bin noch immer in meinem Büro, statt mir zu Hause am Kamin den Hintern zu wärmen und den ersten Drink des Tages zu genießen, denn wir haben ein Problem mit dem Gehirn ... Heute Nachmittag erhielt ich die Nachricht, dass Käpt'n Haddock abgestürzt ist, aber es scheint sich um einen Ausfall der Hardware zu handeln oder möglicherweise der Leitungen ... im Augenblick wimmelt es hier überall von Technikern und Elektrikern, die versuchen, die Ursache der Schwierigkeiten zu lokalisieren, und mir ist nicht danach, nach Hause zu gehen, solange ich nicht weiß, ob das in Ordnung gebracht wurde ... der Gedanke an einen Kabelbrand im Gehirn macht mir angst, so unwahrscheinlich der auch ist ... also habe ich Carrie angerufen, um ihr zu sagen, dass ich später komme, und mich darauf eingerichtet, an einigen Beurteilungen unserer Mitarbeiter zu arbeiten, was ich vor mir hergeschoben habe ... so viele beschissene Formulare heutzutage ... aber als ich den Aktenschrank aufschloss, in dem ich meine vertraulichen Unterlagen aufbewahre, fiel mein Blick auf den alten Pearlcorder, und ich konnte der Versuchung nicht widerstehen, das Band abzuhören, das ich letzten Sonntagmorgen aufgenommen habe ... bin noch nicht dazu gekommen, es zu transkribieren ... ich brauche wirklich eines dieser Geräte, die die Sekretärinnen benutzen, mit Kopfhörer und einem Pedal, mit dem man das Band unterbricht und weiterlaufen lässt … Ich weiß, sie haben eins drunten im Büro, aber ich geniere mich, es auszuleihen, sie würden sich fragen, warum ich ihnen das Band nicht zum Transkribieren gebe … Ich habe ein Softwarepaket zur Spracherkennung namens Voicemaster bestellt, ich glaube, das ist das Beste auf dem Markt, aber es ist noch nicht gekommen, und man muss es darauf trainieren, dass es erkennt, wie man die Wörter ausspricht, bevor man es benutzen kann … Wie auch immer, gerade eben habe ich das Band auf dem Pearlcorder noch einmal abgespielt, und ich muss sagen, es war absolut fesselnd … obwohl, mein Gott, von zweifelhaftem experimentellen Wert … Es ist nicht nur so, dass das Experiment selbst teilweise die Richtung und den Inhalt der eigenen Gedanken bestimmt … es ist so, dass dadurch, dass man sie artikuliert … wie informell auch immer … dadurch, dass man sie in Form gesprochener Sprache artikuliert, man bereits einen Schritt vom Phänomen des Bewusstseins selbst entfernt ist … weil … na ja, weil jede Wendung, die ich äußere, wie fragmentarisch und sprunghaft sie auch immer wirken mag, bereits der Output einer komplexen Interaktion … einer Beratung … eines Wettbewerbs zwischen verschiedenen Teilen meines Gehirns ist … es ist wie ein Bulletin, ein vereinbarter Text, der nach einer Nanosekunde intensiver editorischer Debatte hinter verschlossenen Türen ausgearbeitet und dann den Sprachzentren des Gehirns zur weiteren Verbreitung überlassen wird … und es ist unmöglich, jenen editorischen Prozess aufzuzeichnen oder zu beobachten, es sei denn als Muster elektrochemischer Aktivität zwischen Millionen von Neuronen, ein hübsches Bild in einem Scanner … Macht nichts, es könnte wichtig sein, noch ein wenig dranzubleiben, am Aufzeichnen, es könnte sich etwas ergeben, vielleicht über das Wesen der Aufmerksamkeit ... nicht dass ich jemals in der Lage wäre, viel davon in einem Aufsatz zu zitieren, es ist bei weitem zu persönlich, zu freizügig, um nicht zu sagen gelegentlich vulgär ... aber es war faszinierend, die ... die eigenen Gedanken sozusagen *zu belauschen* ... ich habe fast bedauert, dass es zu Ende war, als ich unterbrochen wurde, oder eher abgelenkt, durch den Anblick Helen Reeds, die im Regen über den Campus spazierte wie eine verlorene Seele ... Und dann stellt sich heraus, dass sie in die Kapelle gegangen ist, sie war die ganze Zeit dort, während ich sie gesucht habe, wie sie mir heute beim Mittagessen erzählt hat ... Ich habe sie zufällig vor dem Personalgebäude wiedergetroffen, und wir haben zusammen Mittag gegessen ... muss die Pastasauce gewesen sein, mit der ich mir den Magen verdorben habe ... offensichtlich ist sie Katholikin, jedenfalls wurde sie so erzogen ... nicht mehr gläubig, aber kann sich nicht dazu überwinden, den ganzen Krempel hinter sich zu lassen, sehnt sich immer noch heftig nach der Vorstellung einer persönlichen Unsterblichkeit wie so viele ansonsten intelligente Leute ... sogar Wissenschaftler ... Einige von Darwins engsten Kollegen zum Beispiel waren gierig auf Spiritismus ... Wallace, Galton, Romanes, sie alle besuchten Séancen, konsultierten Medien ... als ob sie verzweifelt bemüht wären, einen Ersatz für den christlichen Himmel zu finden, nachdem sie die Glaubwürdigkeit der christlichen Religion zerstört hatten ... Galton überredete Darwin sogar, das stand in der Biographie, die ich besprochen habe, einmal an einer Séance teilzunehmen, doch es ehrt diesen alten Mann, dass er aufstand und ging und sie händchenhaltend an diesem runden Tisch im Dunkeln sitzenließ, die Vorhänge gegen das Sonnenlicht zugezogen, während sie darauf warteten, dass die Geister ihre Show abziehen würden ... George Eliot und ihr Kumpel, wie hieß der noch, Lewes, waren auch dabei, ich glaube, ich erinnere mich, dieses alte Pferdegesicht, sie war es, die erklärt hatte, Gott sei, wie ging das noch gleich … Gott sei unvorstellbar und an die Unsterblichkeit unmöglich zu glauben, oder war's andersrum … sogar sie war bereit, den Spiritismus mal auszuprobieren … Nachdem sie Gott getötet hatten, gerieten sie alle in Panik angesichts der Konsequenzen, sogar Darwin … übrigens, ist das vielleicht der zweitbekannteste Satz in der Geschichte der Philosophie, Nietzsches *Gott ist tot* …? Sogar Darwin … war seine chronisch schwache Gesundheit etwa nicht psychosomatisch? Als junger Mann war er gesund und robust, wie hätte er auch sonst die Reise der Beagle überleben können? Doch sobald er die Idee mit der Evolution hat, sobald er den *Ursprung der Arten* schreibt und anfängt, die Konsequenzen zu sehen, die das für die Religion haben wird, entwickelt er alle möglichen Symptome – Furunkel, Flatulenz, Erbrechen, Schüttelfrost, Ohnmachten … Hämorrhoiden … Tinnitus … Punkte vor den Augen … Jedes verdammte Ding, das man sich nur vorstellen kann … keiner seiner Ärzte konnte irgendetwas davon erklären oder heilen … einer von ihnen sagte, es sei unterdrückte Gicht, unterdrücktes Schuldgefühl klingt wahrscheinlicher … und er probierte alle möglichen Quacksalber-Mittelchen aus, die kein ernsthafter Wissenschaftler auch nur für einen Augenblick in Betracht gezogen hätte, wie zum Beispiel, was war das noch, sich mit Ketten aus Messing- und Zinkdraht einzuwickeln … sich am ganzen Körper mit Essig einzureiben … jeden Tag zwei Zitronen auszusaugen … in eiskalte Bäder zu springen … alles umsonst … War dieser ganze Unfug denn etwa keine Selbstbestrafung dafür, dass er der Religion den Todesstoß versetzt hatte? Obwohl es nicht die Evolution war, es war der Tod seiner geliebten kleinen Annie, der den Glauben an Gott für ihn endgültig erledigte … Man darf nicht vergessen, dass in jenen Tagen viel gestorben wurde, viel häufiger als heute, gewöhnliche Kinderkrankheiten konnten tödlich sein, Kinder zu bekommen ebenso … es war nicht so sehr das Verlangen nach eigener Unsterblichkeit, das Galton & Co. zum Spiritismus führte, es war die Sehnsucht, Verstorbene wiederzutreffen, die man geliebt hatte, besonders, wenn sie jung gestorben waren … Das ist zweifellos der Grund, warum es Helen Reed letzten Sonntag in die Kapelle zog, sie trauert noch immer um ihren Mann … Ich habe ihr gegenüber ein wenig Schocktherapie ausprobiert, indem ich mich weigerte, das konventionelle Mitleid zu zeigen, als sie beim Mittagessen im Gespräch die Trauerkarte ausspielte, und einen Augenblick lang habe ich geglaubt, sie würde beleidigt aufstehen und gehen, doch sie blieb cool … und wir haben ziemlich lebhaft über den Dualismus, das Bewusstsein, KI und so weiter gesprochen … Danach hab ich sie hierher gebracht, um ihr Karinthys Wandgemälde zu zeigen … sie ist klug, sieht auch gut aus, ihre Figur, die größtenteils unter dem Kleid versteckt war, das sie am Sonntagabend getragen hat, konnte ich heute besser erkennen in Sweater und Hosen, sie ist eindeutig gut gebaut … und ihre Haut ist bemerkenswert glatt für eine Frau, die die Blüte ihrer Jugend längst hinter sich hat … doch sie hat etwas Melancholisches an sich, für mich sieht sie so aus, als müsste man es ihr ganz dringend gründlich besorgen, ich kann mir nicht vorstellen, dass sie es seit dem Tod ihres Mannes gemacht hat, sie strahlt eine Aura aus, als hätte sie ein Keuschheitsgelübde abgelegt, wie eine Nonne … Ich frage mich, wie lange *ich* auf Sex verzichten könnte, sollte Carrie plötzlich sterben, nicht lange vermute ich, na ja, ich *weiß*, dass es so wäre … Es ist ziemlich schockierend,

aber wenn ich mir vorstelle, dass Carrie stirbt, sehe ich als Erstes nicht mich selbst, verstört und voller Trauer, sondern ich denke daran, dass ich frei bin, andere Frauen zu vögeln, Marianne oder Helen Reed oder jede, die vielleicht sonst zur Verfügung steht, ohne Gewissensbisse oder Furcht vor Entdeckung … Natürlich, ich bin sicher, dass ich ernsthaft verstört und voller Trauer wäre, sollte das tatsächlich geschehen, und vielleicht würde ich eine Zeit lang alles Interesse an Sex verlieren, obwohl ich das bezweifle … wahrscheinlicher ist, dass es genau andersrum abläuft, ich suche Erleichterung in den Armen einer anderen Frau: *Bitte bleib heute Nacht, ich möchte einfach nur, dass mich jemand in den Armen hält,* was für eine Zeile, unwiderstehlich … Und ich würde wenigstens einen Teil von Carries Geld erben, ich wäre reich und frei, sinnlos, so zu tun, als würde ich daran nicht auch denken, wenn ich mir ihren Tod vorstelle … Es ist ein gutes Beispiel für das, worüber wir heute Nachmittag gesprochen haben, darüber, dass das Bewusstsein eine Privatangelegenheit ist, über die Heimlichkeit unserer Gedanken … es ist der Aktenschrank, zu dem nur wir selbst einen Schlüssel besitzen, und Gott sei Dank ist das so … Carrie wäre am Boden zerstört, wüsste sie, dass ich diese Gedanken jetzt denke, sie würde mir nie verzeihen … und doch hat sie, nach allem was ich weiß, ähnliche Fantasien darüber, dass ich plötzlich sterbe, schmerzlos … stellt sich vor, wie sie einen neuen Partner findet, sich wieder verliebt, vielleicht in jemanden, der jünger, zärtlicher und romantischer ist als ich … Stört mich diese Vorstellung? Nein, eigentlich nicht, denn ich glaube nicht wirklich daran, all das ist hypothetisch, ich kann nicht so in ihren Fantasien leben wie in meinen eigenen.
(Ende der Aufnahme)

Erhielt gerade einen Anruf und erfuhr, dass sie den Grund für das Problem gefunden haben … eine Maus … keine Computermaus, eine richtige Maus, mit vier Beinen und Schnurrhaaren … sie hat ein Kabel durchgebissen und starb durch den Stromschlag – sie haben den Kadaver gefunden. Ich bin weg.

5

Donnerstag, 27. Feb. Gestern um die Mittagszeit bin ich Ralph Messenger zufällig im Personalgebäude begegnet. Na ja, um vollkommen ehrlich zu sein (und warum nicht, da das hier nur für meine Augen bestimmt ist), als ich von der Toilette kam, sah ich durch die Flachglasfenster, wie er die Eingangsstufen hinaufstieg, und ich lungerte vor einigen grässlichen Bildern herum, die im Foyer ausgestellt sind, in der Hoffnung, dass er mich bemerken würde, sobald er hereinkäme – was er auch tat, und dann aßen wir zusammen zu Mittag. Er erwähnte, dass er letzten Sonntagmorgen von seinem Büro aus gesehen hatte, wie ich im Regen über den Campus spazierte – eine Information, die mich verwirrte. Ich frage mich, wie ich wohl auf ihn gewirkt habe. Nass und schmutzig? Niedergeschlagen? Verrückt?

Nach dem Essen führte er mich durch sein Centre, das sich als unerwartet interessant erwies, besonders dieses so genannte Wandgemälde von Karinthy – eine Art Zyklorama im zweiten Stock, das verschiedene Theorien und »Gedankenexperimente« zum Bewusstsein illustriert. Bewusstsein ist offensichtlich das, was Kognitionswissenschaftler erforschen – eigentlich *das* Thema schlechthin im Augenblick für alle möglichen Arten von Wissenschaftlern. Sie haben beschlossen, dass das Bewusstsein ein »Problem« ist, das »gelöst« werden muss.

Das war mir neu und nicht besonders willkommen. Vermutlich habe ich immer gedacht, dass das Bewusstsein in den Zuständigkeitsbereich der Kunst fällt, besonders der Literatur und ganz besonders des Romans. Das Bewusstsein ist schließlich das, worum es in den meisten Romanen geht, in meinen jedenfalls ganz sicher. Das Bewusstsein ist mein tägliches Brot. Vielleicht kam mir genau aus diesem Grund nie etwas am Bewusstsein als einem eigenen Phänomen problematisch vor. Das Bewusstsein ist nichts weiter als das Medium, in dem man lebt und ein Gefühl der eigenen Identität besitzt. Das Problem besteht darin, wie man es *darstellt*, besonders bei Figuren, die man selbst nicht ist. In diesem Sinne kann man Romane Gedankenexperimente nennen. Man erfindet Menschen, versetzt sie in hypothetische Situationen und entscheidet, wie sie reagieren werden. Einen »Beweis« erbringt das Experiment dann, wenn ihr Verhalten interessant und plausibel erscheint und etwas über die menschliche Natur verrät. Für wen so erscheint? Für »den Leser« – und der ist nicht Mr. Schlaumeier, der Kritiker, oder Miss Speichelleckerin, die Publicity-Managerin, oder deine voreingenommene Mutter oder dein eifersüchtiger Rivale, sondern irgendeine Art idealer Leser, gewitzt, intelligent, anspruchsvoll, aber fair, dessen Persona man anzunehmen versucht, wenn man die eigene Arbeit während des Schreibens liest und wiederliest. Irgendwie gefällt mir die Vorstellung nicht, dass die Wissenschaft ihre Nase in diese Angelegenheiten steckt, in *meine* Angelegenheiten. Hat die Wissenschaft nicht schon genug von der Wirklichkeit mit Beschlag belegt? Muss sie auch noch auf das ungreifbare unsichtbare unabdingbare Selbst Anspruch erheben?

Ich habe mir das Tippen mit zwei Fingern selbst beigebracht und neige zu Fehlern (weswegen ich Gott – und der Wissenschaft – für die Erfindung von Textverarbeitungssystemen danke). Aber einige Wörter scheine ich *immer* falsch zu tippen. Eines davon ist »science«, das unweigerlich auf meinem Computerbildschirm als »scince« erscheint, zusammen mit einer vorwurfsvollen roten Schlangenlinie, die das automatische Rechtschreibprogramm darunter gezogen hat. Ich korrigiere es entsprechend, doch das Wort »scince« (*skins* ausgesprochen) hat etwas onomatopoetisch Angemessenes an sich, das ich nur ungern verliere: Es drückt die kalte, mitleidlose, reduktionistische Art aus, in der die Wissenschaften die Welt erklären. Ich spüre diese harte, kalte, fast rücksichtslose Qualität auch bei Ralph Messenger. Seine Reaktion auf Martins Tod, als wir während des Essens auf dieses Thema kamen, war, als schütte einem jemand eine Schale Eiswasser ins Gesicht. Es hat mich schockiert und wütend gemacht, und fast wäre ich aufgestanden und gegangen und hätte ihn allein am Tisch sitzenlassen. Aber ich bin froh, dass ich es nicht getan habe. Ich hätte zum Beispiel vielleicht nie Karinthys Wandgemälde gesehen. Das hat mich auf alle möglichen Gedanken gebracht.

Am Ende des heutigen Workshops habe ich Kopien des Artikels aus der *Encyclopaedia Britannica* über Fledermäuse an die Studenten verteilt und sie gebeten, bis zum Seminar nächsten Dienstag ein kurzes Prosastück über *Wie ist es, eine Fledermaus zu sein?* im Stil eines bekannten modernen Romanautors zu verfassen.

Wenn ich durchlese, was ich oben geschrieben habe, kommt es mir so vor, als gäbe es nur eine Art Literatur, gegen die Ralph Messenger keine Einwände vorbringen könnte, und das wäre die Art Literatur, die erst gar nicht versucht, das Bewusstsein darzustellen. Jene Art, die an der Oberfläche bleibt, die nur das Verhalten und die äußere Erscheinung beschreibt, die berichtet, was die Leute zueinander sagen, doch dem Leser nie verrät, was die Figuren denken, nie innere Monologe oder erlebte Rede verwendet, um uns an ihren privaten Gedanken teilhaben zu lassen. Wie Ivy Compton Burnett, der verstorbene Henry Green oder einige der *nouveaux romanciers* … Aber letztlich ist diese Art Literatur unbefriedigend – man kann sie eigentlich nur als erfrischende Abwechslung von der Norm genießen. Sollten Romanautoren den Versuch, das Bewusstsein darzustellen, ganz aufgeben, würden die Leser bald unter Entzugserscheinungen leiden.

Ich glaube, ich habe auf Ralph Messenger ziemlichen Eindruck gemacht mit meinem perfekten Zitat aus *Die Flügel der Taube.* Ich habe ihm nicht gesagt, dass ich diesen Abschnitt einen Tag zuvor in meinem Seminar verwendet habe, weshalb er mir frisch im Gedächtnis war.

Freitag, 28. Feb. Heute habe ich mit der Hauspost den Sonderdruck eines Artikels aus einer wissenschaftlichen Zeitschrift namens ›Cognitive Science Review‹ erhalten, zusammen mit einem Zettel von Ralph Messenger, auf den er »Das könnte Sie vielleicht interessieren – RM« gekritzelt hatte.

Der Titel lautet *Die kognitive Architektur emotionaler Zustände unter besonderer Berücksichtigung der Trauer,* geschrieben (wenn »geschrieben« das richtige Wort ist und nicht eher »zusammengestoppelt«) von drei männlichen Akademikern der Universität Suffolk. Er beginnt mit einer Definition der Trauer: »Ein ausgedehnter Zustand kognitiver Reorganisation, charakterisiert durch das Auftreten negativ valenzierter perturbanter Zustände, verursacht durch die Reaktion einer Bindungsstruktur auf einen Todesfall.« Jetzt wissen wir's also. Das war es, was ich in den Monaten nach Martins Tod durchgemacht habe: nichts weiter als eine Phase kognitiver Reorganisation. Die Einsamkeit, die einen zur Verzweiflung treibt, das hilflose Weinen, die versteckten Sprengladungen der Erinnerung, die bei jeder Gelegenheit hochgehen (wir haben *dieses* Fernsehprogramm zusammen angesehen, wir haben *diese* Leselampe zusammen gekauft, wir haben – Gott helfe mir – *diese* Sorte von Sainsburys tiefgekühltem Curryhuhn zusammen gegessen, nur wenige Stunden, bevor das Aneurysma zuschlug. Sogar die Zeitung, die am Morgen durch den Briefschlitz fällt, erinnerte mich daran, wie wir sie während des Frühstücks geteilt hatten, also habe ich zu einer anderen gewechselt, die mir nicht halb so gut gefällt.)

In der Mitte des Artikels befand sich ein Diagramm, das vorgab, die Architektur des Geistes darzustellen, lauter Kästchen und Kreise und Ellipsen, die sich (in einem Chaos wirbelnder Pfeile und gepunkteter Linien) als Reaktion einer Bindungsstruktur auf einen Todesfall in hektische Aktivitäten stürzten. Ich nehme an, »Bindungsstruktur« ist der kognitionswissenschaftliche Begriff für Liebe.

Samstag, 1. März. Heute bin ich zu einer kleinen Einkaufstherapie nach Cheltenham gefahren, obwohl die Tatsache, für ein paar Stunden vom Campus wegzukommen, weiß Gott Therapie genug ist.

Bisher bin ich nur einmal vor ein paar Jahren in Cheltenham gewesen, zu einer Lesung während des Literaturfestivals, und das war kaum lange genug, um viel von der Atmosphäre des Ortes mitzubekommen. Eine Zeit lang verfuhr ich mich heute Morgen hoffnungslos in den Einbahnstraßen, bis ich den klassizistischen Klotz des Rathauses sah, in dem die Festivals stattfinden (ein schmuddeliges, bräunliches Steingebäude mit einem pompösen, übergroßen Säulenvorbau, der neben den Regency-Reihenhäusern aus weißem Stuck plump aussieht), und dann wusste ich, wo ich war. Ich ließ den Wagen auf dem ersten Parkplatz stehen, den ich fand, und ging Richtung Stadtzentrum.

Es war ein kalter, aber trockener und sonniger Tag, und ich verbrachte eine angenehme Stunde damit, die Promenade entlangzugehen, in Waterstone's Buchhandlung herumzustöbern, eine Bluse in einem Laura-Ashley-Laden und eine Hose bei County Casuals zu kaufen; danach aß ich ein leichtes Mittagessen in einem Café, in dem die Kellnerinnen altmodische Uniformen mit kleinen weißen Schürzen trugen. Ich sah kurz in eine lange, zweistöckige Mall, die diskret versteckt in einer Parallelstraße lag, trat aber angesichts der stickigen Luft und der klimpernden Berieselungsmusik schnell den Rückzug an. Ich folgte einem Schild zur Kunstgalerie und zum Museum, das sich auf die Geschichte von Kunst und Design im Haushalt spezialisiert hat, und das ist wirklich passend, denn überall in Cheltenham sieht man, wie alte Häuser und Reihenhäuser innen und außen in einer Art kollektivem Schöner-Wohnen-Kult restauriert und renoviert werden. Das Museum besitzt einige interessante Sachen von William Morris und dem Arts and Crafts Movement, und im Shop dort kaufte ich ein paar Jugendstil-Plakate für mein Wohnzimmer.

Ich ging die Promenade entlang zurück, vorbei an der prächtigen Regency-Fassade der Kommunalverwaltung, dem im italienischen Stil erbauten Neptun-Springbrunnen, der in der Sonne schäumte und glitzerte, den Imperial Gardens, dem Queen's Hotel, das gelassen, weiß und majestätisch wirkt wie ein Vorkriegs-Ozeandampfer an seiner Anlegestelle, bis in die Montpellier Street, die mir Caroline Messenger empfohlen hatte und die sich als wirklich bezaubernd erwies mit ihren Boutiquen, Spezialgeschäften und Galerien, die in einer gut erhaltenen georgianischen Straße passend untergebracht sind. Am

Ende liegt eine Rotunde, die dem Pantheon in Rom nachgebildet ist und überaus elegant in eine Lloyd's-Bank umgewandelt wurde.

Ich dachte im Stillen, wie angenehm ist das doch alles, welch schöne Zeit verbringe ich hier, und doch fehlt etwas – jemand, mit dem ich alles teilen oder dem ich davon erzählen kann. Und als ich diesen Gedanken hatte, während ich geistesabwesend in das Fenster eines Ladens mit Gesundheitsnahrung blickte und in mir das kalte, ungute Gefühl einer beginnenden Depression spürte – wer, wenn nicht Carrie, tauchte da angekündigt durch das Klingeln einer antiken Türglocke aus dem Laden auf wie die Antwort auf ein Gebet? Sie trug einen hellroten Mantel, das blonde Haar lang und offen unter einer Mohair-Strickmütze, ihre Wangen glühten rosig, und ihre sichelförmigen Lippen öffneten sich und zeigten ihre perfekten Zähne, als sie mich breit lächelnd wiedererkannte. Sie lud mich auf eine Tasse Tee zu ihr nach Hause ein, und nach einem nur sehr kurzen, höflichen Zögern nahm ich an.

Carrie hatte ihren Wagen in einer Wohnstraße in der Nähe geparkt, in Lansdowne Crescent, einem prachtvollen weitgeschwungenen Bogen städtischer Reihenhäuser. »Eines davon gehört Nicholas Beck«, sagte Carrie. »Er ist dabei, es exquisit herzurichten. Natürlich sehr elegant, aber für ein modernes Familienleben nicht allzu bequem. Viele Treppen, keine Garagen und Gärten, die nicht der Rede wert sind.« Ich sagte, dass das in Badeorten die Regel ist, wo nur Häuser zum Mieten gebaut werden. »Da haben Sie absolut Recht«, sagte sie, als sie losfuhr. »Unser Hof ist ziemlich klein, verglichen mit dem Haus, aber er erfüllt seinen Zweck. Und wir haben ein Cottage auf dem Land, das wir an den Wochenenden benutzen, etwa eine halbe Stunde entfernt, in der Nähe von Stow. Sie müssen uns besuchen kommen.«

Die Messengers leben in einem Stadtteil, der Pittville heißt, benannt nach dem Stadtplaner Joseph Pitt, der ihn in den 1820-er Jahren entworfen hat. »Klingt für amerikanische Ohren wie irgendeine Bergarbeiterstadt namens Pitsville«, sagte Carrie. »Sie können sich vorstellen, wie meine Freunde daheim lachen, wenn ich ihnen sage, wo wir leben.« Aber ich kann mir vorstellen, dass Carrie zuletzt lacht, wenn sie sie besuchen. Pittville ist eine reizende Gartenstadt, deren Wohnsiedlungen aus edlen Häusern und eleganten Reihenhäusern bestehen, die mitten in einem landschaftsgärtnerisch gestalteten Park liegen und von einer gewaltigen klassizistischen Mineralquelle gekrönt werden. Anders als bei der Lloyd's-Bank kann man im dortigen Brunnenhaus offensichtlich noch immer Wasser schöpfen. Das Haus der Messengers ist eine prunkvolle U-förmige Villa im Stil des Greek Revival mit einem Paar massiver korinthischer Säulen, die sich zwei Stockwerke hoch erheben. Mit seinem leuchtend weißen Stuck ähnelt es einem altmodischen Hochzeitskuchen, doch es wirkt weder absurd noch vulgär, weil seine Proportionen so perfekt sind. Im Salon goss Carrie Earl-Grey-Tee aus einer Queen-Anne-Teekanne in Tassen aus Spode-Porzellan und bot mir getoastete Rosinenbrötchen und selbst gemachte Erdbeerkonfitüre an. Sie gehört zu jenen beeindruckenden Amerikanerinnen, die besser als wir selbst zu wissen scheinen, wie man die typische englische Lebensart pflegen sollte – und sie besitzt die Mittel, ihre anspruchsvollen Vorstellungen in die Tat umzusetzen. Das Haus ist im passenden Stil wunderschön eingerichtet, bis hin zu den Repliken der Messing-Wasserhähne in der Toilette im Erdgeschoss und dem frühviktorianischen Schaukelpferd im Wohnzimmer. Carrie sagte, Nicholas

Beck habe ihr geholfen, einige der erlesensten Möbel zu erwerben, denn Auktionen und Antiquitätengeschäfte auf dem Land zu besuchen sei seine Lieblingsbeschäftigung. Die zahllosen Gemälde an den Wänden, vor allem amerikanische Primitive und weniger bedeutende französische Impressionisten, hat Carrie allerdings selbst gesammelt. Sie hat einen Abschluss in Kunstgeschichte, sagte sie mir; sie hat ihre Dissertation über Berthe Morisot geschrieben, »bevor sie wiederentdeckt wurde«. Ein kleines Ölgemälde von Morisot, ein junges Mädchen, das liest, ist ihr größter Schatz – es muss wirklich ein kleines Vermögen wert sein.

Das jüngste der vier Kinder, Hope, lag ausgestreckt in einem Knautschsessel im Wohnzimmer, als wir hineinschauten, und sah sich in einem tragbaren Fernseher ein Walt-Disney-Video an: eine hübsche, sommersprossige, wuschelköpfige Achtjährige in bunt gemusterten Leggins, die grinste, »Hi« sagte und dabei ihre Zahnspange sehen ließ, als ich ihr vorgestellt wurde. Das älteste Kind, Emily, eine große, auf kalifornische Art stattliche Blondine, die ihrer Mutter ähnelt, kam mit einem neuen Paar Schuhe an, das sie gerade gekauft hatte, während wir Tee tranken. Ich hatte meine Zweifel, ob bei ihrer Größe hohe Absätze und Plateausohlen wirklich eine so gute Idee waren, behielt meine Meinung jedoch für mich. Carrie verzog keine Miene, als sich herausstellte, dass die Schuhe neunundachtzig Pfund gekostet hatten. Weil sie meine Einkaufstüten bemerkt hatten, überredeten mich Mutter und Tochter, ihnen meine bescheidenen Erwerbungen zu zeigen, und wir führten eines dieser angenehm trivialen Frauengespräche über Kleider und Mode, die ich nicht mehr gehabt habe, seit Lucy von zu Hause fort ist. Als Emily kurz das Zimmer verließ, sagte mir Carrie, dass die Tochter von ihrem ersten Mann sei, von dem sie geschieden ist. Emily hat sich ein hörbares amerikanisches Näseln bewahrt, während die anderen Kinder mit englischem Akzent sprechen.

Als draußen die Dämmerung zur Nacht wurde, zog Carrie die schweren Veloursvorhänge zu und drückte einen Knopf an der Seite des Kamins, um ein gasbetriebenes Pseudo-Kohlenfeuer anzuzünden – eine Konzession an den modernen Lebensstil, die sie abzumildern versuchte, indem sie erwähnte, dass sie in Horseshoes ein richtiges Kaminfeuer hätten; »Horseshoes« ist offensichtlich der Name ihres Cottages auf dem Land. Dann kam Ralph mit seinen beiden Söhnen Mark (fünfzehn) und Simon (zwölf), die mir jedoch als »Polo« und »Sock« vorgestellt wurden. Alle Kinder haben Spitznamen, deren Herkunft mir zu gegebener Zeit erklärt wurde. »Polo« wurde zusammengezogen aus »Marco Polo«, und »Sock« kommt von »Sokrates«, womit Simon bedacht wurde, weil er unermüdlich Fragen stellt. Hope wird wegen ihrer zierlichen Figur von allen »Kätzchen« genannt und Emily »Flipper«, weil sie als Kind für Delphine schwärmte, auch wenn sie das längst nicht mehr tut. Überflüssig zu sagen, dass Ralph all diese Spitznamen verteilt hat, genauso wie bei den Computern im Holt-Belling-Gebäude. Das scheint seine Art zu sein, allem, was in seine Domäne fällt, seine Persönlichkeit aufzudrücken. Auch Carrie nennt er gelegentlich »Blondie«. Vielleicht ist die Tatsache, dass sie und die Kinder ihn »Messenger« nennen, eine Art milde Revanche dafür.

Simon und Mark gingen auf der Suche nach etwas Essbarem sofort in die Küche, wobei sie sich die langen, gestreiften Schals vom Hals wickelten. Sie hatten sich in Bath ein Rugby-Spiel angesehen. »Bindungen unter Männern«, sagte Ralph grinsend zu mir. »Carrie nimmt das sehr ernst.« Er war ausnehmend gut gelaunt und schien erfreut, mich bei sich zu Hause anzutreffen. »Dir gefällt es, hinzugehen«, sagte Carrie und schlug ihm leicht auf die Schulter. »Na ja, als ich jung war, hab ich selbst gespielt«, gab er zu, und ich konnte ihn mir vorstellen, wie er sich, den Kopf gesenkt wie ein Stier, die breiten Schultern im Gewimmel gegen die der anderen gedrückt, im Schlamm nach vorne stieß und schob. Er ist ein sehr körperbetonter Mensch – er küsste Carrie, als er hereinkam, nahm Emily kurz in den Arm und ließ Hope auf seinen Knien sitzen –, und sie genossen unbefangen seine Berührungen. Ich konnte nicht anders, ich musste später einfach die zurückhaltende Körpersprache in unserer eigenen Familie damit vergleichen. Martin und ich haben unsere Kinder nur selten in den Arm genommen, nachdem sie keine Babys mehr waren; es schien ihnen peinlich zu sein – oder waren wir es, die gehemmt waren? Wenn ich jetzt so dran denke – wir haben uns auch gegenseitig nur selten umarmt, es sei denn, wir schliefen miteinander. Plötzlich erfüllten mich Trauer und Reue bei dem Gedanken an all die verpassten Gelegenheiten, einander zu berühren, die jetzt für immer dahin sind. Ich beneidete die Familie der Messengers um ihre selbstverständliche körperliche Intimität, das Berühren, Drücken, Tätscheln und Aneinander-Lehnen … Dann fiel mir ein, dass ich gesehen hatte, wie Ralph Marianne Richmond geküsst hat, und ich dachte daran, dass alles seinen Preis hat. Wenigstens brauchte ich mir um Martins Treue nie Sorgen zu machen.

Ralph bot Drinks an, und ich akzeptierte einen kleinen Sherry, sagte jedoch, dass ich gleich würde aufbrechen müssen. Ich hatte keine Lust, dieses gemütliche Zimmer zu verlassen, wollte aber nicht zu lange bleiben.

»Wir sind heute Abend zum Essen eingeladen, sonst hätte ich Sie eingeladen, Ihr Glück einfach mit uns zu versuchen«, sagte Carrie, als könne sie meine Gedanken lesen, und ich glaubte ihr.

»Wir sind *wirklich* zum Essen eingeladen, Blondie?«, sagte Ralph und runzelte die Stirn.

»Das solltest du eigentlich wissen, Messenger«, sagte Carrie, »beim Vizekanzler.«

»Ich hab's vergessen«, stöhnte er.

»Kommen Sie morgen Mittag zum Essen nach Horseshoes«, sagte Carrie zu mir. »Oder nächsten Sonntag.«

Ich hätte die Einladung für morgen liebend gerne angenommen, doch irgendein dummes, vornehmes Prinzip, zurückhaltend zu sein, ließ mich dieses Vergnügen um eine weitere Woche aufschieben. Sie sind wirklich ein außerordentlich nettes und gastfreundliches Paar. Vielleicht ist es leicht, zu anderen nett zu sein, wenn man so reich ist und ein so erfülltes Leben hat. Oder vielleicht – ein sogar noch zynischerer Gedanke – ist das ein Weg, den Neid der anderen in Dankbarkeit zu verwandeln.

Als ich aufstand und gehen wollte, fragte mich Ralph, wo ich den Wagen geparkt hätte, und bestand darauf, mich hinzufahren, wobei ihn Carrie lebhaft unterstützte. Ich gab dankbar nach. Im Auto (einem großen Mercedes-Kombi) dankte ich ihm dafür, dass er mir den Sonderdruck geschickt hatte. Er fragte mich, was ich davon hielt. Ich sagte, ich hätte ihn einigermaßen befremdlich gefunden, der Jargon und die Diagramme schienen von einer wirklichen Erfahrung von Trauer so weit entfernt.

»Es ist nur ein Modell«, sagte er.

»Aber wenn man einen Roboter herstellen will, der wirklich Trauer empfindet …«

»Oh, das sollte nur ein Beispiel sein, damit man die Sache leichter diskutieren kann.«

»Sie meinen, es ist in Wirklichkeit gar nicht möglich?«, sagte ich.

»Es ist möglich«, sagte er. »Aber ein solches Projekt würde immense Kosten und Zeit verschlingen, und welchen Sinn hätte es? Ein Roboter, dessen kognitive Funktionen durch Zufallsereignisse drastisch eingeschränkt werden können – genauso wie bei einem Menschen?«

Was der ganze Artikel dann sollte, wollte ich wissen.

»Der Geist ist eine virtuelle Maschine. Manchmal kann man eine Menge lernen, wenn man eine Maschine beobachtet, deren Funktion gestört ist, sogar in der Theorie.«

»Dann ist Trauer also nichts als das?«, sagte ich. »Eine Funktionsstörung?« Nachdem er und Carrie mir gegenüber so freundlich gewesen waren, wollte ich mich nicht auf einen Streit einlassen, aber ich konnte nicht verhindern, dass meine Stimme einen ironischen Ton annahm, und er warf mir einen kurzen, taxierenden Blick zu.

»Na ja«, sagte er, »es ist schwer einzusehen, wozu sie gut sein soll, unter evolutionären Gesichtspunkten. Ich meine, verglichen mit, sagen wir, Eifersucht – die einen ebenso heftig beeinträchtigt, die ebenso unangenehm ist, die aber offensichtlich eine Funktion hat. Sicherzustellen, dass kein anderes Männchen die eigene Partnerin schwängert.«

»Und wie steht's mit weiblicher Eifersucht?«

»Ziemlich ähnlich: Sie stellt sicher, dass das Männchen ausschließlich daran interessiert ist, nur die Nachkommen dieses einen Weibchens zu ernähren und zu beschützen. Vermutlich könnte man sagen«, redete er weiter, als ob er laut nachdächte, »dass das Verlangen, den mit der Trauer verbundenen Schmerz zu vermeiden, ein Anreiz ist, sich um den Partner und die eigenen Jungen zu kümmern. Aber es gibt bereits genügend andere starke Anreize, das zu tun. Und überhaupt – zu wissen, dass man alles nur Mögliche getan hat, um zu verhindern, dass man jemanden verliert, scheint den Schmerz nicht abzumildern, wenn dieser Fall dann doch eintritt.«

»Und manchmal gibt es nichts, das man hätte tun können, ihn zu vermeiden«, sagte ich voller Gefühl, doch er schien meine Anspielung auf Martin nicht zu registrieren.

»Stimmt«, sagte er. »All diese Beerdigungen, die man im Fernsehen sieht, nach terroristischen Anschlägen, Erdbeben und so weiter. Die Leute sind außer sich vor Trauer. Weinen, klagen, werfen sich hin und her. Es ist alles so *exzessiv,* es steht in keinem Verhältnis zu einer möglichen evolutionären Belohnung. Wie Darwin sagte: ›Weinen ist ein Rätsel.‹«

Die Wendung *Weinen ist ein Rätsel* machte mich betroffen. Ralph sagte, sie stünde irgendwo in Darwins Notizbüchern. Er versprach, den Abschnitt für mich herauszusuchen.

Als wir den Parkplatz erreichten, stieg er höflich aus dem Wagen aus und bot mir an, mich zu meinem zu begleiten, aber ich sagte, das sei nicht notwendig, und dieses Mal setzte ich mich durch. Wir gaben einander die Hand, und ich hatte das flüchtige Gefühl, dass er mich auf die Wange küssen würde, aber das tat er nicht.

6

Eins, zwei, drei, Test, Test ... Aber man braucht bei diesem Gerät gar keinen Test zu machen, man kann sehen, wie die Worte direkt vor den eigenen Augen auf dem Bildschirm erscheinen, aber ich nehme gleichzeitig alles auf Band auf, sodass ich den Text später durchsehen und Pünktchen für die Pausen einsetzen kann ... Ich hatte keine Ahnung, dass diese Spracherkennungs-Software so gut ist ... Man sollte meinen, ein Zentrum für Kognitionswissenschaft hätte die neuesten Informationen über derlei Dinge, doch als ich herumfragte, erfuhr ich zu meinem Erstaunen, dass keiner der Dozenten ein solches Programm besitzt oder Erfahrung damit hat, wie man es benutzt ... Sie schienen es für eine Art Spielzeug zu halten, etwas, das man vielleicht bei Dixon's den Kindern zu Weihnachten kauft, aber nichts, das von ernsthaftem Interesse wäre, da sieht man mal wieder, wie konservativ und borniert Akademiker sind ... Wie auch immer, der Voicemaster kam am Freitag, und ich habe ein paar Stunden damit verbracht, ihn zu trainieren. Ich musste ein paar Abschnitte vorlesen, einen aus Lewis Carroll und einen aus der ›Times‹, damit er meinen Akzent lernen konnte. Am Anfang produziert er jede Menge Kauderwelsch, doch man korrigiert das am Monitor, und schrittweise lernt er, wie man die Vokale ausspricht, die die wichtigste Variable bilden, und am Ende des Tages machte er nicht mehr als etwa einen Fehler alle zwei Zeilen, was nicht schlecht ist, es ist sogar viel genauer, als wenn ich alles eintippen würde ... Die Software funktioniert so, dass sie die Phoneme, die sie als Input bekommt, mit einer Datenbank häufig auftretender Kollokationen vergleicht … weswegen ein frei assoziierender Monolog so ziemlich die schwierigste Aufgabe darstellt, die man sich denken kann, da sich der Kontext ständig ändert … Auch ist das Programm ein wenig prüde … es weigerte sich zuerst, das Wort »Fick« zu transkribieren … bot alle möglichen Alternativen an, »Blick«, »Strick«, »Schlick« und so weiter … aber ich habe ihm diese derbe Ausdrucksweise doch noch beigebracht. Da wären wir also … Heute ist Sonntag, der zweite März, Viertel vor neun, ja, Viertel vor neun … denn Carrie wurde ein bisschen pampig, als ich ihr gestern Nacht auf dem Weg nach Hause vom VK sagte, dass ich … Mein Gott, was war das für ein langweiliger Abend … die Richmonds waren da, aber keine Gelegenheit zu einer kleinen Knutscherei mit Marianne … einmal warf sie mir einen einladenden Blick zu, als sie hinaus aufs Klo ging, doch ich kümmerte mich nicht darum, was hat sie bloß von mir erwartet, dass ich ihr nach draußen folge und an die Klotür klopfe, damit sie mich hereinlässt …? Sie wird unvorsichtig, Carrie hätte diesen Blick leicht auffangen können, glücklicherweise plauderte sie in dem Augenblick mit Lady Viv … Ich sprach mit Stan … Sir Stan und Lady Viv, welche Namen für einen Vizekanzler und seine Gemahlin, klingt wie ein Duo, das im Varieté auftritt … Aber er hat mir gesagt, dass Donaldson die Ehrendoktorwürde angenommen hat, und das ist eine gute Nachricht, war offensichtlich hoch zufrieden, das sollte uns bei der Finanzierung helfen … Wie auch immer … Ich bin zu dieser unchristlichen Stunde hier, weil Carrie ein bisschen pampig wurde, als ich sagte, dass ich heute Morgen noch einmal hierher kommen wollte, um mit dem Experiment fortzufahren. »Um Himmels willen, verbringst du dort nicht schon genug Zeit?« Gutes Argument, das musste ich zugeben, doch es reizte mich, diese Software bei einem neuen Versuch mit dem Bewusstseinsstrom auszuprobieren, und so versprach ich, als Erstes hierher zu kommen und pünktlich um zehn wieder zu Hause zu sein, um nach Horseshoes zu fahren, die Kinder stehen am Sonntag sowieso nie früher auf … Natürlich könnte ich die Software auf meinen Computer zu Hause laden und sie dort benutzen, aber ich hätte Hemmungen, hätte Angst, dass jemand mich belauscht angesichts der Dinge, die mir anscheinend in den Kopf kommen, wenn ich müßig meinen Gedanken nachhänge … selbst wenn sich derjenige dann die Treppe hinaufschleichen und sein Ohr an die Tür drücken müsste … Tatsache ist, dass man sich sehr verletzlich fühlt, bloßgestellt, wenn man seine privaten Gedanken laut ausspricht, man muss einigermaßen darauf vertrauen können, dass einen niemand belauschen kann … Also bin ich wieder hier an meinem Tisch in meinem Büro im Centre, einen Becher Cappuccino mit Zimt ohne Zucker neben mir, doch dieses Mal trage ich einen Kopfhörer mit einem Mikrofon den Instruktionen entsprechend halb vor, halb neben meinem Mund und bin bereit, anzufangen … Ich werde während der Eingabe nur die größeren Fehler korrigieren, der Text kann später in Ordnung gebracht werden … Erst vorhin im Wagen dachte ich, es könnte vielleicht interessant sein, nicht noch einmal willkürlich in den Bewusstseinsstrom einzutauchen, sondern eine spezifische Erinnerungsübung durchzuführen. Natürlich ist in gewissem Sinne alles Bewusstsein Erinnerung, wir können uns der Zukunft nicht bewusst sein, auch wenn wir versuchen können, sie vorherzusagen, und streng genommen sind wir uns nicht einmal der Gegenwart bewusst, denn geistige Zustände hinken dem Zustand des Gehirns ständig hinterher wie dieser Kerl, dieser Neurowissenschaftler, wie hieß er noch gleich, Libet, er hat gezeigt, dass der Moment, in dem man sich der Entscheidung bewusst wird, eine Handlung auszuführen, ständig der damit verbundenen Gehirnaktivität um etwa eine halbe Sekunde hinterherhinkt, also ist in gewissem Sinne jeder Augenblick unseres Lebens bereits Vergangenheit, wenn wir ihn erleben, man könnte sagen, das Bewusstsein ist eine kontinuierlich nachgereichte Wiederholung ... Aber ich spreche hier vom Langzeitgedächtnis. Ich werde versuchen, mich an eine lange zurückliegende Erfahrung zu erinnern und so herausfinden oder versuchen, mithilfe des Transkripts herauszufinden, wie der Geist die Vergangenheit wiedergewinnt ... wiederherstellt ... rekonstruiert, sowie das Maß, in dem Erinnerungen aus dem Kurzzeitgedächtnis, die durch Assoziationen ausgelöst werden, diesen Prozess beeinträchtigen oder mit ihm interagieren ... Also, was nehmen wir? Welche Langzeiterinnerung soll ich versuchen zu aktivieren?

Mein erster Fick, wie wär's damit, ja, kein Problem, ihr Schlüpfer ... Das Erste, woran ich denke, ist, wie sie ihren Schlüpfer von den Hüften streift ... und mich durch die Haare, die ihr nach vorn ins Gesicht fallen, vielsagend anblickt, ich war wie gelähmt, nie zuvor hatte ich eine Frau gesehen, die sich auszog ... außer natürlich in Filmen ... obwohl, damals konnte man auf der Leinwand nie eine Frau sehen, die tatsächlich ihren Schlüpfer auszog, was das angeht, bin ich nicht sicher, dass ich jemals ... ich meine, man konnte vielleicht sehen, wie sie durch die Luft segelten, oder man sah sie in einer Großaufnahme auf dem Boden liegen, aber nicht die Frau, die tatsächlich ... vielleicht wirkt diese Handlung einfach zu unbeholfen oder zu schlicht, es ist schwierig, es so zu machen, dass es elegant oder erotisch aussieht, sich zu bücken und nach vorn zu beugen und erst auf dem einen und dann auf dem anderen Bein zu stehen … Stripperinnen zum Beispiel haben immer irgendeinen Druckknopf oder Klettverschluss, sodass sie mit einer einzigen Bewegung die Kleider von sich werfen können … hmm, dieses Mädchen in der Bar in Soho, wie war das noch, sie zog den G-String vor ihrem BH aus … sie dachte an nichts, oder vielmehr, sie dachte an etwas anderes als ans Strippen, hing Tagträumen nach, es war mitten am Nachmittag, eine tote Zeit, nur ein paar Typen in der Bar, weiß Gott, was ich da zu suchen hatte, vielleicht zwischen zwei Konferenzen, vielleicht ein bisschen angeheitert und geil nach einem Geschäftsessen, ich kann mich nicht mehr erinnern, aber da war ich also zusammen mit einer Handvoll einsamer Wichser, im violetten Halbdunkel hingen wir in unseren Stühlen und sahen diesem Mädchen im Kegel des Spotlights zu, die ihre Routine abspulte wie eine Schlafwandlerin, verschiedene Teile ihres Kostüms von sich warf, während sie mit den Füßen schlurfte und zur Discomusik vom Band mit den Hüften wackelte, bis sie zu BH und G-String gekommen war … und dann zog sie geistesabwesend ihren G-String vor dem BH aus, hah … und wir Männer im Publikum setzten uns auf, als ob wir einen leichten elektrischen Schlag erhalten hätten … ihr Gesicht zeigte plötzlich eine schreckliche Verlegenheit, sie stockte in ihrem Tanz, kam aus dem Takt, als ihr klarwurde, was sie getan hatte, und sie errötete, sie errötete tatsächlich und murmelte »Tschuldigung«, das erste Mal, dass sie auf dieser und ich wette auf jeder anderen Bühne ein Wort gesprochen hatte, Stripperinnen sprechen nie, und dann zog sie den G-String wieder an und machte weiter mit ihrer roboterhaften Routine. Roboterhaft, genau, wenn man die Hardware in überzeugendes synthetisches Fleisch einbauen könnte, wäre es relativ einfach, eine Roboter-Stripperin herzustellen, ich meine, das Programm wäre so simpel ... Doch für einen Augenblick, nur für einen Augenblick wirkte sie wie ein richtiger Mensch, unvorhersagbar, fehlbar, verletzlich ... Jemand lachte im Dunkeln, ein kurzes, bellendes Lachen, das im verstreuten Publikum zu vereinzeltem Gelächter führte, und die Stimmung düsterer onanistischer Erotik war gebrochen ... Denn das Striptease-Protokoll ist streng, beim Entblößen der Körperteile muss eine gewisse Ordnung gewahrt werden ... Jede Abweichung durchbricht den Rahmen des Ereignisses und lässt es *natürlich* erscheinen ... wie wenn man sich zu Hause auszieht, um ins Bett zu gehen ... Jeder macht das auf seine eigene Art, hat seine eigene Reihenfolge, und manchmal ändert man die, wenn's einem passt ... Carrie zum Beispiel zieht manchmal ihre Schlüpfer, Höschen nennt sie sie, vor dem BH aus und geht im Schlafzimmer umher, als ob sie das Bidet benutzen will, wenigstens hat sie das früher getan, heute läuft sie nicht mehr so oft nackt herum, wird langsam unsicher wegen ihrer Figur ... Martha zog ihren Schlüpfer zum Schluss aus, aber das war schließlich eine Art Striptease, sie sah mich die ganze Zeit an, genoss ihre Macht über mich ... Ich saß auf dem Bettrand mit einer Erektion, die die Vorderseite meiner V-förmigen Unterhose in den Gipfel des Everest verwandelte, die Augen weit aufgerissen, mein Mund trocken, aber unfähig zu schlucken ... meine Ohren gespitzt wegen möglicher Geräusche von draußen, obwohl ich gesehen hatte, wie Tom Beard am Morgen davongefahren war mit seinem alten Pick-up, Sol auf dem Beifahrersitz und einen Anhänger voller Mutterschafe, die ihre besten Jahre hinter sich hatten, die er auf dem Markt loswerden wollte, wie nannten die das ... »verscherbeln, weil sie zu alt sind«, ja, selbst wenn ich wusste, dass er bis spät in die Nacht fort wäre, hatte ich trotzdem Angst, dass irgendetwas passieren könnte, eine

Panne zum Beispiel oder ein Unfall, und er könnte unerwartet zurückkommen … »Mach dir keine Sorgen, Liebling«, sagte sie, als sie mich an der Hand aus der Küche zur Treppe führte, »man kann einen Wagen schon hören, wenn er noch meilenweit entfernt ist, und das alte Tor quietscht wie die Hölle …«, sie führte mich die Treppe hinauf in ihr Schlafzimmer und zog die Vorhänge zu, aber die machten das Zimmer kaum dunkler, die Nachmittagssonne schien durch das dünne Material und tauchte sie in sanftes rosa Licht, wie eine Stripperin auf der Bühne … und sie begann sich auszuziehen, legte jedes Kleidungsstück ab und faltete es sorgfältig über der Lehne eines Windsor-Stuhls … »Worauf wartest du noch?«, fragte sie, und ich gaffte sie an wie ein Idiot, »sei nicht schüchtern, es ist schließlich nicht das erste Mal, dass ich dich ohne Kleider sehe«, sagte sie und meinte den Nachmittag, als sie mich im Bach mit den Hunden hatte schwimmen sehen … Ein glühendheißer Tag, wir hatten die Herde gerade auf eine neue Weide geführt, die Schafe stürzten sich auf das saftige frische Gras, Tom war mit seinem Traktor davongefahren, um sich um einen kaputten Zaun zu kümmern, und da war dieser köstlich kühle Bach, durch den wir die Herde an einer weiter oben gelegenen Furt getrieben hatten, klar floss das Wasser über die Kieselsteine und Schieferplatten, und unter einem Ufervorsprung gab es eine Stelle, die tief genug zum Schwimmen war … Ich konnte nicht widerstehen, riss mir die Kleider vom Leib und sprang hinein, köstlich … die beiden Bordercollies sahen mir vom Ufer aus neidisch zu, hechelten in der Hitze, die Zunge hing ihnen aus dem Maul, doch sie waren viel zu gut ausgebildet, als dass sie sich gerührt hätten, und schließlich rief ich »Kommt!«, damit sie sich mir anschlossen, und sie stürzten sich bellend ins Wasser und paddelten auf mich zu, die Nase in der Luft, und sie umkreisten mich, als ob ich ein Schaf wäre, das sich verlaufen hatte ... Ich spielte ihnen Streiche, indem ich wegtauchte und hinter ihnen aus dem Wasser schoss, und ich lachte vor Freude darüber, wie überrascht sie waren, drehte mich auf den Rücken und trieb dahin, wobei ich hinauf in das endlose Blau des Sommerhimmels starrte, ließ mich von der Strömung treiben, bis ich eine seichte Stelle erreichte und fühlte, wie mir die Steine im Bachbett leicht über den Rücken streiften ... Ich stand auf und begann, stromaufwärts zu waten, während die Hunde hinter mir herumsprangen und herumspritzten, und dann entdeckte ich plötzlich Martha am anderen Ufer, die auf ihrem Fahrrad saß, einen Fuß auf dem Boden abgestützt, und mich mit einem Lächeln beobachtete, das zu einem breiten Grinsen wurde, als ich innehielt und hastig mit meinen Händen meinen Schritt bedeckte wie ein Fußballspieler, der auf einen Freistoß wartet ... Laut rufend fragte sie, wo Tom sei, und als ich es ihr sagte, radelte sie mit einem Winken davon ... Reglos stand ich im Wasser mit den Händen über meinem Schwanz, bis sie außer Sichtweite war ... Er fing an, sich zu heben und dicker zu werden, als ich mich fragte, wie lange sie mich wohl schon mit diesem Lächeln beobachtet hatte, und nachdem ich mich rasch umgeblickt hatte, um sicher zu sein, dass niemand sonst mich beobachtete, holte ich mir einen runter, schoss meinen Samen in die sonnige Luft und den rasch fließenden Bach, und nur die geduldigen, uninteressierten, unkritischen Hunde sahen mir zu. Weil ich Martha mochte, o ja, aber bis zu jenem Tag nicht zu hoffen gewagt hatte, dass das auf Gegenseitigkeit beruhen könnte, obwohl sie immer nett zu mir war, mir am Tisch ausgesuchte Häppchen servierte und mich fragte, ob ich irgendetwas zu waschen hätte, sie bügelte meine Hemden besser als meine Mutter, na gut, ich wusste, sich mochte mich, aber schließlich war sie eine verheiratete Frau und doppelt so alt wie ich … Tom allerdings war noch älter als sie und laut Martha nicht allzu sehr an Sex interessiert und nicht allzu gut darin … »Zehn Minuten am Samstagabend ist so ziemlich das Höchste …« In mittlerem Alter hatte er sich eine junge Frau genommen, weil er hoffte, einen Sohn zu zeugen, dem er die Farm hinterlassen könnte, und als keine Kinder kamen, verlor er das Interesse, warf Martha vor, unfruchtbar zu sein, wie mir Martha einmal sagte, er weigerte sich, in Betracht zu ziehen, dass das Problem bei ihm liegen könnte, weigerte sich, sich untersuchen zu lassen, um seine Spermien zählen zu lassen, weigerte sich, die ganze Angelegenheit zu diskutieren, obwohl – oder gerade weil – er den größten Teil seines Arbeitstages damit verbrachte, das Kopulieren von Schafen zu organisieren … Es war also die klassische Situation, der ältere Ehemann, die ausgelassene junge Ehefrau, der junge Mieter, strotzend vor Saft, gerade siebzehn, ein Schuljunge, aber wie Martha sagte oder vielmehr flüsterte »groß für dein Alter, Liebling«, ein Schuljunge aus Südlondon, der auf eine Schaffarm in den Dales geschickt worden war, aus Gesundheitsgründen, der frischen Luft und der Bewegung wegen nach einem Anfall von Drüsenfieber … ein Einfall unseres GV, Tom war ein entfernter Verwandter von ihm … keine schlechte Idee übrigens, ich wurde kräftig und fit von der Arbeit, ging jeden Tag meilenweit durch die Dales, schritt Steigungen von zwanzig Prozent hinauf, rang mit den Schafen, wenn wir sie auf Stoppellähme untersuchten, hielt sie am Boden, damit Tom das infizierte Gewebe herausschneiden konnte … meine Muskeln wurden härter, meine Schultern gerade, ich muss in Marthas Augen ziemlich gut ausgesehen haben, als ich splitternackt durch den Bach watete, tatsächlich sagte sie später zu mir: »Wie eine Statue in einem Museum, wie einer dieser griechischen Götter aus weißem Marmor …« Ich sah die unverstellte Bewunderung in ihrem Lächeln, als sie mich von ihrem Fahrrad aus beobachtete, also war es nicht völlig überraschend, als sie an jenem Tag in der Küche … obwohl ich mein Glück immer noch kaum fassen konnte, genau genommen kann ich es auch jetzt kaum fassen, man stelle sich vor, ein siebzehn Jahre alter Schuljunge, dessen Körper ein Testosteronkraftwerk war, das ständig kurz vor der Kernschmelze stand, und dessen Kopf … dessen Kopf ein Pornokino war, das niemals schloss … aber dessen sexuelle Erfahrung nicht hinausging über ein paar Zungenküsse am Mittag mit den Mädchen aus unserem Partnergymnasium etwas weiter die Straße hinauf und vielleicht noch das Drücken ihrer Titten unter ihren Uniformblazern aus Serge, wenn man Glück hatte … meine Jungfräulichkeit mit einer erfahrenen, heißblütigen, ausgewachsenen Frau zu verlieren … die lachte und mir sagte, ich solle mir keine Sorgen machen, als ich zu früh kam, was natürlich unweigerlich passierte … aber ich mache das zu schnell … wo war ich, ah ja, an dem Tag fuhren Tom und Sol, sein Schäfer, zum Markt und ließen mich allein mit Martha auf der Farm zurück, und ich kam rein, um in der Küche zu Mittag zu essen, ich saß am Holztisch, jahrelanges Schrubben hatte die Maserung des Holzes in tiefe Rillen verwandelt, und sie bediente mich, und dann setzte sie sich und sah mir beim Essen zu, ich spürte, wie unerfahren ich auch immer war, ich spürte, dass eine eindeutige sexuelle Einladung in der Luft lag … ich spürte das daran, wie Martha die Hüften schwang, als sie in der Küche umherging, daran, dass die geblümte Schürze, die sie üblicherweise trug, heute fehlte, wodurch ich die Form ihres BHs unter ihrer engen Bluse sehen konnte und dort, wo ein Knopf, der eigentlich geschlossen gewesen wäre, offen war, eine ganz schwache Andeutung ihres Dekolletés, ich spürte es am Geruch des Schampoos in ihrem frisch gewaschenen Haar, als sie sich über meine Schulter beugte und einen Teller mit Schinken und Käse vor mich stellte, ich spürte es an dem leichten Lächeln, das ihre Lippen umspielte, als sie an einer Tasse Tee nippte und mir von der anderen Seite des Tisches aus beim Essen zusah, während sie ungezwungen über Dinge plauderte, von denen ich kaum etwas mitbekam … Nein, ich war nicht völlig überrascht darüber, dass sie mich zurückhielt, als ich aufstand, um wieder an die Arbeit zu gehen, und einen der ältesten Tricks der Welt benutzte: »Ralph, ich glaube, ich hab da was im Auge, würdest du bitte mal nachsehen?«, sodass ich gezwungen war, ganz dicht vor ihr zu stehen, in ihr Auge zu starren und das Augenlid mit meinem Finger vorsichtig hochzuschieben, wobei ich ihren Atem auf meiner Wange fühlte, fühlte, wie ihre Brüste sich gegen meine Brust drückten, ihre Hände in meinem Kreuz fühlte, die mich näher an sie heranzogen und sie murmeln hörte: »Gib mir einen Kuss, Ralph, um Gottes willen …« Ich küsste sie und sie küsste mich wieder, und ich schwankte und verlor das Gleichgewicht und taumelte, und sie lachte und sagte: »Komm mit nach oben und leg dich hin, da haben wir's bequemer«, und sie nahm mich bei der Hand und führte mich zur Treppe und als ich sagte, was ist, wenn Tom zurückkommt, sagte sie: »Mach dir keine Sorgen, Liebling, an diesem gottverlassenen Ort kann man einen Wagen hören, auch wenn er noch meilenweit entfernt ist« … aber es war nicht nur Angst, es war auch Schuld, denn ich mochte Tom, gleichgültig wie düster und wortkarg er war … er war sehr anständig zu mir, hatte mir alle Arbeiten auf einer Schaffarm beigebracht und wie man den Hunden Kommandos gibt »Komm«, »Bei Fuß«, »Sitz«, »Hierher«, wenn sie nach links laufen sollten, »Fort zu mir«, wenn sie nach rechts laufen sollten, »Das reicht«, wenn sie aufhören sollten … es war faszinierend, die Herde so zu kontrollieren, per Fernsteuerung, als seien die Hunde eine Erweiterung meines Gehirns wie meine Arme und Beine … Ich wollte den Mann, der mir das beigebracht hatte, nicht zum Hahnrei machen, nicht dass ich das Wort damals gekannt hätte, doch nachdem wir erst einmal in ihrem Schlafzimmer waren und sie anfing, ihre Kleider auszuziehen, gab es kein Zurück mehr … »Worauf wartest du noch?«, fragte sie. »Sei nicht so schüchtern, es ist schließlich nicht das erste Mal, dass ich dich ohne Kleider sehe«, aber ich war schüchtern und wandte ihr meinen Rücken zu, als ich mich bis auf die Unterhose auszog, wodurch ich nicht sehen konnte, wie sie ihre Strümpfe abstreifte, und als ich mich umdrehte, hatte sie ihre Hände hinter dem Rücken und öffnete ihren BH, ein altmodisches Modell mit vielen Stickereien und scharfen Konturen, und als sie ihn abschüttelte, fielen ihre Brüste aus den Körbchen und breiteten sich über ihren Rippen aus, und Halbmonde aus Schatten zeichneten ihre Umrisse nach … Ich setzte mich auf den Rand des Bettes und sah ihr zu, wie sie sich entspannt kratzte und sich dann vorbeugte, um ihren Schlüpfer auszuziehen, einen altmodischen Schlüpfer wie ihr BH, French Knickers heißen die, glaube ich, mit weitem Beinausschnitt, Spitzenbesatz, aus pfirsichfarbener Seide oder vielleicht Satin, sie muss ihn extra angezogen haben … Komisch, bis heute habe ich noch nie daran gedacht, ungefähr dreißig Jahre, nachdem es passiert ist. Das waren keine Schlüpfer, wie sie die Frau eines Schaffarmers an einem gewöhnlichen Tag unter der Woche trägt … Sie trat aus ihm heraus, straffte sich, ließ ihn auf die Sitzfläche des Stuhls fallen und stand vor mir, eine nackte Frau in all ihrer Pracht … Nicht, dass Martha eine klassische Schönheit oder schön wie die Mädchen aus

Männermagazinen gewesen wäre, ihre Brüste hingen ein wenig, ihre Hüfte war zu dick, und ihre Beine waren zu kurz, aber sie war die erste nackte Frau, die ich je im Fleische gesehen hatte, und als sie sagte: »Nun, Ralph Messenger, gefällt dir, was du da siehst?«, flüsterte ich heiser Ja, und das meinte ich absolut ernst, und sie lachte leise und kam herüber und stand vor mir, sodass ich ihr direkt in den Schritt blickte, der mit einem Vlies aus rotblondem Schamhaar nur spärlich bedeckt war, das den rosa-braunen Spalt ihrer Möse verschleierte, aber nicht verbarg … »Ziehst du deine Hose aus, oder soll ich das für dich tun?«, sagte sie, und ich stand auf, um sie auszuziehen, wobei ich den elastischen Bund wie ein Katapult spannen musste, damit ich sie über meinen angeschwollenen Schwanz bekam … Ehrlich gesagt habe ich im Augenblick etwas Probleme mit meiner Ralph-Lauren-Unterhose … von der Erinnerung an all diese Dinge habe ich einen riesigen Ständer bekommen … Ich muss für einen Moment aufstehen und meinen Anzug richten …

Ah, so geht's besser … Der Campus sieht verlassen aus, niemand da draußen, keine Spur von Helen Reed heute Morgen … faszinierende Frau, klug, begreift schnell, argumentiert gut, bereit, für ihren Standpunkt einzutreten, ich mag das, zu viele Leute glauben, über Dinge zu streiten, streiten, um zu gewinnen, beweist irgendwie schlechten Geschmack … gute Beine übrigens, ich sah, wie sie gestern Abend aus dem Auto stieg, sie trug einen dieser geschlitzten Röcke, der sich öffnete, als sie sich auf dem Sitz drehte, und ein gutes Stück ihrer Schenkel sehen ließ … Ich hatte daran gedacht, sie auf die Wange zu küssen, als sie sich verabschiedete, entschied mich aber dagegen … sie hat etwas an sich, eine Art ironische Distanz … auf der Hut, wenn ihr irgendeiner dumm kommt … mir schien, es wäre ihr nicht recht, sie würde glauben, dass ich mir Freiheiten herausnehme … Nun, kein Grund zur Eile, ich denke, wir werden sie noch oft genug sehen, Carrie scheint sie zu mögen, sie muss verflucht einsam sein, wie sie da in ihrer Maisonette auf dem Campus hockt, ich sah, wie ihre Augen glänzten, als Carrie sagte, kommen Sie nächsten Sonntag zum Mittagessen … *Weinen ist ein Rätsel,* ich hab versprochen, es für sie nachzuschlagen … aber nicht jetzt, zurück an den Schreibtisch und zu Martha …

Ich habe Carrie einmal die Geschichte mit Martha erzählt, dachte, das macht sie scharf, doch stattdessen endete alles damit, dass wir Krach hatten, denn sie sagte, das sei Missbrauch gewesen, sexueller Missbrauch … Ich sagte, Blödsinn, ich war damals eifrig darauf aus und willig … »Das spielt keine Rolle«, sagte sie. »Sie war eine sexuell frustrierte Erwachsene, die deinen Jungenschwanz als Dildo benutzt hat …« Ich sagte, ganz im Gegenteil, sie war eine heißblütige Frau mit einem großen Herzen, die mir Dinge über Sex beibrachte, die zu lernen meine Altersgenossen noch Jahre brauchten, falls sie sie überhaupt je lernten … Jeder Junge sollte eine Martha haben, sagte ich, sie hat mir beigebracht, ein guter Liebhaber zu sein … »Du meinst, sie hat dich zu einem Sexsüchtigen gemacht«, sagte Carrie, drehte sich um und schlief ein, wir lagen damals im Bett, im Haus in Pasadena … *Sexsüchtiger* … typisch kalifornisches Psychogebrabbel, was soll das überhaupt heißen, süchtig nach Sex, Männer sind biologisch darauf programmiert, so viel Sex mit so vielen Frauen zu haben, wie sie kriegen können … nur die Kultur legt unserem Drang, wahllos zu kopulieren, Beschränkungen auf … manchmal unterdrückt sie ihn natürlich völlig, bei Priestern und Mönchen, arme, irregeleitete Idioten, oder fast völlig, wie in Tom Beards Fall … »Zehn Minuten am Samstagabend ist so ziemlich das Höchste …« Er war zu lange Junggeselle gewesen, ein enthaltsamer Junggeselle, der zusammen mit seiner verwitweten Mutter auf einer isolierten Farm gelebt hatte, seine einzige Erholung war die männliche Kameraderie im örtlichen Pub, Bier und Tabak, Darts und Domino … aber Martha war anders, sie wuchs in einem Marktstädtchen in den Midlands auf, wo es Tanzveranstaltungen und Cafés und ein Kino und jede Menge Jungen gab … sie hat mir erzählt, sie war gerade sitzengelassen worden, als sie Tom bei einer Hochzeit traf, und sie heiratete ihn aus Enttäuschung, sie hatte die Nase voll davon, mit fünf Geschwistern zusammen zu Hause zu leben, sich ein Schlafzimmer mit ihrer jüngsten Schwester zu teilen, Tom bot ihr ein eigenes Haus mit Farbfernseher und eine Carte blanche, eine modern ausgestattete Küche zu bestellen, und etwas an seiner langsamen, schweigenden Art und dem dunkelhaarigen, guten Aussehen zog sie an wie ein Westernheld, doch die körperliche Seite der Ehe war von Anfang an eine Enttäuschung … »Kommt davon, dass er zu viel Zeit mit den Schafen verbringt, er bespringt mich wie ein Widder, ein schnelles Rein-Raus«, ohne an Marthas Genuss zu denken … wobei die Betonung auf dem Wort »denken« liegt, denn der Unterschied zwischen menschlichem und tierischem Sex besteht genau darin, dass wir in der Lage sind, darüber nachzudenken, das ist der Grund, warum wir es genießen und den Genuss des anderen genießen … Man sehe sich nur mal zwei Hunde an, die auf der Straße kopulieren, oder zwei Affen in einem Käfig oder einen Widder, der es einem Mutterschaf besorgt, die Männchen verspüren dabei vielleicht eine Art Erleichterung, wie wenn man sich an einer juckenden Stelle kratzt, wie wenn man scheißt oder pisst, aber Genuss ist kein Wort, das einem dabei einfällt, während sich die Weibchen einfach nur damit abzufinden scheinen … Haben weibliche Tiere eigentlich Orgasmen? Das bezweifle ich, ich muss jemanden aus der Zoologie fragen, aber ich wette, der weibliche Orgasmus war eine Entdeckung des *homo sapiens* … oder der *mulier sapiens* … und wir haben aufgrund der natürlichen Selektion größere Penisse als die Menschenaffen entwickelt, Frauen neigen dazu, Partner mit großen zu wählen … nicht dass in dieser Hinsicht irgendetwas mit Tom nicht gestimmt hätte, ich weiß das, weil ich gesehen habe, wie er draußen gegen einen Hang gepisst hat, er hatte die Ausrüstung, aber er wusste nicht, wie er sie benutzen sollte, um einer Frau Genuss zu verschaffen … Martha hat mir das beigebracht, und ich bin ihr ewig dankbar, wie auch viele Frauen danach, die nicht wussten, wem sie die schöne Zeit zu verdanken hatten, die ich ihnen gab … das kann man nicht Missbrauch nennen, wenn sie mich nur ausgenutzt hätte, hätte sie wütend sein müssen, als ich sie überall vollspritzte, sobald sie nur meinen Penis in die Hand nahm, aber sie lachte nur und sagte: »Mach dir keine Sorgen, Liebling« und liebkoste und streichelte mich, bis er wieder steif war … gegen Ende meines Aufenthalts konnte ich ihn fünfzehn Minuten in ihr lassen ohne zu kommen, indem ich leise Physikformeln aufsagte … übrigens, selbst wenn es eine geile Schimpansenart geben sollte, die den weiblichen Orgasmus entdeckt hat, wette ich, dass die Männchen ihre Ejakulation nicht bewusst verzögern, um den Genuss der Weibchen zu verlängern … Martha genoss den Akt so sehr, dass sie danach Freudentränen in den Augen hatte … Ich glaube, dass ich reifere Frauen vielleicht wegen meiner ersten Erfahrung mit Martha lieber ficke als junge Mädchen … sie sind so dankbar, man fühlt sich so stolz deswegen … und physiologisch betrachtet sind sie zu stärkeren Orgasmen fähig … wir haben es noch sechs oder sieben Mal gemacht, am Abend, wenn Tom in den Pub ging … sobald der Lärm seines Pick-up verklungen war, wenn er über die Hügelkuppe gefahren war, gingen wir hinauf … Aber eines Abends geschah genau das, was ich befürchtet hatte, der Laster hatte auf dem Weg zum Pub eine Panne, und Tom ging zu Fuß nach Hause zurück, um seinen Automobilclub anzurufen, und wir hörten das Tor quietschen, als wir auf meinem Bett mitten dabei waren, mein Gott, wir sind mit knapper Not davongekommen, sie konnte sich gerade noch rechtzeitig die Kleider anziehen und mir sagen, ich soll im Bett bleiben und so tun, als fühlte ich mich nicht wohl … danach hatten wir zu viel Angst, es noch einmal zu machen, wenigstens ich … Ich zweifle kaum daran, dass Tom mir eine Tracht Prügel verpasst hätte, hätte er uns in flagranti ertappt, und ich sah vor mir, wie ich wegen ungebührlichen Verhaltens nach Hause geschickt wurde und meinen Eltern alles beichten musste, was eine noch schlimmere Vorstellung war … Nach den Ferien erzählte ich in der Schule alles meinem besten Freund, und er weigerte sich, mir zu glauben, er dachte, ich erfinde das alles, »Messenger, du verlogener Bastard«, sagte er. Ich stritt mich nicht mit ihm herum, in gewisser Weise war ich sogar erleichtert … es zu erzählen schien irgendwie Verrat an Martha und auch an Tom, und trotzdem musste ich es irgendjemandem erzählen, ich wäre fast geplatzt an dem Wissen über das, was ich erlebt hatte, aber es war mir nur recht, dass mir keiner glaubte, denn dadurch wurde es weniger wahrscheinlich, dass die Geschichte die Runde machte und möglicherweise bis zu meinen Eltern gelangte … oder unserem GV. Ich schrieb Tom und Martha und dankte ihnen für meinen Aufenthalt, und wir tauschten ein paar Jahre lang Weihnachtskarten aus, doch dann verloren wir den Kontakt und ich sah und hörte nie wieder etwas von den beiden … O mein Gott, es ist Viertel vor zehn … *(Ende der Aufnahme)*

7

Montag, 3. März. Gestern verbrachte ich den ganzen und heute fast den ganzen Tag damit, die Arbeiten zu lesen, an denen meine Studenten gerade schreiben, ihre großen Projekte für dieses Jahr, Romane (oder in zwei Fällen Kurzgeschichtensammlungen), die sie im letzten Semester unter der Aufsicht von Russell Marsden begonnen oder als angefangene Arbeiten mit an die Universität gebracht haben. Diese Erfahrung hat mich ziemlich erschöpft. Das liegt nicht daran, dass sie schlecht geschrieben wären – im Gegenteil, sie verraten grundsätzlich großes Talent … es ist nur so, dass es einfach zu viele sind, zu viele, um alle auf einmal in sich aufnehmen zu können. Jedes Mal, wenn ich eine neue Mappe aufschlage, wartet eine imaginäre Welt darauf, bewohnt zu werden, völlig neue Figuren mit Namen, an die man sich erinnern muss, Verwandtschaftsverhältnisse und andere Verbindungen, die auseinander gehalten werden wollen, Zeiten und Jahreszeiten, die notiert werden müssen, die äußere Erscheinung, die man sich vorstellen muss, Verknüpfungen von Ursachen und Folgen, die erschlossen sein wollen …

Da ist Rachel McNultys bedrückende Chronik eines Mädchens, das auf einer Milchfarm im County Armagh ihre erste Periode hat; Simon Bellamys geschickte satirische Komödie über eine Gruppe junger Leute, die in Soho ein Modemagazin gründen; Robert Draytons Erinnerungsmonolog eines verurteilten Gefangenen am Vorabend der Hinrichtung in einem imaginären afrikanischen Staat, der von einem wahnsinnigen Diktator regiert wird; Frieda Sinclairs unerschrockene Geschichte junger Frauen, die in den Clubs von Inverness bis Ibiza tanzen, trinken, vögeln und kotzen; Gilbert Baverstocks Roman über einen pathologisch schüchternen Versicherungsvertreter, der sich in ein Mädchen aus seinem Büro verliebt und mit ihr über E-Mail kommuniziert, wobei er sich als angesagter Drehbuchautor aus Los Angeles ausgibt; Thomas Vaughans kühner historischer Roman über einen Streik in den Kohleminen des Rhondda Valley im neunzehnten Jahrhundert; Chuck Romeros Bildungsroman über einen jungen Mann, der seine Jungfräulichkeit verliert und seine wahre Berufung in Providence, Rhode Island, findet (wo Chuck herkommt); Farat Khans Kurzgeschichtenzyklus über Konflikte zwischen den Kulturen und Generationen in der asiatischen Gemeinde in Leicester (wo sie herkommt); Saul Goldmans ödipaler Streit zwischen einem jüdischen Geschäftsmann, der sich aus eigener Kraft hochgearbeitet hat, und seinem schwulen, künstlerisch veranlagten Sohn; Franny Smiths komisches, erschreckendes und aus unterschiedlichen Perspektiven erzähltes Porträt einer heruntergekommenen Schule in Liverpool und Aurora da Silvas perverses Garn über ein New-Age-Institut auf einer griechischen Insel, das Kurse in Sado-Masochismus, Piercing, tantrischem Sex und entspannendem Drogengenuss anbietet. Das macht elf selbstständige fiktionale Welten. Eigentlich sollten es zwölf sein, doch Sandra Pickering hat ihre Mappe noch nicht abgegeben. Aber auch elf sind genug fürs Erste. Ich bringe sie im Kopf schon durcheinander, und ich fürchte, ich werde einige schlimme Patzer machen, wenn ich mit den Studenten einzeln spreche, die Namen der Figuren verwechseln und die Handlung durcheinander bringen.

Selbstverständlich ist das eine völlig unnatürliche Art zu lesen, so von einer unvollendeten Geschichte zur anderen zu springen, aber es brachte mich dazu, über die reiche Produktion an fiktionalen Werken in unserer Kultur nachzudenken. Ist es eine Überproduktion? Sind wir in Gefahr, einen Belletristik-Berg anzuhäufen – eine gigantische Menge überflüssiger Romane, wie die Butterberge und Milchseen der EU? Ich erinnere mich an Ralph Messengers trockenen Kommentar: »Ob die Welt noch mehr Romanautoren braucht, ist Ansichtssache.« Seine eigene Meinung war ziemlich offensichtlich.

Natürlich kann man argumentieren, dass es ein grundlegendes menschliches Bedürfnis zu erzählen gibt: Es ist eines unserer fundamentalen Werkzeuge, um unserer Erfahrung Sinn zu verleihen – das war es schon immer, wie weit man auch in der Geschichte zurückgeht. Doch muss das, frage ich mich, auch notwendigerweise zu einer endlosen Multiplikation *neuer* Geschichten führen? Vor dem Aufstieg des Romans hatte ein Geschichtenerzähler diese Verpflichtung nicht – man konnte die alten, vertrauten Geschichten immer wieder erzählen, die Geschichte Trojas, die Geschichte Roms, die Geschichte Britanniens ... und ihnen eine neue Wendung geben, wenn Zeiten und Sitten sich änderten. Aber seit den letzten dreihundert Jahren wird von Schriftstellern erwartet, dass sie *jedes Mal* neue Geschichten erfinden. Nicht völlig neu, natürlich nicht – man hat schon häufig genug darauf hingewiesen, dass es auf einer ganz bestimmten Ebene nur eine begrenzte Anzahl an Handlungsmustern gibt –, aber diese Handlungsmuster müssen jedes Mal mit einer Reihe neuer Figuren ausgestattet und unter einer Reihe neuer Umstände ausgearbeitet werden. Wenn man an die Milliarden wirklicher Menschen denkt, die auf dieser Erde gelebt haben, jeder mit seiner einzigartigen persönlichen Geschichte, die wir nie die Zeit haben werden kennen zu lernen, scheint es außerordentlich, ja sogar pervers, dass wir uns die Mühe machen sollten, all diese zusätzlichen vorgeblichen Leben zu erfinden. Und es macht *tatsächlich* Mühe. So viel, was in der Realität einfach »gegeben« ist, muss *entschieden* werden, wenn man ein fiktionales Werk schreibt. Tatsachen müssen durch mühselig erfundene und minutiös genau beschriebene Pseudo-Tatsachen dargestellt werden. Der Leser muss diese Tatsachen registrieren und sich an sie erinnern, um der Geschichte zu folgen, aber kaum hat er das Buch beendet, werden sie auch schon hinweggespült, um Platz für eine andere Geschichte zu schaffen. Bald bleiben dem Leser nur noch ein oder zwei Namen im Gedächtnis, ein paar vage Eindrücke von Menschen, eine verschwommene Erinnerung an die Handlung und der allgemeine Eindruck, sich gut oder nicht gut unterhalten zu haben, je nachdem. Es ist erschreckend, wenn ich daran denke, wie viele Romane ich in meinem Leben gelesen haben muss und an wie wenig von deren Substanz ich mich bei den meisten von ihnen erinnere. Soll ich diese vielversprechenden jungen Leute wirklich dazu ermutigen, ihren Anteil zu diesem Müllhaufen vergessener Pseudo-Leben beizutragen? Wären sie vielleicht nicht sinnvoller damit beschäftigt, in Ralph Messengers Zentrum für Kognitionswissenschaft Computermodelle des Geistes zu entwerfen?

Dienstag, 4. März. Heute keine Post. Seit ich hierher gekommen bin, habe ich noch keinen Brief von Lucy erhalten, obwohl ich ihr geschrieben habe, um ihr die Adresse mitzuteilen. Vielleicht hat sie sie nicht rechtzeitig bekommen – sie sagte, sie wolle mit einigen Freunden einen Ausflug zum Barrier-Riff machen. Ich habe der Post mitgeteilt, dass meine Briefe hierher geschickt werden sollen, aber vielleicht ist einer durchs Netz gerutscht. Wahrscheinlich liegt ein Brief von ihr auf der Fußmatte in der

Diele von Bloomfield Crescent Nr. 58 unter einem Haufen an den Bewohner adressierter Reklame, Handzetteln für Geschäfte in der Umgebung und kostenlosen Proben Schampoo. Meine Mieter sind noch nicht angekommen – der Abflug hat sich wegen Krankheit verzögert –, sodass ich sie nicht bitten kann, nachzusehen. Auch Paul hat schon seit Ewigkeiten nicht mehr geschrieben, aber er war schon immer ein hoffnungsloser Briefeschreiber. Und er ist natürlich ein Mann. Ich mache mir Sorgen um Lucy, die so weit von zu Hause weg ist, und all diese Romane über junge Leute zu lesen, war keine große Hilfe. So viel über Drogen, Sex ohne feste Bindung, Alkohol. Natürlich habe ich schon, als sie noch jünger war, dafür gesorgt, dass sie über alle Dinge Bescheid weiß, auf die es ankommt, Verhütungsmittel und so weiter, aber genau genommen weiß ich nicht einmal, ob sie noch Jungfrau ist. Ist das gut oder schlecht? Carrie hat mir am Samstag anvertraut, dass Emily mit ihrem Freund schläft und ihr alles darüber erzählt, was, so vermute ich, ein bewundernswertes Maß an gegenseitigem Vertrauen verrät, doch etwas in mir schreckt vor einer solchen Intimität zwischen Eltern und Kindern zurück.

Mittwoch, 5. März. Antwort auf die abschließende Frage gestern: ein absolut eindeutiges »Nein«.

Zufällig traf ich Ralph Messenger heute auf dem Campus und erwähnte, dass ich mir ein wenig Sorgen um Lucy mache. »Haben Sie kein E-Mail?«, fragte er, und ich musste zugeben, dass ich keines habe, und Lucy besitzt ohnehin keinen Computer. »Ich wette, sie hat Zugang zu einem«, sagte er, und er hat wahrscheinlich Recht, da sie in einem Büro arbeitet. »Sie sollten sich um einen Anschluss kümmern«, sagte er. Ich denke, das werde ich.

Das Gespräch über Lucy erinnerte mich an das Projekt

seines deutschen postgraduierten Studenten zur Mutterliebe, und er lud mich noch einmal ins Centre ein, damit ich es mir ansehe. Es war eine riesige Enttäuschung: nichts als ein besseres Computerspiel, wirklich. Auf dem Bildschirm befand sich ein frauenförmiges Icon, das eine Mutter darstellte, sowie drei kleinere Icons, die ihre Kinder darstellen sollten, die sie füttern und anziehen und beaufsichtigen musste, wobei sie mit verschiedenen Gefahrensituationen konfrontiert wurde, zum Beispiel, dass eines in den Fischteich fällt oder sich an einem Kochtopf verbrüht oder aus dem Haus auf die Straße rennt, und die ganze Zeit musste die Mutter sich entscheiden, wem sie ihre Aufmerksamkeit zuwenden sollte, weil er sie am dringendsten brauchte – die Beschäftigung mit dem hungrigen Kind A musste auf Eis gelegt werden, während sie Kind B unter den Rädern eines herannahenden Busses hervorzog usw. usw. Die arme Frau jagte ständig hin und her, um mit einem Notfall nach dem anderen zurechtzukommen. Ich dachte an die Videospiele in der Einkaufspassage der Studentenverbindung. Man hätte seine Schwierigkeiten damit, wollte man sich irgendetwas vorstellen, das von der emotionalen Erfahrung der Mutterschaft noch weiter entfernt ist. Ich fürchte, ich habe laut gelacht. Carl sah niedergeschlagen aus und Ralph ein wenig verärgert. Er sagte, es sei nur ein experimentelles Modell und überdies in einem frühen Entwicklungsstadium.

Als ich ging, beschrieb er mir den Weg zu ihrem Cottage in der Nähe von Stow-on-the-Wold und sagte: »Bringen Sie einen Badeanzug mit. Wir haben einen heißen Pool.« Ich nehme an, das ist einer dieser riesigen Whirlpools, die es in Kalifornien im Freien gibt. Muss Anfang März in Gloucestershire ein wenig kühl sein, oder etwa nicht?

Mein Vertrauen in den Kurs in Kreativem Schreiben oder wenigstens in meine Fähigkeit, ihn zu unterrichten, ist durch die ausgezeichnete Reaktion auf meine Übung *Wie ist es, eine Fledermaus zu sein?* beträchtlich gewachsen. Gerade eben habe ich mir die Arbeiten angesehen, die gestern abgegeben wurden, und ein paar davon sind exzellente, wenn auch ein wenig unanständige Parodien oder Pastiches. Die besten stammen von Simon Bellamy, Frieda Sinclair, Aurora da Silva und Gilbert Baverstock. Ich werde sie fotokopieren und an Ralph Messenger schicken.

Donnerstag, 6. März. Meine Mieter sind in Bloomfield Crescent angekommen und haben mich den ganzen Tag über immer wieder angerufen, weil sie Fragen zum Haus haben. Wo ist die Schaltuhr für die Zentralheizung? Was sollen sie mit dem Schrott machen? Wo ist das Handbuch für die Waschmaschine? (Antwort: verloren.) Wie zündet man das Gasfeuer im Wohnzimmer an? (Antwort: mit einem Fidibus, der elektrische Anzünder ist kaputt.) Gibt es noch eine Eisbox außer der winzigen in der Küche? (Antwort: Ich fürchte, nein.) Und so weiter. Ich vermute, ich hätte ihnen viel erschöpfendere Hinweise schreiben sollen. Sie klingen ziemlich nett, Professor Otto Weismuller und seine Frau Hazel, auch wenn sie für englischen Humor kaum ein Ohr haben. Als ich Professor Weismuller sagte, dass er gegenüber dem Griff der Wasserspülung in der Toilette im Erdgeschoss hart bleiben müsse und niemals ein Nein als Antwort akzeptieren dürfe, meinte er, ich wolle ihm damit sagen, er solle den Klempner rufen.

Aber es gibt auch eine gute Nachricht: Zwei Luftpostbriefe aus Australien sind angekommen, die sie mir schnellstmöglich zuschicken werden.

Freitag, 7. März. Heute ein langer Artikel in der Zeitung über Jean-Dominic Bauby, französischer Schriftsteller, Journalist und Herausgeber der ›Elle‹, 43 Jahre alt, der eine Art Gehirnschlag hatte, wodurch er in das so genannte Locked-in-Syndrom verfiel, er war bei Bewusstsein, konnte aber keinen Muskel mehr bewegen – bis auf einen, sein linkes Augenlid, das er dazu benutzte, um zu kommunizieren und – erstaunlicherweise – ein Buch über seine Erfahrung zu diktieren. Er und ein Freund haben eine Methode gefunden, wie er durch das Blinzeln mit diesem Augenlid die Buchstaben des Alphabets übermitteln konnte, um Worte und Sätze zu bilden. Unglaublich mühselig und zeitaufwendig, aber es hat funktioniert. Das Buch ist gerade unter großem Beifall der Kritik erschienen, und offensichtlich gab es eine Fernsehdokumentation über ihn, die einen gewaltigen Eindruck hinterließ. Kein Wunder. Es ist eine außerordentliche Geschichte, selbst in Form eines Zeitungsartikels, tragisch und inspirierend zugleich.

In gewisser Weise scheint das das Schlimmste zu sein, was einem Menschen passieren kann – im eigenen Körper eingeschlossen zu sein, vollkommen hilflos, unfähig zu sprechen oder zu gestikulieren, unfähig auch nur zu nicken oder den Kopf zu schütteln. Offensichtlich lag er vier Wochen im Koma, und es dauerte eine Weile, bevor jemand vom Klinikpersonal bemerkte, dass er das Bewusstsein wiedererlangt hatte. Sie hatten ihn abgeschrieben als jemanden, der nur noch in einer Art vegetativem Zustand existiert. Das muss so sein, als wäre man lebendig begraben worden, du hörst die Menschen, die über dein Grab gehen und bist nicht in der Lage, sie auf dich aufmerksam zu machen. Jean-Dominic Bauby selbst vergleicht es mit dem Leben in einer Taucherglocke. Sein Buch heißt *Schmetterling und Taucherglocke,* seine Gedanken sind der Schmetterling, der in der Taucherglocke umherflattert und nicht in der Lage ist herauszukommen – bis er den Code mit dem Augenlid erfunden hatte. Das ist die inspirierende Seite der Geschichte: dass er am Ende einen Weg fand, seine verzweifelte Lage mitzuteilen. Es ist ein gewaltiges Zeugnis der Stärke und Unverwüstlichkeit des menschlichen Geistes, der Weigerung, zum Schweigen gebracht zu werden.

Natürlich kann ich nicht anders, ich muss einfach an den armen Martin denken, dessen Aneurysma – so klingt es jedenfalls – dem Schlaganfall des Franzosen recht ähnlich war und das vielleicht dieselbe Wirkung hätte haben können. Ehrlich gesagt … ich hatte den entsetzlichen Gedanken, dass Martin vielleicht nicht tot war, als ich ihn im Krankenhaus sehen durfte, sondern dass er unter dem Locked-in-Syndrom litt, aber das ist natürlich Unfug, er war tot, sein Herz hatte zu schlagen aufgehört, und er atmete nicht mehr. Ich kann mir nicht wünschen, dass es anders gewesen wäre, ich glaube nicht, dass ich damit zurechtgekommen wäre, mich um jemanden in Baubys Zustand zu kümmern. Selbstsüchtig von mir, aber das ist die Wahrheit.

Samstag, 8. März. Ich habe aus London einen Badeanzug mitgebracht, weil ich dachte, ich könnte mir hier im Schwimmbad des Sportzentrums etwas Bewegung verschaffen (ein guter Vorsatz, an den ich mich bisher noch nicht gehalten habe), aber als ich ihn heute Morgen auspackte und mir ansah, wirkte er schäbig, sodass ich nach Gloucester fuhr, um mir einen neuen zu kaufen. Gloucester und nicht Cheltenham, weil ich dummerweise befürchtete, durch einen bizarren Zufall Carrie im Geschäft zu begegnen, der ich dann hätte erklären müssen, dass ich nur deswegen einen neuen Badeanzug kaufte, weil ich in ihrem heißen Pool eine gute Figur machen wollte.

Einen Badeanzug zu kaufen ist immer eine etwas bange Angelegenheit, für eine Frau jedenfalls, besonders, wenn man älter wird. Kein anderes Kleidungsstück offenbart so erbarmungslos die immer zahlreicheren körperlichen Unvollkommenheiten. Als ich mich in den schräg zueinander gestellten Spiegeln der Umkleidekabine sah, war ich bestürzt über das Netz indigofarbener Venen, die sich wie Risse in Porzellan oder wie die Adern in einem dänischen Blauschimmelkäse von meinen Kniekehlen aus verbreiteten.

Nach langem Suchen fand ich einen einfachen schwarzen Einteiler mit einem Nackenband, der, wie mir schien, recht vorteilhaft aussah, doch ich probierte ihn über meiner Unterhose an, wie es das Geschäft aus hygienischen Gründen vernünftigerweise verlangte, und als ich ihn zu Hause noch einmal ohne die Unterhose anzog – o weh: Büschel von Schamhaar sprossen üppig unter dem schmal geschnittenen Schritt hervor. Ich muss mich also rasieren. Wie ärgerlich. Mir war, als würde ich für meine Eitelkeit bestraft.

Eins muss man meiner Expedition jedoch zugute halten: Ich habe zum ersten Mal die Kathedrale von Gloucester gesehen. Sie ist nicht groß, aber schön proportioniert, erbaut aus weichen Cotswold-Steinen, und sie besitzt einen bemerkenswerten, im Perpendikularstil errichteten quadratischen Turm mit zierlichem, durchbrochenem Mauerwerk, das sich wie eine Balustrade um die Spitze zieht. Die Kreuzgänge sind bezaubernd – sie gehören zu den schönsten des ganzen Landes, wie mein Reiseführer meiner Meinung nach zu Recht behauptet. Edward II. ist hier begraben. Alles, was ich über ihn weiß, stammt aus Marlowes Stück, das vielleicht nicht besonders zuverlässig ist, ihn aber als einen richtigen Menschen erscheinen lässt, der einst lebte und atmete, nicht nur wie einen Namen aus einem Geschichtsbuch. Es schien außerordentlich, neben den sterblichen Überresten von jemandem zu stehen, der vor siebenhundert Jahren gelebt hatte, und zu wissen, wer er war. Wenn Ralph Messenger Recht hat, sind die Atome seines Staubes unzerstörbar. Aber es ist nur mein Geist, durch den er als Mensch weiterexistiert und der eine Verbindung zwischen uns herstellt.

Als ich über die ausgetretenen Steinböden der uralten Seitenschiffe ging und gelegentlich innehielt, um mir die großartigen Grabplatten und gemeißelten Statuen anzusehen, hatte ich eine andere literarische Assoziation. In *Die goldene Schale* beginnen Charlotte und der Fürst ihre ehebrecherische Affäre in Gloucester, wobei sie die Rückkehr nach London nach einer Gesellschaft auf dem Land unter dem Vorwand aufschieben, die Kathedrale anschauen zu wollen – und ich bin sicher, dass es einen Hinweis auf das Grab von Edward II. gibt. Haben sie sie wirklich besucht, um so ihre Geschichte mit plausiblen Details ausstatten zu können, wenn sie zurück zu ihren jeweiligen Ehepartnern kommen würden, oder haben sie jeden Augenblick, den sie für sich stehlen konnten, in ihrem Zimmer im Gasthof verbracht, das die findige Charlotte ausgesucht hatte? Ich habe den Roman nicht mitgebracht, also kann ich nicht nachsehen. Aber wahrscheinlich verrät uns James das ohnehin nicht.

Danach aß ich im Cosy Pew Café zu Mittag, das in unmittelbarer Nähe der Kathedrale um die Ecke liegt, und studierte gründlich jedes einzelne Wort in meinem Führer, denn ich hatte sonst nichts zu lesen mitgebracht. Niedergeschlagen fragte ich mich, ob das die altjüngferliche Zukunft ist, die mich erwartet: Kathedralen zu sammeln und an den Tischen spießiger Restaurants zu lesen. Vielleicht war der Kauf eines neuen Badeanzugs eine instinktive Geste des Widerstands gegenüber einem solchen Schicksal. Wenn ja, so kann das nur heißen: Rasieren – ohne zu klagen.

8

Wie ist es, eine Freischwanz-Fledermaus zu sein?
*Von M*rt*n Am*s*

Na ja, wir hängen den ganzen Tag nur so rum. Wir hängen in Höhlen, Spalten, an Dachgesimsen, unter Dächern, überall, wo es dunkel ist und warm. Höhlen sind am beliebtesten. Wir hängen von der Decke und scheißen auf den Boden, nur sieht es so aus, als ob wir vom Boden hängen und an die Decke scheißen, denn wir hängen kopfüber. Zu scheißen, während man kopfüber hängt, ist eine Kunst. Die Scheiße produziert Hitze, während sie sich zersetzt; und natürlich Gestank.

Wenn es dunkel wird, fliegen wir nach draußen und suchen nach Nahrung, vor allem Insekten. Wir verschlingen sie im Flug, wozu wir unsere Radarausrüstung benutzen. *Piep, piep, piep, piep, piepiepiepiep Rumms!* Das ist cool. Ich kann in einer Sekunde zwei Fruchtfliegen erledigen, im Blindflug. Da kannst du grün vor Neid werden, Tom Cruise.

Dann fliegen wir in die Höhle zurück und scheißen auf den Boden. Wir scheißen auch während des Fluges, um das Gewicht zu verringern, das wir transportieren. Man könnte sagen, dass Scheißen eine der Hauptbeschäftigungen in unserem Leben ist. Insekten fressen und scheißen.

Sex ist nicht so berauschend, um ehrlich zu sein. Wir ficken nur sechs Wochen im Jahr – die ganze Kolonie ist zur selben Zeit läufig. Sie können sich die Szene vorstellen: Tausende Jungs wuseln in der Höhle herum und versuchen wie wild, die Vögelei zwölf ganzer Monate in sechs lausige Wochen zu packen. Das kann der Gesundheit ernsthaften Schaden zufügen.

Die Frauen sind nur an einer Sache interessiert: an deinem Sperma. Sie haben so einen gynäkologischen Trick, mit dem sie es so lange in ihren Mösen verstecken, bis sie schwanger werden wollen. Dann verpissen sie sich alle an eine warme Stelle in der Wochenstube, um die Kids zu bekommen. Nur Frauen und Kinder dürfen da hinein. Wir hängen weiter in der Männerhöhle rum, und uns bleibt nichts anderes übrig, als uns mit den Klauen einen runterzuholen.

Das würde mir nichts ausmachen, wenn sich die Frauen anständig um die Neugeborenen kümmern würden. Aber wenn sie nach draußen fliegen, um zu fressen, überlassen sie die Kleinen sich selbst in unbeaufsichtigten Spielgruppen, wo sie sich inmitten von Fledermausscheiße, Insektenleichen und Obstschalen auf dem Boden herumwälzen und miteinander kämpfen – oder sie hängen sie in Reihen an die Wände und an die Decke, und manchmal fallen die kleinen Scheißer von ihren Plätzen auf den Boden oder versuchen zu fliegen, bevor ihr Radar richtig eingestellt ist, und haben Unfälle, bei denen sie gegen die Wände oder gegeneinander krachen. Die Sterblichkeitsrate unserer Kleinkinder ist eine Schande.

Wenn man allerdings die Wochenstube überlebt, hat man eine ziemlich hohe Lebenserwartung. Man darf darauf hoffen, zehn Jahre alt zu werden. Ich bin neuneinhalb.

Wie ist es, eine Vampirfledermaus zu sein?
*Von Irv*ne W*lsh*

Wir kamen fast gleichzeitig zurück in diese olle Höhle, Gamps n ich, gerade als die Sonne aufging. Scotty war schon da, hing vonner Decke n tat sich selbst Leid. Ich hatte meinen Schuss von einem dieser Highland-Ochsen bekommen, die wie Zottelteppiche auf vier Beinen aussehen, n Gamps hatte dieses Schaf gefunden, dem ein Fuchs die Kehle rausgerissen hatte, diese Fotze hat echt Schwein gehabt, aber Scotty hatte garnix.

»Da war dieses Feld voller Kühe«, sacht Scotty, »aber diese Fotzen wachen dauernd auf, n ich kann ihnen nich meine Zähne reinhaun.« Ich konnt sehn, dass Gamps ihm nich glaubt. »Gib uns n bisschen von deim Blut, Gamps«, sacht Scotty, »muss doch literweise von diesm Schaf getrunken habn.«

»Verpiss dich«, sacht Gamps, »du selbs hassmir n Scheiß gegebn gestern Nacht, als ich nix hatte.«

»Habs dir doch gesacht, Gamps, ich konnt nix machen, hab alles selbst verdaut gehabt, bis ich heimkam.«

»Verlogene Fotze«, sacht Gamps, »n ich glaub auch garnich, dass du letzte Nacht raus bist. Du has hier gewartet, bis wir heimkom und das Blut mitbringn.«

»Dasisnich wahr, Gamps, ich war die ganze Nacht draußn, ich hab einfach kein Glück nich gehabt.« Scotty guckt mich an. »Dannyboy«, sacht er, »gib ihm von deim, n Goddsegnedich.«

»Nix mach ich, Scotty«, sach ich.

»Sei nich so, Dannyboy, ich bin fixunfertig«, sacht er. »Ich zahls dir doppelt zurück, wenn ich nächstesmal was hab.«

Er zitterte am ganzen Leib und schüttelte die Flügel, n seine Fangzähne klapperten wie Essstäbchen, also hab ich Mitleid mit dem kleinen Scheißer und saug etwa fünfzehn Mill Blut hoch und pump es in seinen Schlund. Er schluckts runter und fällt mit einem Seufzer der Erleichterung in einen Haufen alter Scheiße auf dem Boden. »Goddessegen, Dannyboy«, sacht er. »Hass mir das Lehm gerettet.«

»Was is nur los mit deiner Technik, Scotty?«, sach ich. »Wo hast du versucht, die Kühe zu beißen?«

»Innen Hals«, sacht er.

»Das is nix«, sach ich und blinzle Gamps zu. »Du musst ihnen annes Arschloch gehen.«

»Annes Arschloch?«, fragt er un blickt nix.

»Annen kleinen Ring aus zartem Fleisch zwischen Fell und eigntlichm Loch«, sach ich, »du kriechst hinten hoch an deinem Ochsen n leckst ihm das Arschloch mit deiner Zunge, ichsachma sowie wenns einer von seinen Kumpels ihm mitter Zunge von hinten besorgt. N dann senkst du die Fangzähne ganz voorsichtig ins Fleisch. Die Fotzen lieben das.«

»Hähä«, lacht Scotty. »Diese Ochsen, nix als beschissene Schwuchteln.«

»N'türlich sind die das«, sacht Gamps. »Jeder Fotz weiß das. Sind alle HIV-positiv.«

»Wasiss?« Scotty fing wieder an zu zittern. »Du willst damit sagen, dass dieses Blut infiziert is?«

»Warum wollt ichs denn loswerden, was glaubst du?«, sach ich.

»Fotz! Du hast mich umgebracht!«, schrie er und fing an zu würgen n zu würgen n steckte seine Klauen in seine Kehle n versuchte, das Blut wieder hochzusaugen. Gamps n ich bepissten uns vor Lachen.

»Du blöder Scheißer«, sacht Gamps schließlich zu Scotty. »Wie kann n Ochse denn ne Schwuchtel sein, wenn sie ihm die Eier abgeschnitten haben?«

Wie ist es, eine Fledermaus zu sein?
*Von S*lm*n R*shd***

»Was für eine Frage ist das, Sir? Mit allem gebotenen Respekt, was würden Sie sagen, wenn ich *Sie* fragte: ›Wie ist es, ein Mensch zu sein?‹ Zweifellos würden Sie erwidern: ›Es kommt ganz darauf an, was für eine Art Mensch.‹ Welche Rasse, welche Hautfarbe, welche Klasse, welche Kaste, in welcher Lebenssituation. Genau das gleiche gilt für Fledermäuse. Wir kommen in vielen verschiedenen Arten vor. Es gibt Kurzschwanz- und Langschwanz-Fledermäuse, mehrere Arten Freischwanz-Fledermäuse, Zweifarb-Fledermäuse, Glattnasen, Mopsfledermäuse, Schlitznasen-Fledermäuse, Schweinsnasen-Fledermäuse, Europäische Blattnasen, Mausschwanz-Fledermäuse, Hufeisennasen, Bulldog-Fledermäuse, Stummeldaumen-Fledermäuse, Trichterohren-Fledermäuse, Amerikanische Haftscheiben-Fledermäuse, Europäische Haftscheiben-Fledermäuse, die Große Bartfledermaus und das Braune Langohr. Wir alle haben unsere eigenen Verhaltensweisen und Habitate.

Ich selbst bin eine Tempelfledermaus. Ich gehöre zu einer Kolonie, die im Surya-Deula-Tempel in Konarak an der Bucht von Bengalen lebt. Wie es dazu kam, dass ich an einem Kleiderhaken in der Toilette des Erster-Klasse-Abteils dieses Air-India-Jumbos hänge, ist eine lange Geschichte, in der die Kameratasche eines Touristen, eine versehentlich eingenommene Schlaftablette und ein fehlerhaftes Röntgengerät am Flughafen eine Rolle spielen. Irgendjemand hatte letzten Mittwochabend die Kameratasche leichtsinnig offen und leer auf dem Sockel einer der verzierten Säulen des Surya-Deula-Tempels stehen lassen, in der Stunde der Abenddämmerung, wenn wir Fledermäuse aus unseren Ecken und Ritzen im bröckeligen Sandstein hervorkommen und die warme, seidige Luft nach leckeren Stechmücken, knusprigen Moskitos, saftigen Fruchtfliegen und anderen entomologischen Leckerbissen durchsieben. Die Happyhour für Fledermäuse, könnte man sagen. Aber, mein Gott, für mich gibt es keine glückliche Stunde. Wie ist es, eine Tempelfledermaus zu sein? Es ist eine verdammte Hölle, was mich betrifft, wenn Sie diesen Ausdruck entschuldigen wollen, Sir.

Sehen Sie, meine Mitfledermäuse sind mit ihrem Leben vollkommen zufrieden, denn sie wissen nicht, dass sie Fledermäuse sind. Wie Sie bemerkt haben, besitze ich die Gabe der Sprache, wohingegen meine Brüder und Schwestern nur die Gabe des Kreischens besitzen. Darüber hinaus besitze ich ein Gedächtnis, sie jedoch nicht. Sie wissen nicht, dass sie in einer früheren Inkarnation Männer und Frauen waren und dass sie auf diese Stufe der großen Kette des Seins zurückgeworfen wurden wegen der Sünden, die sie in ihrem früheren Leben begangen haben. Aber aufgrund irgendeines Unfalls, irgendeines Knackens in der Leitung oder einer offenen Rechnung im Prozess der Seelenwanderung wurde ich dazu verflucht, ein Bewusstsein zu besitzen, den Geist eines Menschen im Körper einer Fledermaus, was meine Strafe millionenmal härter macht.

Sir, entgegen allem, was allgemein angenommen wird, sind Fledermäuse nicht völlig blind; wir können Tag und Nacht und die vagen Gestalten der Dinge unterscheiden, doch die reichen Einzelheiten in den Formen und Farben der Welt sind für uns ein Buch mit sieben Siegeln. Ich kann das Innere dieser Toilette nur deshalb ›sehen‹, weil ich es aus der Erinnerung rekonstruiere: das Waschbecken aus Edelstahl, der auf subtile Weise beleuchtete Spiegel, der bunte Flaschen mit Proben kostenlosen

Aftershaves und Eau de Colognes reflektiert, die hufeisenförmigen Papierdecken, die umsichtig zur Verfügung gestellt wurden, damit man seine Hinterbacken vor direktem Kontakt mit dem nackten Toilettensitz schützen kann – vielleicht machen Sie von dieser Annehmlichkeit selbst gerade Gebrauch. Nein, ich bitte Sie, Sir, machen Sie sich keine Umstände, es gibt keinen Grund, peinlich berührt zu sein – Ihre nackten Knie sind bei meinem so begrenzten Sehvermögen nichts weiter als fahle, verschwommene Flecken ... Ich bin nur deshalb in der Lage, mir das Innere dieser Kabine in allen Einzelheiten vorzustellen, weil ich einst selbst ein Vielflieger in diesen funkelnden Maschinen war. Als Filmproduzent, der regelmäßig zwischen Bollywood und Hollywood hin und her pendelte, lümmelte ich mich in den üppig gepolsterten Sitzen der Nabob-Klasse, verhätschelt von Stewardessen in Saris mit geschmeidigen Hüften, die mich mit Champagner, Kaviar und heißen Handtüchern versorgten. Wenn wir gelandet waren, arrangierte ich mit den Reizendsten und Leichtgläubigsten unter ihnen ein Treffen nach Dienstschluss und versprach ihnen eine Rolle in meiner nächsten Produktion, ohne zu erwähnen, dass diese Titel hatten wie *Asian Babes – Sex Slaves, Pusssy Vindaloo* und *Pilau Talk.* Ja, ich war Produzent von Pornos für den indischen Markt. Shimla Pinks' Herrenabende, Freizeitunterhaltung für Geschäftsleute aus Bombay, Leihvideos für traurige, frustrierte Junggesellen ... Nichts wirklich Schmutziges, wie ich mich beeile hinzuzufügen, keine Cum-Shots, keine Gewalt, einfach nur simulierter Sex mit beiderseitiger Einwilligung und ein bisschen Masturbation. Aber nichts machte meine Kunden schneller scharf als der Anblick einer offensichtlich aus gutem Hause stammenden Inderin, die sich selbst auf diese Art erniedrigt. Nichts machte mich schneller scharf, um die

Wahrheit zu sagen (wenn Sie so wollen, war ich ein Produzent, der selbst Hand anlegt). Ich fürchte, ich habe so manche unschuldige Maid mit Schmeichelei, Bestechung und List zu einem Leben in Schande verführt. Und jetzt leide ich deswegen … Haben Sie vielleicht Surya Deula besucht? Ja? Erinnern Sie sich an die Skulpturen? Ja, man hat mir gesagt, dass man die unmöglich vergessen kann. Unglücklicherweise habe ich es versäumt, diesen Ort in meiner früheren Inkarnation zu besuchen. Vielleicht können Sie sich die Frustration vorstellen, die es für jemanden mit meinem Geschmack und meinem Hintergrund bedeutet, angesichts des auf der ganzen Welt größten Monuments erotischer Bildhauerei das Sehvermögen einer Fledermaus zu besitzen.«

Wie ist es, eine blinde Fledermaus zu sein?
*Von S*mu*l B*ck*tt*

Wo? Wann? Warum? Kreisch. Ich bin im Dunkeln. Ich war schon immer im Dunkeln. Das war nicht immer so. Einst gab es Perioden des Lichts oder Schattierungen der Dunkelheit. Kreisch. Da war ein schwaches Leuchten am Höhleneingang. Wenn es schwand, wusste ich, bald ist es Zeit, die Höhle zu verlassen, zusammen mit den anderen, um durch die Abenddämmerung zu flattern. Kreisch. Jetzt ist es immer dunkel, gleichmäßig dunkel. Ob es zu irgendeinem bestimmten Augenblick außerhalb meines Kopfes ebenso dunkel ist wie darin, weiß ich nicht. Alles, was ich weiß, wenn wissen das richtige Wort ist, und das ist es nicht, ist, dass ich nichts sehen kann. Ich kann fühlen, hören, riechen, aber nicht sehen. Kreisch. Ich kann den Vorsprung fühlen, an dem sich die Krallen meiner Hinterbeine festhalten. Ich kann das

Kreischen hören, das ich ausstoße und das die Wände zurückwerfen, und ich kann es vom ständigen Lärm des übrigen Gekreischs unterscheiden, das von den Wänden dieses Orts widerhallt. Kreisch. Ich kann den Ammoniak-Gestank riechen, der vom Boden aufsteigt, wenn es hier tatsächlich einen Boden gibt. Vielleicht hänge ich über einem Ammoniak-See, aber das glaube ich nicht, denn ich habe noch nie ein Platschen gehört, nachdem ich meinen Darm entleert habe, es sei denn, die Oberfläche des Sees befindet sich so tief unter mir, dass der Klang des aufschlagenden Kots nicht bis zu meinen Ohren getragen wird.

Ich kann mit meinen Knöchelhärchen fühlen, dass da noch jemand neben mir ist. Auch er hat Knöchelhärchen, ich fühle es, wenn ich ihn gelegentlich flüchtig berühre. Kreisch. Ich sage er, aber nach allem, was ich weiß, könnte es auch eine Sie sein, das ist unmöglich zu entscheiden, es sei denn, ich fummelte mit meiner Vorderklaue unter seinen zusammengefalteten Flügeln herum, um zu sehen, ob da zwei Löcher sind oder ein Loch und ein Pimmel, und so etwas zu tun könnte falsch interpretiert werden. Kreisch. Besser im Zustand der Unsicherheit ausharren. Unsicherheit ist unangenehm, aber Sicherheit kann schlimmer sein. Ich würde es vorziehen, mir unsicher darüber zu sein, ob ich blind bin, aber das ist das Einzige, dessen ich mir sicher bin, denn es war nicht immer gleichmäßig dunkel. Kreisch. Einst gab es irgendwelche Umrisse, ich bin sicher, dass es Umrisse gab. Dunkle Umrisse vor einem weniger dunklen Hintergrund. Als ich noch sehr jung war, trug mich meine Mutter mit sich in ihrem Beutel, wenn sie auf die Jagd ging. Kreisch. Ich hielt mich an ihren Nippeln fest, wenn sie in der Abenddämmerung aufstieg und sich hinabstürzte, um Insekten zu jagen, und ich erinnere mich an die Umrisse der Dinge, zwischen, über und unter denen sie dahinflog. Jetzt gibt es keine Umrisse mehr, nur noch Berührungen, Gerüche, Töne. Ich habe die Umrisse für immer verloren. Wann? Warum? Wie? Kreisch.

9

»Vielleicht sind sie ja als Parodien ganz geschickt gemacht«, sagt Ralph. »Ich kann das wirklich nicht beurteilen, ich lese kaum zeitgenössische Literatur. Ich hab einfach nicht die Zeit dazu. Aber …«

»Du solltest Helens Romane lesen, Messenger«, sagt Carrie. »Sie sind sehr gut.«

»Davon bin ich überzeugt«, sagt Ralph, »und eines Tages werde ich mein Versäumnis nachholen.«

»Mir wäre lieber, Sie würden das lassen«, sagt Helen, »aber reden Sie weiter.«

»Ich wollte sagen, dass sie als Versuche, die Frage zu beantworten, hoffnungslos anthropomorphisch sind.«

»Anthropo – was? Was bedeutet das?«, fragt Simon.

»Bzzzz!« Mark ahmt das Geräusch eines Summers nach, der zum Unterbrechen in Quizsendungen benutzt wird. »Nichtmenschliche Dinge so zu behandeln, als seien sie menschlich.«

»Sehr gut, Polo«, sagt Ralph. »Es ist wie bei den Tieren in Walt-Disney-Filmen, Sock.«

»Was war die Frage?«, fragt Carrie.

»*Wie ist es, eine Fledermaus zu sein?*«, sagt Helen. »Das ist der Titel eines philosophischen Aufsatzes.«

»Ja. So klingt er auch«, sagt Carrie.

»Ein anderer Philosoph hat kürzlich die Frage gestellt *Wie ist es, ein Thermostat zu sein?*«, sagt Ralph.

»Das ist schon OK, an oder aus«, sagt Mark und lacht leise vor sich hin.

»Gute Antwort, Polo«, sagt Ralph.

»Ich nehme an, er hat Witze gemacht, dieser Philosoph«, sagt Helen.

»Nein«, sagt Ralph, »es war ihm vollkommen ernst damit. Wenn Bewusstsein Informationsverarbeitung ist, dann könnte man vielleicht alles als bewusst bezeichnen, was – auf welch bescheidene Weise auch immer – Informationen verarbeitet. Pan-Psychismus nennt man das in meiner Branche, glaube ich. Nach dieser Vorstellung ist Bewusstsein eine der grundlegenden Eigenschaften des Universums wie Masse und Energie, die starke und die schwache Kraft. Ich glaube nicht wirklich dran.«

»Warum nicht?«, fragt Helen.

»Es riecht ein wenig nach Transzendentalismus. Die Leute, die scharf darauf sind, stehen asiatischen Religionen positiv gegenüber.«

»Warum wollen Sie nicht, dass Messenger Ihre Bücher liest?«, fragt Emily Helen mit unverstellter Neugierde.

Helen wirkt durch diese Frage etwas verunsichert. »Wenn Leute deine Bücher lesen, weil sie dich kennen, verzerrt das schnell ihre Leseerfahrung. Besonders, wenn sie üblicherweise keine Romane lesen.« Sie wendet sich an Ralph. »Eigentlich bin ich überrascht, dass Sie das nicht tun, da Sie so sehr am Bewusstsein interessiert sind. Die meisten modernen Romane handeln genau davon.«

»Oh, ich hab ein paar gelesen, als ich jünger war«, sagt Ralph. »Die Anfangskapitel von *Ulysses* sind beeindruckend. Danach sieht es so aus, als hätte er sich von stilistischen Spielereien und Kreuzworträtseln durcheinander bringen lassen.«

»Was ist mit Virginia Woolf?«

»Zu vornehm, zu poetisch. Alle ihre Figuren klingen wie Virginia Woolf. Mir scheint, dass Joyce in dieser Richtung von niemandem übertroffen wurde. Hab ich Recht?«

»Wahrscheinlich«, sagt Helen. »Der Roman des Bewusstseinsstroms ist überhaupt ziemlich aus der Mode.«

»Ich muss raus, ich habe genug«, sagt Carrie.

»Vom Bad oder vom Bewusstsein?«, sagt Ralph.

»Von beidem«, sagt Carrie.

Die Unterhaltung findet im heißen Pool im Garten hinter dem Cottage der Messengers statt. An der Rückseite des Hauses fällt der Boden steil ab, und dort gibt es einen Balkon aus Holzbalken mit einer Treppe, die in den Garten führt. Auf halber Höhe liegt eine Art Zwischenstock, in dem sich eine Wanne aus Redwood befindet; sie besitzt einen Durchmesser von mehr als zwei Metern, ist gut anderthalb Meter tief und schließt bündig mit dem Boden ab. An ihrer Innenwand verläuft eine Bank, auf der Helen und die Familie Messenger einträchtig Hüfte an Hüfte beieinander sitzen. Heiße Wasserblasen steigen zwischen ihren Beinen auf, und Dampfschwaden schweben in der kalten Luft. Es ist spät am Nachmittag oder früh am Abend und bereits dunkel. Das einzige Licht stammt von den blauen Lampen, die unterhalb der Wasseroberfläche in der Wanne sind, sowie von den mit dicken bernsteinfarbenen Abdeckungen verkleideten Laternen, die in bestimmten Abständen auf der Treppe und den einzelnen Stockwerken befestigt sind.

Carrie klettert aus der Wanne und hält sich mit einer Hand an Ralphs Schulter fest. Das Wasser strömt ihren engen, dunklen Badeanzug und ihre bleichen, schweren Glieder hinab. Sie wickelt sich in einen Frottee-Bademantel und schiebt ihre Füße in ein Paar Pantoffeln mit Kordelsohle. »Für euch Kinder wird's auch Zeit«, sagt sie.

»O Mum …«, beschweren sie sich.

»Es ist mein Ernst. Kommt raus und helft mir, den Tisch für das Abendessen zu decken.«

Ein Kind nach dem anderen steigt aus der Wanne,

wickelt sich ein Handtuch um und geht die Treppe hinauf. Emily geht als Letzte. »Ich glaube, ich sollte Mum helfen«, seufzt sie.

»Ich sollte wirklich aufbrechen«, sagt Helen, ohne sich von ihrem Platz zu rühren. »Ich bin zum Mittagessen gekommen, nicht auch noch zum Abendessen.«

»Oh, bitte bleiben Sie«, sagt Ralph. »Es scheint Ihnen zu gefallen.«

»Ich bin selig«, sagt sie, legt ihren Kopf in den Nacken und blickt hinauf zum Himmel. »In einem heißen Bad liegen und direkt hinauf zu den Sternen blicken! Meine Mutter würde einen Anfall bekommen, wenn sie mich so sehen könnte. ›Du holst dir noch den Tod in dieser Kälte‹, würde sie sagen.«

»Dazu kommt's nicht«, versichert ihr Ralph.

»Kann man solche Wannen in England kaufen?«

»Keine aus Redwood, soweit ich weiß. Wir haben sie zu einem enormen Preis aus Kalifornien hierher kommen und von unserem örtlichen Installateur anschließen lassen.«

»Na ja, es ist eine wunderbare Erfindung«, sagt Helen, streckt ihre Beine aus und lässt sie an die Wasseroberfläche treiben. »Ich vermute, sie hat einen Thermostat. Reicht das schon aus, damit sie Bewusstsein hat?«

»Kein Bewusstsein ihrer selbst. Anders als Sie oder ich weiß sie nicht, dass sie gerade viel Spaß hat.«

»Ich dachte, so etwas wie ein Selbst gäbe es nicht.«

»Nicht als *Ding*, nein, wenn Sie damit eine feste, in sich abgeschlossene Entität meinen. Aber natürlich gibt es mehr als ein Selbst. Wir erfinden ständig welche. Wie Sie Ihre Geschichten erfinden.«

»Wollen Sie damit sagen, dass unser Leben nichts als eine Fiktion ist?«

»Gewissermaßen. Es ist eines der Dinge, die wir mit unserer zusätzlichen Gehirnkapazität machen. Wir erfinden Geschichten über uns.«

»Aber wir können unser eigenes Leben doch nicht erfinden«, widerspricht Helen. »Dinge widerfahren uns oder auch nicht, Dinge, die außerhalb unserer Kontrolle liegen. Haben Sie von diesem armen Franzosen gehört mit diesem, wie nennt man das, Locked-in-Syndrom?«

»Ja. Interessant.«

»Sie können nicht sagen, dass er seine entsetzliche Lage erfunden hat.«

»Er konstruiert eine ganz bestimmte Reaktion darauf«, sagt Ralph, »eine wirklich heroische, das gebe ich gerne zu.«

»Aber bringt Sie das nicht dazu, an so etwas wie eine Seele oder an den menschlichen Geist zu glauben?«

»Nein. Warum auch?«

»Na ja, der Mut dieses Mannes, seine Entschlossenheit, sich mitzuteilen ...«

»Ja, das ist wirklich bewundernswert ... Aber es ist immer noch nichts weiter als die Informationsverarbeitung durch sein Gehirn. Daran ist nichts Übernatürliches. Kein Gespenst in der Maschine.«

»›Gespenst‹ – dieses Wort ist mit so vielen Bedeutungen befrachtet«, sagt Helen. »Es hat abergläubische und fantastische Konnotationen. Ich glaube nicht an Gespenster, aber ich glaube an die Seele.«

»An die unsterbliche Seele?«

»Ich bin nicht sicher«, sagt Helen, und wirbelt mit ihrem Fuß Wasser auf.

»Na schön, dann gestehe ich Ihnen eine *sterbliche* Seele zu. Das ist einfach nur ein anderes Wort für das Ich-Bewusstsein. Aber Descartes glaubte, er habe eine unsterbliche Seele, weil er sich vorstellen konnte, sein Geist könne unabhängig von seinem Körper existieren. Behauptet man nicht genau das von Gespenstern?«

»Na ja, ist das nicht das, was dieser Franzose, wie hieß er noch gleich, Bauby – ist das nicht genau das, was er macht, er denkt immer noch, unabhängig von seinem Körper. Sein Körper ist vollkommen gelähmt.«

»Er kann immer noch mit einem Auge sehen, glaube ich. Und er kann hören. Aber wie auch immer, sein Gehirn ist ein Teil seines Körpers.«

Eine Pause entsteht, und dann sagt Helen: »Was haben Sie mit ›unserer zusätzlichen Gehirnkapazität‹ gemeint?«

»Nun, unser Gehirn ist bei weitem größer als das irgendeines anderen Tieres auf unserem Planeten. Unsere DNS unterscheidet sich nur um ein Prozent von der eines Schimpansen, unseres nächsten Verwandten, aber unser Gehirn ist dreimal so groß. Offensichtlich gab das unseren primitiven Vorfahren einen großen Vorteil im evolutionären Rennen. Wir haben gelernt, Werkzeuge und Waffen herzustellen, mithilfe der Sprache zu kommunizieren und Probleme zu lösen, indem wir verschiedene Optionen mit unserer mentalen Software durchspielen, statt nur instinktiv zu reagieren. Wir sind über die vier Fs hinausgekommen.«

»Und die wären?«

»Feinde, Fliehen, Fressen und ... Partnersuche.«

»Oh ...«, kichert Helen.

»Aber die zusätzliche Größe des menschlichen Gehirns steht in keinem Verhältnis zum evolutionären Vorteil, den wir gegenüber anderen Arten gewonnen haben. Das habe ich mit ›zusätzlicher Kapazität‹ gemeint. Der Mensch der Urzeit war wie jemand, der einen Computer auf dem neuesten Stand der Technik bekommt und damit nichts weiter tut, als simple Rechenaufgaben zu lösen. Früher oder später wird er anfangen, damit herumzuspielen, und herausfinden, dass er damit auch noch alle möglichen anderen Dinge tun kann. Das haben wir zu gegebener Zeit mit unserem Gehirn gemacht. Wir haben die Sprache entwickelt. Wir haben über unsere eigene Existenz nachgedacht. Wir wurden uns bewusst, dass wir Kreaturen sind, die eine Vergangenheit und eine Zukunft besitzen, eine individuelle und eine kollektive Geschichte. Wir haben die Kultur entwickelt: Religion, Kunst, Literatur, Gesetze … Wissenschaft. Doch das Ich-Bewusstsein hat einen Nachteil. Wir wissen, dass wir sterben werden. Stellen Sie sich vor, was für ein entsetzlicher Schock das für den Neandertaler oder Cromagnon-Menschen war, oder wer auch immer es war, der diese fürchterliche Wahrheit zuerst entdeckte: dass er eines Tages nur noch Fleisch sein würde. Löwen und Tiger wissen das nicht. Menschenaffen wissen es nicht. Aber wir.«

»Elefanten müssen es wissen«, wirft Helen ein. »Sie haben Friedhöfe.«

»Ich fürchte, das ist ein Mythos«, sagt Ralph. »Der Mensch war das erste und einzige Lebewesen in der Geschichte der Evolution, das herausfand, dass es sterblich ist. Wie reagiert er darauf? Er erfindet Geschichten, mit denen er sich selbst erklärt, wie er in diesen Schlamassel hineingeraten ist und wie er vielleicht wieder herauskommt. Er erfindet die Religion, er entwickelt Bestattungsriten, er erfindet Geschichten über ein Leben nach dem Tod und über die Unsterblichkeit der Seele. Im Laufe der Zeit werden diese Geschichten immer ausgeklügelter. Doch in der jüngsten Phase unserer Kultur – nach evolutionärem Maßstab vor wenigen Augenblicken – übernimmt das die Wissenschaft und beginnt damit, eine völlig andere Geschichte darüber zu erzählen, wie wir dahin gekommen sind, wo wir heute sind, eine Geschichte mit einer viel größeren Erklärungskraft, durch die die

Religion triumphal vom Platz gefegt wird. Heute glauben nicht mehr viele intelligente Menschen an die religiöse Geschichte, aber sie hängen immer noch an einigen ihrer tröstlichen Vorstellungen wie der Seele, dem Leben nach dem Tod und so weiter.«

»Ich glaube, das ist es, was Sie wirklich ärgert, nicht wahr?«, sagt Helen. »Dass die meisten Menschen wild entschlossen sind, auch weiter daran zu glauben, dass es das Gespenst in der Maschine tatsächlich gibt – gleichgültig, wie oft ihnen Wissenschaftler und Philosophen erklären, dass es nicht existiert.«

»Dass es mich ›ärgert‹, kann man eigentlich nicht behaupten«, sagt Ralph.

»O doch, das tut es«, sagt Helen. »Es ist, als wären Sie entschlossen, es für alle Zeiten zu beseitigen. Wie ein Inquisitor, der versucht, die Häresie auszurotten.«

»Ich glaube einfach, wir sollten das, was tatsächlich der Fall *ist,* nicht mit dem verwechseln, was unserer Meinung nach der Fall sein *sollte*«, sagt Ralph.

»Aber Sie geben zu, dass wir alle private, geheime Gedanken haben, die nur wir selbst kennen.«

»Ja, natürlich.«

»Sie geben zu, dass die Art, wie ich diesen Augenblick erfahre, während ich mich hier unter den Sternen im heißen Wasser räkele, nicht exakt der Ihren entspricht?«

»Ich sehe, worauf Ihr Argument hinausläuft«, sagt er. »Sie behaupten, dass es irgendeine ganz bestimmte Art und Weise gibt, in der Sie Sie sind und ich ich bin, irgendeine Qualität der Erfahrung, die einzig und allein Ihnen oder mir gehört und die man nicht objektiv beschreiben oder mit rein physischen Begriffen erklären kann. Also kann man sie genausogut als immaterielles Selbst oder als Seele bezeichnen.«

»Ich denke schon. Ja.«

»Und ich sage, es ist immer noch eine Maschine. Eine virtuelle Maschine in einer biologischen Maschine.«

»Also ist alles eine Maschine?«

»Alles, was Informationen verarbeitet, ja.«

»Für mich ist das eine grauenhafte Vorstellung.«

Er zuckt mit den Schultern und lächelt. »Sie sind eine Maschine, die von unserer Kultur darauf programmiert wurde, nicht zu erkennen, dass sie eine Maschine ist.«

Carries Stimme ruft von oben. »Messenger! Bleibt ihr beide die ganze Nacht da draußen?«

»Wir gehen besser hinein«, sagt Helen.

»Ja, das sollten wir vielleicht«, sagt Ralph.

Sie steigen aus dem Pool und gehen die Holztreppe hinauf, die zur Rückseite des Hauses führt. In einer dunklen Ecke auf der Treppe, wo eine Glühbirne ausgefallen ist, legt Ralph eine Hand auf ihren Arm und hält sie fest.

»Helen«, murmelt er und küsst sie auf die Lippen.

Sie wehrt sich nicht dagegen.

10

Montag, 10. März. Ich habe versucht, die Arbeiten zu lesen, an denen die Studenten gerade schreiben, aber ich konnte mich einfach nicht konzentrieren, weil ich die ganze Zeit über DIESEN KUSS nachdachte. Er hat mich völlig überrumpelt – wir hatten so abgehoben diskutiert, um nicht zu sagen, uns gestritten ... Ich spürte, wie sein Fuß den meinen im heißen Pool ein- oder zweimal berührte, doch ich hielt das nur für einen Zufall, ein Annäherungsversuch kam mir nie in den Sinn. Kann man diskutieren, diskutieren, um zu gewinnen – und gleichzeitig flirten? Sicher nicht. Obwohl ich mich daran erinnere, dass ich dachte, er würde mich küssen, als wir uns draußen auf dem Parkplatz in Cheltenham nach einer ebenso heftigen Meinungsverschiedenheit trennten ... Vielleicht findet er es sexuell erregend, wenn ihm eine Frau in einer Diskussion die Stirn bietet. Aber bei dieser Gelegenheit hatte ich nicht mehr erwartet als einen freundlichen Kuss unter Bekannten, ein flüchtiges Streifen der Wange, wogegen er bei dem Kuss gestern seinen Mund fest auf meinen Mund drückte – nicht leidenschaftlich, nicht aufdringlich, aber eindeutig sexuell. Und ich ließ es zu. Wenigstens habe ich mich nicht dagegen gewehrt. Ich habe ihm nicht ins Gesicht geschlagen oder ihn weggeschoben oder ihn gefragt, wie er nur auf die Idee kommen konnte, so etwas zu tun. Ich habe kein Wort gesagt. Vielleicht habe ich sogar ein wenig darauf reagiert. Sicher, ich habe es genossen – mein ganzer Körper vibrierte wie die Saite einer Harfe, die jemand gezupft hat.

Ich bin feucht und erregt, wenn ich diesen Augenblick jetzt noch einmal erlebe. Um Himmels willen, wie kann ein einziger Kuss so eine Wirkung haben?

Natürlich, seit einiger Zeit gab es in meinem Leben nicht allzu viele Küsse. Nicht wahr, meine Liebe, denk dran. Du bist sehr empfänglich, sehr verletzlich im Augenblick. Du meinst sexhungrig? Nun ja, meine Liebe, vielleicht auch ein wenig das, und er ist ein sehr attraktiver Mann, egal, was du von seinen Meinungen und seiner Moral hältst. Behalte einfach einen klaren Kopf und mach nichts Unüberlegtes. Also gut, mach ich nicht.

Doch um mit dem Anfang anzufangen: Wie wir ausgemacht hatten, fuhr ich gestern zum Mittagessen zum Cottage der Messengers. Es liegt inmitten eines hübschen Streifens der Cotswolds, wie man sie von Ansichtskarten kennt – hübsch sogar in dieser Jahreszeit, wenn an den Laubbäumen kein einziges Blatt mehr zu sehen ist. In sanften Wellen wand sich die Straße durch taufeuchte Wiesen und grüne bucklige Hügel, die mit Schafen gesprenkelt waren, durch Dörfer, die die sonntagmorgendliche Stille umfing, vorbei an uralten Kirchen, hübschen Bauernhäusern und gemütlichen, strohgedeckten Cottages. Auch Horseshoes hat ein Strohdach, aber es ist eher ein Haus als ein Cottage – U-förmig, erbaut aus weichen Cotswold-Steinen, die Mauern von Glyzinien bedeckt, bei denen man sich gut vorstellen kann, wie sie im Mai über und über mit mauvefarbenen Blüten bedeckt sind. Es hat niedrige Decken mit Dachsparren und einen unebenen Fliesenboden, der mit Teppichen bedeckt ist, und einen riesigen offenen Kamin im Wohnzimmer. Überflüssig zu sagen, dass es mit einer Zentralheizung und allem anderen modernen Komfort ausgestattet ist, alles geschmackvoll in die aus dem achtzehnten Jahrhundert stammende Bausubstanz integriert.

Hier spielt die Familie der Messengers an ein oder zwei Tagen in der Woche das Leben der englischen Landbevölkerung: Carrie macht Obst ein und stellt auf dem Aga-Ölofen Konfitüren her, Emily reitet auf ihrem Pony, das in einem Stall im Ort untergebracht ist, Ralph fällt Holz für den Kamin oder macht mit den jüngeren Kindern Wanderungen und Radtouren. Die Rückseite des Hauses jedoch macht einen viel exotischeren und schwelgerischen Eindruck: Dort wurde ein zweistöckiger Balkon errichtet – oder ein »Deck«, wie sie es nennen –, auf dessen unterem Teil sich der heiße Pool aus Redwood befindet. Es wirkt ziemlich bizarr, wenn man vom englischen Teil des Gebäudes, der aus dem achtzehnten Jahrhundert stammt, in einen typisch kalifornischen Garten aus dem zwanzigsten tritt, als ginge man durch verschiedene Sets in einem Filmstudio.

Nach dem Mittagessen (eine ausgezeichnete Lammkeule aus örtlicher Schlachtung, perfekt gebraten und fein gewürzt mit Knoblauchscheibchen und Rosmarinzweigen in der Fettschicht) machten wir einen Spaziergang auf den Straßen und Wegen rund ums Haus, ich in geliehenen Gummistiefeln (sie haben sie in mehreren Größen, aus denen die Besucher wählen können). Und dann, als die rote Wintersonne unterging, zogen wir unsere Badesachen an, wickelten uns in Handtücher und Bademäntel und machten uns auf zum heißen Pool. Ich muss sagen, es war höchst angenehm, im Freien zu sitzen, bis zum Hals in sprudelndes heißes Wasser getaucht, und zuzusehen, wie die Sterne am dunkel werdenden Himmel sichtbar wurden. Die ganze Familie drückte sich hinein und saß darin im Kreis.

Es dauerte nicht lange, und Ralph war wieder bei seinem Steckenpferd. Ich vermute, dass das Bewusstsein als Gesprächsthema den Rest der Familie langweilt, doch für mich ist es neu und überaus interessant. Nachdem die anderen gegangen und ins Haus zurückgekehrt waren, blieben er und ich noch eine Weile und sprachen über die Existenz – oder Inexistenz – der Seele. Er besitzt ein absolutes Vertrauen darin, alles evolutionär, materialistisch erklären zu können, dem schwer zu widerstehen ist – jedenfalls dann nicht, wenn man nur diesen schwankenden Halbglauben an die Transzendenz besitzt, der alles ist, was ich jetzt noch habe. Dann rief Carrie aus dem Haus, dass wir zum Abendessen hereinkommen sollten, und als wir die Treppen hinaufstiegen, küsste er mich.

Natürlich habe ich Carrie später nichts davon erzählt. Und so steht es jetzt zwischen uns, ein Geheimnis, das er und ich kennen, aber sie nicht. Als er und ich beim Abendessen Brot und Butter teilten und unsere Blicke sich trafen, teilten wir auch schweigend und unsichtbar dieses Wissen – nicht nur, dass wir uns geküsst hatten, sondern auch, dass wir uns einig waren, es zu verbergen. Nicht einmal durch das Flattern eines Augenlids oder das Zittern der Stimme verrieten wir den anderen, was geschehen war. Wie geschickt wir Menschen doch darin sind, andere zu täuschen, wie leicht es uns fällt. Haben wir die Fähigkeit dazu gleichzeitig mit unserem Ich-Bewusstsein erworben?

Ich habe absolut nicht die Absicht, mich auf eine Affäre mit Ralph Messenger einzulassen, und das aus einer ganzen Reihe von Gründen. Das soll hier ganz klar sein. Und doch blieb bei mir wegen dieser Episode ein kleines, nicht zu beseitigendes Schuldgefühl zurück, das ich dadurch zu besänftigen versuchte, dass ich Carrie nach dem Essen half, die Küche aufzuräumen. Als wir in der Küche das Geschirr in den Geschirrspüler stellten, erwähnte sie, dass sie ein Buch schreibt, einen historischen Roman, der zur Zeit des großen Erdbebens von 1906 in San Francisco spielt. Offensichtlich hat sie aus dieser Zeit einige alte Familienpapiere – Briefe und Tagebücher –, auf die sie als Material zurückgreifen kann. Sie glaubt, dass es im Kalifornien der Gegenwart, wo jeder von Erdbeben besessen ist, genügend Leser gibt, die nur darauf warten. »Das Problem ist, dass ich nicht weiß, wie viel von dem historischen Hintergrundmaterial ich einfließen lassen soll«, sagte sie. »Es ist im Wesentlichen eine Familiengeschichte.« Irgendwie gelangte ich dahin, ihr anzubieten, das Manuskript zu lesen, was – um einen Ausdruck Emilys zu benutzen – ich so nötig habe wie ein Loch im Kopf. Noch eine fiktionale Welt, die ich geistig aufnehmen muss! Carrie nahm mein Angebot eifrig an. Hat sie mich durch einen Trick dazu gebracht, war das der Grund, warum ich nach Horseshoes eingeladen worden war, war das der Grund, warum Carrie die ganze Zeit über meine Bekanntschaft gesucht hat? Oder war es mein schlechtes Gewissen wegen des Kusses, das zu diesem zusätzlichen Angebot geführt hat? Ich könnte – ich kann – das nicht entscheiden. Aber warum muss ich bei allem immer nach verschlungenen Motiven suchen? Warum kann Ralphs Kuss nicht einfach eine spontane, ungeplante Handlung gewesen sein, ein simples Beispiel seiner Galanterie, das unbefangene Eingeständnis, dass er mich attraktiv findet und meine Gesellschaft genießt, nichts weiter, seine Art, eine gemeinsame Erfahrung zu besiegeln, die Diskussion über Metaphysik im heißen Pool. Und warum sollte Carrie den Roman nicht einfach zufällig erwähnt haben, und warum sollte ich meinem eigenen großzügigen Angebot, ihn zu lesen, misstrauen? Ich vermute, es kommt daher, dass ich Romane schreibe, dass ich immer eine kompliziertere Erklärung einer einfachen vorziehe.

Meine Einladung »zum Mittagessen« hatte sich sehr weit ausgedehnt, und am Ende verließen wir alle gemeinsam das Haus gegen sieben. Plötzlich beschleunigte sich das Tempo des Lebens. Von Carrie beaufsichtigt, rannte jeder geschäftig hin und her, holte verschiedene Dinge und verstaute sie, stellte den Thermostat neu ein, schaltete die Lichter aus, zog die Vorhänge zu, schloss die Fensterläden und sicherte das Haus für eine weitere Woche. Es war, als hätte sich der Vorhang über eine verträumte ländliche Idylle gesenkt, und die Schauspieler stürzten sich plötzlich in hektische Aktivität, warfen ihre Kostüme von sich und verpackten ihre Requisiten, bevor sie zum nächsten Veranstaltungsort aufbrachen. Wir trennten uns auf der Straße vor dem Haus, als wir in unsere Autos stiegen. Ich verabschiedete mich und bedankte mich aufrichtig bei ihnen.

»Sie sollten mal wiederkommen«, sagte Carrie. »Sie sollten sich's zur Gewohnheit machen ... Ich hasse den Gedanken daran, dass Sie Ihre Sonntage auf dem Campus verbringen.« Ralph grinste mich über ihre Schulter hinweg an. »Absolut«, sagte er. »Wir sehen uns nächsten Samstag sowieso«, sagte Carrie. Sie meinte die Party zu Ralphs fünfzigstem Geburtstag, zu der sie mich eingeladen hatten.

Später. Heute Abend habe ich in den Nachrichten gehört, dass Jean-Dominique Bauby gestorben ist, nur wenige Tage, nachdem sein Buch veröffentlicht wurde. Sehr, sehr traurig, aber wenigstens hat er lange genug gelebt, um zu sehen, dass es ein riesiger Erfolg wurde. Vielleicht war es das, was ihn durchhalten ließ, die Entschlossenheit, sein Buch bis zur Veröffentlichung zu begleiten, und nachdem die erreicht war, gab sein erschöpfter Geist den Kampf auf. Wo also ist er jetzt? Nirgendwo laut Ralph Messenger, er hat einfach aufgehört zu existieren – außer im Bewusstsein der Leser von *Schmetterling und Taucherglocke* und in den Erinnerungen derer, die ihn persönlich gekannt haben. Doch jenes Bewusstsein und jene Erinnerungen sind angeblich selbst nur Konstrukte, Fiktionen, die an zerfallende Hirnzellen gebunden sind, die ebenso dazu verurteilt sind, am Ende ausgelöscht zu werden.

Ralphs Argumente haben etwas grauenhaft Plausibles – dass die Religion aus dem einzig dem Menschen vorbehaltenen Bewusstsein seiner Sterblichkeit entstand und so weiter. Ich habe das mit den Elefanten in der *Encyclopaedia Britannica* nachgelesen, und er hat Recht, verdammt. Es heißt, Tiere, die zur Schlachtbank geführt werden, spüren das Schicksal, das ihnen droht – sie treten um sich und kämpfen und scheißen sich voll, wenn sie ins Schlachthaus getrieben werden; wahrscheinlich nehmen sie den Geruch von Blut in der Luft wahr, lange bevor menschliche Nasen ihn entdecken können, oder vielleicht riechen sie die Angst der Tiere vor ihnen. Aber sie wissen nicht, *warum* sie verzweifelt sind; sie haben Angst vor dem Tod, ohne zu wissen, was er bedeutet. Wir sind die einzigen Kreaturen, die das wissen, und, von unseren allerersten Jahren abgesehen, wissen wir es *ein Leben lang.* War das der schreckliche Preis für das Ich-Bewusstsein?

Wenn man es so sieht, könnte die Geschichte der Erbsünde in der Genesis eigentlich ein Mythos über den Aufstieg des Ich-Bewusstseins in der Geschichte der Evolution sein. Aufgrund einer plötzlichen Steigerung der Fähigkeiten seines Gehirns begreift der Mensch, dass er sterblich ist, und er ist so entsetzt über diese Entdeckung, dass er sich eine Geschichte ausdenkt, mit der er sich, wie Ralph das nannte, »erklärt, wie er in diesen Schlamassel hineingeraten ist und wie er vielleicht wieder herauskommt«. Eine Geschichte darüber, dass er sich gegenüber einer Macht, die größer ist als er selbst, versündigt hat, die ihn für diese Sünde mit dem Tod bestraft –

und die ihm, in späteren Ausschmückungen der Geschichte, eine zweite Chance anbietet, unsterblich zu werden. Es steht alles in den ersten fünf Zeilen von *Das verlorene Paradies:*

Des Menschen erste Sünde, den Genuss
Von des verbotnen Baumes Frucht, die Tod
Und alles Weh erzeugt hat und die Menschheit
Aus Eden bannte, bis ein Größrer einst
Sie wieder einführt in den Sitz des Heils –

Wenn man die Mythologie und die Theologie und die barocke Poesie streicht, findet man vielleicht eine schwache Spur davon, wie der Mensch der Urzeit zum ersten Mal bestürzt entdeckte, dass er sterblich ist, dass er in der Zeit lebt und in der Zeit stirbt. Im Mythos ist der verbotene Baum der Baum der Erkenntnis, der Erkenntnis von Gut und Böse. Esst von seiner Frucht, so warnt Gott Adam und Eva, und ihr werdet sterben. Aber vielleicht ging es in Wirklichkeit um die Erkenntnis des Todes selbst und all der existentiellen Angst, die sie zur Folge hat. Der Niedergang des Menschen als Aufgang seines Bewusstseins und Gott eine kompensatorische Fiktion. QED.

Und doch scheint, wie jemand einmal gesagt hat, die Vorstellung eines Universums ohne Schöpfer genauso an den Haaren herbeigezogen wie die Vorstellung, dass Gott es geschaffen hat, besonders, wenn man nachts hinauf zu den Sternen sieht. Wir wissen, es gab sie nicht immer. Man kann alles bis zum Urknall zurückverfolgen, aber woher kamen die Bestandteile des Urknalls?

Vielleicht besteht unser Fehler darin, dass wir uns den Gott, der hinter allem stehen soll, so vorstellen wie uns selbst, dieses »geschaffen nach seinem Ebenbilde«, wie der Katechismus sagt. Nehmen wir einmal an, Gott ist allmächtig und ewig, aber er hat kein größeres Bewusstsein seiner selbst als ein Löwe. Oder ein Ozean. Das würde eine Menge erklären – die Existenz des Bösen zum Beispiel. Vielleicht hatte Gott das nicht beabsichtigt, weil Er, oder besser Es, überhaupt nichts beabsichtigt hat. Nehmen wir an, wir sind die einzigen Geschöpfe im Universum, die Ich-Bewusstsein, Intentionalität und Schuld besitzen. Eine Vorstellung, die einen schaudern lässt. Und doch würde man ungern auf das Ich-Bewusstsein verzichten und zur unreflektierten tierischen Existenz vormenschlicher Hominiden zurückkehren, die sich von Baum zu Baum schwingen oder die weiten Savannen durchstreifen und nur auf die Befehle der vier Fs reagieren.

Wer verlöre gern,
Sei's auch von Schmerz erfüllt, dies geistige Sein,

wie Milton gesagt hat. Natürlich spricht Satan. Oder wie John Stuart Mill sagte: »Lieber ein unzufriedener Mensch als ein zufriedenes Schwein.« Das war eins von Martins Lieblingszitaten.

Martin. Glaube ich, dass er zu existieren aufgehört hat? Nein, aber er scheint irgendwie … zu verblassen, zu schwinden. In den Wochen nach seinem Tod sprach ich häufig mit ihm, manchmal laut. Wenn ich zum Beispiel beim Frühstück Zeitung las und etwas fand, das ihn interessiert oder amüsiert hätte, sagte ich: »Hör dir das an« – und dann blickte ich auf und sah den leeren Stuhl auf der anderen Seite des Tischs. Ich las es trotzdem vor, als ob er es hören könne, wo immer er auch sein mochte. Und ich diskutierte mit ihm in meinem Kopf und manchmal laut. Wenn ich eine Entscheidung zu treffen hatte, die mir Sorgen machte, zum Beispiel was Geld oder Reparaturen am Haus betraf, fragte ich ihn, was ich tun sollte. Ich sagte etwa: »Soll ich die ganze Summe auf einmal nehmen oder sie in eine Leibrente umwandeln? Soll ich drei Kostenvoranschläge für ein neues Dach einholen oder genügen zwei?« Um diese Dinge hatte sich Martin immer gekümmert, und es erschien mir sinnvoll, auf diese Art zu einer Entscheidung zu gelangen, wie ein Kind, das seine Probleme mit einem imaginären Spielkameraden diskutiert. Aber einmal kam Lucy früher von der Schule nach Hause und hörte, wie ich in der Küche über die Erneuerung einer Versicherungsprämie redete. Sie warf mir einen besorgten Blick zu, als sie ins Zimmer kam und sah, dass ich allein war. Danach war ich vorsichtiger.

Ein Grund, warum es für mich so schwierig war, mich mit Martins Tod abzufinden, wirklich abzufinden, war, dass er so plötzlich starb, so ohne jede Warnung. In dem einen Augenblick war er noch da, und einen Augenblick später war er fort. Es war, als ob er kurz das Zimmer verlassen hätte, um irgendeine lächerliche Besorgung zu erledigen, und nicht mehr zurückgekommen wäre: Die ganze Zeit dachte ich, da muss irgendwo ein Fehler stecken, irgendein Missverständnis, und er würde bald zurückkommen, lächelnd und mit einer Entschuldigung auf den Lippen …

Ein weiterer Grund war die grässliche Beerdigung. Martin war Agnostiker, seine Eltern auf dem Papier Mitglieder der K von E, wenn auch keine Kirchgänger, und seine Schwester Joanna ist eine militante Atheistin, die in einer Familienberatungsstelle arbeitet und es entschieden ablehnte, dass wir unsere Kinder hatten taufen und eine katholische Grundschule besuchen lassen. »Ich hoffe, du planst keinen Gottesdienst«, sagte sie scharf, als ich ihr am Telefon Zeit und Ort der Einäscherung mitteilte. »Martin hätte das nicht gewollt.« – »Na ja, keinen katholischen, wenn es das ist, was du meinst«, sagte ich ebenso scharf. (Joanna und ich sind noch nie miteinander ausgekommen.) Diese Frage hatte sich ohnehin nicht gestellt, da weder ich noch die Kinder in den Jahren zuvor praktizierende Katholiken gewesen waren und ich keinen Kontakt zu einem freundlichen Priester hatte, der ein Auge zugedrückt und sich bereit erklärt hätte, den Trauergottesdienst vorzunehmen. Wir entschieden uns für ein kleines, privates Begräbnis im Familienkreis und einen späteren Gedenkgottesdienst für seine Freunde und Kollegen. Doch trotz Joanna waren wir uns einig, dass Martins Eltern – von meinen ganz zu schweigen – bei einer rein weltlichen Veranstaltung gekränkt wären, und so wählten wir einen ganz einfachen christlichen Gottesdienst, der von einem Pfarrer durchgeführt wurde, den das Bestattungsinstitut gegen eine Gebühr vermittelt hatte. Natürlich hatte er keine Ahnung, wer Martin gewesen war, und er versuchte gar nicht erst zu verbergen, wie sehr ihn die ganze Angelegenheit langweilte und wie ungeduldig er darauf wartete, sie zu Ende bringen zu können. Die Leute vom Bestattungsinstitut waren freundlich und effizient, doch man merkte ihnen eine gewisse professionelle Enttäuschung über die wenigen Teilnehmer und die Nüchternheit des Gottesdienstes an (nur acht Trauergäste, von denen eine Frau erklärte, sie würde am Gottesdienst nicht teilnehmen, wir versuchten nicht einmal, Kirchenlieder zu singen; und ich hatte, statt um Blumen, um Spenden für die klinische Forschung gebeten). Es war ein dunkler, nasser Novembertag. Das Krematorium ließ an nichts anderes denken als an genau den Zweck, zu dem es errichtet worden war – ein düsteres Gebäude aus verrußtem Backstein, auf dessen Vorhof in Plastik verpackte, durchnässte Kränze und Blumensträuße von früheren Beerdigungen lagen, die die Trauernden bewundern und miteinander vergleichen konnten. Die Kapelle war überheizt, aber trostlos, bar jeder religiösen Verzierung, die jemanden hätte ausschließen oder kränken können. Wir brachten den Gottesdienst mit fast unanständiger Eile hinter uns. Der Pfarrer rasselte seine Gebete herunter, wir murmelten gelegentlich »Amen«, und dann drückte er auf den Knopf, die Musikberieselung setzte ein wie das Klaviergeklimper in alten Filmen, und der Sarg begann sich langsam zu senken. Lucy brach in Tränen aus, und ich legte meinen Arm um sie, um sie zu trösten, aber ich fühlte nichts. Ich war nur deswegen in der Lage, diese ganze grauenhafte Erfahrung durchzustehen, weil ich innerlich auf Distanz ging, wodurch sie absolut nichts dazu beitrug, mir in meiner Trauer zu helfen.

Ein paar Monate später organisierten Martins Freunde bei der BBC einen Gedenkgottesdienst in einer der von Wren erbauten Kirchen in der City, und diesen besuchte ich mit mehr Hoffnung, fast wartete ich ungeduldig darauf. Doch es war eine unbefriedigende Angelegenheit, eine merkwürdige Mischung aus Heiligem und Profanem: Die Klänge von Modern-Jazz-Stücken, die Martin am meisten geliebt hatte, hallten wider von den weißen und goldenen Wänden und den ionischen Säulen, Erinnerungen von Kollegen voll Insider-Witzen und Anspielungen, die ich nicht verstand, Ausschnitte aus Martins preisgekrönten Dokumentationen über Umweltverschmutzung und Hochseefischen, das *Ave Maria,* gesungen von einer bekannten Sopranistin, die in seinem Bericht über Covent Garden aufgetreten war ... Es war eine große Versammlung, doch nur wenige Leute hatte ich zuvor schon getroffen. Danach gab es eine Art Party im oberen Zimmer eines in der Nähe gelegenen Pubs, und mehrere Leute betranken sich, einschließlich Lucy, der im Wagen auf dem Heimweg übel wurde ... Ich hatte nicht den Eindruck, dass diese Veranstaltung mehr dazu beitrug, mich mit Martins Tod zu versöhnen, als das Begräbnis oder dass sie seinem Geist erlaubt hätte, in Frieden zu ruhen.

Dienstag, 11. März. Gutes Seminar heute Nachmittag. Die Arbeiten zu *Wie ist es, eine Fledermaus zu sein?* gelesen und diskutiert. Jede Menge Gelächter und allgemein gute Laune. Mir scheint, die Leute sind weniger ängstlich, weniger empfindlich, ihre Arbeiten öffentlich auseinander nehmen zu lassen, wenn es sich um eine vorgegebene Übung handelt. Richtiges Schreiben ist unweigerlich eine Art Selbstentblößung. Auch wenn es nicht unverhohlen autobiographisch ist, verrät es indirekt unsere Ängste, Begierden, Fantasien, Prioritäten. Das ist der Grund, warum feindselige Besprechungen immer so verletzend sind, so schwer abzuschütteln. Man fragt sich, ob sie nicht Recht haben, was einen selbst betrifft, selbst wenn sie Unrecht haben, was das Buch angeht. Den Studenten muss es in den Workshop-Sitzungen genauso gehen, aber bei einer vorgegebenen Übung steht viel weniger auf dem Spiel. Und das parodistisch-persiflierende Element bringt sie dazu, ihre literarischen Muskeln spielen zu lassen, Dinge auszuprobieren, die sie in ihren eigenen Arbeiten nicht riskieren würden. Das schien wert wiederholt zu werden, also erzählte ich ihnen die Geschichte von Mary, der Farbwissenschaftlerin, die ihre monochrome Welt verlässt, und ich bat sie, damit etwas Ähnliches zu machen. Nur sollte es diesmal keinen Hinweis auf die Vorbilder geben – ich muss in der Lage sein, sie allein am Stil zu erkennen.

Zufällig hörte ich heute Morgen Ralph Messenger im Radio – irgendein populäres Wissenschaftsmagazin. Er wurde interviewt über »Computer, die man anziehen kann«. Ich schaltete mitten in der Diskussion ein, aber soweit ich es mitbekam, hatte jemand kürzlich ein Buch geschrieben, in dem behauptet wird, dass Computer immer kleiner und billiger werden, sodass man sie in Zukunft problemlos direkt am Körper oder gar als Implantat tragen kann, um damit Puls, Temperatur, Blutdruck, Muskelspannung, Blutzuckerspiegel und so weiter zu überwachen, und jeder, der mithilfe eines eigenen tragbaren Computers Zugang zu diesen Informationen hätte, würde wissen, was der andere denkt und fühlt. *Ist das machbar?*, wurde er gefragt. »Nun, es ist technisch machbar«, sagte er. »Computerchips werden laufend immer kleiner und immer leistungsfähiger. Sie entwickeln sich schneller als jede andere Maschine in der Geschichte. Man hat ausgerechnet, dass man – wenn sich Autos so schnell entwickelt hätten wie Computer in den letzten dreißig Jahren – heute einen Rolls Royce für weniger als ein Pfund kaufen könnte, und mit einer Gallone könnte man drei Millionen Meilen weit fahren ... Es gibt also keinen Grund, warum in nicht allzu ferner Zukunft tragbare Computer nicht billig zu haben sein sollten.« *Aber warum sollte sich jemand die Mühe machen, so eine Ausrüstung zu tragen?*, wurde er gefragt. »Nun, ein Vorschlag war, dass Haushaltsgeräte auf diese Informationen reagieren und im Voraus auf Ihre Bedürfnisse eingehen könnten – sagen wir, wenn man müde von der Arbeit nach Hause kommt, macht einem der Teekocher eine Tasse Tee, und der Fernseher sucht einem ein entsprechend entspannendes Programm aus, ohne dass man einen Finger rühren muss ...«, sagte er. »Aber tragbare Computer könnten auch bei gewissen Gelegenheiten vorgeschrieben werden. Nehmen wir zum Beispiel an, dass ein tragbarer Computer eine rote Lampe auf dem Dach Ihres Wagens aufleuchten lässt, wenn Ihr Blutdruck und Ihr Puls einen gewissen Wert überschreiten.« *Eine Art Messgerät für die Aggression im Straßenverkehr?* »Genau. Dadurch könnten eine Menge

Unfälle verhindert werden. Es könnte sogar zur Bedingung werden, dass man eins trägt, wenn man einen Führerschein will.« *Aber würde es durch diese tragbaren Computer möglich, wirklich zu wissen, was andere Menschen denken?* »Nein«, sagte Ralph, »denn unsere Gedanken haben einen semantischen Inhalt, der viel zu komplex und viel zu subtil ist, als dass man ihn anhand körperlicher Symptome identifizieren könnte. Der Vorschlag basiert auf einer ziemlich simplen Form behavioristischer Psychologie.«

Interessant, dass er tragbare Computer so abtat. Vielleicht gefällt ihm die Vorstellung nicht, dass man Schürzenjägerei in Zukunft elektronisch überwachen könnte. Wenn sie *wirklich* machbar wären, könnten solche tragbaren Computer dem Ehebruch ein Ende bereiten.

11

Eins oder drei, Schuh hab ich zwei … Es ist Mittwoch, der zwölfte März, halb sechs Uhr abends … Der Voicemaster läuft, und er ist brillant, er nimmt nicht nur auf, was ich ihm diktiere, ich kann auch zuvor aufgenommene Bänder direkt über Kabel eingeben, was bedeutet, dass ich den alten Pearlcorder noch verwenden kann, wo immer ich will. Das hier diktiere ich, während ich von der Universität nach Hause fahre oder besser, während ich auf der A345 im Stau stecke, irgendein Engpass da vorne, Bauarbeiten oder ein Unfall … Es ist also nicht nötig, dass ich am Sonntagmorgen weiterhin ins Centre gehe, um mit dem Experiment fortzufahren, was mein Verhältnis zu Carrie ganz gewaltig verbessern wird … es scheint mir zu diesem Zweck sowieso kein sicherer und privater Ort mehr, seit ich letzten Sonntag Duggers getroffen habe, als er das Gebäude betrat, während ich gerade ging … Wir sahen einander gleichzeitig durch die Glastüren, er stand draußen und benutzte seine Magnetkarte, um die Tür zu öffnen, als ich von innen herantrat … wir waren gleichermaßen überrascht und starrten einander wie Einbrecher an, die sich auf der Treppe eines leeren Hauses von Angesicht zu Angesicht gegenüberstehen … Er wirkte ein wenig nervös … ich auch, zweifellos, aber nachdem er die Tür geöffnet hatte, hatten wir beide unsere Selbstsicherheit wiedergewonnen … Hallo Duggers, sagte ich, was machst du hier an einem Sonntagmorgen? »Ich komme am Wochenende oft hierher, um liegengebliebene Arbeit nachzuholen«, sagte er frostig. »Nur um diese Zeit kann man sicher sein, an diesem Ort etwas Ruhe zu haben.« Das verstehe ich gut, sagte ich gespielt kameradschaftlich. »Und wie steht's mit dir, Messenger?«, sagte er. »Auf der Flucht vor den Freuden des häuslichen Beisammenseins?« Was weißt du schon davon, hätte ich ihn beinahe gefragt. Duggers lebt mit seiner verwitweten Mutter und einer unverheirateten Schwester in einer rechteckigen viktorianischen Backsteinvilla in einem der wenigen Dörfer in diesem Teil der Welt, die absolut keinen Charme besitzen. Es gibt nur wenige, die jemals in dieses Haus eingeladen wurden, wir ganz sicher nicht, aber ich bin bei Gelegenheit schon daran vorbeigefahren, und »Freude« und »häusliches Beisammensein« sind nicht gerade die Worte, die man sofort damit verbinden würde. »O nein, ich suche nur ein paar Unterlagen zusammen, die ich vergessen habe, mit nach Hause zu nehmen«, sagte ich und tätschelte die Aktentasche, die ich bei mir trug. Instinktiv verschwieg ich die Tatsache, dass ich davor eine Stunde lang in meinem Büro gewesen war, vielleicht, weil mir nicht wohl war bei dem Gedanken, wie leicht er hätte früher kommen und sich ohne mein Wissen im Gebäude hätte aufhalten können … vor meinem Büro stehen bleiben, nachdem er das Murmeln meiner Stimme gehört hat … sein Ohr an die Tür pressen … nein, so weit würde er sich nicht erniedrigen, aber er ist mir nicht ganz geheuer, dieser Duggers, schon seit ich ihn das erste Mal traf nicht, als ich kam, um mir die Sache hier anzusehen und dabei selbst unter die Lupe genommen wurde, sie flogen mich aus Kalifornien ein, ich verbrachte zwei Tage damit, Mitglieder des Fachbereichs und graduierte Studenten zu treffen, ich hielt eine Vorlesung, der VK gab ein Abendessen … die übliche Prozedur … ich erinnere mich an die kalte Abneigung in Duggers' Augen hinter seiner runden Schülerbrille, als wir uns vorgestellt wurden … mir war sofort klar, dass er der interne Spitzenkandidat für diesen Job sein musste, und ihm war sofort klar, dass ich ihn bekommen würde … na ja, ich verstehe, wie er sich fühlte, sich immer noch fühlt, bis zu einem gewissen Punkt, seine Forschungspublikationen sind überragend, weniger als meine, aber origineller … aber das hier ist nicht nur ein Forschungsjob, es ist genauso gut ein Finanzmanagement-Job und ein Job, der mit Führungsqualitäten zu tun hat, und ein PR-Job – dazu braucht man nicht nur Grips, sondern auch Charisma … und Duggers hat ungefähr so viel Charisma wie ein Streber in der Schule, und so sieht er auch aus … Armer alter Duggers … Ich frage mich, was so interessant an dem ist, woran er arbeitet, dass er es nicht einmal an einem Sonntagmorgen ruhen lassen kann, hm? Natürlich weiß ich es in groben Zügen, evolutionäre Systeme, die Agenten beibringen können, ihrerseits solche Systeme zu benutzen, sozusagen ihre eigene Bedienungsanleitung zu schreiben, denn das ist es, womit er sich die letzten beiden Jahre beschäftigt hat … aber hat er wirklich einen wichtigen Durchbruch erreicht …? Wenn ja, so könnte gleichzeitig ein ungeheures kommerzielles Potenzial darin stecken, und es könnte theoretisch bedeutend sein … *Das* wäre ein Test für meine professionelle Objektivität, muss ich zugeben – wenn Duggers mit einer sensationellen neuen Entdeckung Schlagzeilen macht … Es wäre gut für das Centre, es könnte entscheidend dabei sein, unseren Ruf als Elite-Forschungsinstitut zu sichern, also sollte ich mich darüber freuen … aber könnte ich es ertragen, dass er solchen Ruhm einheimst? Nehmen wir an, er bekommt deshalb ein FRS … Nein, ich glaube nicht, dass ich das ertragen könnte … Mein Gott, schon der Gedanke, ihm gratulieren zu müssen, die Wörter zwischen den Zähnen hervorpressen zu müssen, während man ihm ein Ohr abbeißen will, seine Hand schütteln zu müssen, während man ihm den Arm auskugeln will ... Nein, nein, kein FRS für Duggers, bitte ... Ich habe mich einigermaßen damit abgefunden, dass ich selbst keins bekomme ... na ja, ich habe mich nicht wirklich damit abgefunden, aber ich weiß, was sie über mich sagen, »ein Popularisator, ein Professor so recht für die Medien, ein beeindruckendes Buch, das er sich zugute halten kann, aber keine ernsthafte originelle Forschungsarbeit ...«. Natürlich ist das teilweise Neid ... und sowieso sind nur wenige Leute aus den Kognitionswissenschaften Fellows ... Vielleicht ist das Gebiet zu amorph, überschneidet sich mit zu vielen anderen Disziplinen, als dass es eine eigene Identität haben könnte ... ist es Mathematik, ist es Philosophie oder Psychologie ... oder Ingenieurwissenschaft? In Wirklichkeit ist es alles zugleich, und gerade das macht es so faszinierend, aber das wissenschaftliche Establishment begegnet ihm mit Misstrauen, wie einer Art Bastard-Disziplin ... schwer, sich vorzustellen, dass ein Kognitionswissenschaftler jemals einen Nobelpreis bekommt ... selbst wenn jemand morgen Früh das Problem des Bewusstseins knacken sollte, welchen Preis würden sie ihm geben? Physik? Chemie? Physiologie? Es passt in keine dieser Kategorien ... Ich frage mich, wie es ist, wie es wirklich ist, einen Nobelpreis zu bekommen ... die Qualia des Genobeltseins ... es muss sein, als ob, wie heißt das Wort, wenn einer zum Gott wird ... *Apotheose,* ja ... plötzlich wird man unverwundbar, unsterblich ... natürlich nicht buchstäblich, aber man hat etwas erreicht, das einem selbst der Tod nicht nehmen kann ... und man muss nicht mehr kämpfen, solange man lebt ... Jede weitere Leistung ist ein Bonus, dein Becher läuft über ... man hat von anderen nichts mehr zu fürchten ... man steht jenseits aller Konkurrenz ... Soll Duggers doch sein FRS bekommen, unbedingt, soll doch jeder aus dem naturwissenschaftlichen Fachbereich ein FRS bekommen ... es gibt nur einen Nobelpreis ... Man sonnt sich einfach nur in seinem Ruhm, sein Strahlen umgibt einen wie ein Heiligenschein, wohin man auch geht ... nachts schläft man lächelnd im Wissen ein, Nobelpreisträger zu sein, und man erwacht glücklich, weiß zuerst gar nicht, warum, aber dann fällt es einem ein ... an jedem Tag des Lebens ist das der erste bewusste Gedanke ... *Ich habe den Nobelpreis bekommen* ... Ist es wirklich so, frage ich mich. Oder sind Nobelpreisträger, genau wie wir alle, immer noch unbefriedigt, immer noch ehrgeizig, ständig voller Sehnsucht nach noch mehr Entdeckungen, noch mehr Ehrungen, noch mehr Ruhm? Nun, ich werd's nie erfahren ... nicht einmal ein FRS ist eine realistische Aussicht ... Vielleicht liebe ich das körperliche Leben zu sehr, Frauen, Essen, Wein ... besonders Frauen ... ein wahrer Wissenschaftler denkt nur an seine Wissenschaft, er lebt sie und atmet sie, er beäugt jeden Augenblick, der ihn davon ablenkt, voll Widerwillen ... diese Geschichte über den Wissenschaftler, dessen Frau an die Tür zu seinem Arbeitszimmer klopft ... *EHEFRAU: Alfred, wir müssen miteinander reden. WISSENSCHAFTLER* (blickt von seinem Tisch auf, runzelt die Stirn): *Worüber? EHEFRAU: Ich habe einen Liebhaber. Ich verlasse dich. Ich will die Scheidung. WISSENSCHAFTLER, Oh.* (Pause) *Wie lang dauert das?* Wenn man sich Duggers verheiratet vorstellen könnte, könnte man sich vorstellen, dass er sich so verhält ... müsste er seinen Bewusstseinsstrom in den Voicemaster diktieren, kämen nur genetische Algorithmen dabei raus ... Algorithmen und gelegentliches Meckern über das Centre im Allgemeinen und mich im Besonderen ... Oder zum Beispiel Turing, ein wirklich großer Kopf, ein Genie, hat den Lauf der Zivilisation verändert, na gut, hat ihn jedenfalls beschleunigt, irgendein anderer hätte früher oder später den

Computer erfunden, aber er war seiner Zeit in unglaublichem Maße voraus … aber als Mensch völlig verkorkst, ein einsamer, unterdrückter, unglücklicher Homosexueller, der sich schließlich in einer trostlosen Wohnung in Manchester umbringt … wenn ich die Chance bekäme, noch einmal wiederzukommen und mein Leben entweder als Turing oder als Ralph Messenger zu leben, würde ich nicht zögern … Ich frage mich, ob sich irgendjemand dafür *entscheiden* würde, Homosexueller zu sein, wenn er die Wahl hätte? Nicht, dass ich homophob wäre, sie tun mir einfach nur Leid. Welch ein Verlust, die Körper von Frauen nicht attraktiv zu finden, ihre Kurven und Mösen und all die anderen faszinierenden Dinge, die sie von Männern unterscheiden … ständig nach Körpern zu gieren, die genauso wie der eigene sind, scheint so … langweilig … Und dann, machen wir uns doch nichts vor, ist das Arschloch eines männlichen Erwachsenen nicht gerade die reine Schönheit … kein Wunder, dass Nicholas Beck enthaltsam lebt …

Ah, gut, der Verkehr setzt sich endlich wieder in Bewegung … ein blaues Licht blitzt auf, also muss es ein Unfall gewesen sein … sieht aus, als wär's die Kreuzung, wo ich die Abkürzung nach Horseshoes nehme … Ich habe sie geküsst … Helen … nachdem die anderen ins Haus zurückgegangen waren, blieben wir in der Wanne sitzen und plauderten ein wenig, genauer gesagt, wir haben diskutiert, ziemlich heftiges Zeug … das ist es, was mir an ihr so gefällt, sie glaubt nicht, es sei prätentiös, über ernsthafte Themen zu sprechen … bis uns Carrie schließlich zum Abendessen nach drinnen rief, und als wir die Stufen hinaufgingen, habe ich sie geküsst … Ich hab's darauf ankommen lassen, aber mein Instinkt irrt sich bei diesen Dingen normalerweise nicht … wie damals, als ich Carrie im Aufzug des MIT geküsst habe … Ich sah, dass sie sich wohl fühlte, sie mochte das Haus, ihr gefiel der heiße Pool ... ihr Körper im Badeanzug erfüllte alle Erwartungen, ich hatte Gelegenheit zu einem schnellen, prüfenden Blick, als sie ihren Bademantel abschüttelte und in die Wanne stieg, die arme Carrie starrte neidisch auf ihre schlanken Hüften und ihre geschmeidigen Schenkel ... die Titten hängen ein bisschen und stehen weit auseinander, aber sie sind wohlgeformt und fest ... sie hüpften sichtbar aufgrund ihrer eigenen Elastizität, nicht wegen des Baumwoll-Latex, als sie in die Wanne stieg ... als sie hinauskletterte, konnte ich einen ausgezeichneten Blick auf ihren Hintern werfen ... und es ist wirklich ein sehr hübscher Hintern, üppig, aber nicht schwabbelig ... einfach so üppig, dass die Hinterbacken wie zwei mollige Halbmonde unter dem Badeanzug hervorschauten, der einen hohen Beinausschnitt hatte ... eigentlich verhinderte nur ein winziger Stoffstreifen, nicht viel breiter als zweieinhalb Zentimeter, dass ich ihr direkt auf die Möse starrte ... Komische Dinger, Badeanzüge ... wie wenig sie verdecken, und doch, was für einen Unterschied sie machen. Es ist immer eine völlige Überraschung, wenn man eine Frau zum ersten Mal nackt sieht ... manchmal eine angenehme, manchmal eine Enttäuschung ... Ich frage mich, ob sie irgendwann einmal auch bereit wäre, nackt in die Wanne zu steigen, nicht *en famille,* natürlich nicht, aber bei einer Sitzung nur für Erwachsene, wie die Leute das manchmal in Kalifornien gemacht haben ... Man nippt an Bechergläsern voll Napa Valley Zinfandel, der Geruch von Barbecue-Rauch liegt in der Luft, und aus dem tragbaren Stereogerät kommen Raga-Klänge ... eine wunderbare Zeit ... Carrie steigt nicht nackt in die Wanne, wenn die Kinder dabei sind ... was nur fair ist, vermute ich, es wäre ihnen wahnsinnig peinlich, den Jungs jedenfalls ... Und wir alle sind heutzutage so wachsam gegenüber sexuellem Missbrauch, voll panischer Angst, auch nur den leisesten Grund zu einem Verdacht zu geben oder ein zukünftiges False-Memory-Syndrom zu nähren … und dass Emily nicht meine Tochter ist, macht die ganze Angelegenheit nur noch komplizierter … obwohl ich nicht sicher bin, ob es ihr etwas ausmachen würde … Als ich sie etwa vor einem Jahr nackt sah, als ich in das Familienbadezimmer ging, weil ich irgendetwas suchte, nahm sie gerade ein Bad, »Oh! Entschuldige!« Ich hatte nur einen flüchtigen Blick auf ihre nass glänzenden, straffen, jugendlichen Brüste mit den großen braunen Aureolen und den spitzen Nippeln geworfen, bevor ich auf dem Absatz kehrtmachte, hinausging und durch die Tür schrie, »Schließ die Tür ab, wenn du ein Bad nimmst, bitte« … Sie grinste mich ein wenig verlegen an, als sie später aus dem Badezimmer kam, »Tut mir Leid wegen vorhin, Messenger« … aber sie wirkte nicht bestürzt, ich jedoch war es … denn ich würde Emily gerne ficken … ich werde es nicht tun, natürlich nicht, es wäre undenkbar – nein, genau das ist es, denkbar … es gibt keine sexuelle Handlung, wie pervers oder bizarr auch immer, die nicht gedacht werden kann, die nicht bereits jemand gedacht hat … aber ich habe keine Absicht, es zu tun, überhaupt keine … Auch wenn die Vorstellung fast unerträglich ist, dass ihr von Akne geplagter, schlaksiger Freund Greg dieses Privileg hat … Ich würde es nie tun … Es ist einer von diesen Gedanken, die wir im vertraulichen Aktenschrank unseres Geistes verschlossen halten … sinnlos, zu versuchen, ihn zu schreddern oder zu verbrennen oder zu leugnen, dass er existiert, man kann ihn nur verstecken, vor den eigenen Augen genauso sehr wie vor denen anderer … was keineswegs dadurch leichter wird, dass man seine gut entwickelte Stieftochter beim Baden überrascht …

Wie bin ich überhaupt dazu gekommen, diese besondere Schublade des Aktenschrankes aufzuschließen ...? Helen Reed, ja, auch sie würde ich gerne ficken, aber das ist nicht nur denkbar, es ist durchaus machbar, kein Tabu hier ... ich habe sie geküsst, und sie hat sich nicht dagegen gewehrt ... sie hat den Kuss eigentlich nicht erwidert, aber sie hat sich nicht dagegen gewehrt ... es war eine gute Woche, was verbotene Küsse angeht ... Ich habe gestern mit Marianne geknutscht, ausgerechnet auf dem Parkplatz von Sainsbury's ... Ich war im Laden, um für die Party Wein zu kaufen, sie erledigte ihren eigenen Wocheneinkauf, wir trafen uns auf dem Gang, als wir unsere Einkaufswagen in verschiedene Richtungen schoben, zwischen den Säften und den Phileas Fogg Tortilla Chips ... wir plauderten eine Weile völlig unschuldig, doch als wir uns trennten, fragte ich sie, wo sie geparkt hatte, und nach einem Augenblick des Zögerns murmelte sie: »Beim Glascontainer« ... Als ich meinen Einkaufswagen mit Alkohol gefüllt und an der Kasse bezahlt hatte, schob ich ihn hinaus auf den Parkplatz und lud die Sachen in meinen Wagen ... es war dunkel und nass, ein schwacher, unsichtbarer Nieselregen fiel auf die Reihen der Autos, und ihre Fenster beschlugen ... Ich saß in meinem Wagen und blickte nach draußen, bis sie vorbeikam, ihren eigenen, bis oben mit Essen vollgepackten Einkaufswagen vor sich her schiebend ... als sie die Sachen in den Kofferraum ihres Volvo geladen hatte, setzte sie sich auf den Fahrersitz, doch sie startete den Motor nicht und schaltete die Lichter nicht ein. Es war ein hübsches, dunkles Fleckchen neben dem Glascontainer, kein anderes Auto parkte in der Nähe. Ich ging zu ihrem Wagen, öffnete die Beifahrertür und stieg ein, sie hatte die Lehne nach hinten geklappt ... wir fielen übereinander her ... wie immer ohne ein Wort zu sagen, die Zunge im Mund des anderen, grabschende Hände unter den Kleidern des anderen … ich dachte, wir würden es gleich hier und jetzt im Auto machen, wie eine Prostituierte und ihr Freier, aber dann gab es plötzlich eine Explosion berstenden Glases, als jemand eine Flaschensalve in den Glascontainer schmiss, und das erschreckte sie, sie machte sich los, wandte sich ab und ließ den Motor an … ohne ein Wort … sie legte den Rückwärtsgang ein … ich musste in größter Eile aus dem Wagen klettern … sie ließ mich dort neben dem Glascontainer stehen, ich schnappte nach Luft und hatte eine Erektion wie ein Besenstiel …

O ja, ein schlimmer Unfall, VW-Wohnmobil umgekippt, MG im Graben, Polizeiautos, Krankenwagen … Danke, Officer … Ich bin weg, wie die Amis sagen … *(Ende der Aufnahme)*

12

Donnerstag, 13. März. Bei einer meiner Studentinnen, Sandra Pickering, bin ich auf ein merkwürdiges und ziemlich beunruhigendes Problem gestoßen. Ich hatte ihr in der Gruppe bereits die Rolle der Geheimnisvollen zugeordnet, denn während des Unterrichts sagte sie sehr wenig – sie starrte mich einfach nur auf leicht beunruhigende Art an, ausdruckslos, starr. Sie ist Ende zwanzig, hat ein glattes, ovales Gesicht, glattes, schulterlanges blondes Haar und eine üppige Oberweite, die sie üblicherweise unter einem schwarzen Lederblouson versteckt. Ihre Lippen sind voll und fleischig, die obere steht ein wenig über die untere vor, was ihr einen leicht schmollenden Ausdruck verleiht, wenn sie sie nicht bewegt. An ihrer Erscheinung ist nichts Besonderes, außer dass sie einen Metallsticker in ihrer Zunge trägt – Silber, vermute ich, oder vielleicht Edelstahl. Bei den seltenen Gelegenheiten, bei denen sie spricht, erhascht man ab und zu einen Blick darauf, wie er in ihrem Mund funkelt und glänzt. Das muss beim Essen sehr unbequem sein, könnte ich mir vorstellen.

Sie gehört zu den Studenten, die ihre Jobs aufgegeben haben, um diesen Kurs zu besuchen – sie hat in der Werbung gearbeitet, wie sie mitzuteilen geruhte, als ich an meinem ersten Tag die Gruppe durchging und alle nach ihrem Hintergrund fragte. Tatsächlich sagt sie überhaupt nie irgendetwas, außer wenn ich ihr direkt eine Frage stelle, und dann antwortet sie knapp und unverbindlich. Ich habe mich gefragt, ob irgendetwas sie bedrückt oder sie persönliche Probleme hat, und bei Simon Bellamy diskret wegen dieser Frage vorgefühlt. Er meinte zwar, ihre Stimmung sei dieses Semester gedämpft, sagte aber, dass sie noch nie ein besonders offenes oder gesprächiges Mitglied der Gruppe war, immer »bleibt sie für sich«. Sie hat alle Seminar- und Workshop-Sitzungen besucht, aber sie war die Einzige, die zum Thema *Wie ist es, eine Fledermaus zu sein?* keine, Arbeit abgegeben hat (zugegeben, das war freiwillig), und zu denen der anderen hatte sie nichts zu sagen, wodurch sie den Eindruck erweckte, als hielte sie das alles für ein ziemlich triviales Gesellschaftsspiel. Noch wichtiger ist, dass sie die Letzte der Gruppe war, die mir zeigte, woran sie gerade arbeitet. Nachdem ich ihr eine ziemlich scharfe Ermahnung geschickt hatte, hat sie am Dienstag ein paar Kapitel eines Romans mit dem Titel *Verbrannt* abgegeben, und die habe ich gestern gelesen.

Im Roman geht es um eine junge Frau namens Laura, die in einer Werbeagentur als persönliche Assistentin eines älteren, verheirateten Mannes namens Alastair arbeitet. Sie fühlt sich zu ihm hingezogen, und es ist offensichtlich, dass sie zu gegebener Zeit eine Art Affäre haben werden. Es ist eine wohlbekannte, um nicht zu sagen banale Geschichte, die belebt wird durch einige treffsichere Beobachtungen zur Firmenpolitik und eine sichere, geschickte und sardonische Behandlung des Kontrasts zwischen der turbulenten inneren Welt der Heldin – nichts als romantische Sehnsucht, erotische Fantasien und Selbstzweifel – und ihrem gefassten, professionellen äußeren Verhalten bei der Arbeit. Der Roman ist in der zweiten Person geschrieben: »Du ziehst die weiße Bluse an. Du ziehst die weiße Bluse aus, denn darin siehst du aus wie eine ältere Schülerin, die jüngere Schüler beaufsichtigt. Du ziehst den schwarzen Seidenbustier an. Du ziehst den schwarzen Seidenbustier aus, denn darin siehst du aus wie eine Nutte. Du ziehst die weiße Bluse wieder an und lässt die obersten drei Knöpfe offen …« Ich vermute, sie hat die Idee von Jay McInerney, aber das macht nichts. So weit, so gut, dachte ich am Ende des ersten Kapitels.

Aber dann, als im zweiten Kapitel die Figur des Alastair entwickelt wurde, hatte ich das überaus seltsame Gefühl eines *déjà-vu*. In mehr als einer Hinsicht ähnelt er der Figur des Sebastian aus *Das Auge des Sturms*. Er ist groß und schlaksig, geistesabwesend und unordentlich, kommt häufig mit zwei verschiedenen Socken oder einem falsch geknöpften Hemd zur Arbeit. Er hat die Angewohnheit, sich in seinem Drehstuhl zurückzulehnen und seine Füße auf den Schreibtisch zu legen und mit einem Bleistift oder Füller zwischen den Zähnen zu wackeln, wenn er nachdenkt. Er nimmt Anrufe mit einem ungeduldigen »Ja?« entgegen. Andauernd stößt er gegen andere Leute oder gegen Möbel, denn er geht mit gesenktem Kopf. Und es gibt andere, weniger greifbare Ähnlichkeiten, weniger leicht festzunageln, doch für mich ganz offensichtlich.

Um ein hässliches, aber ausdrucksstarkes Wort zu benutzen: Ich fühlte mich verarscht. Ich wusste nicht, was ich damit machen sollte. War das eine Art Witz? Wenn ja, dann hab ich ihn nicht verstanden. Oder hatte sie *Das Auge des Sturms* gelesen, Einzelheiten über die Figur des Sebastian in ihr kreatives Unterbewusstsein aufgenommen und sie ohne es zu wissen wiederverwertet? Das schien die wahrscheinlichste Erklärung.

Als sie zur Sprechstunde in die Leichtstein-Zelle kam, die mir als Büro dient, kam ich sofort zum Thema. »Haben Sie *Das Auge des Sturms* gelesen?« Sie sagte, Ja, das habe sie, während der Weihnachtsferien. Das überraschte mich; es bedeutete, dass sie das zweite Kapitel erst vor ganz kurzer Zeit geschrieben haben konnte, und sie konnte ihre Anleihen unmöglich unbewusst gemacht haben.

Ich sagte: »Es dürfte Ihnen vermutlich klar sein, dass viele der Charakterzüge Alastairs exakt denen meiner Figur des Sebastian entsprechen?« – »Ja, das ist mir aufgefallen«, sagte sie kühl. »Es ist Ihnen *aufgefallen?*«, wiederholte ich verdutzt. »Wann ist Ihnen das aufgefallen?« – »Als ich Ihr Buch gelesen habe«, sagte sie und sah genauso verdutzt aus. »Aber Sie müssen das zweite Kapitel geschrieben haben, nachdem Sie *Das Auge des Sturms* gelesen haben«, sagte ich. »O nein«, sagte sie, »ich habe beide Kapitel letzten Sommer geschrieben, bevor ich mit dem Kurs angefangen habe.« Ich starrte sie an. »Haben Sie sie überarbeitet, seit Sie hier sind?«, fragte ich. »Ja«, sagte sie, »im November, nachdem ich sie Russell gezeigt hatte.« – »Sie wollen also behaupten«, sagte ich langsam, »dass Sie jedes Wort davon« – ich hielt das zweite Kapitel hoch und sah ihr direkt in die Augen – »geschrieben haben, bevor Sie *Das Auge des Sturms* lasen?« Sie wich meinem Blick nicht aus – sie blinzelte kaum. »Ja, natürlich«, sagte sie. »Wie erklären Sie sich dann die außerordentlichen Ähnlichkeiten zwischen meiner Figur und Ihrer?« Ich zählte ein paar davon auf. »Nichts als Zufall, vermute ich«, sagte sie und zuckte mit den Schultern. Eine Andeutung von Verdrießlichkeit huschte über ihre glatten Züge, wie wenn Wind das Wasser eines Teiches kräuselt. »Sie wollen nicht andeuten, dass ich Ihre Figur kopiert habe, oder?«, sagte sie. »Ich dachte, vielleicht haben Sie einige Einzelheiten aus meinem Buch reproduziert, ohne sich dessen bewusst zu sein«, sagte ich. »O nein«, sagte sie und schüttelte heftig den Kopf, »das ist unmöglich. Ich hab's Ihnen doch gesagt – ich habe mit meinem Roman angefangen, bevor ich Ihren gelesen habe.« »Vielleicht hat Ihnen jemand davon erzählt? Vielleicht haben Sie eine Besprechung gelesen?«, sagte ich und versuchte verzweifelt, eine Erklärung zu finden, mit der wir beide das Gesicht wahren und auf die wir uns einigen konnten, auch wenn ich nicht daran glaubte. »Nein«, sagte sie rundheraus. »Ich würde mich daran erinnern.« – »Also gut«, sagte ich und warf meine Hände in die Luft, »ich weiß nicht, was ich sagen soll, ich weiß absolut nicht mehr weiter.« Ich sollte noch erwähnen, dass sie während unseres ganzen Gesprächs, bei dem ich unbehaglich auf meinem Sitz hin und her rückte und mit meinem Stuhl von einer Seite auf die andere rollte und mit verschiedenen Dingen auf meinem Schreibtisch herumspielte, als sei *ich* diejenige, die hier beschuldigt wird, ganz ruhig und gefasst in ihrem Stuhl saß, Knie und Füße aneinander gedrückt, die Hände sittsam in ihrem Schoß gefaltet. »Ich sehe das Problem nicht«, sagte sie. »Sie sind ziemlich gewöhnlich, solche Männer. Wir können unmöglich die einzigen Autorinnen sein, die eine Figur erfunden haben, die manchmal verschiedene Socken trägt.« Frech fügte sie hinzu: »Eigentlich ist sie ein wenig klischeehaft.« – »Natürlich haben die Details keine Bedeutung, wenn man jedes Einzelne für sich nimmt«, sagte ich gereizt. »Es ist die gleiche *Kombination,* die so ungewöhnlich ist.« Wir beide schwiegen einige Augenblicke. »Wie auch immer, was halten Sie davon?«, fragte sie, als ob wir das Problem erledigt hätten. »Es fällt mit schwer, unter diesen Umständen ein Urteil abzugeben«, sagte ich. »Haben Sie noch mehr geschrieben?« Es stellte sich heraus, dass sie den Entwurf zu zwei weiteren Kapiteln geschrieben hatte. Ich sagte, ich sei sehr daran interessiert, und beendete die Sprechstunde ziemlich abrupt.

Diese Begegnung hat mich völlig aus dem Gleichgewicht gebracht, und ich war den ganzen Tag über nicht in der Lage, an etwas anderes zu denken. Ich fürchte, ich war einigermaßen unfähig, die Workshop-Sitzung heute Nachmittag zu leiten – glücklicherweise war Simon Bellamy an der Reihe, seine Arbeit vorzustellen, und er kam ganz gut damit zurecht, die Diskussion zu führen. In deren Verlauf sah ich ständig zu Sandra Pickering hinüber, und ich ertappte mich beunruhigend häufig dabei, wie ich ihr direkt in die undurchsichtigen braunen Augen blickte. Einmal machte sie eine Bemerkung zu Simons Arbeit, und ich erhaschte einen Blick auf den Metallstecker, der in ihrer dunklen Mundhöhle funkelte wie ein Juwel in der Stirn einer Kröte. Diese junge Frau hat etwas leicht Reptilienartiges an sich – ihre Ausdruckslosigkeit, ihre Ruhe, ihr starrer Blick. Zweifellos projiziere ich nur meine eigene Unsicherheit auf sie. Nehmen wir mal an, sie sagt die Wahrheit. Ist es möglich, dass zwei verschiedene Autoren unabhängig voneinander dieselbe Figur erfinden? Sicher, aber nur, wenn die Figur ein vollkommenes Klischee ist. Ich vermute, das hat mich so durcheinander gebracht – die Implikation, dass sowohl Sebastian als auch Alastair Stereotypen sind, aus denselben Klischees zusammengesetzt.

Der springende Punkt ist, ich weiß, dass Sebastian *kein* Klischee ist, denn ich habe ihn teilweise Martin nachgezeichnet. Martin erkannte die Ähnlichkeit, und sie störte ihn nicht – vielmehr amüsierte sie ihn –, und so ging es auch den meisten unserer Freunde. Aber vielleicht habe ich bei der tatsächlichen Niederschrift, beim Prozess, den wirklichen Martin in den fiktionalen Sebastian zu verwandeln, irgendwie den Sinn für das gefühlte Leben verloren (wie Henry James das nannte); faul griff ich auf die wohlvertrauten Tricks der »Charakterisierung« zurück, es gelang mir nicht, eine Sprache zu finden, die den vertrauten Zügen und Manierismen eine einzigartige individuelle Qualität verliehen hätte, und alles endete damit, dass ich irgendetwas produziert habe, das von den anfängerhaften Bemühungen Sandra Pickerings nicht zu unterscheiden ist. Eine Vorstellung, die einen bescheiden macht, um nicht zu sagen, die einen demütigt. Ich wollte, ich hätte die Mappe mit den Besprechungen zu *Das Auge des Sturms* mitgebracht, sodass ich sie jetzt durchsehen könnte, um mir selbst zu bestätigen, dass das Buch echte Originalität besitzt. Es ist jämmerlich, dass das eigene Selbstvertrauen so labil sein sollte, aber so ist das wohl, es hat noch nie viel dazugehört, meins zu unterminieren. Wie oft kam Martin von der Arbeit nach Hause und fand mich mit langem Gesicht und roten Augen, weil ich den Glauben an das, was ich schrieb, verloren hatte. Einmal – das muss gewesen sein, bevor ich einen Computer oder auch nur einen Kopierer hatte – musste er in den Garten hinter dem Haus gehen, um ein vollständiges Manuskript wieder aus dem Mülleimer zu holen, in den ich es in einem Anfall von Verzweiflung geworfen hatte, er brachte es völlig verschmutzt und verschmiert zurück, aber es roch ganz angenehm nach den Kartoffel- und Apfelschalen, die daran klebten. Er brachte mich dazu, mich mit einem Glas Wein an den Küchentisch zu setzen und ihm die ersten paar Kapitel laut vorzulesen und überzeugte mich, dass es wert war, weiter daran zu arbeiten. Das war *Kein reiner Segen,* also hatte er Recht. O Martin, wie ich dich vermisse.

Freitag, 14. März. Fuhr heute nach Cheltenham, um für Ralph Messenger ein Geschenk zu kaufen. Es war nicht leicht, etwas Angemessenes zu finden. Die beiden waren so freundlich zu mir, dass ich mehr als nur ein Pro-forma-Geschenk besorgen wollte, aber es durfte auch nicht zu teuer werden, denn das hätte so ausgesehen, als wolle ich sie bestechen, weiterhin freundlich zu mir zu sein. Schließlich, nach langem Zögern, entschied ich mich für ein Managerspielzeug, einen kleinen Abakus aus poliertem Edelstahl. Er war eigentlich ziemlich teuer, aber ich hoffe, sie finden ihn einfach nur witzig.

Ich habe mir zu diesem Anlass auch ein neues Kleid gekauft, ein hübsches, oben eng, unten weit geschnittenes Samtkleid mit U-Ausschnitt. Ich wollte nicht denselben Rock und dasselbe Oberteil tragen, das ich zur Dinnerparty der Richmonds getragen hatte, und die anderen Kleider, die ich mitgebracht habe, gefallen mir aus irgendeinem Grund nicht mehr. Wie üblich hatte ich daran gedacht, mir etwas Buntes zu besorgen, und am Ende entschied ich mich für Schwarz. Das ist sicher und vielseitig verwendbar und immer noch in Mode. Und schließlich *bin* ich Witwe.

13

»Wenn ich du wäre, würde ich das ganze historische Zeug von der Geschichte um Alice und ihre Familie trennen«, sagt Helen. »Dass Alice so viel über Lokalpolitik, die Architektur der Stadt und so weiter nachdenkt, wirkt ziemlich unnatürlich.«

»Ich weiß, was du meinst«, sagt Carrie. »Aber wie?«

»Es gibt keinen Grund, warum du nicht einen allwissenden Erzähler verwenden solltest, einfach den Leser über die Köpfe der Figuren hinweg ansprechen«, sagt Helen.

»Würde das Buch dadurch nicht ziemlich altmodisch wirken?«

»Du kannst ihm eine moderne Richtung geben«, sagt Helen. »Streu eine Ladung Anspielungen auf die Gegenwart ein. Kennst du *Die Geliebte des französischen Leutnants?*«

»O ja, ich habe dieses Buch geliebt«, sagt Carrie.

»Oder gib der Geschichte von Alice eine Rahmenhandlung, die in der Gegenwart spielt: Eine Frau wie du, die Familienpapiere durchsieht, die versucht, die Geschichte ihrer Urgroßmutter zu rekonstruieren, die den historischen Hintergrund recherchiert ...«

Carrie hört auf, Garnelen zu schälen. »Das ist eine brillante Idee, Helen.«

»Na ja, nichts überstürzen«, sagt Helen. »Du müsstest sehr viel überarbeiten.«

»Wenn sie was tut?«, sagt Ralph, der in die Küche kommt.

»Verzieh dich, Messenger«, sagt Carrie. »Helen gibt mir Unterricht.«

»Oh. Hast du Carries Buch gelesen?«, sagt Ralph zu Helen. »Wie ist es? Sie zeigt es mir nicht.«

»Es ist sehr vielversprechend«, sagt Helen.

»Komm ich drin vor?«

»Natürlich, das ist die erste Frage, die du stellen musst«, sagt Carrie.

»Ich glaube nicht«, sagt Helen.

»Was willst du, Messenger?«, sagt Carrie.

»Den Korkenzieher«, sagt Ralph und grinst Helen an, als wolle er sie dazu auffordern, in der Bezeichnung für dieses Werkzeug eine versteckte Anspielung zu sehen. »Der beste Freund des Gastgebers.«

»Er ist im Barschrank.«

»Nein, ist er nicht.«

»Dann ist er dort, wo du ihn zuletzt hingelegt hast. Schau in den Schubladen der Anrichte nach.«

»OK.« Ralph steckt seinen Zeigefinger in eine Schale mit Gemüsesauce, leckt ihn ab, gibt ein zustimmendes Grunzen von sich und geht hinaus.

»Ich wollte, ich hätte deinen Kurs belegt, Helen«, sagt Carrie.

»Er würde dir vielleicht nicht gefallen«, sagt Helen. »Einige der Studenten gehen ziemlich grob mit den Arbeiten der anderen um.«

Es ist der Abend von Ralphs Geburtstagsparty. Wie zuvor ausgemacht, ist Helen früher gekommen, um bei der Vorbereitung des Essens zu helfen. Der größte Teil der Hauptmahlzeit – ganzer gedünsteter Lachs, Schinkenkeule von einem Bauernhof mit eigener Schlachterei, panaschierte Salate – wurde von einem lokalen Partyservice angeliefert und bereits im Esszimmer neben Tellerstapeln und den in dicke Papierservietten eingewickelten

Bestecksets aufgebaut. Doch Carrie bereitet die Canapés gern selbst zu. Helen wurde mit der Aufgabe betraut, *crudités* für die pikanten Dips zu hacken und in Scheiben zu schneiden. Carrie schält frische Garnelen und spießt sie auf Zahnstocher, eine von der anderen durch in Würfel geschnittene reife Paprikaschoten getrennt wie bei einem Miniatur-Fleischspieß. In die große quadratische Diele mit ihrem Boden aus schwarzen und weißen Fliesen wurde ein Tisch gestellt, der als Bar dient, auf dem sich Rot- und Weißweinflaschen befinden, die in zwei symmetrischen Phalanxen angeordnet und durch ein großes Tablett mit funkelnden Weingläsern voneinander getrennt wurden. Kurz nachdem Ralph die Küche verlassen hat, hören die beiden das regelmäßige *plopp! plopp!* der Korken, die mithilfe des Korkenziehers gezogen werden. Aus etwas größerer Entfernung ertönen Cool-Jazz-Klänge aus der Stereoanlage im Salon, wo Emily kleine Schalen mit Nüssen und Brezeln an strategischen Orten verteilt. Die Messengers sind erfahrene Partyveranstalter, jeder kennt seine Funktion und weiß, wie er sie zu erfüllen hat. Die Türglocke am Vordereingang läutet.

»Der erste Gast«, sagt Helen überflüssigerweise.

»Ich wette, das ist Duggers«, sagt Carrie und schaut auf die Küchenuhr. »Noch nie hat ihm jemand erklärt, dass die Einladung zu einer Party kein Pünktlichkeitstest ist. Sei ein Schatz und sprich mit ihm, tust du das, Helen?«

»Jetzt können Sie mir die Quantenmechanik erklären, Professor Douglass«, sagt Helen.

»Das ist wohl kaum der angemessene Moment«, sagt er und lächelt verkniffen.

»Aber es ist so schön ruhig«, sagt sie. »Bald wird dieses Zimmer voller Leute und Lärm sein, und man wird keine ernsthafte Unterhaltung mehr führen können.« Sie befinden sich alleine im Salon; sie stehen vor dem nachgemachten Kohlefeuer. Helen hält ein Glas kalifornischen Sauvignon blanc, Douglass ein Glas Orangensaft in der Hand. Helen bietet ihm eine Schale Macadamianüsse an. Douglass nimmt eine und nagt wie ein Eichhörnchen mit schnellen Bewegungen seiner Vorderzähne daran herum.

»Warum interessiert Sie das?«, sagt er.

»Ralph sagte, sie hat etwas mit der Theorie des Bewusstseins zu tun«, sagt Helen. »Die interessiert mich.«

»Sehr kleine Partikel verhalten sich wie Wellen – auf unwillkürliche und unvorhersagbare Art und Weise«, sagt Douglass. »Wenn wir eine Messung durchführen, verursachen wir einen Zusammenbruch dieser Welle. Jemand hat vorgebracht, dass das Phänomen des Bewusstseins eine Folge kontinuierlicher Zusammenbrüche der Wellenfunktion ist.«

»Ist das dasselbe wie die Chaostheorie?«

»Nein.«

»Ich dachte nur … Zusammenbruch und Chaos …«

»Das sind ganz verschiedene Vorstellungen.«

»Aber sie machen die Naturwissenschaften so schrecklich aufregend, nicht wahr?«

Professor Douglass findet diese Bemerkung offensichtlich zu mädchenhaft-trivial, als dass sie eine Antwort wert wäre. »Einige Quantenphysiker argumentieren, dass wir das Universum, in dem wir leben, dadurch schaffen, dass wir es beobachten. Dass es nur eines von vielen möglichen Universen ist, die vielleicht existiert haben oder die – in der harten Version der Theorie – tatsächlich parallel zu dem existieren, in dem wir leben.«

»Glauben Sie das?«

»Nein«, sagt Professor Douglass. »Fraglos existiert das Universum unabhängig von uns, und es existierte schon, bevor es uns gab. Aber es ist möglich, dass wir niemals wissen werden, wie es wirklich ist, wegen der Unschärferelation.«

»Die Unschärferelation, ja ...«, sagt Helen. »Ich habe natürlich davon gehört, aber ...«

»Heisenberg hat gezeigt, dass man die Position und die Geschwindigkeit eines Partikels nicht gleichzeitig genau bestimmen kann. Wenn man das eine richtig hinbekommt, misst man das andere falsch.« Er blickt sich im leeren Zimmer um und schaut dann auf seine Uhr. »Habe ich mich geirrt, was den Beginn der Party angeht?«, sagt er.

»Nein. Jemand muss als Erster kommen«, sagt Helen. »Sie haben die Party geschaffen, sehen Sie. Von all den vielen möglichen Partys, die es vielleicht gegeben hätte! Wäre ein anderer zuerst eingetroffen, hätte sie einen völlig anderen Verlauf genommen, denn ich hätte zuerst mit ihm gesprochen und mit Ihnen vielleicht überhaupt nie, oder nicht über das gleiche Thema, und jedes Gespräch, das jetzt noch stattfinden wird, wäre anders, wären Sie nicht zuerst gekommen. Wie macht sich das als Quantentheorie von Partys?« Sie lacht, zufrieden über ihren guten Einfall.

»Eigentlich klingt das mehr nach Chaostheorie«, sagt Douglass pedantisch.

»Oh, warum?«, sagt Helen.

»Die Chaostheorie behandelt Systeme, die ungewöhnlich anfällig auf Veränderungen ihrer Anfangsbedingungen reagieren oder die von einer großen Anzahl unabhängiger Variablen beeinflusst werden. Wie das Wetter zum Beispiel.«

»Oh, ich weiß, Sie meinen, wenn ein Schmetterling am einen Ende der Welt mit seinen Flügeln schlägt und am anderen einen Tornado auslöst.«

»Das ist eine grobe Vereinfachung, aber grundsätzlich, ja.«

»O gut«, sagt Helen. »Endlich habe ich etwas richtig hinbekommen.«

Die Türglocke am Vordereingang läutet, und plötzlich ertönt Stimmengewirr in der Diele.

»Da, noch ein paar unabhängige Variablen sind eingetroffen«, sagt Helen.

Langsam füllt sich das Haus. Die Gardinen vor den hohen georgianischen Fenstern wurden nicht zugezogen, und Licht strömt nach draußen auf die Auffahrt und den Fußweg. Ankommende Gäste können das Gedränge im Inneren sehen, Menschen, die lebhaft, aber lautlos plaudern und lachen und trinken und kauen wie Schauspieler im Fernsehen, wenn der Ton abgeschaltet ist. Die Tür wurde nur eingeklinkt, sodass man nicht mehr klingeln muss, doch Ralph drückt sich in ihrer unmittelbaren Nähe herum, um seine Gäste zu begrüßen und ihre Glückwünsche, Geburtstagskarten und Geschenke entgegenzunehmen. Die Männer werden aufgefordert, ihre Mäntel in der Garderobe ein Stockwerk tiefer aufzuhängen, wo einige von ihnen ein wenig länger bleiben, um sich das Muster der Tapeten anzuschauen, das aus Reproduktionen von Illustrationen aus ›La Vie Parisienne‹ besteht; die Frauen werden gebeten, ihre Mäntel auf das Doppelbett im Gästeschlafzimmer zu legen, das ein *en-suite*-Badezimmer besitzt, was angenehm praktisch ist, um in letzter Minute Haar und Make-up in Ordnung zu bringen. Ihrer Straßenkleidung entledigt, besorgen sich die Gäste Rot- oder Weißwein, Bier oder Saft vom Bartisch in der Diele, um den sich Mark Messenger kümmert, der ein stahlblaues Hemd und schwarze Dockers trägt, und danach gehen sie in den großen Salon, wo Simon und Hope sich mit Tellern voll Canapés durch das Gedränge winden, wobei sie gelegentlich zum Nachfüllen in die Küche stürzen, in der Carrie Ciabatta und Foccacia und Bio-Vollkornbrötchen im elektrischen Ofen für das Abendessen aufwärmt, während sie sich mit einigen Freundinnen unterhält, die neidisch die neuen, nach dem Baukastenprinzip zusammengestellten und aus Deutschland importierten Küchenschränke und Arbeitsoberflächen inspizieren, die erst vor ein paar Monaten eingebaut wurden.

Im Salon bilden sich Gästeknäuel, lösen sich auf und bilden sich neu. Gesprächsthemen werden von einer Gruppe auf die andere übertragen wie Viren: Der traurige Fall von Jean-Dominique Bauby; Dolly, das Klonschaf; Unfälle auf der Autobahn im Nebel zu Beginn der Woche; die Niederlage Englands gegen Italien in einem World Cup Qualifikationsspiel in Wembley; ein Lehrer aus dem nahegelegenen Cheddar, bei dem mit einem DNS-Test bewiesen wurde, dass er der direkte Nachfahre eines prähistorischen Jägers ist, dessen Skelett in einer der Höhlen gefunden wurde; die bevorstehenden Unterhauswahlen.

»Erster Mai, ein gutes Omen für Labour«, sagt jemand.

»Wir brauchen keine Omen«, sagt ein anderer. »Wir haben die Umfragen. Wir haben die Ergebnisse der Nachwahlen. Wenn sich das Ergebnis von Wirral im Mai wiederholt, hat Labour eine Mehrheit von über zweihundertfünfzig.«

»Das ist natürlich reine Fantasie.«

»Vielleicht ... aber wenn nur die Hälfte wahr ist ...«

Laetitia Glover befindet sich angesichts der Wahlen in einem Zustand entnervter Unentschlossenheit, was sie Helen erklärt: »Natürlich will ich, dass die Torries verschwinden, das hat Priorität«, sagt sie. »Und der beste Weg, das in Cheltenham zu erreichen, ist eine taktische Wahlentscheidung zugunsten der Lib Dems – sie haben den Torries bei der letzten Wahl den Sitz abgenommen. Aber es geht mir gegen den Strich, wirklich für die Lib Dems zu *arbeiten*. Ich bin dazu verdammt, vom Spielfeldrand aus zuzuschauen.«

»Könnten Sie nicht in einem anderen Wahlkreis für Labour arbeiten?«, sagt Helen.

»Na ja, ich *könnte* ...«, sagt Laetitia, wobei sie das letzte Wort in die Länge zieht und nicht besonders dankbar für diesen Vorschlag aussieht.

»Aber es ist einem kaum danach, unter Blair und Brown für diese Partei zu arbeiten«, sagt Reginald Glover.

»Genau!«, sagt Laetitia. »Sie haben jeder zukünftigen Labour-Regierung die Hände gebunden, weil sie versprochen haben, die Einkommensteuer nicht zu erhöhen.«

»Möchtest du mehr Einkommensteuer zahlen, Laetitia?«, fragt Ralph sie, als er mit zwei Flaschen Wein in den Händen, die eine rot, die andere weiß, hinzukommt.

»Wenn das nötig ist, um den Gesundheitsdienst zu retten«, sagt sie steif. »Aber es sind die Geldsäcke aus der Privatindustrie, die man schröpfen sollte.«

»Soweit ich weiß, ist Bill Gates mittlerweile der reichste Mann der Welt«, sagt Ralph und füllt ihr Glas. »Er ist neunundzwanzig Milliarden Dollar schwer, und jeden Tag macht er weitere zweiundvierzig Millionen.«

»Es ist einfach obszön, dass ein einzelner Mensch solche Reichtümer besitzt«, sagt Laetitia.

»Stell dir nur mal vor«, sagt Ralph, »wenn wir ihn überreden könnten, nach England zu ziehen, und wenn wir die Ergänzungsabgabe wieder einführen würden, dann könnte er wahrscheinlich den staatlichen Gesundheitsdienst alleine finanzieren.« Er blinzelt Helen zu und geht weiter.

»Was sollte das nun wieder bedeuten?«, will Laetitia wissen.

»Ich glaube, er meint, dass hohe Steuern das freie Unternehmertum hemmen«, sagt Reginald Glover mit einem leichten Kräuseln seiner haarigen Lippe. »Ich fürchte, Ralph hatte schon immer eine Schwäche für Mrs. Thatcher. Eigentlich nicht überraschend. Was war der Thatcherismus denn anderes als Wirtschaftsdarwinismus? Das Überleben der Tüchtigsten.«

Helen löst sich von den Glovers und schließt sich der kleinen Gruppe von Ralphs graduierten Studenten an, die überraschenderweise über Zola zu diskutieren scheinen. »Welcher seiner Romane gefällt Ihnen am besten?«, fragt sie Jim. Doch es stellt sich heraus, dass sie über einen Fußballspieler sprechen, der am Mittwoch ein entscheidendes Tor gegen England geschossen hat. Da sie nicht viel zu diesem Thema beizutragen hat, wendet sie sich ab und begrüßt Jasper Richmond, der auf dem Weg zur Bar ist.

»Hallo«, sagt er. »Kommen Sie, trinken Sie noch einen.« Er führt sie in die Diele und füllt ihre beiden Gläser. »Ich bin froh, dass Sie eingeladen wurden. Die Messengers geben die besten Partys im ganzen Umkreis.«

»Davon verstehen sie wirklich etwas«, sagt Helen.

»Sie haben das Geld und genügend Platz. Und man bekommt eine Mischung aus Kunst und Wissenschaften, die man sonst nirgendwo findet. Das liegt hauptsächlich an Carrie. Hübsches Haus, nicht wahr?« Er gestikuliert schwungvoll mit seiner freien Hand.

»Sehr hübsch.«

»Sie haben noch eins, auf dem Land, wissen Sie.«

»Ich weiß. Ich war schon dort.«

»Tatsächlich?« Er wirkt überrascht und beeindruckt. »Das ging aber schnell. Glückwunsch.«

»Wozu?«, fragt Helen.

»Sie haben Sie offensichtlich adoptiert … Nur ganz besondere Freunde werden in das Cottage eingeladen. Das machen sie gelegentlich, oder besser, Carrie macht das. Jemand hat es ihr angetan, eine Frau, in der Regel ein Neuankömmling …« Er kichert. »Ich will damit nicht andeuten, dass sie eine Lesbierin ist.«

»O gut«, sagt Helen leichthin.

»Es passierte Marianne, als wir heirateten. Es ist der jungen Annabelle Riverdale passiert, als Colin die Stelle erhielt. Es passierte vielen jungen Frauen, die heute Nacht hier sind. Eine Zeit lang sind Sie die Favoritin, bis eine andere Kandidatin auftaucht. Sind Sie in den heißen Pool gestiegen?«

»Ja.«

»Es ist eine Art Taufe«, sagt er und nickt. »Doch ich freue mich – das ist genau das, was Sie brauchen, solange Sie an der GU sind. Reiche, gastfreundliche Freunde.«

»Ja, sie waren sehr freundlich«, sagt Helen.

»Marianne glaubt, Carrie macht das, um einem außeruniversitären Interesse von Ralphs Seite zuvorzukommen. Bewusst oder unbewusst.«

»Was meinen Sie damit?«

»Nun, wenn eine neue, attraktive Frau auf den Campus kommt, macht Carrie sie zur Freundin der Familie. Dadurch ist es schwierig für sie, Ralphs ganz besondere Freundin zu werden.«

»Verstehe«, sagt Helen.

»Da ist der VK«, sagt Jasper und blickt über ihre Schulter. »Kommen Sie, Sie müssen ihn kennen lernen.«

Jasper Richmond stellt Helen dem Vizekanzler und seiner Frau vor, Sir Stanley und Lady Hibberd. »Stan und Viv, wie unsere Freunde uns nennen«, sagt der VK fröhlich mit einem Lancashire-Akzent. »Wir sind nicht so etepetete, was, Viv? Sehr erfreut, Sie an Bord zu haben, Helen. Wenn es Ihnen nichts ausmacht, dass ich Sie Helen nenne?«

»Überhaupt nicht«, sagt sie.

Colin Riverdale kommt hinzu und steht in der Nähe herum, an seiner Seite Annabelle, die mit beiden Händen ein großes Kelchglas voll Weißwein hält wie einen Kommunionskelch. Sir Stan nickt ihnen einen Gruß zu, unterhält sich aber weiter mit Helen.

»Ich werde ehrlich zu Ihnen sein«, sagt Sir Stan. »Als ich hierher kam, habe ich Kreatives Schreiben nicht als akademisches Fach betrachtet. Aber als ich mir die Bücher ansah, bin ich konvertiert.«

»Sie meinen, Bücher früherer Studenten?«, sagt Helen.

»Nein, nein! Ich meine die Geschäftsbücher«, sagt Sir Stan und lacht herzlich. »Ich fürchte, ich habe nicht allzu viel Zeit zum Lesen. Viv ist die Leserin in der Familie, nicht wahr, Schätzchen?«

»Ihr Buch Das *Öhr einer Nadel* hat mir so gut gefallen«, sagt Lady Hibberd zu Helen.

Helen lächelt und murmelt etwas Unverständliches. »Das ist von Margaret Drabble«, sagt Annabelle Riverdale, »und es heißt *Das Nadelöhr.*«

»Oh«, sagt Lady Hibberd.

Colin durchbohrt seine Frau mit Blicken. »Verzeihung«, sagt sie, »das kommt davon, wenn man Bibliothekarin ist.« Sie senkt zerknirscht den Kopf und trinkt aus ihrem Weinkelch.

»Aber es war irgendwas mit Öhr oder Ohr oder Auge«, sagt Lady Hibberd.

»Ich habe ein Buch mit dem Titel *Das Auge des Sturms* geschrieben«, sagt Helen.

»Genau«, sagt Lady Hibberd. »Es beginnt mit einem Mann in einem Wein- und Spirituosengeschäft.«

»Na ja, eigentlich nicht. Ich fürchte, das ist *Das Nadelöhr*«, sagt Helen entschuldigend.

Annabelle Riverdale erstickt fast an ihrem Wein. Colin führt sie weg wie ein ungezogenes Kind.

»Wissen Sie, dass Patrick White einen Roman mit dem Titel *Das Auge des Sturms* geschrieben hat?«, sagt Jasper zu Helen, um von diesem Zwischenfall abzulenken.

»Ja. Ich hab's so spät herausgefunden, dass ich meinen Titel nicht mehr ändern konnte«, sagt Helen. »Wie auch immer, ich hänge an ihm.«

»Ah, gut, kein Wunder, dass dich das verwirrt hat, Viv«, sagt Sir Stan zu seiner Frau. »Ist das erlaubt?«, will er von Helen wissen.

»Ja. Es gibt kein Copyright auf Titel«, sagt sie.

Der Geräuschpegel der Unterhaltung im Salon steigt. Die meisten Gäste haben mittlerweile ein oder zwei Gläser Wein getrunken. Ralph und Carrie werfen sich gegenseitig einen Blick zu. Ralph hebt fragend eine Augenbraue; Carrie nickt. Sie beginnt damit, die Gäste ins Esszimmer zu führen, wo sich kurz darauf eine Schlange um den langen Mahagonitisch bildet, die staunende Ausrufe angesichts der appetitlichen Gerichte von sich gibt. Die Gäste nehmen ihre gefüllten Teller mit zurück in den Salon oder verteilen sich in den anderen Zimmern im Erdgeschoss – dem Frühstückszimmer, dem Fernsehzimmer, dem Wohnzimmer –, die für diese Gelegenheit geöffnet und hergerichtet wurden, wobei Stühle und Kissen und Hocker in einladenden kleinen Bögen bereitstehen.

Ralph sieht, wie Marianne Richmond hinaus in den Garten hinter dem Haus geht, um zu rauchen. Nach ein, zwei Minuten holt er einen Karton mit leeren Weinflaschen aus der Diele und folgt ihr. Er sieht, wie die rote Spitze ihrer Zigarette im Schatten des Patios aufglüht, und geht hinüber.

»Hat dich irgendjemand gesehen, wie du hinausgegangen bist?«, sagt sie.

Ralph hält inne, sagt aber nichts.

»Hat dich irgendjemand gesehen?«, wiederholt sie.

»Ich hab ein paar leere Flaschen mitgenommen, als Alibi«, sagt er und stellt seine klirrende Last auf den Boden. Nach einer kurzen Pause fügt er hinzu: »Ich dachte, wir sollten nicht sprechen. Ich dachte, das sei die erste Spielregel.«

»Das Spiel ist aus«, sagt Marianne. »Na ja, jedenfalls vorbei.«

»Was meinst du damit?«

»Oliver hat uns am Dienstag auf dem Parkplatz von Sainsbury's gesehen.«

»Ich wusste nicht, dass du Oliver dabei hattest!«

»Hatte ich auch nicht«, sagt Marianne. »Es war ein unglücklicher Zufall. Er war im Unterricht, in dem sie selbstständig leben lernen. Dort ist er jeden Dienstagnachmittag, im F. E. College. Behinderte Kinder. Sie bringen sie in die Stadt, zeigen ihnen, wie man öffentliche Verkehrsmittel benutzt, nehmen sie mit zum Einkaufen. Am Dienstag gingen sie zu Sainsbury's, Oliver verlor irgendwie den Kontakt zur Gruppe, verirrte sich, lief über den Parkplatz und suchte den Minibus, als er uns sah, in meinem Auto.«

»Woher weißt du das?«

»Er hat es mir gestern gesagt. ›Ich habe gesehen, wie du Ralph Messenger in deinem Auto geküsst hast.‹«

»Um Gottes willen!«, sagt Ralph. »Er kennt tatsächlich meinen Namen?«

»Er vergisst nie einen Namen. Besonders nicht von jemandem im Fernsehen.«

»Um Himmels willen«, wiederholt Ralph.

»Ich habe panische Angst, dass er es Jasper gegenüber erwähnt.«

»Kannst du ihm nicht sagen, dass er das nicht tun soll?«

»Er würde es nicht verstehen.«

»Na ja, wenn er es tut, musst du es abstreiten«, sagt Ralph. »Schließlich klingt es ziemlich unglaubwürdig, oder? Niemand würde es glauben, wenn dein Wort gegen seins steht.«

»Oliver lügt nie«, sagt Marianne. »Er versteht nicht, was das bedeutet.«

»Nein, natürlich, das kann er nicht«, sagt Ralph nachdenklich. »Keine TDG.«

»Was?«

»Theorie des Geistes. Wissen, dass andere Menschen die Welt vielleicht anders interpretieren als man selbst. Die Fähigkeit zu lügen beruht darauf. Die meisten Kinder erwerben sie im Alter von drei oder vier. Autisten nie.«

»Das ist alles ja furchtbar interessant, aber keine große Hilfe«, sagt Marianne. »Jasper weiß, dass Oliver niemals lügt.«

»Du musst einfach sagen, dass er sich getäuscht hat«, sagt Ralph. »Schließlich war es dunkel, es hat geregnet.«

»Aber wir waren dort, wir drei, zur gleichen Zeit«, sagt Marianne. »Jasper könnte das herausfinden, wenn er es wirklich herausfinden will. Verdächtige Umstände, meinst du nicht auch?«

Ralph denkt einen Augenblick nach. »OK. Nehmen wir an, Oliver hat uns gesehen, jeden einzeln, im Geschäft, dann wird er von seiner Gruppe getrennt und läuft einigermaßen verzweifelt über den Parkplatz, er sucht seine Kameraden, und er sieht ein Paar, das aussieht wie wir, vielleicht die gleiche Art Kleider trägt, im Auto knutschen, die Scheiben sind völlig beschlagen, und er denkt, das sind wir. Aber dieser Gedanke ist absurd. Ralph Messenger und Marianne Richmond, die auf dem Parkplatz von Sainsbury's knutschen? Da lachst du doch drüber. Kein Problem.«

»Na ja, ich hoffe, dass du Recht hast«, sagt Marianne, nimmt einen letzten Zug von ihrer Zigarette und tritt sie dann auf den Steinplatten aus. »Besser, wir gehen wieder hinein«, sagt sie. »Aber nicht zusammen.«

»Wie wär's zuerst mit einem Kuss«, sagt er und streckt die Hand nach ihr aus.

»Nein, Ralph.« Sie schiebt ihn energisch fort. »Es war ein dummes Spiel, und jetzt ist es vorbei.«

Marianne macht auf dem Absatz kehrt und geht zurück ins Haus, sich selbst umarmend und ein wenig vor Kälte zitternd.

Ralph hebt den Karton mit den leeren Flaschen auf und trägt ihn zu den Mülleimern an der Seite des Hauses.

Helen sieht, wie Professor Douglass in der Diele seinen Mantel zuknöpft.

»Müssen Sie schon gehen?«, fragt Helen ihn.

»Ich fürchte ja«, sagt er. »Meine Frauen werden unruhig, wenn ich so spät am Abend noch fort bin.« Auf der Standuhr in der Diele ist es Viertel nach zehn. »Und um offen zu Ihnen zu sein, ich bin nicht so furchtbar verrückt nach Partys. Nie kann man ein Gespräch ordentlich zu Ende bringen.«

»Ich weiß, was Sie meinen«, sagt Helen.

»Nicht, dass das unserem Gastgeber irgendetwas ausmachen würde«, sagt Douglass, zieht ein Paar schwarze Handschuhe aus Ziegenleder an und streckt seine Finger. »Der Meister des wissenschaftlichen Soundclips.« Er bleckt seine Zähne zu einem Lächeln, um das wie einen freundlichen Witz klingen zu lassen. »Sagen Sie ihm und Mrs. Messenger bitte, dass ich gehen musste. Ich konnte sie nicht finden, um mich zu verabschieden.«

»Natürlich.«

»Also dann, gute Nacht.«

Zweimal klicken die Druckknöpfe seiner Handschuhe, dann ist er verschwunden.

Helen geht in den Salon, wo sich Laetitia Glover mit Colin Riverdale über Geburtenkontrolle streitet. »Die katholische Kirche hat jede Menge auf dem Gewissen«, sagt sie. »Sich Programmen zur Empfängnisverhütung in der dritten Welt zu widersetzen ist auf kriminelle Weise unverantwortlich.«

»Es passt den kapitalistischen Ländern der nördlichen Hemisphäre gut in den Kram, die Bevölkerungszahl auf der südlichen Hemisphäre niedrig zu halten«, sagt Colin. »Indem sie den Lebensstandard in der dritten Welt ausschließlich im materiellen Sinne heben, schaffen sie neue Märkte für ihre Konsumgüter.« Diese Bemerkung lässt Laetitia für einen Augenblick verstummen, denn sie stützt eine Argumentation, die sie in anderem Zusammenhang selbst schon verwendet hat.

»Ich rede nicht bloß über Armut und Unterernährung«, sagt Laetitia. »Da ist auch noch die Sache mit AIDS. Afrikanerinnen müssen vor den Folgen männlicher Promiskuität geschützt werden.«

»Es ist sinnlos, Kondome an Afrikanerinnen zu verteilen, solange Afrikaner sie nicht benutzen«, sagt Colin.

Annabelle Riverdale, die dieser Diskussion schweigend und niedergeschlagen zuhört, hebt ihr leeres Glas, wirft einen Blick darauf und geht schwankend zur Tür, offensichtlich, weil sie es unbedingt noch einmal füllen will.

Helen folgt ihr und holt sie am Tisch in der Diele ein. »Ist alles in Ordnung mit Ihnen?«, fragt sie.

»Ja. Danke«, sagt Annabelle. »Ich dachte nur, ich verzieh mich besser, bevor Colin von den Freuden periodischer Abstinenz zu erzählen beginnt.«

Helen lächelt mitfühlend. »Sie meinen die Knaus-Ogino-Methode? Meine Schwester hat mir erzählt, man hat jede Menge Ärger damit, und funktionieren tut sie sowieso nicht.«

»Bei uns funktioniert sie«, sagt Annabelle.

»Oh, gut«, sagt Helen leicht verwirrt.

»Weil ich gleichzeitig die Pille nehme«, sagt Annabelle. Sie hebt einen Zeigefinger und klopft damit an ihre Lippen. »Sagen Sie's Colin nicht.«

»Nein, natürlich nicht«, sagt Helen, mit halb offenem Mund.

»Ich glaube, mir wird übel«, sagt Annabelle. »Wo ist das nächste Klo?«

»Da drüben«, sagt Helen, nimmt sie beim Arm und führt sie ins untere Badezimmer.

Ralph begegnet Helen, als er mit seinem leeren Karton ins Haus zurückkehrt.

»Oh, hallo«, sagt sie. »Colin Riverdale hat Annabelle nach Hause gebracht. Ihr war nicht gut.«

»Ach du meine Güte. Ich hoffe, sie ist nicht wieder schwanger.«

»Ist sie nicht.«

Ralph wirkt überrascht von ihrem nachdrücklichen Ton.

»Und Professor Douglass hat dich gesucht«, sagt Helen. »Er musste gehen.«

»Typisch Duggers. Immer der Erste, der kommt, und der Erste, der geht. Ich weiß nicht, warum er sich überhaupt die Mühe macht zu kommen. Er hasst Partys sowieso.«

»Hat er mir gesagt.«

»Tatsächlich …? Ich habe dein Geschenk noch gar nicht geöffnet. Soll ich?«

»Wenn du möchtest«, sagt sie.

Neben der Eingangstür steht ein kleiner Tisch, auf den Geschenke und Karten gelegt wurden. Ralph packt Helens Geschenk aus und zieht den Edelstahl-Abakus aus seiner Schachtel. »Ah, das habe ich mir immer gewünscht«, sagt er. »Vielen herzlichen Dank.«

»Ich dachte, der könnte ganz nützlich sein, wenn zur Jahrtausendwende die fehlerhafte Computerprogrammierung zuschlägt«, sagt Helen.

»Ich habe kürzlich einen Cartoon gesehen, auf dem zwei antike Römer einen wie den hier anschauen«, sagt er und schiebt ein paar Kugeln den oberen Stab des Abakus entlang, »und einer sagt zum anderen: Ich fürchte, das Ding stürzt ab, wenn wir von v. Chr. zu n. Chr. wechseln.«

»Im Ernst«, sagt Helen, »machst du dir keine Sorgen? Ich hab irgendwo gelesen, dass am 1. Januar 2000 alles aufhört. Flugzeuge fallen vom Himmel, Schiffe drehen sich nur noch im Kreis, Theater werden während der Vorstellung dunkel, den Supermärkten gehen die Lebensmittel aus, und niemand bekommt sein Gehalt oder seine Rente.«

»Panikmache und Milleniumfieber«, sagt Ralph. »Es gibt *tatsächlich* ein Problem mit einigen der alten Großrechner, aber das wird man lösen.«

»Das tut mir fast Leid zu hören«, sagt Helen. »Die Vorstehung, dass die moderne Zivilisation durch ihre eigene Technologie ausgelöscht wird, hat etwas, das auf poetische Weise befriedigend ist.«

»Na ja, es würde dir nicht besonders gefallen, über

Nacht ins Mittelalter zurückversetzt zu werden, das kann ich dir versichern«, sagt er. »Übrigens, ich habe das Darwin-Zitat für dich nachgeschlagen: *Weinen ist ein Rätsel.*«

»Oh, vielen Dank. Das hatte ich ganz vergessen.«

»Es ist in meinem Arbeitszimmer – oben. Vielleicht möchtest du es sehen? Das Arbeitszimmer, meine ich. Die meisten Leute meinen, es ist das Raufklettern wert.«

»Na ja, in Ordnung, danke«, sagt Helen, nachdem sie einen Augenblick lang gezögert hat.

Zufällig geht Carrie in diesem Augenblick aus der Küche in das Esszimmer. Sie trägt eine große Schale Schokoladenmousse und hat Nicholas Beck im Schlepptau, der eine ähnlich große Platte Obstsalat trägt. »Ich will Helen gerade mein Arbeitszimmer zeigen«, sagt Ralph zu Carrie. »Heb mir ein bisschen Schokoladenmousse auf.«

»Nein«, sagt sie, ohne aus dem Tritt zu kommen. »Wer zuerst kommt, mahlt zuerst.«

Nicholas Beck grinst über seine Schulter hinweg, als er Carrie ins Esszimmer folgt.

»Möchtest du deinen Nachtisch jetzt essen?«, sagt Helen zu Ralph.

»Nein. Sie macht nur Spaß. Ich wette, es ist noch eine Schale im Kühlschrank. Komm mit, so entgehen wir dem Streit ums Futter.«

Er führt sie zwei Treppen hinauf. »Es gibt zwei Lehrmeinungen zum Thema Arbeitszimmer«, sagt er. »Die eine behauptet, es sollte im Erdgeschoss liegen, sodass man mit allem in Verbindung bleibt, was im Haus vor sich geht; man kann schnell rein und raus gehen und aus dem kleinsten bisschen freier Zeit so viel wie möglich machen. Die andere behauptet, es sollte sich oben im Haus befinden, so weit wie möglich von den häuslichen Aktivitäten entfernt, ein Ort, an den man sich zurückzieht, wo man nicht gestört wird.«

»Ein einsamer Turm«, sagt Helen.

»Richtig. Und ich bin genau der Mann für einen einsamen Turm.«

Ralph Messengers Arbeitszimmer wurde aus den ehemaligen Dienstbotenzimmern errichtet, wodurch ein großer Raum entstand, der sich fast über die halbe Grundfläche des Hauses zieht; es besitzt einen hochflorigen Teppichboden, zahlreiche Bücherregale, einen gewaltigen Schreibtisch samt Drehstuhl, einen runden Tisch mit zwei Stühlen, eine Chaiselongue von Charles Eames, zahllose Stehlampen, Deckenlampen und Punktstrahler, Aktenschränke aus furniertem Holz, einen Computerturm und einen großformatigen Monitor, mehrere andere elektronische Geräte – Drucker, Scanner, Fax, eine Fernseh-Video-Kombination, eine Stereoanlage – und ein auf einem Stativ befestigtes Teleskop, das unter dem Dachfenster steht. Die ganze Einrichtung besteht aus Kirschholz und Edelstahl, die Polstermöbel aus schwarzem Leder.

»Ich würde das nicht als einsamen Turm bezeichnen«, sagt Helen. »Es ist eine Kreuzung zwischen einer luxuriösen Junggesellenbude und einem Raumfahrt-Kontroll-Zentrum.«

Ralph kichert. »Es ist ganz nett, oder? Doch ihm fehlt noch der letzte Schliff.« Er stellt den Abakus auf den Schreibtisch neben eine Reihe zusammengeschweißter polierter Edelstahlzylinder, die als Behälter für Federhalter und Bleistifte dienen.

»Er passt!«, sagt Helen erfreut.

»Ja. Ich dachte mir, dass du Carrie um Rat gefragt hast.«

»Nein, es war reiner Zufall. Oder mein sechster Sinn. Aber wahrscheinlich glaubst du nicht an einen sechsten Sinn.«

Er lächelt. »Nein, glaube ich nicht.« Er geht zu einem der Aktenschränke, zieht eine Schublade auf geräuschlos laufenden Kugellagern heraus und nimmt ein einzelnes Blatt Papier aus einer der Hängeakten, die Fotokopie einer Seite aus Darwins Notizbüchern. »Da hätten wir's.«

Er legt das Blatt auf den Tisch unter die Leselampe, sodass beide einen Blick darauf werfen können. »Es ist ein Abschnitt aus dem Notizbuch von 1838. Darwin ist dreißig. Die Reise der Beagle liegt zwei Jahre zurück. Er hat die Idee der Evolution fest am Schwanz gepackt. Ha, kein Wortspiel beabsichtigt ... Er ist überzeugt, dass der Mensch von den Menschenaffen abstammt, ist damit aber noch nicht an die Öffentlichkeit gegangen – er weiß nur allzu gut, welchen Aufruhr das auslösen wird. Er hat über das Lachen nachgedacht – dass Menschen, wenn sie lachen, ihre Eckzähne entblößen, genau wie Paviane. Er spekuliert darüber, dass unser Lachen und unser Lächeln auf die Art und Weise zurückgeführt werden können, in der Menschenaffen dem Rest ihrer Horde mitteilen, dass sie Nahrung gefunden haben.« Ralph unterstreicht das Zitat mit seinem Zeigefinger, während er es vorliest: »›Wichtig, das Thema so zu betrachten, Lachen modifiziertes Bellen, Lächeln modifiziertes Lachen. Bellen um den anderen Tieren gleicher Art gute Neuigkeiten mitzuteilen, Entdeckung der Beute – zweifellos entstanden aus dem Bedürfnis nach Hilfe.‹ Dann kommt der nachträgliche Einfall. Er kann sich nicht vorstellen, was durch das Weinen modifiziert worden sein soll. ›Weinen ist ein Rätsel.‹«

»Sunt lacrimae rerum«, sagt Helen.

»Mein Latein ist ein wenig eingerostet«, sagt Ralph.

»›Es gibt die Tränen der Dinge.‹ Man kann es fast nicht übersetzen, aber man weiß, was er sagen will. So etwas wie: ›Weinen ist ein Rätsel.‹«

»Genau genommen ist Lachen auch ein Rätsel«, sagt Ralph. »Darwins Erklärung trifft die Sache nicht wirklich.«

»Könnte man einen Roboter entwerfen, der über die Witze eines anderen Roboters lacht?«, fragt Helen.

»Es wäre eine Herausforderung«, sagt Ralph. »Aber ich sehe nicht ein, warum nicht.«

»Ich glaube nicht, dass eine Maschine sich jemals über etwas amüsieren könnte«, sagt Helen. »Oder glücklich sein könnte, oder traurig – oder gelangweilt.«

»Gelangweilt?« Ralph lächelt, als ob er diese Möglichkeit – oder Unmöglichkeit – noch nie zuvor bedacht hätte.

»Ja. Wenn mein Toshiba-Laptop ein Mensch wäre, würde er sich zu Tode langweilen, weil ich ihn nur zur Textverarbeitung benutze. Ich vermute, ich nutze nicht einmal zehn Prozent von seinem Grips. Aber dem Computer macht das nichts aus.«

»Exakt«, sagt Ralph. »Aus diesem Grund sind Computer so befreiend für die Menschheit. Wir können die Langeweile abschaffen! Warum sollte man sie künstlich reproduzieren wollen? Ist Langeweile ein grundlegender Zug der menschlichen Natur?«

»Na ja, ich denke, das ist sie möglicherweise. Glücklichsein und Traurigsein sind es jedenfalls. Ich will einen Roboter sehen, der lachen und weinen und schmollen kann, bevor ich glaube, dass er Bewusstsein hat.«

»Vielleicht musst du nicht mehr lange darauf warten. Computer entwickeln sich mit einer unglaublichen Geschwindigkeit weiter.«

»Ich weiß. Ich hab dich kürzlich im Radio gehört.«

»Wirklich?« Ralph sieht erfreut aus. »Na ja, es stimmt. Dein kleiner Laptop hat wahrscheinlich einen größeren Speicher als der erste Großrechner der Universität. Ein Megabyte Speicherplatz hat damals eine halbe Million gekostet. Jetzt kostet er etwa zwei Pfund.«

»Aber man braucht nicht mehrere Megabyte Speicherplatz, um einen Witz zu verstehen«, sagt Helen. »Sogar ein kleines Kind kann erkennen, dass etwas komisch ist. Hast du jemals ›kuckuck-da‹ mit einem Baby gespielt?«

»Richtig«, sagt Ralph. »Aber ich dachte an die Identifikation der logischen Struktur von Ereignissen, die als komisch wahrgenommen werden, sodass man sie in die Architektur einbauen könnte. Nehmen wir an, jemand hat einen Computer, der statt Zahlen Millionen von Witzen verarbeitet. Er könnte den Mechanismus entdecken, der hinter dem Lachen steht. Habe ich dir schon gesagt, dass du ein äußerst attraktives Kleid anhast?«

»Nein«, sagt Helen, »aber vielen Dank. Sollten wir nicht wieder runtergehen zur Party?«

»OK«, sagt er. »Möchtest du das mitnehmen?« Er faltet das Papier und steckt es in einen Umschlag.

»Danke«, sagt sie und nimmt es ihm aus der Hand.

»Nun, danke für den Abakus. Bekomme ich auch noch einen Kuss?«

»Ich glaube nicht«, sagt Helen, nachdem sie einen Augenblick gezögert hat.

»Hat es dir das letzte Mal nicht gefallen?«

Helen scheint nicht gewillt, die Frage zu beantworten. »Ralph, ich möchte keine Affäre mit dir«, sagt sie schließlich.

Er reißt die Augen auf, spreizt seine Arme und grinst. »Hey, wer hat irgendetwas von einer Affäre gesagt? Alles, woran ich gedacht habe, war ein freundschaftlicher Kuss.«

»Wirklich?« Sie blickt ihm herausfordernd in die Augen. »Willst du mir damit sagen, dass es dir noch nie in den Sinn gekommen ist, dass du vielleicht gerne weitergehen würdest?«

Er starrt sie einen Augenblick lang mit halb offenem Mund an, dann lacht er. »Na ja, sicher. Aber Männer denken das ständig bei allen Frauen, die sie treffen, bei attraktiven Frauen. Das heißt nicht, dass sie die Absicht haben, irgendetwas in dieser Richtung zu unternehmen.«

»Bedeutet Küssen nicht, irgendetwas in dieser Richtung zu unternehmen?«

»Nicht unbedingt. Es gibt alle möglichen Küsse. Einige sind leidenschaftlich, einige sind … einfach nur freundschaftlich.« Er lächelt. »Es gibt unendlich viele verschiedene Qualia des Küssens.«

»Nun, du musst es ja wissen«, sagt sie. »Du scheinst viel darüber zu recherchieren.«

Ralph hört auf zu lächeln. »Was willst du damit sagen?«

»Oh, nichts.«

»Los, sag's mir.«

Helen bückt zur Seite und dann wieder zu Ralph. »Ich habe zufällig gesehen, wie du Marianne Richmond auf der Dinnerparty geküsst hast … durch das Küchenfenster … ich bin aus Versehen in den Hinterhof geraten. Ich habe nicht spioniert.«

»Ich habe keine Affäre mit Marianne«, sagt Ralph.

»Es geht mich wirklich nichts an«, sagt Helen. »Mir wäre lieber, ich hätte es nicht erwähnt. Sollen wir nach unten gehen?«

»Wir haben nur herumgealbert. Es war ein Spiel, das wir gespielt haben, eine Art Mutprobe. Aber das ist jetzt vorbei.«

»Wie ich schon sagte, es geht mich nichts an.« Sie geht Richtung Tür. »Ich gehe jetzt hinunter.«

»Einen Augenblick.« Er schaltet die Tisch- und eine Deckenlampe aus. »Ich hoffe, das bedeutet nicht, dass wir keine Freunde mehr sein können?«, sagt er.

»Nein. Im Gegenteil. Genau deswegen kann ich auch weiterhin mit euch beiden befreundet sein«, sagt sie.

»Oh, gut.« Er tritt zu ihr an die Tür. »Äh, du hast … du wirst … doch Carrie nichts davon erzählen …?« Sie wirft ihm einen leicht verächtlichen Blick zu. »Verzeihung«, sagt er.

Helen verlässt das Zimmer. Ralph löscht die übrigen Lampen mit dem Hauptschalter neben der Tür und schließt diese hinter sich. Stimmengewirr brandet die Treppe herauf und schlägt ihnen entgegen, als sie hinabsteigen.

14

Montag, 17. März. Ich habe ein weiteres Wochenende im Banne der Messengers verbracht.

Zuvor hatten wir abgemacht, dass ich nach der Party am Samstag bei ihnen übernachten würde, sodass ich etwas trinken könnte, ohne mir Sorgen darüber machen zu müssen, wie ich nach Hause käme. Ich war ein wenig verlegen, als ich neben Ralph und Carrie in der Diele stand und mich von den letzten Gästen verabschiedete, als sei ich ein Mitglied der Familie – doch das bin ich wohl tatsächlich geworden. »Adoptiert«, war Jasper Richmonds Ausdruck. Seine Bemerkungen hatten mich einigermaßen beunruhigt, doch das war wohl eher bösartiger Tratsch, und man darf wahrscheinlich nicht alles ganz wörtlich nehmen, was er sagt. Falls Carrie nur nett zu mir ist, um Ralph im Auge zu behalten, dürfte das eine riskante Strategie sein. Er hat es bereits geschafft, mich einmal zu küssen, und Samstagnacht hätte er es wieder getan, hätte ich es zugelassen.

Nachdem die letzten Nachzügler gegangen waren, half ich, das schmutzige Geschirr und die Gläser aus den verschiedenen Zimmern im Erdgeschoss einzusammeln und in der Küche für die Haushaltshilfe zu stapeln, die am nächsten Morgen extra kommen sollte, um sich darum zu kümmern. Carrie machte uns dreien (die Kinder waren schon lange auf ihre Zimmer gegangen, um fernzusehen oder zu schlafen) einen köstlichen Schlummertrunk, einen mexikanischen Drink aus heißer Schokolade, Weinbrand und einem Hauch Chili, und wir saßen um den Küchentisch, nippten an dieser Mixtur und sprachen über die Höhepunkte der Party, bevor wir uns zum Schlafen zurückzogen.

Das Gästeschlafzimmer roch immer noch schwach nach dem Parfümgemisch der weiblichen Gäste an diesem Abend. Ich öffnete das Fenster, um zu lüften, bevor ich ins Bett ging. Und ich verriegelte die Tür. Warum? Erwartete ich, dass Ralph sich mitten in der Nacht in mein Bett schleichen würde? Eine absurde Idee, natürlich; und doch, als ich, mich unruhig unter der Bettdecke hin und her wälzend, daran dachte (etwas in dem mexikanischen Drink schien eher anregend als einschläfernd zu sein), fragte ich mich, was ich tun würde, hätte ich die Tür unverschlossen gelassen und er schliche sich herein. Angenommen, Carrie nimmt eine Tablette und schläft tief und fest, und er schleicht sich aus ihrem Schlafzimmer, kommt in mein Zimmer und schlüpft unter die Decke – würde ich schreien und mich wehren? Sodass Carrie und die Kinder aus ihren Schlafzimmern gerannt kämen? Ralph in einer unendlich peinlichen Szene bloßstellen und mitten in der Nacht mit dem Taxi davonfahren? Nein, würde ich nicht. Was also hätte ich dann getan? Protestiert und ihm flüsternd Vorhaltungen gemacht? *Bist du wahnsinnig geworden? Verschwinde sofort aus meinem Bett, sonst werde ich … ich … ich …* Was? *Sonst werde ich nie wieder ein Wort mit dir reden.* Schwache Drohung. Was dann? Ihm seinen Willen lassen? Natürlich nicht. Und doch musste ich mich fragen, ob dieser Gedanke nicht eine Variation der berühmten weiblichen Vergewaltigungsfantasie war, von der die Pop-Psychologen reden, das Verlangen, sich sexuell hinzugeben, ohne die moralische Verantwortung dafür übernehmen zu müssen. Warum sollte ich mir dieses Szenario sonst vorstellen? Ich werde mit Ralph Messenger keine Affäre anfangen, denn ich möchte nicht an einem Ehebruch beteiligt sein – der Grund ist nicht, dass ich ihn nicht attraktiv finde. Ich finde ihn attraktiv, leider.

Während ich nicht einschlafen konnte und über unser Gespräch in seinem Arbeitszimmer nachdachte, bedauerte ich (und ich bedauere es noch), dass ich mich so unverblümt ausgedrückt hatte: »Ralph, ich möchte keine Affäre mit dir.« Er war so anständig zuzugeben, dass er selbst schon einmal an so etwas gedacht hat. Aber jetzt weiß er, dass *auch ich* an so etwas gedacht habe – was ich lieber für mich behalten hätte. Und dann bin ich dämlich damit herausgeplatzt, dass ich gesehen hatte, wie er Marianne Richmond küsste – es muss der viele Wein gewesen sein, der meine Zunge gelöst und meine übliche Diskretion in Luft aufgelöst hat. Kaum waren die Worte aus meinem Mund, hätte ich sie am liebsten wieder aufgesaugt und hinuntergeschluckt. Er sah wirklich geschockt aus, dann wütend, bevor er seine übliche Selbstsicherheit wiedergefunden hatte.

Als ich am nächsten Morgen erwachte und mich an all das erinnerte, war mir etwas unwohl dabei zumute, ihn und Carrie beim Frühstück zu treffen, und ich ließ mir Zeit mit dem Waschen und Anziehen. Glücklicherweise hatte ich eine Jeans und einen Sweater mitgenommen, sodass ich mich nicht in meinem neuen Partykleid zu den bequem *deshabillés* Messengers setzen musste. Carrie war noch im Morgenmantel, ihr Haar war zerzaust, und ihr Gesicht glänzte von ihrer Pflegecreme, und Ralph trug ein Cal-Tech-T-Shirt und Trainingshosen. Die Kinder, die schon wach waren, trugen Schlafanzüge. Sie aßen am langen Küchentisch Waffeln mit Ahornsirup – offensichtlich ein besonderer Leckerbissen, den es immer am Sonntag gibt. Ralph begrüßte mich munter ohne die geringste Verlegenheit, und Carrie goss mir frisch gepressten Orangensaft und Kaffee ein.

Sie sagte, sie würden den Tag in Horseshoes verbringen – ob ich nicht mitkommen wolle. Ich hatte diese Einladung erwartet und wollte mich schon wegen der Manuskripte, die ich noch lesen muss, entschuldigen, aber ich wurde schwach, entschied mich um und nahm an. Es war ein strahlender, frischer Morgen, und der Gedanke an einen Tag auf dem Land war verlockend, sicher verlockender als die Einsamkeit und ein Abendessen vor dem Fernseher in der Maisonette Row.

So verbrachte ich einen weiteren angenehmen Tag mit den Messengers, ich half Carrie, das Gemüse für das Mittagessen zuzubereiten, half Emily bei ihren Französischaufgaben, spielte Trivial Pursuit mit den Kleinen, während Ralph sich in sein Arbeitszimmer zurückzog, um ein Buch zu lesen, das er für eine der nächsten Sonntagszeitungen bespricht. Ich fühlte mich ein wenig wie die Gouvernante einer reichen Familie in einem Roman aus dem neunzehnten Jahrhundert, die als Gegenleistung dafür, dass sie sich unentbehrlich macht, einige besondere Vergünstigungen dieses Reichtums genießen darf, doch das machte mir eigentlich nichts aus.

Als es Zeit wurde für den heißen Pool, entschuldigte ich mich – ziemlich wehmütig, denn der Himmel hatte sich im Laufe des Nachmittags bewölkt, und einzelne Schneeflocken begannen zu fallen. Es war aufregend, sich vorzustellen, wie man im heißen Pool sitzt, während es schneit, aber ich hatte keinen Badeanzug mitgebracht. Ralph schlug ziemlich frech vor, ich solle meine Unterwäsche tragen und sie hinterher in den Trockner werfen, aber Carrie fand ein überdimensionales T-Shirt und alte Baumwollshorts für mich, die Emily gehörten und die wunderbar ihren Zweck erfüllten, denn sie waren praktisch, ohne aufreizend zu wirken. Es war eine magische Erfahrung, im heißen Pool zu liegen und die federleichten

Flocken zu beobachten, die zu Boden schwebten, dunkel am Himmel, dann weiß auf Augenhöhe und dann schmelzend im Dampf und im heißen Wasser. Als wir das Becken verließen, lag eine dünne Schneeschicht auf dem Deck, und wir hinterließen unsere warmen, nassen Fußabdrücke darin, als wir wieder ins Haus hinaufstiegen. Ich achtete darauf, dass ich nicht wieder mit Ralph in der Wanne zurückblieb.

Ich habe neue Nachbarn: Ein junges Paar ist in der Maisonette-Wohnung neben meiner eingezogen. Als ich gestern Abend aus Horseshoes zurückkam, sah ich einen Wagen in der Auffahrt und Licht hinter den Vorhängen. Heute Morgen sah ich, wie die neuen Bewohner joggen gingen, und als sie mit glühenden Gesichtern und schwer atmend von ihrem Training zurückkamen, schoss ich an die Tür, um mich vorzustellen. Sie heißen Ross und Jackie. Er hat gerade am Institut für kommunale Studien – was immer das sein mag – eine Dozentur für Sportwissenschaften erhalten – was immer die sein mögen –, und sie ist Physiotherapeutin und hofft, einen Job in einer Privatklinik in Cheltenham oder Gloucester zu finden. Ich lud sie auf einen Kaffee ein, doch Ross sagte, ihnen liefe die Zeit davon. Ich sagte, sie liefen doch heute ganz zeitig, aber diesen kleinen Witz bemerkten sie nicht. Doch als Ross sagte, sie sollten wohl besser gehen und duschen, kicherte Jackie, als sei das besonders gewagt. Ich habe den Eindruck, dass sie noch nicht sehr lange zusammenleben. Sie wirken ein wenig wie in den Flitterwochen. Ross hatte seinen Arm um Jackies Hüften gelegt, während wir uns unterhielten, und er tätschelte liebevoll ihr Hinterteil, als sie aufbrachen, um – zweifellos zusammen – zu duschen. Ich fürchte, es ist ziemlich unwahrscheinlich, dass sie meine Busenfreunde werden.

Heute Morgen traf ich Annabelle Riverdale in der Bibliothek. Sie hatte Dienst an der Bücherausgabe, und sie warf mir einen leicht panischen Blick zu, als ich vorbeiging, also ging ich zu ihr und sagte kurz guten Tag. »Ich fürchte, ich habe mich am Samstag danebenbenommen«, sagte sie. »Machen Sie sich keine Sorgen deswegen«, sagte ich. »Ich glaube nicht, dass das irgendjemandem aufgefallen ist.« – »Colin schon«, sagte sie düster. »Ich werde auf Partys immer nervös, und dann trinke ich zu viel.« Sie sah mich fragend an. »Sie dürfen sich überhaupt nicht um das kümmern, was ich sage, wenn ich etwas getrunken habe.« – »Ich kann mich gar nicht daran erinnern, was Sie gesagt haben«, meinte ich leichthin. Sie schenkte mir ein schüchternes, dankbares Lächeln.

Mittwoch, 18. März. Gestern haben die Studenten ihre Arbeiten zum Thema *Mary, die Farbwissenschaftlerin* abgegeben. Wieder einige ausgezeichnete Texte dabei. Sandra Pickering hat eine überraschend gelungene Imitation von Fay Weldon geschrieben. Aber sie hat mir die nächsten Kapitel ihres Romans noch nicht gegeben. Ich erinnerte sie am Ende der Stunde daran, und sie murmelte etwas wie, sie müsse noch mehr daran arbeiten. Ich vermute, sie versucht, ihren Alastair weniger wie meinen Sebastian wirken zu lassen und findet das schwierig. Mir scheint jetzt offensichtlich, dass sie *Das Auge des Sturms* gelesen haben muss, gleich als der Roman herauskam, dass sie unbewusst Anleihen gemacht hat, als sie ihren eigenen Roman zu schreiben begann, und ihn dann letzte Weihnachten noch einmal gelesen hat, weil ich kommen würde, um den Kurs zu geben, worauf ihr klar wurde, was sie getan hatte. Wenn sie es nur zugeben würde, könnte ich etwas tun, um ihr zu helfen.

Ich habe meine neuen Nachbarn kaum gesehen, obwohl ich durch die Wand zu ihrer Wohnung höre, wie sie lachen und einander rufen und energisch die Treppe hinauf- und hinabpoltern. Manchmal wird es nach einer Reihe schriller Schreie von Jackie plötzlich still, und ich frage mich, ob sich ihre Balgerei in das verwandelt hat, was sie, wie ich mir sicher bin, »Bumsen« nennen. Ich stelle mir vor, wie Ross Jackie auf der Treppe packt, ihr die Trainingshose herunterzieht und sie hemmungslos auf dem Treppenabsatz nimmt. Einmal habe ich ein Ohr gegen die Wand gedrückt und nach Geräuschen ihrer sexuellen Aktivitäten gelauscht, aber ich hörte nichts als meinen eigenen Herzschlag.

15

Mary hatte ein kleines Lamm … Test, Test … Es ist zehn nach neun am Montag, dem achtzehnten März, und ich fahre zur Arbeit. Auf dem Inner Ring geht es furchtbar langsam voran, eine Kombination aus Regen und Bauarbeiten, also habe ich den alten Pearlcorder herausgeholt, um mir die Zeit zu vertreiben … das scheint zur Gewohnheit geworden zu sein … wie wenn man Tagebuch führt, obwohl, ich habe nie zuvor Tagebuch geführt, ich hatte nie Lust dazu, aber in den Voicemaster zu diktieren macht alles so leicht … und vielleicht sind das auch die mittleren Jahre, man fängt an, ziemlich besitzergreifend zu werden, möchte seine Gedanken schützen, ist eifrig darauf aus, sie auf dem Papier festzuhalten, bevor sie wieder verschwinden … die Gehirnzellen sterben unerbittlich, und die neuronalen Netze werden langsamer, man produziert weniger neue Ideen … Oder man vergisst diejenigen, die man schon gehabt hat – verbringt Stunden und Tage damit, ein Argument oder eine Theorie auszuarbeiten, und wenn sie schließlich Gestalt annimmt, wird einem klar, dass man diese Idee schon vor Ewigkeiten gehabt hat … Welch ein erfreulicher Gedanke an einem verregneten Montagmorgen … kommt daher, dass ich die Fünfzig überschritten habe, keine Frage … Die Party war … interessant … Marianne, ja, es tut mir nicht Leid, dass sie unser kleines Spiel beendet hat, es wurde langsam zu riskant, und wofür das alles, für gelegentlich ein bisschen *frottage* … Ich hoffe bei Gott, dass wieheißternoch Oliver die Klappe hält … oder dass niemand sein Gefasel

beachtet … Also, Marianne ist jetzt erst mal kaltgestellt, und Helen will ihren Platz nicht einnehmen … Obwohl sie sich sofort auf die Gelegenheit stürzte, einen Tag später mit nach Horseshoes zu kommen, und mein Gott, die Kleider, die sie in der Wanne trug, das T-Shirt klebte an ihren Titten, und die weißen Baumwollshorts waren halb durchsichtig, als sie aufstand und mit Carrie und den anderen hinauskletterte, ich konnte durch den Stoff hindurch die dunkle Spalte zwischen ihren Hinterbacken sehen, Jesus … Ich musste in der Wanne bleiben, bis mein Schwanz wieder schlaff war … Kein Zweifel, das sexuelle
(Ende der Aufnahme)

Es ist fünf nach halb zehn, und ich bin auf einem Rastplatz an der A 435, parke hinter einem holländischen Schwertransporter, dessen Fahrer wahrscheinlich ein Nickerchen macht, denn es gibt keine fahrbare Imbissbude, die einen in Versuchung bringen würde, hier anzuhalten, und auch keine andere Attraktion außer einem überquellenden Abfalleimer … Auf dem Inner Ring wurde ich bei meiner Aufnahme unterbrochen, denn ich sah, wie der Beifahrer auf dem Vordersitz eines Mondeo auf der Höhe meines Wagens mich im Stau anstarrte, und ich verlor mein Selbstbewusstsein, besonders, da ich … übrigens interessant, die Verwendung dieses Wortes »das Selbstbewusstsein verlieren«, als ob man in einer solchen Situation wirklich das Bewusstsein seiner selbst verlieren könnte … In Wirklichkeit bedeutet der Ausdruck, dass man eine Art Selbstbewusstsein zweiter Ordnung *gewinnt,* man könnte es auch ein *reflektierendes Selbstbewusstsein* nennen … wenn wir uns in der Weise unser selbst bewusst werden, in der andere uns wahrnehmen, oder besser, wenn wir fühlen, dass andere sich unseres Selbstbewusstseins bewusst sind, als ob sie Zugang zu dem hätten, was üblicherweise privat ist und was nur wir selbst kennen … Ich habe mich gefragt, ob dieser Typ tatsächlich von den Lippen lesen konnte, er sah so interessiert aus, rutschte da auf seinem Sitz hin und her und starrte mich an, wie ich diktierte … Ich warf ihm einen Verpiss-dich-Blick zu, und er drehte hastig seinen Kopf zur Seite, aber mir war nicht danach, weiter zu diktieren, also schaltete ich den Pearlcorder aus … und kurz darauf floss der Verkehr wieder, und ich war wieder unterwegs … Aber weil ich noch ein bisschen Zeit übrig hatte, dachte ich, ich fahre hier für ein paar Minuten raus und nehme meine *pensée* auf, solange ich mich noch an sie erinnern kann … Was ich sagen wollte, war, dass sexuelles Verlangen der KI eine harte Nuss zu knacken gibt, obwohl ich nicht sagen könnte, dass bisher irgendjemand auch nur darüber nachgedacht hat, wie man es in die Architektur einbauen könnte … diese merkwürdige und ausschließlich menschliche Kombination aus körperlicher Reaktion auf einen Reiz und geistiger Aktivität … dieses köstlich berauschende Gebräu aus blutgefülltem Gewebe und Pheromonen und Besessenheit und Berechnung … Es ist ein Rätsel, wie Darwin sagen würde.

Gestern Abend, nachdem wir aus Horseshoes zurückgekommen waren, beschloss ich, nach dem Band mit Isabel Hotchkiss zu suchen … irgendetwas an Helens Brüsten, deren Formen das triefend nasse T-Shirt nachzog, brachte mich wieder darauf, besonders die frech vorstehenden Nippel, sie erinnerten mich an Isabels Titten, und plötzlich packte mich ein starkes Verlangen, das Band zu hören, auf dem wir Sex in diesem Hotelzimmer in San Diego haben … Nicht, um mir einen runterzuholen, sondern nur, um die Erfahrung eines wilden One-Night-Stands noch einmal zu erleben, etwas, das ich schon lange nicht mehr gehabt habe … Carrie saß mit den Kindern vor dem Fernsehen, irgendein historisches Melodrama mit Pferden und Kutschen und Krinolinen, war noch nie mein Bier … Ich ging hoch in mein Arbeitszimmer, um nach dem Band zu suchen … brauchte nicht lange, dann hatte ich's gefunden … ich trug Kopfhörer, sodass die anderen im Haus mich unmöglich belauschen konnten, ich dimmte die Lampen und streckte mich auf der Chaiselongue aus … und drückte auf Play …

Das ist jetzt, wie lange, wenigstens acht Jahre her, und seither habe ich mir das Band nicht mehr angehört, sodass ich mich nur noch vage daran erinnern konnte, was darauf war, und zuerst war es eine einzige Enttäuschung … der Pearlcorder war der Sache nicht ganz gewachsen, vielleicht war die Entfernung zu groß oder, was wahrscheinlicher ist, meine Kleider haben die Geräusche gedämpft. Ich hatte, wie mir einfiel, die Maschine unter meinem Hemd versteckt … gelegentlich konnte ich schwache Sexgeräusche hören, Kichern und Grunzen und Stöhnen, doch das meiste war zischende Stille, wie Funkgeräusche aus dem Weltraum … Dann gab es einen Abschnitt, wo wir uns unterhielten, aber ich konnte die einzelnen Wörter nicht verstehen, nur die wechselnde Intonation bei Aussagen und Fragen … es war furchtbar frustrierend … Dann plötzlich sprachen wir lauter, und ich konnte alles hören … wir schrien einander an, schrien »Fick mich!« und »Ich liebe dich!« und näherten uns einem gigantischen vulkanartigen Orgasmus … Isabel schrie und ich brüllte »JAAA!«, als wir gleichzeitig kamen … und dann hörte man, wie jemand wütend an die Wand zum Nebenzimmer hämmerte, und Isabel und ich brachen in Gelächter aus, in glückliches, rücksichtsloses, triumphierendes Gelächter. Das anzuhören war unglaublich erregend. Die ganze Episode stand wieder in allen Einzelheiten vor mir, einschließlich der Unterhaltung, die auf dem Band nur ein unverständliches Murmeln gewesen war …

Es war der vorletzte Tag der Konferenz, wir beide hatten am späten Nachmittag auf der gleichen Veranstaltung unsere Referate gehalten, Referate, die gut angekommen waren, also waren wir beide zufrieden mit uns selbst, noch ganz aufgedreht vom Adrenalin in einer solchen Situation … bereit, Dampf abzulassen … bereit für ein wenig Erholung und Ablenkung … Die Konferenz fand in einem dieser riesigen amerikanischen Hotels mit Springbrunnen, Wasserfällen und einem kleinen Regenwald im Atrium statt … Expressaufzüge, die einen mit mehreren *g* am Boden festnageln … Tausende identischer Zimmer entlang den Korridoren, die sich bis in alle Ewigkeit dahinziehen, zahllose thematisch gestaltete Bars, Coffee Shops und Restaurants … Kein Konferenzteilnehmer musste sich hinaus auf die Straßen von San Diego wagen, und wenn man gewissenhaft war, hatte man auch nicht allzu viel Gelegenheit dazu, denn das Programm lief ohne Unterbrechung von neun Uhr morgens bis zehn Uhr abends … Isabel und ich nahmen einige Drinks zusammen mit ein paar anderen, die bei unserer Veranstaltung dabei gewesen waren, und entweder war ich besonders witzig, oder Isabel begann schon, mich anzumachen, denn sie kicherte und nickte bei allem, was ich sagte, und lächelte mir über ihr Glas hinweg zu … ich manövrierte mich durch das Gedränge, um neben ihr stehen zu können, und als die anderen dann zum Essen aufbrachen, die kleinen *carnets* ihrer Essensmarken aus ihren Brieftaschen nahmen und stirnrunzelnd betrachteten, schlug ich Isabel leise vor, auf die Plenarsitzung, die an diesem Abend stattfinden sollte, zu verzichten und zur Abwechslung außerhalb essen zu gehen … Sie nahm diesen Vorschlag sofort an und ging davon, angeblich, um sich die Nase zu pudern. Zehn Minuten später trafen wir uns in der klimatisierten Lobby wieder, und dann gingen wir, kichernd wie ein Pärchen schwänzender Schulkinder, hinaus in die schwüle kalifornische Nacht. Ich bat den Taxifahrer, uns in das beste mexikanische Restaurant der Stadt zu bringen, das wie ein örtlicher Mafiatreff aussah, sich aber als absolut großartig erwies ... wir aßen ein scharf gewürztes Festmahl aus *borritos* und *enchiladas* und *chimichangas,* triefend von Salsa und saurer Sahne, das wir mit ein paar Flaschen kräftigem kalifornischen Rotwein hinunterspülten. Die zweite Flasche war vermutlich ein Fehler, auch wenn uns das zu dem Zeitpunkt nicht so vorkam, denn je mehr Isabel trank, umso ungehemmter wurde sie. Zunächst sprachen wir über die Arbeit, Tratsch über Forschungsprojekte und Posten, dann wurde das Gespräch persönlicher. Sie war Mitte dreißig, würde ich sagen, und sah nicht besonders gut aus – sie hatte ein Pferdegesicht, trug eine Brille mit breiter Fassung, und ihr Haar war in ihrem Nacken zu einem so straffen Knoten gebunden, dass man Kopfschmerzen bekam, wenn man nur hinsah ... Ich hatte keine Absicht, sie zu verführen, als ich ihr diese Verabredung vorschlug, ich wollte einfach nur etwas bewundernde weibliche Gesellschaft, und sie war gerade da. Aber dann, als wir etwa zwei Gläser der zweiten Flasche getrunken hatten, machte ich eine scherzhafte Bemerkung über ihre strenge Frisur, und sie griff in ihren Nacken, zog einen Kamm heraus und schüttelte sich das Haar zurecht. Es war lang und glänzend und fiel nach vorn über ihre Schultern, was sie plötzlich zehnmal femininer und attraktiver machte, etwas, dessen sie sich offensichtlich nur allzu bewusst war. Das Signal war eindeutig. Sie war außerordentliche Professorin an einer staatlichen Universität in Illinois und lebte getrennt von ihrem Ehemann, der im gleichen neurobiologischen Fachbereich arbeitete ... Wie Isabel sagte, hatten sie sich getrennt, weil sie fest angestellt worden war und er nicht – »Er kam einfach nicht damit zurecht ...« Sie hatten ein Kind, das abwechselnd bei einem von beiden lebte – ihr Mann kümmerte sich um das Kind, während sie an der Konferenz teilnahm. Und, traf sie sich mit jemand anderem, fragte ich. »Nein«, sagte sie. »Im Augenblick hab ich die Nase voll von längerfristigen Beziehungen ... ich möchte damit nichts mehr zu tun haben. Was ich suche«, sagte sie und warf mir durch den Vorhang ihrer Haare einen betrunkenen Blick zu, »ist ein körperlich befriedigender, emotional belangloser One-Night-Stand.« – »Ich bin sicher, das ließe sich arrangieren«, sagte ich und war sofort ganz Feuer und Flamme vor Lust. Das Martha-Syndrom wurde ausgelöst – die Chance, einer reifen Frau sexuelle Wonnen zu verschaffen, die ganz scharf darauf ist. Ich fing den Blick des Kellners auf und malte einen Scheck in die Luft, um mir die Rechnung geben zu lassen.

Wir fummelten und knutschten im Taxi zurück ins Hotel und im Aufzug zu ihrem Zimmer im achtundzwanzigsten Stock ... Wir rissen uns gegenseitig die Kleider vom Leib, sobald die Tür hinter uns ins Schloss gefallen war, und in Foxtrottschritten führte ich sie hinüber zum Bett, doch sie sagte, sie müsse noch ins Badezimmer, und während sie dort war, drapierte ich meine Kleider über einen Stuhl, und aus einer Laune heraus schaltete ich den Pearlcorder ein ... Als sie zurückkam, legten wir uns aufs Bett und machten alles ... wir saugten und lutschten und befingerten uns und fickten ... und zuerst war ich stolz darauf, wie lange ich weitermachen konnte, ohne zu kommen, doch dann fing ich an, mir Sorgen zu machen, ob ich überhaupt je kommen würde ... Ich bedauerte die zweite Flasche kalifornischen Rotwein ... und die ganze Zeit seufzte und stöhnte und schnurrte Isabel offensichtlich voller Genuss, aber auch bei ihr gab es keine wirklichen Anzeichen dafür, dass sie kommen würde ... So taktvoll wie ich nur konnte, fragte ich sie danach, während ich auf ihr lag und mich mit den Unterarmen abstützte ... »Ich schätze, ich habe mich geirrt«, sagte sie. »Du bist ein wunderbarer Liebhaber, Ralph, aber ich schätze, Sex nur zur Entspannung ist doch nicht meine Sache.« Sie schwieg einen Augenblick. »Wenn du ›ich liebe dich‹ sagen könntest«, sagte sie, »dann könnte es vielleicht hinhauen. Du musst es ja nicht ernst meinen.« Ich kapierte sofort. »Natürlich liebe ich dich«, sagte ich ernsthaft, ohne auch nur im Geringsten unaufrichtig zu wirken, und ich fühlte, wie eine Art Schauder durch ihren Körper lief. »Junge, Junge«, murmelte sie. »Ich liebe dich, und ich liebe es, dich zu ficken«, sagte ich und setzte meine Worte in die Tat um. »Ich liebe es, wie du mich fickst«, sagte sie. Ich sagte: »Ich liebe dich, und ich liebe es zu hören, wie du dieses Wort sagst.« – »Oh, fick mich, Liebling«, sagte sie. Und so machten wir immer weiter, stimmten einen Kontrapunkt aus »liebe dich« und »fick mich« an, bis wir ein Crescendo und einen Höhepunkt erreichten, der unseren Nachbarn wütend an die Wand hämmern ließ.

Ich habe mir das Band noch einmal angehört, und beim zweiten Mal war es sogar noch erregender ... Ich war wahnsinnig geil ... Ich stand auf und suchte Carrie ... Emily und Mark, die im Wohnzimmer vor dem Fernseher saßen, sagten, sie sei ins Bett gegangen ... ich eilte die Treppe hinauf ... Ich war froh, dass ich sie noch wach fand, sie las. Ich putzte mir die Zähne und glitt neben ihr unter die Decke, nackt, und legte meine Hand auf ihren Bauch. »Was willst du, Messenger?«, sagte sie. »Was denkst du denn?«, sagte ich, griff nach unten und hob den Saum ihres Nachthemds hoch. Sie seufzte und legte ihr Buch beiseite. »Also gut. Aber mach keinen Lärm, die

Kinder sind noch wach.« – »Ich glaube, sie wissen, dass wir Sex miteinander haben«, sagte ich. »Trotzdem …«, sagte sie. Sie schob das Nachthemd über den Kopf und zog es aus. Ihre Brüste sind absolut umwerfend … Den Lesern des ›Sunday Sport‹ würde allein von ihrem Anblick einer in die Hose gehen. Ich bestieg sie, sank in sie, suhlte mich in ihr … mit Carrie zu schlafen ist in letzter Zeit, als würde man eine Hüpfburg ficken … doch ich arbeitete hart daran, und nach einer Weile fing sie an zu reagieren und die kleinen miauenden Laute von sich zu geben, die sie immer macht … »Sag ›fick mich‹«, sagte ich. »Pst. Fick mich«, flüsterte sie. »Lauter«, sagte ich, »so, als ob du es wirklich meinst.« Doch sie tat es nicht. »Ich liebe dich«, sagte ich. Vor Überraschung riss sie die Augen weit auf. Es ist lange her, seit ich das zu ihr gesagt habe. »Ich liebe dich auch, Messenger«, sagte sie. »Dann sag laut ›fick mich‹«, sagte ich. Doch sie tat es nicht. Ich schloss die Augen und versuchte, an Isabel zu denken. Doch es war Helen Reed, die ich vor meinem geistigen Auge sah, im nassen T-Shirt und in triefend nassen Shorts. Genau wie ich gesagt habe: Lust ist ein Rätsel.

16

Mary kommt heraus

Sie, Mary Willingdon, saß in der grauen Vorhalle, fensterlos wie jedes andere Zimmer ihres weitläufigen unterirdischen Apartments, die Hände im Schoß ihres Rocks aus grauer Serge gefaltet, und beobachtete, wie der Minutenzeiger der an der Wand montierten Ebenholzuhr den letzten Abschnitt seiner kreisförmigen Bewegung zurücklegte. Jetzt befand er sich auf gleicher Höhe – und verdeckte ihn – des Stundenzeigers, der auf die römische Ziffer elf deutete. Sobald der längere dieser beiden Zeiger fünf weitere Einheiten abgemessen haben würde, erklängen elf feierliche, volltönende Schläge; die schwarze, mit einem Fries bedeckte Tür, die – über einen langen dunklen Korridor, der in einer weiteren massiven und mit Nägeln beschlagenen Tür endete – den Zugang zur äußeren Welt darstellte, würde aus ihren geölten Angeln leise aufschwingen; und ihr Herr würde auf der Schwelle auftauchen.

Er trüge, sie war sich dessen sicher, seinen üblichen makellosen schwarzen Anzug und glänzende schwarze Stiefel, dazu eine steife weiße Hemdbrust und eine graue Seidenkrawatte um den Hals. Doch über seinem dichten Backenbart trüge er nicht mehr die mit Schlitzen versehene Gesichtsmaske aus mattem Stahl, die üblicherweise die Farbe seiner Augen und Lippen vor ihrem Gesicht verbarg. Und vielleicht hielte er heute – anstatt sie zu tragen – die engen, geschmeidigen schwarzen Handschuhe aus feinstem Kalbsleder in der Hand, die seine Hände in ihrer Gegenwart immer verbargen.

Sie blickte hinab auf ihre eigenen Hände, zusammengefaltet in der trügerischen Haltung ruhiger Gelassenheit und umhüllt von strapazierfähigem Schweinsleder, das abzulegen ihr nur nachts, in völliger Dunkelheit, mithilfe des blinden Dienstmädchens Lucy erlaubt war, wodurch jeder versehentliche flüchtige Blick auf das Perlmuttrosa verhindert wurde, das – wie sie es verstand – die durchsichtigen Plättchen färbte, die die rückwärtige Oberfläche ihrer Fingerspitzen bildeten.

Nun, bald würde sie ihre Fingernägel und viele andere Dinge sehen, doch in diese angenehme Überlegung mischte sich Besorgnis, unklarer und erregender zugleich, dass nicht nur ihr Gesichtssinn durch das »Herauskommen« in die Welt der Farbe erweitert würde, sondern ebenso ihr Tastsinn. In Zukunft könnte sie Professor Hubert Dearings nackte Hand in die eigenen Hände nehmen, wenn er sie begrüßte – obgleich »nackt« natürlich nicht das richtige Wort war, so wenig wie »bloß« oder »unbekleidet«. Sie entschied sich schließlich für »ihres üblichen ledernen Integuments befreit«, doch erst, nachdem die ausdrucksvolleren Epitheta, die sich zuerst ihrem Geist als Kandidaten angeboten hatten, sie hatten erröten lassen. Das soll bedeuten, sie erlebte ein brennendes, prickelndes Gefühl in ihren Wangen, von dem sie wusste, dass es durch ein plötzliches Fluten der Blutgefäße in ihrer facialen Epidermis verursacht wurde, selbst wenn der visuelle Effekt dieses Phänomens, wie jede andere Veränderung ihrer Gesichtsfarbe, etwas war, das sie nur aus der Theorie kannte. Es gab keinen einzigen Spiegel und keine einzige andere reflektierende Oberfläche in der gesamten Suite, in der sie lebte, und selbst die Oberfläche von Professor Dearings Maske war sorgfältig aufgeraut worden, sodass sie unserer Heldin nicht einmal ein verzerrtes Bild ihres eigenen Gesichts zeigen konnte.

War sie hübsch? War sie schön? Sie hoffte jedenfalls, dass sie nicht völlig unattraktiv war, und sei es auch nur um Hubert Dearings willen, denn sein Beruf verlangte von ihm, dass er so viel Zeit in ihrer Gesellschaft verbrachte. Sie konnte die arme Lucy in dieser Angelegenheit nicht nach ihrer Meinung fragen, und sie wagte nicht, sich bei Miss Calcutt zu erkundigen, der bedrohlich behelmten Matrone, die ihre Aktivitäten in den Stunden künstlichen Lichts überwachte. Es ist kaum notwendig, hinzuzufügen, dass sie lieber gestorben wäre, als diese Frage an Hubert Dearing selbst zu richten – allein der Gedanke genügte, ein erneutes Erröten in ihren Wangen aufsteigen zu lassen. Er lobte ihre Intelligenz, ihren Fleiß, ihre eifrige und rasche geistige Aufnahme wissenschaftlicher Kenntnisse. Einst hatte er ihr, als sie vierzehn war, gesagt – sie hatte diese Bemerkung in ihrem Tagebuch vermerkt – »Du bist ein bemerkenswertes Mädchen«. Doch sorgfältig hatte er jede Bemerkung über ihre Person vermieden, vielleicht weil er fürchtete, ihre Neugier anzustacheln oder gar ihre Eitelkeit – Schwächen, zu denen das weibliche Geschlecht in der großen Welt da draußen anscheinend eine Neigung verspürte –, über die Farben ihrer Augen, Haare und Lippen; wodurch er sie in Versuchung geführt hätte, ein verbotenes Stück Spiegelglas zu erlangen, was das ganze Experiment gefährdet hätte.

Er hätte keinen Grund gehabt, sich in dieser Hinsicht zu beunruhigen, dachte Mary und straffte und reckte ihren Rücken angesichts dieser hypothetischen Situation. Der lange Minutenzeiger bewegte sich einen Zentimeter weiter auf die Spitze des Zifferblattes zu.

Was sie betraf, sie betrachtete Hubert Dearing bereits als den stattlichsten aller Männer, nachdem sie mehrere fotografische Porträts von ihm in Schwarzweiß gesehen hatte, doch sie freute sich voll ungeduldiger Erwartung darauf, ihn sozusagen im Fleische zu sehen. Tatsächlich schien es für unsere junge Freundin nichts zu geben, das noch geeigneter gewesen wäre, sich als Erstes ihrem ausgehungerten Farbensinn darzubieten, als das Antlitz des großen Mannes, der bei ihrer Erziehung und Ausbildung so viele Jahre lang den Vorsitz geführt hatte. Angesichts des heroischen Backenbartes, den er trug, war es jedoch wahrscheinlich, dass auf den ersten Blick seine Augen die wichtigsten farbigen Stellen in seinem Gesicht wären. Wären sie braun, blau oder grau? Grau wäre gewiss enttäuschend – Grau hatte sie bereits im Übermaß gehabt. Sie hatte das Gefühl, dass sie braun sein würden, denn der Klang des Wortes passte zum Timbre seiner Stimme. Aber wie würde Braun *aussehen?* Bald würde sie es wissen.

Würde sie? Sie erinnerte sich, mit einem unguten, ängstlichen Gefühl, an die Mahnung, die er in ihrem letzten, nur einen Tag zurückliegenden Gespräch ausgesprochen hatte: »Es ist möglich, weißt du, dass du überhaupt nichts sehen wirst.«

»Überhaupt nichts?« Sie wiederholte es in Form einer Frage.

»Ich meine, nichts, das einer Farbe ähnelt. Das ist möglich nach einer so langen Beschränkung auf eine monochrome Umgebung …« Er überließ es ihrer lebhaften Intelligenz, selbst die Konsequenzen zu ziehen.

»Ich könnte buchstäblich farbenblind sein«, schloss sie.

Er spielte mit seinen Handschuhen herum, beugte seine Finger und drückte das straffe Leder zwischen ihnen zurecht. »Es ist möglich«, sagte er. »Sollte es so kommen, könntest du mir jemals vergeben?«

»Ich könnte immer noch der Gegenstand erheblichen

klinischen Interesses sein, nicht wahr?«, sagte sie tapfer. »Das wäre ein Ausgleich.«

»Du bist wunderbar«, sagte er schlicht, und ein Schauder durchzog sie von Kopf bis Fuß, als ihr das ganze Ausmaß seiner Wertschätzung bewusst wurde. »Ich habe diesen schlimmstmöglichen Fall nur deshalb erwähnt, weil das meine Pflicht ist«, fuhr er fort. »Ich zweifle nicht daran, dass morgen der glücklichste Tag deines Lebens sein wird.«

»Das glaube ich auch«, sagte sie.

Es dämmerte schon – wie immer auch die Dämmerung aussehen mochte –, und jetzt brach die elfte Stunde an. Der Minutenzeiger sprang mit einem Ruck weiter und zeigte auf die Zwölf. Die Uhr begann zu schlagen. Noch lauter schien Mary das Schlagen ihres eigenen Herzens, das schon immer in Augenblicken heftiger Gefühle zu lautem Pochen geneigt hatte. Sie hörte den Klang der Bolzen, die auf der anderen Seite der Tür zurückgezogen wurden. Sie erhob sich von ihrem Platz und griff sich in einer unwillkürlichen Bewegung einer ihrer behandschuhten Hände an die Brust.

Die Tür schwang auf, und dort auf der Schwelle stand Professor Hubert Dearing, der sie aus seinem Bart heraus anlächelte.

»Nun, meine Liebe«, sagte er. »Bist du bereit für dein großes Erlebnis?«

Sie starrte ihn an, und ihr Gesicht war totenblass. Sie starrte jedoch nicht auf seine bartumrandeten Lippen oder in seine dunkelbraunen Augen. Ihr Blick wurde von einem helleren Farbfleck auf dem Revers seines Jacketts angezogen, wo eine rote Rosenknospe, die er am Morgen in seinem Garten gepflückt hatte, von ein oder zwei grünen Blättern umrahmt in seinem Knopfloch steckte. Dearing folgte der Richtung ihres Blicks, sah selbstgefällig auf die Blume herab und griff nach dem Revers seines Jacketts. »Das ist …«, begann er. Doch bevor er noch mehr sagen konnte, war sie zu seinen Füßen zusammengebrochen.

»Mary!«, schrie er voll Grauen. Rasch kniete er sich neben sie, tastete nach ihrem Puls, zerriss das Oberteil ihres Kleides, löste die straffe Schnürung ihres Korsetts und drückte sein Ohr an ihre Brust. Doch es war sinnlos. Das Rot der Rosenknospe war wie ein Pfeil in ihr Gehirn eingedrungen, und ihr zerbrechliches Herz, überwältigt von der Intensität der Empfindung, hatte zu schlagen aufgehört.

Marys Rose

Das also ist die Geschichte, wie Mary zum ersten Mal eine Farbe sah, als sie eine junge Frau war, denn als sie ein Baby war wie du oder ich, hat sie keine Farbe gesehen, obwohl niemand genau weiß, wann Babys zum ersten Mal Farben sehen, denn sie sehen sie, wenn sie dir auch nicht sagen können, dass sie sie sehen, aber Babys sehen sie ganz sicher, und wenn sie anfangen, sprechen zu lernen, lernen sie die Namen der verschiedenen Farben, und die Farbe, deren Namen sie fast immer zuerst lernen, ist Rot.

Mary lernte die Namen der Farben, als sie ein kleines Kind war, aber die Farben selbst sah sie nicht, sie durfte an dem Ort, an dem sie lebte, keinerlei Farben sehen, nur Schwarz und Weiß und all die Grauschattierungen dazwischen, und als sie die Namen erlernte, bedeuteten diese deshalb nicht das, was sie für dich und mich bedeuten, wenn wir sie erlernen, sie waren wie Wörter einer Fremdsprache für Mary, als sie sie als kleines Mädchen lernte, sie konnte nur raten, was wohl im Kopf passiert, wenn man etwas sieht, das rot oder gelb oder blau ist oder eine andere Farbe hat. Sie durfte nicht mit bunten Bauklötzen oder bunten Bällen oder irgendwelchen anderen bunten Spielsachen spielen. Sie durfte keinen Malkasten und keine Buntstifte benutzen oder Bücher mit bunten Bildern lesen. Sie lebte unter der Erde in einem Haus, in dem es keine anderen Farben gab als Schwarz und Weiß und all die Grauschattierungen dazwischen, und nirgendwo gab es Spiegel, sodass sie die Farben ihrer Lippen, Augen und Haare nicht sehen konnte. Tagein, tagaus musste sie Kleider tragen, die jeden Zentimeter ihres Körpers bedeckten, sodass sie die Farbe ihrer Haut nicht sehen konnte, und die Kleider waren schwarz oder weiß oder besaßen eine der Grauschattierungen dazwischen. Und nie durfte sie nach draußen, sodass sie nie eine grüne Wiese oder den blauen Himmel oder einen Regenbogen sah. Als sie heranwuchs, lernte sie mehr über Farben, aber sie durfte nie irgendetwas Buntes sehen. All das diente dazu, herauszufinden, was mit einem Menschen geschah, der alles über Farben wusste, außer, wie Farben aussahen, um herauszufinden, was er im Innersten fühlen würde, wenn er schließlich eine Farbe sah, wie es an dem Tag, von dem ich euch erzählen will, auch mit Mary geschah.

Vor dem Tag, als Mary zum ersten Mal eine Farbe sah, versuchte sie herauszufinden, wie die verschiedenen Farben aussahen, indem sie einfach über sie nachdachte. Als sie jung war, sagte sie sich laut Farbbezeichnungen vor und versuchte sich aufgrund dessen, wie die Wörter klangen, wenn man sie aussprach, vorzustellen, wie sie aussahen, aber als sie älter geworden war, fand sie heraus, dass es auf der Welt viele Sprachen gab und dass dieselbe Farbe verschiedene Namen haben konnte, die in den verschiedenen Sprachen absolut verschieden klangen, dass also zum Beispiel *yellow* auf französisch *jaune,* auf deutsch *gelb* und auf polnisch *zólty* hieß, obwohl ein gelber Gegenstand, sagen wir eine Zitrone oder eine Portion Butter, für einen Engländer, Franzosen, Deutschen oder Polen gleich aussah, sodass man unmöglich aus dem Namen einer Farbe darauf schließen konnte, wie sie aussah. Dann versuchte sie mithilfe von Wendungen und Ausdrücken, die sie in ihren Geschichtenbüchern fand, herauszufinden, wie verschiedene Farben aussahen, Wendungen und Ausdrücke wie »er war rot vor Zorn« oder »ich hab den Blues« oder »sie war grün vor Neid«, und sie versuchte, sich in diese Stimmungen zu versetzen, und wartete darauf, dass eine Farbe ihren Geist erfüllte und den Anblick der schwarzen und weißen und grauen Welt, in der sie lebte, färbte, doch so funktionierte das nicht, und als sie in anderen Büchern las, dass Leute manchmal rot vor Verlegenheit oder blau vor Kälte oder grün vor Übelkeit sind, schloss sie, dass es zwischen einer bestimmten Farbe und einem bestimmten geistigen oder körperlichen Zustand keine Übereinstimmung gab.

Was sind Farben? Nun, sie sind etwas sehr Seltsames, sie sind eine Art Licht, in Wirklichkeit besteht das, was wir Licht nennen, aus einer Mischung aller Farben des Regenbogens, Farben sind das Licht, das in die einzelnen Bestandteile zerlegt wurde, sie sind Lichtwellen, die auf verschiedene Gegenstände treffen und von ihnen zurückgeworfen werden, worauf sie in das Augeninnere fallen und verschiedene Signale zum Gehirn schicken. Durch ihre naturwissenschaftliche Ausbildung erfuhr Mary alles darüber, als sie heranwuchs, und sie erfuhr alles über die verschiedenen Wellenlängen des Lichts und die verschiedenen Wellenfrequenzen, die zu den verschiedenen Farben gehörten, und sie hörte von verschiedenen Zellen im Auge, die auf verschiedene Wellen reagierten, und wie einige Menschen einige Farben nicht sehen können, weil sie nicht alle Arten von Rezeptorzellen besitzen, und sie lernte die verschiedenen Arten von Farbenblindheit kennen, Deuteranopie und Protanopie und Tritanopie, doch sie selbst hatte bis zu dem Tag, von dem ich euch gleich erzählen werde, keine einzige Farbe gesehen. Sie hatte alles, was man über Farben wissen kann, mit Hilfe von Diagrammen gelernt, die mit weißer Kreide auf schwarze Tafeln gezeichnet worden waren, und aus wissenschaftlichen Handbüchern mit Schwarzweiß-Illustrationen.

So kam der große Tag, an dem Mary aus ihrem unterirdischen Zuhause entlassen wurde und zum ersten Mal Farben sehen durfte. Ihr könnt euch vorstellen, wie aufgeregt sie war, doch die Wissenschaftler und Philosophen, die sie erzogen und ihr alles beigebracht hatten, was es über Farben zu wissen gab, waren fast genauso aufgeregt, denn sie würden Antworten auf Fragen erhalten, die sie lange verwirrt und über die sie untereinander lange gestritten hatten, zum Beispiel Fragen, wie es *ist*, zum ersten Mal eine Farbe zu sehen, denn wie ich schon gesagt habe, man kann ein Baby nicht fragen, wie es ist, zum ersten Mal eine Farbe zu sehen, denn es kann nicht sprechen, also kann es das einem auch nicht sagen, aber Mary wäre in der Lage, es ihnen zu sagen, und sind Farben etwas, das sich nur im Kopf abspielt, oder sind sie etwas, das eigenständig in der Welt existiert, und sind Farben etwas, das man sich im Kopf vorstellen kann, ohne dass man sie gesehen hat, oder muss man sie sehen, und ist eine bestimmte Farbe für jeden dasselbe, oder unterscheidet sie sich von Individuum zu Individuum, und könnte eine Farbwissenschaftlerin wie Mary, denn das war sie inzwischen geworden, jemand, der alles über Wellenlängen und Frequenzen weiß, die erste Farbe, die sie sehen würde, allein dadurch identifizieren, indem sie mit einem Fotospektrometer eine Messung durchführte, oder müsste man ihr sagen, was sie vor sich hat? Das waren einige der Fragen, von denen die Wissenschaftler und Philosophen hofften, dass Mary in der Lage wäre, sie für sie zu beantworten, wenn sie zum ersten Mal einen farbigen Gegenstand sehen würde an dem Tag, von dem ich euch erzähle.

Die Wissenschaftler und Philosophen stritten untereinander darüber, welchen farbigen Gegenstand Mary zuerst sehen sollte, denn natürlich würden sie Mary nicht nach draußen gehen lassen in eine Welt voll zahlloser Farben, sie wäre überwältigt, sie wüsste nicht, wo sie anfangen soll, es wäre unmöglich, ihre Reaktionen mit wissenschaftlicher Genauigkeit zu überwachen, weshalb man beschlossen hatte, dass sie am ersten Tag nur einen einzigen farbigen Gegenstand sehen sollte, und der wäre eine rote Rose. Rot wählten sie, weil das das am weitesten verbreitete Farbkonzept auf der Welt ist, nach Schwarz und Weiß, das soll heißen, dass jede bekannte Sprache ein Wort für rot hat, obwohl nicht alle Sprachen der Welt Wörter für alle Farben haben, die es auf der Welt gibt. Und sie entschieden sich für eine Rose und nicht für einen Ziegelstein oder eine rote Kachel, weil eine Rose ein natürlicher Gegenstand ist und ihr Rot ein natürliches Rot.

Als Mary dann an dem Tag, von dem ich euch erzähle, zum ersten Mal ihr unterirdisches Zuhause verließ und ihren Fotospektrometer bei sich trug, befand sie sich nicht unter freiem Himmel, sondern in einem anderen fensterlosen Raum, der in einem eintönigen Grau gestrichen war und von einem weißen Licht beleuchtet wurde. In die Wände waren Beobachtungsöffnungen gebohrt worden, durch die die Wissenschaftler und Philosophen Mary beobachten konnten, und sie besaßen Sprechgitter, durch die sie mit ihr reden konnten, und in der Mitte stand ein weißer Sockel auf dem Boden, und auf dem Sockel lag eine einzelne rote, voll erblühte Rose, und das war der einzige Gegenstand, der sich in diesem Raum befand.

Mary ließ den Fotospektrometer auf den Boden fallen und ging direkt auf die Rose zu. »Was siehst du, Mary?«, fragte der leitende Wissenschaftler, und alle anderen Wissenschaftler und Philosophen hielten den Atem an. »Eine Rose«, sagte sie. Sie wusste, dass es eine Rose war, denn sie hatte Schwarzweiß-Zeichnungen und Fotografien von Rosen in ihren Botanik-Lehrbüchern gesehen. Aber sie hatte noch nie zuvor eine wirkliche, dreidimensionale Rose gesehen, und noch nie zuvor hatte sie eine wirkliche Rose in der Hand gehalten, und noch nie zuvor hatte sie den Duft einer wirklichen Rose gerochen. Ganz vorsichtig hielt sie die Rose zwischen Finger und Daumen am Stengel und streichelte ihre samtigen Blütenblätter und drückte die Nase mitten hinein und atmete ihren Duft, und sie wirkte wie jemand in Ekstase. »Welche Farbe hat die Rose, Mary?«, fragte der leitende Wissenschaftler, und wieder hielten all die anderen Wissenschaftler und Philosophen den Atem an.

»Das weiß ich nicht«, sagte Mary, »und es ist mir auch egal.« – »Es ist dir egal?«, schrien alle Wissenschaftler und Philosophen gleichzeitig. »Es ist mir egal, welche Farbe sie hat«, sagte Mary. »Eine Rose ist eine Rose ist eine Rose ist eine Rose.«

Mary sieht rot

»Na, Dickinson, heute ist der große Tag!« Professor Horatio Stigwood reibt sich erwartungsvoll die ewig kalten Hände. Er trägt eine hellrote Krawatte unter seinem weißen Laborkittel als Zeichen seiner Zuversicht.

»Schon Recht«, erwidert Professor Giles Dickinson verdrießlich. An diesem heiteren, windigen Apriltag des Jahres 2031 warten die beiden Männer im neunten Stock des Zentrums für Bewusstseinsstudien im Stanstead Airport Science Park auf den Aufzug.

»Wollen Sie Ihren Einsatz erhöhen?«, sagt Stigwood.

»Nein.«

»Höre ich da so etwas wie Besorgnis in Ihrer Stimme?«, fragt Stigwood mit einem schwachen, verkniffenen Lächeln.

»Ich kann Wetten nicht gutheißen«, sagt Dickinson. »Besonders keine Wetten auf das Ergebnis eines wissenschaftlichen Experiments. Ich wurde wider besseres Wissen zu dieser Wette überredet.«

Ein elektronisches *Ping!* verkündet das Eintreffen des Aufzugs. Die Türen gleiten auf, und die beiden Männer betreten den gepolsterten Würfel.

»Ich erlasse sie Ihnen, wenn Sie wollen«, sagt Stigwood.

»Nein, lassen wir's, wie's ist«, sagt Dickinson. »Ich bin mir ziemlich sicher, was dabei herauskommt.«

Der Fahrstuhl wird langsamer und hält im vierten Stock. Dickinson geht zur Tür.

»Wir sehen uns dann um elf im Beobachtungsraum«, sagt Stigwood.

»Um elf«, sagt Dickinson und verlässt den Fahrstuhl, ohne zurückzublicken.

O wunderbare Welt wissenschaftlicher Forschung! Welche Hingabe, welche Geduld, welche Aufmerksamkeit gegenüber Details! Seit einunddreißig Jahren ist Mary X in ihrer unterirdischen Zelle eingekerkert (die die Experimentatoren lieber »Suite« nennen). Als Neugeborene wurde sie direkt aus dem abgedunkelten Kreißsaal geholt, die Augen bandagiert auf der Fahrt aus der Klinik, sodass nicht einmal die leiseste Ahnung über die farbliche Beschaffenheit der Welt ihr Gehirn auf dem Weg über ihr noch unentwickeltes optisches Nervensystem erreichen konnte. Ein Team maskierter Assistentinnen, von Kopf bis Fuß in Schwarz und Weiß gekleidet, das sie ernährt, mit ihr spielt und sie erzieht. Eingeführt in die große weite Welt via Virtual-Reality-Maschinen, die so programmiert sind, dass sie ausschließlich monochrom arbeiten. Eine naturwissenschaftliche Ausbildung, ermöglicht durch Fernunterricht, von Nobelpreisträgern in Optik und Neurowissenschaften ausgebildet, ausgestattet mit den allerneuesten Forschungsergebnissen zur Phänomenologie der Farbwahrnehmung – sie weiß alles über Farben, was man nur wissen kann, ohne jemals eine Farbe gesehen zu haben. Alle farbigen Illustrationen in ihren Büchern und Zeitschriften wurden beseitigt und gegen monochrome Repliken ausgetauscht. Es gibt keine Spiegel oder reflektierende Oberflächen in ihren Wohnräumen, in denen sie die Pigmentation ihrer Lippen, Augen und Haare sehen könnte. Zufällig hat sie rabenschwarzes Haar und volle rote Lippen, und ihre Augen sind kornblumenblau; sie ist wirklich eine sehr schöne junge Frau, obwohl sie das natürlich nicht weiß. Arme Mary! *Mary, Mary, solitary.* Mary, Mary, einsame Mary, was wächst in deinem Garten? Graues, graues Gras und schwarzes, schwarzes Gebüsch und tote weiße Blumen aller Arten.

Doch jetzt soll sich ihr Leben ändern. Das Experiment, im Jahre 2000 mit einem Stipendium des Millennium Fund der Nationallotterie begonnen, ist fast abgeschlossen. Der entscheidende Tag ist gekommen: Mary soll aus ihrem langen, farblosen Winterschlaf befreit werden und die große Debatte über Qualia entscheiden. Sind diese, wie

Neurowissenschaftler wie Stigwood behaupten, nichts als elektrochemische Reaktionen im Gehirn; oder sind sie, wie Philosophen wie Dickinson behaupten, irreduzible subjektive Erfahrungen der individuellen menschlichen *Gestalt,* die mit ihrer Umgebung interagiert? Schon seit Monaten hat Stigwood Marys Gehirn künstlich mit Elektroden stimuliert, indem er das Muster feuernder Zellen seines eigenen Gehirns repliziert, das die Farbe Rot wahrnimmt – Muster, die durch Positronen-Emissions-Tomographie und Magnetresonanz-Spektroskopie sichtbar gemacht wurden. Sie teilte mit, was sie empfand, und ihr wurde gesagt, dass es sich dabei um Rot handelte. Man konnte unmöglich wissen, ob das der üblichen Wahrnehmung von Rot entsprach. Genau das wollen sie jetzt herausfinden. Wenn Mary genau um elf Uhr vormittags ihr farbloses Habitat verlassen wird, wird sie sich in einem kahlen, weiß gestrichenen Vorraum wiederfinden, der nur einen einzigen Farbfleck besitzt: Auf einem Tisch mit einer Glasplatte in der Mitte des Raumes befindet sich eine einzelne rote Rose in einer durchsichtigen Glasvase. Die Frage ist, wird Mary, wenn sie das sieht, wissen, dass sie eine rote Rose sieht?

Eine Minute vor elf warten Stigwood und Dickinson angespannt hinter dem nur von ihrer Seite durchsichtigen Fenster, das den Beobachtungsraum vom Vorraum trennt. Stigwood blickt auf seine Uhr und nickt einem Assistenten zu, der einen Knopf auf einer Konsole drückt. Eine Falltür im Boden öffnet sich automatisch. Langsam erscheinen Marys Kopf und ihre Schultern, dann der Rest ihres Körpers, während sie die Wendeltreppe hinaufsteigt, die aus ihrem Verlies führt. Sie blickt sich um, blinzelt im hellen, reflektierten Licht und sieht die Rose. Sie schnappt nach Luft und legt eine Hand auf ihr Herz; dann geht sie auf Zehenspitzen darauf zu, als sei die Rose ein lebendiges Wesen, das davonlaufen könnte, wenn man es erschreckt. Die Wissenschaftler beobachten sie, wagen kaum zu atmen. Es ist nicht die läppische Wette über einhundert Pfund, die ihnen Sorge macht; es ist die Aussicht auf beruflichen Triumph oder Scheitern.

»Mary.« Stigwood spricht sie über die Lautsprecheranlage an, und sie zuckt zusammen.

»Ja?« Sie blickt sich im Raum um und versucht zu erkennen, wo sich die Lautsprecher befinden, doch ihr wird nicht klar, dass die undurchsichtige, in die Wand eingelassene Platte ein nur von einer Seite durchsichtiges Fenster ist.

»Was siehst du auf dem Tisch?«

»Eine Rose.«

»Welche Farbe hat sie?«

Eine Pause. Die längste Pause, die beide Männer in ihrem Leben jemals erlebt haben.

»Rot«, sagt sie.

Stigwood streckt die geballte Faust nach oben. Dickinson sieht niedergeschlagen aus. Er entreißt Stigwood das Mikrofon.

»Woher weißt du das?«, fragt Dickinson.

»Das ist die Farbe von Blut.«

»Blut?« Jetzt sieht Stigwood bestürzt aus. »Woher weißt du, welche Farbe Blut hat?«

Mary errötet. »Jede Frau weiß das«, sagt sie.

Stigwood schlägt sich mit der Faust gegen den Kopf. »Verdammt, das haben wir vergessen!«, jammert er.

»Die Frage bleibt offen«, sagt Dickinson sichtlich erleichtert.

»Mary«, sagt Stigwood, »ich fürchte, wir müssen das Experiment mit einer anderen Farbe wiederholen. Würdest du bitte wieder in deine Suite zurückkehren?«

»Sie haben gesagt, dass ich heute hinaus in die Welt gehen darf.«

»Es wird nur noch ein paar Monate dauern.«

Mary nimmt die Rose aus der Vase, gießt das Wasser auf den Boden und zerschlägt den Hals des Gefäßes an der Tischkante. Sie hält den gezackten Glasrand an ihre Kehle. »Wenn ihr Bastarde mich nicht sofort rauslasst«, sagt sie, »zeige ich euch die Farbe meines Bluts.«

17

»Sie brauchen einen Algorithmus zur Selbstbewahrung«, sagt Ralph Messenger. »Die Mutter muss sich selbst genauso lieben wie ihre Kinder, wenn sie effizient funktionieren soll. Können Sie mir folgen?« Er befindet sich in seinem Büro im Centre für Kognitionswissenschaft; Carl, der postgraduierte Student aus Deutschland, ist bei ihm in der Sprechstunde. Es ist Freitag, der 21. März, vormittags. Carl nickt ernst und macht sich eine Notiz. Das Telefon klingelt, und Ralph nimmt ab. »Helen!«, sagt er; es klingt freudig überrascht. »Einen Augenblick.« Er deckt die Sprechmuschel mit seiner Hand ab. »Ich denke, das wär's für heute, Carl. Ich sehe Sie dann nächste Woche um dieselbe Zeit. OK?«

»Ja, natürlich, Professor Messenger. Vielen Dank«, sagt Carl. Er sieht allerdings ein wenig verärgert aus, als er seine Papiere und Disketten zusammenpackt.

»Ist es im Augenblick unpassend?«, sagt Helen besorgt in Ralphs Ohr. »Ich ruf später noch mal an.«

»Nein, nein, schon OK.« Er wartet, bis Carl das Zimmer verlassen und die Tür hinter sich geschlossen hat. »Bin gerade mit meiner Sprechstunde fertig«, sagt er. »Was kann ich für dich tun?«

»Na ja, ich habe im Rechenzentrum der Universität wegen einer E-Mail Adresse nachgefragt, genau wie du vorgeschlagen hast. Lucy hat übrigens eine E-Mail-Adresse in ihrem Büro ...«

»Gut.«

»Und jetzt haben sie mir einen Brief mit einem Passwort

und einer Menge Anweisungen geschickt, die ich nicht verstehe.«

»Wo bist du?«

»Maisonette Row Nummer sieben.«

Er lacht. »Nennt man die so?«

»Nein, ich nenne sie so.«

»Ich komme vorbei und kläre die Sache für dich«, sagt er.

»Du hast sicher furchtbar viel zu tun … Aber ich dachte, vielleicht könnte einer deiner jungen Männer …«

»Ich komme über Mittag vorbei. Du brauchst ein Modem und verschiedene Software. Was für ein Fabrikat ist dein Computer, aus welcher Modellreihe?«

»Es ist ein Toshiba irgendwas – ich muss nachschauen … Satellite 210. Hör zu, es ist mir furchtbar unangenehm, dich in deiner Mittagspause in Anspruch zu nehmen.«

»Hast du etwas Brot und Käse in deiner Maisonette?«

»Ja …«

»Dann könnte ich bei dir zu Mittag essen.«

Eine kleine Pause entsteht, dann sagt Helen: »Na gut, in Ordnung.«

Viertel vor eins klopft Ralph an die Vordertür von Helens Maisonette und wird eingelassen. Die Tür führt direkt ins Wohnzimmer. Er stellt seine Aktentasche ab und sieht sich um. »Ich glaube nicht, dass ich schon mal in einer von denen war«, sagt er. »Es ist ziemlich gemütlich, oder?«

»Ich habe mein Bestes getan«, sagt sie und deutet auf die Gummibäume, die Jugendstil-Plakate an den Wänden, die bunten Kissen und Überwürfe auf Sofa und Sessel. »Aber es gibt deutliche Grenzen.«

»Möchtest du mich nicht herumführen?«

»Das ist schon alles, wirklich. Es ist offen angelegt.«

»Aber es gibt ein Obergeschoss«, sagt er und schielt

nach der Treppe, die auf einer Seite des Wohnzimmers nach oben führt.

»Das ist kaum sehenswert«, sagt sie. »Aber wenn du möchtest …«

»Nun, als Mitglied des Senats sollte ich wissen, welche Unterkunft wir Gästen wie dir anbieten.«

Helen führt ihn die Treppe hinauf und bleibt auf dem winzigen Treppenabsatz stehen. »Mein Schlafzimmer«, sagt sie und öffnet eine Tür. Er tritt über die Schwelle und sieht sich in dem kleinen Zimmer um, das mit einem Ankleidetisch, einem Einbauschrank und einem Doppelbett ausgestattet ist, das an der Wand unter der schrägen Decke und dem Mansardenfenster steht. Das Bett ist ordentlich gemacht, und die Türen und Schubladen der Möbel sind geschlossen. Außer einem kleinen Bücherstapel auf dem Nachttisch ist nur wenig von Helens persönlichem Besitz zu sehen.

»Alles sehr ordentlich«, sagt er. »Würde ich hier alleine leben, wäre es nach einer Woche die reinste Müllkippe.«

»Gewohnheit«, sagt Helen und zuckt mit den Schultern. Sie deutet auf die zweite Tür, die vom Treppenabsatz abführt. »Da drin sind Bad und Toilette.«

»Dürfte ich sie sehen?«

Helen öffnet die Tür zum Bad, sieht ein Höschen auf dem Boden unter dem Handtuchhalter und stürzt hin, um es aufzuheben. Ralph lächelt, äußert sich aber nicht dazu.

»Damit wäre der Rundgang beendet«, sagt sie und wirft das Höschen in einen zylinderförmigen Plastikbehälter mit Korkdeckel, der gleichzeitig als Wäschekorb und als Hocker dient. Er dreht sich um und geht vor ihr die Treppe hinab.

»Möchtest du zu Mittag essen oder erst das mit der E-Mail erledigen?«, fragt Helen. Mit einer Hand deutet sie auf den Tisch, auf dem ein rotes Tischtuch liegt und der bereits gedeckt ist, und mit der anderen auf den Schreibtisch, auf dem ihr aufgeklappter, eingeschalteter Laptop steht, auf dem sich träge ein Bildschirmschoner dreht.

»Machen wir die E-Mail zuerst«, sagt er. »Dann können wir uns entspannen.« Er nimmt ein verpacktes Modem und zwei Disketten aus seiner Aktentasche und setzt sich an den Schreibtisch.

»Sollte ich dir dafür nicht etwas bezahlen?«

»Nein. Die Software ist kostenlos.«

»Dann für das Modem.«

»Geschenk vom Centre.«

»Ich glaube, ich sollte etwas bezahlen.«

»Es wäre für mich, oder besser für Stuart Phillips, ein Riesenaufwand, dir eine Rechnung zu schicken.«

Helen gibt nach. »Also gut. Danke.«

»Welches Passwort haben sie dir gegeben?«, fragt Ralph.

Helen sieht auf einem Blatt Papier nach. »Hochsprung für den Einwahl-Service und Lippenstift für die E-Mail.«

»Hmm, ziemlich gut.«

»Gut?«

»Leicht zu merken.«

»Wie heißen deine?«

»Zum Einwählen brauche ich kein Passwort«, sagt er, »weil ich direkten Zugang zum Netz habe, auch zu Hause. Und mein E-Mail-Passwort sollte ich dir wirklich nicht verraten.«

»Oh, tut mir Leid«, sagt sie verlegen. Dann fügt sie hinzu: »Aber jetzt kennst du meins.«

»Ich könnte dir sonst nicht zeigen, wie es funktioniert. Du kannst es später immer noch ändern.«

»Nein, es macht mir eigentlich nichts aus.«

»Meins ist Rucksack«, sagt er.

»Ich wollte es wirklich nicht wissen«, sagt sie. »Mir wäre lieber, du hättest es mir nicht gesagt.«

»Ich wollte nicht, dass du glaubst, ich vertraue dir nicht«, sagt er.

»Lippenstift und Rucksack«, grübelt Helen. »Es klingt, als ob das Rechenzentrum eine Schwäche für Geschlechterstereotypen hat.«

»Nein. Das ist reiner Zufall«, sagt Ralph. »Sie haben eine Liste mit Wörtern, die sie einfach bei Bedarf verteilen.«

Er zeigt ihr, wie man sich in das universitätseigene Netz einwählt und wie man E-Mails versendet und empfängt. Er gibt Lucys E-Mail-Adresse in Helens Adressdatei ein und dann seine eigene. »Möchtest du mich Ralph oder Messenger nennen?«, fragt er.

»Messenger«, sagt sie, nachdem sie einen Augenblick lang nachgedacht hat.

Er sieht ihr zu und hilft ihr dabei, als Helen zögernd eine Zwei-Zeilen-Nachricht an Lucy schickt und sie bittet, den Empfang zu bestätigen. Helen drückt auf ›Senden‹, und blitzschnell verschwindet der Text ihrer Nachricht.

»Theoretisch könnte das jetzt schon in Australien sein«, sagt Ralph. »Obwohl es wahrscheinlich wegen der verstopften Telefonleitungen aufgehalten wird. Trotzdem sollte Lucy es heute noch bekommen.«

»Das ist erstaunlich.«

»Und alles zum Preis eines Ortsgesprächs. Übrigens, schreib deine Briefe immer, bevor du dich einwählst. So sparst du eine Menge Telefonkosten.« Er zeigt ihr, wie man das macht.

»Vielen, vielen Dank«, sagt sie. »Ich glaube, das ist so ziemlich alles, was ich auf einmal kapiere. Ich setze die Suppe fürs Mittagessen auf.«

»Ich hoffe, du hast dir keine Umstände gemacht«, sagt Ralph. »Als ich sagte, Brot und Käse, hab ich das wörtlich gemeint.«

»Genau das ist es auch, mehr oder weniger«, sagt Helen. »Dazu etwas Pastete und grüner Salat.«

»Und Suppe.«

»Und Suppe. Solange ich sie heiß mache, könntest du dir ein paar neue Arbeiten meiner Studenten anschauen«, sagt Helen. Sie gibt ihm die drei besten Arbeiten über Mary, die Farbwissenschaftlerin.

Ralph sitzt im Sessel, liest die Manuskripte und kichert gelegentlich, während Helen zwischen der Kitchenette und dem Tisch hin und her geht. »Karinthys Wandgemälde hat dir ja eine Menge gebracht«, sagt er, als er mit dem Lesen fertig ist.

»Und den Studenten auch«, sagt sie. »Ich muss sagen, ich bin ziemlich beeindruckt davon, wie sie reagiert haben. Einige von ihnen haben sich wirklich bemüht, die wissenschaftliche Seite zu recherchieren – besonders dieser Stapel hier.«

»Bis zu einem gewissen Grad«, sagt er. »Aber sie sind reine Fantasie.«

»Natürlich sind sie das«, sagt Helen. »Aber ist das ursprüngliche Gedankenexperiment etwa keine Fantasie?«

»Ja, gut«, sagt Ralph. »Aber es illustriert ein seriöses philosophisches Argument, das diese Geschichten nicht einmal ansatzweise ansprechen.«

»Sie versuchen nicht, es anzusprechen. Ich habe sie nicht gebeten, es anzusprechen«, sagt Helen. »Sie benutzen Marys Geschichte, um etwas zu verfremden, das wir als gegeben hinnehmen – die Farbwahrnehmung –, und das macht gute Literatur immer. Und übrigens imitieren sie gewisse literarische Modelle wirklich geschickt.«

»Ja. Henry James habe ich erkannt ... Und am Ende auch Gertrude Stein ... Sie sind sehr gut geschrieben, das gebe ich zu. Aber sie alle dämonisieren die Wissenschaft – ist dir das aufgefallen? Die Wissenschaftler sind immer die Bösen – sie sperren die arme Mary ein, beuten sie aus, nehmen ihr alles. Töten sie sogar in einem Fall.«

»Aber das steckt alles schon im ursprünglichen Gedankenexperiment«, sagt Helen. »Daran würde ein normaler Mensch zuerst denken, wenn er zum ersten Mal davon hört – die schreckliche Not dieses armen Mädchens, von Geburt an eingeschlossen in einer monochromen Welt, bis sie erwachsen ist, nur um die wissenschaftliche Neugierde zu befriedigen. Wenn du dich an den Tisch setzen möchtest – die Suppe ist fertig.«

Es gibt Tomaten-Basilikum-Suppe mit einem Klecks saurer Sahne obendrauf und warme Ciabatta.

»Hmm, köstlich«, sagt Ralph nach dem ersten Löffel. »Die ist nicht aus der Dose oder aus dem Karton.«

»Nein«, sagt Helen. »Glücklicherweise hat die Küche einen Mixer.«

»Und was für eine Auswahl an Käse!«, ruft er und blickt auf das Käsebrett.

»Nur das, was gerade im Kühlschrank war«, sagt sie. »Was möchtest du trinken? Mineralwasser?«

»Hast du zufällig ein Bier?«

Helen sieht niedergeschlagen aus. »Ich fürchte, nicht. Ich selbst trinke keins. Ich hab eine Flasche Beaujolais, wenn ...«

»Warum nicht?«, sagt er. »Üblicherweise trinke ich keinen Wein mitten am Tag, aber was soll's – heute ist Freitag. Und ich meine, es wäre eine Beleidigung, zu diesem Stilton Mineralwasser zu trinken.«

Helen holt eine Flasche Beaujolais Villages, und Ralph

öffnet sie mit einem altmodischen Korkenzieher und schenkt zwei Gläser ein. »Prost«, sagt er.

»Prost«, sagt sie. Eine Weile essen sie schweigend, dann fragt Helen: »Wie geht's Carrie?«

»Sehr gut, danke. Taugt ihr Roman irgendwas? Du kannst ganz offen sein, ich werde ihr nichts verraten.«

»Ich denke, er ist vielversprechend«, sagt Helen. »Ganz entschieden vielversprechend.«

»Großartig«, sagt Ralph. »Das ist genau, was Carrie braucht – ein eigenes Projekt, das sie wirklich ausfüllt. Dieser Beaujolais ist ganz ordentlich. Darf ich?« Er hebt die Flasche.

»Natürlich.«

Ralph füllt ihre Gläser nach. »Arbeitest du im Augenblick selbst an etwas?«, fragt er.

»Nein.«

»Du schreibst überhaupt nichts?«

»Nichts. Außer meinem Tagebuch.«

»Ein Tagebuch?«

»Seit Martins Tod bin ich nicht in der Lage, an einem Roman zu schreiben«, sagt sie.

»Verstehe«, sagt Ralph und schneidet sich noch ein Stück Stilton ab. »Du machst dir also über uns alle Notizen.«

»Nein, nein«, sagt Helen. Sie wirkt etwas nervös. »Ganz sicher nicht.«

»Willst du damit sagen, dass ich in diesem Tagebuch überhaupt nicht vorkomme?«, sagt er lächelnd und schaut ihr in die Augen. »Wenn ich das glauben würde, wäre das eine ziemliche Demütigung für mich.«

»Na ja, unweigerlich ... die Menschen, die ich hier getroffen habe, werden erwähnt ... Menschen, die freundlich zu mir waren, wie du und Carrie, aber ...«, Helen beendet den Satz nicht. »Es ist eine Möglichkeit, meine literarischen Muskeln zu trainieren. Sonst verkümmern sie. Ich versuche, jeden Tag etwas zu schreiben. Es ist egal, worum es dabei geht.«

»Ich habe kürzlich auch eine Art Tagebuch angefangen«, sagt er.

»Wirklich?«, jetzt sieht Helen fasziniert aus.

»Alles begann als Recherche zum Bewusstsein als Phänomen der ersten Person. Die Idee war, einige Rohdaten zu produzieren. Ich habe einfach meine Gedanken auf Band gesprochen, genau so, wie sie mir eingefallen sind.«

»Lasst uns die Atome aufzeichnen, wie sie auf den Geist niedergehen, in der Reihenfolge, in der sie auf ihn niedergehen.«

»Genau so. Von wem ist das?«

»Virginia Woolf.«

»Aber ich wette, sie hat's nicht getan. Ich wette, sie hat so lange an der Reihenfolge herumgemacht, bis sie ihr passte.«

»Ja, gut möglich.«

»Und alles in wunderschöner, mehrfach überarbeiteter Prosa beschrieben.«

»Ja. Aber ihr Ziel war, die Illusion zu schaffen ...«

»Ah, gut. Aber ich habe nicht versucht, eine Illusion zu schaffen. Ich war auf die Sache selbst aus«, sagt Ralph. »Es ist allerdings schwierig – unmöglich, ehrlich gesagt. Das Gehirn ordnet und überarbeitet eine Menge, bevor die ersten Worte aus dem Mund kommen.«

»Also hast du das Experiment aufgegeben?«

»Nein. Gelegentlich diktiere ich immer noch etwas. Es ist zur Gewohnheit geworden.«

»Diktierst du Sachen über mich?«, fragt sie.

»Ja«, sagt er, ohne zu zögern.

»Dann sind wir quitt«, sagt sie und leert ihr Glas. Ralph

beugt sich über den Tisch, um es wieder zu füllen. »Ich möchte nichts mehr«, sagt sie, hindert ihn aber nicht daran. Er gießt den restlichen Wein in sein eigenes Glas.

»Ich bin froh, dass du mich heute eingeladen hast«, sagt er. »Ich dachte, ich hätte dich beleidigt.«

»Warum solltest du so etwas denken?«

»Na ja, nach unserem Gespräch auf der Party, in meinem Arbeitszimmer ... Und dann, am nächsten Tag in Horseshoes, schienst du mir aus dem Weg zu gehen.«

»Ich wäre wohl kaum nach Horseshoes mitgekommen, wenn ich dir aus dem Weg gehen wollte.«

»Ja. Dieser Gedanke hat mich aufgemuntert«, sagt er.

Eine kurze Pause entsteht, in der Helen diese Bemerkung verdaut. »Möchtest du Kaffee?«, sagt sie.

»Gleich. Genießen wir den Rest Wein.«

Helen trinkt und schluckt. »Ich bringe heute Nachmittag nichts mehr zustande«, sagt sie. »Ich werde mich hinlegen.«

»Ausgezeichnete Idee«, sagt Ralph und lächelt dreist. »Ich hätte selbst nichts gegen eine Siesta.«

»Musst du heute Nachmittag nicht mehr arbeiten?«, sagt sie ebenso leichthin.

»Es gibt nur noch eine langweilige Ausschußsitzung, auf die ich gut und gerne verzichten kann«, sagt er. »Wir könnten in dein gemütliches kleines Schlafzimmer hinaufgehen und ein wenig abliegen.«

Helen lässt den Wein langsam in ihrem Glas kreisen. »Ich habe dir gesagt, ich will keine Affäre mit dir, Ralph.«

»Warum nicht?«

»Ich kann Ehebruch nicht billigen.«

»Na ja, solange es nicht deswegen ist, weil du mich unattraktiv findest«, sagt er. Helen schweigt. »Ich finde *dich* sehr attraktiv. Ehrlich gesagt, ich glaube, ich bin drauf und dran, mich in dich zu verlieben.«

»Du scheinst dich sehr leicht zu verlieben«, sagt sie trocken. »Warst du in Marianne verliebt?«

»Das war ein dummes Spiel, ich hab's dir doch gesagt. Wir haben auf einer Party zu knutschen angefangen, nachdem wir beide ein Glas zu viel hatten, und dann wurde es eine Art geheimes Spiel zwischen uns, es jedes Mal wieder zu machen, wenn wir uns privat trafen. Wir sprachen nie darüber. Dadurch wurde die langweiligste Dinnerparty ziemlich aufregend. Es war das emotionale Äquivalent zum Bungee-Jumping – man hatte das Gefühl, sich ohne Wenn und Aber fallenzulassen, aber in Wirklichkeit waren wir beide sicher angebunden. Es kam überhaupt nicht infrage, mehr zu machen als Rumzuknutschen. Wenn ich mich in eine Frau verliebe, möchte ich mit ihr schlafen«, sagt er und schaut ihr ernst in die Augen. »Und ich glaube, ich bin ein guter Liebhaber.«

»Ich glaube, wir sollten dieses Gespräch beenden«, sagt Helen, aber sie steht nicht auf.

»Wir könnten nach oben gehen und unsere Kleider ausziehen und uns auf dein Bett legen und uns langsam und genüsslich lieben und einschlafen, während wir uns in den Armen halten, und erfrischt und voll neuem Schwung aufwachen. Niemand würde es je erfahren.«

»Nein«, sagt Helen. »Ich will nicht.«

»Warum nicht? Du weißt, dass wir einander anziehend finden. Es geschah am ersten Abend, als wir uns trafen, bei den Richmonds, sofort als ich dich sah. So etwas ist unmissverständlich. Dieser Elan, den man plötzlich fühlt, die einfache Freude darüber, dass da ein anderer, bezaubernder Mensch existiert ... Auch du hast das gespürt, streite es nicht ab. Mehr als einmal habe ich beim Essen bemerkt, wie du mich ansiehst.«

»Wir können nicht einfach tun, was wir wollen, ohne an die anderen zu denken«, sagt Helen.

»Wenn du Carrie damit meinst …«

»Ja, die meine ich.«

»Es würde ihr nichts ausmachen, solange wir diskret vorgehen.«

»Was meinst du damit?«

»Carrie ist nicht dumm. Sie weiß, dass die meisten Männer ihren Ehefrauen nicht hundertprozentig treu sind. Sie weiß, dass ich ein Mann bin, für den Sex eine große Rolle spielt. Aber sie schnüffelt mir nicht nach. Sie durchsucht meine Taschen nicht. Aus diesem Grund hat unsere Ehe überlebt.«

»Carrie ist meine Freundin«, sagt Helen. »Ich möchte sie nicht hintergehen.«

Ralph stöhnt. »Wir hintergehen einander ständig, Helen – du weißt das. Es gibt tausend Dinge, die du Carrie unter keinen Umständen erzählen würdest. Warum willst du aus dieser einen Sache einen Fetisch machen?«

»So bin ich nun mal. Wahrscheinlich liegt das an meiner katholischen Erziehung.«

»Aber in Wirklichkeit glaubst du diesen ganzen Blödsinn doch nicht mehr. Du glaubst nicht, dass du in die Hölle kommst, nur weil du eines Nachmittags, nach einem überaus angenehmen Essen, mit mir nach oben in dein Schlafzimmer gegangen bist und überaus genüsslich gefickt hast. Oder doch?«

»Nein, aber …«

»Es ist keine große Sache, Helen. Die Leute ficken die ganze Zeit, überall auf der Welt, und viele von ihnen, vielleicht die meisten, sind nicht miteinander verheiratet. Es ist nichts weiter als eine sehr nette Sache, die man mit jemandem macht, den man mag. Es ist ein zutiefst menschlicher Akt, aus freien Stücken zu ficken, nicht, weil man läufig ist oder empfängnisbereit wie ein Tier, sondern um Genuss zu schenken und zu bekommen.«

Helen steht auf und fängt an, das schmutzige Geschirr abzuräumen. »Ich mache Kaffee, und dann gehst du besser zu deiner Ausschusssitzung«, sagt sie.

Ralph blickt auf seine Armbanduhr. »Wenn ich zur Ausschusssitzung gehe, werde ich auf den Kaffee verzichten müssen.«

»Wie du meinst.«

»Du bist sicher, dass du nicht willst, dass ich die Sitzung ausfallen lasse?«

»Ziemlich sicher.«

»Na ja, es tut mir Leid. Ich glaube, es wäre … unvergesslich geworden.« Er steht auf und sammelt seine Sachen ein. »Dann treffen wir uns am Sonntag.«

»Ich glaube nicht, dass ich dieses Wochenende nach Horseshoes kommen werde«, sagt Helen.

»Aber du wirst erwartet! Du bist eingeladen. Du bist … eine Institution.«

»Man wird sehen«, sagt Helen.

»Danke für das Mittagessen.« Er streckt seine Hand aus, und Helen nimmt sie. Er hebt ihre Hand an seine Lippen und drückt einen Kuss auf ihre Knöchel. »Wir sehen uns am Sonntag«, sagt er.

18

Freitag, 21. März. Ralph ist gerade gegangen, nachdem er versucht hat, mich ins Bett zu bekommen – was ihm nicht gelungen ist. Es war knapp, viel knapper, als er sich vorstellen konnte, vermute ich. Hätte er sehen können, wie ich mich heute Morgen hektisch auf seine Ankunft vorbereitet habe, hätte er sich wirklich Chancen ausrechnen können.

Ich rief ihn heute Morgen gegen elf Uhr an und bat ihn, mir mit der E-Mail zu helfen, und prompt lud er sich selbst zum Mittagessen ein. Nur Brot und Käse, sagte er. Ich hatte noch ein Stück alten Cheddar im Kühlschrank, aber sonst nicht viel mehr, also schoss ich hinüber in den Supermarkt auf dem Campus und deckte mich mit Stilton, Gruyère und Chèvre ein, dazu Ardenner Pastete, Salat und genügend Tomaten, um eine Suppe zu machen. Dann raste ich mit dem Staubsauger durch die Wohnung, machte das Wohnzimmer sauber, nahm meine trocknende Unterwäsche von der Leine über der Badewanne, wechselte die Bettlaken. (Warum? Weil sie unter der ein wenig zu kleinen Bettdecke zu sehen waren und aussahen, als sollte ich sie wechseln, jedenfalls sagte ich mir das, aber wer weiß, welche Ideen in meinem Unterbewusstsein vor sich hin brodelten – und warum nahm ich überhaupt an, dass er mein Schlafzimmer von innen sehen wollte? Doch zufällig bestand er auf einer gründlichen Führung durch meine Unterkunft, kaum dass er angekommen war, einschließlich des Badezimmers, auf dessen Boden ein getragenes Höschen lag, das meiner Aufmerksamkeit entgangen war.)

Mittlerweile schwitzte ich heftig nach all dieser Anstrengung, also duschte ich heute zum zweiten Mal und beschloss, mir die Haare zu waschen, wenn ich schon einmal dabei war, und wechselte meine Kleider – zweimal, weil der Rock und die Bluse, die ich zuerst angezogen hatte, für diesen Anlass zu elegant wirkten, besonders angesichts meiner frisch gewaschenen Haare, also zog ich mich leger an, ich trug ein weites Denim-Hemd über einer Hose. Ich wollte einen netten Eindruck machen, ohne irgendwelche verführerischen Signale auszusenden. Nicht, dass es nötig gewesen wäre, ihn zu ermutigen. Ich bin ziemlich sicher, dass er mit der Absicht hierher kam, mich zu verführen, und dass die Bitte, sich das Haus anschauen zu dürfen, nichts weiter als ein Vorwand war, die notwendige häusliche Geographie kennen zu lernen – den Laden auszubaldowern, wie Einbrecher sagen oder früher in Romanen gesagt haben.

»Verführen« ist noch so ein Wort, das heute furchtbar altmodisch und literarisch klingt und an entjungferte Maiden und ruinierte Frauen denken lässt, an Richardsons Pamela, die ihre »Tugend« gegen Mr. B. verteidigt, aber mir fällt im Augenblick kein besseres ein. Schließlich versuchte er ja, mich ins Bett zu bekommen, und ich widerstand der Versuchung. Und zweifellos war ich in Versuchung. Er ist der erste Mann seit Martins Tod, zu dem ich mich körperlich hingezogen fühle – bei dem ich mir vorstellen kann, wie wir uns nackt umschlingen, ohne dass dieses Bild lächerlich oder abstoßend erscheint. Letztes Jahr gab es einige wenige Gelegenheiten, literarische Partys und dergleichen, bei denen ich mit irgendeinem Mann ins Plaudern und durch den Alkohol ein wenig in Fahrt gekommen war, sodass ich koketter wirkte, als ich mich fühlte, und dann wurde mir mit Schrecken bewusst, dass er sich Chancen ausrechnete, mit mir zu schlafen, und sofort erstarrte ich oder winkte einem inexistenten Freund am anderen Ende des Zimmers zu, stürzte davon, um ihn zu begrüßen oder fand eine andere Ausrede … einmal ließ ich so einen armen Irren stehen, einen Buchhändler mittleren Alters mit gelben Zähnen und Haaren in den Ohren, nahm mein Glas mit auf die Toilette, doch anstatt wieder zu ihm zurückzugehen, holte ich meinen Mantel aus der Diele, schlüpfte nach draußen, rief ein Taxi und fuhr allein nach Hause, wobei ich schuldig vor mich hin kicherte.

Nach langen Jahren an monogamem Sex mit Martin schien es undenkbar, mit einem anderen, fremden Mann wieder von vorne anzufangen. Wir hatten uns so sehr aneinander gewöhnt, wir waren zusammen alt geworden, wir waren geduldig gegenüber den kleinen Unvollkommenheiten des anderen, wir verstanden unsere gegenseitigen Bedürfnisse, wir kannten unsere Vorlieben, Neigungen und Abneigungen, und wenn es gelegentlich passierte, dass er seine Erektion nicht halten konnte oder ich keinen Orgasmus bekam, dann war das nicht weiter schlimm, er ließ sich dadurch nicht belasten, und ich spielte ihm nichts vor, denn wir wussten, dass es andere Gelegenheiten geben würde. Es dauert lange, so eine Beziehung aufzubauen, es ist wie eine Sprache, die man lernen muss. Was würde man tun, von Angesicht zu Angesicht, den eigenen nackten Körper an einen anderen nackten Körper gedrückt, bei einem Fremden, der nicht spricht, der eine eigene fremde Sprache besitzt? Es würde nichts nützen, an die eigene, zaghaft-promiskuitive Jugend zurückzudenken, um ein Modell zu finden, nach dem man sich richten könnte. Jene aufgeregten, schüchternen, feierlichen, ängstlichen, betrunkenen Paarungen in College-Schlafzimmern und schäbigen Wohnschlafzimmern wirken im Nachhinein mitleiderregend platt. Wie eifrig die jungen Männer waren, wie ungeduldig ihre zitternden

Erektionen, wie schnell sie fertig waren, wie, alles in allem, enttäuschend das war, was man selbst dabei empfand, obwohl man sich das kaum eingestand, so überwältigend war das Gefühl der Befreiung, das Gefühl, endlich erwachsen zu sein und einfach zu *wissen,* was Sex war. Martin war der erste Mann, der langsam mit mir schlief, der Erste, durch den ich einen richtigen Orgasmus bekam – und bis heute der Einzige. Er hatte eine Begabung zur Sinnlichkeit. Man konnte es in seinen Augen sehen, wenn er in Stimmung war, und im schwachen Lächeln, das um seine Mundwinkel spielte. Genau dieselbe Begabung spüre ich bei Ralph Messenger.

Ja, ich war in Versuchung – umso mehr, da er mich mit Worten umwarb wie ein Dichter der Renaissance seine spröde Geliebte. Er hat nicht versucht, mich zu küssen, obwohl ich die ganze Zeit dachte, er würde es tun, vielleicht, weil ich es selbst halb hoffte – vielleicht wusste er, dass ich halb hoffte, er würde es tun, weshalb er mich bewusst enttäuschte, um mein Verlangen zu wecken … Aber er küsste mich nicht, als er kam, und er grabschte nicht nach mir, als wir zusammen oben waren, er schlug nicht vor, dass wir uns aufs Sofa setzen sollten, nachdem wir gegessen hatten. Er benahm sich wie ein perfekter Gentleman. Außer dass er kühl vorschlug, wir sollten nach oben gehen und, wie er das nannte, »überaus genüsslich ficken«. Oje, wenn ich diese Worte nur hinschreibe, werde ich schon nass.

Hat er Recht? Habe ich mir unnötig eine angenehme Erfahrung versagt – eine, nach der ich »erfrischt und voll neuem Schwung« wieder aufgestanden wäre? Weiß Gott, ich könnte so eine Erfrischung vertragen – mein Körper sehnt sich danach, gehalten und gestreichelt und getröstet zu werden. Manchmal denke ich, ich kämpfe mit Ralph Messenger um meine Seele – buchstäblich, denn er behauptet ja, dass sie nicht existiert. Nicht im Sinne eines unsterblichen, wesenhaften Selbst, das sich vor seinem Schöpfer für seine Taten verantworten muss. »Na schön, dann gestehe ich Ihnen eine *sterbliche* Seele zu. Das ist einfach nur ein anderes Wort für das Ich-Bewusstsein.« Und das Ich-Bewusstsein ist eine Fiktion, ein Epiphänomen der zusätzlichen Gehirnkapazität. Warum also gut sein? Warum sich den Genuss versagen? »Wenn es keinen Gott gibt, ist alles erlaubt«, sagt einer der Karamasows. Stimmt das? Warum töten, rauben, vergewaltigen und täuschen wir einander dann nicht die ganze Zeit? Aufgeklärtes Eigeninteresse, sagen die Materialisten – die Einsicht, dass wir unsere Chancen auf ein persönliches Überleben erhöhen, wenn wir soziale Einschränkungen und Sanktionen akzeptieren. Die Zivilisation gründet sich auf Verdrängung, wie Freud beobachtet hat. Aber nicht beim Sex, nicht mehr, sagen die Gottlosen. Es gibt keinen Grund, so zu tun, als müsse Sex, der nur dem Vergnügen dient, auf die monogame Ehe beschränkt sein. Richtig? Nicht, wenn man zeitgenössischen Romanen glaubt. Es scheint genauso viel Zorn, Eifersucht und Bitternis aufgrund sexueller Untreue zu geben wie je.

Wenn ich hundertprozentig sicher sein könnte, dass Carrie nie etwas herausfinden und deshalb auch nie verletzt werden würde, würde ich vielleicht mit Ralph schlafen, aber derlei mathematische Sicherheit kann in menschlichen Beziehungen nie garantiert werden. Und nicht nur ihre Gefühle fallen dabei ins Gewicht. Auf merkwürdige Art fühle ich mich, als ob ich die Erinnerung an Martin entehren würde – oder die Erinnerung an unsere Ehe –, wenn meine erste sexuelle Erfahrung nach seinem Tod einen Ehebruch darstellt. Wenn das irrational oder sogar abergläubisch ist, so sei's drum.

19

Mary hatte ein kleines Lamm ... oder sollte ich Fotospektrometer sagen ... und wie ging das andere noch mal? *Mary, Mary quite contrary* – nein, *solitary,* es war Helen, die widerspenstig war, leider ... Ich dachte, ich hätte Glück, als sie mich heute Morgen anrief und zum Mittagessen einlud ... na ja, ich vermute, technisch gesehen habe ich mich selbst eingeladen, und trotzdem ... es war eine Art Anmache, bitte, Mister Computerwissenschaftler, können Sie mir armem kleinen Ding mit der E-Mail helfen ... und sie rief von zu Hause an, nicht vom Büro ... Ganz bewusst hatte ich seit dem Wochenende den Kontakt zu ihr vermieden. Einmal sah ich sie von ferne auf dem Campus, ich winkte, blieb aber nicht stehen, tat so, als hätte ich es eilig ... Ich wartete und wollte sehen, ob sie den ersten Schritt macht, und das tat sie auch ... Alles sah vielversprechend aus, als ich ihr Haus betrat, sie hatte es offensichtlich mir zu Ehren geputzt, alles hübsch und ordentlich wie eine Musterwohnung, die Kissen auf dem Sofa aufgeschüttelt, das Bett mit frischen, sauberen Laken bezogen – ein Doppelbett, wie ich erfreut feststellte ... und im Bad hatte sie ein Höschen zufällig absichtlich liegenlassen ... Jedenfalls vermutete ich das in dem Augenblick, aber vielleicht irrte ich mich, vielleicht hatte sie es wirklich übersehen. Jedenfalls hat sie es flink beiseite geschafft, ich konnte gerade noch erkennen, dass es ein einfaches weißes Baumwollhöschen war, keine pfirsichfarbene Fummelausrüstung aus Satin, wie Martha sie gehabt hatte ... Kein Zweifel, sie wollte mich sehen, aber unglücklicherweise hat sie Skrupel, mit mir zu ficken … Schade, ich bin wirklich scharf auf sie …

Also gab es für mich statt Liebe am Nachmittag drei tödlich langweilige Stunden mit der Arbeitsgruppe des Senats zur interfakultären modularen Kompatibilität, soll heißen, wir sollen eine Formel entwickeln, die sicherstellt, dass ein Kurs, sagen wir im sozialwissenschaftlichen Fachbereich, genauso viel Arbeit verlangt und das gleiche Gewicht verdient wie, sagen wir, ein Kurs in der Elektrotechnik, sodass die Universität ihren neuen Abschluss im Bereich Interdisziplinäre Studien auf den Markt werfen kann … unseren Bunte-Mischung-Abschluss, wie das der Kanzler gerne nennt, was uns einen Wettbewerbsvorteil auf dem Basar der jährlichen Bewerbungen bringen und helfen soll, die Gelder der Universität zu sparen … Marktanalysen haben angeblich bestätigt, dass es eine noch nicht ausgefüllte Nische für einen Abschluss gibt, bei dem es dem Studenten möglich ist, Kurse aus dem gesamten Angebot der Universität zu kombinieren, Nuklearphysik mit der Analyse von Seifenopern, Molekularbiologie mit mittelalterlichen Mysterienspielen … Ich glaube gerne, dass das auf dem Papier ganz verlockend aussieht, besonders auf dem Hochglanzpapier der Universitätsbroschüre, illustriert mit bunten Bildern, aber einige dieser Themen sind schwieriger als andere, und die meisten kann man nicht richtig studieren, wenn man sie von anderen isoliert, aber ich habe mir heute Nachmittag keine Freunde gemacht, als ich darauf hinwies …

Es ist jetzt halb sechs, am Freitag, dem einundzwanzigsten März, und ich bin im Büro und schlage die Zeit tot bis um sechs, wenn ich Carrie treffe, um im Arts Centre Bistro einen schnellen Happen zu essen, bevor wir in ein Konzert gehen … Haydn und Mozart, glaube ich … Carrie hat die Tickets besorgt … eine Zeitverschwendung, wirklich … Ich höre gern Musik als Hintergrund, wenn ich etwas anderes mache, aber nicht, wenn ich in einem Konzertsaal sitze … Nach ein paar Takten bin ich weg, ich tagträume, assoziiere frei … kein Zweifel, ich weiß nicht genug über Musik, aber ich frage mich, wie viele Leute wirklich an die Musik *denken,* wenn sie sie hören … sehr wenige, wette ich … Stell dir vor, man könnte in jedes Gehirn in einem Konzertsaal einen Draht stecken und die Muster auf einem Scanner beobachten – wären sie alle gleich? Das bezweifle ich sehr … und ich wette, wenn man den semantischen Inhalt der Gehirnaktivität digital herunterladen, ihn dekodieren und ausdrucken könnte, würde man bei fünfhundert Leuten, die alle dasselbe Musikstück hören, fünfhundert völlig verschiedene, völlig einzigartige Gedankenströme bekommen, so wild und unzusammenhängend und überraschend wie Träume … alle möglichen Gedanken, trivial, ernsthaft, erotisch … *habe ich die Hintertür abgeschlossen ich mag den Schal von dieser Frau die Nase des ersten Geigers tropft er muss erkältet sein ich habe eine leichte Magenverstimmung ich darf nicht furzen ich mag dieses Stück es ist auf der CD die sie mir letztes Jahr zu Weihnachten geschenkt hat ich muss daran denken ihr eine Geburtstagskarte zu kaufen diese Cellistin irgendwas ist sehr sexy an einer Frau die genau zwischen ihren Schenkeln Cello spielt warum wischt sich der Dirigent ständig die Haare aus den Augen Scheiße warum lässt der sich nicht die Haare schneiden ehrlich gesagt ich muss sie auch schneiden lassen ich muss einen Termin mit dem Reisebüro um die Ecke ausmachen wohin sollen wir nächstes Jahr nicht schon wieder Mallorca wie wär's mit Portugal* und so weiter und so weiter … Hmm, das war nicht schlecht, aber ich habe natürlich geschummelt … Ich diktiere das via Voicemaster direkt in den Computer, sodass ich es korrigieren und revidieren kann, noch während ich spreche … ich habe einige Zeit gebraucht, diese kleine Sequenz zusammenzustellen … Wie Virginia Woolf …

Interessant, dass Helen Tagebuch schreibt … Ich würde alles geben, um zu erfahren, was darin steht … Angenommen, ich schlage ihr vor, ihres und meines auszutauschen, ha, das ist eine Idee … meine geheimen Gedanken gegen ihre … ob sie in Versuchung käme, frage ich mich. Natürlich würde das alle Hoffnungen, sie ins Bett zu bekommen, definitiv beenden, nachdem sie meine grässlichen Memoiren gelesen hat … Oder andererseits vielleicht auch nicht, das kann man nie wissen, vielleicht findet sie sie erregend … Und wer weiß, ob ihr eigenes Tagebuch nicht genauso sexy ist? Ich würde auf jeden Fall herausfinden, ob sie wirklich scharf auf mich ist und wie fest ihre Prinzipien sind … Nein, das ist dumm, ich würde es nie wagen, jemandem dieses Zeug zu zeigen … obwohl, andererseits … hätte ich ihr eigenes Tagebuch, da steht ganz sicher etwas Kompromittierendes drin … dadurch, dass wir sie austauschen, gäbe es eine Art Verschwiegenheitsgarantie … die Drohung des Wie-du-mir-so-ich-dir … die gegenseitige Zerstörung wäre garantiert … nein … zu riskant … sie würde es jedenfalls nicht tun … Oder?

20

Von: R. H. Messenger at glosu.ac.uk
An: H. M. Reed at glosu.ac.uk
Thema: E-Mail
Datum: Mo, 24. März 1997 9:08:31

helen, hi, will nur ausprobieren ob deine email funktioniert. hast du schon eine antwort von deiner tochter?

wir haben dich gestern in horseshoes vermisst. ich hoffe es geht dir besser mit deiner erkältung. die muss ja ganz plötzlich gekommen sein – du hast gut ausgesehen am freitag. vielen dank für das mittagessen.

beste grüße, ralph

Von: H. M. Reed at glosu.ac.uk
An: R. H. Messenger at glosu.ac.uk
Thema: E-Mail
Datum: Mo, 24. März 1997 10:31:13

Lieber Ralph,

vielen Dank für deine freundliche Nachfrage. Ja, ich habe von Lucy gehört, und wir haben bereits zwei lange Briefe ausgetauscht. Es ist wunderbar, mit ihr so ohne jeden Aufwand in Kontakt zu sein. Vielen Dank, dass du mir geholfen hast, ans Netz zu gehen (heißt das so?).

Meine Erkältung lässt nach, vielen Dank.

Beste Grüße,
Helen

P. S. Wofür steht das »H«?

Von: R. H. Messenger at glosu.ac.uk
An: H. M. Reed at glosu.ac.uk
Thema: dunkles geheimnis
Datum: Mo, 24. März 1997 10:50:10

helen,

herbert fürchte ich, ein dunkles geheimnis das ich verberge so gut es geht, aber die gehaltsabrechnung der uni besteht auf allen initialen und email adressen basieren auf der. es war der name meines dad. wofür steht das M?

»ans netz« ist cool aber für emails muss dein prosastil lockerer werden. geschwindigkeit ist das entscheidende kümmere dich zum beispiel nicht um großbuchst denn sie kosten nur unnötig zeit zwei anschläge statt einem und mach dir nicht die mühe tippfehler zu verbessern.

da deine erkältung nachlässt, wie wärs wenn wir morgen zusammen mittagessen, personalgebäude 12.45?

ralph

Von: H. M. Reed at glosu.ac.uk
An: R. H. Messenger at glosu.ac.uk
Thema: Dienstag
Datum: Mo, 24. März 1997 12:17:11

Lieber Ralph,

danke, aber ich habe am Dienstagnachmittag ein Seminar, und direkt davor bin ich gerne eine Stunde allein.

Ich kann die lebenslange Gewohnheit, Rechtschreib- und Zeichensetzungsfehler zu korrigieren, nicht ablegen, fürchte ich. »M« steht für Mary.

Beste Grüße,
Helen

Von: R. H. Messenger at glosu.ac.uk
An: H. M. Reed at glosu.ac.uk
Thema: M, mittagessen
Datum: Mo, 24. März 1997 12:40:03

ah das erklärt deine emotionale identifikation mit Mary der farbwissenschaftlerin.

wie wärs dann mit mittwoch? wir könnten den campus verlassen und in ein pub auf dem land gehen wenn dir das lieber ist.

ralph

Von: H. M. Reed at glosu.ac.uk
An: R. H. Messenger at glosu.ac.uk
Thema: Deine Einladung
Datum: Mo, 24. März 1997 16:42:18

Lieber Ralph,

ich denke, es wäre am besten, wenn wir uns eine Weile nicht mehr treffen würden, sicher nicht »à deux« (man kann bei E-Mails anscheinend nicht kursiv schreiben). Du hast deine Gefühle deutlich zum Ausdruck gebracht. Ich werde nicht vorgeben, dass ich sie abstoßend finde, aber ich kann sie auch nicht erwidern, aus Gründen, die du kennst.

Beste Grüße,
Helen

Von: R. H. Messenger at glosu.ac.uk
An: H. M. Reed at glosu.ac.uk
Thema: lächerlich
Datum: Mo, 24. März 1997 16:50:49

helen, das ist lächerlich. ich kann ein nein als antwort akzeptieren. Ich werde dich nicht belästigen. ich bewundere deinen geist ebenso wie deinen körper. ich genieße deine gesellschaft. ich bequatsche gern ideen mit dir.

ralph

Von: H. M. Reed at glosu.ac.uk
An: R. H. Messenger at glosu.ac.uk
Thema: Ideen
Datum: Mo, 24. März 1997 17:31:02

Lieber Ralph,
können wir die nicht via E-Mail bequatschen?

Helen

Von: R. H. Messenger at glosu.ac.uk
An: H. M. Reed at glosu.ac.uk
Thema: Ein Vorschlag
Datum: Di, 25. März 1997 09:21:25

ok ich wollte dir beim mittagessen einen vorschlag machen aber gut hier ist er. angenommen wir tauschen unsere tagebücher aus? ich zeig dir meins und du zeigst mir deins – vollständig, unzensiert, unbearbeitet. was sagst du dazu?

ralph

Von: H. M. Reed at glosu.ac.uk
An: R. H. Messenger at glosu.ac.uk
Thema: Dein Vorschlag
Datum: Di, 25. März 1997 11:21:19

Lieber Ralph,

was für ein verrückter Vorschlag. Ich denke nicht im Traum daran. Mein Tagebuch ist privat. Ich habe keine Absicht, es je zu publizieren. Vielleicht greife ich eines Tages für einen Roman darauf zurück, aber nur auf wenige ausgewählte Stellen und mit allen möglichen Maskierungen und Umstellungen. Niemand soll es zu Gesicht bekommen außer mir.

Helen

Von: R. H. Messenger at glosu.ac.uk
An: H. M. Reed at glosu.ac.uk
Thema: Mein Vorschlag
Datum: Di, 25. März 1997 12:26:53

helen, das gleiche gilt für mein tagebuch. als ich damit anfing dahachte ich ich könnte es für forschungsdaten benutzen um die arbeit über das bewusstsein an der ich gerade schreibe zu illustrieren aber mir wurde bald klar dass ich nie größere abschnitte daraus zitieren könnte, esist zu kompromittierend. ich denke das könnte eine fundamentale schwierickeit bei arbeiten über das bewusstsein sein, niemand wagt es den wissenschaftlichen diskurs in der dritten person auf die phänomenologie des eigenen bewusstseins im rohzustand in der ersten person zu beziehen …

wir, haben über die grundlegenden merkmale des b. gesprochen, dass es geheim ist, die tatsache dass nur wir selbst unsere gedanken kennen. machmal ist das eine quelle der befriedigung, das gibt uns ein gefühl unserer eigenen identität, ich denke also bin ich. manchmal führt es zum solipsismus, der ziemlich beängstigenden vorstellung dass vielleicht nur unsere eigenen gedanken realsind … in beiden Fällen arbeitet das dem projekt der KI entgegen die unterstellen muss dass es regelmäßigkeiten in der architecktrur des menschlichen geistes gibt die nachgebaut werden können.

mir scheint dass wir hier so etwas wie eine gelegenheit haben durch den zufall dass wir beide tagebuch führen über die zeit in der wir einander kennen gelernt haben. wenn wir tauschen könnten wir die einzigartige einsicht gewinnen wie der kopf eines anderen menschen funktioniert, wir könnten unsere reaktionen auf dieselben ereignisse vergleichen. Ich könnte buchstäblich »sehen was in deinem kopf vorgeht« und du was in meinem vorgeht.

ralph

Von: H. M. Reed at glosu.ac.uk
An: R. H. Messenger at glosu.ac.uk
Thema: Dein Vorschlag
Datum: Di, 25. März 1997 18:45:29

Lieber Ralph,
ich verstehe, was dir das bringt. Was bringt es mir?

Helen

Von: R. H. Messenger at glosu.ac.uk
An: H. M. Reed at glosu.ac.uk
Thema: Mein Vorschlag
Datum: Di, 25. März 1997 22:53:02

natürlich sollte sich ein autor, besonders eine autorin, auf die gelegenheit stürzen in den kopf eines mannes zu blicken, um zu sehen was wirklich darin vorgeht. ich, gehe ein schreckliches risiko ein, ein viel größeres als du da bin ich mir sicher. du wirst schockiert, angewidert sein über viele dinge, die in meinem bewusstseinsstrom auftauchen. meistens ist er eher wie ein abwasserkanal. gut möglich dass du nie wieder mit mir reden oder mich sehen willst wenn du mein tagebuch gelesen hast. natürlich hoffe ich das nicht. ich hoffe dass du wie ich die wahrheit mehr schätzt als alles andere.

wenn wir das tun werden wir einander besser »kennen« als liebende einander jemals kennen werden. sie dringen mit zungen und fingern usw ein paar zentimeter oder so in den körper des anderen ein, aber wir würden in den kopf des anderen kommen, wir würden einander besitzen wie noch nie zwei menschen zuvor. findest du diese idee nicht faszinierend?

ralph

Von: H. M. Reed at glosu.ac.uk
An: R. H. Messenger at glosu.ac.uk
Thema: Dein Vorschlag
Datum: Mi, 26. März 1997 10:24:42

Lieber Ralph,

du bist sehr eloquent, aber nein, danke. Natürlich bin ich als Autorin neugierig darauf, was andere denken, darauf, was in ihnen vorgeht, und ein großer Teil der Arbeit beim Schreiben besteht darin, dass man versucht sich vorzustellen, was X oder Y in dieser oder jener imaginären Situation denken würde. Und, ja, OK, vielleicht würde ich dadurch, dass ich dein Tagebuch lese, einige Einsichten in die männliche Psyche im Allgemeinen und in deine im Besonderen gewinnen. Doch schlussendlich habe ich das Gefühl, dass die Privatheit unserer Gedanken für unsere Existenz als Menschen entscheidend ist und dass diese aufzugeben entsetzlich gefährlich wäre. Wir alle haben schlechte, unwürdige, beschämende Gedanken, das liegt in unserer Natur und wurde einst Erbsünde genannt. Die Tatsache, dass wir sie unterdrücken, verbergen, für uns behalten, ist entscheidend, wenn wir unsere Selbstachtung bewahren wollen. Es ist entscheidend für die Zivilisation.

Warum ist Folter so grauenhaft, moralisch so abstoßend? Nicht nur wegen der Qualen, die sie zufügt, sondern auch weil sie körperliche Qualen benutzt, um dem Geist Geheimnisse zu entreißen, die unantastbar bleiben sollten.

Helen

Von: R. H. Messenger at glosu.ac.uk
An: H. M. Reed at glosu.ac.uk
Thema: Mein Vorschlag
Datum: Mi, 26. März 1997 11:10:12

helen, hey ich versuche nicht dich zu foltern. ich schlage dir nur einen handel vor, deine gedanken gegen meine, um unsere jeweilige erforschung der menschlichen natur zu fördern.

ralph

Von: H. M. Reed at glosu.ac.uk
An: R. H. Messenger at glosu.ac.uk
Thema: Dein Vorschlag
Datum: Mi, 26. März 1997 12:24:42

Lieber Ralph,

es tut mir Leid, aber dein Pakt hat etwas entschieden Faustisches. Ich kann einen Hauch Schwefel dabei riechen.

Die Antwort ist Nein.

Beste Grüße,
Helen

Von: R. H. Messenger at glosu.ac.uk
An: H. M. Reed at glosu.ac.uk
Thema: Mein Vorschlag
Datum: Mi, 26. März 1997 12:40:12

na ja es war einen versuch wert.

Ich hoffe du hast keine einwände dagegen dich uns nächstes wochenende in horseshoes anzuschließen. weil ostern ist bleiben wir länger. Du könntest am Sonntag kommen und über nacht bleiben. carrie unterstützt diese einladung.

ralph

Von: H. M. Reed at glosu.ac.uk
An: R. H. Messenger at glosu.ac.uk
Thema: Deine Einladung
Datum: Mi, 26. März 1997 17:55:32

Lieber Ralph,

vielen Dank (auch an Carrie), aber ich habe versprochen, meine Eltern am Osterwochenende zu besuchen. Ich hoffe, Euch beide irgendwann nach den Ferien zu treffen.

Beste Grüße,
Helen

21

Donnerstag, 27. März. Komme gerade aus einem Workshop zurück. Franny war an der Reihe, ihre Sachen vorzustellen – ein Kapitel aus dem Roman, an dem sie gerade schreibt, mit dem Arbeitstitel *Kassennotizen.* Ich hatte es im Voraus verteilt, doch sie bat darum, es laut vorlesen zu dürfen, und das war eine gute Idee, denn der Liverpooler Akzent machte den Dialog wirklich lebendig. Ich frage mich, ob ich sie ermutigen soll, fürs Radio zu schreiben. Ich bin mit den Studenten nicht wie üblich ins Arts Centre Café gegangen, um noch etwas zu trinken, denn das Osterwochenende steht vor der Tür, und die meisten von ihnen fahren nach Hause oder machen einen Kurzurlaub und warteten ungeduldig darauf, von hier fortzukommen. Ab morgen ist die Universität vier Tage lang geschlossen. Ich selbst fahre auch weg, ich verbringe ein paar Tage mit Mummy und Daddy. Das haben wir schon vor Ewigkeiten ausgemacht – zu Weihnachten, genau genommen –, und ich war froh, eine Entschuldigung zu haben, diesmal eine echte, eine weitere Einladung nach Horseshoes ablehnen zu können. Mein Wochenende wird langweiliger, aber meine innere Ruhe größer sein, wenn ich für Messenger eine Weile nicht erreichbar bin, nicht einmal über E-Mail (ich lasse meinen Laptop und mein Modem hier).

Ich gehe jedoch nicht vor Samstag nach Southwold. Ich habe Mummy und Daddy gegenüber so getan, als sei ich hier bis morgen gebunden, doch die beschämende Wahrheit ist, dass ich Karfreitag nicht mit ihnen verbringen will. Karfreitag habe ich nie gemocht, schon als Kind nicht. Es war immer ein merkwürdig unangenehmer Tag. Eine Art Feiertag – die meisten Geschäfte hatten damals geschlossen, obwohl das heute nicht mehr der Fall zu sein scheint –, doch man sollte nicht glücklich oder vergnügt sein. Am Nachmittag gingen wir in die Kirche, deren Statuen mit purpurnen Überwürfen verhüllt waren, die sich vor den weißen Wänden abzeichneten wie Tintentropfen, die ein riesiger Füller verspritzt hatte; wir besuchten den düsteren Karfreitagsgottesdienst mit seinen endlosen Gebeten und der Anbetung des Kreuzes (wie ich es hasste, meine Lippen auf die Keramikfüße des Jesus zu pressen, der am großen Holzkruzifix hing, nachdem eine lange Schlange anderer Leute bereits dasselbe getan hatte; auch wenn der Ministrant jedes Mal den Speichel mit einem weißen Tuch abwischte – welchen hygienischen Schutz sollte das schon bringen nach dem hundertsten Wischen, fragte ich mich zimperlich). Und es war ein Tag des Fastens und des Verzichts – er ist es immer noch, vermute ich, so ziemlich der letzte im kirchlichen Kalender –, sodass man fast den ganzen Tag über hungrig war; und Mummy war ganz entschieden der Ansicht, dass wir die eine, richtige Mahlzeit nicht genießen sollten, also gab es ein fast geschmackloses Mahl aus gedünstetem Fisch, gekochten Kartoffeln und Kohl. Und am Abend wurde der Fernseher nicht eingeschaltet, es sei denn, es kam eine religiöse Sendung oder wenigstens etwas furchtbar Seriöses und Erbauliches. Soweit ich weiß, begehen sie den Karfreitag noch immer auf diese asketische Art, und ich respektiere sie deswegen; aber ich möchte die Karfreitagsliturgie nicht besuchen oder die beiden dadurch kränken, dass ich mich weigere, sie zu besuchen. Die Ostermesse ist etwas anderes, damit kann ich umgehen. Deshalb habe ich vor, ganz früh am Samstagmorgen aufzubrechen – es ist eine entsetzlich lange Fahrt, quer durch die dicke Hüfte Englands, aber hoffentlich ist der schlimmste Osterverkehr dann schon vorbei.

Heute Nachmittag kam Sandra Pickering nach dem Ende des Workshops zu mir und drückte mir einen A4-Umschlag von beträchtlichem Gewicht und Umfang in die Hand. »Das hier wollten Sie sehen«, sagte sie. »Oh, danke«, sagte ich. »Ich werde es mir das Wochenende über anschauen.« Wir waren die Letzten, die den Seminarraum verließen, also machte ich Konversation, als wir zusammen den Korridor entlanggingen. »Übrigens, Ihre Arbeit über Mary, die Farbwissenschaftlerin, hat mir gut gefallen. Sehr geschickt gemacht.« – »Oh, gut«, sagte sie. »Fahren Sie übers Wochenende irgendwo hin, wo's interessant ist?«, fragte ich. »Ich fliege nach Spanien«, sagte sie. »Könnte sein, dass ich nächsten Dienstag das Seminar verpasse. Ich fliege erst am Morgen zurück, und wenn sich der Flug verspätet, werde ich nicht pünktlich hierher kommen können.« – »Oh, machen Sie sich keine Sorgen. Viel Spaß«, sagte ich. »Danke«, sagte sie, ohne mein Lächeln zu erwidern, und wir trennten uns.

Der Umschlag liegt neben mir auf dem Tisch, ungeöffnet. Jetzt, nachdem ich ihr vierzehn Tage lang keine Ruhe gelassen habe, halte ich die Fortsetzung ihres Romans endlich in Händen, aber merkwürdigerweise zögere ich, sie zu lesen, fast habe ich ein ungutes Gefühl. Was soll ich machen, wenn ihre männliche Hauptfigur auch weiterhin dem Sebastian aus *Das Auge des Sturms* ähnelt? Ich habe nicht die leiseste Ahnung. Ich denke, ich lasse sie bis morgen liegen. Esse stattdessen zu Abend, trinke eine halbe Flasche Wein und schaue Fernsehen.

Karfreitag, 28. März. Es war ein grauenhafter, grauenhafter Tag. Manchmal dachte ich, ich drehe durch.

Nach dem Frühstück habe ich Sandra Pickerings Umschlag geöffnet und mich hingesetzt, um den Inhalt zu lesen – zwei Kapitel, alles in allem etwa fünfzig Seiten, fein säuberlich in doppeltem Zeilenabstand getippt. Falls ich überhaupt irgendetwas empfand, so war es wohl am ehesten Erleichterung. Noch dachte ich bei der Figur des Alastair gelegentlich an Sebastian (und indirekt an Martin), aber ich schob das auf meine Erinnerung an die ersten beiden Kapitel, denn es gab keine neuen Charakterzüge, die denen Sebastians aus *Das Auge des Sturms* nachempfunden worden wären. Und die Geschichte selbst wurde auf ziemlich lebendige Weise fortgeführt – ich genoss sie beinahe. Und dann ... schlug der Blitz ein. Fast konnte ich das Feuer riechen. Nein, das ist die falsche Metapher. Ich empfand einen plötzlichen Schauder. Ich erstarrte in einer Art Entsetzen. Ich las einen Abschnitt, in dem die Heldin Tina und Alastair zum zweiten Mal miteinander schlafen. Nur war es nicht Alastair. Es war Martin.

Den ganzen Tag über habe ich hin und her überlegt, meistens jedoch war ich in einer Art Delirium, und erst jetzt, da sich die Dunkelheit herabsenkt, fühle ich mich in der Lage, klar, zusammenhängend und rational niederzuschreiben, was ich empfand, als ich jenen Abschnitt las, und warum ich es empfand.

Der Sexualakt ist eine so gewöhnliche, banale Handlung, von Millionen Menschen jeden Tag endlos wiederholt, wie Ralph bemerkt hat; aber jeder hat seine eigene Art, ihn vorzubereiten, ihn durchzuführen und sich wieder aus ihm zu lösen, die so individuell und unverwechselbar ist wie eine Unterschrift oder ein Daumenabdruck. Er besteht aus mehreren Dingen – aus Tempo und Abfolge zum Beispiel – sowie aus der Art des Vorspiels oder der Stellung, die man bevorzugt. Wenn du in einer längerfristigen Beziehung lebst, wirst du vertraut mit den Reiz-Reaktions-Mustern deines Partners, und er kennt deine. Das soll nicht heißen, dass jeder Sexualakt genau gleich abläuft; aber es gibt eine Art Repertoire, das man zusammen aufbaut, Elemente, die man bei verschiedenen Gelegenheiten verschieden kombiniert. Es ist, wie ich hier kürzlich notiert habe, eine Art Sprache, die Liebende lernen. Bestimmte Bewegungen des Körpers sprechen für sich selbst: Berühre mich hier, streichle mich da, dring jetzt ein in mich. Und natürlich kann dieses Repertoire ungewöhnliche oder perverse Elemente enthalten, die es deutlich von anderen unterscheiden.

Wenn zwei Menschen eine neue Beziehung eingehen, bringen beide Gewohnheiten und Vorlieben mit, die sie mit früheren Partnern entwickelt haben, aber es ist wahrscheinlich, dass der erfahrenere Partner die Schaffung des neuen Repertoires dominieren wird, wenigstens am Anfang. Sicherlich war das so bei Martin und mir. Sandra Pickerings Heldin ist viel jünger als Alastair, und ihre sexuelle Erfahrung besteht aus unbefriedigenden kurzfristigen Affären und One-Night-Stands. Tatsächlich ist ihr erster Versuch, mit ihm zu schlafen, eine komische Katastrophe, die ich ziemlich amüsant fand. Eines Nachts nach einer Party im Büro begleitet Alastair Tina nach Hause, lehnt ihre verschlüsselte Einladung, »noch auf einen Kaffee mit hochzukommen« ab, Tina macht sich niedergeschlagen bettfertig, nimmt eine Schlaftablette, Alastair überlegt es sich anders, kehrt um und klingelt an ihrer Tür. Tina lässt ihn ein und rechnet sich aus, dass sie noch fünfzehn Minuten hat, um ihn ins Bett zu bekommen und Sex mit ihm zu haben, bevor sie unweigerlich einschlafen wird, also benimmt sie sich wie eine Nymphomanin, knöpft sein Hemd auf, öffnet den Reißverschluss seiner Hose, zerrt ihn ins Schlafzimmer und verlangt, dass er sofort mit ihr schläft, verliert jedoch »mitten im Vögeln«, wie sie das elegant nennt, in seinen Armen das Bewusstsein. Alastair ist besorgt, bleibt über Nacht, und am Morgen, in den frühen Morgenstunden, wachen sie zusammen auf, und sie gesteht ihm, warum sie sich so töricht verhalten hat. Dann liebt er sie auf seine eigene Art.

Ich habe mir einzureden versucht, dass dieser Abschnitt erotische Szenen wiederholt, wie sie in tausenden von Gegenwartsromanen vorkommen, aber das Tempo, die Abfolge, die Kombination der Zärtlichkeiten und der gemurmelten Liebesworte, die behutsamen Aufmerksamkeiten, die Alastairs Zunge und Finger Tinas erogenen Zonen bescherten, waren allesamt eine Wiederholung meiner eigenen Erfahrung mit Martin. Das letzte Puzzleteil, der letzte Hammerschlag (denn es war, als würde ich ersticken, als säße ich in der Falle wie jemand, dessen Sarg zugenagelt wird, während er noch lebt) stammte aus der postkoitalen Phase unseres Repertoires. Martin hatte eine merkwürdige und eigentlich liebenswerte Angewohnheit; er rollte sich – nicht immer, aber oft – auf seinen Bauch und bat mich, mich auf ihn zu legen, meine Arme und Beine symmetrisch zu seinem ausgestreckten Körper auszubreiten, meinen Beckenknochen in die weiche Kurve seiner Hinterbacken zu drücken und mich zu entspannen, sodass, weil ich mich nicht abstützte, mein ganzes Gewicht ihn in die Matratze drücken konnte. So lagen wir minutenlang da, im Halbschlaf, und atmeten ein und aus wie ein einziger Körper. Als ich die Stelle erreicht hatte, in der diese Handlung in Sandra Pickerings Manuskript beschrieben wird, schmiss ich die Seiten mit einem Schrei voller Schmerz und Bestürzung durchs Zimmer.

Überflüssig zu sagen, dass in *Das Auge des Sturms* nichts über Martins sexuelle Gewohnheiten, Vorlieben und Manierismen vorkommt. Ich schreibe in meinen Romanen keine expliziten Sexszenen, und selbst wenn ich das tun würde, hätte ich es in diesem Buch, bei dem ich mir bereits einige Freiheiten bezüglich Martins Charakter herausgenommen hatte, nicht getan, und auch er hätte das nicht gutgeheißen. Woher also hatte Sandra Pickering dieses Material? Nachdem ich übernatürliche oder ASW-Erklärungen verworfen hatte (und immer wieder zog ich sie im Laufe dieses entsetzlichen Tages in Erwägung – Sandra Pickering als eine Art Hexe oder Hellseherin, die in der Lage war, meine Gedanken zu lesen und sich meiner Erinnerungen zu bemächtigen), nachdem ich alle irrationalen Theorien verworfen hatte, gab es nur eine mögliche Quelle: Martin selbst. Sandra Pickering muss eine Affäre mit meinem Mann gehabt haben.

Mehr als alles andere auf der Welt wollte ich Sandra Pickering damit konfrontieren. Ich wollte sie gegen die Wand drücken, auf einem Stuhl festbinden, ihr die Hände an den Hals legen, bereit, ihr die Wahrheit zu entreißen. Aber die nächsten vier Tage war sie nicht auf dem Campus, nicht in England. Ich hatte die Telefonnummer einer Wohnung in Cheltenham, die sie mit anderen teilt, und dic probierte ich aus, nur für den Fall, dass sie noch nicht geflogen war oder ihre Pläne geändert hatte, doch eine Stimme dort bestätigte mir, dass sie am Abend zuvor aufgebrochen war, und, nein, sie hatten keine Nummer in Spanien, unter der ich sie hätte erreichen können.

Was mich besonders verrückt machte, war, dass ich so wenig über Sandra Pickering wusste, keine Fakten, die meinen Verdacht hätten bestätigen oder – was ein Segen gewesen wäre – entkräften können. Dann dachte ich: Akten. Es muss über sie eine Akte im Büro des englischen Fachbereichs geben, die persönliche Informationen über sie enthält. Ich ging hinaus auf den fast verlassenen Campus. Er glich einem Friedhof oder einer Geisterstadt. Jeder war über das Wochenende weggefahren, außer ein paar ausländischer Studenten, die nirgendwo sonst hätten hingehen können oder die von diesem plötzlichen Exodus überrascht worden waren. Sie sahen verwirrt und niedergeschlagen aus, als fragten sie sich, was an diesem Karfreitag so Besonderes sein sollte, an dem der Campus so verwaist zurückblieb wie nach dem Gerücht, die Pest sei ausgebrochen. Ein kalter Wind blies über die Morgen flachen Grases und kräuselte das graue Wasser des künstlichen Sees. Außer einigen vereinzelten Osterglocken und Krokussen, die im Wind zitterten, gab es kaum Anzeichen dafür, dass der Frühling begonnen hatte. Ich traf das japanische Paar aus der Eckwohnung unseres Reihenhauses, sie trugen enggeknöpfte Mäntel und machten offensichtlich einen Spaziergang. Sie lächelten und verbeugten sich und sahen so aus, als wollten sie sich dieses eine Mal tatsächlich unterhalten, aber ich war nicht in Stimmung für ein geselliges Beisammensein – ich rang mir ein Lächeln ab, gestikulierte und gab Laute von mir, die eine wichtige Besorgung andeuten sollten, und marschierte weiter auf den Turm der Geisteswissenschaften zu.

Dort stieß ich auf ein Hindernis. Die Eingangstüren waren abgeschlossen, und ich hatte keinen Schlüssel. Ich schoss hinüber ins Sicherheitszentrum in der Nähe des Haupttores und fragte, ob mich jemand in das Gebäude einlassen könnte. Die diensthabenden Männer, die zu einer privaten Sicherheitsfirma gehören, waren freundlich, aber unkooperativ. Hatte ich einen Pass, der mir erlaubte, das Gebäude außerhalb der üblichen Zeiten zu betreten? Nein, hatte ich nicht, mir war nicht klar gewesen, dass ich einen brauchte. Dann, fürchteten sie, konnten sie mir nicht helfen. Ich tobte und protestierte, und sie wurden weniger freundlich und noch unkooperativer. Am Ende stürmte ich aus dem Büro und stieß wilde und sinnlose Drohungen aus, dass ich mich beschweren würde. Ich ging zurück in die Maisonette, machte mir ungeschickt etwas zu essen, ließ die Suppe überkochen und verbrannte den Toast, würgte das Ganze hinunter, ohne irgendetwas zu schmecken, versuchte zu lesen – hoffnungslos. Dann hatte ich eine neue Idee: Jasper Richmond musste als Leiter der Englischabteilung die Schlüssel haben, Schlüssel zu allem und jedem. Ich rief ihn an, und Marianne nahm ab. Jasper machte mit Oliver einen Spaziergang. Ob sie mir helfen könne? »Nein«, sagte ich, »ich rufe später noch mal an.« – »In Ordnung«, antwortete sie. »Ich sag's ihm, wenn er zurückkommt.« Ihre Stimme klang kühl, zurückhaltend. Vielleicht hatte sie in meiner eine Spur Hysterie bemerkt.

Jasper rief mich gegen drei an. Ich hatte Zeit gehabt, mir eine halbwegs plausible Geschichte auszudenken, warum ich seine Schlüssel zum Turm der Geisteswissenschaften, dem Büro des englischen Fachbereichs und den Aktenschränken mit den Unterlagen der Studenten ausleihen musste. Er bot mir an, zum Campus zu fahren und mir zu helfen, aber ich bestand darauf, die Schlüssel abzuholen und sie heute Abend zurückzubringen. Eine halbe Stunde später erreichte ich sein Haus. Auf dem Weg dorthin fuhr ich durch mehrere Dörfer, in denen Trauben geparkter Autos um Kirchen und Kapellen herum standen, was darauf hinwies, dass drinnen die Gottesdienste stattfanden, doch ansonsten waren die Straßen frei und ruhig. Oliver öffnete die Tür. »Hallo, Helen Reed«, sagte er, bevor ich mich vorgestellt hatte. »Hast du in letzter Zeit irgendwelche Romane geschrieben?« – »Nein, hab ich nicht«, sagte ich. »Egg auch nicht«, sagte er, »denn Milly geht mit O'Donnell aus. Und Miles ist eifersüchtig, denn Anna ist nett zu Jerry.« Er fing damit an, mir noch viel mehr über den Stand der Dinge aus *This Life* zu erzählen, bevor

Jasper aus seinem Arbeitszimmer kam und mich rettete und mir die Schlüssel gab. Ich lehnte ab, als er mir eine Tasse Tee anbot, und fuhr direkt zur Universität zurück.

Ich parkte in der Nähe des Turms der Geisteswissenschaften und blieb, versteckt hinter den getönten Scheiben, so lange in meinem Wagen sitzen, bis ein Wachmann auf seiner Runde vorbeigegangen war, denn ich fürchtete, er würde mich davon abhalten, meine geliehenen Schlüssel zu benutzen, da ich keinen Pass hatte. Dann schlich ich mich in das Gebäude wie ein Dieb und nahm den Lift in den zehnten Stock. Mir war zutiefst unbehaglich zumute in dem riesigen leeren Gebäude, in dem jedes Geräusch, das ich machte, verstärkt zu werden schien – meine Schritte auf dem Linoleumboden, das dumpfe Geräusch der Feuertüren, die hinter mir zufielen, das Klicken des Schlüssels im Schloss des Fachbereichbüros, das metallene Rattern der Schubladen des Aktenschranks. Ich atmete tief ein und aus und bemühte mich, ruhig zu bleiben.

Ich fand Sandra Pickerings Akte, nachdem ich wenige Minuten gesucht hatte. Es befand sich nicht viel darin – ihr Bewerbungsformular, ihr Lebenslauf, Russell Marsdens Bericht über ihre Arbeit im ersten Semester –, doch es war genug. In ihrem Lebenslauf standen alle Beweise, die ich brauchte. Von 1993 bis 1994 war Sandra Pickering bei der BBC in London als Forschungsassistentin angestellt gewesen und hatte an Radiodokumentationen mitgearbeitet.

Montag, 31. März. Bin gerade aus Southwold zurückgekommen, nach einer langen, ermüdenden Fahrt über vom Feiertagsverkehr verstopfte Straßen. Für mich waren es kaum Feiertage – ich war nicht in der Stimmung –, doch ich war froh, ein paar Tage lang aus dem Stalag Glosu herauszukommen. Southwold ist ein hübscher kleiner Ort, und üblicherweise genieße ich die Besuche dort. Für Mummy und Daddy ist es sicherlich der ideale Ort, um ihren Ruhestand zu verbringen. Fast während meines ganzen Erwachsenenlebens sind sie schon »im Ruhestand«, aber jetzt sehen sie langsam wirklich alt aus.

Ich wurde geboren, als meine Mutter vierzig war – ein »Unfall«, wie ich annehme, vielleicht eine der vielen Pannen der Knaus-Ogino-Methode. Es war mir immer ein Rätsel, wie es ihnen gelang, die Zahl ihrer Kinder auf zwei zu begrenzen, bevor ich kam, denn sie gehörten zu jener Generation frommer und gehorsamer Katholiken, die die Lehre der Kirche zu diesem Thema bedingungslos akzeptierte. Natürlich fragte ich nicht nach. Wir haben zu Hause nie ein persönliches Gespräch über Sex geführt. Ich vermute, für sie gab es nicht allzu viel davon – ein Großteil der Libido wurde in ihrer Ehe auf dem Altar des Glaubens geopfert, und der Akt, der zu meiner Empfängnis führte, war zu dem Zeitpunkt ihrer Ehe wohl ein ziemlich seltenes Ereignis. Es wäre faszinierend zu wissen, was dazu geführt hatte. Eine glückliche Familienfeier? Ein euphorischer Feiertagsausflug? Ein sexy Film, den sie zufällig im Fernsehen sahen? Nein, das ganz entschieden nicht – als ich zu Hause lebte, sagte meine Mutter immer zu Daddy, er solle »auf ein anderes Programm schalten«, wenn etwas auch nur leicht Schlüpfriges im Kasten kam, und das geschah nicht nur, um *meine* Unschuld zu bewahren. Weiß Gott, meine Romane sind nach modernem Maßstab ziemlich zurückhaltend, aber wegen eines merkwürdigen Kommentars weiß ich, dass Mummy und Daddy sie ziemlich schockierend finden, »ein wenig … du weißt schon, Liebes … freimütig … natürlich sind wir sehr altmodisch …« Ich habe diese Angelegenheit nicht weiterverfolgt. Ich spreche mit ihnen nie über meine Bücher – es wäre mir lieber, wenn sie sie überhaupt nicht lesen würden, aus den Gründen, die ich Emily kürzlich erklärt habe.

Während ich heranwuchs, schienen Mummy und Daddy immer sehr viel älter zu sein als die Eltern meiner Freunde – eher wie die Großeltern der anderen Kinder. Und jetzt scheinen sie überhaupt nicht mehr in die moderne Welt zu passen – eine Welt, in der es Handys, Body-Piercing, wahllosen Geschlechtsverkehr und Partydrogen gibt … Southwold mit seinen Reihen leuchtend bunter Strandhütten, die aufs Meer blicken, seinen pittoresken altmodischen Teeläden, seinen von Pferden gezogenen Brauereirollwagen, seinen Verordnungen gegen Hunde, Radios, die Wagen der Eisverkäufer und alles Übrige, das für Lärm oder Unruhe sorgt, seiner Promenade, auf der man selbst im Hochsommer Damen sieht, die zu ihren geblümten Kleidern Strümpfe tragen, und Herren mit zusammengefalteten Taschentüchern in den Brusttaschen ihrer Blazer – dieses Southwold, dem es gelang, die Illusion zu schaffen, irgendwann in den fünfziger Jahren des zwanzigsten Jahrhunderts sei die Zeit stehen geblieben, passt perfekt zu ihnen. Es besitzt sogar eine schöne mittelalterliche Kirche, die – wie sich Daddy zufrieden einreden darf – den Protestanten nur zeitweise und aufgrund ihrer Überredungsgabe ausgeliehen wurde. Natürlich gingen wir zur Ostermesse am Samstagabend in die weit weniger beeindruckende katholische Kirche, die allerdings ziemlich voll war – »fünfmal mehr Leute, als du dieses Wochenende in der St. Edmund finden wirst«, prahlte Daddy, und wahrscheinlich hatte er Recht, obwohl die Gemeinde kleiner war, als ich sie aus früheren Jahren in Erinnerung hatte.

Die Symbolik des Osterfeuers, das in einem Kohlebecken außerhalb der Kirche angezündet und dann in Form einer Kerzenflamme in den Altarraum getragen wurde, beeindruckt mich unweigerlich immer wieder, und einige Lesungen während des Gottesdienstes, besonders aus dem Alten Testament, waren großartig. Den ganzen Tag über hatte es kaum eine Minute gegeben, in der ich nicht im Stillen an Martin und Sandra Pickering dachte, doch eine Zeit lang verflogen meine eigenen Sorgen angesichts der Macht und Eloquenz der Schrift. Es schien gut und heilsam, hier zu sitzen und das Wort Gottes zu hören. Doch dann kam die Erneuerung des Taufversprechens: *Widersagst du dem Satan? Ich widersage. Und all seiner Bosheit? Ich widersage. Und all seinen Verlockungen? Ich widersage … Glaubst du an Jesus Christus, seinen eingeborenen Sohn, unseren Herrn, der geboren ist von der Jungfrau Maria, der gelitten hat und begraben wurde, von den Toten auferstand und zur Rechten seines Vaters sitzt?* Nein, das tat ich nicht, nicht wirklich. Ich konnte mich selbst nicht dazu bringen, die Antworten mitzusprechen, und ich spürte, dass sich Mummy und Daddy meiner geschlossenen Lippen bewusst waren. Und, überflüssig zu sagen, ich blieb sitzen, als sie aufstanden und zum Altar gingen, um die Kommunion zu empfangen.

Mummy war klar, dass ich deprimiert und besorgt war, doch sie führte das auf meine Trauer um Martin zurück. Wir waren zu Ostern oft nach Southwold gekommen, und offensichtlich nahm sie an, mein Besuch habe quälende Erinnerungen aufgewühlt. Sie machte mehrere Anspielungen auf die heilende Kraft der Zeit und darauf, wie ratsam es wäre, nicht über die Vergangenheit »nachzubrüten«. »Natürlich wäre es leichter, wenn du noch deinen Glauben hättest, Liebes«, seufzte sie. »Aber ich bete für dich und für Martin, jede Nacht.« Sie nimmt an, dass Martin im Fegefeuer ist, um für seine Sünden in dieser Welt zu büßen, bevor er an der ewigen Glückseligkeit teilhaben darf. Zweifellos kann er als Agnostiker nicht direkt in den Himmel gekommen sein; auf der anderen Seite wäre es zu erschreckend, sich vorzustellen, dass der eigene Schwiegersohn in die Hölle gekommen ist, und die moderne Theologie gesteht die Möglichkeit der Erlösung auch außerhalb der Kirche zu. So muss er also seine Zeit im Fegefeuer absitzen, und sie nimmt an, dass ihre Gebete ihm dabei helfen, Vergebung zu erlangen. »Gib dir keine Mühe, Mummy«, hätte ich am liebsten gesagt. »Lass ihn noch eine ordentliche Weile brennen.« Aber natürlich habe ich das nicht gesagt – nicht nur, weil ich nicht einmal im Traum daran denken würde, sie mit der Geschichte von Sandra Pickering zu schockieren, sondern auch weil ich nicht absolut sicher sein kann, dass er mich mit ihr betrogen hat, bevor ich es nicht aus ihrem eigenen Mund gehört habe. Das ganze Wochenende habe ich in einem grauenhaften Schwebezustand zwischen rechtschaffener Entrüstung und Selbstzweifeln verbracht, die ich nicht beseitigen kann, bevor ich sie nicht damit konfrontiert habe. Bitte, Gott, mach, dass ihr Flugzeug keine Verspätung hat. Ich glaube nicht, dass ich weitere vierundzwanzig Stunden dieser Ungewissheit ertragen könnte.

Dienstag, 1. April. Wirklich passend, dieser Tag, an dem man Leute zum Narren hält. Ich bin mir sicher, dass ich zum Narren gehalten wurde – allerdings über Jahre hinweg, nicht nur einen Tag lang.

Heute Nachmittag kam Sandra Pickering pünktlich zum Seminar zurück – offensichtlich direkt vom Flugzeug, denn sie schleppte noch ihr Reisegepäck mit sich. Nachdem der Unterricht zu Ende war, bat ich sie um ein Gespräch in meinem Büro. Sie sagte, sie sei müde, und fragte, ob das nicht bis morgen Zeit habe, doch ich bestand darauf. Ich begleitete sie schweigend, wie eine Gefangene, in den zehnten Stock. Ich denke, sie ahnte, was kommen würde. Meine Fragen schienen sie jedenfalls nicht zu überraschen, nachdem wir erst einmal in meinem Büro saßen, und sie antwortete ohne Ausflüchte. Ja, sagte sie, sie hatte Martin bei der BBC kennen gelernt. Sie arbeitete 1993 mit ihm zusammen an zwei Sendungen. Er hat sie zu seinen Recherchen mitgenommen, zu denen auch gehörte, dass sie in Hotels übernachteten, und bei einer dieser Gelegenheiten begannen sie eine Affäre, die etwa sechs Monate dauerte und hauptsächlich am Tag in ihrer Atelierwohnung in Paddington stattfand, in den Stunden, in denen sie sich beide von ihrer Arbeit losmachen konnten. Sie sagte, er habe ihr von Anfang an klargemacht, dass er wegen ihr seine Familie nicht verlassen werde, und sie dürfe sich nicht einbilden, dass er das jemals tun würde. Sie stand so sehr in seinem Bann, dass sie diese Bedingung akzeptierte. Sie las meine Romane, »natürlich«, aber *Das Auge des Sturms* wurde erst veröffentlicht, als die Affäre zu Ende war und sie die BBC verlassen hatte, um in der Werbung zu arbeiten. Dann beschloss sie, sie nicht zu lesen, denn sie plante, selbst einen Roman zu schreiben, und sie wollte nicht dadurch eingeschüchtert oder abgelenkt werden, dass sie etwas von mir las. »Eigentlich war ich immer ein bisschen neidisch auf Sie. Die kluge, erfolgreiche Schriftstellerin-Ehefrau-Mutter, die er nie verlassen würde.« Sie besuchte einen Wochenendkurs in Arvon, beeindruckte Russell Marsden, der einer ihrer Dozenten war, und er ermutigte sie, sich hier um ein Studium zum Erwerb des M. A. in Kreativem Schreiben zu bewerben. Sie begann *Verbrannt* im Sommer, bevor sie hierher kam, ohne natürlich auch nur im Traum daran zu denken, dass ich sie unterrichten würde. Erst Mitte des Semesters kündigte Russell Marsden der Gruppe an, dass ich dazu ausgewählt worden war, ihn während seines Forschungssemesters zu ersetzen. »Ich wusste, es bestand ein gewisses Risiko, dass Sie Martin in Alastair wiedererkennen würden«, sagte sie, »besonders, als ich über Weihnachten *Das Auge des Sturms* las. Aber es gab nichts, was ich deswegen hätte tun können. Ich konnte nicht wieder bei null anfangen, mit einer ganz anderen Figur.« – »Sie hätten einen ganz anderen Roman anfangen können«, sagte ich. »Was? Nach der Hälfte des Kurses?«, sagte sie. »Warum sollte ich? Ich habe einen guten Job aufgegeben, um diesen Kurs zu machen. Ich habe all meine Ersparnisse abgehoben und mir Geld geliehen, um dafür zu bezahlen. Warum sollte ich all die Arbeit, die ich mir bereits gemacht hatte, zum Fenster rauswerfen, nur um Ihre Gefühle nicht zu verletzen?« Darauf wusste ich keine Antwort. Sogar in meinen eigenen Ohren klang meine Bemerkung lahm, als hätte ich es vorgezogen weiterzuleben, ohne etwas zu wissen. Vielleicht wäre es einem Teil von mir *doch* lieber gewesen. Ich fragte sie, warum die Affäre zu Ende gegangen war. »Sie ging zu Ende, als er eine neue Forschungsassistentin bekam.« Etwas an der Art, wie sie das sagte, ein leichtes Kräuseln ihrer fleischigen Oberlippe, die Betonung des Worts »neue«, warnte mich, dass noch weitere Enthüllungen folgen würden. »Ich war nicht die Erste«, sagte sie, »oder die Letzte.«

Es scheint, dass Martin den Ruf hatte, mit seinen Forschungsassistentinnen zu schlafen. Die meisten seiner direkten Kollegen mussten das gewusst haben, einschließlich einige derer, die ich privat getroffen habe. Viele von denen, die zum Gedächtnisgottesdienst gekommen waren, müssen das gewusst haben. Sandra selbst war an jenem Tag in der Kirche gewesen, obwohl sie später einem Treffen mit mir aus dem Weg ging, und das Mädchen, das später ihren Platz in Martins Herzen eingenommen hatte, war ebenfalls dort gewesen, wie sie mir versicherte.

Mir war schwindelig, und ich konnte kaum atmen. Die unverputzten Leichtsteinwände des winzigen Büros schienen anzuschwellen und sich zusammenzuziehen, und die ordinäre, fleischige Nackte auf dem Lucien-Freud-Poster und die schwarze, wie poliert wirkende Gestalt auf dem von Mapplethorpe schienen Falten zu werfen und obszöne Bewegungen zu vollführen. Ich bemühte mich, meine Bestürzung zu verbergen und einen Rest an Würde und professioneller Haltung zu bewahren. Als sie sagte: »Ich hoffe, das hat keinen Einfluss auf meine Note für den Kurs«, wollte ich schreien und etwas nach ihr werfen, aber ich sagte nur kalt: »Dazu sind externe Prüfer da.« Dann beendete ich das Gespräch.

Vielleicht eine Stunde lang saß ich so an jenem Tisch, ich bewegte mich kaum, blätterte langsam die Seiten meiner Ehe zurück und las sie noch einmal im Licht dessen, was ich gerade erfahren hatte. Ich war vollkommen getäuscht worden. Der Charakter und das Verhalten meines Mannes besaßen eine zusätzliche Dimension, die ich mit all meiner berühmten Einsicht und Intuition als Romanautorin nie vermutet oder erraten hätte. Wie war es nur möglich, dass ich nie das Parfüm oder den Körpergeruch dieser jungen Schlampen an ihm bemerkt hatte? Nie eine Spur Lippenstift an seinem Kragen oder eine kompromittierende Notiz oder zwei abgerissene Fahrkarten in seinen Taschen gefunden hatte? Er muss sehr, sehr vorsichtig gewesen sein. Oder vielleicht war ja auch ich nur sehr dumm, sehr unaufmerksam, sehr vertrauensvoll gewesen. Jetzt, da ich ohne den geringsten Zweifel weiß, dass er mir chronisch untreu war, fallen mir plötzlich mit aller Deutlichkeit einige kleine Episoden und Rätsel wieder ein, die so vieles implizierten. Ein, zwei Hemden von ihm, die unerklärlicherweise verschwanden. Anrufe, bei denen aufgelegt wurde, wenn ich abhob. Die Nachricht, dass er noch länger arbeiten müsse. Wie leicht konnte man mich zum Narren halten.

Ich fragte mich, wie lange seine Schürzenjägerei wohl schon ging. Kaum hatte ich die Frage gestellt, schien mir die Antwort klar: Seit meiner großen Depression vor sieben oder acht Jahren. Sechs Monate lang vegetierte ich auf dem Grund eines tiefen Lochs vor mich hin wie in einem Brunnenschacht, der kein Wasser mehr führt, während freundliche und verwirrte Menschen, von denen Martin einer war, über den Rand der Brüstung zu mir heruntersahen und versuchten, mich aufzuheitern, oder in einem Eimer Medikamente und Ratschläge herunterließen. Während dieser Zeit war ich nicht in der Lage, zu schreiben oder Belletristik auch nur zu lesen. Meine eigenen Romane erschienen mir wertlos, banal, unecht. Ich las das überschwängliche Lob in den Fanbriefen, die ich gelegentlich erhielt, mit einer Art lustloser Verwunderung darüber, wie leicht man die Leute doch täuschen konnte. Ich las eine Menge Sachbücher – Geschichtsbücher, Biographien, Briefsammlungen; nicht dass ich sie genossen hätte, aber sie halfen mir wenigstens, die Tage herumzubringen. Ich war unfähig, irgendetwas zu genießen, einschließlich Sex. Besonders Sex. Wenn Martin die Initiative ergriff, liebten wir uns zwar gelegentlich, aber ich konnte nicht so tun, als würde ich es genießen. Ich sagte, es täte mir Leid, das sei nichts Persönliches, und er war geduldig und verständnisvoll – jedenfalls dachte ich das. Nun, er verstand nur zu gut, aber offensichtlich war er doch nicht so geduldig.

Dann, nach sechs Monaten, ohne einen erkennbaren Grund, es sei denn aus schierer Langeweile, weiterhin so elend zu leben – und gleichzeitig nicht elend genug, als dass ich allem ein Ende bereitet hätte –, begann sich meine Depression aufzulösen. Durch eine Reihe rasch aufeinander folgender Umbrüche und glücklicher Ereignisse wurde meine Genesung gefördert, wenn auch nicht verursacht: Die französische Übersetzung von *Kein reiner Segen* bekam einen Preis, Martin begleitete mich nach Paris, um ihn entgegenzunehmen, und wir verbrachten auf Kosten anderer ein wunderbares Wochenende in einem Luxushotel; Lucy bestand die Zulassungsprüfung zum North London Collegiate mit glänzenden Noten ... Das Leben schien plötzlich wieder gut. Noch einmal schien die Sonne in meinem Kopf. Ich begann einen neuen Roman. Wir nahmen unser normales Eheleben wieder auf. Wir schliefen nicht mehr so häufig miteinander wie früher, aber ich führte das auf die im Alter nachlassende Libido zurück. Jetzt weiß ich es besser. Martin besaß noch jede Menge Libido, aber nicht mehr viel, die noch für mich übrig gewesen wäre. Er hatte Geschmack an jungem Fleisch gefunden, während der Sex bei mir abgeschaltet gewesen war.

Kann ich ihm das vorwerfen? Ja, natürlich werfe ich ihm das vor. Nicht nur, weil er unsere Ehe durch den intimen Kontakt zu anderen, fremden Körpern beschmutzt hat, sondern auch, weil er mich getäuscht hat, weil er mich betrogen hat, weil er mich zum Narren gehalten hat. Wäre er noch am Leben, würde ich mich scheiden lassen. Aber der Tod hat uns bereits geschieden. Es gibt nichts, was ich mit diesem Wissen anfangen kann, keine Möglichkeit, meiner Wut Luft zu machen, außer, dass ich es niederschreibe.

Carrie rief heute Abend an. Sie fragte mich, wie es mir ginge, und ich sagte, »Gut, danke«, wie man das eben so macht, und sie sagte: »Nein, es geht dir nicht gut. Ich kann's an deiner Stimme hören.« Ich gab zu, dass ich niedergeschlagen war, nannte aber keinen Grund. »Ich weiß genau, was du brauchst«, sagte sie. »Einen Nachmittag in den Droitwich Brine Baths. Ich hol dich ab.« Das hörte sich überhaupt nicht an, als könne es mich reizen, aber sie bestand darauf, dass es mir unendlich gut tun würde. »Wenn mir alles zu viel wird, nehme ich in den Brine Baths eine Auszeit«, sagte sie. »Du wirst es nicht bereuen.« Wir einigten uns darauf, dass sie mich morgen abholt. Ralph ist nicht da. Offensichtlich ist er ein paar Tage lang in Prag. Ich kann nicht anders, ich muss mich einfach fragen, was wohl vorletzten Freitag passiert wäre, wenn ich damals über Martin und Sandra Pickering Bescheid gewusst hätte.

Mittwoch, 2. April. Carrie kam gegen halb zwei zur Maisonette, um mich abzuholen. Ich hielt Ausschau nach ihr, sodass ich, sobald ihr Wagen draußen vorfuhr, vollständig angezogen und bereit, aufzubrechen, aus der Tür treten konnte. Ich wollte vermeiden, dass ich sie hereinbitten und ihr in einer ziemlich unbehaglichen Wiederholung von Ralphs Inspektionstour das Haus zeigen musste. Ich konnte mich nicht entscheiden, ob ich Carrie gegenüber seinen Besuch erwähnen sollte. Hatte er ihn selbst schon erwähnt, könnte es merkwürdig wirken, wenn ich das nicht auch tat. Andererseits, hatte er ihn ihr gegenüber *nicht* erwähnt und ich tat es jetzt, könnte sie sich fragen, warum er ihn vor ihr verbarg. Es ärgerte mich, in all diese Berechnungen und Täuschungen verwickelt zu sein, die etwas betrafen, das im Wesentlichen ein Nicht-Ereignis war. Als wir abfuhren, löste Carrie das Dilemma schließlich, indem sie sagte: »Ralph hat mir erzählt, dass du eine hübsche kleine Bude hast.« – »Ja, er kam kürzlich vorbei – er war so freundlich, mir beim Einrichten meiner E-Mail zu helfen«, sagte ich. Ich erwähnte nicht, dass er zum Mittagessen geblieben war, und Carrie tat es auch nicht, also weiß sie es vielleicht nicht.

Wir sausten in Carries sportlichem kleinen Japaner in null Komma nichts über die M 5 nach Droitwich. Offensichtlich wurde Droitwich über dem größten und tiefsten Salzlager Europas errichtet, und aus dieser Ablagerung entspringen die heißen Quellen. Schon seit Jahrhunderten baden die Leute in diesem Wasser, weil es angeblich medizinische und stärkende Eigenschaften besitzt, doch die heutigen Bäder sind überraschenderweise angenehm modern. Im Gegensatz zu dem, was ich befürchtet hatte, entsprach die Atmosphäre im Innern nicht derjenigen eines uralten städtischen Bades mit zugigen Umkleidekabinen und schmierigen, zerbrochenen Fliesen, sondern eher der eines privaten Fitness-Centers. Man zieht seinen Badeanzug an, schlüpft in einen weißen Frotteebademantel und duscht im Hauptteil des Gebäudes, in dem das Becken liegt, einem hellen, luftigen Raum mit langen Fenstern, die auf der einen Seite des Gebäudes bis zum Boden reichen. Sie sagen einem, dass man alle Kratzer und Schnitte in der Haut mit Vaseline eincremen soll, um die stechende Wirkung des Salzwassers zu vermeiden, und dass man unter gar keinen Umständen versuchen soll zu schwimmen, denn jeder Spritzer könnte für die Augen gefährlich werden.

Allerdings ähnelt das Bad einem mittelgroßen Schwimmbecken. Man geht über flache Steinstufen hinab in das warme, fast heiße Wasser, das vollkommen klar ist, und sanft sinkt man ein in etwas, das sich wie ein riesiges flüssiges Kissen anfühlt. Mühelos treibt man dahin, der Körper befindet sich halb über der Wasseroberfläche, getragen vom hohen Salzgehalt des Wassers. Es ist höchst bequem, auf dem Rücken zu liegen. Vorgeformte Styroporkissen stehen zur Verfügung, mit denen man den

Nacken über Wasser halten kann. Von ihnen gestützt, kann man absolut entspannt dahintreiben.

Schwimmbecken sind in der Regel laute Orte, an denen die Schreie der Kinder und das Spritzen der Taucher widerhallen, aber hier war das lauteste Geräusch das Murmeln der Gespräche im Café-Bereich am anderen Ende des Beckens, wo man nach dem Baden kostenlos Tee und Kekse bekommt. Die Badenden im Wasser reden nicht viel. Sie liegen da in Trance, Arme und Beine weit ausgebreitet auf dem Wasser, und treiben sacht auf dem gelegentlichen Kräuseln der Wasseroberfläche dahin, am Beckenrand verankert mit den Füßen, die sie unter dem Geländer verhaken, das die ganze Länge des Beckens entlangführt. Wäre da nicht der entspannte Gesichtsausdruck, könnte man meinen, es seien Leichen nach einem Schiffsunglück.

Ich schloss meine Augen und trieb dahin, bis ich sacht gegen den Beckenrand stieß. Ein leichter Schubs mit meinem Fuß, und ich glitt wieder zurück in die Mitte des Wassers. Versuchsweise leckte ich an einem Finger: Er schmeckte unglaublich salzig. Ich dachte an Alice im Wunderland, die zusammen mit der Maus, der Ente und dem Dodo auf der Sintflut ihrer eigenen Tränen schwimmt, und mir fiel auf, dass sie vielleicht deshalb nicht untergehen, weil Tränen salzig sind. Das Salzwasser war wie ein randvoll gefüllter Tank frischer, warmer Tränen. Dann dachte ich plötzlich: Ich werde nie wieder um Martin weinen.

Ich verlor jedes Zeitgefühl, aber als ich sah, wie sich Carrie majestätisch wie ein schönes Flusspferd aus dem Wasser erhob, den glatten Badeanzug aus Lycra straff über den üppigen Brüsten und Hüften, das Haar von einer engen Gummibadekappe bedeckt, folgte ich ihr und verließ das Becken. Ich dankte ihr für diese faszinierende

Erfahrung und sagte, dass es mir deswegen schon besser ginge. Sie fragte mich, warum ich deprimiert gewesen war, und zu meiner eigenen Überraschung – nachdem ich sie beschworen hatte, Stillschweigen zu bewahren, und ohne die Quelle meiner Informationen zu verraten – sagte ich es ihr.

22

»Nun ja, ich kann verstehen, wie du dich fühlst«, sagt Carrie und schenkt sich noch eine Tasse Darjeeling ein. »Aber sieh's mal von der positiven Seite. Er hat ihr von Anfang an gesagt, dass er dich wegen ihr nicht verlassen würde, richtig? Das zeigt, dass er dich wirklich geliebt hat.«

»Nicht unbedingt«, sagt Helen. »Es könnte genauso gut bedeuten, dass er sich nicht mit dem ganzen Durcheinander und den Kosten einer Scheidung belasten wollte. Besonders nicht mit den Kosten – sein Gehalt bei der BBC hätte nicht ausgereicht, so einfach zwei *ménages* zu unterhalten.«

»Na gut. Aber wenigstens bedeutet es, dass er *sie* nicht geliebt hat«, sagt Carrie. »Es war nur Sex. Und wer weiß, vielleicht hat sie sich ihm an den Hals geschmissen. Es gibt nicht viele Männer, die dem widerstehen können.«

»Ich kann mir nicht vorstellen, dass junge Frauen Schlange standen, um sich Martin an den Hals zu werfen«, sagt Helen. »So attraktiv war er nun auch wieder nicht.«

Carrie seufzt. »Du wärst überrascht. In jeder Situation, in der Männer die Macht und Frauen Jugend und Schönheit haben, gibt es einen Handel. Die Männer nutzen ihre Macht aus, um Sex zu bekommen, die Frauen benutzen ihr gutes Aussehen, um befördert zu werden oder gute Noten zu bekommen oder sich einfach nur eine nette Zeit zu machen. Ich muss das wissen, denn ich hab's selbst so gemacht.«

»Du?« Helen klingt überrascht, fast schockiert.

»Sicher. Als ich Studentin in Berkeley war, schlief ich ausschließlich mit Mitgliedern des Fachbereichs. Und die mussten mindestens Assistenzprofessoren sein, keine einfachen Dozenten, die gerade erst graduiert hatten. Die Jungen in meinen Seminaren sah ich nicht einmal an.« Sie kichert, während sie daran denkt. »Ich war ein richtiges Miststück. Aber ich war schön, damals.«

»Das bist du immer noch, Carrie«, sagt Helen.

Carrie schüttelt traurig den Kopf. »Lieb von dir, dass du das sagst, Helen, aber irgendwann zwischen dem dritten und dem vierten Kind habe ich die Schlacht gegen die Cellulitis verloren. Die Sache wäre anders, wenn ich in den Tagen eines Rubens oder auch nur denen eines Renoir leben würde … Aber das heutige Ideal weiblicher Schönheit besteht aus dem Körper eines heranwachsenden Jungen, dem man Titten wie Äpfel an die Brust geklebt hat. Schau in der ›Vogue‹ nach. Messenger hat eine Theorie darüber.«

»Oh?« Helen beugt den Kopf fragend zur Seite.

»Ja. Als Fruchtbarkeit die wichtigste Eigenschaft einer Frau war, waren breite Hüften und mächtige Brüste ein Zeichen dafür, dass sie viele Kinder würde austragen können, also wurden sie selektiert. Jetzt, da Sex hauptsächlich zur Entspannung da ist, ziehen die Männer geschmeidige, athletische Partnerinnen vor, die alle Positionen aus *The Joy of Sex* einnehmen können, ohne in Schweiß auszubrechen. In ein paar hunderttausend Jahren werden alle Babys in Reagenzgläsern produziert, und eine birnenförmige Frau wird so obsolet sein wie ein Dinosaurier.«

»Du bist nicht birnenförmig, Carrie«, sagt Helen, »du bist … üppig. Du bist junoesk.«

»Na ja, danke, Liebes«, sagt Carrie lächelnd. »Aber als ich einundzwanzig war … Ich konnte mich in mich selbst verlieben, wenn ich nur in den Spiegel sah. Wenn ich scharf auf einen Dozenten war, musste ich mich im Unterricht nur in Shorts und einem engen Top in die erste Reihe setzen und ihn bewundernd anschauen, und dann, wie soll ich sagen, schmolz er vor meinen Augen. Ich konnte drauf wetten, dass er, wenn ich das nächste Mal zu ihm in die Sprechstunde kam, vorschlagen würde, wir könnten doch die Besprechung meiner Arbeit bei einem Kaffee fortsetzen, und noch vor Ende der Woche gingen wir zusammen ins Bett. Es waren die Siebziger, weißt du, vor AIDS und vor der Political Correctness, und jeder auf dem Campus fickte, als ob es kein Morgen gäbe. War es in Oxford genauso?«

»Ein wenig«, sagt Helen.

»Glücklicherweise hatte sich das Klima geändert, als ich Messenger traf«, sagt Carrie. »Ich muss mir über hinreißende graduierte Studentinnen keine Sorgen machen – nicht, dass es in den Kognitionswissenschaften so viele gäbe, aber ab und zu taucht mal eine auf, in dieser Hinsicht muss ich mir über Messenger keine Sorgen machen. Es gab an den Universitäten zu viele Fälle sexueller Belästigung. Die Dozenten haben gelernt, darauf zu achten, sich nicht mit Studentinnen einzulassen – und das zu Recht. Berkeley in den Siebzigern war wie Sodom und Gomorrha. Sogar Harvard war voller Swinger – ich ging dorthin, um an meinem Abschluss zu arbeiten. Natürlich fing ich sofort damit an, meinen Doktorvater zu verführen. Ironischerweise erwies er sich jedoch als altmodischer, ehrenhafter Kerl, der darauf bestand, mich zu heiraten.«

»Wer war das?«, fragt Helen.

»Alexander Higginson. Schon mal von ihm gehört?«

»Nein, ich glaube nicht.«

»Er hat mehrere Bücher über die französische Malerei

des neunzehnten Jahrhunderts geschrieben und dazu Berge von Aufsätzen. Alex war um einiges älter als ich. Es war eine Art Dorothea-Brooke-und-Casaubon-Sache. Ich bewunderte ehrfürchtig seinen klugen Kopf und seinen schönen französischen Akzent. Meine Leute versuchten, es mir auszureden. Mein Vater dachte, Alex sei nur hinter meinem Geld her – mein Großvater hat mir ziemlich viel hinterlassen, weißt du. Ich glaube nicht, dass das bei Alex der Fall war, aber Daddy bestand trotzdem auf einem von seinem Anwalt aufgesetzten Ehevertrag, der einen Sicherheitszaun um mein persönliches Einkommen zog, also vermute ich, ich muss ihm dankbar sein, nach dem, wie sich die Dinge entwickelten.«

»Das ist alles absolut faszinierend«, sagt Helen. »Wie hast du Ralph kennen gelernt?«

»Auf einer Party in Cambridge – Cambridge, Massachusetts. Messenger war am MIT. Ich hatte noch nie jemanden wie ihn getroffen. Die meisten unserer Freunde in Harvard waren Geisteswissenschaftler, und zu Hause trafen sich meine Eltern vor allem mit reichen Geschäftsleuten und Kunstmäzenen. Ich hatte nur wenige Naturwissenschaftler getroffen, und ich hielt sie für langweilige, nervige Typen, die von langweiligen und unverständlichen Dingen wie Elektronen und Neutronen besessen sind. Messenger war völlig anders als dieses Klischee. Zum einen glich er eher einem Rockstar als einem Wissenschaftler – damals hatte er lange Haare und trug ausgestellte Hosen und bunte Seidenhemden. Er redete mit mir mit diesem irren Michael-Caine-Akzent über Computer und künstliche Intelligenz auf eine Art, dass ich verstand, was er sagte. Er sprach wie jemand, dem die Zukunft in den Knochen steckte. Und er wirkte unglaublich sexy. Meine Ehe lief damals nicht allzu gut. Der Altersunterschied forderte seinen Tribut. Die Dinge hatten sich nach Emilys Geburt etwas gebessert, doch nachdem der Reiz des Neuen verflogen war, wurde klar, dass Alex eigentlich keine Babys mochte. Und ich bewunderte seinen Intellekt nicht mehr so ehrfürchtig. Ich hatte erkannt, dass alle seine Bücher Variationen desselben Themas waren, und selbst das hatte er bei Gombrich entliehen. Ich hatte die Rolle der Dorothea hinter mir und war bereit für die der Madame Bovary ...«

»Du hattest eine Affäre mit Ralph?«

»Ja. Er lud mich ins MIT ein, um mir Computerkunst zu zeigen, und im Aufzug auf dem Weg nach oben küsste er mich. Das war ein Kuss! Wir schauten kein einziges Mal zurück. Ich musste mir für unsere Verabredungen einen Babysitter besorgen, und so fand Alex es heraus. Ich denke, er hätte das irgendwie ausnutzen können, hätte er vorgehabt, das Sorgerecht für Emily zu beanspruchen, doch das wollte er nicht. Es war eine ziemlich zivilisierte Scheidung. Kurz darauf bekam Messenger einen Job an der CalTech, und wir zogen nach Pasadena. Möchtest du neuen Tee?«

»Ja, bitte.«

Carrie winkt eine Kellnerin herbei und bestellt neuen Tee. Die Kellnerin sagt entschuldigend, dass im Eintrittspreis nur eine kostenlose Kanne enthalten ist. Carrie sagt, sie sei gerne bereit, später dafür zu bezahlen, habe aber im Augenblick kein Geld bei sich. Die Kellnerin sieht besorgt aus und bietet an, kostenlos neues heißes Wasser zu bringen. Carrie gibt sich damit zufrieden. »England, ich liebe es«, sagt sie, als die Frau davongeht. »Wie geht deine Geschichte?«, sagt sie zu Helen. »Wie hast du Martin getroffen?«

»Bei einer Theateraufführung, im Innenhof eines Colleges in Oxford«, sagt Helen. »An einem Sommerabend, Mauersegler flogen durch die Luft.«

»Klingt wundervoll romantisch. Habt ihr zusammen studiert?«

»Nein. Martin ging nach Durham. Ich war postgraduierte Studentin, als ich ihn traf, er war Praktikant bei der BBC in London. Er war der Bruder einer meiner Freundinnen, die die Titania in einer Studentenaufführung des *Sommernachtstraums* spielte. Sie lud ihn ein, sich die Aufführung anzuschauen, und bat mich, neben ihm zu sitzen und ihm Gesellschaft zu leisten. Ehrlich gesagt, es lief ziemlich ähnlich ab wie bei deinem ersten Treffen mit Ralph. Wir verstanden uns sofort. Er war nur wenige Jahre älter als ich, aber er wirkte viel reifer als alle Freunde, die ich zuvor gehabt hatte. Danach gingen wir zur Party der Schauspieler, saßen in einer Ecke und unterhielten uns, bis es Zeit für ihn wurde, den Nachtbus zurück nach London zu nehmen. Ich sollte diese Busverbindung noch ziemlich gut kennen lernen. Wir fingen an, uns regelmäßig zu treffen – wir verbrachten die Wochenenden abwechselnd in Oxford und in London. Ich glaube, das war die glücklichste Zeit meines Lebens, wenn ich jetzt so daran zurückdenke. Von Montag bis Freitag in der Bodleian zu arbeiten, solange sie aufhatte, und uns an den Wochenenden zu lieben. Bis ich schwanger wurde.«

»Ein Unfall?«, fragt Carrie.

»Natürlich«, sagt Helen. »Ich wollte kein Kind, nicht, solange ich noch auf der alleruntersten Sprosse der akademischen Leiter stand. Aber eine Abtreibung wollte ich auch nicht – mein immer noch vorhandenes katholisches Gewissen, nehme ich an. Glücklicherweise wollte Martin auch nicht, dass ich das tat. Er schlug vor zu heiraten, was offen gestanden eine gewaltige Erleichterung war, denn meine Eltern hätten ziemliche Schwierigkeiten gehabt, die Vorstellung eines unehelich geborenen Enkelkindes zu schlucken.«

»Ist das der Grund, warum du ihn geheiratet hast?«, fragt Carrie.

»Nein. Ich war in ihn verliebt, ich hatte gehofft, wir würden eines Tages heiraten und Kinder haben, die üblichen Dinge. Alles kam nur ein bisschen schneller, als ich mir das vorgestellt hatte. Ich zog runter nach London. Ich dachte, ich könnte mit meinen Recherchen im British Museum weitermachen und ab und zu nach Oxford fahren, um mit meinem Doktorvater zu sprechen. Das schaffte ich auch ein paar Monate lang, aber nachdem Paul erst einmal auf der Welt war, wurden die Dinge schwierig. Ich kam mit einem Baby und einem Ehemann in unserer engen Wohnung in Balham einfach nicht zurecht. Ich bekam eine postnatale Depression.«

»Oh, das ist hart.«

»Mit der Zeit kam ich darüber hinweg, aber ich gab meinen Dr. phil. und meine akademischen Ambitionen auf.«

»Stattdessen wurdest du Romanautorin«, sagt Carrie, »was viel besser ist.«

»Na ja, vielleicht.«

»Ich hab meinen Dr. phil. auch nie gemacht«, sagt Carrie.

»Bedauerst du das?«

»Eigentlich nicht. Ich wollte keine akademische Karriere machen. Mir war immer unwohl angesichts des Konkurrenzdenkens in Harvard. Ich konnte spüren, wie die anderen Studenten die ganze Zeit über dachten: ›Wozu macht sie das? Sie ist so reich, sie braucht keinen Job.‹ Was natürlich stimmte. Aber ich würde gern etwas tun, nicht nur die Kinder großziehen und mit Messenger zurecht kommen ... Deshalb der Roman.«

Die Kellnerin bringt das heiße Wasser und, mit einem verschwörerischen Blinzeln, neue Kekse. Carrie gießt das

Wasser in die beiden Kannen und knabbert nachdenklich an einem Keks. »Warst du Martin immer treu?«, sagt sie, als die Frau außer Hörweite ist.

»Natürlich«, sagt Helen leicht entrüstet. »Sonst wäre ich nicht so verletzt. Ich hätte kein Recht dazu.«

»Sicher«, sagt Carrie. »Ich wollte nicht … Es ist nur so, dass, na ja, in deinen Romanen kommt jede Menge Untreue vor.«

Helen lacht ein wenig unsicher und zupft am Gürtel ihres Bademantels. »Nun, das gilt für die meisten Romane, fürchte ich. Aus einer stabilen monogamen Ehe kann man erzählerisch nicht allzu viel rausholen.«

»Ja. Wie Tolstoi am Anfang von *Anna Karenina* sagt: ›Alle glücklichen Familien ähneln einander … ‹«

»›Aber unglücklich ist jede Familie auf ihre eigene Art.‹ Ich bin nicht sicher, ob das wirklich stimmt, der erste Teil«, sagt Helen und runzelt die Stirn. »Glückliche Familien ähneln sich überhaupt nicht. Das Problem ist, sie sind nicht besonders interessant – außer natürlich, man gehört zufällig einer an. Literatur lebt vom Unglück. Sie braucht Konflikte, Enttäuschungen, Regelverstöße. Und da es in Romanen hauptsächlich um das persönliche, emotionale Leben geht, um Beziehungen, ist es nicht überraschend, dass es in den meisten von ihnen um Ehebruch geht. Untreue, sollte ich besser sagen, denn viele Paare heiraten heute nicht mehr – aber das scheint keinen großen Unterschied zu machen, wenn es um Verrat geht, wenn ein Partner den anderen betrügt, oder?«

»Nein. Aber wie hast du einen Einblick bekommen? Für *Kein reiner Segen* zum Beispiel?«

»Unter unseren Freunden in London gab es jede Menge wechselnder Beziehungen. Ich hab Augen und Ohren offen gehalten. Und die Frauen, die bei mir am Morley

Kreatives Schreiben studierten, sprachen ohne weiteres über ihr Intimleben …«

»Wirklich?« Carrie lacht. »Wie war ihnen zumute, als ihre Geschichten später in deinen Büchern auftauchten?«

»Natürlich habe ich sorgfältig darauf geachtet, nichts davon so zu verwenden, dass es irgendjemanden in Verlegenheit bringen konnte«, sagt Helen und wirkt dabei ein wenig in die Defensive gedrängt. Sie gießt sich noch eine Tasse Tee ein. »Manchmal brauchst du nur ein winziges Detail aus dem richtigen Leben, und schon beginnt deine Fantasie in einer Richtung zu arbeiten, die mit der ursprünglichen Anekdote überhaupt nichts mehr zu tun hat, sodass nicht einmal derjenige sie im fertigen Roman wiedererkennt, der sie dir erzählt hat. Starr jetzt nicht hin, aber hinter dir passiert gerade etwas ziemlich Interessantes.«

Über Carries Schulter blickend, sieht Helen eine ältere Frau, die in einer Art Gerüst, das an einem kleinen Kran hängt, mithilfe einer Winde ins Becken hinabgelassen wird. Carrie schiebt ihren Stuhl zurecht, sodass sie es auch sehen kann. Die Frau ist dünn und knochig, ihr Badeanzug hängt schlaff über ihrem verwelkten Fleisch, ihre Gelenke sind von Arthritis geschwollen, und ihre Arme und Beine zittern, als litte sie an Parkinson. Ihre eingefallenen Züge sind zu einer Grimasse verzerrt, die ein Lächeln darstellen soll und die doch nur Verlegenheit und Unbehagen ausdrückt. Eine Freundin oder Krankenschwester steht im Wasser, spricht beruhigend auf sie ein und wartet darauf, sie in Empfang zu nehmen, während sie langsam ins Wasser hinabgelassen wird. Dann wird sie aus ihren Gurten befreit und kann frei dahintreiben, während ihre Begleiterin ihren Kopf hochhält. Langsam breiten sich ihre Arme und Beine aus, das Zittern lässt nach, und ein echtes Lächeln erscheint auf ihren Lippen.

»Das ist eine wirklich hübsche Maschine«, bemerkt Carrie. »Ich frage mich, ob sie mein Gewicht aushalten würde. Vielleicht brauche ich sie eines Tages.«

»Bitte nicht«, sagt Helen.

»Oder du. Man kann nie wissen.« Sie blickt Helen direkt ins Gesicht. »Schau, du hast mir all diese Dinge erzählt, und deshalb sage ich dir, was ich denke. Ich verstehe den Schmerz, den du empfindest. Du hast Martin vertraut, und jetzt entdeckst du, dass er nicht der Mensch war, für den du ihn gehalten hast. Aber du kannst nichts daran ändern, du kannst ihn nicht einmal zur Schnecke machen, weil er nicht mehr hier ist. Du dachtest, du wärst sicher in der kleinen Zitadelle deiner glücklichen Ehe und könntest all die sexuellen Streitereien beobachten, die da draußen vor sich gehen, Notizen machen und die Opfer zählen, ohne selbst verletzt zu werden. Aber jetzt, wo du selbst verwundet worden bist, hast du etwas, worüber du wirklich schreiben kannst. Aus dem Herzen. Das ist eine Möglichkeit, deinem Zorn Luft zu machen.«

»Ich möchte keinen Racheroman schreiben«, sagt Helen.

»Warum nicht?«

»Rein negative Gefühle führen nie zu gutem Schreiben«, sagt Helen. »Vielleicht mit der Zeit, wenn die Wunde nicht mehr so frisch ist …«

»Richtig. Lass dir Zeit. Und bis dahin – mach was aus deinem Leben, wie man so sagt.«

»Was meinst du damit?«

»Du hast seit Martins Tod ununterbrochen um ihn getrauert, richtig? Es wird Zeit, damit aufzuhören.«

»Das hab ich schon. Es wurde mir klar, als ich im Becken dahintrieb. Ich werde nie wieder um ihn weinen.«

»Großartig. Es wird Zeit, dass du darüber nachdenkst, eine neue Beziehung einzugehen. Du bist schön, bezaubernd, intelligent …«

»O Carrie, nun übertreib nicht!«

»Nein, du hörst auf zu untertreiben, Helen. Keine falsche Bescheidenheit bitte. Es wird Zeit, dass du wieder glücklich wirst.«

»Oh, ›glücklich‹«, sagt Helen und seufzt. »Manchmal denke ich, meine Hardware ist ganz aufs Unglücklichsein eingestellt, um einen Ausdruck deines Mannes zu benutzen.«

»Messenger? Wann hat er das gesagt?«

»Im Fernsehen«, sagt Helen.

»Oh, ja«, sagt Carrie. »Na ja, seine Hardware ist ganz aufs Glücklichsein eingestellt, denke ich. Das ist wahrscheinlich der Grund, warum ich ihn geheiratet habe.«

23

Der gute König Wenzel sah hinaus … OK … Das Lämpchen der Batterie sieht ein bisschen schwach aus, aber sie scheint zu funktionieren … Es ist Sonntagnachmittag, der sechste April, ich bin in der Executive Lounge der British Airways im Flughafen Amsterdam … und warte auf das Flugzeug nach Birmingham weil ich den Anschlussflug nach Bristol um wenige Minuten verpasst habe der Start in Prag hatte sich verzögert obwohl ich die ganze beschissene Strecke durch Schiphol gerannt bin, der Flughafen wird renoviert ein einziges heilloses Durcheinander … die Aktentasche unter den Arm geklemmt rannte ich dahin mit zurückgelegtem Kopf wie ein offensiver Außenverteidiger in einem schlechten Traum, der versucht, noch einen Punkt zu machen während sich das Spielfeld unendlich in die Länge zieht … der Flughafen Schiphol muss von einem bis zum anderen Ende wenigstens einen Kilometer lang sein … ich schob und schlängelte mich durch die gegnerischen Verteidigungslinien aus Reisenden Gepäckträgern Bauarbeitern Malern Stukkateuren … nur um am Gate zu erfahren, dass man nicht mehr zusteigen konnte weil das Flugzeug bereits auf die Startbahn rollte, obwohl die Abflugmonitoren anzeigten, dass man noch an Bord gehen könne … Ich war mächtig sauer, besonders als ich erfuhr, dass es heute keine weiteren Flüge nach Bristol mehr gibt …

Ich hatte keinen Direktflug von London genommen, sondern war von Bristol via Amsterdam nach Prag geflogen um die langweilige Fahrt nach Heathrow oder Gatwick und wieder zurück zu umgehen aber jetzt muss mich Carrie in Birmingham abholen und nach Bristol fahren, sodass ich den Wagen holen kann den ich dort abgestellt habe … Ich habe sie gerade angerufen, um das mit ihr abzusprechen, und sie war nicht allzu glücklich darüber, ich kann nicht behaupten, dass ich ihr das vorwerfe … Sie ist mit den Kleinen und Helen in Horseshoes und deswegen muss sie den Aufenthalt dort vorzeitig abbrechen … Ich nehme an, es ist Helen leichtgefallen rauszufahren da sie wusste, dass ich weg bin … Ich hoffe, sie geht mir in Zukunft nicht aus dem Weg, auch weil Carrie das auffallen und sie sich fragen würde, was vorgefallen ist … vielleicht ist es nur gut sodass sie auf mein Angebot, die Tagebücher auszutauschen, nicht eingegangen ist … Weiß Gott was passiert wäre, hätte sie eingewilligt … und doch war es in gewissem Sinne auch deswegen so reizvoll, wegen des Risikos … Sofort als ich am Freitag diese Idee hatte … ich ging von ihrem Haus zurück ins Centre … konnte ich nicht mehr aufhören daran zu denken, ich war das ganze Wochenende über besessen davon, besonders weil sie an dem Wochenende nicht mit uns nach Horseshoes kam … sie rief Carrie am Samstag an und sagte bei ihr sei eine Erkältung im Anzug, ich hab's nicht einen Augenblick geglaubt … dann an Ostern war sie nicht da … Ich muss versuchen wieder ein freundliches Verhältnis zu ihr aufzubauen wenn ich zurückkomme …

Ich muss hier zwei Stunden warten, also habe ich den alten Pearlcorder aus meiner Aktentasche genommen um ein wenig die Zeit auszufüllen und bin in dieser schalldichten würfelförmigen Telefonzelle geblieben wo niemand mich belauschen kann, obwohl es in der Lounge so still ist wie auf einem Friedhof … nicht viele Geschäftsleute sind am Sonntag unterwegs … Puh … erst jetzt geht mein Atem wieder normal und mein Puls … Aber ich habe immer noch Verdauungsbeschwerden … kommt von den vier Tagen tschechischem Essen, das hauptsächlich aus gesättigten Fettsäuren und Kohlenhydraten zu bestehen scheint … die tschechische Vorstellung einer ausgewogenen Mahlzeit besteht aus, sagen wir Gulaschsuppe mit Klößen, gefolgt von einer halben gebratenen Gans mit Pommes und Klößen, und als Dessert Preiselbeerklöße, die in Schlagsahne schwimmen. Was mit ein paar Litern Pils runtergespült wird. Wie überleben die dieses Essen? Warum fallen sie nicht reihenweise auf der Straße um und haben einen Herzstillstand? Na ja, man sieht eine Menge Leute mit Übergewicht, besonders Männer in mittlerem Alter, aber ebenso eine überraschend große Zahl schlanker, eleganter junger Frauen … wie Ludmila zum Beispiel, sie muss eine Fünfzig-Zentimeter-Taille gehabt haben und ihr Bauch war flach wie ein … Nein, nicht wie ein Pfannkuchen, jedenfalls nicht wie ein tschechischer Pfannkuchen, in den sie eingemachte Pflaumen und Sahne stopfen … obwohl sie einen gegessen hat … sie hat zwei gegessen, sie hat alles gegessen, was ihr vorgesetzt wurde, während ich mit ihr zusammen war … Wie machen diese Mädchen das? Vielleicht essen sie nur, wenn sie mit anderen zusammen sind, wenn ein anderer zahlt, und hungern die übrige Zeit … oder stecken sich nach einer Schlemmerei den Finger in den Hals … aber es ist keine Anorexie oder Bulimie, mangelnde Selbstachtung hat damit nichts zu tun, ganz im Gegenteil. Es ist ein kluges Abwägen dessen, was ihnen dabei hilft, in der Tschechischen Republik voranzukommen oder aus ihr rauszukommen … Es genügt nicht, clever zu sein und Englisch zu sprechen, man muss auch aussehen wie Kate Moss … Ich stelle mir vor, wie diese jungen Frauen überall in Prag in engen Apartments in miesen Betonhochhäusern leben, sich das Schlafzimmer mit einer jüngeren

Schwester teilen, das Badezimmer mit der ganzen Familie, ohne Privatsphäre, ohne Geld, nur ein wirklich gutes Kleid im Schrank und eine Figur, die sie sorgfältig umhegen wie eine unbezahlbare Pflanze, denn sie wissen, ihre Aussichten hängen allein davon ab, dass sie nicht so wie ihre Mütter aussehen … Denn trotz der Samtrevolution oder vielmehr gerade deswegen leben viele in diesem Land arm, aber vornehm, wie man das vielleicht nennen könnte. Oberflächlich gesehen scheint Prag eine lebendige, blühende Stadt zu sein, aber das liegt hauptsächlich an den Touristen, den Unternehmern und den Gangstern (falls zwischen den beiden letzteren ein Unterschied besteht), die sich hier amüsieren … viele Menschen sind schlechter dran als unter dem Kommunismus, besonders wenn sie auf dem staatlichen Sektor arbeiten. Ludmilas Eltern zum Beispiel, beide berufstätig, der Vater Pathologe, die Mutter Zahnarzthelferin, aber sie hat mir gesagt, dass die beiden am Abend Schulkindern Nachhilfeunterricht geben, um sich über Wasser zu halten, denn ihr zuvor festgelegtes Gehalt wurde durch die Inflation entwertet … Kaum überraschend, dass die Leute mit ein wenig lustlosem Zynismus reagieren, wenn man anerkennend über die Samtrevolution spricht. »Sicher steht es uns jetzt frei zu reisen«, sagte mir Ludmila, »aber wir können es uns nicht leisten.« Da waren wir im Bett und hatten einen kleinen postkoitalen Tratsch. Ich sehnte mich nach Schlaf, aber es wäre wohl unfreundlich gewesen, hätte ich sie rausgeschmissen, und es gab nicht genug Platz, dass wir beide hätten schlafen können, es war ein Einzelbett, kaum groß genug für uns, um nebeneinander zu liegen … Das British Council hatte für mich ein Zimmer gebucht in einem hübschen alten Gasthof mit Ausblick auf die Karlsbrücke mit ihren einunddreißig Heiligenstatuen auf der Brüstung, die herumfuchteln wie versteinerte Buchmacher ... Ich vermute, sie dachten, mir würde das historische Ambiente dieser Unterkunft gefallen, die schiefen Treppen, die niedrigen Türbalken, gegen die man mit dem Kopf knallt, die dunkel getäfelten Wände und die kabinenartigen Zimmer, wo doch alles, was ich wirklich mag, wenn ich von zu Hause fort bin, so was wie ein Hilton oder Hyatt ist – Platz, Luxus ... ein Bad, das groß genug ist, um sich darin treiben zu lassen, eine Dusche, die so kräftig ist, dass man sich damit Löcher in die Haut bohren kann ... eine gut ausgerüstete Minibar, mehrere Pornokanäle im Fernsehen ... und ein Bett, das groß genug für Neunundsechzig ist, ohne dass man dabei gleich auf den Boden fällt oder sich am Nachttisch die Zehen anschlägt. Nicht, dass ich irgendetwas in dieser Richtung mit Ludmila versucht hätte, es war ein Fick der einfacheren Art ... kein Oralsex, und ich habe ein Kondom benutzt, es war also sicher genug, aber ... irgendwie mechanisch ... Keine Nacht, an die man mit großer Befriedigung zurückdenkt ... Eigentlich sollte man sowieso erwarten, dass ich diese Dinge aufgegeben hätte, One-Night-Stands auf Auslandsreisen, besonders mit Frauen, die halb so alt sind wie ich ... Es war zum Teil Langeweile, zum Teil Galanterie, wegen dieser Bemerkung, die ich gemacht habe, »Ich kann mir da verschiedene Dinge vorstellen«, die sie falsch verstanden hat. Komisch, aber ich dachte, sie wäre vielleicht beleidigt, wenn ich keinen Annäherungsversuch machen würde, als der Abend sich dem Ende näherte ... das war es, und weil es mich anödete, mich weiter durch Prag zu schleppen ... Alle schwärmen von dieser Stadt, aber auf mich wirkte sie eher wie eine Art besserer Themenpark zur Lokalgeschichte, vollgestopft mit den Leuten, die man auch in Disneyland sieht, Touristen in Turnschuhen, ausgeleierten Shorts und T-Shirts ... denn das Wetter war warm, der

Frühling hat Mitteleuropa erreicht, fast eine Hitzewelle ... und das war noch ein Grund, die meiste Zeit über war mir zu heiß, ich hatte die falschen Kleider mitgebracht, zu viele Wollsachen, es juckte mich, und ich war verschwitzt, besonders in diesen stickigen Restaurants, in denen man Gulaschsuppe in sich hineinschaufelte und Gänsebraten mit Klößen, oder zur Abwechslung Rinderbrühe mit Klößen und Schweinebraten mit Sauerkraut und Klößen ... das Problem ist, in Wirklichkeit mag ich dieses Essen, und ich bin von Natur aus gierig, sodass ich zu viel davon esse ... besonders auf einer Reise wie dieser hier, wo die Leute einen zweimal am Tag in Restaurants führen, zum Mittag- und zum Abendessen, jedes Mal drei oder vier Gänge ...

Ich glaube, Osteuropa gefiel mir besser, als es noch kommunistisch war und es noch nicht so viel zu essen gab, als es von überhaupt nichts viel gab, selbst wenn man als Besucher mit harter Währung ankam ... Man erlebte eine Art anregende Befriedigung, wenn man sich für kurze Zeit einem Leben in Armut aussetzte. Ich erinnere mich noch daran, wie ich fast ekstatisch an einem Winterabend durch die Straßen von Lodz ging, das muss in den Siebzigern gewesen sein, angesichts des durch nichts gemilderten Elends, wohin man auch blickte, die dreckigen, baufälligen Apartmentblocks, der schmutzige gefrorene Schnee, der sich im Rinnstein anhäufte, die Straßenbahnen, die in den Kurven auf ihren Schienen quietschten und stöhnten, voller graugesichtiger Passagiere, die Runzeln unförmiger, ausdrucksloser Frauen in Stiefeln und Mänteln, die stoisch vor Lebensmittelgeschäften mit völlig leeren Auslagen und kahlen Regalen Schlange standen ... danach war man wirklich dankbar für den britischen Pass und das Flugticket, das man sicher verstaut in der Tasche trug ... diesen belebenden Kontrast gibt es nicht mehr ...

Die ursprüngliche Einladung zu dieser Reise kam von meinem tschechischen Verleger, anlässlich der Publikation ihrer Ausgabe von *Die Maschine des Geistes* ... Ich vermute, ich war geschmeichelt, weil sie fanden, mein zehn Jahre altes Buch sei eine Übersetzung wert, und ich dachte, sie verdienen, dass man sie ermutigt, also habe ich akzeptiert ... dann bewarb sich der Verleger sofort um eine Finanzierung durch das British Council, und die stimmten unter der Bedingung zu, dass ich eine Vorlesung und ein Seminar an der Universität abhalte, also sagte ich zu, und am Ende kam ein volles Programm dabei heraus, mit der Vorlesung und dem Seminar und den Zeitungsinterviews und den Signierstunden und sogar einem dreiminütigen Interview für eine landesweite Nachrichtensendung im Fernsehen ... Mein Verleger, Milos Palacky, den ich nie zuvor getroffen habe, erwies sich als typisches Produkt im neuen postmarxistischen Geist kapitalistischen Unternehmertums, ein freundlicher, aber gerissener Typ, der für all diese Publicity gesorgt hatte, ohne selbst auch nur eine einzige *koruna* auszugeben, abgesehen davon, dass er einmal die Rechnung fürs Mittagessen übernahm (Blumenkohlsuppe mit Klößen, Wildschweinbraten mit Klößen, Obstklöße mit Klößen) ... Wie mir ein tschechischer Schriftsteller, den ich traf, sagte, ist Palacky berüchtigt dafür, fällige Tantiemen nicht zu bezahlen, und ich solle nicht erwarten, mehr Geld zu bekommen als die ziemlich bescheidene Vorauszahlung, die ich bereits erhalten habe ... Es konnte mich kaum beruhigen, dass ich meiner Übersetzerin vorgestellt wurde, einer Dame mittleren Alters, die nicht sehr gut Englisch sprach und die keinen wissenschaftlichen Hintergrund zu besitzen schien, aber ich war nicht in der Lage, bei Palacky deswegen nachzufragen, denn auch er spricht kaum Englisch ... überall, wo er hinging, begleiteten ihn zwei breitschultrige Schlägertypen in schwarzen Anzügen und Sonnenbrillen, die die Türen öffneten und Leute zurückhielten, wenn er aus seinem Auto in ein Gebäude ging … vermutlich sollten sie ihn vor den Angriffen wütender Gläubiger schützen … Nun, es dauerte nicht lange, bis ich erkannte, dass ich ausgenutzt wurde, aber ich machte weiter, zog vor den Medien und den Buchhändlern meine Nummer ab wie ein Profi, hielt meine schon oft wiederholte Allzweck-Überblicksvorlesung über das Problem des Bewusstseins an der vollbesetzten Karls-Universität … Levines Erklärungslücke, Cricks Erstaunliche Hypothese, Chalmers Schwierige Frage, Dennett, Searle, Minsky, Penrose, die üblichen Verdächtigen, ein kleiner Seitenhieb auf die Neurowissenschaft als neue Phrenologie, ein kleiner Seitenhieb auf den Behaviorismus – *Wie war es für mich?* sorgt immer wieder für Heiterkeit … zum Schluss Werbung für die KI, durch Phänomenologie ergänzt, das Modellieren sowohl affektiver als auch kognitiver Prozesse, wobei man besser *bottom up* statt *top down* arbeiten sollte … Das war am Freitagnachmittag … worauf ein Empfang und ein Abendessen folgten, bei dem es Klöße gab … dann hielt ich am Samstagmorgen ein Seminar mit begrenzter Teilnehmerzahl am Fachbereich Philosophie und Psychologie über unsere experimentellen Arbeiten am Centre, und danach stellte mir der verantwortliche Prof Ludmila Lisk vor, eine junge Forschungsassistentin aus der Psychologie … Für den Rest des Tages waren laut Plan des British Council »Freizeit – Besichtigungen« angesetzt, und Ludmila war dazu bestimmt worden, mir als Führerin zu dienen. Was ich in diesem Augenblick wirklich wollte, war, mit dem ersten verfügbaren Flug nach Hause abzuhauen … aber da war diese eifrige, lächelnde, nicht schlecht aussehende und unglaublich schlanke junge Frau, die mir die Hand hinstreckte, die ich schütteln sollte ... es wäre grausam gewesen, ihre Dienste zurückzuweisen ... Ich schwöre, ich habe in dem Moment nicht damit gerechnet, wie weit diese Dienste gehen würden ...

Sie hatte eine gewisse Summe erhalten, um unsere Ausgaben zu bezahlen, also führte sie mich als Erstes in ein »typisch tschechisches Restaurant«, wo wir ein typisch tschechisches Mittagessen bestellten ... dann schleppte ich meinen aufgeblähten Magen in der Nachmittagshitze quer durch die Prager Altstadt, folgte Ludmila in die Kathedrale und das Schloss und in Kirchen und Kunstgalerien und bewunderte gotische dies und Rokkoko das und Jugendstil jenes, bis Ludmila sagte, es sei Zeit für ein frühes Abendessen, denn sie habe Karten für die Oper, irgendetwas von Janácěk ... »Würde es Ihnen sehr viel ausmachen, wenn wir nicht in die Oper gingen?«, sagte ich ... Sie sah besorgt aus. »Es gefällt Ihnen nicht?«, sagte sie. »Ich hasse es«, sagte ich. Sie biss sich auf die Lippen, um ein Lächeln zu unterdrücken, als ob ich etwas gesagt hätte, was sich nicht gehörte. »Was möchten Sie stattdessen machen?«, sagte sie ... »Na ja, ich kann mir da verschiedene Dinge vorstellen«, sagte ich lächelnd ... wenigstens versuchte ich zu lächeln, aber vielleicht kam es irgendwie wie ein lüsternes Grinsen rüber, denn sie errötete und machte so aus meiner unschuldigen Bemerkung eine *double entente* ... »Zum Beispiel«, sagte ich und versuchte dieses Missverständnis zu beseitigen, »könnten wir eine hübsche kühle Bar suchen und ein paar eiskalte Biere trinken und dann könnten wir uns vielleicht in einem klimatisierten Kino einen Film anschauen und dann bin ich vielleicht wieder zu einem leichten Abendessen fähig.« Und das taten wir dann. Wir fanden eine Bar, in der ein Jazzgitarrist leise im Hintergrund spielte ... und dann einen alten Woody-Allen-Film mit englischen Dialogen und tschechischen Untertiteln ... und dann ein kleines vietnamesisches Restaurant, das Mahlzeiten ohne die obligatorischen Klöße anbot ... Während wir zu Abend aßen und eine Flasche ganz ordentlichen ungarischen Riesling tranken, erzählte mir Ludmila von ihren Forschungen, einem Teamprojekt zur Modellierung des Lernprozesses, bei dem sie versuchen, den Wissenserwerb durch Erfahrung, durch den Austausch mit und die Nachahmung von anderen Lernenden sowie durch den Erwerb von Regeln in das Modell einzubauen, wobei sie Simulationen von Kinderspielen wie etwa ›Tier, Pflanze oder Mineral‹ verwenden ... für mich klang das alles ziemlich hoffnungslos, zu viele Variablen, aber ich ermutigte sie freundlich ... und natürlich verhielt sie sich geradezu kriecherisch angesichts meiner Reputation, schmeichelte mir auf Teufel komm raus, aber sie hatte ihre Hausaufgaben gemacht, kannte *Die Maschine des Geistes* gut genug, um daraus zitieren zu können ... und wie Sprechblasen mit dem Wort »Denkt« darin schwebten die ganze Zeit über Spekulationen über unserem Gespräch, wie der Abend wohl enden würde, *Will er mit mir schlafen?* und *Erwartet sie von mir, dass ich mit ihr schlafe?* Der offizielle Plan hatte vorgesehen, dass sie mich sicher zurück in mein Hotel bringen würde, bevor sie selbst ein Taxi nach Hause nahm ... Es war eine laue Nacht ... wir schlenderten über den Wenzelsplatz und sahen uns noch einmal die astronomische Uhr an, die zufällig gerade Mitternacht schlug, sahen die beweglichen Figuren, den Türken, den Reichen und die Eitelkeit, die angesichts des Todes ihre Köpfe schütteln, der ihnen nur ein ja zurückgibt ... und blieben auf der Karlsbrücke, stehen, um das von Flutlichtern angestrahlte Schloss anzusehen oder den Palast oder was immer es auch sein mag, was da auf dem Hügel steht und herunter auf die Stadt blickt, und das durch den nächtlichen Himmel zu schweben schien wie eine Luftspiegelung … Schließlich wirkte der Zauber des Ortes auch auf mich, und es schien nur natürlich, die anderen Paare nachzuahmen, die in den Schatten herumknutschten, die die einunddreißig Heiligenstatuen warfen, und so legte ich meinen Arm um ihre Taille, machte eine Bemerkung darüber, wie schlank die doch sei, und fragte mich laut, ob sich meine Fingerspitzen wohl berühren würden, wenn ich beide Hände um sie legen würde, und Ludmila lachte und schlug vor, es doch zu versuchen … Sie berührten sich nicht, aber ich hielt ihren jungen Körper in meinen Händen, hart und elastisch und geschmeidig wie ein junger Baum, und ich zog sie an mich und drückte ihren Kopf mit einem Kuss nach hinten … eins führte zum anderen … Nachdem wir erst einmal in meinem Zimmer waren, verschwendete sie keine Zeit, im Nu hatte sie ihre Kleider ausgezogen, nicht, dass sie allzu viel angehabt hätte – ein Baumwollkleid, ein Slip, kein BH, sie brauchte keinen, ihre Brüste waren so klein, zu klein für meinen Geschmack … das Gegenteil von Carrie … wie ging diese Werbung noch mal, als ich ein Kind war, ich hab vergessen, wofür, *Nicht zu klein, nicht zu viel … genau richtig* … Sie glitt zwischen die Laken und lag dort und sah mir zu, wie ich mich auszog, was ich beunruhigend fand … mein Körper wirkte fett und voller Falten, die Haut unrein, verglichen mit ihrem schlanken Torso und ihren schlanken Armen und Beinen … Ich schaltete das Licht aus und zog die Vorhänge auf, um die Fenster zu öffnen, angeblich weil das Zimmer stickig war, doch in Wirklichkeit, um meine Verlegenheit und meinen Mangel an sichtbarer Leidenschaft zu verbergen … Ich zeigte mich zu gegebener Zeit der Situation gewachsen … aber ich könnte nicht beschwören, dass sie mir ihren Orgasmus nicht vorgespielt hat …

Nein, es war ganz eindeutig keine Nacht, an die man mit großer Befriedigung zurückdenkt … es ging alles zu leicht … Wäre es in den Siebzigern geschehen, hätte ich möglicherweise eine Intrige vermutet, Tonbänder und Kameras versteckt in der Holztäfelung, um mich dazu zu erpressen, dass ich als Spion arbeite … Obwohl am Ende tatsächlich der Zeitpunkt gekommen war, da ich mich gewissermaßen revanchieren musste … irgendwann tagsüber hatte ich unvorsichtigerweise die Konferenz Ende Mai erwähnt, und als sie sich anzog, um nach Hause zu gehen, fragte sie mich, ob sie ein Referat halten könne, denn dann könnte sie sich beim British Council um ein Reisestipendium bewerben … Ich sagte, das Programm stehe bereits fest (eine Lüge), aber wenn sie wolle, könne sie ein Schaubild machen … Ich konnte kaum weniger sagen, nachdem ich sie gerade gefickt hatte … aber das Council wird wohl kaum meinen, dass ein Schaubild ein Reisestipendium wert ist … hoffe ich …

24

Sonntag, 6. April. Bin gerade aus Horseshoes zurückgekommen, nachdem ich die Messenger-Kinder in Pittville Lawn abgesetzt habe. Wir aßen eben zu Mittag, als Ralph vom Flughafen Amsterdam anrief und sagte, er habe den Anschlussflug nach Bristol verpasst und flöge stattdessen nach Birmingham, also muss Carrie hinfahren und ihn abholen. Ich bot an, die Kinder nach Hause zu bringen, um Carrie die Fahrt abzunehmen, was sie dankbar akzeptierte. Ich war froh über die Gelegenheit, zur Abwechslung mal etwas für sie tun zu können.

Diese Änderung der Pläne verkürzte unseren Tag in Horseshoes, was schade war, denn das Wetter war großartig, warm genug, um draußen auf dem Deck zu sitzen. Jetzt ist es sechs Uhr abends und immer noch hell. Letztes Wochenende wurden die Uhren umgestellt, aber ich war viel zu beschäftigt, als dass mir das aufgefallen wäre oder ich das zusätzliche Tageslicht abends hätte genießen können. Ich bin jetzt ruhiger, was die Sache mit Martin angeht. Es war eine Erleichterung, mit jemandem darüber zu sprechen, und Carrie war eine einfühlsame Zuhörerin, obwohl eine gewisse Ironie in ihrem Rat lag, ich solle mir einen anderen Mann suchen, denn der Einzige, der sich im Augenblick für mich interessiert, ist ihr Ehemann.

Eine Folge der Enthüllungen über Martin besteht darin, dass er schließlich »gegangen« ist. Seine unsichtbare Gegenwart schwebt nicht länger an den Grenzen meines Bewusstseins. Ich fühle mich nicht gedrängt, seinen Geist zu beschwören und ihn anzuklagen oder ihm Vorwürfe zu machen. Auch will ich nicht wirklich, dass er im Fegefeuer brennt, noch weniger in der Hölle. Ehrlich gesagt, ich kann mir nicht vorstellen, dass er irgendwo weiter existiert, denn er hat sich als eine Art Hochstapler erwiesen, dessen wahres Selbst ich nie kennen werde. In gewisser Weise bin ich froh darüber, dass ich die Wahrheit hier und nicht zu Hause, umgeben von Kindern und Freunden, herausgefunden habe. Wenn ich wieder nach London zurückkomme, wird es ganz natürlich wirken, dass ich aufgehört habe, um ihn zu trauern oder ihn auch nur zu erwähnen.

Montag, 7. April. Es scheint nun endgültig Frühling geworden zu sein. Noch ein schöner Tag, die Sonne schien spürbar warm auf meinen Rücken, als ich über den Campus ging. Überall steigen deutlich sichtbar die Säfte. Die Bäume um die Bibliothek tragen rosa Kirschblüten, und die Studentinnen und Studenten sitzen draußen auf den Stufen, sonnen sich und haben dabei die Träger ihrer Kleider abgestreift oder die Hemden ausgezogen, sie flirten, küssen sich und halten Händchen, hilflose Teilnehmer der Frühlingsriten.

Welch ein Rätsel der Sexualinstinkt doch ist, welch enormes Spektrum an Gefühlen er auslöst. Ekstase am einen Ende, Entsetzen am anderen. In der Zeitung stand eine grauenhafte Geschichte über eine Gruppenvergewaltigung, die ich beim Kaffee im Gemeinschaftsraum für die Dozenten las – es geschah letzten September, aber der Fall ist gerade erst vor Gericht gekommen. Eine Österreicherin, eine Touristin in London, kam mit einigen Jugendlichen zwischen vierzehn *(vierzehn!)* und siebzehn ins Gespräch, sie wirkten freundlich auf diese Frau, und so machte sie mit ihnen einen Spaziergang. Was vielleicht ein wenig naiv war, aber es war helllichter Tag, und wahrscheinlich betrachtete sie sie als Kinder (sie ist zweiunddreißig, hieß es), und weil sie Ausländerin war, verstand sie möglicherweise nicht allzu gut, was sie sagten, oder konnte ihre Körpersprache nicht deuten, ihren Tonfall, ihre Mimik usw., denn sie müssen Knüffe, Blinzeln, Seitenblicke, Kichern und *sotto voce* Kommentare ausgetauscht haben. Sie führten sie an eine verlassene Stelle, wo sie sie auszogen und vergewaltigten, »mehrfach«, wie es in dem Zeitungsbericht hieß, und dann warfen sie sie nackt in einen Kanal, obwohl sie sie anflehte, es nicht zu tun, und sie ihnen sagte, sie könne nicht schwimmen – was ihr wahrscheinlich das Leben rettete, denn sie konnte es, und es gelang ihr, sich auf der anderen Seite aus dem Kanal zu schleppen. Ich stelle sie mir vor, schluchzend und zitternd, voll blauer Flecken und blutend, mit Dreck und Schlamm beschmiert, wie sie den Treidelpfad entlanghumpelte, bis sie jemanden fand, der ihr half. Mir fiel auf, dass sie sagte, sie habe dieses entsetzliche Martyrium dadurch überlebt, »dass sie ihren Geist von ihrem Körper abtrennte, so gut sie nur konnte«. Ich frage mich, was Ralph Messenger dazu sagen würde. Es scheint mir ein gutes Argument für den Dualismus.

Jasper Richmond kam in den GFDD, als ich dort war, und begleitete einen Pförtner mit einem Servierwagen, der mit Weinkisten und Schachteln voller Weingläser für den Empfang heute Abend beladen war. Professor Robyn Penrose von der Walsall University kommt und hält die H. H. Crosbie Memorial Lecture, eine jährliche Veranstaltung, die von der Witwe eines früheren Professors hier gestiftet wird. Ich wurde zu dem Empfang und dem späteren Essen mit ihr eingeladen. Die Vorlesung heißt *Interrogating the Subject.* »Ich fürchte, es könnte ganz schön mühsam werden«, sagte Jasper. »Jede Menge Jargon. Sie ist eine von diesen Theorietypen.« – »Warum haben Sie sie eingeladen?«, fragte ich. »Das war nicht meine Idee«, sagte er. »Aber einige meiner jüngeren Kollegen waren scharf darauf, sie hier zu haben.« Er entblößte die Zähne in einem reflexhaften lüsternen Grinsen. »Ich meine, als Rednerin. Obwohl sie, wie ich höre, auch ziemlich gut aussehen soll.«

Die Nachrichten werden von den Meldungen über die Wahl beherrscht. Laut Umfragen kann Labour einen Vorsprung von zwanzig Punkten halten, was einen Erdrutschsieg am ersten Mai wahrscheinlich macht. Ich glaube, ich habe zu lange gewartet, um mich als Briefwählerin eintragen zu lassen, und da die Wahl an einem Dienstag stattfindet, ein Tag, an dem ich unterrichte, sieht es so aus, als würde ich die Möglichkeit verlieren, mich an der Wahl zu beteiligen. Auch wenn es theoretisch möglich wäre, am Morgen nach London und wieder zurückzufahren, wäre das eine furchtbare Schinderei, und um ehrlich zu sein, bin ich nicht motiviert genug, diese Mühen auf mich zu nehmen.

Ich habe schon immer Labour gewählt, seit meiner Studienzeit, als beinahe jeder, den ich kannte, automatisch links war, doch mit der Zeit mit immer weniger Enthusiasmus und Überzeugung. Hätte Martin mich nicht auf Linie gehalten, wäre ich zur SDP übergelaufen, die er immer höhnisch als »die Partei für Leute, die eigentlich keine Politik mögen« beschrieb. New Labour kann man kaum mehr von der SDP unterscheiden, was mir nichts ausmacht, aber in meinem Wahlkreis hat Labour den Sitz bereits sicher, und sie werden kaum meine Stimme brauchen, um diesmal zu gewinnen. Sogar Daddy, der, außer 1945, sein ganzes Leben lang die Torries gewählt hat, spricht davon, diesmal die Lib Dems zu wählen oder sich wenigstens der Stimme zu enthalten. Er ist von der Inkompetenz dieser Regierung und von den Skandalgeschichten, die sie belasten, zutiefst angewidert. Wenn Southwold an Labour geht, stünde die Welt allerdings wirklich kopf.

Dienstag, 8. April. Das Wort *subject* im Titel von Robyn Penroses Vorlesung erwies sich als eine Art Wortspiel auf mehreren Ebenen. Gemeint waren das »Subjekt« im Sinne des Individuums, das Erfahrungen macht, und das »Subjekt« eines Satzes; sowie, in politischer Hinsicht, der »Untertan«, aber auch das »Fach« englische Literatur auf dem Lehrplan einer Universität. Soweit ich der grundsätzlichen Argumentation folgen konnte, war das *subject* in allen diesen Bedeutungen eine üble Sache; angeblich gab es eine Art Äquivalenz zwischen der privilegierten Position des Ich in der klassischen Psychoanalyse, der Fetischisierung formaler Korrektheit in der traditionellen Grammatik, der Ausbeutung und Unterdrückung der durch die Kolonialisierung unterworfenen Rassen und der Vorstellung eines literarischen Kanons: Allesamt sind sie repressiv und tyrannisch und phallozentrisch und müssen dekonstruiert werden … Auf seine Art war es ein ziemlich überwältigender Diskurs, mit all diesen Vorstellungen wie mit Bällen in der Luft zu jonglieren, besonders, da er von einer so großen, stattlichen, noch immer jungen Frau in einem eleganten schwarzen Samthosenanzug kam, deren feuerrotes Haar im Nacken von einem Silberkamm gebändigt wurde und deren lange Silberohrringe hin und her baumelten und funkelten, als sie ihre Blicke vertrauensvoll über das Publikum schweifen ließ. Doch es deprimierte mich, dass diese ehrfürchtig wirkenden jungen Leute im Publikum eine so trockene und unfruchtbare Botschaft zu hören bekamen. Wo blieb bei alledem die Freude am Lesen? Wo blieben persönliche Entdeckungen und persönliche Weiterentwicklung? Doch die Argumentation ließ ein Selbst gar nicht zu, die bloße Vorstellung eines Selbst ist offensichtlich ein Miss-Verständnis (oder ein Mister-Verständnis oder ein Myster-Verständnis) der Subjektivität. Im Strom der Semiose, in den das Individuum durch den Spracherwerb geworfen wird, wird es unablässig konstruiert, dekonstruiert und rekonstruiert (das habe ich, glaube ich, richtig mitbekommen, ich habe mitgeschrieben). Die Strom-Metapher erinnerte mich an die arme Österreicherin, die vom Pack, das sie gerade vergewaltigt hatte, in den Kanal geworfen wurde, und ich dachte, für sie wäre es kaum ein Trost, sollte sie erfahren, dass für diese Tat – über welch verworrene und verschlungene Umwege auch immer – die Tatsache verantwortlich war, dass Shakespeare auf dem Lehrplan zur englischen Literatur verbindlich vorgeschrieben ist … Gegen Ende ihrer Vorlesung begann Professor Penrose Computer-Analogien zu verwenden. Die Fenster, die einem erlauben, sich mühelos zwischen verschiedenen Programmen hin und her zu bewegen, die gleichzeitig ablaufen, schlug sie als Metapher für das dezentrierte Selbst vor. Als ich das hörte, fiel mir die merkwürdige Entsprechung auf zwischen dem, was sie sagte, und dem, was Ralph Messenger sagt. Beide leugnen, dass das Selbst eine feste Identität besitzt, irgendein »Zentrum«. Er sagt, es ist eine Fiktion, die wir erfinden; sie sagt, die Kultur erfindet es für uns. Es ist beunruhigend, dass die am weitesten fortgeschrittenen Überlegungen in den Natur- und den Geisteswissenschaften sich in diesem Punkt so einig sind.

Ich saß beim Dinner (einem ziemlich grausigen Essen in einem privaten Speisesaal des Personalgebäudes) neben Professor Penrose und fand sie weitaus verständnisvoller, als ich erwartet hatte. Ich glaube *wirklich* nicht, dass das daran lag, dass sie einige meiner Romane gelesen hatte und intelligent darüber sprach. Sie hat eine vierjährige Tochter, deren Vater keine Rolle mehr zu spielen scheint, und ist vollauf mit den logistischen Problemen beschäftigt, die es mit sich bringt, gleichzeitig eine alleinerziehende Mutter und Leiterin des Fachbereichs Kommunikation und kulturelle Studien an der Walsall zu sein. Es ist eine dieser neuen Universitäten (seltsamer Gedanke, dass Gloucester einst diesen Status hatte, die Gebäude scheinen von außen so abgenutzt und verwittert und von innen so verschrammt und fadenscheinig), die aus den alten Fachhochschulen entstanden sind. Robyn Penrose erhielt erst vor ein paar Jahren einen Ruf dorthin, wobei, wie sie das nannte, »die Firmenphilosophie darin bestand, ein Upgrade beim Quality-Assessment in Lehre und Forschung« sicherzustellen. Sie verwendet diesen Management-Jargon mit derselben souveränen Kompetenz, die sie auch in der Literaturtheorie gezeigt hat. Ich hatte den Eindruck, dass sie gegenüber den Dozenten, zumeist aufsässigen und unwilligen älteren Männern, ein hartes Regiment führt und sie zu immer größerer Produktivität antreibt wie ein altmodischer Firmenchef. Doch es schien sie mehr zu interessieren, mit Annabelle Riverdale, die ihr beim Essen gegenübersaß, Kinderkrankheiten und Geschlechterstereotypen im Kindergarten zu diskutieren. Es gibt merkwürdige Widersprüche zwischen ihrer literarischen Theorie und ihrer beruflichen Praxis auf der einen und ihrem Privatleben auf der anderen Seite. Aber wahrscheinlich betrachtet sie eine Persönlichkeit ohne Widersprüche als eine längst überwundene Vorstellung.

Auf dem Empfang nach der Vorlesung sprach mich Marianne Richmond an und überredete mich, für fünf Pfund ein Los für das Entenrennen zu kaufen, das sie am Sonntag in Bourton-on-the-Water organisiert, um Geld für eine Wohltätigkeitsorganisation aufzutreiben, die irgendwie mit Oliver in Verbindung steht. Es ist eine Art weiterentwickeltes Hindernisrennen. Viele nummerierte Plastikenten werden von einer Brücke in den Fluss geworfen und treiben stromabwärts, und dabei gewinnt derjenige einen Preis, dessen Ente mit der entsprechenden Losnummer als Erste den Zielpfosten passiert. Für mich hörte sich das lustiger an als die üblichen Tombolas, also zückte ich vergnügt meinen Fünfer. Wir diskutierten über die Vorlesung, und ich sagte, ich wollte, Ralph Messenger wäre hiergewesen, denn ich würde gerne wissen, was er davon hielte, worauf sie mich ziemlich scharf ansah, als hätte ich eine engere Bekanntschaft mit ihm verraten, als sie ihr bewusst war. Sie hat natürlich keine Ahnung davon, dass ich über ihr »Spiel« mit ihm Bescheid weiß – noch, so hoffe ich, dass sich in der Zwischenzeit seine Aufmerksamkeit mir zugewandt hat. Die Glovers waren da, und sie konnten über nichts anderes reden als über die Wahl. Jetzt, da Blair wahrscheinlich einen Erdrutschsieg erzielen wird, spricht Laetitia wohlwollender über New Labour und richtet sich darauf ein, sich im Glanz des Sieges zu sonnen. Sie veranstalten eine Wahlparty, und sie versprach, mir eine Einladung zu schicken.

Mittwoch, 9. April. Ralph Messenger rief mich heute Morgen an – ich arbeitete zu Hause. »Siehst du nicht nach, ob du E-Mails hast?«, sagte er. »Doch, jeden zweiten Tag«, sagte ich. Er gab ein dröhnendes Gelächter von sich. »Die meisten meiner Kollegen sehen alle zwanzig Minuten nach«, sagte er. »Ich habe dir gestern Morgen eine Nachricht geschickt.« – »Tut mir Leid«, sagte ich, »soll ich nachsehen?« – »Nein, spar dir die Mühe«, sagte er, »ich wollte nur vorschlagen, dass wir heute zusammen Mittag essen. Ich möchte dich um einen Gefallen bitten.« – »Was für einen Gefallen?«, fragte ich misstrauisch. »Nichts, was du missbilligen könntest«, sagte er.

Ich zögerte einen Augenblick, dann nahm ich an. Abzulehnen wäre mir wie eine übertriebene Geste vorgekommen. Es ist genug Zeit vergangen, seit er mich gefragt hat, ob ich mit ihm schlafen würde, und ich habe mich damals und auch danach in unserer Korrespondenz per E-Mail absolut eindeutig ausgedrückt. Nachdem die Situation geklärt ist, gibt es keinen Grund mehr, warum wir nicht wieder freundschaftliche Beziehungen aufnehmen sollten. »Personalgebäude oder Pub?«, sagte er, und vorsichtig entschied ich mich für ersteres.

Später. Schade, dass ich mich für das Personalgebäude entschieden habe. Vom Essen abgesehen war das Treffen angenehm und interessant. Ralph erzählte sehr amüsant von der überaus reichhaltigen Küche Prags, aber wenigstens klang das nicht nur schwer verdaulich, sondern auch vergnüglich. Bei dem Gefallen, um den er mich hatte bitten wollen, handelte es sich um meine Teilnahme an einer Konferenz, die sein Centre am Ende des Semesters ausrichtet. Sie heißt International Conference on Consciousness Studies, unter den regelmäßigen Teilnehmern auch als Con-Con bekannt. Ralph beschrieb sie mir als Wanderzirkus, der jeden Sommer irgendwo anders seine Zelte aufschlägt, und dieses Jahr ist Gloucester an der Reihe. »Es ist keine streng akademische Konferenz, wo die Spezialisten eines einzigen Fachgebiets die Sachen miteinander durchkauen«, sagte er. »Es ist wirklich interdisziplinär, und man trifft einige Leute aus den Randbereichen, einige Irre und Spinner, aber auch einige der ganz hohen Tiere aus den Kognitionswissenschaften. Ich glaube, das könnte interessant für dich werden.« Offensichtlich ist es üblich, jemanden einzuladen, der ganz am Ende der Konferenz eine kurze Rede hält – das so genannte Schlusswort –, in der er seine Eindrücke von der Veranstaltung zusammenfasst, und Ralph wollte, dass ich das mache. Ich war wirklich geschmeichelt, aber ich sagte, ich sei nicht qualifiziert, ich wäre nicht in der Lage, auch nur die Hälfte dessen zu verstehen, worüber die Redner sprechen würden. »Das macht nichts«, sagte er. »Die Idee beim Schlusswort ist gerade, eine Ansicht kennen zu lernen, die man auf der Konferenz noch nicht gehört hat. Letztes Jahr zum Beispiel war es ein buddhistischer Mönch. In einem anderen Jahr war es ein Zoologe. Literarischen Input hatten wir noch nie.« – »Für eine Konferenz über das Bewusstsein ist das eine schwere Unterlassung«, sagte ich, »aber warum lädst du keine richtige Akademikerin ein, wie zum Beispiel Robyn Penrose?« Ich erzählte ihm von der Vorlesung.

»Oh, ich ertrage diese Leute nicht«, sagte er, »diese Postmodernisten oder Poststrukturalisten oder wie immer sie sich auch nennen. In letzter Zeit haben sie die Con-Con infiltriert und machen nichts als Ärger.« Ich war überrascht, dass er so feindselig war, und fragte ihn, warum. »Weil sie den Naturwissenschaften im Grunde feindselig gegenüberstehen. Sie haben ein paar moderne naturwissenschaftliche Ideen aufgeschnappt, ohne sie wirklich zu verstehen, und protzen damit herum wie mit einem Kartentrick. Sie glauben, dass ihnen Heisenbergs Unschärferelation, Schrödingers Katze und Gödels Theorem die Erlaubnis geben zu behaupten, dass es so etwas wie einen wissenschaftlichen Beweis nicht gibt und dass die Naturwissenschaften nur eine mögliche Interpretation der Welt unter anderen, ebenso gültigen darstellen.« – »Na ja, stimmt das denn nicht?«, sagte ich, nur um ihn zu provozieren. »Ganz sicher nicht«, sagte er. »Ihre Erklärungskraft hat einen völlig anderen Rang als, zum Beispiel, der Animismus, die Religion Zarathustras oder die Astrologie.« – »Gut, das gebe ich zu«, sagte ich, »aber diese Beispiele sind ziemlich extrem.« – »Such dir deine eigenen Beispiele aus«, sagte er und reckte herausfordernd das Kinn in die Höhe. So schnell fielen mir keine ein. »Seit der Aufklärung«, sagte er und verfiel in einen Vorlesungston, »haben sich die Naturwissenschaften als einzig wahre Form des Wissens etabliert. Das hat die rivalisierenden Formen in Bedrängnis gebracht – entweder mussten sie sie mit an Bord nehmen und versuchen, selbst nach naturwissenschaftlichen Prinzipien zu arbeiten, und das Risiko eingehen zu entdecken, dass ihre Vorstellungswelt kein Fundament hat – wie die seriöse Theologie zum Beispiel –, oder sie mussten den Kopf in den Sand stecken und so tun, als hätte es die Naturwissenschaften nie gegeben – wie die fundamentalistischen Religionen. Diese Postmodernisten versuchen, ihre Fächer in einem letzten, verzweifelten Versuch zu verteidigen, indem sie behaupten, dass alle im selben Boot sitzen – auch die Naturwissenschaften – und dass es keine Fundamente gibt und keinen Sand. Aber das stimmt nicht. Die Naturwissenschaften sind echt. Sie haben mehr Lebensbedingungen des Menschen verändert als alle vorhergehenden Jahrtausende unserer Geschichte zusammengenommen. Denk nur mal an die Medizin. Vor zweihundert Jahren haben die Ärzte die Leute noch bei allen möglichen Beschwerden zur Ader gelassen. Wenn du Krebs hättest, würdest du einen postmodernen Onkologen aufsuchen, der glaubt, Reflexzonenmassage und Aromatherapie seien genauso viel wert wie Chirurgie und Chemotherapie?« – »Nicht, wenn du das so ausdrückst«, sagte ich. »Aber gibt es nicht Gebiete menschlicher Erfahrung, auf denen naturwissenschaftliche Methoden nicht anwendbar sind?« – »Qualia, meinst du?«, sagte er. »Vermutlich«, sagte ich. »Ich dachte an Glück oder Unglück. Den Sinn für das Erhabene. Liebe.« – »Natürlich ist das das große, ungelöste Problem«, sagte er. »Wie verbindet man Gehirnzustände, die man beobachten kann, mit Geisteszuständen, die, zum gegenwärtigen Zeitpunkt, nur mitgeteilt werden können? Aber wenn man Naturwissenschaftler ist, muss man daran glauben, dass die Antwort gefunden werden kann. Aus diesem Grund gibt es das Centre.« Ich fragte ihn, ob er glaube, dass irgendjemand – ein neuer Einstein – eines Morgens aufwacht und eine Idee wie die Relativität hat, die das Problem des Bewusstseins auf einen Schlag löst. »Um ehrlich zu sein, nein. Ich glaube, es ist wahrscheinlicher, dass das Problem von einem Computer gelöst wird, nicht von einem Menschen. Die Frage ist, erkennen wir es, wenn wir es sehen?«

Donnerstag, 10. April. Gute Workshop-Sitzung heute Nachmittag. Saul Goldman stellte ein Kapitel vor, in dem der Held seinen Vater zum ersten Mal mit in eine Schwulenbar nimmt. Sehr lustig. Doch das Beste an der Sitzung war meiner Meinung nach die Tatsache, dass Sandra Pickering daran teilnahm. Sie hatte in den beiden Seminaren zuvor gefehlt – jedes Mal seit dem Showdown letzte Woche –, und ich begann zu fürchten, dass sie deprimiert oder beleidigt ist oder den Kurs ganz aufgegeben hat und es ein Theater geben würde, bei dem die ganze Geschichte herauskäme. Aber heute kam sie wieder – und nicht nur das, sie machte sogar ein, zwei intelligente Bemerkungen. Der Metallsticker blitzte und funkelte in ihrem Mund, wenn sie sprach. Ich hing einigen Gedanken nach, wie man ihn möglicherweise als sexuelles Hilfsmittel einsetzen könnte, aber das war eher satirisch als eifersüchtig. Ich habe nicht mehr das überwältigende Verlangen, ihr die Augen auszukratzen.

Alles in allem scheinen sich die Dinge zu beruhigen. Ralph benahm sich tadellos am Mittwoch, sodass ich keine Bedenken mehr habe, ihn und Carrie zum Mittagessen am Sonntag in Horseshoes zu besuchen. Am Nachmittag wollen wir alle Mariannes Entenrennen sehen, das in Bourton-on-the-Water veranstaltet werden soll. Und morgen mache ich selbst einen kleinen Ausflug. Jetzt, da wir sonniges Wetter haben und die Tage länger sind, habe ich mich entschlossen, den Campus häufiger zu verlassen und einige der vielen interessanten Orte der Umgebung zu besuchen. Ich habe eine neue Sammlung der Briefe von Henry James gelesen, und besonders faszinierte mich einer, den er im Frühling des Jahres 1870 aus Malvern, das nicht weit von hier liegt, an Charles Eliot Norton geschrieben hat. Er ging aus Gesundheitsgründen dorthin, nachdem er einige Zeit in Florenz verbracht hatte (es war das Jahr seiner *grand tour* in Europa, bezahlt von seinem Vater). Besonders dieser Abschnitt war mir aufgefallen:

»Gestern Morgen, hätte ich da an Florenz gedacht, so wäre das fast aus Barmherzigkeit geschehen. Ich ging über Land zur uralten Stadt Ledbury, eine Stunde Weg über Hänge voller Rehe & durch die sonnengesprenkelten Alleen von Eastnor Park (des Grafen Somers) – ein riesiger & wunderbarer Besitz & so unendlich still & bezaubernd & vernachlässigt wie nur irgendeiner in Italien. Und in Ledbury sah ich eine edle alte Kirche (mit einem freistehenden Campanile & einem Kirchhof), so erfüllt von antiker Süße und so glücklich in der Anlage und den charakteristischen Details, dass mir dies (in diesem Augenblick) – wie bei so vielen Dingen – als einer der unvergesslichsten Anblicke meiner europäischen Erfahrung erschien.«

Eine Kirche mit einem freistehenden Campanile klingt sehr idyllisch und unenglisch, und ich bin ungeheuer gespannt darauf, sie selbst zu sehen, also werde ich morgen hinfahren. Daumen drücken, dass sie immer noch so ist, wie James sie gesehen hat.

Freitag, 11. April. Heute ist etwas ganz Außergewöhnliches geschehen. Gerade, als ich dachte, mein Leben hätte seine alltägliche und wenig aufregende Routine wiedergefunden, hat sich etwas ereignet, wodurch alles erneut unsicher wird, und ich mich frage, ob überhaupt irgendetwas am menschlichen Verhalten jemals ist, was es scheint. Ein bemerkenswerter Aspekt dieser Erfahrung bestand darin, dass das, was als eine Art Jamessche Pilgerfahrt begann, sich in eine Szene verwandelte, die aus einem seiner Romane hätte stammen können. So will ich denn alles mit der »Solidität genau beobachteter Einzelheiten« berichten, die den Beifall des Meisters gefunden hätte.

Von hier aus ist Ledbury mit dem Auto ganz einfach zu erreichen: Man biegt an Ausfahrt 9 auf der M 5 einfach ab auf die A 348 und bleibt für den Rest der Strecke darauf. Ich erhaschte einen Blick auf die großartige normannische Abtei, als ich durch Tewkesbury fuhr, und beschloss, auf der Rückfahrt anzuhalten und sie mir näher anzusehen. Von dort führt eine schnelle, freie Straße durch sanft gewelltes Hügelland (weniger Grün und nicht so gepflegt wie die Cotswolds), die zu gegebener Zeit wie eine Rampe einen langgezogenen Hügel erklimmt, auf dem das Stadtzentrum von Ledbury liegt. Was die Architektur betrifft, so ist das eine Fachwerk-Gegend, und Ledbury hat auf der High Street einige herrliche Exemplare – besonders das Markthaus, ein schön proportioniertes Tudorgebäude, das auf stelzenartigen Holzsäulen balanciert, und The Feathers, ein Tudor-Gasthaus mit einer wunderbar unregelmäßigen Fassade, zu der ich mir im Kopf sofort die Notiz machte, dass ich dort zu Mittag essen könnte. Ich ging kurz in das kleine Tourist Information Centre und versorgte mich mit einigen Prospekten über die Stadt. Es zeigte sich, dass sie literarische Verbindungen hat, die weitaus tiefer verwurzelt und weitaus gewichtiger sind als James' flüchtiger Besuch (der in den Informationen für die Touristen nicht erwähnt wurde). Vermutlich ist John Langland in Ledbury geboren – John Masefield jedenfalls ganz sicher, und er hat hier gelebt, bis er durchbrannte und zur See fuhr. Elizabeth Barrett wuchs in der Nähe auf, in einem ungewöhnlichen Haus mit türkischen Minaretten (mittlerweile zerstört, unglücklicherweise, aber Fotos haben überlebt), und es gibt – fast direkt gegenüber dem Markthaus – eine grässliche viktorianische Schule aus Backstein und Holz mit einem Uhrenturm, der nach ihr benannt ist. Eine Gedenktafel in der Wand teilt mit, dass sie 1898 von Sir Rider Haggard eröffnet wurde.

Wie mir das alles gefiel! Metaphorisch gesprochen: Ich habe mich vor Freude umarmt. Ich liebe es, mich mit den großen und nicht so großen Schriftstellern der Vergangenheit verbunden zu fühlen, indem ich auf jenen Wegen gehe, auf denen sie gingen, und die Dinge sehe, die sie sahen. Viele meiner Freunde in London machen sich lustig über die Heritage-Industrie, aber ich bin ungeheuer dankbar dafür, dass so viel Geld und Mühe aufgewendet wird, das Gewebe der Vergangenheit zu bewahren. Zum Beispiel muss der Aufstieg zur Gemeindekirche von Ledbury für James mehr oder weniger genauso ausgesehen haben wie für mich – nicht so blitzblank vielleicht, zu seiner Zeit, und zweifellos hat es mehr gestunken –, aber im Wesentlichen hat man ihn vor einer Modernisierung bewahrt. Während man die schiefe Kopfsteinpflasterstraße hinaufklettert, die von der High Street mit ihren niedrigen schwarzweißen Häusern, die sich auf beiden Seiten dicht aneinander drängen, abzweigt, kann man sehen, wie oben der Kirchturm von St. Michael and All Angles über den Dächern schwebt, dessen »goldene Wetterfahne die halbe Grafschaft überblickt«, wie Masefield schrieb (laut meinem Führer jedenfalls – ich kann nicht viel von Masefield auswendig). James' Wort »Campanile« hatte mich fälschlicherweise dazu gebracht, mir einen Turm im Stil der italienischen Renaissance vorzustellen, einen wie den in Siena in reduziertem Maßstab, aber natürlich ist es ein – ursprünglich normannischer – Kirchturm, dessen Spitze im achtzehnten Jahrhundert ausgetauscht wurde. Er ist jedoch *tatsächlich* vom Hauptgebäude getrennt, ganz wie James behauptet hatte, er steht frei inmitten grünen Grases und verwitterter Grabsteine, und ich glaube nicht, dass ich irgendwo anders in England etwas Ähnliches schon gesehen habe. Die Kirche selbst ist von großem historischen und architektonischen Interesse. Die großen Holztüren tragen Einschusslöcher wie Pockennarben, die aus der Schlacht von Ledbury stammen (wann immer die war, meine Prospekte sagen nichts dazu), und über dem großen Ostfenster gibt es ein kleines rotes Fenster, das angeblich im sechzehnten Jahrhundert als eine Art Ersatz für das Altarlicht, das die protestantischen Reformatoren verbannt hatten, in die Wand eingelassen wurde (etwas, das ich Daddy erzählen kann, es ist eines dieser Informationsbröckchen, an denen er seine Freude hat).

Nachdem ich die Kirche gründlich inspiziert hatte und gemächlich zwischen den Grabsteinen umhergegangen war und die Inschriften gelesen hatte, schlenderte ich auf der Straße zurück, war vollkommen zufrieden mit mir und hatte Appetit aufs Mittagessen. The Feathers erwies sich als genau richtig. Manchmal kann es für eine Frau, die allein unterwegs ist, unangenehm sein, in einem Pub etwas zu essen, aber dieses Lokal glich eher einem großen, wenig förmlichen Restaurant. Das ganze Erdgeschoss war offen gestaltet, und die meisten Wände waren herausgebrochen worden, doch man hatte die dicken, vertikalen Balken stehen lassen; sie glichen Säulen und schufen einen großen, unregelmäßig geformten Raum voller Alkoven und Erker. Holzscheite brannten im großen, offenen Kamin, und auf jedem Tisch gab es Frühlingsblumen – solide, unpolierte Holztische mit bequemen Windsor-Sesseln. Tafeln über der langen Bar bildeten die verlockende und abenteuerliche Speisekarte. Ich bestellte Tagliatelle mit Knoblauch, Kräutern und Garnelen und sonnengetrocknete Tomaten und dachte, ich würde mich später vielleicht noch für die Orangentrüffel mit Grand-Marnier-Sauce als Dessert entscheiden. Eine mütterliche, lächelnde Kellnerin nahm meine Bestellung entgegen, wobei ich noch ein großes Glas ihrer Chardonnay-Hausmarke hinzufügte. Als der erste Gang kam, erwies sich der als so köstlich, wie seine Beschreibung versprochen hatte. Ich konnte mein Glück kaum fassen.

Und dann passierte es. Ich war gerade fertig mit meinen Tagliatelle und den Garnelen; die Kellnerin hatte meine Teller abgeräumt und meine Dessert-Bestellung aufgenommen. Ich nahm den letzten Schluck Wein, lehnte mich mit einem zufriedenen Seufzer zurück in die Lehne meines Windsor-Sessels und ließ meine Blicke müßig durch das Erdgeschoss des Restaurants schweifen. Auf der anderen Seite des Raumes, in einem der gemütlich aussehenden Erker mit gepolsterten Sitzbänken, war jetzt ein Tisch besetzt, auf dem bei meiner Ankunft noch eine »Reserviert«-Karte gestanden hatte; er war besetzt von Caroline Messenger und Nicholas Beck.

Meine erste Reaktion war: Was für eine nette Überraschung, was für ein glücklicher Zufall, an einem so bezaubernden Ort unerwartet Freunde zu treffen. Die Erklärung für ihre Anwesenheit schoss mir im gleichen Augenblick durch den Kopf (es ist erstaunlich, wie schnell das Gehirn in solchen Augenblicken arbeitet), als ich mich daran erinnerte, wie Carrie bei meinem ersten Besuch in ihrem Haus in Pittville Lawn erwähnt hatte, dass Nicholas Beck ihr half, antike Möbel zu kaufen, indem er mit ihr zu Auktionen und Antiquitätengeschäften auf dem Land fuhr. Auf genau so einer Expedition müssen sie heute wieder sein, nahm ich an.

Mein nächster Impuls war, hinüberzugehen und sie zu begrüßen, vielleicht sogar, mich ihnen einen Augenblick lang anzuschließen, um mit ihnen meine Entdeckung der bezaubernden Kirche und des Kirchturms von Ledbury zu teilen. Zweifellos waren sie bereits damit vertraut, aber sie würden die Verbindung zu Henry James nicht kennen, und ich wartete ungeduldig darauf, sie mit diesem Wissenskrümel beeindrucken zu können, wie man das mit kultivierten Freunden so macht. Aber als ich schon im Begriff war, von meinem Platz aufzustehen, nahm Nicholas Beck Carries Hand, beugte sich über die Ecke des Tischs und küsste sie voll auf die Lippen.

Es war der Kuss eines Liebhabers. Daran zweifelte ich nicht. Sofort schaltete mein Gehirn wieder den Turbo ein (es muss an meinen Gesprächen mit Ralph liegen, dass ich angefangen habe, mir meine eigenen Denkprozesse mit Begriffen aus dem Maschinenbau vorzustellen), ging Möglichkeiten durch, löste Widersprüche auf, revidierte Annahmen, führte Deduktionen aus. Die unvermeidlichen Schlüsse lauteten, dass Nicholas Beck weder enthaltsam lebte noch homosexuell war, wie mir Jasper Richmond anvertraut hatte, und dass Carrie Ralph nicht treuer war als er ihr.

Was nun?

Ich wollte sofort fliehen, bevor sie mich sahen. Aber konnte ich die Kellnerin wieder zurückrufen, auf meinen Nachtisch verzichten und die Rechnung bezahlen, ohne die Aufmerksamkeit auf mich zu lenken? Ich zögerte. Carrie, die ihre halbmondförmigen Lippen sacht von Nicholas' Lippen gelöst, doch mit ihrem Kopf noch einen Augenblick nahe an seinem Kopf geblieben war, lehnte sich jetzt auf ihrer Bank zurück und sah sich im Restaurant um, wobei noch immer ein zufriedenes, verliebtes Lächeln auf ihrem Gesicht zu sehen war. Ihr Lächeln schwand abrupt wie eine Lampe, die ausgeschaltet wird, als sie mich erblickte und sah, wie ich sie von der anderen Seite des Raumes anstarrte.

Oh, das glich so sehr jener Szene aus *Die Gesandten,* in der Lambert Strether in jenem Gasthaus am Fluss auf dem Land bei Paris in jenem Paar, das er zuerst für zwei unbekannte junge Verliebte in einem Ruderboot gehalten hatte, Chad Newsome und Mme de Vionnet erkennt und ihm klar wird, dass ihr Verhältnis, das er für platonisch gehalten und das er unerschütterlich auch stets so bezeichnet hatte, eine verbotene sexuelle Liaison ist. Einen Augenblick lang gab es die gleiche Bestürzung und Verwirrung auf beiden Seiten, die schnell hinter guten Manieren und mithilfe rascher Improvisation verborgen wurde. Fast sofort fand Carrie ihr Lächeln wieder, obwohl es anders und entschieden gezwungen war, als sie mich anstrahlte und wortlos Freude und Überraschung ausdrückte und mir winkte, ich solle zu ihnen herüberkommen. Ich winkte und lächelte sicherlich genauso offensichtlich künstlich zurück, wie Strether, der am Flussufer

»mit Hut und Stock herumfuchtelt«. Nicholas hatte mittlerweile seine Augen scharf in meine Richtung gewandt, nachdem ihm Carrie etwas zugeflüstert hatte. Um ihm und mir eine peinliche Situation zu ersparen, senkte ich den Kopf und griff unter meinem Sessel nach meiner Handtasche. Dann stand ich auf und ging zu ihrem Tisch, wobei ich vorsichtig wie ein Model auf dem Laufsteg einen Fuß vor den anderen setzte.

Als ich sie erreichte, hatte Nicholas seine Fassung wiedergewonnen. Er stand vom Tisch auf, begrüßte mich verbindlich und bot mir einen Platz an. Carrie und ich küssten uns auf beide Wangen – was merkwürdig war, denn das hatten wir zuvor nie gemacht, doch es war eine instinktive gegenseitige Geste, die, wenn ich versuche, sie zu analysieren, wohl das erotische Signal des Kusses, dessen Zeuge ich gerade geworden war, abschwächen sollte: ihn sozusagen in einen Code gesellschaftlichen Verhaltens einordnen sollte, als gehörten wir beide zu jenem Typ theatralischer Frauen, die einander bei jeder Gelegenheit umarmen.

Na ja, wir spielten die folgende Szene recht gut, heuchelten Freude und Überraschung über den Zufall unserer Begegnung in dieser idyllischen kleinen Stadt. Ich fragte, ob sie Antiquitäten auf der Spur seien, und Carrie nahm schnell das Stichwort auf und beschrieb mir genau die Kommode, nach der sie suchte, und ich plapperte enthusiastisch über die Kirche und wartete mit meiner Henry-James-Anekdote auf. Glücklicherweise zog sich unsere Prüfung nicht so sehr in die Länge, wie das bei den Figuren aus *Die Gesandten* der Fall ist, die dazu verpflichtet sind, in angespannter Fröhlichkeit gemeinsam zu speisen und dann zusammen mit dem Zug nach Paris zurückzukehren, um die Fiktion aufrechtzuerhalten, dass Strethers Freunde nur einen Tagesausflug gemacht hätten, wo sie doch eindeutig geplant hatten, die Nacht in einem Liebesnest auf dem Lande zu verbringen. Ich habe keine Ahnung, ob Carrie und Nicholas Beck für den Nachmittag ein Schlafzimmer in The Feathers gemietet hatten, und ich blieb nicht lange genug, um das herauszufinden. Als die Kellnerin ihren ersten Gang brachte, wollte ich aufstehen und an meinen Tisch zurückkehren, doch Carrie bestand darauf, dass ich meinen Nachtisch mit ihnen zusammen aß. Doch ich verzichtete auf den Kaffee und brach auf, sobald ich das tun konnte, ohne unhöflich zu wirken. Ich eilte zu meinem Wagen und floh aus Ledbury, so schnell dessen Räder mich tragen konnten. Ich fuhr direkt zurück zum Campus und vergaß meine Absicht, Tewkesbury Abbey zu besuchen, denn ich spielte die Szene im Restaurant noch einmal in meinem Kopf ab und kicherte gelegentlich laut und leicht hysterisch.

Das, was ich unabsichtlich entdeckt hatte, besaß ja *wirklich* etwas Komisches und zugleich Schockierendes. Wie bekannt kann Ehebruch in der Literatur sowohl in der Komödie als auch in der Tragödie zum Thema werden, von einer Farce von Feydeau am einen Ende des Spektrums bis zu *Anna Karenina* am anderen, und dasselbe gilt auch im Leben, je nach Kontext und Standpunkt. Ich hatte wahrhaftig nichts Amüsantes daran gefunden, dass Martin mich mit Sandra Pickering betrog. Aber die Vorstellung, dass ausgerechnet Ralph Messenger von – ausgerechnet – Nicholas Beck zum Hahnrei gemacht wird, war unwiderstehlich komisch. Ich fragte mich, ob Beck bewusst die Gerüchte gefördert hatte, er sei ein enthaltsam lebender Homosexueller. Was für eine wundervolle Geschichte zur Tarnung – sie war so gut wie Horners angebliche Impotenz in *Die Frau vom Lande.* Vielleicht beglückte er alle Ehefrauen auf dem Campus vor den Augen ihrer Männer. Aber schließlich kam der gesunde Menschenverstand wieder zu Wort. Ich erinnerte mich an eine Reihe kleiner Vorfälle, die eine richtige Affäre nahe legten, die schon eine ganze Weile im Gange war. Carries Auto, das in Lansdown Crescent an jenem Nachmittag im Februar vor Nicholas Becks Stadthaus geparkt war, als wir uns zufällig in Cheltenham trafen. Das merkwürdige, kleine, selbstzufriedene Grinsen in Nicholas' Gesicht, als er bei Ralphs Geburtstagsparty hinter Carrie durch die geflieste Diele ging und eine Puddingschale für sie trug. Und wie sie im Gespräch immer wieder nebenbei seinen Namen fallen ließ und meinte, er sei ein Kenner. Vielleicht haben sie sich auf einem ihrer Ausflüge ineinander verliebt, als sie wieder einmal nach Antiquitäten stöberten – auf jeden Fall lieferte ihnen diese Suche ein wunderbares Alibi dafür, stundenlang zusammen zu verschwinden. Was für ein Paar, dachte ich, und schüttelte über dem Steuer den Kopf.

Was für eine Welt, denke ich jetzt nüchterner, wenn ich das hier durchlese. Was für eine Welt geheimer Untreue. Martin und Sandra Pickering, Carrie und Nicholas, Ralph und Marianne – und ich, hätte ich ihm seinen Willen gelassen. Sogar die kleine Annabelle Riverdale täuscht ihren Ehemann mit einer Schachtel Pillen (nicht dass ich ihr das vorwerfe). Wie viele Täuschungen werde ich noch aufdecken? Ist jeder, den ich kenne, ein Betrüger? Bin ich die Einzige mit Skrupeln und Prinzipien, die so überholt und unpraktisch sind wie viktorianische Krinolinen? Verpasse ich irgendwas? Ich bin jedenfalls entschlossen, nicht zuzulassen, dass *mir* wegen dieser Episode unbehaglich zumute ist. Ich habe mir überlegt, noch einmal eine Erkältung oder eine andere Ausrede vorzuschieben, damit ich am Sonntag nicht nach Horseshoes gehen muss, habe mich dann aber entschlossen, alles so zu lassen, wie wir es abgesprochen haben.

25

»Jeder hier in der Gegend rümpft die Nase über Bourton-on-the-Water«, sagt Emily zu Helen. »Aber ich mag's irgendwie.« Helen sitzt am Steuer ihres Wagens und folgt Ralph Messengers großem Mercedes-Kombi mit Carrie und den anderen Kindern an Bord. Emily fährt mit Helen, für den Fall, dass sie getrennt werden und sie sich auf den schmalen, von hohen Böschungen eingefassten Landstraßen zwischen Horseshoes und Bourton verfährt.

»Warum rümpfen sie die Nase?«, fragt Helen.

»Oh, weil's irgend so'n Touristenort ist. Es hat jede Menge Teegärten und Andenkengeschäfte und solches Zeug. Ein Modelldorf. Vögel in Käfigen. Im Sommer kommen ganze Busladungen Amerikaner und Japaner. Aber es ist wirklich hübsch. Der Fluss fließt mitten durch.«

»Wie heißt der Fluss?«, sagt Helen.

»Oh … hab ich vergessen«, sagt Emily.

»Windrush«, sagt Carrie.

»Was für ein wunderbarer Name für einen Fluss!«, ruft Helen. Sie und die Messengers haben die Autos geparkt und sich einer kleinen Gruppe Leute angeschlossen, die sich in der Mitte des Dorfs am Fluss versammelt haben. Der Windrush fließt klar und funkelnd zwischen den Uferbefestigungen aus Backstein dahin, Rasen und Gärten befinden sich auf der einen Seite, die Hauptstraße auf der anderen, er stürzt über eine Serie flacher Wasserfälle, fließt unter einer Reihe verzierter Fußgängerbrücken hindurch, bis er zwischen den Wiesen außerhalb des Dorfes breiter und langsamer wird.

»Das ist bezaubernd«, sagt Helen. »Und ein perfekter Tag für das Entenrennen, meiner Meinung nach.«

»Marianne hat Glück gehabt, dass sie die Erlaubnis bekommen hat, es hier durchzuführen«, sagt Jasper. »Aber sie kennt ein paar Leute im Gemeinderat.«

»Warum sollten die so was verbieten?«, sagt Laetitia Glover. »Das passt doch perfekt zu Bourton.«

»Wo fängt das Rennen an?«, fragt Reginald Glover, vielleicht, um von dieser etwas unhöflichen Bemerkung abzulenken.

»Am anderen Ende des Dorfes«, sagt Jasper und deutet flussaufwärts. »Marianne ist oben. Es gibt Horden von Tagesausflüglern, die lautstark nach Losen rufen. Leider ist es verboten, sie in der Öffentlichkeit zu verkaufen.«

»Kommt mit«, sagt Colin Riverdale zu seiner Frau und seinen kleinen Kindern. »Wir wollen den Start nicht verpassen.« Er setzt sich ein Kind auf die Schultern, nimmt das andere bei der Hand und marschiert los, gefolgt von Annabelle, die einen Buggy schiebt. Helen und die Messengers und die Glovers folgen in gemächlicherem Tempo.

Freunde und Bekannte der Richmonds, besonders aus der geisteswissenschaftlichen Fakultät, haben sich als loyal erwiesen und Mariannes Unternehmen unterstützt, und, wie Jasper berichtet hat, stehen auch noch eine ganze Reihe zufälliger Sonntagnachmittagsbesucher an der Startlinie, die für die unerwartete Ablenkung dankbar sind. Einige von ihnen, die keine Lose mehr kaufen konnten, spenden trotzdem für Mariannes Wohltätigkeitsorganisation. Sie strahlt voller Selbstzufriedenheit – es ist klar, dass die Veranstaltung schon jetzt ein Erfolg ist. Oliver ist außer sich vor Aufregung.

»Hallo, Helen Reed«, sagt er. »Welche Nummer hast du?«

Helen sieht sich ihr Los an. »Achtundvierzig.«

»Ich habe vierzehn«, sagt Oliver. Er geht herum und fragt jeden, den er kennt, was für eine Nummer er hat.

Etwa hundert Enten – identische gelbe Badeenten aus Plastik, die mit Zahlen beschriftet wurden – befinden sich in einem großen Netz, das von einer Gruppe Pfadfinder über die Brüstung einer Brücke gehalten wird. Auf ein Zeichen von Marianne hin lassen sie die Enten mit einem Platschen ins Wasser fallen, und die Zuschauer brechen in Beifallsrufe aus. Die meisten von ihnen gehen den Fußweg neben dem Fluss entlang, wobei sie mit den schwimmenden Enten Schritt halten. Einige Kinder rennen voraus und stellen sich auf die Brüstung der nächsten Brücke, um zu sehen, wie die Enten darunter hindurchtreiben. Zuerst bewegen sich diese in einer zusammengeballten gelben Masse, doch schnell strömen sie auseinander und teilen sich in verschiedene Gruppen, Grüppchen, Paare und einzelne Enten. Bei der Markierung der halben Strecke hat eine Ente gegenüber den restlichen zwanzig Meter Vorsprung.

»Das ist erstaunlich«, kommentiert Helen, die neben Ralph geht, »bedenkt man, dass sie alle identisch sind und alle mehr oder weniger gleichzeitig gestartet sind.«

»Ein gutes Beispiel für die Chaostheorie«, sagt Ralph.

»Ah, darüber weiß ich Bescheid«, sagt Helen. »Die hat mir Professor Douglass erklärt.«

»Tatsächlich?« Ralph klingt überrascht. »Wann?«

»Bei deiner Geburtstagsparty. Es ist der Schmetterlingseffekt. Zu viele Variablen.«

»Sehr gut«, sagt Ralph. »Besonders am Anfang, wenn

alle Enten völlig willkürlich gegeneinander stoßen. Und dann gibt es im Fluss alle möglichen Strömungen, Strudel, Variationen der Windgeschwindigkeit über dem Wasser. Diese kleine Ente dort«, sagt er und deutet auf die führende Ente, »hat jede Menge Glück gehabt.«

»Bis jetzt«, sagt Helen.

»Stimmt«, sagt Ralph. »Sie könnte weiter vorne in einem Strudel hängen bleiben, oder an einem Hindernis unter einer Brücke. Aber das Einzige, das jetzt noch verhindern kann, dass sie gewinnt, ist eine Katastrophe.«

»Genau wie beim großen Entenrennen des Lebens«, sagt Helen.

Oliver Richmond rennt in größter Aufregung den Fußweg auf und ab. Helen ruft ihm zu: »Welche Nummer führt, Oliver?«

»Dreiundsiebzig«, sagt Oliver und wird langsamer, um neben ihnen gehen zu können.

»Leider nicht meine«, sagt Helen.

»Meine auch nicht«, sagt Ralph und schaut sich seinen Stapel aus fünf Losen an.

»Und zweiundvierzig ist zweite und neun ist dritte und zweiundachtzig ist vierte und vierundzwanzig ist fünfte«, sagt Oliver, ohne zu stocken. »Meine Ente hat Nummer vierzehn, sie ist siebenundzwanzigste.«

»Du solltest Kommentator bei Pferderennen werden, Oliver«, sagt Ralph scherzhaft.

Oliver blickt zu Ralph. »Du bist Ralph Messenger«, sagt er.

»Ja«, sagt Ralph.

»Hast du eine Kundenkarte von Sainsbury's?«

Ralph sieht beunruhigt aus. »Meine Frau hat vielleicht eine.«

»Welche Nummer hat die?«

»Ich hab keine Ahnung«, sagt Ralph.

»Meine Mum hat eine Kundenkarte von Sainsbury's. Die Nummer ist sechs drei vier eins sieben vier null null acht sechs fünf eins zwei drei neun sieben sieben null.«

»Sehr gut«, sagt Ralph.

Oliver rennt davon. Ralph starrt ihm nachdenklich hinterher.

»Wie macht er das?«, will Helen wissen.

»Autisten haben oft ungewöhnliche Spezialbegabungen«, sagt Ralph. »*Idiots savants* hießen sie vor den Tagen der Political Correctness.«

»Ein wenig sind Computer auch so, oder?«, sagt Helen.

Viele Enten scheitern auf unterschiedliche Weise – einige sitzen unter den Wasserfällen fest, stoßen gegen Brückenpfeiler, oder sie geraten dort, wo der Fluss breiter wird, im Schilf in Schwierigkeiten. Die Pfadfinder fischen sie aus dem Wasser, wozu sie Netze benutzen, die an langen Bambusstöcken befestigt sind, und nehmen sie aus dem Rennen. Die Mehrheit jedoch schwimmt weiter, schaukelt und dreht sich auf dem Wasser, vorbei an den echten Enten, die im Fluss paddeln, diesen Eindringlingen den Rücken zuwenden und es für unter ihrer Würde halten, ihnen Beachtung zu schenken. Das älteste Kind der Riverdales fällt bei dem Versuch ins Wasser, eine gelbe Ente zu befreien, die sich in einem überhängenden Zweig verfangen hat, und muss von seinem Vater gerettet werden, der sich bei diesem Unternehmen nasse Schuhe und einen nassen Hosenboden holt und die ganze Familie äußerst aufgebracht nach Hause bringt. Ente Nummer dreiundsiebzig baut ihren Vorsprung immer weiter aus und schwimmt gelassen eine ganze Minute vor ihrer schärfsten Konkurrentin am Zielpfosten an der Dorfgrenze vorbei. Als Besitzer der siegreichen Nummer erweist sich Professor Douglass, den Jasper Richmond im Personalgebäude eines Tages in die Enge getrieben und überredet hat, ein Los zu kaufen.

»Wie schade, dass er nicht da ist«, sagt Helen.

»Oh, das ist nichts für Duggers«, sagt Ralph. »Er ist ein einsiedlerischer Typ. Ich weiß nicht, warum er zu meiner Party gekommen ist. Er hält nichts von mir.«

»Ja, das habe ich mir fast gedacht«, sagt Helen.

»Warum?«

»Oh, wegen etwas, das er gesagt hat.«

»Was?«

»Etwas ziemlich Belangloses.«

»Sag's mir«, bittet er sie mit einigem Nachdruck.

»Etwas in der Richtung, dass du der Meister des wissenschaftlichen Soundclips bist.«

Ralph gibt ein kurzes, freudloses Lachen von sich. »Ich kann nichts dafür, dass die Medien jedes Mal mich anrufen, wenn sie einen Kommentar zur künstlichen Intelligenz wollen, und nicht ihn.« Als Helen nichts dazu sagt, spricht er weiter. »Es gibt da eine Geschichte über Duggers, die passierte, bevor ich hierher kam. Immer hat er über Professoren in den Medien die Nase gerümpft, damals wie heute, aber eines Tages kam er in den Gemeinschaftsraum, strahlte wie ein Schneekönig und ließ beiläufig die Bemerkung fallen, er sei gegen ein Honorar von fünfzig Pfund eingeladen worden, bei einer Radiodiskussion aufzutreten. ›Und was machst du nun, Duggers?‹, fragt ihn jemand. ›Oh, ich dachte, ich kann genauso gut zusagen‹, sagt er. ›Also hab ich denen meine fünfzig Pfund geschickt.‹«

Helen lacht. »Das glaube ich nicht«, sagt sie.

»Ich auch nicht, leider«, sagt Ralph grinsend. Er hat seine Haltung wiedergewonnen.

Die restlichen Enten kommen an und werden von den Pfadfindern in einem Netz gesammelt, aus dem Wasser gezogen und als großes, triefendes Bündel weggebracht. Die Menge an der Ziellinie löst sich langsam auf. Carrie kommt und bittet Ralph, mit den Kindern loszugehen und Eis zu besorgen, und er macht sich gehorsam auf den Weg. »Und bring uns auch eins«, ruft sie ihm nach.

Er dreht sich um. »Was für eins?«

»Such aus«, sagt Carrie. »Überrasch uns und mach uns eine Freude.«

»Das ist Bourton-on-the-Water, Blondie«, sagt er. »Wir reden hier von Dorfläden mit einer Kühltruhe voller abgepackter Eistüten und Eis am Stiel mit Schokoüberzug, nicht von einem Howard Johnson's.«

»Ich weiß«, sagt Carrie. »Bring irgendwas.« Zu Helen sagt sie: »Weißt du, das vermisse ich mehr als alles andere von zu Hause, das Eis.«

Auf seinem Weg zur Eisdiele trifft Ralph Stuart Phillips und Marianne, die die Pfadfinder dabei beaufsichtigen, wie sie die Plastikenten in Pappschachteln verpacken.

»Hallo Stuart, dass du neben all deinen anderen Fähigkeiten auch noch Gruppenführer bei den Pfadfindern bist«, sagt Ralph.

»Doch. Es wird dich freuen zu hören, dass ich dabei bin, Auszeichnungen für den Umgang mit Computern einzuführen«, sagt Stuart und grinst.

Mit einer Bewegung seines Kopfes winkt Ralph Marianne zur Seite, um privat mit ihr zu sprechen. »Oliver hat mich gerade gefragt, ob ich eine Kundenkarte von Sainsbury's habe. Was sollte das denn?«

»Hat er für dich die Nummer meiner Karte zitiert?«, fragt Marianne.

»Ja, hat er«, sagt Ralph.

»Das ist ein beliebter Partytrick von ihm.«

»Oh. Dann war es also keine Anspielung darauf, dass er uns neulich auf dem Parkplatz gesehen hat?«

»Oliver weiß nicht, wie man auf irgendetwas anspielt«, sagt Marianne.

»Hat er etwas zu Jasper gesagt?«

»Nicht, dass ich wüsste«, sagt Marianne.

»Dem Himmel sei Dank«, sagt Ralph. »Wie geht's dir überhaupt, Marianne?«

»Ich bin in Ordnung, danke.« Sie wendet ihren Blick von ihm ab und sieht zu den Pfadfindern.

»Dann geh ich wohl besser. Ich soll Eis besorgen.«

»Mitchell's ist am besten. Die halbe Straße hoch auf der rechten Seite.«

»Danke«, sagt Ralph. »Soll ich den Pfadfindern welches mitbringen?«

»Nein. Ich habe ihnen einen Nachmittagstee versprochen.«

»Gut«, sagt Ralph und geht weiter.

Helen und Carrie sitzen im Schatten einer großen Eiche auf einer rustikalen Bank und blicken auf den Fluss. Die Zuschauer sind alle zurück ins Dorf gegangen.

»Wegen letzten Freitag«, sagt Carrie.

»Du musst mir überhaupt nichts erklären, Carrie«, sagt Helen schnell.

»Du musst dich gefragt haben, was los war.«

»Das geht mich nichts an.«

»Nun, vielleicht nicht«, sagt Carrie. »Aber ich möchte sowieso, dass du ein paar Dinge weißt.«

»Ich habe niemandem davon erzählt, und ich habe nicht vor, es zu tun.«

»Ich weiß, dass du das nicht tust, Helen. Du bist keine Klatschbase. Du bist Schriftstellerin. Du sammelst diesen ganzen Schmutz und verarbeitest ihn in deinen Romanen.«

Helen wirft Carrie einen Blick zu, als wolle sie abschätzen, welche Gefühle hinter dieser Bemerkung stecken. »Wenn es das ist, worüber du dir Sorgen machst, dann kann ich dir versichern …«

»Das brauchst du nicht, Helen«, sagt Carrie lächelnd. »Du hast mir neulich schon in den Brine Baths gesagt, dass du nichts schreiben würdest, das irgendjemanden in Verlegenheit bringen könnte.«

»Oh. Ja. Gut.«

»Aber ich war zu dir nicht ganz so ehrlich«, sagt Carrie. »Ich sagte, ich vertraue darauf, dass Messenger nichts mit seinen graduierten und postgraduierten Studentinnen anfängt. Und das stimmt auch. Er ist viel zu klug, um auf diese Weise in die Falle zu tappen. Aber ich traue ihm auch nur so weit – und keinen Zentimeter weiter. Ich weiß, dass er andere Frauen hat, wenn er von zu Hause fort ist.«

»Woher weißt du das?«, sagt Helen.

»Ich habe einen Instinkt dafür entwickelt. Zum Beispiel, wenn er Sex will, kaum dass er von einer Reise zurückgekehrt ist, ist das ein sicheres Zeichen. Er versucht zu beweisen, dass er mich vermisst hat, während er weg war.«

Helen lächelt. »Du musst doch noch mehr Anhaltspunkte haben.«

»Sicher. Manchmal erzählen Dozenten, die dieselben Konferenzen wie Messenger besuchen, ihren Kollegen oder Ehefrauen, was er im Schilde führte, und schließlich erfahre ich davon. Manchmal bekomme ich anonyme Briefe. Die sind wahrscheinlich von Typen aus Messengers Fachgebiet, die ihn hassen, oder sie sind von Frauen, die mich hassen, oder von Leuten, die uns beide hassen.

Es gibt jede Menge Neid und Böswilligkeit da draußen. Als ›Private Eye‹ eine Notiz darüber brachte, dass Messenger ein Schürzenjäger sei, haben mir drei anonyme Informanten den Ausschnitt geschickt, nur für den Fall, dass ich sie übersehen hätte. Ich habe sie aber nicht übersehen – ein aufmerksamer Freund hatte sie auf einer unserer Partys in mein Fanny-Farmer-Kochbuch gesteckt.«

»Wie grässlich«, murmelt Helen.

»Das Wichtigste ist, sich keinen Augenblick lang gegenüber irgendjemandem anmerken zu lassen, dass man verletzt ist, oder auch nur, dass man die Nachricht erhalten hat. Man ignoriert sie einfach. Gönnt ihnen die Befriedigung nicht.«

»Das muss manchmal ziemlich schwierig sein«, sagt Helen.

»Einmal schrieb mir eine Frau, mit der er in Australien eine Affäre hatte. Sie unterschrieb den Brief. Sie hatte das Gefühl, nur benutzt worden zu sein. Sie wollte Rache.«

»Was hast du gemacht?«

»Ich hab ihn zerrissen.«

»Du hast Ralph nicht damit konfrontiert?«

»Welchen Sinn hätte das gehabt? Er wird sich nie ändern, und ich will mich nicht von ihm scheiden lassen. Wir sind ein gutes Team. Er ist ein guter Vater. Für die Kinder wäre es eine Katastrophe, wenn wir uns trennen würden.«

»Ich glaube nicht, dass ich so tolerant sein könnte. Ich weiß, dass ich es nicht könnte«, sagt Helen.

»Na ja, ich habe Messenger klar gemacht, dass ich diese Dinge in meinem eigenen Hinterhof nicht dulden würde, soll heißen in der Universität, in Cheltenham, überall in der näheren Umgebung. Ich hab das explizit nie so gesagt, doch es war klar zwischen uns. Dann begann mir zu dämmern, dass das ein sehr einseitiges Arrangement war. Ich meine, es gab keine Möglichkeit, dass *ich* gelegentlich zu einem Abenteuer gekommen wäre, denn ich fahre nicht allein ins Ausland, und ich gehe auch nicht eben mal nach London, um Verleger zu treffen oder Fernsehfilme zu machen, bei denen vor Ort gedreht wird und man anderswo Zwischenstation einlegen muss. Dann erschien Nick auf der Bildfläche. Wir hatten eine Menge gemeinsam – Kunstgeschichte, Innenarchitektur, antike Möbel. Er ist ein guter Gesellschafter. Und er ist sehr freundlich, sehr aufmerksam. Er denkt voraus, an kleine Dinge, die einem gefallen könnten, und die tut er dann. Wir wurden enge Freunde. Dann wollte Nick mehr als Freundschaft, und ich dachte, warum soll ich nicht? Das geht nun seit über einem Jahr so, und du bist der erste Mensch, der uns ertappt hat, weil wir nicht aufgepasst haben. Glücklicherweise warst du das. Ich vermute, wir sind ein bisschen unvorsichtig geworden.«

»Wusstest du«, sagt Helen, »dass die Leute ihn für einen Schwulen halten, der enthaltsam lebt?«

Carrie lacht fröhlich. »Ja. Nick und ich haben schon mehr als einmal darüber gelacht. Er weiß nicht, wer das in die Welt gesetzt hat – er sicher nicht. Aber er hat sich auch nicht die Mühe gemacht, es abzustreiten. Messenger glaubt es, was irgendwie bequem ist. Nein, Nick ist nicht schwul, obwohl er als junger Mann sexuell verwirrt war. Die englischen Public Schools, du weißt schon. Er lässt sich gerne schlagen. Davon abgesehen ist er völlig normal.«

»Er lässt sich gerne schlagen?«, sagt Helen mit weit aufgerissenen Augen.

»Ja. Und weißt du was? Irgendwie macht es auch mich scharf. Es macht Spaß, zur Abwechslung mal im Schlafzimmer der dominierende Partner zu sein.«

»Verstehe«, sagt Helen.

Carrie lacht. »Schau nicht so schockiert. Es ist nur ein Spiel.«

»Ich bin nicht schockiert – wirklich nicht. Es ist nur so … überraschend.«

»Was ist mit der Szene in *Das Auge des Sturms,* der mit der Schnur und den Masken?«

»Das ist Literatur«, sagt Helen, ein wenig verlegen.

»Du hast so etwas noch nie gemacht?« Helen schüttelt den Kopf. »Du solltest es irgendwann mal probieren«, sagt Carrie. »Da kommt Messenger. Wir wechseln besser das Thema.«

Helen sieht sich um, als suche sie nach einem. Sie bemerkt ein gelbes Leuchten auf dem Fluss. »Oh, schau«, sagt sie und deutet darauf. »Die letzte Ente.«

Ralph stößt zu ihnen und verteilt die Eishörnchen.

»Ich nehm alles zurück«, sagt er. »Ich hab einen kleinen Laden gefunden, wo sie eigenes Eis machen.«

»Hmm, köstlich!«, sagt Carrie, als sie ihres probiert.

»Auf was hast du gezeigt?«, fragt Ralph Helen.

»Eine Ente«, sagt Helen. »Ein Nachzügler.«

Sie gehen an den Uferrand und sehen dem kleinen Spielzeug zu, das auf einer trägen Strömung auf und nieder hüpft. Wer weiß, warum es so weit hinter allen anderen zurückliegt? Vielleicht hat es sich stromaufwärts in einem Hindernis verfangen und wurde von den Pfadfindern übersehen, konnte sich aber losmachen. Wie auch immer, hier kommt es, schwimmt auf die Ziellinie zu und überquert sie als Letztes.

»Sollten wir nicht versuchen, sie rauszufischen?«, sagt Helen.

Ralph schaut sich um, sieht einen abgebrochenen Zweig auf dem Boden liegen, lehnt sich gefährlich weit über das Ufer hinaus, während Helen ihn am Gürtel festhält, schiebt die Ente an den Rand des Flusses und holt sie heraus.

»Welche Nummer ist es?«, sagt Carrie.

»Achtundvierzig«, sagt Ralph.

»Meine Nummer«, sagt Helen.

Als die Messengers zurück in ihr Haus in Pittville Lawn kommen, leuchtet das kleine rote Lämpchen des Anrufbeantworters in der Küche und zeigt an, dass mehrere Nachrichten eingegangen sind, während sie unterwegs waren. Ralph drückt den Abspielknopf, und Carrie füllt den elektrischen Kocher, um Tee zu machen.

»Carrie, hier ist Mom«, sagt die Stimme von Carries Mutter so deutlich, als käme sie vom anderen Ende Cheltenhams statt aus Kalifornien. »Schlechte Neuigkeiten, fürchte ich, Liebling. Dein Vater ist krank. Sie glauben, es war ein Herzanfall.«

»O mein Gott«, sagt Carrie und lässt den Kocher mit einem lauten Klappern zu Boden fallen. Sie geht hinüber, stellt sich neben Ralph und hört gespannt den Nachrichten von Carries Mutter, ihrer Schwester und ihrem Schwager zu, die über den ganzen Tag verteilt aufgezeichnet wurden. Die Kinder, die pfeifend oder mit Fragen und Bitten ins Zimmer kommen, bekommen ein »Pst!« zu hören und müssen schweigend und ohne sich zu rühren warten, bis die Nachrichten abgespielt sind. Sie werden ernst und fügen sich, als sie die Information aufnehmen, dass ihr Großvater einen schweren Herzanfall gehabt hat und im Krankenhaus ist, auf der Intensivstation.

»Ich muss morgen fliegen«, sagt Carrie, während sie wählt. Sie ruft ihre Mutter und ihre Schwester an. Beide sind im Krankenhaus, aber sie spricht mit ihrem Schwager Gary, der ihr sagt, dass ihr Vater einen zweiten Herzanfall gehabt hat und dass sein Zustand kritisch ist. »Ich komme, sobald ich kann«, sagt Carrie und legt den Hörer auf. Sie wendet sich an Ralph. »Kann man am Sonntagabend einen Flug buchen?«, sagt sie.

»Natürlich. Wenn man die Fluglinie direkt anruft. Du möchtest nicht bis morgen Früh warten? Um zu schauen, wie die Dinge stehen?«

»Nein. Bitte erledige das für mich.«

»Ich kann nicht mit dir kommen. Wir haben die ganze Woche über Bewerbungsgespräche für die neue Stelle.«

»Ich weiß. Du musst dich sowieso um die Kinder kümmern.«

Ralph ruft British Airways an und bucht für Carrie einen Flug in der Business Class von Heathrow nach Los Angeles für den nächsten Tag um die Mittagszeit. Carrie und Emily bereiten ein improvisiertes Essen aus Rührei und Schinken vor.

Sie essen in der Küche. Hope bricht das Schweigen.

»Wird Opa sterben?«

»Nein, Schätzchen«, sagt Carrie.

»Vielleicht«, sagt Ralph im gleichen Augenblick.

Carrie wirft Ralph einen wütenden Blick zu.

»Es hat keinen Sinn, sich etwas vorzumachen«, verteidigt er sich.

»Und es hat keinen Sinn, das Schlimmste anzunehmen.«

»Ich habe nicht das Schlimmste angenommen. Aber es wäre vielleicht gut, sich auf diese Möglichkeit vorzubereiten.«

»Was passiert mit Menschen, die sterben?«, fragt Hope.

»Sie werden begraben«, sagt Simon. »Oder verbrannt.«

»Simon!«, sagt Carrie und runzelt die Stirn.

»Versuch, dich nicht wie ein Arschloch zu benehmen, Simon«, sagt Emily.

»Und Schluss jetzt mit diesen Ausdrücken«, sagt Carrie zu Emily.

»Sock hat allerdings völlig Recht«, sagt Ralph.

»Nicht unbedingt«, sagt Mark. »In Indien legen sie Leichen auf Hausdächer, sodass die Geier die Knochen abnagen können.«

»Das ist so widerlich«, sagt Emily.

»Stimmt das, Daddy?«, sagt Hope.

»Könnten wir bitte das Thema wechseln«, sagt Carrie.

»Ich denke schon«, sagt Ralph zu Hope. »Aber es ist nur eine ganz bestimmte Kaste, die das macht. Hier und in Kalifornien ist es nicht erlaubt, also brauchst du dir keine Sorgen darüber zu machen, Kätzchen.«

»Shirley Blakes Opa starb letztes Jahr, und Miss Hackett hat gesagt, er ist in den Himmel gekommen«, sagt Hope.

»Das stimmt«, sagt Carrie.

»Nein, das stimmt nicht«, sagt Ralph. »Einige Leute glauben das, Kätzchen, aber sie haben unrecht. So etwas wie einen Himmel gibt es nicht. Das ist eine nette Idee, aber es ist bloß erfunden. Es ist wie ein Märchen.«

»Messenger, ich muss hier wirklich heftig widersprechen«, sagt Carrie mit ruhiger, aber eiserner Stimme.

»Wohin kommt Opa dann, wenn er stirbt?«, sagt Hope.

»Er kommt überhaupt nirgendshin, Schatz«, sagt Ralph. »Sein Körper wird in der Erde begraben, oder er wird, wie Sock sagt, verbrannt, aber das ist dann nicht mehr wirklich Opa. Opa existiert nicht mehr, außer in unseren Köpfen. Wir werden an ihn denken und uns an all die lieben Dinge erinnern, die er für uns getan hat, und an die Geschenke, die er uns gegeben hat, und an die Geschichten, die er uns erzählt hat.«

Carrie steht auf und verlässt die Küche, ohne zu Ende gegessen zu haben. Ralph spricht weiter, als sei nichts Schlimmes passiert, aber die Kinder schweigen und fühlen sich nicht wohl. Er überlässt es ihnen, das Geschirr wegzuräumen und verlässt das Zimmer. Er findet Carrie im Schlafzimmer, am Telefon, wo sie mit British Airways spricht, die Einzelheiten des Fluges, die Ralph notiert hat, in der Hand und vor sich ihre eigene Kreditkarte. Ein halbvoller Koffer liegt offen auf dem Bett.

»Was tust du da?«, fragt er.

Carrie beendet ihr Gespräch und legt den Hörer auf. »Ich habe für Hope ein Ticket für diesen Flug gekauft. Ich nehme sie mit.« Carrie fährt fort, ihren Koffer zu packen, wobei sie zwischen Bett, Einbauschrank und Kommode hin und her geht.

»Warum?«

»Ich konnte einfach nicht glauben, was du da vorhin gesagt hast. Du hast geredet, als sei Daddy schon tot.«

»Ich hielt es für eine gute Gelegenheit, Hope eine Vorstellung davon zu geben, was der Tod bedeutet. Wenn Kinder diese Fragen stellen, heißt das, dass sie die Wahrheit wissen möchten.«

»Die Wahrheit! Wer kennt schon die Wahrheit? Wer weiß wirklich, was mit uns passiert, wenn wir sterben? Du nicht, Messenger, nicht sicher.«

»Ich weiß, dass es so etwas wie einen Himmel nicht gibt.«

»Wenn ein Kind daran glauben möchte, warum lässt du es nicht? Bis es diesen Glauben von selbst verliert – wie einen Milchzahn. Warum mit Gewalt?«

»Ich werde mich nicht mit dir streiten, Carrie.«

»Ich dachte, wir streiten uns schon längst.«

»Du bist durcheinander, das verstehe ich. Sag mir einfach nur, warum du Hope den ganzen weiten Weg bis nach Kalifornien mitschleppst.«

»Sie hatte schon immer eine Schwäche für Daddy, und er für sie. Vielleicht tut es ihm gut, sie zu sehen.«

»Du willst allen Ernstes ein kleines Kind mit auf die Intensivstation nehmen, damit es einen alten Mann sieht, der an diesen Infusionen und Schläuchen hängt? Du musst verrückt sein!«

»Wer versucht jetzt, sie vor der Wahrheit zu schützen? Messenger, dein Problem ist, dass du ganz scharf auf Fakten bist, solange sie abstrakt bleiben, aber nicht, wenn sie dir leibhaftig vor Augen geführt werden.«

»Sie wird wenigstens eine Woche lang nicht in die Schule können.«

»Wie furchtbar … Und wenn das Schlimmste eintritt, na ja, dann habe ich lieber sie bei mir als dich. Du machst dich nicht besonders gut als Beistand in einem Trauerfall, Messenger.«

Ralph schweigt einen Augenblick und grübelt schmollend nach.

»OK, mach's, wie du willst«, sagt er. »Ich fahre dich am Morgen nach Heathrow.«

»Bemüh dich nicht«, sagt Carrie.

»Bis zum Nachmittag hab ich nichts Wichtiges zu erledigen.«

»Ich miete einen Wagen mit Fahrer. Das ist mir lieber so. Es ist weniger Stress.«

»Wie du meinst«, sagt Ralph, zuckt mit den Schultern und verlässt das Zimmer.

26

Es ist Mittwoch, der sechzehnte April, abends um fünf Minuten nach neun. Ein denkwürdiger Tag. Ein Tag, den man festhalten muss – wenn auch nicht mit dem Pearlmaster. Ich bin zu Hause in meinem Arbeitszimmer und schreibe das hier direkt in meinen Computer. Die Kinder sind in ihren Zimmern, machen ihre Hausaufgaben oder sehen fern oder vielleicht beides zugleich (das Verhalten von Teenagern ist der beste Beweis für das Bewusstsein als Parallelverarbeitung, den ich kenne; einmal habe ich gesehen, wie Mark in seinem Schlafzimmer ein Football-Spiel mit abgedrehtem Ton ansah, auf seinem CD-Walkman Oasis hörte *und* einen Aufsatz über die Getreidezölle im 19. Jahrhundert schrieb – alles gleichzeitig und anscheinend ohne Schwierigkeiten); aber auch so ist mir nicht danach, das hier zu diktieren, nur für den Fall, dass einer von ihnen mit irgendeiner Frage oder Bitte leise die Treppe hochkommt und zufällig hört, wie ich sage, dass ich heute Nachmittag eine der großartigsten englischen Romanautorinnen der Gegenwart gefickt habe. So wird sie jedenfalls auf der Rückseite von Carries Taschenbuchausgabe von *Das Auge des Sturms* genannt, die im Augenblick auf meinem Schreibtisch liegt. »Ein Roman von exquisiter Sensibilität und raffiniert zurückhaltendem Ton«, wie der ›Spectator‹ behauptet. Na ja, heute Nachmittag war sie überhaupt nicht zurückhaltend, und ich habe Liebesbisse auf meiner Schulter, die das beweisen. Beinahe wäre Blut geflossen. Ich kann bloß hoffen, dass die Abdrücke verschwinden, bevor Carrie zurückkommt.

Zum Glück sieht es so aus, als sei sie noch mindestens eine weitere Woche fort. Daddy Thurlows Zustand hat sich stabilisiert, und es sieht so aus, als ob er durchkäme, doch ob das ein Grund zum Jubeln ist, bleibt abzuwarten. Er könnte schwerbehindert sein. Jedenfalls bleibt Carrie noch ein wenig, um zu sehen, wie sich die Dinge entwickeln, und um ihrer Mutter zu helfen. Ich habe nichts dagegen. Ich bin froh, dass der alte Mann nicht gestorben ist, denn wäre er gestorben, hätte mich Carrie auf irgendeine irrationale Art dafür verantwortlich gemacht oder wenigstens meinen angeblich grausamen und herzlosen Umgang mit Hopes Fragen beim Abendessen am Sonntag damit in Verbindung gebracht. Überflüssig zu sagen, dass ich mich dafür nicht entschuldigt habe. Carrie fuhr am nächsten Morgen mit einem riesigen gemieteten Daimler und einem Fahrer in dunklem Anzug nach Heathrow, als ginge sie zu einer Beerdigung, in schwarzem Mantel und mit grimmiger Miene. Beim Frühstück sprach sie ausschließlich über praktische Dinge, und als wir uns trennten, hielt sie mir ihre Wange zum Kuss hin, nicht ihre Lippen. Hope sah verängstigt aus, denn sie spürte die schlechten Schwingungen, also umarmte ich sie ganz besonders fest und riss einen Witz, um sie zum Lächeln zu bringen. Sie winkte mir durch die Heckscheibe zu, als der Wagen aus der Auffahrt bog, doch Carrie hielt den Kopf eisern nach vorn gerichtet.

Ich erinnere mich, wie ich später auf dem Weg zur Universität dachte, jetzt, da Carrie fort ist am anderen Ende der Welt, wären die Bedingungen ideal gewesen, um etwas mit Helen Reed anzufangen; wie schade nur, dachte ich, dass sie mich vor wenigen Wochen so unmissverständlich zurückgewiesen hatte, ich machte mir Vorwürfe, weil ich zu früh aufs Ganze gegangen war, zu früh in unserer Beziehung, oder vielleicht war ich auch einfach nur zu grob gewesen. In Bourton-on-the-Water hatte sie so attraktiv ausgesehen in ihren weißen Jeans, die ihren gut gebauten Hintern vorteilhaft zur Geltung brachten, und ihre Brüste hatten sich unter ihrem Sweater auf eine so interessante Art bewegt. Und sie nahm mich ein bisschen auf den Arm mit ihren schnippischen Bemerkungen über »das große Entenrennen des Lebens« und dass Computer autistisch seien (obwohl das ehrlich gesagt eine kluge Beobachtung ist, typisch von ihr, so etwas einfach nebenbei fallen zu lassen, vielleicht verwende ich das; Computer zum Beispiel haben fantastische Speicher, aber keinen gesunden Menschenverstand, sie haben ein affektives Defizit, sie können Wahrheit und Erfindung nicht unterscheiden, sie wissen nicht, wie man lügt …), ja, mit diesen *bons mots* hat sie mich ganz eindeutig ein wenig aufgezogen, und dann zitierte sie auch noch Duggers' abfälligen Kommentar, »der Meister des wissenschaftlichen Soundclips«, und blickte mich an, um zu sehen, wie ich das aufnehme, aber sie war überhaupt nicht nervös, und sie flirtete noch weniger. Offensichtlich fühlte sie sich wohl in meiner Gegenwart, während es mir gefällt, wenn sich die Frauen in meiner Gegenwart – und sei's nur ein klein wenig – bedroht fühlen.

So sah es aus am Montagmorgen: Die Katze war nicht im Haus, aber die Maus, an der ich interessiert war, wollte nicht spielen. Als ich in mein Büro kam, dachte ich, ich rufe sie trotzdem an, denn ich hatte den absolut plausiblen Vorwand, dass ich ihr die Sache mit Carries Vater erzählen wollte. Natürlich war sie sehr einfühlsam und fragte, wie ich die Dinge mit dem Haus und der Familie organisieren würde, solange Carrie nicht da war. Ich sagte ihr, Edna würde ein paar Stunden länger kommen, und in der Tiefkühltruhe stapele sich das vorgekochte Essen. Sie bot mir an, rüberzukommen und an einem Abend zu kochen, und ich nahm sofort für nächsten Freitag an. Dann fragte ich zaghaft, ob sie am Mittwoch mit mir im Personalgebäude zu Mittag essen würde, wobei ich erwartete, sie würde ablehnen, doch zu meiner Überraschung sagte sie Ja. »Und warum gehen wir diesmal nicht in ein Pub, das Essen im Personalgebäude ist grauenhaft.« Natürlich stimmte ich zu und bemühte mich sehr, nicht den Eindruck zu erwecken, dass ich vor Freude mit dem Schwanz wedelte und mir die Lefzen leckte.

Mein erster Gedanke war, mit ihr ins King's Head zu gehen, ein hübsches kleines Pub in der Nähe von Horseshoes, wo wir am Sonntag oft zu Mittag essen, wenn Carrie keine Lust hat zu kochen. Doch als ich darüber nachdachte, wollte ich Helen nicht in ein Lokal einladen, in dem man mich gut kannte und von dem aus bösartiger Tratsch zu Carrie gelangen könnte. Also rief ich ein Pub auf dem Land in der Nähe von Burford namens Anvil an, wo ich nur einmal zuvor gewesen war – ohne Carrie – und reservierte einen Tisch in ihrer Gaststube. Ich erinnerte mich daran, dass es ziemlich überladen gewesen war mit historischen landwirtschaftlichen Geräten, die an den Wänden hingen, doch das Essen war gut, und es war angenehm leer gewesen. Es wird in *The Good Pub Guide* aufgeführt, aber es ist so schwer zu finden, dass ich sicher bin, viele potenzielle Gäste geben verzweifelt auf und gehen stattdessen in ihre Lokale zu Hause.

Ich sagte einige Sprechstunden ab, die ich für den Nachmittag in meinem Terminkalender stehen hatte – aber nicht deshalb, weil ich eine Ahnung gehabt hätte, womit das alles enden sollte, sondern weil ich mich mit dem Essen nicht beeilen wollte, und vom Campus bis zum Anvil fährt man gute vierzig Minuten. Helen machte eine Bemerkung über die Entfernung, die wir auf dem Weg dorthin anscheinend zurücklegen mussten, und ich sagte, ich hoffe, sie mache sich keine Sorgen, rechtzeitig zurückzukommen. »Nein, überhaupt nicht«, sagte sie. Ich sagte, ich hätte den Nachmittag frei. »Ich auch«, sagte sie, und diese banale kleine Bemerkung steckte plötzlich voller Bedeutung. Es war wie jener Augenblick in Prag, als ich sagte: »Ich kann mir da verschiedene Dinge vorstellen«, und Ludmila errötete. Helen wurde nicht rot und ich auch nicht, aber wir schwiegen ein, zwei Minuten. Die »Denkt«-Sprechblasen über unseren Köpfen füllten sich. Ich fragte mich: »Ist es möglich, dass ich heute Nachmittag Glück habe? Hat sie aus irgendeinem Grund ihre Meinung über mich geändert?« Ich habe jedoch keine Ahnung, was in ihrer Sprechblase stand, und deshalb entschloss ich mich, mit allergrößter Vorsicht weiterzumachen. Wenn das die zweite Chance war, wollte ich sie nicht vermasseln. Ich wartete, bis sie das Schweigen brach. »Was für ein wunderbarer Tag!«, sagte sie, wandte den Kopf und sah aus dem Autofenster. »Wie ich den Frühling liebe.« Was das typischste Gesprächsfüllsel war, das mir je untergekommen ist.

Ich blickte rasch zu ihr hinüber. Sie trug ein rotes Hemd und einen locker um den Hals geknüpften Seidenschal, eine rehbraune Strickjacke um die Schultern und passende maßgeschneiderte Hosen. Goldohrringe und eine nobel aussehende Brosche. Sie ist immer tadellos gekleidet, aber mir schien, als habe sie sich mit ihrem Aussehen heute besondere Mühe gegeben. Ein gutes Zeichen.

Das Anvil war noch so, wie ich mich daran erinnerte, außen weiß getünchte Backsteine und Stroh, innen freistehende Balken und Dachsparren und landwirtschaftliche Geräte aus Eisen. Wir setzten uns an einen gemütlichen Ecktisch. »Pass auf die Sense an der Wand auf«, sagte ich, »und fuchtle nicht mit den Armen herum, wenn du sprichst, oder sie müssen dieses Pub in *Die Amputierte* umbenennen.« Sie lachte herzlicher über diesen Witz, als er es wert gewesen wäre. Noch ein gutes Zeichen. Ebenso, dass wir spontan dasselbe Gericht auf der Speisekarte wählten, *moules marinières* als Vorspeise, gefolgt von in der Pfanne zubereiteter Entenbrust. Zu den Muscheln schlug ich ein Glas Weißwein vor und eine Flasche Pomerol zur Ente. Die *moules* waren exzellent. »Das nenne ich wirklich eine Feinschmeckermahlzeit für ein Pub«, sagte sie und schlürfte die Muscheln mit Genuss.

Ich erzählte ihr das Neueste über Carries Vater. Sie sprach ein wenig über ihre eigenen Eltern, die sich wie ein typisches Paar schrulliger alter Leute anhörten, und sie fragte mich nach meinen. Ich sagte ihr, dass beide tot seien. Sie sagte: »Oh, das tut mir Leid.« Ich verzichtete auf die Details. Ich wollte das Gespräch so schnell wie möglich von diesem düsteren Thema fortlenken, und glücklicherweise hatte ich noch ein anderes im Ärmel.

Ich hatte mir die Mühe gemacht, die Nacht zuvor *Das Auge des Sturms* im Schnelldurchgang zu lesen. Es ist die ziemlich langweilige Geschichte einer Frau, die in eine klinische Depression verfällt und sich wieder daraus befreit, sowie über die Wirkungen, die das auf die Menschen in ihrer Umgebung hat, ihren Ehemann, ihre Kinder, Eltern und Freunde. Ihre Depression löst sich plötzlich auf, während sie mit ihrem Mann eine Reise nach Paris macht, wo beide vor Jahren ihre Flitterwochen verbracht haben. Der größte Teil dieser Episode ist typische frankophile Schwärmerei über das Wiederfinden des vergessenen Zaubers von Paris – die Cafés auf den Boulevards, das Aroma von Knoblauch und frisch gebackenem Brot, das Geräusch der Reifen auf dem Kopfsteinpflaster, die Bücherstände am linken Seineufer, usw. usw., typischer Franzosenkitsch, aber es gab einen interessanten Abschnitt über das wiedererwachende Interesse der Heldin an Sex, das während ihrer Krankheit auf einen Tiefpunkt gesunken war. Das Paar wohnt in einem Fünf-Sterne-Hotel, das dem Ritz ähnelt, denn der Ehemann befindet sich auf einer kostenlosen journalistischen Recherchereise, und eines Tages, als er unterwegs ist, findet die Heldin, sie heißt Anna, in einer Schublade in ihrem weißen und goldenen Seconde-Empire-Schlafzimmer einige faszinierende Gegenstände, die offensichtlich von den Vorbewohnern zurückgelassen wurden: zwei schwarze Samtmasken und ein Stück dicke Seidenschnur. Sie nimmt sie heraus, hält sie mit pochendem Herzen in den Händen und fragt sich, was sie damit machen soll – abgeben an der Rezeption? In den Abfalleimer werfen? Am Ende legt sie sie in die Schublade zurück und zeigt sie ihrem Mann, als er wiederkommt. Zuerst lacht er und macht ein paar schmutzige Witze, doch Anna kann sehen, dass ihn die Entdeckung ziemlich erregt. Als sie ins Bett gehen, nimmt er die Masken aus der Schublade und reicht ihr eine. »Zieh sie an«, sagt er, geht ins Badezimmer und nimmt die andere mit. Anna zieht die Maske an, die die obere Hälfte ihres Gesichts bedeckt, und sieht sich im Spiegel an. »Eine verdorbene Fremde starrte sie an durch die Augenschlitze der Maske«, wie es im Text heißt. Anna zieht ihr Nachthemd aus und posiert, nackt bis auf die Maske, vor den langen Spiegeln des Zimmers. Ihr Ehemann kommt herein, ebenfalls maskiert, nackt – und erigiert. Sie sehen einander an mit »einem Lächeln lüsterner Komplizenschaft«. Anna nimmt die schwere, aufgerollte Seidenfessel aus der Schublade und hält sie ihm hin. »Fessle mich«, sagt sie. Ärgerlicherweise endet das Kapitel damit, doch uns wird mithilfe eines Rückblicks, in dem wir Annas Gedanken erfahren, zu verstehen gegeben, dass sie eine Nacht voll beispiellos orgiastischem Sex genießen, aus der Anna als neue Frau auftaucht, am Ende innerlich gereinigt und befreit von ihrer Angst.

Als ich sagte, dass ich einen ihrer Romane gelesen habe, warf Helen nervös den Kopf zurück und machte ein langes Gesicht. »Mir wäre lieber, du hättest das nicht«, sagte sie. »Aber andererseits bin ich überrascht, dass du so lange dazu gebraucht hast. Die meisten Menschen, die ich treffe, rennen sofort los und leihen sich meine Bücher aus. Dann legen sie großen Wert darauf, mir das mitzuteilen und scheinen zu glauben, dass ich dankbar sein soll.«

»Ich habe damit gewartet, deine Bücher zu lesen, für den Fall, dass sie mir nicht gefallen«, sagte ich. »Ich bin nicht gut darin, mit meiner Meinung hinter dem Berg zu halten.«

»Warum hast du es dir dann anders überlegt?«

»Mir scheint, wir kennen uns inzwischen so gut, dass das keine Rolle mehr spielt.«

»Welches hast du gelesen?«, wollte sie wissen. Ich sagte es ihr. »Und, hat es dir gefallen?«

»Gefallen wäre nicht das richtige Wort«, sagte ich. »Um ehrlich zu sein, es ist nicht mein Ding. Es ist das, was man früher einmal ein ›Frauenbuch‹ genannt hat, aber das darf man ja jetzt nicht mehr sagen. Doch ich habe es bewundert. Ich weiß das technische Können zu schätzen.«

»›Danke, Sir, sagte sie.‹« Dies mit einer kleinen ironischen Verbeugung.

»Nein, wirklich, es ist schön geschrieben«, sagte ich. »Und da gab es eine Szene, die mich wirklich aufhorchen ließ. Gegen Ende, als sie in Paris sind.«

Sie lachte ein wenig unsicher. »Du meinst die Schlafzimmerszene? Mit den Masken? Ich fürchte, das gefällt jedem am besten«, sagte sie, »außer meinen Eltern.«

Ich fragte sie, ob es dafür irgendeinen realen Hintergrund gab.

»Oh, Messenger!«, sagte sie, »ich bin enttäuscht von dir. Jeder fragt mich das.«

Ich sagte, das täte mir Leid, und ich käme mir wie ein Idiot vor; aber was mich mehr beeindruckt hatte, war, dass sie mich »Messenger« genannt hatte. Ich konnte mich nicht daran erinnern, dass sie das jemals zuvor getan hatte. Nur die Familie und sehr förmliche Kollegen wie Duggers nennen mich »Messenger«. Dadurch schienen wir eine neue Stufe der Vertrautheit erreicht zu haben. Ich weiß nicht, ob sie sich dessen bewusst war. Da ich hinterher fahren würde, hatte ich ihr Glas häufiger als mein eigenes nachgeschenkt, und sie war ein wenig rot im Gesicht und beschwipst.

»Das lange Wochenende in Paris beruht auf eigener Erfahrung«, sagte sie, »und das Luxushotel. Aber nicht, wie sie die Seidenschnur in der Kommode findet. Das habe ich erfunden.«

»Du selbst hast nie mit so etwas experimentiert?« Sie schüttelte den Kopf. »Du solltest es eines Tages versuchen«, sagte ich.

»Das hat mir kürzlich schon einmal jemand gesagt«, sagte sie mit einem ziemlich merkwürdigen Lächeln.

»Da siehst du's.«

Sie schüttelte wieder den Kopf. »Ich bin zu alt für so verrücktes Zeug.«

»Blödsinn«, sagte ich. »Das ist die einzige Möglichkeit, dem Alter die Stirn zu bieten. Nähre die Flamme des Sex. Sorge unter allen Umständen dafür, dass sie weiterbrennt.«

Das Mädchen, das uns das Essen gebracht hatte, kam mit der Rechnung.

»Können wir die teilen?«, sagte Helen und griff nach ihrer Handtasche.

»Nein. Ich lade dich ein«, sagte ich. Ich zahlte bar und gab dem Mädchen ein großzügiges Trinkgeld.

»Nun, vielen Dank«, sagte Helen. »Es war köstlich.«

Es war das erste Mal, dass sie mir erlaubt hatte, ihr Essen zu bezahlen. Noch ein gutes Zeichen. Ich beschloss, den Sprung zu wagen – wörtlich und im übertragenen Sinne.

»Der Nachmittag ist viel zu schön, um wieder zur Arbeit zu gehen«, sagte ich. »Warum fahren wir nicht rüber nach Horseshoes und steigen in den heißen Pool?«

»Ich habe keinen Badeanzug dabei«, sagte sie.

»Du brauchst keinen«, sagte ich. »Niemand ist da. Man kann das Deck nicht einsehen.«

Unsere Unterhaltung hatte den Punkt erreicht, an dem sie üblicherweise sagt, dass sie keine Affäre mit mir haben wird, doch diesmal tat sie das nicht. »Vielleicht könntest du mir die Sachen wieder besorgen, die ich das letzte Mal angehabt hatte«, sagte sie.

»In Ordnung«, sagte ich. »Aber eigentlich ist es viel hübscher, wenn man nichts anhat.«

»Ja, das kann ich mir vorstellen«, sagte sie.

Es ist nicht leicht zu fahren, wenn man eine Erektion hat. Man muss sich über das Steuer lehnen, sodass das Kinn praktisch das Armaturenbrett berührt, als sei man kurzsichtig. Ich weiß nicht, ob Helen ihre Augen schloss, um mir die Peinlichkeit zu ersparen, aber nach einer Weile sah ich, dass sie eingeschlafen war, und ich konnte mich entspannen. Sie erwachte erst, als ich vor Horseshoes vorfuhr. »Ach du meine Güte, ich bin eingenickt«, sagte sie. »Das müssen der Wein und das Essen sein.«

»Na ja«, sagte ich, »vielleicht sollten wir uns ein wenig ausruhen, bevor wir in die Wanne steigen. Das Mittagessen verdauen.«

»Du meinst ›ein bisschen nett abliegen‹?«, sagte sie,

meine eigenen Worte nach dem Mittagessen bei ihr wiederholend.

»Genau«, sagte ich.

Wie üblich war Horseshoes still und verlassen. Nur das Dröhnen eines fernen Traktors störte den tiefen ländlichen Frieden, und das Kreischen der Alarmanlage in der Diele, als ich die Vordertür öffnete. Ich brachte den Alarm zum Schweigen und schloss die Tür hinter uns. Dann küsste ich Helen lange und hart. Sie wehrte sich nicht. Tatsächlich war ich es, der den Kuss beenden musste. »Lass uns miteinander schlafen«, sagte ich.

»Ich habe vergessen, wie man das macht«, sagte sie. »Es ist so lange her.«

»Ich werde dir helfen, dich zu erinnern«, sagte ich und nahm ihre Hand. Ich führte sie die Treppe hinauf in das Schlafzimmer. »Zuerst musst du alle Kleider ausziehen«, sagte ich.

»Dann musst du die Vorhänge zuziehen«, sagte sie. »Ich habe Hemmungen.«

Ich zog die Vorhänge zu und dachte an den Nachmittag in den Yorkshire Dales vor so vielen Jahren, als Martha die dünnen Baumwollvorhänge vor dem Fenster in meinem Zimmer auf der Farm zugezogen hatte, das sich mit weichem rosa Licht erfüllt hatte. Diese hier waren dicker, doch das Licht war noch so hell, dass ich Helens nackten Körper sehen konnte und nicht enttäuscht war. Ich nahm ein Kondom aus dem Nachttisch und sorgte dafür, dass sie sehen konnte, wie ich es einsatzbereit in Griffweite legte.

Der Sex war kurz, aber süß. Ich wollte ihr nicht die Zeit lassen, es sich anders zu überlegen, und schon bald entdeckte ich, dass kein ausgefeiltes Vorspiel nötig war. Tatsächlich kam sie erstaunlich schnell, fast im selben Augenblick, als ich in sie eindrang. Ich nehme an, es gibt da keinen Unterschied zwischen Männern und Frauen: Durch Abstinenz empfindet man intensiver, wenn man dann wieder mit jemandem schläft, und in ihrem Fall hatte die Trockenzeit sehr lange gedauert. Sie kam wie eine Überschwemmung, und ich selbst sah keinen Grund, mich zurückzuhalten. Ich schlief fast sofort ein. Als ich erwachte, sah ich, dass sie uns mit einem Laken zugedeckt hatte. Sie lag auf dem Rücken, den Kopf auf dem Kissen, und ihr Gesicht hatte den weichen, verschwommenen Ausdruck einer befriedigten Frau. Sie warf mir ein merkwürdiges kleines Lächeln zu, schüchtern und ironisch zugleich. »So, wie war's für mich?«, sagte sie.

Ich hatte mir den heißen Pool als Vorspiel zum Sex vorgestellt, doch in diesem Fall stiegen wir danach hinein – was die bei weitem bessere Reihenfolge ist, man lümmelt zufrieden und matt im blubbernden Wasser herum. Nach einer Weile jedoch fing ich an, herumzualbern und wieder scharf zu werden. Ich wollte mit ihr draußen in der Wanne schlafen, unter freiem Himmel, aber sie wollte nicht. Ich bot ihr an, sie ins Haus zu tragen und zu fesseln. Das war der Moment, in dem sie mich biss.

Emily ruft die Treppe herauf wegen etwas, das die Jungs getan oder nicht getan haben, und will, dass ich einschreite. Wird Zeit, dass ich das hier speichere.

27

Mittwoch, 14. Mai. Seit meinem letzten Tagebucheintrag ist einige Zeit vergangen. Mir war nicht danach, etwas über die Ereignisse der letzten drei Wochen zu schreiben, selbst wenn nur ich es zu Gesicht bekomme. Ich war viel zu sehr damit beschäftigt, sie zu erleben. Nein, das ist nicht der wahre Grund. Ein Tagebuch ist eine Art Spiegel, in dem man sich jeden Tag offen und unerschrocken ins Gesicht blickt – ohne die schützende Verkleidung einer Maske oder auch nur ein schmeichelndes Make-up – und ehrlich zu sich ist. Das zu tun, hatte ich keine Lust, seit Messenger und ich ein Verhältnis angefangen haben. Ich wollte nichts darüber schreiben, wie ich mich verhalten habe, denn ich hatte Angst, Gewissensbisse und Hemmungen angesichts meiner Freude zu bekommen. (Ehrlich gesagt, schrecke ich noch immer davor zurück, diese Erfahrung mit dem direkten, unerschrockenen Blick in der ersten Person zu betrachten. Versuchen wir's anders …)

Denn das war sie geworden, ein Freudenmädchen, eine Ehebrecherin, eine Frau, die leicht zu haben war, eine Frau, die nicht besser war, als sie sein sollte – jedenfalls wäre sie so auf den Seiten eines alten Romans beschrieben worden. In einem modernen natürlich nicht. Sie tat nur, was offensichtlich jeder andere auch tat: befriedigte ihr Verlangen, schmiedete das Eisen, solange es heiß war, presste jeden Tropfen der Freude aus ihrem alternden Körper, bevor es zu spät war, denn *Das ist das einzige*

Leben, das du je haben wirst usw. usw. Und was auch immer geschehen mochte, sie würde es nie bedauern, denn es war so erregend gewesen.

Gelegentlich auch nervenaufreibend, denn sie waren enorme Risiken eingegangen. Zweimal war sie in das Haus in Pittville Lawn gekommen, um für die Familie zu Abend zu kochen und hatte dort übernachtet unter dem Vorwand, dass sie zu viel Wein getrunken habe und nicht nach Hause fahren könne, und beide Male war er – genau so, wie sie es sich in der Nacht nach seiner Geburtstagsparty ausgemalt hatte – mitten in der Nacht in ihr Zimmer und ihr Bett geschlichen; sie hatten miteinander geschlafen, und das war umso sinnlicher und leidenschaftlicher, als sie nicht wagten, irgendein Geräusch zu machen, damit keines der Kinder aufwachen und sie hören würde. Wie zwei Tänzer mussten sie schweigend dem anderen ihre Ekstase alleine durch die Bewegungen ihrer Körper und den Ausdruck ihrer Gesichter zeigen. Sie lagen auf dem Bettvorleger aus Schaffell, denn das Bett quietschte, und er legte ihr die Hand auf den Mund, als sie ihren Höhepunkt erreichte. Damit sie nicht aufschrie, biss sie in das fleischige Kissen seines Daumenballens, als sei es ein Zaumzeug oder ein Knebel, und sie hörte, wie er scharf einatmete und den Schmerz aushielt. (Er nannte sie »Beißer«, wenn sie im Bett miteinander redeten. Es schien ihm zu gefallen, aber sie hörte damit auf, da Carrie bald nach Hause kommen würde und ihren Ehemann nicht sichtlich angenagt und angeknabbert vorfinden durfte, als hätte eine Maus seine Gelenke angegriffen.) Nach dem schweigenden, ballettartigen Sex musste sie die Tür aufschließen und hinausspähen auf den Treppenabsatz, um festzustellen, ob es sicher für ihn war, sich in sein Schlafzimmer zurückzuschleichen, denn es war immer möglich, dass eins der Kinder aufstehen, auf die Toilette gehen und ihn dabei sehen würde, wie er aus dem Gästezimmer käme.

Eines Nachmittags lagen sie in Horseshoes im Bett, als draußen ein Wagen vorfuhr und jemand an der Tür klingelte. Nackt schlich sich Messenger zum Fenster und sah durch einen Spalt zwischen den Vorhängen. »Es ist der VK!«, flüsterte er. »Es sind Sir Stan und Lady Viv. Verdammt noch mal, was wollen die hier?« Helen fand diesen ungelegenen Besuch schrecklich komisch und fing an herumzukichern, doch Messenger fürchtete, sie könnten entdeckt werden, und zischte ihr zu, sie solle still sein. Sein Wagen stand in der Auffahrt, also wussten die Besucher, dass er im Haus oder nicht weit davon entfernt sein musste. Im Schlafzimmer mit den vorgezogenen Vorhängen ließen Helen und Messenger nichts von sich hören, bis die Besucher genug davon hatten, an der Tür zu klingeln und über die Gartenmauer zu rufen und davonfuhren. Messenger ging nach unten und kam mit einer hingekritzelten Notiz zurück, die er auf der Fußmatte gefunden hatte: »Wir kamen zufällig vorbei und sahen deinen Wagen vor der Tür stehen, aber offensichtlich warst du nicht da. Ein andermal, hoffe ich. Stan.« Er erinnerte sich vage daran, dass Carrie beiden angeboten hatte, wann immer es ihnen passen würde, beim Cottage vorbeizuschauen. »Sie waren sehr daran interessiert, den heißen Pool zu sehen«, sagte er. »Sie wären noch viel interessierter daran gewesen, hätten sie gesehen, wie wir beide drinsitzen, splitternackt«, sagte Helen. »Beim Sex«, fügte er grinsend hinzu, denn einmal hatte sie ihm nachgegeben und diesen Wunsch erfüllt. Es war kein besonderer Erfolg, jedenfalls nicht für sie, aber er freute sich sehr. Er mochte Sex an ungewöhnlichen Orten, sogar an öffentlichen Orten. Das Risiko, entdeckt zu werden, schien seinen Genuss zu erhöhen.

Eines Sonntags besuchte Helen ihn und die Kinder in Horseshoes, und es gelang ihnen, am Nachmittag alleine einen Spaziergang zu machen. Die Jungs wollten im Fernsehen ein Rugby-Spiel anschauen, und Emily war zu träge, sich der Expedition anzuschließen, die Messenger vorschlug: Er wollte Helen ein prähistorisches Hügelgrab namens Belas Knapp zeigen. Emily kannte es bereits und wusste, wie schwierig der Aufstieg dorthin war. Überflüssig zu sagen, dass Messenger sich keine Mühe gab, sie zu überreden.

Es war tatsächlich eine anstrengende Wanderung, besonders der letzte Teil; der Weg führte etwa eine Meile von der nächstgelegenen Straße entfernt einen steilen, grasbewachsenen Hügel hinauf. Die Schafe hörten auf zu grasen und starrten sie an, als ob sie in dieser Höhe noch nie einen Menschen gesehen hätten. Messenger sagte, dass sie zur langhaarigen Cotswold-Rasse gehörten, deren Wolle bei der Herstellung von Teppichen und strapazierfähiger Kleidung sehr beliebt war. Mit dem Thema Schafe schien er sich überraschend gut auszukennen. Als sie eine Bemerkung darüber machte, erzählte er ihr, dass er als Teenager in Yorkshire mehrere Monate lang als Schäfer gearbeitet hatte. Auf der Hügelkuppe befand sich ein schmaler Fußweg, der sich zwischen den Bäumen zu einer Allee erweiterte, und am Ende der Allee lag das Hügelgrab, ein walförmiger, etwa vierzig Meter langer Erdhügel, der mit Gras bewachsen war. Man hatte ihn teilweise abgetragen, um einige Bruchsteinmauern und eine Art Vorbau freizulegen, der von einer großen Steinplatte versperrt wurde. Eine in der Nähe aufgestellte Informationstafel des English Heritage erläuterte, dass an dieser Grabungsstätte die Knochen von etwa dreißig Menschen aus der späten Steinzeit sowie die Überreste einiger Tiere und Tonscherben gefunden worden waren.

Sie waren vor etwa viertausend Jahren hier begraben worden.

Helen war beeindruckt davon, dass sich so primitive Menschen die Mühe gemacht hatten, ihre Toten an diesem schwer zugänglichen Ort zu begraben. War das deshalb geschehen, weil man sich hier auf einer Hügelkuppe befand, wo die Erde dem Himmel am nächsten war? Hatten sie eine Vorstellung vom Himmel als einem Ort hoch droben, wohin der Geist eines Menschen nach seinem Tod ging, fragte sie sich. Messenger küsste ihr diese Fragen von den Lippen. Die Abgeschiedenheit des Ortes, die Abwesenheit irgendwelcher Zeichen menschlicher Zivilisation, abgesehen von den Relikten dieser fernen Vorfahren, schien ihn sexuell zu erregen. Nichts anderes konnte ihn befriedigen, als seinen Anorak auf den Hang des Hügelgrabes zu legen und mit ihr zu kopulieren wie ein Mann aus der Steinzeit, der seine Partnerin kurz und heftig nimmt. »Nein, nein«, protestierte sie, halb amüsiert und halb verärgert, als er an ihren Kleidern herumfummelte. »Nein, tu's nicht, Messenger, ich bin nicht Lady Chatterley, und diese Rolle passt auch nicht zu mir.« Doch bei ihm verschwendete sie nur ihre literarische Schlagfertigkeit. Sie schlug mit ihren Fäusten gegen seinen Kopf und seine Schultern, als er sie nach unten drückte. »Hör auf, Messenger, es könnte jemand kommen.« Doch er kümmerte sich nicht um ihren Protest und ihre schwachen Schläge, und am Ende wurde sie lockerer und schamlos, spreizte ihre Beine und ließ ihm sein Vergnügen, geduldig und mit offenen Augen wie ein Schaf, das von einem Widder besprungen wird (obwohl auf dem Hang keine Schafe waren, die dieser Beschäftigung ebenfalls nachgegangen wären, anscheinend war es die falsche Jahreszeit, die Lammungszeit war vorbei), und sie sah auf zu den Schäfchenwolken, die langsam über den blauen Himmel zogen, als er stieß und grunzte, und fühlte sich völlig losgelöst von der Realität und merkwürdig glücklich. Zweifellos waren sie nicht das erste Paar, das sich hier liebte, dachte sie hinterher, als sie ihr Höschen hochzog und ihren Rock glattstrich – seit Jahrhunderten musste Liebenden dieser Ort gefallen haben, so entlegen, so geschützt, so geheim. Auf ihrem Rückweg durch das Wäldchen trafen sie eine Gruppe Wanderer mittleren Alters mit Landkarten und Wanderstöcken, die ihnen zulächelten und sie grüßten. »Nur gut, dass sie nicht fünf Minuten früher gekommen sind«, flüsterte Helen Messenger zu. »Wir hätten gehört, wie sie kommen«, sagte Messenger und grinste, aber sie war sich dessen nicht sicher.

Ihr selbst war es lieber, wenn sie im Haus miteinander schliefen, in einem Bett, bei zugezogenen Vorhängen, um danach stundenlang zu schlafen – obwohl sie letzteren Luxus nur einmal genießen konnten, als Messenger über Nacht in London bleiben musste, weil er am nächsten Morgen im Frühstücksfernsehen auftrat. Er kommentierte den Sieg eines Computers über den Schachweltmeister Gary Kasparow. Helen nahm am selben Tag einen früheren Zug nach London und teilte jedem, der es hören wollte, nebenbei mit, dass sie ihre Mieter treffen musste, um mit ihnen zu besprechen, ob der Geschirrspüler repariert oder ersetzt werden sollte. Das traf in gewissem Sinne auch wirklich zu, selbst wenn man die Angelegenheit wahrscheinlich am Telefon hätte klären können.

Tatsächlich war es das erste Mal, dass sie nach London zurückkam, seit sie ihren Job an der Universität angetreten hatte. In den frühen Wochen der Depression und Entfremdung hatte sie sich davor gefürchtet zurückzufahren, und sei es auch nur einen Tag lang, falls sich herausstellen sollte, dass sie es nicht ertragen könnte, auf den Campus zurückzukehren, und versucht wäre, alles im Stich zu lassen. Dann, als ihr Leben in Gloucestershire interessanter, verwickelter wurde, dachte sie immer weniger an London. Es war ein ziemlicher Schock, in Paddington aus dem Zug zu steigen und sich im Lärm und in der Hektik eines großen Bahnhofs wiederzufinden und dann in das höllische Labyrinth der U-Bahn hinabzutauchen und sich mitten zwischen die dicht gedrängten Körper im U-Bahn-Waggon zu pressen. Ihr war, als ließe sie der Lärm der Maschinen ertauben, als ersticke sie an der abgestandenen Luft, und sie wurde nervös angesichts der großen Nähe so vieler schweigender, gelassener Fremder. Noch nie war ihr so nachdrücklich klar geworden, wie die Leute in der U-Bahn jeden Augenkontakt vermieden, wie entschlossen sie versuchten, sich von dieser schrecklichen Art zu reisen innerlich zurückzuziehen, indem sie ein Buch lasen – es mit einer Hand haltend, wenn es sein musste, während sie mit der anderen an der Halteschlaufe hingen – oder indem sie Musik aus dem Walkman hörten oder einfach den Streckenplan der U-Bahn über den Gesichtern gegenüber anstarrten. Nur die Touristen plauderten miteinander. Die erfahrenen Reisenden versuchten wie das unglückliche Vergewaltigungsopfer, von dem sie gelesen hatte, so weit als möglich den Geist vom Körper zu trennen und sich in ersteren zurückzuziehen.

Ebenso merkwürdig war die Erfahrung, ihr eigenes Haus nach einem Zeitraum von fast drei Monaten wiederzusehen. Ihr erster Eindruck war, wie schäbig alles von außen aussah, wie dringend die Holzteile einen neuen Anstrich nötig hatten. Drinnen war alles gleichzeitig vertraut und auf leicht beunruhigende Weise verändert. Möbel waren umgestellt worden; seltsame Mäntel hingen in der Flurgarderobe; Bücher und Zeitschriften, die anderen gehörten, lagen auf den Regalen und den Beistelltischen im Wohnzimmer; Gerüche von Speisen, die sie selbst nie kochte, hingen in der Küche in der Luft. Die Weismullers waren verantwortungsbewusste Mieter, aber sie hatten das Beste aus ihrem Aufenthalt gemacht, und sie nahmen sie mit auf einen Rundgang durchs Haus und wiesen sie in einem freundlich-vorwurfsvollen Kontrapunkt auf diverse Mängel und Makel hin. Helen beruhigte sie, indem sie zustimmte, den kränkelnden Geschirrspüler zu ersetzen, und ging sofort zu ihrem örtlichen Discounter, um einen neuen zu kaufen und die Lieferung und Installation zu arrangieren.

Dann ging sie in das Hotel, in dem die BBC Messenger untergebracht hatte, und nahm selbst ein Zimmer. Er hatte ihr vorgeschlagen, sie solle sich als Mrs Messenger ausgeben und sein Zimmer mit ihm teilen, aber Helen meinte, das ginge zu weit. So speisten sie im Hotelrestaurant wie zwei alte Freunde, die sich zufällig getroffen hatten, verabschiedeten sich in der Bar, gingen getrennt auf ihre Zimmer und trafen sich später in Messengers Zimmer wieder (falls eines der Kinder versuchen sollte, ihn anzurufen), wo sie eine orgiastische Nacht hatten. Am nächsten Morgen schickte die BBC um halb sieben einen Wagen. Als sie ihn später in ihrem eigenen Zimmer im Fernsehen sah, wie er luzide erklärte, wie das Programm von Deep Blue funktionierte – es berechnete innerhalb von Sekunden die Konsequenzen von Millionen möglicher Züge – und wie sehr sich das von den intuitiven Methoden eines menschlichen Spielers unterschied, war sie erstaunt darüber, wie frisch und gelassen er wirkte und keine Spur der Exzesse der letzten Nacht zeigte.

Sein Stil als Liebhaber war ganz anders als der Martins. Das Vorspiel mit Martin war häufig sehr ausgefeilt und umfangreich, und der Akt selbst ziemlich schnell vorbei. Bei Messenger war es genau umgekehrt. Er wollte schnell in sie kommen, und es gefiel ihm, mit ihr in verschiedenen Positionen zu schlafen, bevor er einen Orgasmus hatte, während er Helen unterdessen mehrere verschaffte. Er hatte unglaublich kräftige Arme und Schultern, und er drehte sie mühelos über und unter sich in die eine oder andere Richtung, wie ein Ringer, der »Griffe« übt. Manchmal schien es ihr, als strenge er sich zu sehr an, als wolle er sie auf ein hilflos zitterndes Gefühlsbündel reduzieren, um ihrer Kehle erstaunte, sprachlose Töne des Genusses zu entlocken, sie dazu zu bringen, um Gnade zu flehen und wie ein besiegter Ringer auf die Matratze zu schlagen.

Gestern allerdings war er es, der eine Niederlage eingestehen musste. Auf dem Weg nach Hause sah er in ihrer Maisonette vorbei und brachte ihr, nur für den Fall, dass er zufällig jemandem begegnete und ein Alibi brauchte, Literatur über die Bewusstseinskonferenz mit. Er konnte nicht lange bleiben, weil Emily das Abendessen kochte und er nicht wagte, zu spät zu kommen, also fing er an, Helen auszuziehen, kaum dass er die Tür hinter sich geschlossen hatte. Sie gingen nach oben ins Schlafzimmer und legten sich aufs Bett, doch diesmal war er impotent. Er war ein Bild der Niedergeschlagenheit. »Mach dir keine Sorgen darüber«, sagte sie. »Das ist psychisch. Es war eine schlechte Idee, gegen die Uhr miteinander schlafen zu wollen.« – »Wir mussten uns auch früher schon beeilen«, sagte er. »Na ja, vielleicht hast du's in letzter Zeit übertrieben«, sagte sie scherzhaft. »Für einen Mann von fünfzig.« Entrüstet wehrte er sich dagegen. »Blödsinn«, sagte er. »Es ist höchstwahrscheinlich das Curryhuhn, das ich im Personalgebäude zu Mittag gegessen habe. Ich habe schon den ganzen Nachmittag Verdauungsbeschwerden.« – »Du klagst ständig über Verdauungsbeschwerden«, sagte sie. »Du solltest etwas dagegen unternehmen.« Plötzlich merkte sie, dass sie wie eine Ehefrau klang, und der Schock dieser Einsicht ließ sie abrupt schweigen. Aber ihm schien das nicht aufzufallen. »Alles, was ich brauche, sind ein paar Rennies«, sagte er. Er zog sich rasch an, küsste sie und ging.

Helen nahm ein Bad. Verliebte sie sich in Messenger, fragte sie sich, als sie sich im Wasser rekelte, wobei sie gelegentlich heißes Wasser nachlaufen ließ, indem sie mit ihrem Zeh am Hahn drehte. Vom ersten Augenblick an, als sie sich im Wohnzimmer der Richmonds getroffen hatten, hatte sie sich zu ihm hingezogen gefühlt, aber sie hätte das weder gegenüber sich selbst noch gegenüber einem anderen Liebe genannt, nicht im traditionellen, romantischen Ich-kann-nicht-ohne-dich-nur-mit-dir-leben-Sinn des Wortes. Und sie hatte nicht einen Augenblick lang angenommen, dass er dieses Gefühl ausdrücken wollte, als er an jenem Tag, da er ihr das Modem brachte und sie für ihn zu Mittag kochte, meinte, er sei drauf und dran, sich in sie zu verlieben. Als sie das erste Mal mit ihm ins Bett ging, war das rein opportunistisch und nur ein Versuch. Noch immer schwirrte ihr der Kopf von der Begegnung mit Carrie und Nicholas Beck in Ledbury und Carries Enthüllungen am Fluss in Bourton. In diesem neuen Licht schien es plötzlich überflüssig, Messengers Avancen prinzipiell zurückzuweisen, wie sie es noch in den Wochen zuvor getan hatte. Wenn Carrie und Nicholas Beck ein Verhältnis hatten, schien es keinen vernünftigen Grund zu geben, warum sie mit Messenger keine Affäre haben sollte. Der Umstand, dass Carrie genau in diesem Moment nach Kalifornien flog, machte es leichter, den Entschluss in die Tat umzusetzen. Und die Tatsache, dass Carries Abwesenheit, die zunächst wenige Tage gedauert hatte, sich wochenlang hinzog (während sich der Zustand ihres Vaters langsam besserte), hatte es möglich gemacht, dass sich die Affäre zu einem eigenständigen und sehr sinnlichen Verhältnis entwickelte. Drei Wochen lang hatten sie kaum an etwas anderes gedacht – wenigstens hatte *sie* an kaum etwas anderes gedacht – als daran, Möglichkeiten zu finden, um miteinander zu schlafen. Helen war überrascht darüber, dass niemand aus ihrem Bekanntenkreis sie bei dem, was sie vorhatten, zu verdächtigen schien. Waren ihren Studenten denn nicht die Züge befriedigten Verlangens in ihrem Gesicht aufgefallen? Hatten Messengers Kollegen denn nicht den Geruch nach Sex an ihm wahrgenommen, wenn er nach einer Verabredung am Mittag in eine Besprechung geeilt war? Hatte überhaupt niemand bemerkt, dass sie oft beide gleichzeitig nirgendwo zu finden waren? Anscheinend nicht. Nur Sandra Pickering, dachte sie, könnte eine subtile Veränderung in ihrem Verhalten gespürt haben. Manchmal tauchte Helen mitten im Unterricht aus einem erotischen Tagtraum auf und bemerkte, wie die junge Frau sie fragend ansah, so als ob sie sich darüber klar zu werden versuchte, was sich verändert hatte. Ansonsten schien jeder zu sehr mit seinen eigenen Angelegenheiten – den beruflichen wie privaten – beschäftigt, als dass ihm an Helens und Ralphs Verhalten irgendetwas aufgefallen wäre oder dass er irgendwelche Schlüsse daraus gezogen hätte.

Zweifellos hatte es ihnen geholfen, dass in diesen Tagen die Unterhauswahlen Gegenstand so großer Aufregung und Aufmerksamkeit waren. Sie und Messenger besuchten in der Wahlnacht die Party der Glovers, sprachen aber kaum miteinander. Dann schlichen sie sich einzeln und unauffällig davon, sobald die ersten Ergebnisse das ganze Ausmaß des Siegs von Labour erkennen ließen, und trafen sich in Helens Haus. Als die Leute sie in den Tagen danach fragten: »Hast du noch auf Portillo gewartet?«, womit sie auf die sensationellste Torrie-Niederlage in jener Nacht anspielten, musste sie ein wenig verlegen antworten: »Nein, ich war im Bett« und hoffen, dass sie dabei nicht rot wurde.

Nachdem Messenger in den frühen Morgenstunden jenes Tages gegangen war, um nach Hause zu fahren, zog Helen ihren Morgenmantel an, machte eine Tasse Tee und setzte sich eine Stunde oder so vor den Fernseher. Sie sah die ausgelassenen Feiern der Labour-Anhänger an der South Bank und den triumphalen Auftritt des neuen Premierministers mit seiner Frau und fühlte einen Stich des Bedauerns darüber, dass sie an diesem großen historischen Ereignis nicht teilgenommen hatte. Sie hatte keine Wahlwerbung gemacht, hatte nicht gewählt, sie hatte nicht einmal viel ferngesehen, denn sie war zu sehr in ihrem eigenen erotischen Abenteuer aufgegangen. Möglicherweise wurde ihre Schuld noch verstärkt durch die Aura tugendhafter ehelicher Liebe, die die händchenhaltenden Blairs ausstrahlten. Messenger hatte sich wenigstens die Mühe gemacht zu wählen (eine taktische Entscheidung zugunsten des Kandidaten der Lib Dems in Cheltenham), doch für ihn bedeutete das Ergebnis nichts weiter als das kleinere von zwei Übeln. Politik und Politiker verachtete er zutiefst. Politik, behauptete er, sei der Fluch der Moderne, wie Religion der Fluch der Vergangenheit gewesen sei. Denk bloß mal an das schiere Maß menschlichen Elends, das in diesem Jahrhundert von der Politik verursacht wurde – in Mitteleuropa, Russland, China, Afrika –, sagte er gerne rhetorisch. Dann bist du also Anarchist, fragte sie. Aber natürlich war er keiner. Er schien dem ziemlich altmodischen Glauben der Aufklärung anzuhängen, dass die Gesellschaft mithilfe der Naturwissenschaften verbessert werden kann. Scharf trennte er zwischen dem Streben nach Wissen, was Wissenschaft sei, und dem Streben nach Macht, was Politik sei. Sämtliche Formen des Pseudo-Wissens, von der Theologie bis zur Dekonstruktion, behauptete er, mussten anderen ihr falsches Weltbild dadurch aufzwingen, dass sie politisch wurden. Das klang recht plausibel in der Glut postkoitalen Sichwohlfühlens (denn das war der übliche Rahmen ihrer Gespräche).

Aber jetzt, da Carrie zurückkam (ihr Vater war aus dem Krankenhaus entlassen worden, obwohl er zu Hause rund um die Uhr gepflegt werden musste), konnte Helen nicht länger in dieser erotischen Trance verharren und nur an ihre nächste Verabredung denken. Ganz abgesehen von den praktischen Schwierigkeiten, sich weiterhin heimlich sozusagen unter den Augen Carries zu treffen, würde ihre Anwesenheit die Affäre in einen völlig neuen moralischen und psychischen Rahmen stellen. Solange Carrie fort war, war es Helen möglich gewesen, sie nicht als Rivalin oder auch nur als Hindernis zu betrachten. Aber jetzt, da Carrie als Ehefrau, Mutter, Organisatorin und Hüterin des Hauses wieder ins Bild trat, wurde Helens Position sofort marginal und problematisch. Dass Carrie selbst einen Liebhaber hatte, machte keinen Unterschied. Deshalb die Dringlichkeit der Frage, die Helen sich im Bad stellte: War sie dabei, sich in Ralph Messenger zu verlieben? Und wenn ja, welche Bedeutung hatte das für die Zukunft, nicht nur kurzfristig, sondern auch langfristig? Wäre sie damit zufrieden, wenn die Affäre zu Ende ginge, sobald sie ihren Job in Gloucester zum Semesterschluss beendet hätte und nach London zurückgekehrt wäre? Nein, antwortete ihr Herz sofort. Wäre sie damit zufrieden, eine Gelegenheitsgeliebte zu sein, die Messenger einige leidenschaftliche Stunden lang in London trifft, während er sich zwischen seinen Besprechungen und Auftritten in den Medien freimachen kann, oder zu planen, ihn auf einer seiner Reisen irgendwo im Ausland zu begleiten? Sie sah sich in einem luxuriösen Hotelzimmer sitzen – auf der Frisierkommode stehen ein Obstkorb und eine Flasche Champagner in einem Kübel mit schmelzendem Eis –, während sie ungeduldig darauf wartet, dass sich Messenger aus einem Seminar auf der Konferenz oder einem offiziellen Empfang freimachen kann, und dieses Bild gefiel ihr nicht. Dann dachte sie – sie konnte nicht anders –, nehmen wir an, Messenger und Carrie lassen sich scheiden, und er heiratet mich? Die Idee war verlockend, doch sie musste sich nur die Bestürzung der kleinen Hope vorstellen, um sie zurückzuweisen. Zum ersten Mal seit Wochen hüllte eine düstere Stimmung sie ein. Sie fragte sich, ob es nicht der Schatten von Carries unmittelbar bevorstehenden Rückkehr war, der Messengers Leidenschaft plötzlich abgekühlt und ihn impotent gemacht hatte.

28

Als Ralph nach Hause kommt, ist Emily zusammen mit ihrem Freund Greg in der Küche, einem schlaksigen Achtzehnjährigen, der vor Ralph großen Respekt hat und in dessen Gegenwart so wenig wie möglich sagt. Sie sitzen in der Hocke und starren durch die Glastür in den Ofen auf den Hackbraten, den Emily zum Abendessen gemacht hat.

»Ich glaube, er ist fertig«, sagt Emily. »Ich habe nur vergessen, die Uhr zu stellen. Ich will nicht, dass er anbrennt.«

»Für mich sieht er fertig aus«, sagt Ralph und geht neben ihnen in die Hocke. »Aber macht man Hackbraten nicht aus Rindfleisch?«

»Ich hab Lammhack genommen«, sagt Emily.

»Ein Luxushackbraten. Gut. Essen wir.«

Der Hackbraten ist ausgezeichnet. Ralph nimmt zweimal und gratuliert Emily. Während die anderen nach dem Essen aufräumen, bittet sie Ralph um einen Gefallen, da sie bei ihm wegen des Kochens noch etwas gut hat.

»Kann Greg heute Nacht hier schlafen, Messenger?«

Ralph unterdrückt einen Rülpser. »Du meinst, in deinem Zimmer? Ich glaube nicht, Flipper.«

Emily runzelt die Stirn. »Warum nicht? Mom erlaubt es.«

»Ich kann die Verantwortung dafür nicht übernehmen.«

Emily rollt verzweifelt die Augen. »Ich kann dem nun mal nicht zustimmen, aber darauf kommt's nicht an. So etwas entscheidet Carrie, und sie ist nicht da.«

»Du stimmst nicht zu?«, sagt Emily in skeptischem Ton.

»Nein. Ich denke, es bringt die Jungs durcheinander. Sie sind in einem sensiblen Alter.«

»Du glaubst aber nicht, dass es sie durcheinander bringt, wenn Helen hier schläft?«, sagt Emily.

Ralph erstarrt. »Das ist etwas völlig anderes. Sie war hier zu Gast, und sie hat im Gästezimmer geschlafen.«

»Yeah«, sagt Emily ein wenig unverschämt und schleppend. Sie sieht Ralph an, als könnte sie noch mehr sagen, wenn er es darauf ankommen lässt.

Das Telefon klingelt. Es ist Carrie, die bestätigt, dass sie und Hope morgen Nacht L. A. verlassen und ganz früh am Freitagmorgen in Heathrow ankommen werden. Ralph bietet an, sie vom Flugplatz abzuholen. Carrie sagt Nein, er brauche sich keine Umstände zu machen. Sie hat in Cheltenham bereits Wagen und Chauffeur bestellt. Sie erwartet, am Vormittag wieder zurück zu sein.

»Wunderbar«, sagt Ralph. »Wir haben dich vermisst.«

»Mich oder meine Kochkünste?«, sagt Carrie.

»Na ja, beides«, sagt Ralph. »Obwohl Emily für uns heute Abend einen wunderbaren Hackbraten gemacht hat ...« Ralph fängt Emilys Blick auf, als er das sagt. »Übrigens, Greg ist hier. Er hat ihr mit dem Essen geholfen. Ist es in Ordnung, wenn er hier schläft?«

»Wenn es für dich in Ordnung geht, von mir aus«, sagt Carrie.

»OK, gut. Wir sehen uns morgen. Grüße von allen.« Ralph legt den Hörer auf und sagt zu Emily: »Deine Mutter sagt, es ist in Ordnung.«

»Danke, Messenger«, sagt Emily. Sie verlässt lächelnd das Zimmer.

Ralph legt eine Hand an seine Seite und rülpst noch einmal. Er geht in sein Badezimmer und holt eine Schachtel Rennies aus dem Medizinschrank. Er schluckt zwei Tabletten.

Am Freitagmorgen, bevor Carrie und Hope zurückkommen, geht Ralph zu seinem Hausarzt, einem Iren namens O'Keefe, dessen Praxis im Erdgeschoss eines hohen, schmalen georgianischen Reihenhauses liegt, nicht weit vom Haus der Messengers entfernt. »Ich lebe direkt über dem Laden«, sagt er gerne. Er ist etwa in Ralphs Alter, ein wenig korpulenter, mit rotem ledernen Teint und großen Händen. In den mit Haaren bedeckten Sportjacketts, die er am liebsten trägt, sieht er eher wie ein Bauer aus als wie ein Doktor, doch für die Familie ist er ein guter Hausarzt. Es gibt nur sehr wenige Gelegenheiten, bei denen Ralph ihn aufsuchen muss.

»Was kann ich für Sie tun, Professor?«, fragt er, nachdem die Begrüßungsformalitäten beendet sind. Es scheint O'Keefe zu gefallen, Ralph in dieser Weise anzusprechen.

»Es sind nur Verdauungsbeschwerden«, sagt Ralph. »Sie kommen und gehen, aber ich scheine sie einfach nicht loszuwerden. Die Rennies scheinen nicht mehr zu wirken.«

»Irgendwelche anderen Symptome?«

»Eine Art Völlegefühl, genau hier.« Ralph legt eine Hand unmittelbar rechts unter seinen Brustkorb.

»Gut, sehen wir's uns an. Ziehen Sie Ihre Kleider aus. Sie können die Unterhose anlassen.« O'Keefe deutet auf eine Couch hinter einem Wandschirm in einer Ecke des Zimmers. Während Ralph sich auszieht, wäscht er sich sorgfältig die Hände an einem Waschbecken und plaudert über das Wetter.

O'Keefe nimmt eine sehr gründliche Untersuchung von Ralphs Unterleib vor, wobei er leise durch die Zähne pfeift, während er das Fleisch palpiert.

»Hab mit den mittleren Jahren ein bisschen zugelegt, fürchte ich«, sagt Ralph leichthin.

O'Keefe nickt. »War zu erwarten.« Er schiebt, drückt und untersucht ihn mit seinen großen, spatelförmigen Fingern. »In Ordnung«, sagt er. »Sie können Ihre Sachen wieder anziehen.«

Er geht zurück an seinen Schreibtisch und notiert etwas in Ralphs Akte, wozu er einen Füllfederhalter mit Goldspitze benutzt.

»Und?«, sagt Ralph und setzt sich auf den Stuhl für die Patienten.

»Sie haben eine Geschwulst auf der Leber«, sagt O'Keefe und schreibt weiter.

»Was für eine Geschwulst?«

»Das weiß ich nicht. Sie werden zu einem Spezialisten gehen müssen.« O'Keefe sieht Ralph ins Gesicht. »Sind Sie privat versichert, Professor?«

»Ja.«

»Es gibt einen guten Gastroenterologen in Bath, Dick Henderson. Ich hab mit ihm schon Golf gespielt. Ich könnte ihn anrufen, wenn's Ihnen recht ist. Möglich, dass er Sie am Montag noch dazwischenschieben kann.«

»Dann ist es also dringend?«, sagt Ralph.

»Es ist sinnlos, Zeit zu verschwenden«, sagt O'Keefe.

»Wollen Sie damit sagen, es könnte ernst sein?«

O'Keefe sieht Ralph gelassen an. »Die Leber ist ein lebenswichtiges Organ, Professor.«

»Ja, natürlich, idiotische Frage. Könnte es Krebs sein?«

O'Keefe schweigt einen Augenblick, bevor er antwortet. »Ich wäre ein Lügner, würde ich Nein sagen«, sagt er schließlich.

»Was könnte es sonst sein?«

»Ich habe keine Ahnung«, sagt O'Keefe. »Deshalb ist es umso besser, je früher wir Sie zu einem Spezialisten schaffen. Er wird dafür sorgen, dass Ihnen ein Stein vom Herzen fällt.«

»Oder auch nicht, je nachdem«, sagt Ralph. Worauf O'Keefe nichts erwidert.

Kurz nachdem Ralph zu Hause angekommen ist, ruft O'Keefes Sprechstundenhilfe an und sagt ihm, dass Mr. Henderson ihn am Montagmorgen um halb zwölf im Abbey Hospital in Bath untersuchen kann. Ralph bestätigt den Termin.

Im Haus ist es still, da Emily und die beiden Jungs in der Schule sind. Ralph macht sich in der Küche einen Becher Kaffee, setzt sich an den Tisch, nippt an seinem Getränk und starrt aus dem Fenster auf den leeren Hof. Dann geht er hinauf in sein Arbeitszimmer und erledigt einige Arbeiten an seinem Computer. Manchmal halten seine Finger mitten in der Bewegung inne, und er starrt ein, zwei Minuten lang auf den Bildschirm, ohne den Text wirklich ins Auge zu fassen. Dann schließt er seinen Arbeitsplatz und loggt sich ins Internet ein. Er geht zu einer Suchmaschine und tippt »+Leber+Krebs« ins Eingabefeld. Etwa eine halbe Stunde später hört er durch das offene Fenster, wie drunten ein Wagen in die Auffahrt einbiegt, eine Autotür geöffnet und geschlossen wird und den Klang von Hopes aufgeregter Stimme. Er beendet die Internetverbindung und eilt nach unten.

In der Diele umarmt Ralph Hope, reißt sie in die Höhe und wirbelt sie im Kreis über den schwarz-weiß gemusterten Boden. Das Kind lacht begeistert. Dann küsst er Carrie und sieht sie an.

»Was ist los?«, sagt sie.

Ralph wartet, bis Hope in ihrem Zimmer verschwunden ist, um ihre Lieblingspuppen und Lieblingsspielzeuge zu begrüßen. Dann erzählt er ihr von seinem Besuch bei O'Keefe.

»Wer ist dieser Henderson?«, ist Carries erste Frage.

»Ich weiß nicht. O'Keefe schätzt ihn sehr.«

»Ich denke, du solltest zu einem Spezialisten in der Harley Street gehen. Dem Besten.«

»Gerade jetzt habe ich keine Zeit, zwischen London und hier hin und her zu pendeln«, sagt Ralph. »Es sollen Tests gemacht werden, und so weiter. Bis zur Con-Con sind es nur noch drei Wochen. Ich habe wahnsinnig viel Arbeit.«

»Delegier sie.«

»Das ist leicht gesagt. Mein Stellvertreter ist Duggers. Soziale Organisation ist nicht seine starke Seite. Und überhaupt, wir wollen nichts dramatisieren. Wahrscheinlich ist es nichts.«

»Jesus«, sagt Carrie, »ich dachte, ich hätte einige Zeit Ruhe vor Ärzten und Krankenhäusern.«

»Lass dir davon nicht das Heimkommen verderben«, sagt Ralph. »Wir vergessen das einfach bis Montag, OK?«

»Wenn du's sagst, Messenger«, sagt Carrie mit einem verkrampften Lächeln.

Später, als sie beim Mittagessen das Wochenende planen, fragt Carrie, ob sie Helen für Sonntag nach Horseshoes einladen soll.

»Nein, ich glaube nicht«, sagt Ralph.

»Es ist nur, weil du gesagt hast, sie hat euch geholfen, als ich weg war ...«

»Das Wochenende soll uns alleine gehören. Nur der Familie«, sagt Ralph.

»Gut«, sagt Carrie.

Am Nachmittag legt sich Carrie ein wenig hin, und Ralph fährt in die Universität, um einige Verwaltungsarbeiten nachzuholen. Von seinem Büro aus ruft er Helen an und erzählt ihr von der Geschwulst.

»Meine Güte«, sagt sie, »das ist beunruhigend.«

»Na ja, es war schon ein bisschen ein Schock, das muss ich zugeben«, sagt er. »Ich ging mit Verdauungsbeschwerden zum Arzt und komme möglicherweise mit Krebs wieder zurück.«

»Ich bin sicher, dass es das unmöglich sein kann«, sagt Helen. »Du hast dich in den letzten Wochen nicht wie ein kranker Mann benommen.«

»Außer letzten Mittwoch«, sagt er.

»Das war nichts«, sagt sie. »Es kann nichts Ernstes sein.«

»Na ja, ich werd's bald rausfinden«, sagt er. »Ich muss mich bei dir bedanken, weil du mich dazu gebracht hast, zum Arzt zu gehen. Weißt du noch, du hast irgendetwas in der Richtung gesagt, dass ich das mit meinen Verdauungsbeschwerden klären soll?«

»Ja«, sagt sie.

»Hattest du irgendeinen Verdacht …«

»Überhaupt keinen. Das war nur so dahingesagt. Es ist dumm und irrational – aber jetzt wünsche ich mir, ich hätte nichts gesagt.«

»Nein, ich bin dir sehr dankbar. Wirklich.«

»Ich weiß.«

»Ich hätte ohnehin irgendwann zu einem Arzt gehen müssen – je früher, desto besser.«

»Ja.«

Ihre Unterhaltung gerät einen Augenblick ins Stocken, so als wüsste keiner, was er als Nächstes sagen soll.

»Wann sehe ich dich wieder?«, sagt Helen schließlich.

»Das weiß ich nicht«, sagt er. »Dieses Wochenende nicht, wenn es dir nichts ausmacht.«

»Natürlich nicht«, sagt sie schnell.

»Ich würde dich gerne bitten, nach Horseshoes zu kommen, aber Carrie ist ein wenig durcheinander. Ich vermute, es ist ihr lieber, wenn wir allein sind.«

»Natürlich. Das verstehe ich vollkommen.«

»Was wirst du dann machen?«

»Ich habe jede Menge Arbeit. Beurteilungen der Studenten. Das Ende des Semesters scheint plötzlich so nahe.«

»Ich weiß. Diese Sache hätte nicht zu einer unpassenderen Zeit kommen können, jetzt, wo die Con-Con vor der Tür steht.«

»Sag mir, wie's gelaufen ist am Montag.«

»Mach ich. Könnte allerdings sein, dass ich dich nicht vor Dienstag anrufen kann.«

»In Ordnung.«

»Also, bis dann.«

»Mach's gut, Messenger.«

Trotz ihres Mittagsschlafes ist Carrie noch immer müde von ihrer Reise. Ralph und sie sitzen nach dem Abendessen alleine im Wohnzimmer, lesen Zeitungen und trinken Kräutertee, als sie ihm sagt, dass sie ins Bett geht.

»Ich komme auch«, sagt Ralph und wirft seine Zeitung zur Seite. Carrie sieht überrascht aus. »Ich habe dich vermisst«, sagt er.

»Wirklich?«

»Natürlich.«

Carrie erhebt sich schwerfällig. »Ich bin erschöpft, Messenger. Warten wir besser bis morgen Nacht.«

»OK«, sagt er. »Dann arbeite ich noch ein bisschen.«

Vor der Tür ihres Schlafzimmers gibt er ihr einen Gutenachtkuss und steigt die restlichen Stufen zu seinem Arbeitszimmer hinauf. Dann loggt er sich wieder ins Internet ein.

Am folgenden Montag fährt Ralph nach Bath, um sich von Mr Henderson, dem Spezialisten, untersuchen zu lassen. Das Abbey-Privatkrankenhaus ist ein neues Gebäude aus glattem glasierten Backstein, hat braungetönte Fenster und liegt am Stadtrand im Grünen. In der Patientenaufnahme und den Wartezimmern ist es leise und bequem; sie besitzen Teppichböden und gepolsterte Sofas und ähneln der Business Class Lounge in einem Flughafen. Nach kurzem Warten wird Ralph in ein Sprechzimmer geführt, wo ihn Henderson mit einem Lächeln begrüßt und seine Hand schüttelt. Der Facharzt scheint jünger zu sein als O'Keefe. Er trägt einen dunkelblauen Nadelstreifenanzug, in dessen Brusttasche mehrere Füller und Bleistifte stecken sowie etwas, das aussieht wie die Krawatte eines Golfclubs. Seine strahlend weißen Zähne stehen ein wenig vor, besonders, wenn er lächelt, und das macht er ziemlich oft.

Noch einmal zieht sich Ralph zur Untersuchung bis auf die Unterhose aus. Noch einmal wird sein Unterleib von erfahrenen Fingern gedrückt und zusammengepresst und untersucht. Henderson bestätigt das Vorhandensein einer Geschwulst.

»Könnte es Krebs sein?«, fragt Ralph.

»Kann ich nicht ausschließen«, sagt Henderson und lächelt dabei, als sei das eine gute Nachricht. »Ich muss noch ein bisschen mehr darüber herausfinden. Ich würde Sie gerne so bald wie möglich zum Ultraschall anmelden und gleichzeitig eine Endoskopie durchführen. Das ist eine visuelle Untersuchung des Magens und des Zwölffingerdarms mithilfe von Faseroptik.«

»Schlüsselloch-Chirurgie?«, fragt Ralph.

Henderson lacht herzlich. »O nein. Man macht es via Mund und Hals. Klingt unbequem, aber Sie werden überhaupt nichts spüren. Sie werden örtlich betäubt. Aber es wäre besser, wenn Sie danach nicht selbst nach Hause fahren.«

»Heißt das, ich kann am gleichen Tag noch nach Hause?«

»Absolut. Sie dürfen einen Tag vorher nichts essen, und Sie müssen ein Abführmittel nehmen, damit die Schatten Ihrer Eingeweide dem Ultraschall nicht in die Quere kommen.«

»Ich werde meine Frau bitten mitzukommen.«

»Ausgezeichnet«, sagt Henderson. »Haben Sie am Mittwoch Zeit?«

»Ich kann's einrichten«, sagt Ralph. »Wann bekommen Sie die Resultate?«

»Am selben Tag«, sagt Henderson.

Am späten Dienstagvormittag ruft Helen Ralph im Büro an.

»Helen! Es tut mir Leid – ich wollte dich anrufen, aber ich hatte keinen einzigen Augenblick …«

»Das ist schon in Ordnung. Ich will dir nicht auf die Nerven gehen, aber …«

»Natürlich gehst du mir nicht …«

»Es ist einfach nur so, dass ich für den Rest des Tages nicht mehr zu erreichen bin«, sagt Helen, »ich unterrichte. Ich wollte wissen, wie die Untersuchung lief.«

»Na ja, er hat bestätigt, dass ich eine Geschwulst habe.«

»Oh.« Helen klingt niedergeschlagen.

»Kaum überraschend.«

»Nein. Vermutlich nicht. Ich konnte nicht anders, ich musste einfach hoffen, dass sich dein Hausarzt geirrt hat.«

»In dem Fall wäre er ein ziemlich lausiger Hausarzt«, sagt Ralph. »Sonst gibt es nicht viel zu berichten. Ich muss am Mittwoch noch einmal hin wegen ein paar Tests.«

»Verstehe. Gibt es irgendetwas, das ich tun kann?«

»Eigentlich nicht. Carrie kommt mit mir in die Klinik.«

»Oh. Gut.«

»Ich ruf dich irgendwann diese Woche noch an.«

»Gut. Ich werde an dich denken.«

»Danke. Bis dann, Helen.«

»Bis dann, Messenger.«

Er fügt hinzu: »Danke, dass du angerufen hast«, aber sie hat schon aufgelegt.

Früh am Mittwochmorgen fahren Ralph und Carrie in die Klinik; Ralph sitzt am Steuer. Er ist ziemlich spät gestartet, und in Cheltenham ist der Verkehr zur Rushhour so dicht, dass er auf der hügeligen zweispurigen Landstraße nach Bath schnell fährt, um die Zeit aufzuholen. »Bring uns nicht um auf dem Weg ins Krankenhaus«, sagt Carrie, als er im letzten Augenblick, bevor ihnen ein Sportwagen über einer Hügelkuppe entgegenkommt, einen langen Lastwagen mit Anhänger vom Kontinent überholt.

»Na ja, es wäre eine Möglichkeit, der Spannung ein Ende zu bereiten«, sagt Ralph.

»Mach keine Witze drüber, Messenger«, sagt Carrie.

Vor der Endoskopie erhält Ralph ein leichtes Beruhigungsmittel und ein örtlich betäubendes Mundspray, und er ist immer noch ein wenig benommen, als er und Carrie in Hendersons Sprechzimmer gehen und die Ergebnisse der Tests erfahren. Der Facharzt liest den Bericht vor: »Eine ungewöhnliche zystische Veränderung mit geringer Echogenität im Zentrum ist im rechten Leberlappen erkennbar. Das Vorhandensein könnte auf sekundär nekrotisches Gewebe hindeuten. Zur Beurteilung wird ein CT empfohlen ...« Henderson blickt auf von dem Bericht. »Ich glaube, das ist eine gute Idee. Sie wissen natürlich, was ein CT ist?«

»Ja«, sagt Ralph.

»Ich nicht«, sagt Carrie.

Henderson erklärt es lächelnd. »Oh, Sie meinen diese Dinger, die in Messengers Fernsehserie vorkamen«, sagt sie. »Wo man die Querschnitte von Gehirnen sieht.«

»Genau«, sagt Henderson. »Nur geht es in diesem Fall um den Oberbauch.«

»Und was war dieses Sekundärding?«, fragt Ralph.

»Ihre Geschwulst könnte Sekundärkrebs sein, metastasiert aus dem Darm. Es ist noch gar nicht so lange her, da hatte ich so einen Patienten. Ein CT gibt uns vielleicht nicht genügend Informationen, um diese Möglichkeit auszuschließen, deshalb würde ich mit Ihrer Zustimmung gerne auch gleich noch eine Koloskopie vornehmen lassen.«

»Wie lange wird das dauern?«

»Einschließlich der Vorbereitungen drei oder vier Tage.«

»Im Krankenhaus?«

»Na ja, Sie könnten die vorbereitende Diät auch zu Hause durchführen, aber es wäre leichter in der Klinik. Es sei denn, Sie sind gut darin zu fasten.«

»Ist er nicht«, sagt Carrie.

»Ich kann mich in den nächsten drei Wochen nicht drei oder vier Tage lang freimachen«, sagt Ralph.

»Doch, das kannst du«, sagt Carrie. »Wie schnell können Sie es machen?«, fragt sie Henderson.

»Ich könnte es für Anfang nächster Woche ansetzen«, sagt er. Er sieht Ralph fragend an. »Wenn Sie am Samstag hierher kommen, könnten wir die Vorbereitungen am Wochenende erledigen.«

»In Ordnung. Setzen Sie's an«, sagt Ralph.

Während der Rückfahrt nach Cheltenham sitzt Carrie am Steuer. »Was hältst du von diesem Henderson?«, sagt sie nach einer Weile.

»Er wirkt ziemlich professionell«, sagt Ralph. »Zieht alle Möglichkeiten in Betracht. Lässt nichts unversucht.«

»Warum lächelt er ständig?«

»Ich vermute, das ist eine unbewusste Angewohnheit. Eine Art nervöser Tick. Kommt wahrscheinlich daher, dass er so oft für so viele Leute schlechte Nachrichten hat.«

»Ich traue ihm nicht.«

»Warum nicht?«

»Weiß ich nicht. Ich habe in den letzten Wochen mit so vielen Ärzten zu tun gehabt ... Man bekommt ein Gespür für die wirklich cleveren und die, die nur soso sind. Henderson ist hundertprozentig soso.«

»Henderson ist in Ordnung. Schließlich kommt es nur auf die Tests an.«

»Ich denke, du solltest in die Harley Street.«

»Im Augenblick bleibe ich bei Henderson. Hoffentlich sind die Tests positiv. Ich meine, negativ. Wenn nicht, können wir uns immer noch um eine zweite Meinung kümmern.«

Carrie legt ihre linke Hand auf Ralphs Oberschenkel. »Ich möchte dich nicht verlieren, Messenger«, sagt sie, ohne den Blick von der Straße zu nehmen.

Ralph sieht sie kurz an. »Hey! Red nicht schon übers Verlieren.«

»Tut mir Leid. Es ist nur ...«

»Ich weiß.« Ralph bedeckt ihre Hand mit seiner und drückt sie. Carrie legt sie wieder auf das Lenkrad und fährt eine Weile schweigend.

»Was immer es auch kostet, wir werden alles bezahlen, damit du die allerbeste Behandlung bekommst«, sagt Carrie. »Was immer es auch kostet.«

Als sie nach Hause kommen, ist eine Nachricht für Ralph von seiner Sekretärin auf dem Anrufbeantworter, die ihm mitteilt, dass das Büro des VK den ganzen Tag über versucht hat, ihn zu erreichen. »Ich denke, es geht um die Studentenzeitung«, endet die Nachricht geheimnisvoll.

Ralph geht in sein Arbeitszimmer, um das Büro des VK anzurufen, und wird sofort zu Sir Stan durchgestellt.

»Oh, hallo, Ralph. Ich habe gehört, dass du den ganzen Tag im Krankenhaus warst. Nichts Ernstes, hoffe ich.«

»Nein, nur ein paar Tests.«

»Gut. Ich vermute, du hast die heutige Ausgabe von ›On Campus‹ noch nicht gesehen?«

»Nein.«

»Nun, es ist eine Geschichte über Donaldsons Ehrendoktorwürde drin.«

»Warum um alles in der Welt?«

»Es gibt so eine Art Friedensgruppe innerhalb des Studentenbundes, die Ärger macht. Ich lese dir ein paar Zeilen vor. ›Universität wird Mandarin aus dem Verteidigungsministerium ehren ... Verbindungen zum Holt Belling Centre ... Regierung bezahlt in Gloucester Untersuchungen zu Gehirnwäschetechniken und Lenkwaffen ...‹ Ist da irgendwas Wahres dran?«

»Na ja, du weißt, dass das VM einen Teil unserer Arbeiten finanziert, Stan.«

»Zur Gehirnwäsche?«

»Ich nehme an, die beziehen sich auf ein interaktives Virtual-Reality-Programm ...«

»Langsam, langsam, Ralph, nicht so viel Jargon.«

»Tut mir Leid, Stan«, sagt Ralph. »Es gibt zum Beispiel ein sehr bekanntes Programm namens Eliza, das wie ein Psychotherapeut funktioniert. Man loggt sich ein, und es fragt einen: *Wie fühlen Sie sich heute?*, und man gibt ein: *Ich fühle mich beschissen*, und Eliza fragt: *Warum fühlen Sie sich beschissen?* und so weiter, und bevor man weiß, wie einem geschieht, hat man ihr seine ganze Lebensgeschichte erzählt und fühlt sich viel besser.« Sir Stan kichert am anderen Ende der Leitung. »Das VM will, dass wir ein Programm entwickeln, das sich wie ein Vernehmungsbeamter verhält, um damit Mitglieder der Armee darauf zu trainieren, wie sie reagieren sollen, wenn sie gefangen genommen und verhört werden. Ich nehme an, das meinen sie mit Gehirnwäschetechniken.«

»Und die Lenkwaffen?«

»Das Ministerium unterstützt unsere Forschungen zur Robotik im Hinblick auf eine mögliche Anwendung bei Operationen zum Minenlegen und Minenräumen«, sagt Ralph.

»Minen*legen?* Zu dumm, Ralph. Minen*räumen* ist in Ordnung.«

»In Ordnung?«

»Politisch korrekt. Diese Friedensgruppe hat eine Demonstration angedroht. Eine Demonstration vor der Ratssitzung nächste Woche.«

»*Was?* Ich dachte, das ist mit den Schlaghosen und den Jesusbärten aus der Mode gekommen?«

»Anscheinend nicht. Es ist nur eine kleine Minderheit, aber sie könnten uns ziemlich in Verlegenheit bringen. Wenn Donaldson davon Wind bekommt, könnte er einen Rückzieher machen. Das könnte die ganze zukünftige Finanzierung gefährden.«

»Ich red mit dem Herausgeber dieses Käseblatts«, sagt Ralph.

»Nun, sei vorsichtig. Wenn du etwas für sie schreiben könntest, sodass die Tatsachen in einem etwas günstigeren Licht erscheinen ...«

»Ich will mal sehen, was ich tun kann«, sagt Ralph.

»Guter Junge«, sagt Sir Stan. »Übrigens, Viv und ich haben dich kürzlich in deiner ländlichen Zuflucht leider verpasst.«

»Ja, wie schade. Ich hab gerade einen Spaziergang gemacht. Hab deine Notiz gefunden, als ich zurückkam.«

»Den Nachmittag freigenommen, was? Sollten wir alle viel häufiger machen.«

»Ich hab rausgefunden, dass ich auf dem Land klarer denken kann.«

»Aber natürlich. Wie geht's Carrie?«

»Gut. Sie ist gerade aus den Staaten zurückgekommen. Ihr Vater war krank.«

»Tut mir Leid, das zu hören … Dann warst du also allein?«

»Was?«

»Im Cottage?«

»O ja. Allein.«

»Ich muss los, Ralph. Antrittsvorlesung des neuen Leiters der Metallurgie.«

Ralph legt den Hörer auf und sagt laut: »Scheiße!« Er geht hinunter und sagt Carrie, worum es bei dem Anruf des VK ging.

»Ein Unglück kommt selten allein«, sagt sie.

»Ich frage mich, wer die Geschichte an dieses Käseblatt hat durchsickern lassen«, sagt Ralph.

Am Donnerstagmorgen ruft Helen Ralph im Büro an.

»Helen! Ich wollte dich gerade anrufen …«

»Wirklich?«

»Es ist nur so, dass hier alles ein bisschen angespannt ist.«

»Wie liefen die Tests?«

»Ohne eindeutiges Ergebnis. Ich muss am Montag noch mehr Tests machen.«

»Das ist ärgerlich.«

»Das ist es wirklich. Zuerst die Konferenz und jetzt dieser Sturm im Wasserglas wegen Donaldsons Ehrendoktorwürde. Hast du diese Woche ›On Campus‹ gelesen? Dieses Käseblatt, das die Studenten machen?«

»Nein. Was steht denn drin?«

»Zu kompliziert, um das jetzt zu erklären. Ich hab in ein paar Minuten ein Treffen mit dem Herausgeber.«

»Wann kann ich dich sehen?«

»Komm am Sonntag nach Horseshoes. Nein, Scheiße, ich komme am Samstag in die Klinik …«

»Ich meine, wann kann ich dich *alleine* sehen, Messenger?«

»Oh.« Ralph schweigt einen Augenblick. »Äh … Ich glaube nicht, dass ich gerade jetzt in der Stimmung bin, Helen.«

»Ich hab nicht gemeint, wegen Sex, Messenger«, sagt Helen. »Ich möchte einfach nur mit dir reden.«

»Tut mir Leid … Nun, schauen wir mal. Ich habe Carrie gesagt, dass ich heute Abend länger arbeite. Ich komme auf dem Weg nach Hause bei dir vorbei. Gegen sieben. OK?«

Helens direkte Nachbarn verlassen gerade das Haus in Tenniskleidung und die Schläger schwingend, als Ralph in die Zufahrtsstraße vor den Reihenhäusern einbiegt. Er bleibt im Wagen und tut so, als studiere er irgendwelche Unterlagen, bis sie außer Sichtweite sind. Dann klingelt er bei ihr. Sie lässt ihn sofort ein und schließt schnell die Tür. Sie umarmen sich, wobei sie sich an die Tür lehnen.

»O Messenger«, sagt sie. »Ich hatte eine so elende Woche.«

»Sie war auch für mich nicht gerade wundervoll«, sagt er.

»Nein, armer Kerl. Erzähl mir von den Tests.« Sie führt ihn ins Wohnzimmer. »Möchtest du einen Drink?«

»Etwas Saft, wenn du hast. Henderson hat Alkohol verboten.«

»Henderson?«

»Mein Facharzt.«

»Oh. Ich hab ihn mit dem anderen verwechselt, dem in der Zeitung. Ich hab mir heute Nachmittag ein Exemplar besorgt.«

»Das ist Donaldson«, sagt Ralph und folgt Helen in das kleine Wohnzimmer. Er macht sich in einem Sessel breit, als sie einen Karton Orangensaft aus dem Kühlschrank holt, ihn öffnet und zwei Gläser einschenkt. »Ich habe heute Morgen den Herausgeber getroffen«, sagt Ralph. »Ein kleiner Klugscheißer aus den Kulturwissenschaften, der auf eine Karriere in der Boulevardpresse spekuliert. Ich habe ihn gefragt, woher er die Geschichte hat. Er hatte die Frechheit zu behaupten, das sei alles allgemein bekannt.«

»Ist es das nicht?«

»Na ja, es ist natürlich allgemein bekannt, dass Donaldson ein hohes Tier im VM ist. Und es gibt in den Unterlagen des Senats Hinweise darauf, dass sie einige unserer Forschungen finanzieren – wenn man weiß, wo man suchen muss, auch wenn deren Verbreitung angeblich beschränkt ist. Aber wer hat die Verbindung hergestellt? Wer hat dieses Käseblatt auf die richtige Spur gebracht? Der Klugscheißer wollte es nicht sagen. Vielleicht weiß er es nicht – es könnte ein anonymer Tipp von jemandem sein, der das Centre nicht mag. Oder der mich nicht mag. Danke.« Er nimmt Helen das Saftglas ab. Sie setzt sich aufs Sofa.

»Erzähl mir mehr von dem, was sie in der Klinik gemacht haben«, sagt sie.

Ralph beschreibt die Tests, die am Tag zuvor durchgeführt wurden, und berichtet von seiner Unterhaltung mit Henderson.

»Was ist eine Koloskopie?«

»Sie schieben dir eine kleine Fernsehkamera ins Rektum und sehen sich deine Därme von innen an«, sagt er. »Es ist das medizinische Äquivalent zu Channel Five.«

Helen zieht eine Grimasse. »Armer Kerl.«

»Allerdings. Ich kann nicht behaupten, dass ich mich darauf freue.« Er sieht auf die Uhr und stellt das Glas ab. »Ich geh dann besser.«

»Schon?«

»Ich muss. Vielleicht hat Carrie im Büro angerufen und fragt sich, wo ich bin.«

»Messenger ...«

»Was?« Helen antwortet nicht. Sie wird rot, und es sieht so aus, als würde sie gleich anfangen zu weinen. »Was ist?«, fragt er zärtlicher, steht auf und geht hinüber zum Sofa. Er legt ihr einen Arm um die Schulter.

»Ich bin durcheinander«, sagt sie. »Ich weiß nicht, was du von mir willst.«

»Was ich von dir will?«, wiederholt er und runzelt die Stirn.

»Drei Wochen lang hatten wir eine wahnsinnig leidenschaftliche Affäre. Wir haben uns beinahe jeden Tag getroffen. Wir haben praktisch jeden Tag miteinander geschlafen. Dann plötzlich, rums, gehen die Rolläden runter. Mehrere Tage lang sehe ich dich nicht. Ich sitze herum und warte auf einen Anruf, der nie kommt. Ich ...«

»Liebling, es tut mir Leid. Ich muss ständig an dieses verdammte Ding denken ...«

»Ich weiß, ich weiß.«

»Ich liebe dich, Helen, und diese drei Wochen waren wundervoll, wirklich, aber ... mir ist im Augenblick einfach nicht nach Sex.«

»Mir auch nicht, Messenger, mir auch nicht.« Sie sieht ihn nur groß an. »Das war also alles, was du von mir gewollt hast?«, sagt sie. »Wäre es dir lieber, wenn ich einfach aus deinem Leben verschwinden würde, jetzt, wo du krank bist? Mich einfach verziehen?«

»Natürlich nicht.«

»Dann schließ mich nicht aus. Lass mich an deinen Gedanken teilhaben. Sag mir, wie du dich fühlst. Lass mich helfen.«

Ralph sieht sie einige Augenblicke schweigend an. »Du möchtest mir wirklich helfen?«

»Natürlich. Ich würde alles tun. Wenn es irgendetwas gibt ...«

»Alles? Ist das wirklich dein Ernst?« Er sieht sie durchdringend an.

»Warum sagst du das so?«, sagt Helen ein wenig ängstlich.

»Ich werde dir etwas anvertrauen, das ich niemandem sonst anvertrauen würde«, sagt er. »Du musst versprechen, es für dich zu behalten.«

»In Ordnung«, sagt sie.

»Wenn sich herausstellt, dass diese Geschwulst bösartig ist, werde ich nicht einfach so lange rumhängen, bis sie ihr Ding durchgezogen hat. Ich weiß, was du sagen willst. Ich weiß, was die Ärzte sagen werden. Heutzutage stehen so viele Behandlungsmöglichkeiten zur Verfügung, die laufend verbessert werden, blablabla. Aber Leberkrebs ist eine schlechte Nachricht. Ich hab im Internet nachgeschaut. Mit Chemotherapie erreicht man möglicherweise eine gewisse Remission, aber eine Heilung ist unmöglich. Transplantate sind riskant, und es ist wahrscheinlich, dass sie vom selben Krebs befallen werden. Ich habe nicht vor, mich heldenhaft zur Wehr zu setzen. Ich will nicht ein oder zwei Jahre lang krank sein und dann hilflos, verbraucht, inkontinent und kahl sterben. Nein, danke. Ich habe miterlebt, wie mein Vater an Krebs starb, und ich möchte das nicht durchmachen. Sobald ich wirklich sicher bin, dass ich irreversiblen Krebs im Endstadium habe, sehe ich zu, dass ich abtrete, solange ich noch ohne fremde Hilfe gehen kann. Na ja, vielleicht nicht ganz ohne fremde Hilfe.« Er unterbricht sich und sieht Helen vielsagend an.

»Du willst, dass ich …?« Helen sieht schockiert aus. Sie schüttelt den Kopf. »Nein.«

»Carrie wird mir nicht helfen, das weiß ich«, sagt Ralph. »Immer, wenn ein Unglück zuschlägt, besteht ihre Reaktion darin, es unter einem Haufen Geld zu begraben. Ich sehe jetzt schon vor mir, welche Pläne in ihrem Kopf entstehen. Die ganze Harley Street zusammentrommeln. Mich in die Mayo-Klinik fliegen. Mir auf dem Schwarzmarkt eine Leber kaufen … Alles, um mich am Leben zu erhalten, wenn es sein muss, im Rollstuhl.«

»Messenger, das ist grauenhaft. Ich möchte nichts mehr davon hören.«

»Ich dachte, du wolltest mir helfen.«

»Was soll ich dann deiner Meinung nach tun«, sagt sie und hebt ihre Stimme. »Dir eine Plastiktüte über den Kopf halten? Den Hocker unter deinen Füßen wegtreten?«

»Beruhige dich, Helen. Ich habe über die Mittel und Wege noch nicht nachgedacht. Vielleicht kommt es nie dazu. Ich hoffe verzweifelt, dass es nicht dazu kommt. Ich habe ein gutes Leben gehabt. Es würde mit Leid tun, es beenden zu müssen, sehr Leid. Aber ich werde es tun, wenn ich muss. Und naheliegenderweise will ich alles so organisieren, dass die Familie darunter am wenigsten leidet. An dem Punkt wäre es dann vielleicht nützlich, jemanden zu haben, der mir hilft.«

»Ich weiß«, sagt Helen fröhlich. »Ich könnte es so hindrehen, dass ich dich auf der University Avenue überfahre. Dass es wie ein Unfall aussieht. Du könntest im vereinbarten Augenblick hinter einem Baum hervorkommen. Nur müssten wir zuvor die Uhren vergleichen.«

»Ich mache keine Witze, Helen«, sagt Ralph.

»Nein. Mir wäre lieber, du würdest Witze machen«, sagt sie. »Und was ist damit, dass du mich leiden lässt?«

»Ich weiß, ich verlange viel von dir. Aber es wäre ein … ein Liebesbeweis.«

»*Liebe?*« Helen lacht leicht hysterisch.

»Nehmen wir an, jemand, den du liebst – deine Mutter, dein Vater oder sogar eins deiner Kinder –, würde unter unerträglichen Qualen sterben. Würdest du ihm nicht beim Sterben helfen, wenn du die Mittel dazu hättest?«

»Möglicherweise. Aber das ist etwas anderes.«

»Ich verstehe diese Logik nicht. Warum zwingt man die Leute, Höllenqualen auszustehen, bevor man ihnen hilft, dem ein Ende zu setzen? Warum hilft man ihnen nicht einfach, sie zu vermeiden, wenn es das ist, was sie wollen?«

»Mir ist schlecht«, sagt Helen. »Ich möchte nicht mehr darüber reden.«

»Du wirst mir nicht helfen?«

»Nein.«

»Aber du wirst mich auch nicht daran hindern? Du wirst niemandem davon erzählen?«

»Ich hab's dir versprochen.«

»Gut.« Er sieht wieder auf die Uhr. »Ich muss gehen.«

»Messenger«, sagt Helen. »Es ist, *weil* ich dich liebe.«

»Ich weiß«, sagt er und küsst sie leicht auf die Wange. »Ich finde selbst raus.«

»Du bist spät dran«, sagt Carrie, als Messenger in die Küche kommt. »Du hast gesagt halb acht. Das Essen ist verkocht.«

»Tut mir Leid«, sagt Ralph. Er küsst sie auf die Wange. »Ich hab unterwegs bei Helen Reed vorbeigeschaut.«

»Oh?« Carrie wirkt leicht überrascht.

»Ich musste ihr ein paar Sachen für die Konferenz bringen. Weißt du, dass sie einverstanden ist, das Schlusswort zu halten?«

»Das ist nett von ihr.«

»Ich hab die Gelegenheit genutzt und ihr erklärt, warum wir sie letzte Woche nicht getroffen haben.«

»Gut«, sagt Carrie. »Vielleicht rufe ich sie an und lade sie für Sonntag nach Horseshoes ein. Oder möchtest du, dass ich dich im Krankenhaus besuche?«

»Nein, bitte nicht. Mich besuchen, meine ich. Hast du heute etwas Interessantes gemacht?«

»Ich war ein wenig einkaufen. Ich habe Nicholas in der Montpellier Street getroffen, und wir haben im Petit Blanc zusammen Mittag gegessen.«

»Der Glückliche. Ständig hat er Zeit«, sagt Ralph. »Ich hoffe, ihr habt nicht über meinen Gesundheitszustand diskutiert.«

»Ich hab erwähnt, dass du ein paar Tests machst. Du kannst es nicht geheimhalten, Messenger.«

»Ich weiß. Ich möchte nur nicht, dass mich die anderen voller Mitleid und morbider Neugierde betrachten. Je weniger unserer Freunde Bescheid missen, umso besser.«

»Wie viel hast du Helen Reed gesagt?«

»Nicht viel. Und es war sowieso vertraulich.«

Von: ludmila.Lisk at carolinum.psy.cz
An: R. H. Messenger at glosu.ac.uk
Thema: Konferenz
Datum: Donnerstag, 22. Mai 1997 20:35:28

Hi, Professor Messenger,

hier ist Ihre tschechische Freundin Ludmila. Erinnern Sie sich noch an mich? Das hoffe ich.

Bevor drei Wochen habe ich Ihnen einen Brief gesendet aber ich glaube Sie haben ihn nicht bekommen weil ich bekomme keine Antwort. Also habe ich im Internet Gloucester University herausgesucht und finde Ihre Email Adresse. Ich immer wünsche ich hätte früher daran gedacht.

Mein Brief bat Sie um Bestätigung dass ich eingeladen bin auf Ihrer Konferenz dieses Maiende ein Schaubild vorzustellen. Das British Council wird mir ein Reisestipendium geben aber sie brauchen Ihre Bestätigung. Da Zeit ist kurz hätte ich gerne wenn Sie sind schnell. Bitte entschuldigen Sie mein schlechtes Englisch.

Hochachtungsvoll,
Ludmila Lisk

Von: R. H. Messenger at glosu.ac.uk
An: ludmila.Hsk at carolinum.psy.cz
Thema: Bewusstseinskonferenz VI
Datum: Freitag, 23. Mai 1997 9:25:15

liebe ludmila,

vielen dank für deine email. Natürlich erinnere ich mich an dich, wie auch nicht? Es tut mir schrecklich Leid, aber die Konferenz ist absolut voll. Wir können nur eine streng begrenzte Anzahl von Leuten unterbringen. Vielleicht könntest du die Konferenz nächstes Jahr besuchen. Ich glaube, sie findet in Florida statt – könnte nett werden. Ich maile dir die Informationen, sobald ich sie bekomme, damit du dich rechtzeitig bewerben kannst.

beste wünsche
Ralph Messenger

Von: ludmila.lisk at carolinum.psy.cz
An: R. H. Messenger at glosu.ac.uk
Thema: Konferenz
Datum: Freitag, 23. Mai 1997 11:14:02

Lieber Ralph,

ich hoffe du dir nicht denkst ich bin unhöflich weil ich so anfange aber du gesagt hast ich darf dich Ralph nennen während unserer schönen Zeit in Prag. Ich bin sehr traurig, dass die Konferenz voll ist. Tatsächlich ich weine wenn ich lese deine email. Es ist nicht einfach in der Tschechischen Republik Reisestipendien zu bekommen. Ich glaube nicht das British Council wird für mich zahlen dass ich gehe nach Florida. Bitte lass mich zu deiner Konferenz in Gloucester kommen. Es macht mir nichts aus auf dem Boden zu schlafen. Ich bringe Schlafsack. Ich erwarte nicht ein so nettes bequemes Bett wie wir hatten in Prag.

Deine Freundin Ludmila

Von: R. H. Messenger at glosu.ac.uk
An: ludmila.lisk at carolinum.psy.cz
Thema: Bewusstseinskonferenz VI
Datum: Freitag, 23. Mai 1997 12:15:10

liebe ludmila,

mein Gott, nichtdie Übernachtungsmöglichkeiten sind das Problem. In unseren größten Vorlesungssaal passen nur 200 Leute und es gibt alle möglichen Regeln und Vorschriften, die uns verbieten mehr Leute zur Konferenz anzumelden. Estut mir Leid dich enttäuschen zu müssen aber esgibt nichts was ich in diesem Fall daran ändern kann unglücklicherweise.

Beste Wünsche, Ralph Messenger

PS: Ich bin im Beratergremium des AI Newsletter, der in Winnipeg erscheint. Wenn du einen Kurzartikel über dein Forschungsprojekt schreiben möchtest sehe ich zu dass sie den in ihre Rubrik Noticeboard aufnehmen.

Von: ludmila.lisk at carolinum.psy.cz
An: R. H. Messenger at glosu.ac.uk
Thema: Konferenz
Datum: Freitag, 23. Mai 1997 13:14:02

Lieber Ralph,

vielendank für deine email. Es ist nett von dir den Kurzartikel im Al Newsletter anzubieten aber es ist wichtiger für mich an deiner Konferenz teilzunehmen und meine Forschungen all den Topleuten auf diesem Gebiet zu erklären. Ich glaube du kannst für mich einen Platz in deiner Konferenz finden wenn du es wirklich wünscht. Ich denke vielleicht wünscht du nicht dass ich nach Gloucester komme. Fürchtest du dass ich deinen Kollegen und vielleicht deiner Frau sage, was für eine schöne Zeit wir zusammen in Prag hatten? Ich verspreche dir ich werde nichts sagen. Aber wenn ich nicht zur Konferenz kommen kann und mein Reisestipendium verliere werde ich sehr traurig und wütend sein. Vielleicht werde ich alles über was wir in Prag zusammen gemacht haben schreiben und es ins Internet stellen.

Deine Freundin Ludmila

Von: R. H. Messenger at glosu.ac.uk
An: ludmila.lisk at carolinum.psy.cz
Thema: Bewusstseinskonferenz VI
Datum: Freitag, 23. Mai 1997 15:35:18
Kopie an: scirep at britcoun.cz

Sehr geehrte Miss Lisk,

vielen Dank für Ihre E-Mail. Bedauerlicherweise ging Ihr ursprünglicher Brief verloren. Ich freue mich, Ihnen bestätigen zu können, dass es uns möglich ist, Sie zur Präsentation des Schaubildes »Modellierung des Lernverhaltens mit autonomen Agenten« als Delegierte zu unserer Konferenz einzuladen. Ein Informationspaket zur Konferenz geht Ihnen schnellstmöglich per Luftpost zu. Eine Kopie dieses Briefes schicke ich an das British Council in Prag.

Ich freue mich, Sie Ende des Monats bei uns begrüßen zu dürfen.

Hochachtungsvoll,

R. H. Messenger
Konferenzleitung

»Miststück«, murmelt Ralph leise vor sich hin, als er auf »Senden« drückt, um seine Nachricht loszuschicken. Das Telefon auf seinem Schreibtisch klingelt. Es ist der VK.

»Oh, hallo, Stan«, sagt Ralph. »Gestern habe ich den Herausgeber von ›On Campus‹ getroffen. Er hat versprochen, in der Ausgabe nächste Woche einen Brief von mir zu drucken. Das sollte die Wogen glätten.«

»Freut mich zu hören, Ralph«, sagt Sir Stan, »aber das ist nicht der Grund, warum ich dich anrufe.«

»Oh.«

»Neben mir steht Detective Sergeant Brian Agnew, von

der Gloucestershire Police. Welche Abteilung?« Die letzte Frage richtet sich nicht an Ralph, der eine gedämpfte Unterhaltung zwischen Sir Stan und seinem Besucher hört, bevor ersterer wieder ins Telefon spricht. »Von der Abteilung Pädophilie und Pornographie. Er möchte mit dir reden.«

»Worüber?«

»Ich glaube, das erklärt er dir besser selbst«, sagt Sir Stan. »Kannst du dich heute Nachmittag mit ihm treffen? Zum Beispiel jetzt gleich?«

»Na ja, ich denke schon, wenn's so dringend ist.«

»Guter Junge. Ich schick ihn rüber. Bleib dran.« Es folgt noch eine gedämpfte Unterhaltung zwischen dem VK und Detective Sergeant Agnew. »Ja – bist du immer noch dran, Ralph? Der springende Punkt ist, er kann sich nicht als Polizist zu erkennen geben, wenn er rüberkommt. Er sagt einfach, dass er Brian Agnew ist und dass du ihn erwartest. In Ordnung?«

»In Ordnung«, sagt Ralph. Er legt den Hörer auf. »Jesus Christus«, murmelt er vor sich hin. »Was denn noch?«

»Wir haben Grund zur Vermutung«, sagt Detective Sergeant Agnew, »dass jemand in Ihrer Abteilung über das universitätseigene Netz Kinderpornographie aus dem Internet herunterlädt.«

»Wer?«, sagt Ralph.

»Das wissen wir noch nicht, Sir.«

»Welche Anhaltspunkte haben Sie dann?«

»Es steht mir nicht frei, Ihnen das mitzuteilen, Sir«, sagt Detective Sergeant Agnew. Er ist ein großer, starkknochiger Mann Mitte dreißig mit einem Schnurrbart, der an den Enden herabhängt, sodass er ständig schwermütig aussieht; er trägt einen marineblauen Blazer, ein blaues Hemd und eine schlichte Krawatte. Er spricht mit lokalem

Akzent. »Das ist Teil einer umfangreicheren Ermittlung gegen einen Ring von Leuten, die illegales Material austauschen und verbreiten«, sagt er. »Wir glauben, dass einer von ihnen hier arbeitet. Haben Sie vielleicht irgendeine Idee, wer das sein könnte?«

»Nein. Überhaupt keine.«

»Kein Mitglied Ihres Instituts hat zu irgendeinem Zeitpunkt Interesse an dieser Art Material gezeigt?«

»Nicht dass ich wüsste. Natürlich glaube ich nicht, dass es im ganzen Land auch nur einen einzigen Menschen mit Internetzugang gibt, der sich nicht irgendwann mal eine Porno-Site angeschaut hat. Das ist natürliche menschliche Neugierde.«

»An dem Zeug, mit dem wir uns befassen, ist überhaupt nichts natürlich, Sir«, sagt Detective Sergeant Agnew.

»Genau darauf will ich hinaus. Einer unserer postgraduierten Studenten hat letztes Jahr eine Art Wettbewerb organisiert, um das unanständigste Bild im Internet zu finden, für das man nicht bezahlen muss …« Ralph lacht in Erinnerung daran, aber Detective Sergeant Agnew verzieht seine Miene nicht einmal zu einem winzigen Lächeln. »Es war nichts als ein machohafter Streich. Aber einige Frauen im Centre haben sich bei mir darüber beschwert, also habe ich dem ein Ende gemacht.«

»Wer war das, Sir?«

»Jim Bellows, aber ich bin sicher, dass er mit Kinderpornographie nichts zu tun hat. Die Bilder, die ich gesehen habe, zeigten Erwachsene. Sehr gut entwickelte Erwachsene, wenn ich so sagen darf.« Wieder versucht Ralph dem Polizisten ein Lächeln zu entlocken, und wieder hat er keinen Erfolg damit.

Detective Sergeant Agnew schreibt den Namen in sein Notizbuch. »Wir werden ihn überprüfen«, sagt er.

»Ich bin sicher, dass er nicht der Mann ist, den Sie suchen.«

»Wahrscheinlich nicht, aber wir müssen jedem Hinweis nachgehen. Wir können wohl kaum jede Festplatte in diesem Gebäude überprüfen.«

»Um Himmels willen, nein. Das würde das Centre vollkommen lahmlegen.«

»Obwohl Sie sich selbst, wenn Sie möchten, von den Ermittlungen ausschließen könnten, Sir«, sagt Detective Sergeant Agnew.

»Was meinen Sie damit?«

»Wenn Sie mir erlauben würden, Ihre Festplatte zu überprüfen.«

»Na ja, ich weiß nicht … Haben Sie einen Durchsuchungsbefehl oder so was?«

»Was ich Ihnen vorschlage, wäre vollkommen freiwillig, Sir.«

»Verstehe …« Ralph runzelt die Stirn und denkt einen Augenblick nach. »Sieht so aus, als stecke ich hier in einer Doppelbindung. Einerseits sehe ich nicht ein, warum ich das tun sollte, andererseits – wenn ich es nicht mache, werden Sie vermuten, dass ich etwas zu verbergen habe.«

»Das liegt ganz bei Ihnen, Sir.«

»Auf meinem Computer befindet sich jede Menge vertrauliche Informationen.«

»Selbstverständlich würde die Vertraulichkeit gewahrt bleiben.«

Ralph denkt einen Augenblick nach. »Also gut, in Ordnung, legen Sie los.«

»Vielen Dank, Sir. Aber ich möchte Ihnen im Augenblick keine Umstände machen.«

»Oh. Ich dachte …«

»Wer ist Ihr leitender Systemverwalter, Sir?«

»Stuart Phillips.«

»Ist er vertrauenswürdig?«

»Absolut, würde ich sagen.«

»Ein guter Mensch?«

»Absolut. Mit einer Lehrerin verheiratet. Sie haben zwei Kinder. Er ist Glöckner in seiner Kirche, glaube ich. Läuft bei Wohltätigkeitsveranstaltungen Marathons. Ist Führer einer Pfadfindergruppe.« DS Agnew, der zustimmend genickt hat, hört plötzlich auf zu nicken. »Vielleicht hätte ich das nicht erwähnen sollen«, sagt Ralph.

»Warum nicht, Sir?«

»Na ja, ich vermute, dass ihn das verdächtig macht, oder? Ehrlich gesagt, ich frage mich, wie man heutzutage überhaupt noch jemanden findet, der als Pfadfinderführer arbeitet. Stuart Phillips ist wirklich das Salz der Erde.«

»Sie hatten Recht, es zu erwähnen, Sir. In diesem Spiel kann man unmöglich zu viele Informationen haben. Ich würde Mr. Phillips gerne treffen. Glauben Sie, Sie können ihn gleich erreichen?«

Ralph ruft Stuart Phillips' Anschluss an und erfährt, dass er gerade nach Hause gegangen ist. Detective Sergeant Agnew sagt, er werde nächste Woche wiederkommen, um die Systeme des Centre zu untersuchen, wozu er Stuart Phillips' Hilfe brauchen wird.

»Werden Sie ihn ins Vertrauen ziehen?«, fragt Ralph.

»Kommt darauf an«, sagt Agnew. »Ich muss ihn zuerst mal treffen.«

Sie verabreden einen provisorischen Termin am kommenden Mittwoch, weil Ralph am Montag und am Dienstag im Krankenhaus sein wird.

»Falls Sie etwas herausfinden, lassen Sie es mich bitte sofort wissen.«

»Natürlich, Sir«, sagt Agnew.

»Es könnte uns furchtbar schaden, was die PR angeht.«

»Natürlich wird das allgemein bekannt, wenn eine

Straftat begangen und eine Verhaftung durchgeführt worden ist.«

»Nun, je länger das hinausgezögert wird, umso besser«, sagt Ralph. »Wir veranstalten hier nächstes Wochenende eine große internationale Konferenz.«

»Ich glaube kaum, dass es bis dahin schon irgendwelche bedeutenden Entwicklungen gibt, Sir«, sagt Detective Sergeant Agnew.

»Wie war dein Tag?«, fragt Carrie, als Ralph nach Hause kommt.

»Frag nicht«, sagt er. »Egal, was Henderson sagt, ich brauche einen Drink.«

»Lieber nicht, Messenger«, sagt Carrie besorgt.

»Ein Drink wird mich schon nicht umbringen«, sagt er.

»Na schön. Einer«, sagt sie voller Zweifel. »Ich mach ihn dir. Was möchtest du?«

Ralph denkt nach. »Du hast früher wunderbare Dry Martinis gemacht«, sagt er.

»Weißt du was? Ich hab schon seit Jahren keinen Dry Martini mehr getrunken«, sagt Carrie. »Ich schließ mich dir an.«

29

Ene, mene, muh … Test, Test … Es ist Sonntagnachmittag, der, äh, fünfundzwanzigste Mai, und ich bin im Abbey Hospital in Bath. Ich war fast froh darüber, dass ich gestern hier eingeliefert wurde, sodass ich wegkam vom Centre, von zu Hause, den E-Mails, Faxgeräten, Telefonen … neben meinem Bett steht ein Telefon, aber das weiß kaum jemand … wegzukommen, bevor es noch mehr unangenehme Überraschungen für mich gab. Das Abbey ist wie ein Hafen im Sturm, ein Hort der Ruhe … ein idealer Ort, um sich ein paar Tage lang zu verkriechen, um wieder zu Atem zu kommen und einige Arbeiten zu erledigen. Ich habe eine Menge Bücher und mein IBM-Thinkpad mitgenommen. Guter Name … Unglücklicherweise war der Grund, warum ich hier bin, die unangenehmste Überraschung, und bisher fiel es mir schwer, mich auf etwas anderes zu konzentrieren.

Ich kann mich über meine Unterbringung nicht beklagen. Ich habe ein eigenes klimatisiertes Zimmer mit einem großen Panoramafenster, unter dem ein landschaftsgärtnerisch gestalteter Parkplatz hegt … Teppichboden … Reproduktionen impressionistischer Gemälde an den Wänden … ein Sessel mit hoher Lehne, in dem ich im Augenblick sitze … zwei stapelbare Besucherstühle und ein Beistelltisch. Auf einem Wandarm ist ein Fernseher montiert. Ein Krankenhausbett auf dem neuesten Stand der Technik, das man, falls nötig, hoch-, herunter- und zusammenklappen oder schräg stellen kann. Ein eigenes Badezimmer mit Dusche und Toilette … Es ist fast wie ein

Vier-Sterne-Hotelzimmer, nur dass man kein *Bitte-nicht-stören*-Schild an die Tür hängen kann. Die Krankenschwestern und Hilfskräfte sehen ständig nach einem, schreiben irgendwelche Kleinigkeiten auf oder prüfen Puls, Temperatur und Blutdruck oder bringen einem etwas zu essen oder fragen bloß, ob alles in Ordnung ist. Natürlich ist immer alles in Ordnung. Nur mit einem selbst nicht.

Jetzt sind alle Aktivitäten unterbrochen worden. Es ist Besuchszeit … Also habe ich den alten Pearlcorder herausgeholt. Ich weiß nicht genau, warum … aber weil ich keinen Besuch bekommen werde, dachte ich, ich könnte genauso gut mit mir selbst reden, und ich kann einigermaßen darauf vertrauen, dass ich in der nächsten Stunde oder so nicht unterbrochen werde, weil eine Schwester ins Zimmer platzt … Sie haben hier allerdings bemerkenswert gut aussehende Schwestern, die angezogen sind wie in einem feuchten Traum: enge, kurze Uniformen aus blauem oder weißem Popelin … mit breiten Gürteln und hauchdünnen schwarzen Strümpfen. Irgendwie weiß man, dass es Strümpfe sind und keine Strumpfhosen. Das alles gehört zum Vier-Sterne-Service … Schwester Pomeroy ist besonders attraktiv. Blonde Locken, Pfirsichhaut, ein perfektes Lächeln, großartige Titten unter dem gestärkten Uniformlatz … und wenn das, was sich unter ihrem Rock befindet, so gut gebaut ist wie das, was man unterhalb des Saums sehen kann, na ja … Schwester Pomeroy war sehr freundlich und aufmerksam. Sie hat mich im Fernsehen gesehen und betrachtet mich irgendwie als Star … Wäre ich in anderer Stimmung, würde ich mir bei Schwester Pomeroy Chancen ausrechnen, manchmal hat sie ein anzüglich-einladendes Funkeln in ihren Augen … aber in Wirklichkeit liegt meine Libido im Augenblick auf Eis. Seit O'Keefe jene sieben Worte aussprach, »Sie haben eine Geschwulst auf der Leber«, habe ich das Interesse an Sex verloren ... Sex zu haben, meine ich, ich bezweifle, ob ich jemals aufhöre, daran zu denken ... *Ich denke an Sex, also bin ich* ... Ich habe versucht, mich dazu zu zwingen, in der zweiten Nacht nach ihrer Ankunft aus Kalifornien mit Carrie zu schlafen, aber es hat nicht funktioniert. Sie war sehr verständnisvoll ... Mit Helen habe ich es gar nicht erst versucht, seit meine Krankensaga anfing. Wenn sich herausstellt, dass die Geschwulst bösartig ist, habe ich vielleicht nie wieder Sex. Ein deprimierender Gedanke. Aber wenigstens kann ich sagen, dass ich aus allen Rohren feuernd untergegangen bin in unserer bemerkenswerten dreiwöchigen Affäre ... Außer beim letzten Mal, als ich impotent war. Schade drum.

Es ist nicht Appetit auf Sex, der mir im Augenblick zu schaffen macht, es ist gewöhnlicher Appetit ... Ich wurde auf eine besonders leichtverdauliche Diät gesetzt, die aus geschmacklosem Brei besteht. Schritt für Schritt leeren sich meine Därme, sodass sie sich am Dienstag bequem darin umschauen können, und ich habe die ganze Zeit über Hunger. Am Mittag konnte ich das Roastbeef riechen, das auf dem Servierwagen den Gang entlang zu den anderen Patienten in diesem Flügel geschoben wurde ... ein Duft, bei dem mir das Wasser im Mund zusammenlief ... er sickerte unter der Tür durch, und meine ausgehungerten Sinne fingen ihn auf. Wie sehnte ich mich nach einer großzügigen Portion, mit goldbraunen Röstkartoffeln und massenhaft Sauce über dem Yorkshire Pudding. Sicher, im Prinzip esse ich jetzt kein Rindfleisch mehr, aber wenn man eine möglicherweise bösartige Geschwulst auf der Leber hat, erscheint einem die Eins-zueiner-Million-Chance, vCJK zu bekommen, nicht gerade als besonders drängendes Problem ... wenn man mir erlauben würde, normal zu Mittag zu essen, würde ich mich nicht für den gedünsteten Lachs oder die vegetarische Lasagne entscheiden, sondern ohne zu zögern fürs Rindfleisch. Zufällig kenne ich die ganze Speisekarte, denn ein gedankenloser Pfleger hat sie mir heute Morgen gegeben. Muss aufhören, ans Essen zu denken.

Ich habe versucht, die Geschwulst selbst zu ertasten, aber es gelang mir nicht ... Ich muss aufpassen, dass ich nicht zu fest darauf herumdrücke, um nicht noch irgendeinen Schaden anzurichten. Es tut nicht weh ... was nicht unbedingt ein gutes Zeichen ist ... Oft hat man bei Leberkrebs im Anfangsstadium keine Schmerzen. Aber es ist merkwürdig, möglicherweise in Lebensgefahr zu schweben und nichts zu spüren außer ein wenig Verdauungsbeschwerden ... Selbst die sind mit der leichtverdaulichen Kost verschwunden. »Ein lebenswichtiges Organ«, hat O'Keefe gesagt ... Irgendwo hab ich gelesen, dass die alten Assyrer glaubten, die Leber sei der Sitz der Seele. Interessant. Die Ägypter dachten, das sei das Herz, und die Griechen, die Lunge, glaube ich ... und Descartes dachte, seine Seele befinde sich in der Zirbeldrüse ... aber die Assyrer entschieden sich für die Leber, obwohl sie keine Ahnung haben konnten, wozu sie dient – metabolisch gesprochen.

Draußen scheint strahlend die Sonne, reflektiert von den Windschutzscheiben der Autos der Besucher ... die Frauen sehen aus, als kämen sie zu einer Hochzeit, steigen in Sommerkleidern aus den Autos, greifen nach den Blumensträußen ... Ich wollte jetzt, ich hätte Carrie nicht davon abgebracht, heute zu kommen. Ohne Besucher komme ich mir ein bisschen wie eine Waise vor. Sie und die Kinder werden in Horseshoes sein und sich nach dem Mittagessen im Garten sonnen. Denken wir lieber nicht ans Essen. Helen allerdings nicht, sie hat Carrie gesagt, sie sei zu sehr mit dem Notengeben beschäftigt. Natürlich nicht der wahre Grund … Sie ist nervös, weil sie Carrie wiedersehen soll, eine Mischung aus Schuld und Rivalität, vermute ich. Ich kann nicht sagen, dass mir das Leid tut. Wer weiß, was vielleicht passiert wäre, hätten sich die beiden dieses Wochenende alleine getroffen und über mich geredet. Nehmen wir an, Helen verspürt plötzlich den Drang zu beichten. Jesus.

So unangenehm die letzte Woche auch war, eins ist mir klar geworden: Ich möchte mit Carrie verheiratet bleiben, egal, was bei den Tests rauskommt … Das alte Klischee, dass diese Dinge ein Paar fester aneinander binden, erweist sich als wahr … Wenn ich zurückschaue, sehe ich, dass es sehr dumm von mir war, mit Marianne rumzumachen und mich danach ernsthaft mit Helen einzulassen … Ich habe meinen unausgesprochenen Vertrag mit Carrie gebrochen, in ihrer unmittelbaren Umgebung keine Affäre anzufangen. Wenn sie das herausfindet, könnte sie Gott weiß was machen … Zum Glück wird Helen Gloucester bald verlassen. Aber in der Zwischenzeit muss ich sorgfältig darauf achten, dass die Dinge im Lot bleiben.

Das Problem ist, ich habe Angst, dass sie sich möglicherweise ernsthaft in mich verliebt … An jenem Abend kürzlich hat sie überaus emotional reagiert. Im Nachhinein war es ein Fehler, sie zu bitten, dass sie mir hilft, mich umzubringen, wenn es zum Äußersten kommt. Das war etwas, über das ich nachgedacht habe, und dann ist es mir einfach so rausgerutscht, ohne dass ich's vorsätzlich geplant hätte. Ich hab laut nachgedacht, das war fast schon alles. Es ist wichtig für mich, alle Eventualitäten in Betracht zu ziehen, um dafür gerüstet zu sein, wenn sie eintreten, dann habe ich das Gefühl, mein Leben unter Kontrolle zu haben … Aber alles ist nur hypothetisch … abstrakt … Sie dagegen ist Schriftstellerin, sie hat eine lebhafte Fantasie, sie sieht sich sofort als Teil in einem blutrünstigen Szenarium und regt sich auf …

Andererseits, wenn alles gut ausgeht, fürchte ich, wird sie die Affäre fortsetzen wollen … Na ja, wenn sie wieder in London ist, könnten wir uns gelegentlich treffen, aber es wäre besser, die Angelegenheit eines natürlichen Todes sterben zu lassen … nicht gerade die glücklichste Metapher … Es war großartig, solange es dauerte, der Sex gehörte zum Besten, den ich je hatte … aber ich möchte Carrie keinen Grund geben, irgendetwas in der Richtung zu vermuten, was zwischen uns abgelaufen ist, als sie nicht da war … Das Risiko ist groß genug, dass sie es aus anderer Quelle erfährt. Ich vermute, Emily hat einen Verdacht … wie sie mich an jenem Abend ansah, als ich sagte, dass Greg nicht bei uns schlafen könne … vielleicht hat sie etwas gehört in den Nächten, die Helen bei uns blieb, egal, wie leise wir waren … oder es ist einfach nur weibliche Intuition … Und dann schauen Sir Stan und Viv in Horseshoes vorbei, als wir oben im Schlafzimmer sind … etwas in seinem Tonfall am Telefon neulich ließ vermuten, dass er mir nicht geglaubt hat, als ich ihm sagte, ich hätte einen Spaziergang gemacht. Ich frage mich, ob es irgendwelche Hinweise darauf gab, dass Helen bei mir war … etwas, das ihr gehört und das sie auf dem Beifahrersitz im Auto liegenlassen hat … eine Jacke, ein Schal? Ich kann mich nicht daran erinnern, was sie an dem Tag anhatte, verdammt … Klar, wenn Stan einen Verdacht hat, würde er Carrie nichts davon erzählen … aber Viv vielleicht, aus weiblicher Solidarität oder auch nur aus reiner Bosheit … Wie auch immer, ich fürchte, ich bin nicht mehr der Goldjunge des VK angesichts der Horseshoes-Episode und dem Streit um Donaldsons Ehrendoktorwürde … und jetzt zu allem Überfluss auch noch diese Pornographiesache.

Das war ein angespannter Moment am Freitagnachmittag, als Agnew mich fragte, ob er meine Festplatte überprüfen dürfe … Schwierige Frage, und ich musste mich schnell entscheiden … auf meiner Festplatte befindet sich keine Kinderpornographie, überhaupt keine Pornographie … Gelegentlich bin ich schon mal zu den Porno-Sites im Web gesurft, aber nur von zu Hause aus … also hatte ich in der Hinsicht nichts zu befürchten … Aber in meinem Computer im Büro habe ich die Transkripte all meiner experimentellen Monologe und meine Tagebucheinträge … mit sämtlichen anzüglichen Details meines Verhältnisses zu Marianne und Helen und eine Menge anderes kompromittierendes persönliches Material … zum Beispiel, wie ich Emily im Bad sah … Die Vorstellung, dass Detective Sergeant Agnew in diesen Dateien rumschnüffelt, gefiel mir gar nicht … Aber schließlich dachte ich, er sucht Bilder, keine Texte … und wenn ich mich weigere zu kooperieren, schöpft er vielleicht Verdacht … und wenn er sich einen Durchsuchungsbefehl besorgen muss, um sich meine Festplatte anzusehen, dann wird er sie viel gründlicher unter die Lupe nehmen, als wenn ich ihm jetzt erlaube, sie zu überprüfen … Also habe ich zugestimmt – und er ließ mich vom Haken … Vielleicht war es nur ein Bluff, vielleicht hatte er gar nicht die Absicht, die Festplatte hier und jetzt zu überprüfen … vielleicht hat die Tatsache, dass ich zugestimmt habe, schon ausgereicht, um mich von der Untersuchung auszuschließen … schlauer Bastard … Nachdem er gegangen war, habe ich mir überlegt, ob ich die sensiblen Dateien nicht löschen soll, aber was sollte das bringen? Man kann die Daten auf einer Festplatte niemals vollständig löschen, es sei denn, man zerstört sie …

Was das Theater um Donaldsons Ehrendoktorwürde angeht … wer hat diesem Käseblatt die Informationen über unsere Verbindungen zum VM geliefert? Es muss jemand sein, der Zugang zu den Unterlagen des Senats hat … und ein Motiv … Jasper Richmond, zum Beispiel … Wenn Oliver darüber geredet hat, dass er uns auf dem Parkplatz von Sainsbury's gesehen hat, könnte Jasper versuchen, sich zu rächen … Oder könnte es jemand aus dem Centre selbst sein? Könnte es möglicherweise Duggers sein? Er war nie scharf auf unsere Kontakte zum VM – hat darüber gemault, dass die Gesetze zur Geheimhaltung die akademische Freiheit unterminieren usw., usw., obwohl er in Wirklichkeit nur auf die Knete neidisch war, die ich an Land zog und von der nichts an *sein* Postdoc-Team ging … Aber würde er sein eigenes Institut sabotieren? Ich würde es ihm zutrauen … sagen wir, es gibt einen solchen Wirbel, dass ich gezwungen werde, meinen Posten aufzugeben … oder, was wahrscheinlicher ist, ihn angewidert selbst aufgebe … dann würde er in meine Fußstapfen treten, jedenfalls dürfte er sich das so vorstellen … er wäre lieber Leiter eines verarmten Centre als Nummer zwei in einem florierenden … Ich hoffe, er findet nicht heraus, warum ich diese Tests machen muss … Ich kann mir genau vorstellen, in welch erwartungsvolle Erregung ihn das versetzen würde …

Ich werde ein wenig paranoid … aber es war eine anstrengende Woche, eine verdammte Krise nach der anderen … gerade dann, als ich etwas Ruhe und Frieden nötig gehabt hätte, um mich auf die Konferenz vorzubereiten … was mich an ein anderes kleines potenzielles Problem erinnert, das am Himmel seine Schleife zieht und darauf wartet zu landen … Ludmila Lisk … Was mir jetzt gerade noch fehlt, ist ein tschechisches Groupie, das mir auf der Konferenz auf Schritt und Tritt folgt … bei jeder Gelegenheit auf Schmusekurs geht und in Erinnerungen an unsere romantische Nacht in Prag schwelgt … Carrie auf die

Nerven geht und möglicherweise auch Helen … Wenn alles schiefgeht, was schiefgehen kann, dann könnte die nächste Woche so aussehen: Man diagnostiziert bei mir Krebs im Endstadium … drei Frauen schlagen sich in aller Öffentlichkeit um mich … eine von ihnen droht mit der Scheidung … das Centre wird in einem Pornoskandal bloßgestellt … die Forschungsgelder werden gestrichen … mein Status beschädigt … meine Feinde triumphieren … Natürlich, sollte die erste dieser Möglichkeiten eintreten, zählen die übrigen nicht mehr sehr viel … oder sehr lange. Was vielleicht der Grund ist, warum ich überraschend ruhig bin … Entscheidend ist, dass man Verteidigungsmaßnahmen ergreift, wo man kann, und stoisch auf das wartet, was sich wohl ergeben mag, wo man das nicht kann.

30

Dienstag, 27. Mai. Messenger hat heute seine Tests. Ich habe ihn gestern Abend angerufen, um ihm Glück zu wünschen. Ich hatte zuvor mit Carrie gesprochen, also wusste ich, dass sie nicht bei ihm war. Offensichtlich hatte er ihr gesagt, er wolle in der Zeit, in der alles vorbereitet wurde, von niemandem besucht werden. Ich vermute, so fühlt er sich weniger krank. Carrie fährt heute nach Bath, um bei ihm zu sein, wenn sie die Ergebnisse der Tests bekommen, und um ihn später nach Hause zu fahren. Die Aufgabe einer Ehefrau. Er sagte, er würde versuchen, mich heute Abend anzurufen, um mir zu sagen, wie alles gelaufen ist, doch wahrscheinlich könne er mich erst morgen von seinem Büro aus erreichen. Er ruft mich nicht gerne von zu Hause an, weil er vermeiden will, dass Carrie zufällig den Hörer vom anderen Anschluss abnimmt und hört, wie wir uns unterhalten. Er hat kein Handy – er sagt, hätte er eins, hätte er keine ruhige Minute mehr –, also können wir nur miteinander sprechen, wenn er im Büro ist.

Er klang gestern Abend ein wenig gereizt, was kaum überraschend ist. Er ist gelangweilt, hungrig und besorgt. Und alles, was ich tun konnte, war, ihm Glück zu wünschen. Denn das ist alles, woran ich jetzt noch glaube: Glück. Zufall. Willkürlichkeit. Chaos. Und wir wissen, dass wir die nicht kontrollieren können, also ist »jemandem Glück wünschen« eine besonders leere Geste. Früher hätte ich gesagt: »Ich bete für dich.« Früher, vor recht langer Zeit, wäre ich in eine Kirche gegangen und hätte in der Marienkapelle eine Kerze angezündet und darum gebetet, dass die Jungfrau Maria und ihr göttlicher Sohn eingriffen und Messengers Geschwulst verschwinden ließen. Wie bizarr erscheint mir heute diese Vorstellung – teilweise wegen Messenger selbst. Er hat es mir unmöglich gemacht, für ihn zu beten. Sollte ich es vorschlagen, würde er sich über mich lustig machen. Ich kann mir genau vorstellen, wie er sagt: »Verrat mir, wie dieses Gebetsding genau funktionieren soll. Nehmen wir mal rein theoretisch an, dass es einen Gott gibt – wie entscheidet er, welche Gebete erhört werden? Warum sollte er meinen Krebs heilen und andere arme Kerle, die in derselben Verfassung sind, sterben lassen, ganz zu schweigen von den Kindern mit Leukämie auf der Kinderstation? Nachdem er erst einmal angefangen hat, in den Ablauf der Natur einzugreifen – wie entscheidet er, wann er wieder aufhört?«

Ich hatte selbst so meine Schwierigkeiten mit der Vorstellung eines Bittgebets, sogar schon, als ich noch eine fromme Schülerin in der Klosterschule war. Ständig habe ich die alte Nonne, Schwester Rita, die uns in der fünften Klasse in Religion unterrichtete, mit kasuistischen Fragen geplagt, wie zum Beispiel: »Was macht Gott, wenn ein Bauer um Regen für sein Getreide betet, während wir gleichzeitig darum beten, dass das Wetter während des Schulsportfests gut ist?« Oder, kühner: »Haben die deutschen Katholiken ihre Zeit verschwendet, als sie im Zweiten Weltkrieg um den Sieg gebetet haben?« – »Diese Dinge sind ein Mysterium, Helen Driscoll«, sagte Schwester Rita immer und errötete ein wenig. »Sie werden uns in unserem nächsten Leben offenbart werden.« Diese Art Gebet scheint mir heute reinster Aberglaube, und doch vermisse ich sie. Durch sie hatte man etwas Positives, das man in bedrohlichen Situationen tun konnte, sie erleichterten einen. Ich hasse diesen Zustand, hilflos darauf warten zu müssen, wie die Würfel fallen.

Und ehrlich gesagt kann ich ein Gefühl der Schuld nicht völlig unterdrücken, das Gefühl, dass wir durch unser Verhalten selbst die Katastrophe über uns gebracht haben. Weil wir der Lust nachgaben. Carrie betrogen (wobei es keine Rolle spielt, dass sie ihrerseits Messenger betrügt). Im Grunde, machen wir uns nichts vor, kommt es mir so vor, als hätten wir gesündigt und verdienten es, bestraft zu werden. In dem Augenblick, in dem Messenger sagte: »Ich habe eine Geschwulst auf der Leber«, empfand ich kalte, üble Furcht, doch keine Überraschung – es war, als hätte ich unbewusst so einen Schlag erwartet, und jetzt hatten wir ihn bekommen. Das nenne ich Aberglaube. Messengers Geschwulst existierte wahrscheinlich schon, bevor wir uns überhaupt begegnet sind, doch es macht keinen Unterschied, wenn ich mir das sage. Die Sünde hat sie hervorgebracht, hat sie genährt und schneller wachsen lassen. Das sagt mein abergläubisches Selbst. Ich kann seine dumme, hysterische Stimme nicht zum Schweigen bringen, auch wenn ich versuche, mir die Ohren zuzuhalten. Sie gefällt mir nicht. Mein Elend könnte größer nicht sein: Ich glaube noch immer an die Sünde, aber nicht mehr an die Möglichkeit der Vergebung.

Beruhige dich, Helen Reed. Reiß dich zusammen. Betrachte die Tatsachen mit klarem Blick. Messenger hat eine Geschwulst. Sie ist wahrscheinlich gutartig. Nein, streich das, sei genau: Sie *könnte* gutartig sein. Bis jetzt weiß das noch niemand. Wenn sie gutartig ist, kann sie behandelt, geheilt werden. Das Leben wird weitergehen wie zuvor. Die gleichen moralischen Probleme von Liebe und Lust, Treue und Betrug bestehen auch weiterhin und wollen gelöst sein, müssen aufgearbeitet werden, haben aber nichts mit dem Zustand von Messengers Leber zu tun. Wie dumm wirst du dir dann wegen diesem Panikanfall vorkommen. Wenn die Geschwulst andererseits ein Tumor ist … Ja? Was dann? Nun, auch das hat nichts zu tun mit Liebe, Lust, Treue usw. Es ist ein körperlicher Zustand mit körperlichen Ursachen, etwas, das jedem hätte passieren können – das dir hätte passieren können, aber das zufällig ihm passiert ist. Es gibt keinen Grund, irgendeine moralische Botschaft hineinzulesen.

Na ja, das ist ja alles gut und schön, aber wenn er unheilbar an Krebs erkrankt ist, hat er vor, sich das Leben zu nehmen, bevor der Krebs ihn umbringt, und er will, dass ich bereit bin, ihm dabei zu helfen. Er hat mich gebeten, und ich habe abgelehnt. Weil ich über diese Idee schockiert war, verängstigt, entsetzt. Im Grunde bin ich ein Feigling. Ich habe nicht den Mut, der zum Unglauben gehören soll. Also gibt es nichts, was ich für Messenger tun kann, außer ihm Glück zu wünschen und zuzusehen, wie die Ereignisse ihren Lauf nehmen. Zusehen, aber nicht beten.

Mit fünfzehn las ich Graham Greenes *Das Ende einer Affäre,* heimlich, denn ich war mir ziemlich sicher, dass Daddy das für unpassend halten würde. In Wirklichkeit war es natürlich das perfekte Buch für eine fromme heranwachsende Katholikin, die sich eben erst ihrer eigenen Sexualität bewusst wurde. Die Anspielungen auf die leidenschaftliche Liebe des ehebrecherischen Paares, besonders auf Sarahs Orgasmusfähigkeit, ihre »seltsamen Schreie der Hingabe« faszinierten und erregten mich, während ihre darauffolgende spirituelle Entdeckungsreise mich inspirierte. Monatelang wurde ich in meiner Fantasie zu Sarah, die mit Bendrix ekstatischen fleischlichen Verkehr genoss (die Einzelheiten blieben eher vage) und die dann Gott versprach, diesen Mann aufzugeben, wenn er bei der Bombenexplosion nicht sterben würde, und später würde ich auf Kosten meines eigenen irdischen Glücks mein Versprechen halten, an einer schweren Erkältung sterben und am Ende in die ewige Glückseligkeit eingehen, und zurück bliebe eine Spur kleiner Wunder, die den Unglauben meines Liebhabers in Bedrängnis bringen würden. Meine Güte, wie ich über diesem Buch geweint habe! Wie ich mich danach gesehnt habe, als Erwachsene wie Sarah zu sein, um all das zu erfahren und für meine Sünden in einer großen, heroischen Geste zu büßen, indem ich mich selbst opferte. Jetzt befinde ich mich in einer Situation, die der ihren sehr ähnelt, aber ich habe ihren Glauben nicht.

Es ist elf Uhr abends. Messenger hat nicht angerufen. Ich gehe ins Bett.

Mittwoch, 28. Mai. Messenger hat mich heute Morgen angerufen, sobald er ins Büro kam. Ich habe auf seinen Anruf gewartet, und doch bin ich zusammengezuckt, als das Telefon läutete, und vor lauter Nervosität ließ ich den Hörer fallen, als ich abnahm. Die Ergebnisse der Tests haben kein eindeutiges Ergebnis gebracht. Die Koloskopie hat nichts Ungewöhnliches gezeigt, was gut ist, aber das CT zeigte »eine zystenartige Masse« von etwa zehn Zentimetern im Durchmesser auf dem rechten Leberlappen. Gerade eben habe ich mein Maßband herausgeholt, und zehn Zentimeter sehen erschreckend groß aus. Sie beeinträchtigt ihn überhaupt nicht, was anscheinend erklärt, warum er keine Schmerzen hat, aber Messenger sagte, Henderson wirkte deswegen ein wenig verwirrt. »Er schien fast enttäuscht, dass es keine durch Dickdarmkrebs verursachte Metastase war, denn das hatte er vermutet.« Henderson will, dass er eine Leberbiopsie machen lässt, um eindeutig festzustellen, ob es Leberkrebs oder etwas anderes ist. Henderson schlug vor, ihn an einen Leberchirurgen in Bristol zu überweisen, doch offensichtlich hat Carrie die Angelegenheit in die Hand genommen. Sie scheint überhaupt kein Vertrauen zu Henderson zu besitzen, und deshalb ruft sie im Augenblick alle und jeden an, der ihr einfällt, um herauszufinden, wer der Top-Leberspezialist im Land ist. Messenger scheint damit zufrieden, ihr die Dinge zu überlassen.

Ich komme mir vor wie in einer Geschichte ohne Pointe. Ich hatte angenommen, die Ergebnisse der gestrigen Tests seien eindeutig, und als ich heute in den frühen Morgenstunden wachlag und mir alles noch einmal durch den Kopf gehen ließ, entschloss ich mich dazu, Messenger zu sagen, dass er doch auf meine Hilfe zählen könne, gäbe es schlechte Nachrichten, gleichgültig, was auch immer er von mir verlangen würde. Mir schien, wenn er von mir verlangen sollte, dass ich Wort hielte, würde ich genau das tun; und die Tatsache, dass ich vor den möglichen Konsequenzen Angst hatte, machte das auf eigentümliche und perverse Weise zu einem Akt der Großmut, der Liebe, zu einer Tat, die derer Sarahs ähnelte. Ich versuchte, mich in seine Lage zu versetzen, mir vorzustellen, ich sei er, wenn er erfährt, dass er Krebs im Endstadium hat, und mir schien, ich verstand, warum er dem Unvermeidlichen zuvorkommen wollte. Für Christen hat Leiden einen gewissen Sinn und Zweck – es kann »dargebracht« werden, es kann eine Möglichkeit sein, »einen guten Tod zu haben«, wie die Nonnen früher sagten. Und es gibt Menschen, die sich selbst in der elendesten Lage ans Leben klammern, weil sie *nicht* glauben, dass es ein zweites gibt, für die jeder Sonnenaufgang und Sonnenuntergang, jeder Augenblick, den sie mit ihren Lieben verbringen, kostbar ist, gleichgültig, in welcher Verfassung sie sind. Aber Messenger nicht. Ich kann mir nicht vorstellen, wie er langsam verfällt, verkümmert, dahinschwindet, zuerst auf Krücken, dann im Rollstuhl und schließlich im Bett, während er mit Schläuchen und Kathetern und Gott weiß was alles verbunden ist. Messengers Persönlichkeit hat, ebenso wie sein Profil, etwas Römisches: Er ist ein Kämpfer, aber wenn sich die Niederlage nicht länger vermeiden lässt, würde er sich lieber in sein Schwert stürzen, anstatt in Ketten vorgeführt zu werden. Ich verstand das, und so beschloss ich zu tun, was auch immer er verlangen sollte – gleichgültig, was auch immer mich das kosten würde.

Nachdem ich an diesem Punkt meine ganze Entschlossenheit aufgebracht hatte, wartete ich voller Angst auf seinen Anruf. Als er mir sagte, die Resultate seien unklar, fühlte ich mich einigermaßen erleichtert, dass es keine schlechten Neuigkeiten waren, doch ich war auch enttäuscht darüber, dass sie nicht besser waren. Die Anspannung geht weiter. Natürlich sagte ich nichts über meine privaten Qualen und den Entschluss, zu dem ich gekommen war. Ich nahm nur Anteil an seiner noch länger andauernden Unsicherheit. Er sagte, er habe glücklicherweise genügend andere Dinge am Hals, die ihn beschäftigen. Er fragte, ob ich die heutige Ausgabe von ›On Campus‹ gesehen habe. Offensichtlich hat die Zeitschrift einen Brief von ihm gebracht. Er schien gar nicht daran zu denken, dass ich das Haus erst verlassen würde, nachdem ich seinen Anruf erhalten hätte. Er sagte mir auch, dass die BBC ein Kamerateam schicken wird, das während der Konferenz für eine Dokumentation über künstliche Intelligenz einen Film drehen will. Er ist überaus erfreut über diese Entwicklung, denn sie verschafft dem Centre Publicity, aber meine Bedenken, am Ende der Konferenz eine Rede zu halten, werden dadurch nur noch größer. Jetzt wäre mir lieber, ich hätte nie zugesagt.

7.30 Uhr abends. Ich habe versucht, mich heute Nachmittag mit Arbeit abzulenken, und die Benotungen der Studenten im MA-Kurs für die Besprechung der Prüfer nächste Woche geschrieben. Es scheint unglaublich, dass wir schon die letzte Unterrichtswoche des Semesters erreicht haben. Ich habe heute die Zeugnisse des auswärtigen Prüfers erhalten. Es ist Austin Osgood, ein Dichter und Autor von Kurzgeschichten, der einen ähnlichen Kurs an der Lincoln University leitet. Ich habe ihn einmal in Hay-on-Wye getroffen, aber wir kamen nicht allzu gut miteinander aus. Er besitzt ein lautes, ausgelassenes Lachen, das nicht zu seinen zu eng stehenden, berechnenden Augen zu passen scheint. Aber er äußerte sich überaus lobend über die Arbeiten der Studenten und gab ihnen allen gute Noten, keine schlechter als Zwei plus. Als ich ihm die Manuskripte schickte, bat ich ihn, sich das von Sandra Pickering besonders sorgfältig anzuschauen, natürlich ohne dass ich ihm erklärt hätte, weshalb. Zu meiner Überraschung gab er ihr eine Eins minus, eine der besten Noten. Nun, so hat sie wenigstens keinen Grund, sich über meine persönliche Abneigung zu beklagen. Gerechterweise muss ich zugeben, dass, so scheint mir, sie sich Mühe gegeben hat, *Verbrannt* weniger peinlich für mich zu machen. In den zwei Kapiteln, die sie während der letzten Woche geschrieben hat, nimmt die Geschichte eine neue Wendung, und die Figur des Alastair wurde von einer anderen ersetzt, an der die Heldin erotisch interessiert ist. Morgen treffe ich die Gruppe zum letzten Mal. Ich kann ihnen die Ergebnisse noch nicht mitteilen, aber ich werde ihnen zu verstehen geben, dass jeder bestanden hat, und hinterher werde ich für sie eine kleine Party organisieren. Ich wollte, ich wäre in besserer Stimmung dafür.

Heute Nachmittag habe ich mir eine Ausgabe von ›On Campus‹ gekauft und Messengers Brief über die Verbindung seines Centre mit dem VM gelesen. Es ist ein sehr geschickter Brief, genau das, was man erwarten würde, aber er steht nicht gerade an auffälliger Stelle. Die Titelgeschichte dreht sich ausschließlich um die angedrohten Mieterhöhungen für die Studenten. Es scheint, die Universität wollte die Erhöhungen während der Ferien bekannt geben, wenn niemand hier ist, aber die Zeitung hat von diesen Plänen erfahren. Der Studentenbund ist empört und hat zu einer Demonstration noch vor Ende des Semesters aufgerufen. Wie in alten Zeiten.

Freitag, 29. Mai. Messenger ist unterwegs nach London, um sich vom besten Leberspezialisten des Landes untersuchen zu lassen, und meine eigene Leber kann heute Morgen auch nicht gerade in glänzender Verfassung sein. Ich habe einen schlimmen Kater.

Der Tag gestern war mit allem möglichen voll gepackt. Ich verbrachte den Vormittag damit, das Essen für die Studenten vorzubereiten, und aß dann mit Messenger zu Mittag. Ich rief ihn an und beschwerte mich darüber, dass ich ihn fast eine Woche lang nicht zu Gesicht bekommen hatte. Er zögerte, meinte, er habe schrecklich viel zu tun, sagte aber am Ende zu. Wir inszenierten ein lächerliches Zufallstreffen im Personalgebäude und aßen im Speisesaal, in dem die Kellnerinnen bedienen. Zufällig hatten wir denselben Tisch am Fenster wie vor Monaten bei unserem ersten Treffen. Jetzt verriet ich ihm, dass ich an jenem Tag gesehen hatte, wie er auf das Gebäude zugekommen war, und ich mich in der Lobby vor den grässlichen Landschaftsbildern herumgedrückt hatte, in der Hoffnung, er würde mich sehen, und dass ich nur vorgegeben hatte, überrascht zu sein, als er mich ansprach. Er lächelte über dieses Geständnis, doch er wirkte ein wenig verärgert. Ich glaube, er vermutet, dass er in solchen

Affären immer selbst die Initiative ergreift, und es beunruhigte ihn zu entdecken, dass eine Frau ihm gegenüber ihren Charme spielen ließ, ohne dass er sich dessen bewusst war. Er sah ein wenig dünner aus als sonst, dachte ich, zweifellos wegen seiner Krankenhausdiät. Zu Mittag aß er Bratfisch, wobei er vorsichtig den Teig entfernte und ihn auf dem Tellerrand liegen ließ; dazu Broccoli, aber keine Pommes.

Er sagte mir, dass Carrie stundenlang herumtelefoniert habe und in einer Reihe, die von hier bis nach Kalifornien und wieder zurück reichte, von einem Freund eines Freundes eines Arztes zum anderen weitergereicht wurde, am Ende aber herausfand, dass der beste Leberspezialist in England ein Mann namens Halib ist. Irgendwie setzte sie Mr Halib so unter Druck oder bestach ihn so hoch oder bezauberte ihn so sehr, dass er sich Messenger morgen Früh in seiner Praxis in der Harley Street ansehen wird. Die beiden nehmen den Frühzug und kommen gerade noch rechtzeitig zur Eröffnung der Konferenz zurück. Ich sagte, das höre sich nach einem furchtbar anstrengenden Zeitplan an, aber er sagte, das sei ihm viel lieber, als im Krankenhaus herumzusitzen. »Obwohl ich sagen würde, das erlebe ich zu gegebener Zeit noch häufig genug«, fügte er hinzu und schnitt eine Grimasse.

Das Mittagessen war kurz, denn wir beide hatten am Nachmittag noch einiges zu erledigen, und es war frustrierend, denn es fand in aller Öffentlichkeit statt. Es musste wie ein zufälliges, belangloses Treffen wirken, und wir mussten leichthin über Dinge sprechen, bei denen es um Leben und Tod ging, oder andere Themen finden. Messenger fragte nach Lucy, und ich sagte ihm, dass ich eben erst eine E-Mail von ihr erhalten hatte, in der sie mir schrieb, dass sie Ende Juni nach Hause fliegen wird. Paul geht nach Mexiko, bevor er zurückkommt. Auch er hat herausgefunden, dass ich ans Netz gegangen bin, und er hat tatsächlich angefangen, mir Briefe zu schreiben. Messenger fragte mich, ob ich jemals das Internet benutzt hätte, und ich sagte, nicht allzu oft, es sieht so aus, als könne ich nie finden, was ich suche. Ich sagte ihm, dass Gil Baverstock, einer meiner Studenten, mir erzählt hat, dass ein geisteswissenschaftliches College in Wyoming eine Website hat, die meinen Büchern gewidmet ist, doch als ich »Helen Reed« in die Alta-Vista-Suchmaschine gab, lieferte mir die eine Million dreihunderttausend Seiten. Willkürlich wählte ich irgendeine, und es stellte sich heraus, dass sie von einer jungen Dame stammte, die Fotos von sich selbst mit »erhobenem Röckchen« anbot, auf denen sie kein Höschen trug. Messenger lachte und sagte, es gäbe Möglichkeiten, die Suche einzugrenzen, er würde mir zeigen, wie. Er fragte mich, ob ich eines der Bilder heruntergeladen hätte, und ich sagte, Nein. Er fragte mich, ob ich jemals Pornos im Internet angeschaut hätte, und ich sagte, natürlich nicht. Er sagte, nicht viele Menschen wissen, dass alles, was man aus dem Internet herunterlädt, für immer auf der Festplatte gespeichert bleibt. Ich sagte: »Wie der Engel, der unsere Sünden in ein großes Buch schreibt?« Und er sagte: »Genau. Der Engel mit dem großen Buch ist eine Festplatte.«

Während wir Kaffee tranken, hörten wir von draußen Stimmengewirr, zuerst schwach, dann immer lauter, und schließlich erschien eine lange Prozession von Studenten, die Sprechchöre anstimmten und Transparente trugen. Immer wieder marschierten sie um das Personalgebäude. Im obersten Stock gab der VK ein Essen für Mitglieder des University Court – ein Gremium, das aus der Prominenz des Landes, lokalen Geschäftsleuten usw. besteht und dessen Funktion innerhalb der Universitätsverwaltung fast nur Symbolwert hat –, und die Studenten nutzten die Gelegenheit, um gegen die angedrohten Mieterhöhungen zu protestieren. Ich sagte, da hätte Messenger aber Glück gehabt, dass es gerade jetzt zu diesem Streit gekommen sei, denn er hatte eindeutig die Aufmerksamkeit von der Sache mit der Ehrendoktorwürde für den Mann aus dem Verteidigungsministerium abgelenkt. »Glück hat damit nichts zu tun«, sagte er. »Ich habe die neuen Mieten gegenüber diesem Käseblatt durchsickern lassen.« Ich starrte ihn nur an. »Woher kennst du die?«, sagte ich. »Nicht so laut«, sagte er. »Ich sitze im Finanzausschuss des Senats.« Ich vermute, ich muss ein wenig schockiert ausgesehen haben, denn er fügte hinzu: »Jemand hat die Verbindungen des Centre mit dem VM durchsickern lassen. Wenn deine Feinde zu unsauberen Mitteln greifen, musst du dasselbe tun.« – »Wer sind die?«, sagte ich. »Weiß ich nicht«, sagte er, »aber sie sind nicht mehr auf dem Laufenden. Die Studenten kümmern sich heute mehr um das, was ihrem Geldbeutel schadet, als um irgendwelche Prinzipien.«

Wir trennten uns auf den Stufen zum Personalgebäude – natürlich ohne uns zu küssen und sogar ohne uns zu berühren. Da niemand in Hörweite war, meinte ich, er hätte ruhig »Ich liebe dich« oder so etwas murmeln können, doch das tat er nicht, und deshalb tat ich es auch nicht. Und doch fürchte ich, dass ich diesen Mann liebe – ich fürchte es, weil ich dabei keine großen Aussichten auf Glück erkennen kann. Ich ging zum Turm der Geisteswissenschaften, um meine letzte Workshop-Sitzung mit der MA-Gruppe abzuhalten, und bemühte mich, für den Rest des Tages nicht mehr an Messenger zu denken.

Um das Ende des Kurses zu feiern, hatte ich die Studenten gebeten, jeweils nicht länger als zehn Minuten aus ihren Arbeiten vorzulesen, und nach dem Vorlesen sollte es keine Diskussion geben, nur Applaus. Das lief wunderbar. Sandra Pickering las einen Abschnitt, den sie diplomatischerweise aus dem ersten Kapitel ausgewählt hatte. Dann begaben wir uns in die Maisonette Row, wo ich Dips und Salate und Quiches und einen großen Vorrat an Wein und Bier vorbereitet hatte. Es war ein milder Abend, und ich öffnete das Schiebefenster im Wohnzimmer, das auf einen kleinen, gepflasterten Patio führt, der zu dieser Gelegenheit mit einem Gartentisch, Stühlen und einem Sonnenschirm, die ich von meinen direkten Nachbarn geliehen hatte, aufgepeppt worden war. Ich hatte Ross und Jackie eingeladen, sich uns auf einen Drink anzuschließen, aber ich war ziemlich erleichtert, als sie sich entschuldigten, weil sie auf dem See Kajak fahren wollten. Die Party war für die Studenten ein richtiger Übergangsritus. Es war süß von ihnen, wie sie zusammengelegt hatten, um mir ein Geschenk zu kaufen, eine Erstausgabe von Virginia Woolfs *The Common Reader,* 2. Teil, Hogarth Press 1932, mit dem Umschlag von Vanessa Bell, der nur leicht eingerissen war; das war nicht nur sehr großzügig von ihnen, sondern auch mit Bedacht ausgewählt. Ich muss gegenüber einem von ihnen erwähnt haben, dass ich eine Lithographie von Vanessa Bell besitze. Simon Bellamy überreichte mir das Geschenk, während er eine witzige Rede hielt, in der er mir im Stil zehn verschiedener Autoren von Alexander Pope bis J. D. Salinger als Dozentin Komplimente machte und meine Vorliebe veralberte, ihnen entsetzlich schwierige Übungen zur Nachahmung fremder Schreibstile aufzugeben. Im Gegenzug hielt ich eine ziemlich tränenreiche Rede, in der ich ihnen sagte, welch wundervolle und talentierte Menschen sie waren und wie sehr ich mich darauf freute, die Kritiken zu ihren ersten Büchern zu lesen und ihre glänzenden Karrieren zu verfolgen. Zu dem Zeitpunkt hatten wir alle bereits eine Menge getrunken, und nach den Reden tranken wir noch mehr. Es war eine dieser lauen Sommernächte, die in England so selten sind, wo man nach Einbruch der Dunkelheit im Freien sitzen kann, ohne dass man vor Feuchtigkeit und Kälte fröstelt. Die Studenten trugen weitere Stühle und Kissen hinaus und saßen im Kreis. Bob Drayton hatte eine Akustikgitarre mitgebracht, zupfte in der Dunkelheit leise vor sich hin und sang mit sehr angenehmer Tenorstimme gelegentlich einen Folksong. Jemand ließ ein, zwei Joints rumgehen. Es war eine überaus erfolgreiche Party, doch ich fragte mich verzweifelt, wann sie jemals gehen würden, also sammelte ich als zarte Andeutung die schmutzigen Teller zusammen und stapelte sie in der Spüle. Sandra Pickering half mir dabei, was mich ein wenig überraschte, und dann sagte sie, dass sie gehen würde. »Vielen Dank für die Party«, sagte sie. »Und vielen Dank für den Kurs.« – »Glauben Sie, dass Sie irgendetwas gelernt haben durch ihn?«, sagte ich. »O ja«, sagte sie, ohne das weiter auszuführen. »Es tut mir Leid, dass Sie das mit Martin von mir erfahren mussten«, fügte sie hinzu, »aber es war wohl Schicksal.« – »Ja, das war es wohl«, sagte ich. Recht förmlich gaben wir einander die Hand. »Viel Glück mit *Verbrannt*«, sagte ich heuchlerisch. »Danke«, sagte sie. »Und wie steht's mit Ihnen? Schreiben Sie an irgendwas?« – »Nein, eigentlich nicht«, sagte ich. »Ich war zu sehr mit Ihnen allen beschäftigt.« – »Warten Sie nicht zu lange damit«, sagte sie. Mir schien das ein wenig überheblich von ihr, und ich vermute, mein Gesichtsausdruck zeigte das. Sie sagte: »Das ist das Wichtigste, was ich im Kurs gelernt habe. Man muss weiterschreiben, egal, was passiert.« Und damit ging sie.

Ich ging wieder in den Garten und sagte den Übrigen, es täte mir Leid, aber ich müsse ins Bett gehen, sonst würde ich noch im Stehen einschlafen; sie sollten einfach leise das Haus verlassen, wenn sie so müde wären wie ich.

Worauf sie mir alle fröhlich gute Nacht wünschten und sich noch ein paar Stunden zusammensetzten. Am Morgen aber waren alle verschwunden, und neben der Spüle standen die Teller und Gläser gespült und abgetrocknet, als wäre eine Fee hier gewesen.

11.25 Uhr abends. Endlich gute Neuigkeiten. Na ja, wenigstens ermutigende. Ich habe das Gefühl, ich darf mich nicht zu sehr freuen, für den Fall, dass sich herausstellen sollte, dass ich mir umsonst Hoffnungen gemacht habe. (Aberglaube, schon wieder.) Messenger war heute Abend blendend in Form, als er den Vorsitz bei der Eröffnung der Konferenz übernahm – im Wesentlichen eine gesellschaftliche Veranstaltung: ein Empfang, bei dem es Drinks gab, gefolgt von einem Abendessen, gefolgt von einem Gang in die Bar, in der man allerdings bezahlen musste. Die Konferenz wird im Chiltern House abgehalten, einem Gebäude auf der Westseite des Campus, das eher einem Flughafenhotel gleicht. Es wurde eigens dazu errichtet, um Veranstaltungen wie diese zu beherbergen sowie einige Kurse »im Nachhinein«, die Geld bringen sollen. Sofort, als ich in die große Lounge kam, wo der Empfang stattfand, und sah, wie Messenger sich inmitten der Delegierten bewegte, lächelte, Hände schüttelte, auf Schultern schlug, lachte und Witze machte, wusste ich, dass in der Harley Street alles gut gegangen sein musste. Auch Carrie war dort, in einem ihrer bauschigen Seidenkaftane, sie sah müde und weniger begeistert aus, aber sie lächelte ruhig. Als ich durch die Menge auf die beiden zuging, sah ich Professor Douglass – man konnte ihn kaum übersehen in seinem dunklen Anzug und seinen schwarzen, polierten Schuhen. Die meisten Delegierten – die Männer ohnehin, und Frauen waren nicht viele da – waren leger, um nicht zu sagen schlampig angezogen: Sie trugen Sporthemden mit offenem Kragen oder T-Shirts und ausgebeulte Baumwollhosen. Einige trugen sogar Turnschuhe. Ich hatte mich an den Grunge-Stil gewöhnt, den Messengers Studenten und die meisten seiner Kollegen bei ihrer Kleidung zu bevorzugen schienen, aber das scheint ebenso der internationale Stil in den Kognitionswissenschaften und den verwandten Disziplinen zu sein.

»Herzlichen Glückwunsch«, sagte ich zu Douglass. Er sah erschrocken aus und errötete. »Wozu?«, sagte er. »Zum Sieg beim Entenrennen natürlich.« – »Ach *das*«, sagte er abschätzig. »Der Preis bestand aus einer Kiste Champagner, und ich trinke nicht.« – »Die Konferenz scheint einen guten Start gehabt zu haben«, sagte ich und sah mich um. »Hatten Sie viel Arbeit mit der Planung?« – »Mehr, als mir lieb war«, sagte er. »Unser großer Boss war fast die ganze Woche über nicht da. Ich habe gehört, er war zu einigen Tests im Krankenhaus.« Seine Stimme hatte einen aufdringlich-neugierigen Ton, der mir nicht gefiel. »Das weiß ich wirklich nicht«, sagte ich und ging durch die plaudernde Menge auf Messenger zu.

Es gelang ihm, mir ins Ohr zu flüstern: »Gute Neuigkeiten. Halib glaubt, dass es wahrscheinlich eine Hydatide ist.« Aber als ich sagte: »Was ist das?«, wurde er von einem bärtigen Amerikaner in einem hellgrünen Sportjakkett und einem roten Poloshirt angesprochen. »Erklär ich dir später«, sagte Messenger und stellte mich dann Saul Rosenbaum von der University of Colorado vor, der ein Referat über den »Bau eines funktionierenden Geistes« halten wird. »Bauen Sie wirklich so etwas?«, fragte ich. »Sicher«, sagte er voller Überzeugung. »Und worüber denkt der nach?«, fragte ich. »Im Augenblick nur über Autoteile«, sagte er. »Wir bauen ihn für General Motors.« – »Helens Interesse am Geist sieht anders aus«, sagte Messenger. »Sie schreibt Romane.« – »Wirklich?

Krimis?«, sagte Professor Rosenbaum. Ich sagte, Nein, ich fürchte, ich lese nicht mal welche. »Elmore Leonard ist mein Lieblingsautor«, sagte er. »Sollten Sie auch mal ausprobieren.« Ich sagte ihm, das werde ich, und ging hinüber, um Carrie guten Abend zu sagen.

Wir küssten uns auf beide Wangen. Es war das erste Mal, dass wir uns trafen, seit sie nach Kalifornien geflogen war, und in gewisser Weise war es eine Erleichterung für mich, dass das bei einer so großen gesellschaftlichen Veranstaltung geschah. So viel war inzwischen geschehen, von dem sie nichts wusste, von dem sie nichts wissen durfte, und ich war mir nicht allzu sicher, ob ich noch in der Lage wäre, auch weiterhin überzeugend die Rolle der Freundin und Vertrauten zu spielen. Es war leichter, das zuerst in aller Öffentlichkeit zu versuchen. »Ich habe von Ralph gehört, dass alles gut ging bei der Konsultation in London«, sagte ich. (Ich konnte mich gerade noch bremsen und ihn nicht allzu vertraulich »Messenger« nennen.) »Ja«, sagte sie. »Man soll zwar den Tag nicht vor dem Abend loben, aber es sieht vielversprechend aus. Dieser Kerl flößt einem Vertrauen ein.« Sie wollte mir keine weiteren Informationen geben, und ich konnte ihr kaum mit noch mehr Fragen zusetzen, sodass ich auch weiterhin frustriert und angespannt blieb. Beim Abendessen saß ich mit Carrie und Messenger an einem Tisch, aber nicht in ihrer Nähe. Ich saß zwischen zwei Neurobiologen, die den Versuch aufgaben, mit mir Konversation zu machen, kaum dass wir die Hälfte unserer Suppe gegessen hatten, worauf sie sich um mich herum über ihre jeweiligen Experimente an Affen unterhielten. Dazu gehörte offensichtlich auch, Stücke aus ihren Gehirnen herauszuschneiden, um zu sehen, welchen Unterschied im Verhalten das mit sich brachte. Als ich ihnen gegenüber bemerkte, das klänge entsetzlich grausam, versicherten sie mir, dass das Gehirn schmerzunempfindlich ist. Ein merkwürdiges Paradox, dass das Organ, das uns mitteilt, dass wir Schmerzen haben, selbst keinen Schmerz empfindet.

Messenger hielt eine Rede voller Insider-Witze, die mir zu hoch waren, die meisten anderen Anwesenden jedoch zu amüsieren schienen. Bald nach dem Abendessen ging Carrie nach Hause. Als wir uns trennten, sagte ich, ich würde noch ein wenig bleiben, um mir Konferenzbeine zu verschaffen. Sie sah zu Recht verwirrt aus über diese schwerfällige Trope. »Beine, auf denen man eine lange Konferenz durchhalten kann«, erklärte ich. »O ja, richtig. Na ja, ich bin groggy. Es war ein langer Tag. Tu mir einen Gefallen, Helen, bitte. Sorg dafür, dass Messenger nicht lange bleibt.« Ich versprach es voller Eifer – es war die beste Entschuldigung für mich, ihn in der Bar aufzusuchen.

Er saß an einem Tisch mit einer Gruppe Delegierter und winkte mich herüber, dass ich mich zu ihnen setzte. Es waren nur Männer, bis auf ein schlankes, dunkelhaariges Mädchen, das neben ihm saß. Das Namensschildchen an ihrem Revers wies sie als Ludmila Lisk aus, von der Karls-Universität in Prag. Sie sagte nichts, doch sie verfolgte leidenschaftlich die Unterhaltung, wobei ihre dunklen, aufmerksamen Augen von Redner zu Redner sprangen. Die Gruppe am Tisch wechselte, denn immer wieder kamen und gingen verschiedene Leute, aber sie blieb sitzen und nippte genügsam an ihrem Glas Lager. Messenger stellte sie scherzhaft als jemanden vor, der ihn durch Prag geführt habe. Ich fragte sie, ob sie auf der Konferenz ein Referat halten würde. Sie schüttelte ihren Kopf und sagte: »Nein, ich habe ein Schaubild.« Ich vermute, dass irgendwann im Verlauf des Programms die jüngeren und weniger berühmten Konferenzteilnehmer illustrierte Darstellungen ihrer Forschungen vorstellen, die Schaubilder genannt werden. Nach einer Weile fragte Messenger, der selbst nichts als Tonicwater trank, ob noch jemand einen Drink wolle. Ich sagte: »Ich gehe, Ralph, und ich habe Carrie versprochen, dass ich dich vorher nach Hause schicke.« – »Ja, vielleicht sollten wir für heute Schluss machen«, sagte er. Ludmila sah mich mit offener Feindseligkeit an, als wir gute Nacht sagten und die Bar verließen.

»Hast du in Prag mit diesem Mädchen geschlafen?«, sagte ich, als wir das Gebäude verließen. »Nein, natürlich nicht«, sagte er. »Warum fragst du?« – »Sie schien sich an dich zu hängen wie ein Blutegel«, sagte ich. »Sie hofft, dass ich ihr hier einen Postdoc-Job besorge«, sagte er. »Und, machst du's?« – »Vielleicht«, sagte er, »wenn's mich dann noch gibt.« Sofort schämte ich mich dafür, dass die erste Frage, die ich ihm gestellt hatte, nachdem wir endlich alleine waren, nicht diejenige gewesen war, die ich ihm den ganzen Abend lang hatte stellen wollen, sondern ein kleiner Eifersuchtsausbruch. »Du hast gesagt, die Konsultation hätte gute Neuigkeiten gebracht«, sagte ich. »Nun, sie war ermutigend«, sagte er. »Aber erst nächste Woche weiß ich, wie ermutigend.« – »Erzähl's mir«, sagte ich. »Ich bring dich noch zu deinem Wagen.«

Wir gingen über den Campus zum Centre, wo er den Wagen geparkt hatte. Es war eine milde, trockene Nacht, der Mond schien. Das Dröhnen von Bässen drang aus dem Gebäude des Studentenbundes herüber, wo ein Ball zum Semesterende stattfand, und drunten am See schmusten junge Leute in langen trägerlosen Kleidern und Smokings und alberten herum. Ein Mann in Hemdsärmeln bog seinen Kopf zurück, um aus einer Weinflasche zu trinken, und dann schleuderte er die Flasche in den See, wo sie die Spiegelung des Mondes auseinander riss. »Halib ist ein kleiner, runder, kahlköpfiger Asiate«, sagte

Messenger. »Er wirkt nicht allzu beeindruckend, wenn man ihn zum ersten Mal sieht. Er ist so klein, dass ich glaube, er muss auf einem Hocker stehen, wenn er operiert. Aber sobald er in die Gänge kommt, vertraut man ihm. Er nahm die Röntgenaufnahmen, das CT und die Ultraschallbilder, die ich aus Bath mitgebracht hatte, und studierte sie eine ganze Weile lang gründlich. Dann hat er mich untersucht. Es war die gründlichste körperliche Untersuchung, die ich je hatte. Seine Finger schienen tief in meine Bauchhöhle einzudringen, es war, als könnte ich fühlen, wie sie sich in mir bewegten. Als ich mich angezogen hatte, warteten Carrie und ich – sie war diesmal die ganze Zeit über bei mir – darauf, dass er etwas sagen würde. Du kannst dir die Spannung vorstellen. Seine erste Frage war: ›Hatten Sie jemals engen Kontakt zu Hunden oder Schafen, Professor Messenger?‹ Carrie sagte hinterher, dass das so ziemlich das Letzte auf der Welt war, womit sie gerechnet hatte. Aber natürlich lautete die Antwort Ja – ich hab's dir kürzlich erzählt, ich habe auf einer Schaffarm in Yorkshire gearbeitet, als ich in die sechste Klasse ging. Er sah zufrieden aus, als ich ihm das sagte. ›Ich denke, es könnte eine Hydatide sein‹, sagte er. ›Sie entsteht dadurch, dass man die Eier des Hundeparasiten *Echinococcus granulosus* verschluckt – allgemein bekannt unter dem Namen Hundebandwurm. Wenn Sie zufällig infiziertes Wasser geschluckt haben …‹ – ›Ich bin mit den Hunden geschwommen‹, sagte ich. ›Ausgezeichnet‹, sagte er. ›Das erhöht die Wahrscheinlichkeit. Es gibt einen einfachen Bluttest, der die Angelegenheit klären sollte.‹ Er nahm mir eine Blutprobe ab, bevor wir gingen. Wir sollten das Ergebnis Anfang nächster Woche bekommen«, schloss Messenger.

»Und was ist, wenn es dieses Hydatidending ist?«, sagte ich. »Was dann?«

»Das kann man durch eine Operation entfernen. Aber zuerst bringen sie es mit Medikamenten zum Schrumpfen, und Halib sagt, sie haben kürzlich mit einem neuen gute Resultate erzielt. Manchmal verschwindet die Hydatide vollständig.«

»Und es ist wirklich möglich, dass du das all die Jahre hinweg gehabt haben sollst?«, sagte ich.

»Offensichtlich«, sagte er.

»Nun, das sind wunderbare Neuigkeiten«, sagte ich.

»Wenn's stimmt«, sagte er.

»Hätte dieser andere, dieser Henderson, nicht daran denken müssen?«

»Ja, hätte er«, sagte Messenger. »Carrie hatte absolut Recht, was ihn betrifft.«

Wir näherten uns dem Parkplatz des Centre. Im zweiten Stock, unter dem Kuppeldach, schien hinter der halbgeschlossenen Jalousie Licht aus einem einsamen Fenster. »Duggers, der an seinen Algorithmen arbeitet«, sagte Messenger.

»Küss mich, Messenger«, sagte ich. Er antwortete nicht und starrte zum Fenster hinauf.

»Messenger«, sagte ich. »Was?«, sagte er geistesabwesend. »Küss mich.« Er sah sich um, um sicherzugehen, dass wir nicht beobachtet wurden, dann zog er mich in den Schatten einer Mauer, und wir küssten uns. Aber er schien mit seinen Gedanken woanders zu sein. Bei der Hydatide wahrscheinlich.

Sonntag, 1. Juni. Es ist spät, halb elf. Ich bin gerade in die Wohnung gekommen und fühle mich erschöpft und leicht panisch. Erschöpft von zwei Tagen ununterbrochener Diskussionen über das Bewusstsein und leicht panisch angesichts der Vorstellung, morgen Nachmittag in der letzten Sitzung etwas sagen zu müssen.

Das Konferenzprogramm umfasst den ganzen Tag, von morgens um halb zehn bis abends um sechs, wobei sich Vorlesungen für alle Teilnehmer, die im größten Auditorium stattfinden, abwechseln mit kleineren Seminaren, die gleichzeitig zu bestimmten Themen stattfinden und bei denen man sich zwischen Referaten über künstliche Intelligenz, Kognitionspsychologie, Neurobiologie und einer allgemeinen Kategorie, die als »alternative Ansätze« bezeichnet wird, entscheiden muss. Die Wahl fällt schwer, besonders wenn man wenig oder gar nichts über die Redner und ihre Themen weiß, und folglich geriet ich in einige völlig unverständliche und langweilige Veranstaltungen. Ich glaube allerdings nicht, dass ich die Einzige bin, die dieses Pech hat, denn gelegentlich steht jemand, der kühner ist als ich, mitten in der Diskussion auf und verlässt den Raum, weil er vermutlich hofft, irgendwo sonst im Gebäude ein interessanteres Seminar zu finden, aber ich habe nicht den Mumm, seinem Beispiel zu folgen.

Es gibt Pausen für den Vormittagskaffee, das Mittagessen und den Nachmittagstee, aber auch während dieser Unterbrechungen gehen die Diskussionen unermüdlich weiter. Dass Leute vom Fernsehen dabei sind, hat zur Atmosphäre fieberhaften Debattierens beigetragen. Zwischen den Vorlesungen und Seminaren gehen sie in den Vorräumen und Korridoren auf und ab, interviewen die Redner und hören Unterhaltungen zu. Man kann beobachten, wie den Leuten bewusst wird, dass sie gefilmt werden, wenn der lange Galgen, an dem das verkleidete Mikrofon hängt wie ein totes Tier, über ihren Köpfen schwebt und sie anfangen, wegen der Kamera wie Schauspieler aufzutreten. Um die Plenarveranstaltungen zu filmen, waren zusätzliche Lampen nötig, die das Auditorium heiß und stickig machen, was alle nur noch mehr erschöpft. Manchmal sehnte ich mich danach, zu gehen und mich irgendwo an einem kühlen, dunklen Ort hinzulegen, aber pflichtbewusst schleppte ich mich weiter auf und ab über die Korridore und Treppen der Avon Hall (in der unglücklicherweise zwei Aufzüge nicht funktionieren), um etwas zu lernen über Themen wie »Der präfrontale Cortex als Basiskomponente des Selbst«, »Die Vereinigung kognitiver und phänomenologischer Modelle des Bewusstseins«, »Emergenz emotionaler Expression bei Robotern«, »Die Relativitätstheorie und das kognitive Bindungsproblem« usw. usw. Es gab ein Referat, das ich verpasst habe, aber gerne gehört hätte, mit dem Titel: »Ist das Gehirn wie ein Eimer Schrotkugeln oder eher wie eine Schale Gelee?« Am Ende des ersten Tages war mein eigenes definitiv eher wie Gelee. Ich machte mir Notizen, aber als ich sie mir hinterher ansah, konnte ich sie kaum verstehen oder mich daran erinnern, worauf sie sich bezogen. »Afferenz, Efferenz, Ex-afferenz, Re-afferenz … Schema = reproduzierbare Koaktivation von Neuronen … Synergetische Sicht des Gehirns im Gegensatz zur Cartesianischen. Dynamischer Prozess, Interaktionen, Selbststeuerung … Buddhistische Meditation feuernde Neuronen gemessen mit 40 Hz …« Was konnten diese Notizen bedeuten? Gelegentlich gab es einige klare Sätze, meist anekdotischer Art. »Phantomschmerzen in chirurgisch unter Narkose amputierten Gliedmaßen weniger heftig als wenn bei Verletzung durch Unfall verloren … Sprecherin aus dem Publikum behauptete, sie habe eine neue Vorstellung ihres ›Selbst‹ entwickelt, nachdem sie von Amerika nach Norwegen gezogen war und Norwegisch gelernt hatte …« Und, am besten von allen: »Korrespondent von Lewis Carroll nach der Lektüre von Jabberwocky: ›Es scheint meinen Kopf mit Ideen zu füllen, aber ich weiß nicht, mit welchen.‹« Ich empfinde am Ende des ersten Tages genau dasselbe.

Heute gab es weitere Vorlesungen und Seminare und am Abend die Vorstellung der Schaubilder, bei der etwa dreißig oder vierzig zusätzliche Untersuchungen zum Bewusstsein zusammengefasst und auf freistehenden Informationstafeln illustriert wurden, während die Autoren zur Beantwortung von Fragen daneben standen wie Budenbesitzer, die eifrig darauf aus sind, ihre Waren auf einer Art Basar der Informationen an vorbeischlendernde Kunden zu verkaufen. »Phasenporträts in der Quanten-Neurodynamik und ihre Verbindung zu raumzeitlichen Funktionsbereichen neuronaler Kodierungsmechanismen.« – »Subjektiver Ablauf der Zeit: Wirkungen von präoperativer Medikation und Vollnarkose.« – »Von Quanten zu Qualia.« – »Die Wirkungen von Krija-Yoga auf die elektrochemische Aktivität des Gehirns.« – »Modellierung des Lernverhaltens mit autonomen Agenten.« Letzteres gehörte Ludmila Lisk, dünn und scharf wie ein Messer im engen schwarzen Kleid und hochhackigen Schuhen. Es schien etwas mit der Simulation von Kinderspielen zu tun zu haben. Lebhaft erklärte sie es Professor Rosenbaum, wobei sie mir über seine Schulter ein flüchtiges, oberflächliches Lächeln zuwarf, als ich vorbeiging. Rosenbaum hielt heute sein Referat über den »Bau eines funktionierenden Geistes«. Es scheint sich um ein Computerprogramm zu handeln, das einige Funktionen menschlicher Manager übernehmen kann, und schließlich sogar alle. Auf Fragen hin gab er zu, dass es nie in der Lage wäre, zu sehen, zu hören oder umherzugehen, und nur per E-Mail kommunizieren könne. »Aber, hey, viele meiner Freunde sind genauso«, witzelte er. Je mehr ich auf dieser Konferenz höre, umso überzeugter bin ich, dass die Kognitionswissenschaften Lichtjahre davon entfernt sind, das wahre Wesen des Denkens nachzubauen, aber ich habe einfach nicht die Kompetenz und das Selbstvertrauen, so etwas öffentlich zu sagen.

Ich ging zu Messenger und versuchte, die Rede in der letzten Sitzung loszuwerden. »Erlass sie mir«, beschwor ich ihn. »Ich weiß nicht, was ich sagen soll. Ich habe nicht einmal die Hälfte von dem verstanden, was ich gehört habe. Ich werde mich zum Narren machen, und die Fernsehleute werden alles filmen.« – »Mach dir keine Sorgen«, sagte er. »Sag einfach nur, was du über das Problem des Bewusstseins denkst.« – »Das ist schon alles?«, sagte ich ironisch. »Verrate uns, wie es aus literarischer Perspektive aussieht«, sagte er. »Die Leute werden interessiert sein. So etwas hatten sie noch nie. Sie werden dich schon nicht ausbuhen.« – »Aber sie werden Fragen stellen«, sagte ich, »und ich werde nicht in der Lage sein, sie zu beantworten.« – »Nein, das werden sie nicht«, sagte er. »Für Fragen ist keine Zeit.« Nun, ich war jedenfalls erleichtert, das zu erfahren. Und ich muss nur fünfzehn Minuten lang sprechen.

Was ich brauche, ist ein Text, etwas, worin ich meine Gedanken verankern kann, was mich daran hindert, ins Schwafeln zu kommen. Sagen wir, ich nehme etwas von Henry James und analysiere das, als Beispiel für die literarische Darstellung des Bewusstseins. Strether am Fluss …? Nein, hat schon jemand gemacht. Dann Kate Croy am Anfang der *Flügel.* Nein, das ist zu einfach, zu wenig, was man dabei rausholen kann. Welch ein Abstieg nach drei Tagen wissenschaftlicher Diskussion auf hohem Niveau, nichts als ein Stück routinierter Literaturkritik. Der Text sollte das Bewusstsein *zum Thema* haben, nicht nur eine Darstellung des Bewusstseins sein.

Seltsam, wie wichtig einem diese Dinge werden, wie verzweifelt man sich bemüht, einen guten Eindruck zu machen, wie sehr man sich davor fürchtet zu versagen. Natürlich ist das nichts als Eitelkeit. Oder, um sich selbst gegenüber etwas freundlicher zu sein, professioneller

Stolz. Es gibt so viele wichtigere Dinge in meinem Leben, über die ich mir Sorgen machen muss, und doch zählt für mich im Augenblick am meisten, dass mir etwas Kluges einfällt, das ich morgen auf der Konferenz sagen kann. Messenger geht es genauso – er geht völlig auf in dieser Konferenz, er ist voller Aufmerksamkeit gegenüber jedem Redner, sorgt dafür, dass alles glatt läuft, schmeichelt seinen Starrednern, sorgt dafür, dass die Fernsehleute zufrieden sind. Niemand würde vermuten, dass er auf das Ergebnis eines Bluttests wartet, der für ihn den Unterschied zwischen Leben und Tod bedeuten kann. Ich glaube, es ist wirklich ein Segen, dass wir beide etwas haben, das uns ablenkt.

Ich habe beschlossen, morgen über Mittag in meine Wohnung zu gehen, auf die Seminare am frühen Nachmittag zu verzichten und die Zeit zu nutzen, mich auf meine Rede vorzubereiten. Aber wenn ich sie um einen Text herum aufbaue, muss ich dafür sorgen, dass ich den bis morgen Früh kopiert habe. Oder besser noch, auf Folien übertragen. Jeder Redner bei der Konferenz hat einen Overhead-Projektor benutzt. Unter Naturwissenschaftlern ist das offensichtlich Standard, aber für mich ist das neu. Ich glaube nicht, dass ich in all meinen Jahren in Oxford auch nur eine Vorlesung zur englischen Literatur besucht habe, in der der Dozent einen Overhead-Projektor benutzt hat, um ein illustrierendes Diagramm oder eine Liste mit Daten oder Zitate aus dem besprochenen Werk zu zeigen, oder irgendein anderes visuelles Hilfsmittel eingesetzt hat. Wenn man Glück hatte, bekam man ein verschwommenes, auf Matrize geschriebenes Handout. Die Redner auf dieser Konferenz haben jedoch alle eine Zusammenfassung ihres Vortrages vorbereitet, die auf diesen Folien steht, die sie mit größter Leichtigkeit von den daran klebenden Rückenblättern herunterziehen und

Seite für Seite auf den OHP legen, während sie mit ihrem Vortrag fortfahren; dabei sprechen sie halbwegs frei und leger über das, was man gleichzeitig sehen kann. Das Aussehen der Folien wechselt. Manchmal sind sie makellos bedruckt und besitzen ein schönes Layout wie die Seiten in einem Buch, und manchmal sind sie nur in verschiedenen Farben mit einem Filzstift dahingekritzelt, kaum lesbar, doch sie vermitteln den aufregenden Eindruck, sie seien in einem Anfall von Kreativität in der Nacht zuvor geschrieben worden. Ich habe nicht die Absicht, ohne ein sorgfältig vorbereitetes Skript zu sprechen, besonders nicht vor den Fernsehkameras, aber es wäre nett, wenn ich auch solche Folien hätte, und sei es auch nur, um gelegentlich die Aufmerksamkeit von mir selbst abzulenken.

31

»Einige von Ihnen fragen sich vielleicht, was ich auf diesem Podium mache und wie ich so vermessen sein kann, zu Ihnen über das Thema dieser Konferenz zu sprechen. Ich darf Ihnen versichern, dass niemand über diese Vermessenheit überraschter sein könnte als ich. Bitte geben Sie nicht mir die Schuld, sondern Ralph Messenger, dessen Idee das war.

Bevor ich an die Gloucester University kam, ihn traf und mir sein Centre gezeigt wurde, hatte ich nicht einmal gewusst, dass sich Naturwissenschaftler mit dem Bewusstsein beschäftigen. Jetzt verstehe ich wenigstens ihr Interesse an diesem Thema. In gewisser Weise ist es das faszinierendste Thema überhaupt, denn das Bewusstsein zu erforschen bedeutet, erforschen, was uns zu Menschen macht und wie es dazu kommt, dass wir wissen, was wir wissen. Oder zu wissen glauben. Sind wir Tiere oder Maschinen oder eine Kombination aus beiden oder etwas, das sich von beiden unterscheidet? Das Verständnis des Bewusstseins, so hatte ich dieses Wochenende den Eindruck, ist für die modernen Naturwissenschaften das, was der Stein der Weisen für die Alchimie war: der höchste Lohn bei der Suche nach Wissen.

Die Suche nach einer Substanz, die unedle Metalle in Gold verwandeln würde, war natürlich eitel, weil eine solche Komponente weder existiert noch hergestellt werden konnte; doch durch diese Experimente wurden viele echte Entdeckungen gemacht – vom Porzellan bis zum Schießpulver. Vielleicht werden wir das Bewusstsein niemals vollständig verstehen – so viel ich weiß, gibt es Experten, die dieser Ansicht sind, und ich muss sagen, dass ich mich davon intuitiv angesprochen fühle –, aber die Bemühungen um ein Verständnis haben bereits viele faszinierende Entdeckungen über das Gehirn und den Geist hervorgebracht, und einige davon wurden uns in den letzten drei Tagen vorgestellt.

Während dieser Veranstaltung jedoch kam die Literatur kaum zur Sprache. Das überrascht mich, denn Literatur ist ein Dokument des menschlichen Bewusstseins – wohl das umfangreichste, das wir besitzen. Ich werde meine Beobachtungen anhand eines kurzen literarischen Textes darstellen, eines Gedichts – genauer gesagt, drei Strophen aus dem Mittelteil eines Gedichts. Das Gedicht heißt *Der Garten,* stammt von Andrew Marvell, einem englischen Dichter des siebzehnten Jahrhunderts, und ist so etwas wie eine begeisterte Ode an die Freude, die darin liegen kann, die Natur im Zustand der Kultivierung zu erfahren. Die erste der drei Strophen beschreibt den sinnlichen Genuss eines idealen Gartens. Wenn alles klappt, sollte sie jetzt auf dem Schirm zu sehen sein … Oh. Entschuldigung. Ich bin diese Geräte nicht gewohnt. So.

Welch wundersames Leben führ ich doch!
Die Äpfel fallen reif mir auf den Kopf,
Die prallen Trauben dort am Zweig,
Sie pressen ihren Saft von selbst mir in den Mund,
Köstliche Pfirsiche und Nektarinen
Ragen von selbst mir in die Hand.
Über Melonen stolpre ich beim Gehn und
Über Blumenschlingen, und ich fall ins Gras.

In den letzten drei Tagen haben wir viel über Qualia gehört. Soweit ich verstanden habe, herrscht Uneinigkeit darüber, ob sie Ereignisse sind, die im Geist oder im Gehirn stattfinden, ob sie Phänomene der ersten Person sind, die dem wissenschaftlichen Diskurs in der dritten Person für immer unzugänglich bleiben, oder ob sie regelmäßige Muster neurologischer Aktivität darstellen, die nur dann zum Problem werden, wenn wir sie in Wortsprache übersetzen. Ich bin nicht kompetent, diesen Streitpunkt zu entscheiden. Aber lassen Sie mich auf ein Paradox in Marvells Versen hinweisen, das für Lyrik im Allgemeinen gilt. Obwohl er in der ersten Person spricht, spricht Marvell nicht nur für sich selbst. Wenn wir diese Strophe lesen, erweitern wir unsere eigene Erfahrung der Qualia von Früchten und Fruchtbarkeit. Wir sehen das Obst, wir schmecken es und riechen es, und gleichzeitig mit ihm genießen wir das, was »Schock plötzlicher Einsicht« genannt wurde, und doch ist es nicht da. Wir haben das Obst nur in Form virtueller Realität, die durch die Qualia des Gedichts selbst heraufbeschworen wurde, durch seine subtile und einzigartige Kombination von Klängen und Rhythmen und Bedeutungen, die ich zu analysieren versuchen könnte, hätten wir Welt und Zeit genug, um ein anderes Gedicht Marvells zu zitieren – aber die haben wir nicht.

In der nächsten Strophe wendet sich Marvell der privaten, subjektiven Natur des Bewusstseins zu. Ich hoffe, dass ich's diesmal richtig hinbekomme. Ach du meine Güte. So.

Doch solch geringe Freuden lässt mein Geist zurück
Und macht sich auf in sein ganz eignes Glück.
Geist, dieser Ozean, wo jedes lebend Wesen
Sein Gegenstück kann finden.
Und noch viel mehr als das: Er schafft
Ganz andre Welten, andre Meere.

Und alles, alle Schöpfungstaten sind ausgelöscht, sind
Nichts: Grüner Gedanke nur in einem grünen Schatten.

Die vierte Zeile enthält eine Anspielung auf die kuriose, aber weit verbreitete Ansicht jener Zeit, dass alle Landlebewesen ihre Gegenstücke im Meer hätten, was das Gedicht in ein vorwissenschaftliches Zeitalter datiert. Aber das ist nur eine Trope, die, so scheint mir, die Stichhaltigkeit der grundlegenden Aussage dieser Strophe nicht beeinflusst: dass das menschliche Bewusstsein auf einzigartige Weise in der Lage ist, sich Dinge vorzustellen, die den Sinnen nicht physisch präsent sind, in der Lage, sich Dinge vorzustellen, die nicht existieren, in der Lage, imaginäre Welten (wie Romane) zu schaffen, und in der Lage, abstrakt zu denken – zum Beispiel zwischen dem Konzept einer Farbe (»grüner Gedanke«) und der Erfahrung einer Farbe (»in einem grünen Schatten«) zu unterscheiden.

Ist das Dualismus? Nun, wenn es Dualismus ist, zwischen Geist und Körper einen Unterschied zu machen, dann vermute ich schon, auch wenn es mir schwer vorkommt, den Dualismus zu vermeiden, so tief ist er in unserer Sprache und unseren Denkgewohnheiten verwurzelt. Ich könnte mir vorstellen, dass selbst die eifrigsten Gegner des Gespensts in der Maschine uns zähneknirschend erlauben würden, die Begriffe *Geist* und *Körper* zu verwenden, solange klar ist, dass ersterer eine Funktion des letzteren ist und beide nicht voneinander zu trennen sind.

Marvell jedoch war, wie alle seine Zeitgenossen, in einem viel radikaleren Sinne Dualist, was in der nächsten Strophe deutlich wird. Endlich klappt's.

Hier an der Quelle stets veränderlichem Fluss
Oder des Obstbaums Wurzel moosbedeckt

Wirft meine Seele ab ihr körperlich Gewand
Und schwebt hinauf in das Gezweig.
Dort sitzt sie wie ein Vogel, und sie singt
Und putzt und spreizt die Silberflügel.
So lange, bis sie dann zu längrem Flug bereit,
Lässt spielen sie in immer neuem Licht ihr Federkleid.

Man hat mir gesagt, dass Descartes deshalb an die Unsterblichkeit der Seele glaubte, weil er sich vorstellen konnte, dass sein Geist unabhängig von seinem Körper existieren kann. Marvell drückt diese Vorstellung sehr schön mit dem Bild des Vogels aus. Er stellt sich vor, dass seine Seele vorübergehend seinen Körper verlässt, um sich auf dem Zweig eines Baumes niederzulassen, wo sie sich, in Erwartung ihres letzten Flugs in den Himmel, putzt und die Flügel spielen lässt. Ich erwarte nicht, dass ich Sie dazu bringen kann, ihm hierin zu folgen. Diese Vorstellung von der Seele käme heute sogar gläubigen Christen abstrus vor. Aber die christliche Vorstellung von der Seele findet ihre Fortführung in der humanistischen Vorstellung des Selbst, das soll heißen, in der Erfahrung einer persönlichen Identität, in der Erfahrung, dass das geistige und emotionale Leben eines Menschen Einheit, zeitliche Dauer und ethische Verantwortung besitzt, die manchmal Gewissen genannt wird.

Diese Vorstellung des Selbst steht heute unter Beschuss, nicht nur in vielen naturwissenschaftlichen Diskussionen des Bewusstseins, sondern auch in den Geisteswissenschaften. Man sagt uns, es sei eine Fiktion, ein Konstrukt, eine Illusion, ein Mythos. Jeder von uns sei »nur ein Bündel Neuronen« oder nur ein Schnittpunkt konvergierender Diskurse oder nur ein parallelverarbeitender, selbstständig laufender Computer, den niemand bedient. Als Mensch und als Schriftstellerin finde ich diese Vorstellung des Bewusstseins abstoßend – und intuitiv unbefriedigend. Ich möchte an der traditionellen Vorstellung eines autonomen, individuellen Selbst festhalten. Vieles von dem, was wir in unserer Zivilisation wertschätzen, scheint davon abzuhängen – Gesetze zum Beispiel und die Menschenrechte – einschließlich des Copyright. Marvell schrieb *Der Garten*, als die Vorstellung eines Copyright noch nicht existierte, doch die Tatsache bleibt bestehen, dass niemand sonst das Gedicht hätte schreiben können und niemand es je wieder schreiben wird – außer in dem banalen Sinne, dass jemand es Wort für Wort abschreibt.

Das Gedicht ist eine Feier, also konzentriert es sich auf das Bewusstsein als Zustand des Glücks. Sein Thema ist Glückseligkeit. Doch das Bewusstsein besitzt auch eine tragische Dimension, die auf dieser Konferenz ebenfalls kaum angesprochen wurde. Es gibt Wahnsinn, Depressionen, Schuld und Furcht. Es gibt die Angst vor dem Tod und – das ist das Merkwürdigste – die Angst vor dem Leben. Wenn Menschen die einzigen Lebewesen sind, die wirklich wissen, dass sie sterben werden, dann sind sie auch die Einzigen, die sich bewusst das Leben nehmen können. Für einige Menschen wird das Bewusstsein unter bestimmten Umständen so unerträglich, dass sie Selbstmord begehen, um dem ein Ende zu bereiten. »Sein oder nicht sein?«, ist eine zutiefst menschliche Frage. Die Literatur kann uns auch dabei helfen, die dunkle Seite des Bewusstseins zu verstehen. Ich danke Ihnen.«

Am Ende von Helens Rede gibt es anerkennenden, wenn auch nicht stürmischen Beifall. Ralph schließt sich ihm an und klatscht in die Hände, als er auf die Bühne tritt. »Vielen Dank, Helen«, sagt er, als der Applaus nachlässt. »Das war wirklich interessant und regt zum Nachdenken an.« Er wendet sich dem Publikum zu. »Wie ich schon gesagt habe, wird es keine Gelegenheit geben, Fragen zu stellen. Die Idee beim Schlusswort ist, den Vorhang über die diesjährige Konferenz zu ziehen und vielleicht einige lose Enden übrig zu lassen, die nächstes Jahr aufgenommen werden können. Und ich glaube, Helen hat das auf bewundernswerte Art gemacht. Mit den unsterblichen Worten von Tom und Jerry: Das war's, Leute! Bis auf das Galadinner heute Abend, das um halb acht beginnt und das Sie nicht verpassen sollten. Ich werde dann ein paar Worte sagen, um allen zu danken, die diese Konferenz zu einem so großen Erfolg gemacht haben, aber ich verspreche, mich kurz zu fassen.«

Noch einmal gibt es Applaus, schwächer diesmal, gefolgt von Stimmengewirr, als die Delegierten aufstehen, sich strecken, gähnen, ihre Sachen zusammensuchen und nacheinander das Auditorium verlassen. Die Fernsehleute schalten ihre Lampen aus, und der Toningenieur spult das Band zurück, wobei er über Kopfhörer die Tonqualität prüft. Als Helen von der Bühne tritt, wird sie von einigen Zuhörern angesprochen, die ihr für die Rede danken. Eine Frau, die ein Kopftuch und einen langen Baumwollrock trägt, fragt, ob Helen sie veröffentlichen wird.

»Oh, das bezweifle ich sehr«, sagt Helen.

»Wenn Sie es doch tun, wäre ich Ihnen sehr dankbar, wenn Sie mir eine Kopie schicken könnten«, sagt die Frau. »Es war eine so inspirierende Rede.« Sie gibt Helen ihre Karte, auf der »Zara Mankevitz, holistische Therapeutin« und eine Adresse in Sausalito, Kalifornien, steht.

Helen und Ralph sind die Letzten, die das Auditorium verlassen. »Danke«, sagt er, »das war großartig.«

»War es wirklich in Ordnung?«

»Es war genau das, was ich mir von dir erhofft hatte.«

»Aber du stimmst keinem einzigen Wort davon zu«, sagt Helen.

»Richtig, mach ich nicht«, sagt er lächelnd. »Aber du hast das so gut gemacht, es war ein Genuss, dir zuzuhören.«

»Ich habe mich nicht getraut, den Zuhörern ins Gesicht zu schauen«, sagt Helen, »weil ich nicht sehen wollte, wie sie möglicherweise empört oder gelangweilt oder eingeschlafen sind.«

»Sie waren fasziniert«, sagt er.

»Lügner.«

»Na gut, sehr interessiert. Das hat man an den Leuten gemerkt, die hinterher kamen, um mit dir zu sprechen.«

»Ich bezweifle allerdings, dass ich irgendeinen Naturwissenschaftler bekehrt habe. Mein größter Fan ist eine New-Age-Therapeutin aus Kalifornien«, sagt Helen und zeigt ihm die Karte.

»Ja, na ja, diese Konferenz zieht alle möglichen Leute an. Wie du gesagt hast, es ist das Thema aller Themen. Darf ich dich zu einem Drink einladen?«

»Nein. Ich gehe nach Hause, um zu duschen und mich für das Galadinner umzuziehen.«

»Erwarte nicht zu viel. Es ist dasselbe Essen, mit einem Gang zusätzlich und kostenlosem Wein.«

In der Lobby der Avon Hall wartet ein großer Mann mit gespreizten Beinen und hinter dem Rücken verschränkten Händen. Sein marineblauer Blazer und seine graue Hose mit Bügelfalten heben ihn heraus unter den Delegierten, die bunte Sweatshirts und T-Shirts und Jeans tragen. Er trägt einen sorgfältig gestutzten Schnurrbart, dessen Enden herabhängen. Er scheint Ralph zu erkennen und schickt ihm quer durch die Halle eine wortlose Botschaft zu.

»Da drüben ist jemand, mit dem ich sprechen muss«, sagt Ralph zu Helen. »Ich seh dich später.« Er geht hinüber zu dem Mann, und nach einem kurzen Gespräch verlassen sie zusammen das Gebäude.

Ralph und Detective Sergeant Agnew gehen Seite an Seite über den Campus zum Holt-Belling-Gebäude. Es ist ein warmer und sonniger Abend. Studenten ergötzen sich im Gras, lesen, reden, trinken aus Dosen, spielen mit Bällen und Frisbees. Einige fahren Kanu auf dem See oder surfen sehr langsam in der schwachen Brise.

»Es sieht eher wie ein Ferienlager aus als wie eine Universität, oder?«, bemerkt DS Agnew.

»Das ist die letzte Semesterwoche«, sagt Ralph. »Die Kurse und die Prüfungen sind vorbei. Die Studenten warten nur noch auf die Ergebnisse.«

»Das erinnert mich an Gladeworld, wo wir letzten Sommer im Urlaub hinfuhren«, sagt DS Agnew. »Waren Sie schon mal dort, Sir?«

»Nein«, sagt Ralph. Er blickt um sich, um sicherzugehen, dass sie außer Hörweite sind. »Also, was haben Sie mir zu sagen?«

»Ich habe einen Namen für Sie.«

»Wer ist es?«

»Professor Douglass.«

»Sind Sie sicher?«

»Etwa siebzig Prozent sicher.«

»Verstehe«, sagt Ralph.

»Sie wirken nicht sehr überrascht«, sagt DS Agnew.

»Nein. Na ja, es ist merkwürdig, aber kürzlich hatte ich plötzlich so eine Vermutung, dass er es sein könnte. Das war, nachdem wir miteinander gesprochen hatten, und ich hatte sowieso keine Beweise … Es war nur so eine Ahnung. Er ist ein seltsamer Mann. Was werden Sie jetzt unternehmen?«

»Nun, ich würde mir gerne seine Festplatte ansehen.«

»Er hat mehr als eine«, sagt Ralph. »Er hat jede Menge Geräte in seinem Büro. Haben Sie einen Durchsuchungsbefehl?«

»Nein. Ich könnte wahrscheinlich einen bekommen, aber das möchte ich zum jetzigen Zeitpunkt lieber nicht.«

»Wie werden Sie dann vorgehen?«

»Ich würde ihn gerne bitten zu kooperieren. Ich denke, seine Reaktion wird mir verraten, was ich wissen will. Wann könnten Sie für mich ein Treffen arrangieren?«

»Vielleicht ist er noch in seinem Büro«, sagt Ralph. »Ich habe ihn auf der letzten Veranstaltung der Konferenz nicht gesehen.«

Das Centre ist geschlossen und größtenteils verlassen, und Ralph muss seine Magnetkarte benutzen, um die Glastüren zu öffnen. Die Sekretärinnen sind alle nach Hause gegangen, und die Dozenten und die postgraduierten Studenten haben an der Konferenz teilgenommen. Als Ralph jedoch Douglass' Anschluss anruft, erhält er eine Antwort. »Würde es dir etwas ausmachen, in mein Büro zu kommen, Duggers?«, sagt er. Eine Minute später hört man, wie jemand an die Tür klopft, und ohne darauf zu warten, bis er hereingebeten wird, betritt Douglass das Zimmer. »Ich hoffe, das dauert nicht lange, Messenger?«, sagt er gereizt. »Ich bin sehr beschäftigt.« Er wirft DS Agnew, der in einem Sessel schräg vor Ralphs Schreibtisch sitzt, einen fragenden Blick zu.

»Das ist Detective Sergeant Agnew, von der Gloucester Police«, sagt Ralph, »von der Abteilung Pädophilie und Pornographie.«

Douglass erbleicht. »Ja?«, sagt er nach einem Augenblick.

»Die Polizei glaubt, dass jemand aus diesem Gebäude Kinderpornographie aus dem Internet herunterlädt«, sagt Ralph.

»Was hat das mit mir zu tun?«, sagt Douglass.

»Ich dachte, dass du als stellvertretender Direktor des Centre darüber informiert werden willst.«

»Ja, natürlich«, sagt Douglass errötend. Er wendet sich an DS Agnew. »Wen verdächtigen Sie?«

»Wir haben bis jetzt noch keinen Namen, Sir«, sagt DS Agnew.

»Es ist eine delikate Angelegenheit, Duggers«, sagt Ralph, »und Detective Sergeant Agnew ist auf unsere Zusammenarbeit angewiesen. Zuerst muss er uns beide aus seinen Ermittlungen ausschließen. Er hat meine Festplatte überprüft, und jetzt muss er deine überprüfen.«

»Wenn Sie nichts dagegen haben, Sir«, sagt DS Agnew.

»Und ob ich etwas dagegen habe«, sagt Douglass. »Dieser Vorschlag ist unerhört.«

»Jetzt komm schon, Duggers«, sagt Ralph. »Es ist bloß eine Formalität. Mit meiner ist er schon fertig.«

»Das ist deine Sache, Messenger. Auf meiner Festplatte ist eine Menge vertraulicher Daten.«

»Welche Art Daten, Sir? Wenn ich mir die Frage erlauben darf«, sagt DS Agnew.

»Forschungsdaten.«

»Ich glaube nicht, dass DS Agnew deine Forschungsergebnisse stehlen würde, Duggers«, sagt Ralph mit einem schwachen Lächeln.

»Hör endlich auf, mich Duggers zu nennen!«, schreit Douglass. Sein Körper ist starr, sein Gesicht gerötet, und groß treten seine Augen hinter den dicken Brillengläsern hervor.

Angespannte Stille erfüllt das Zimmer; sie wird unterbrochen vom Klingeln des Telefons auf Ralphs Schreibtisch. Er nimmt ab.

»Professor Messenger?«, sagt eine weibliche Stimme.

»Ja. Könnten Sie später noch mal anrufen?«

»Ich bin Mr. Halibs Sekretärin, Professor. Er wollte Sie unbedingt noch sprechen, bevor er nach Hause geht.«

»Oh. In Ordnung.« Ralph deckt den Hörer ab. »Tut mir Leid, aber das nehme ich wohl besser entgegen«, sagt er zu den beiden Männern. Douglass schaut auf seine Füße, Agnew schaut auf Douglass. Ralph dreht sich in seinem Stuhl, sodass er ihnen den Rücken zuwendet. Er hört Halibs weiche, ein wenig zischende Stimme.

»Professor Messenger? Halib hier. Wie geht's Ihnen?«

»Ich bin im Augenblick sehr beschäftigt, Mr. Halib, aber wenn Sie irgendwelche Neuigkeiten …«

»Die habe ich tatsächlich. Gute Neuigkeiten. Der Bluttest ist positiv.«

»Es ist also eine Hydatide?«

»Das ist es.«

»Gott sei Dank. Was nun?«

»Ich habe Ihnen mit der Post ein Rezept geschickt. Nehmen Sie's wie vorgeschrieben. Die Behandlung dauert achtundzwanzig Tage. Vereinbaren Sie einen Termin gegen Ende nächster Woche, und dann schauen wir, wie sehr die Hydatide geschrumpft ist. Wie ich Ihnen gesagt habe, besteht eine große Chance, dass wir nicht operieren müssen. Wenn doch, gibt es keinen Grund, sich Sorgen zu machen.«

»Nun, das ist großartig. Ich kann Ihnen nicht genug danken.«

»Absolut keine Ursache. Rufen Sie mich an, wenn Sie Fragen wegen dem Rezept haben.«

Ralph legt den Hörer auf und dreht sich in seinem Stuhl, um die beiden Männer anzusehen; sie haben sich nicht bewegt.

»Würden Sie mich bitte in Ihr Büro führen, Professor Douglass?«, fragt DS Agnew freundlich.

Wortlos macht Douglass auf dem Absatz kehrt und verlässt das Büro, worauf Agnew ihm folgt. An der Tür dreht sich der Polizist um. »Sind Sie noch eine Weile hier, Sir?«, sagt er.

»Ich kann bis halb acht bleiben«, sagt Ralph.

Agnew nickt und verlässt dann das Zimmer. Ralph wendet sich wieder dem Telefon zu und wählt eine Nummer. »Carrie?«, sagt er. »Halib hat gerade angerufen. Der Test war positiv. Nein, nein, das ist *gut!* Ja!« Überglücklich unterhalten sie sich ein paar Minuten lang. Schließlich sagt Ralph: »Bis dann. Ich seh dich beim Dinner. Ich liebe dich auch.« Er legt den Hörer auf, erhebt sich und geht ruhelos im Zimmer hin und her. Er schlägt die Faust in die flache Hand. Er schaut aus dem Fenster, scheint sich aber auf nichts Besonderes konzentrieren zu können. Er geht zurück an seinen Schreibtisch und hebt noch einmal den Hörer ab. Er wählt eine Nummer und trommelt ungeduldig mit seinen Fingern auf den Schreibtisch, während er darauf wartet, dass jemand abnimmt. »Helen? Gute Nachrichten.«

Ralph hat schon einige Minuten lang mit Helen gesprochen, als plötzlich Detective Sergeant Agnew ins Zimmer platzt. Er steht auf der Schwelle, öffnet seinen Mund, um etwas zu sagen, und schließt ihn wieder, als er sieht, dass Ralph telefoniert. Ralph deckt die Sprechmuschel ab. »Was ist?«

»Sie kommen besser, Sir«, sagt Detective Sergeant Agnew. »Es ist Professor Douglass.«

»Was ist mit ihm?«

»Ich fürchte, er ist tot, Sir.«

Ralph sagt ins Telefon: »Ich muss los« und legt den Hörer auf.

32

Eins, zwei, drei, Test … Heute ist Dienstag, der dritte Juni, es ist halb sechs Uhr abends. Erst jetzt bin ich zum ersten Mal heute allein. Es gab eine Besprechung nach der anderen, der VK, die Polizei, der Leiter der Öffentlichkeitsarbeit, die Belegschaft des Centre … Jeder steht unter Schock … außer mir. Ich frage mich, warum. Es ist nicht deshalb, weil ich ihn nicht mochte. Ich *freue* mich nicht darüber, dass er tot ist. Ehrlich gesagt, er tut mir Leid, wahrscheinlich zum ersten Mal im Leben. Aber ich stehe nicht unter Schock, obwohl ich das natürlich behaupte wie jeder andere auch … »Es ist ein Schock«, sage ich. Würde ich das nicht tun, würden die Leute glauben, ich sei ein Monster an Gefühllosigkeit.

Der arme Agnew steht wirklich unter Schock. Er macht sich Vorwürfe, auch wenn ich nicht einsehe, warum. Wer hätte erwarten können, dass sich Duggers auf diese Art umbringt – so schnell, ohne zu zögern, sobald ihm klar war, dass sie ihn erwischt hatten? Nach dem ersten Ausbruch in meinem Büro schien er seine Selbstkontrolle wiedergefunden zu haben. Er führte Agnew zu seinem Büro, schloss die Tür auf und deutete auf die verschiedenen Teile seiner Computerausrüstung, beantwortete ein paar Fragen mit kühler Höflichkeit und entschuldigte sich dann, weil er auf die Toilette gehen wollte. Agnew fand nichts Ungewöhnliches dabei … die Leute, die er befragt, machen sich oft beinahe in die Hose, wie er das nannte. Er setzte sich an den PC auf dem Schreibtisch und begann, die Internet-Dateien durchzukämmen, und erst nach zehn oder fünfzehn Minuten wurde er unruhig, weil Duggers so lange fortblieb, und er ging und sah in der Herrentoilette im zweiten Stock nach. Er sah unter die Türen der einzelnen Toiletten, erkannte ein Paar Füße in schwarzen Schuhen, die in der Luft hingen, trat die Tür ein und fand Douglass, tot. Er hatte sich am Ventilatorengitter mit einem Computerkabel erhängt. Hatte es sich um den Hals gebunden, war auf den Toilettensitz gestanden und hatte dann einen Schritt ins Leere gemacht. Ins Vergessen.

Er muss das geplant haben. Muss über alle Eventualitäten im Voraus nachgedacht haben … wie ich, mit meiner Geschwulst … Er muss sich gesagt haben, *wenn sie es jemals herausfinden, wenn sie kommen, um mich zu holen, werde ich nicht darauf warten, bis man mich bloßstellt, festnimmt, vor Gericht bringt* … vielleicht hat er den Fall sogar berechnet und ein Kabel griffbereit in einer Schublade aufbewahrt … Ich kann mir nicht helfen, ich bewundere seine Entschlossenheit. Sie verleiht mir neuen Respekt für ihn. Theoretisch war ich darauf vorbereitet, es selbst zu tun, aber glücklicherweise wurde ich nicht auf die Probe gestellt. Irgendwie kommt es mir fast so vor, als sei er an meiner Stelle gestorben … Nein, das ist dumm, lösch das … Und doch, wenn ich abergläubisch wäre … wenn ich an Schicksal, Vorhersehung, die Sterne glauben würde … Die Ereignisse gestern Abend besaßen eine merkwürdige Symmetrie, die Art, wie mir Halib sagte, dass ich noch einmal davongekommen war, während gleichzeitig über Duggers die Katastrophe hereinbrach. Es war, als befänden wir uns auf einer Waage im Gleichgewicht, und Halibs Anruf war der Daumen, der meine Schale sicher hinab auf die Erde drückte und Duggers hoch in die Luft fliegen und dort droben mit einem Kabel um den Hals hängen ließ …

Sie zeigten mir einiges von dem Zeug, das sie in seinem Aktenschrank gefunden hatten. Hunderte von Fotos. Nichts wirklich Widerliches, sagte Agnew, und der muss es ja wissen … Zumeist Fotos von Mädchen vor der Pubertät, nackt, oder beinahe nackt, manchmal zusammen mit Jungen im gleichen Alter, aber niemals Jungen allein. Pissend, ihre Hinterbacken entblößend, ihre Genitalien entblößend … kindisches Zeugs … teilweise kunstgewerblerisch wie die, die Lewis Carroll gemacht hat … Man könnte sie beinahe harmlos nennen, solange man nicht daran denkt, wie die Fotos zustande kamen … Es gibt keine Hinweise darauf, dass Duggers selbst welche aufgenommen oder direkten körperlichen Kontakt zu irgendwelchen Kindern gehabt hat … Er gehörte zu einem Ring von Leuten, die diese Bilder untereinander über das Internet austauschten, wozu sie irgendeine Software zur Verschlüsselung benutzten, es war gewissermaßen eine Art Fahrbücherei oder eine Art Co-op … Wahrscheinlich hat er das alles lieber im Büro anstatt zu Hause gemacht, damit seine Mutter oder seine Schwester nicht durch Zufall etwas herausfinden … Ich habe ihnen einen Kondolenzbrief geschickt. War nicht leicht zu schreiben … Natürlich wird es eine gerichtliche Untersuchung der Todesursache geben … und vermutlich eine Trauerfeier, in privatem Rahmen wahrscheinlich. Einen Gedenkgottesdienst wird es nicht geben, das steht fest …

Als ich letzten Freitagabend auf dem Parkplatz zum Fenster seines Büros hinaufsah, dem einzigen im ganzen Gebäude, hinter dessen Jalousie noch Licht brannte, schoss mir plötzlich durch den Kopf, dass er der Mann war, den Agnew suchte. Ich weiß nicht, warum ich zuvor nicht an ihn gedacht hatte. Ich vermute, für mich war er immer nur eine Art Asket, der ausschließlich an seinem Fachgebiet interessiert war, ein sexuelles Neutrum … Immer ein Fehler, zu glauben, dass man weiß, was im Kopf eines anderen vor sich geht. Aber als ich zu diesem Fenster hinaufsah und Helen gegenüber Witze machte, dass Duggers so spät noch an seinen Algorithmen arbeitet, fiel mir ein, wie ich ihn getroffen hatte, als er eines Sonntagmorgens ins Centre kam, als ich gerade ging, und mir fiel der überraschte und wütende Blick ein, den er mir durch die Glastür zugeworfen hatte, und der Groschen fiel … Er hatte einen ähnlichen Gesichtsausdruck, als er gestern Abend auf dem Boden der Herrentoilette lag, ähnlich, aber übertriebener … die vortretenden Augen, das bluterfüllte Gesicht, die Lippen verzerrt zu einer Art Knurren … und er hatte einen tiefen, roten Striemen um den Hals, wo Agnew das Plastikkabel abgemacht hatte …

Ich verließ Agnew, um einen Arzt zu rufen, den Krankenwagen, um die örtliche Polizei zu informieren und den Sicherheitsdienst auf dem Campus. Ich kam zu spät zum Empfang, aber nicht zum Essen. Ich hatte Carrie bereits rasch telefonisch informiert und sie schwören lassen, dass sie nichts verraten würde. Ich wollte nicht, dass die Nachricht beim Abendessen die Runde macht. Es hätte die Atmosphäre vergiftet, und ich wusste, würden die Fernsehleute davon erfahren, wäre das die Hauptattraktion in ihrem Bericht über die Konferenz. Es ist genau das, was sie lieben. Aber niemand wusste und niemand ahnte, dass etwas Schlimmes passiert war. Duggers' unbesetzter Platz beim Essen erregte nicht viel Aufmerksamkeit – seine Abneigung gegen gesellschaftliche Veranstaltungen war allgemein bekannt. Der schwierigste Augenblick kam, als ich meine Rede halten und jedem, der bei der Organisation der Konferenz geholfen hatte, danken musste. Was hätte ich sagen können? *Und mein Dank geht an Professor Douglass, der unglücklicherweise heute Abend nicht bei uns sein kann … aus persönlichen Grün-*

den … aufgrund unvorhersehbarer Umstände … Mir fiel einfach keine Formulierung ein, die für mich nicht wie ein kranker Witz geklungen hätte, oder für Carrie, oder am Ende, wenn die Wahrheit herausgekommen ist, für jeden anderen ebenso. Also erwähnte ich ihn in meiner Rede überhaupt nicht. Später kam Helen zu mir und sagte leicht vorwurfsvoll: »Hättest du nicht Professor Douglass danken sollen? Auf dem Empfang hat er sich bei mir darüber beklagt, wie viel zusätzliche Arbeit er erledigen musste.« – »Ich hab's vergessen«, sagte ich. Später nahm ich sie beiseite und sagte ihr, was geschehen war … Natürlich war sie schockiert.

Helen, ja … Was soll ich mit Helen machen? lm Augenblick stehe ich an meinem Bürofenster und sehe hinaus auf das naturwissenschaftliche Ende des Campus und spreche in den Pearlcorder, genauso wie an jenem regnerischen Sonntagmorgen im … wann war das? Februar … als ich sie um die Ecke der Biologie kommen sah, eine einsame Gestalt in wadenhohen Stiefeln und einem eleganten Regenmantel, deren Gesicht ich wegen des Regenschirms zuerst nicht sehen konnte … Seit damals ist viel passiert.

Ich fühle mich ziemlich gut im Augenblick. Zum einen fühle ich mich körperlich wohl, obwohl ich mit Halibs Behandlung noch nicht einmal angefangen habe. Das ist vielleicht die Wirkung der psychischen Erleichterung, oder es könnte, wie Carrie halb im Scherz sagte, daran liegen, dass ich in den letzten zwei Wochen den Alkohol und rotes Fleisch aufgegeben habe. Wir haben uns letzte Nacht geliebt, das erste Mal seit Wochen. Ich habe das nicht initiiert, genauso wenig wie sie, das war nicht nötig; ohne es auszusprechen waren wir uns schon im Wagen einig, als wir nach Hause kamen, deutete irgendetwas darauf hin in der Art, wie ich leise die Schlafzimmertür schloss, und in der Art, wie sie mich ansah, als sie ihre Arme hinter den Nacken hob, um die Halskette zu öffnen … vielleicht wollte keiner von uns darüber sprechen, weil der andere möglicherweise denken würde, es sei irgendwie unschicklich, miteinander zu schlafen, während Duggers' Leiche noch nicht einmal kalt war. Aber genau das war der Grund, warum wir ficken mussten … um den Kopf frei zu bekommen … um zu feiern, dass ich noch einmal davongekommen bin … um das Leben zu bestätigen angesichts des Todes. Danach schliefen wir wie Babys.

Heute Abend fühle ich mich, als hätte ich etwas erreicht, ich empfinde Befriedigung und Gelassenheit. Ich spüre, wie ich mein Leben wieder unter Kontrolle habe. Ich habe keine lebensbedrohliche Krankheit. Die Konferenz war ein Erfolg, ein Ruhmesblatt für mich, und es gelang mir zu verhindern, dass Duggers' Selbstmord den letzten Abend überschattete. Sogar heute Morgen sind die meisten Delegierten weggefahren, ohne zu wissen, was passiert ist. Natürlich wird es in den Medien einigen Wirbel geben, lässt sich nicht vermeiden … aber da nächste Woche die großen Ferien beginnen, werden weniger Leute hier sein, um die Sache am Kochen zu halten … Der Protest gegen Donaldsons Ehrendoktorwürde hat sich im Sand verlaufen … und es war gar nicht Duggers, der die Unterlagen des Senats an ›On Campus‹ weitergegeben hatte – es war fast sicher Reginald Glover … der Herausgeber dieses Käseblatts hat's mir so gut wie gesagt. Er war heute Nachmittag hier, um von mir einen Kommentar über Douglass zu bekommen, und ich hab's aus ihm rausgekriegt. Ob Glover das aus Prinzip getan hat oder aus Nostalgie für die sechziger Jahre oder um mir eins auszuwischen, weil ich seine Frau auf der Dinnerparty der Richmonds gedemütigt habe, weiß ich nicht, und es interessiert mich auch nicht … Donaldson bekommt seinen

Dr. phil. und das Centre fette Forschungsaufträge vom VM … O ja, und ich habe Ludmila einen Postdoc-Job in Boulder verschafft … Ich habe Saul Rosenbaum gesagt, er müsse sich unbedingt ihr Schaubild ansehen, und sie hat sich auf ihre Weise um ihn gekümmert. Also wird sie mir nicht mehr auf die Nerven gehen … obwohl man die Entschlossenheit dieses Schätzchens bewundern muss …

Wodurch Helen als einziges Problem übrig bleibt. Sie wird am Freitag nach London zurückfahren, und sie wird von mir erwarten, dass ich etwas über die Zukunft sage, bevor wir uns voneinander verabschieden … Was soll ich sagen? Ich könnte sagen, dass ich wegen Duggers' Tod noch unter Schock stehe und im Augenblick nicht klar denken kann … aber sie würde mir nicht glauben … Ich weiß, wie sehr sie sich letzte Nacht über meine Selbstbeherrschung gewundert hat, die Art, wie ich mich während des ganzen Dinners so verhielt, als sei nichts geschehen … Ich könnte sagen: *Ich habe nicht den Eindruck, dass ich gesundheitlich schon überm Berg bin, vielleicht müssen sie mich noch immer operieren … lassen wir unser Verhältnis ruhen, bis ich wirklich wieder gesund bin … dann klären wir das irgendwie* … Ja, klingt plausibler … Ich muss allerdings den richtigen Augenblick abpassen. Nicht am Telefon oder während wir im Restaurant des Personalgebäudes sitzen … irgendwann, wenn wir zusammen allein sein können … ein letzter liebevoller Kuss … Vielleicht mehr als ein Kuss, wer weiß? Es ärgert mich immer noch, wenn ich an unser letztes Mal im Bett denke, als ich impotent war … Ich möchte nicht, dass sie sich so an mich erinnert. *(Ende der Aufnahme)*

33

Mittwoch, 4. Juni. Messenger hat gerade angerufen und gefragt, ob er morgen Nachmittag vorbeikommen kann, »um auf Wiedersehen zu sagen«. Schnell fügte er hinzu: »Ich meine, du gehst doch am Freitag, oder, und es ist möglich, dass wir uns eine Zeit lang nicht mehr sehen können.« Ich sagte, dass ich morgen Nachmittag an der Besprechung der Prüfer des englischen Fachbereichs teilnehmen muss und nicht weiß, wie lange die dauert, also sagte er, ich solle meinen Schlüssel unter den losen Backstein neben der Tür legen, er würde gegen vier kommen und in die Wohnung gehen, falls ich noch nicht zurück wäre. Wir haben das schon ein oder zwei Mal gemacht, während unserer wilden Zeit. Er sagte, er habe selbst den ganzen Vormittag über Besprechungen, und Carrie käme am Abend zurück. Ich sagte: »Zurück von wo?« und er sagte, sie begleite Emily zu einer Matinee in Stratford, wo sie sich *Wie es euch gefällt* ansehen wollen, das Pflichtlektüre bei Emilys Abiturprüfung sei. Jetzt wusste ich also, warum er so scharf darauf war, mich morgen Nachmittag zu sehen, wenn Carrie aus dem Weg wäre. Er will unsere Affäre fortsetzen. Was ironisch ist, denn ich dachte, er wolle sie beenden, und nachdem ich mein Herz gründlich befragt hatte, war ich zu dem Schluss gekommen, dass das auch besser so wäre.

Ich ging gestern keinen Schritt vor die Tür, weil ich das Haus zur Vorbereitung auf meine Abreise putzte. Es gehört zum Vertrag, den man unterschreibt, wenn man einzieht, dass man beim Auszug die Wohnung sauber und ordentlich verlässt, aber ich tat weit mehr als das, wozu ich vertraglich verpflichtet war, ich schrubbte und saugte und wusch und polierte voll hektischer Betriebsamkeit, ich beschäftigte meinen Körper, während ich alles hin und her überlegte. Es schien mir, als seien wir unglaubliche Risiken eingegangen und hätten unglaubliche Gefahren überlebt, und wir sollten es nicht zu weit treiben. Douglass' Selbstmord hatte zwar nichts mit unserem Verhältnis zu tun, sehr viel aber mit meiner Entscheidung. Er versetzte mich in Furcht und Zittern. Er öffnete einen solchen Abgrund an Unglück und Missetaten und Schmerz, in den man so leicht hineinfallen kann, wenn man einmal aufgehört hat, auf sein Gewissen zu hören. Irgendwo bei James steht ein sehr kluger Satz über verbotene Liebe, ich glaube in *Die goldene Schale,* etwas in der Richtung, dass Glück und Recht des einen Elend und Unrecht des anderen sind. Irgendwie so. Ich kann nicht leugnen, dass unsere Affäre eine Zeit lang voller Glück war, doch je länger sie andauert, umso wahrscheinlicher wird es, dass sie Unheil anrichtet. Jetzt ist der Zeitpunkt gekommen, um sie zu beenden. Und wenn Carrie nur halbwegs bei Verstand ist, wird sie nach all den Aufregungen und Krisen der letzten Wochen zum selben Schluss kommen.

Ich weiß, was er morgen Nachmittag tun wird. Er wird versuchen, mich ins Bett zu bekommen, und mich dazu überreden, dass ich meine Meinung ändere. Ich hoffe, ich habe genug Willensstärke, um zu widerstehen. Ich muss zugeben, dass ich als erste Reaktion auf seinen Anruf tief im Innern freudig erregt war, weil ich wusste, dass er mich noch begehrt.

34

Am Ende musste Helen doch nicht gegen die Versuchung ankämpfen – die ohnehin viel weniger Folgen gehabt hätte, als sie sich vorstellte, denn Ralph hatte nicht die Absicht, ihre Affäre fortzuführen; er wollte nur noch ein letztes Mal mit ihr schlafen.

Am Donnerstagnachmittag verließ Ralph etwa um zwanzig vor vier sein Büro und ging über den Campus zu den kleinen Reihenhäusern, die Helen Maisonette Row nannte, wobei er nicht zum ersten Mal daran dachte, dass diese glücklicherweise so versteckt in einer entlegenen Ecke des Campus lagen, dass es nur wenig wahrscheinlich war, dass jemand ihn beobachtete, der ihn kannte. Die Zufahrtsstraße war wie üblich verlassen. Er klingelte einmal an der Tür, und als er keine Antwort erhielt, nahm er den Ersatzschlüssel aus dem Versteck unter dem losen Backstein, wohin Helen ihn gelegt hatte, schloss auf und betrat das Haus. Die kleine Diele roch angenehm nach Politur und Desinfektionsmitteln, und das Wohnzimmer sah besonders sauber und ordentlich aus, was er für ein gutes Zeichen hielt, denn er nahm an, dass es ihm zu Ehren auf Hochglanz gebracht worden war. Zufällig erblickte er sich in einem strahlenden Wandspiegel, und er trat heran, um sein Spiegelbild genauer zu betrachten, wobei er seinen Kopf zur Seite drehte, um nach grauen Haaren zu suchen. Ihm schien, als habe er noch ein paar mehr bekommen, was kaum überraschend war, wie er meinte, bedachte man, was er in letzter Zeit durchgemacht hatte.

Es war warm im Zimmer, denn durch das Patiofenster

strömte die Nachmittagssonne herein. Ralph öffnete das Fenster gute dreißig Zentimeter und zog den Vorhang ein wenig vor. Er zog sein Jackett aus und drapierte es über einen Stuhl. Er setzte sich aufs Sofa, schlug die Beine übereinander und sah sich müßig im Zimmer um. Sein Blick blieb an Helens Schreibtisch hängen und an den Dingen, die darauf lagen: ein paar Bücher, eine Zeitschrift, einige Briefe und Rechnungen, die in einem Briefhalter steckten, eine Porzellantasse, die Bleistifte und Kugelschreiber enthielt, ein kompakter Tintenstrahldrucker und Helens Toshiba-Laptop. Ralph dachte daran, wie er die Software für Helens E-Mail auf dem Computer installiert hatte. Der war im Augenblick geschlossen und abgeschaltet, nur das Kabel steckte in der Steckdose.

Ralph fiel ein, dass dieser flache, langweilige, graue Plastikkasten, der die Größe und die Form eines gebundenen Buches hatte, Helens Tagebuch enthalten musste, die detaillierten Aufzeichnungen ihrer privaten Gedanken und damit auch eine Art Spur oder ein Abdruck dessen, was sie ihr Selbst oder ihre Seele nannte. Er hatte einmal versucht, sie zu überreden, es ihn lesen zu lassen, und ihr im Tausch dafür die Transkripte seiner auf Band gesprochenen Bekenntnisse angeboten, und sie hatte abgelehnt. Aber in der Zwischenzeit hatten sie ein Verhältnis angefangen, und jetzt wäre der Inhalt ihres Tagebuches von unermesslich größerem Interesse für ihn. Wenn er das Undenkbare tun würde … wenn er durchs Zimmer gehen und sich an den Schreibtisch setzen und den Deckel des Computers öffnen und ihn einschalten und die Dateien von Helens Tagebuch aufrufen würde, dann würde er herausfinden, warum sie sich anders entschieden hatte, nachdem sie wiederholt behauptet hatte, dass sie mit ihm keine Affäre wolle; er würde erfahren, was diese *volte face* ausgelöst hatte, was sie gefühlt hatte, als sie sich zum ersten Mal liebten, und was sie bei den darauffolgenden Gelegenheiten gefühlt hatte, was sie ihm und ihrer beider Verhältnis gegenüber wirklich empfand und welche Zukunft sie sich dafür vorstellte.

Sein Herz schlug schneller vor Aufregung über diese Gedanken. Würde er es wagen? Wie viel Zeit hatte er? Er sah auf seine Uhr. Es war Viertel nach vier. Er konnte unmöglich wissen, wann sie zurückkommen würde. Diese Besprechungen konnten stundenlang dauern, aber es könnte sein, dass sie vor dem Ende ging. Sie konnte jeden Augenblick zurückkehren. Er würde jedoch ihren Schlüssel in der Tür hören. Er stand vom Sofa auf und näherte sich dem Schreibtisch wie ein Dieb, langsam, leise, und setzte sich auf den Schreibtischstuhl, wobei er sorgfältig darauf achtete, nichts auf dem Tisch durcheinander zu bringen oder die Position des Computers zu verändern. Er öffnete den Verschluss und machte den Deckel auf, sodass der Bildschirm freilag. Mit dem Knopf an der Seite schaltete er die Maschine ein. Er hörte das schwache Surren der Festplatte, während Windows 95 geladen wurde, und dann aus den Lautsprechern das muntere Klimpern elektronisch erzeugter Harfenkläge, als das Microsoft-Desktop auf dem Bildschirm erschien und die Programm-Icons wie Drachen vor dem Hintergrund eines blauweißen Himmels dahintrieben. Er klickte das Word-95-Icon an, und fast im selben Augenblick erschien die leere Seite einer Textdatei mit der Leiste zur Textbearbeitung in Word darüber.

Jetzt zögerte er. Es war falsch, was er da tat, absolut falsch. Er hätte jetzt aufhören sollen, den Computer herunterfahren, den Deckel schließen und zurück zum Sofa auf der anderen Seite des Zimmers gehen sollen, um auf Helen zu warten. Aber er konnte der Versuchung nicht widerstehen. Es war nicht nur persönliche Neugierde, sagte er sich, es war auch wissenschaftliche Neugierde. Es war eine einzigartige Gelegenheit, das Siegel des Bewusstseins eines anderen Menschen aufzubrechen. Es war, könnte man sagen, ein Forschungsprojekt. Einen Augenblick lang hatte er tatsächlich den Gedanken, den gesamten Inhalt von Helens Festplatte auf Floppy-Disks zu kopieren und sie mitzunehmen, um sie zu analysieren; doch das Ungeheuerliche einer solchen Verletzung der Privatsphäre war sogar für Ralph zu viel, und er erwog es nicht länger; außerdem gab es ohnehin praktische Hindernisse – weder schien sie ein Zip-Laufwerk zu besitzen, noch konnte er in den Schubladen ihres Schreibtischs irgendwelche leeren, formatierten Disketten finden ... die Zeit wurde knapp ... sie würde bald zurückkommen ... Er sah auf die Uhr: sechzehn nach vier. Es bliebe ihm nur die Zeit, einen schnellen Blick auf das Tagebuch zu werfen, den Inhalt rasch zu überfliegen. Jetzt oder nie.

Ralph ließ sich vom Pull-down-Menü die Dateien zeigen und sah sich die Dateinamen der neun zuletzt gespeicherten Dokumente an. Ganz oben auf der Liste stand: »C:/Meine Dokumente/TAGEBUCH/4. Juni.« Er klickte es an. Sofort erschien der Text. Er begann mit: »Mittwoch, 4. Juni. Messenger hat gerade angerufen und gefragt, ob er heute Nachmittag vorbeikommen kann, um auf Wiedersehen zu sagen.« Schnell las Ralph den Tagebucheintrag und lächelte schwach vor sich hin, bis er zu der Stelle kam, an der es hieß: »Und wenn Carrie nur halbwegs bei Verstand ist, wird sie nach all den Aufregungen und Krisen der letzten Wochen zum selben Schluss kommen.« *Carrie?* Sein Lächeln verschwand. Eine Flüchten-oder-standhalten-Reaktion versetzte seinem Körper einen Adrenalinstoß. Ein, zwei panikerfüllte Augenblicke lang glaubte Ralph, diese Bemerkung müsse bedeuten, dass Carrie über seine Affäre mit Helen Bescheid wusste, dass Helen ihr davon erzählt hatte. Wenn ja, wann? Wie lange hatte sie es gewusst, und was hatte ihr Schweigen zu bedeuten? Langsam, langsam, sagte er sich, wischte sich mit dem Unterarm die Stirn ab (er schwitzte, obwohl er die Hemdsärmel hochgerollt hatte, er konnte fühlen, wie der Schweiß seinen Oberkörper hinabrann), langsam, da kann etwas nicht stimmen. »Wenn Carrie nur halbwegs bei Verstand ist, wird sie zum selben Schluss kommen ...« Aber logischerweise konnte Carrie zu keinem Schluss kommen, der das Ende der Affäre mit *Helen* betraf. Nur, was das Ende einer Affäre betraf, die sie selbst hatte.

Ralph schloss die Datei und sah sich Helens Unterverzeichnisse an. Er öffnete dasjenige, das mit »Tagebuch« bezeichnet war, und scrollte sich durch eine lange Liste von Dateinamen, die bis zurück zum 17. Februar datiert waren. Er öffnete die erste Datei, klickte im Editor-Menü auf »Suchen« und tippte »Carrie« in das Eingabefeld. Schnell klickte er sich durch das Dokument, wobei er mit höchster Geschwindigkeit die Abschnitte las, in denen ihr Name vorkam. Dann schloss er die Datei, öffnete das chronologisch nächste »Tagebuch«-Dokument und wiederholte den ganzen Vorgang.

Unterdessen ging Helen vom Turm der Geisteswissenschaften über den Campus in Richtung Maisonette Row. Die Prüferbesprechung hatte länger gedauert, als sie erwartet hatte, doch sie beeilte sich nicht. Sie wusste nicht, was geschehen würde, wenn sie mit Ralph zusammenkäme, und noch beunruhigender war, dass sie nicht wusste, was ihrer Meinung nach geschehen sollte. Gestern hatte sie beschlossen, ihm zu sagen, dass ihre Affäre ein Ende haben müsse. Doch wenn das so war, warum hatte sie heute Morgen dann ihr Haar gewaschen und ihre hübscheste Unterwäsche angezogen und ein Kleid, das Ralph besonders bewundert hatte? Es war, als hätte ihr Körper all diese Dinge von selbst getan, während ihr Geist dabei missbilligend, aber unfähig einzugreifen, zugeschaut hatte. Also ließ sie sich Zeit und schlenderte in der späten Nachmittagssonne dahin, wobei sie fast hoffte, dass Ralph die Zeit ausginge und er zurück zu Frau und Familie gehen musste, ohne dass er Gelegenheit zu einem Versuch hätte, sie dazu zu bringen, mit ihm ins Bett zu gehen.

Als Helen die Tür aufschloss und das Haus betrat, hatte Ralph gerade seine Lektüre des Tagebucheintrags vom 11. April beendet. Als er hörte, wie der Schlüssel im Schloss gedreht wurde, schaltete er hastig den Computer aus, ohne sich die Mühe zu machen, die Datei zu speichern, und schloss den Deckel. »Messenger?«, rief Helen, als sie die Tür hinter sich schloss. »Bist du noch da?« Rasch entfernte sich Ralph vom Schreibtisch. Als Helen aus dem engen Gang ins Wohnzimmer trat, stand er vor dem Sofa, als sei er gerade eben aufgestanden. Aber Helen sah sofort, dass er auf merkwürdige Art unruhig war. »Was ist los?«, sagte sie.

Er starrte sie mehrere Augenblicke lang an, bevor er zu sprechen begann, hin und her gerissen zwischen dem Instinkt zu verheimlichen, was er getan hatte, und dem Verlangen, auf die Frage, die ihm quälend durch den Kopf ging, eine Antwort zu erhalten. Am Ende war seine Eifersucht stärker als sein Selbsterhaltungstrieb. »Warum hast du mir nichts von Carrie und Nicholas Beck erzählt?«, sagte er.

Die Frage traf Helen völlig unvorbereitet, und sie ließ sich Zeit, bis sie darauf antwortete. Sie war erleichtert darüber, dass dieses Geheimnis sie nicht länger belastete, und zugleich war sie besorgt über all die Komplikationen, die das möglicherweise mit sich bringen würde. »Weil ich dachte, dass mich das nichts angeht«, sagte sie schließlich. »Und ich habe Carrie mein Wort gegeben.«

»Also hat sie mit dir darüber geredet?«, sagte Ralph und wartete gierig auf eine Antwort.

»Ja. Einmal.«

»Dann war das also nicht bloß ein Verdacht von dir – irgendeine Fantasie, ein Szenarium für einen deiner Romane?«

Helen runzelte die Stirn, verwirrt über diese Frage und seinen inquisitorischen Ton. »Ich weiß nicht, was du meinst«, sagte sie. »Wie hast du das überhaupt rausgefunden?«

Er antwortete nicht, doch sein Blick huschte hinüber zum Laptop und wieder zurück. Helen folgte seinem Blick. »Du hast mein Tagebuch gelesen!«, sagte sie ungläubig.

»Ja«, sagte er.

»Das fasse ich nicht. Das ist verabscheuungswürdig.«

»Ich weiß«, sagte er. »Es ist verabscheuungswürdig und unentschuldbar und unverzeihlich.«

»Warum?«

Er zuckte mit den Schultern. »Ich konnte mich einfach nicht zurückhalten.«

»Wie viel davon hast du gelesen?«

»Ich kam bis zu deinem Ausflug nach Ledbury«, sagte er. »Fickt sie diesen langweiligen Wichser wirklich? Was sieht sie nur in ihm?«

»Das fragst du sie wohl besser selbst«, sagte Helen. »Und jetzt wäre ich dir dankbar, wenn du einfach gehen und mich allein lassen würdest.«

Ralph nahm das Jackett von der Stuhllehne und legte es über den Arm. »Es tut mir Leid, Helen …«

»Geh einfach«, sagte sie.

»Also dann, auf Wiedersehen«, sagte er und verließ das Haus.

Auf der Fahrt zurück nach Cheltenham hatte Ralph zuerst nichts anderes vor, als das zu tun, was Helen ihm empfohlen hatte – Carrie damit zu konfrontieren, die Wahrheit aus ihr herauszupressen und dann rüberzufahren zu Nicholas Becks noblem Haus in Lansdown Crescent und ihm die Scheiße aus dem Leib zu prügeln. Doch nach einer Weile sah er ein, wie schwach seine Position war. Sollte er Carrie Untreue vorwerfen, würde er einen Gegenangriff provozieren, und selbst wenn sie nichts über sein Verhältnis mit Helen wusste, bestand immer noch das Risiko, dass sie es herausfinden konnte, möglicherweise von Helen selbst, die ihm jetzt völlig entfremdet war. Darüber hinaus war er sich ziemlich sicher, dass Carrie viele gute Gründe hatte, ihn zu verdächtigen, ihr in der Vergangenheit untreu gewesen zu sein, Gründe, die sie beschlossen hatte, im Interesse der ehelichen Harmonie für sich zu behalten, die sie jedoch ohne Zögern zur Selbstverteidigung verwenden würde, sollte sie dazu herausgefordert werden. Hier handelte es sich, würde sie mit einigem Recht behaupten, um eine Wie-du-mir-so-ich-dir-Situation. Sie hatte ihn verraten, weil sie wusste, dass er sie verraten hatte. Und welchen Sinn oder welchen Nutzen hätte es, all diesen Schmutz ans Tageslicht zu zerren und ein Riesentheater zu provozieren, das leicht ihre ganze Ehe zerstören konnte? Er wollte keine Scheidung. Genauso wenig wollte er die emotionale Zermürbung und den materiellen Schaden, den das mit sich brächte. Dank Daddy Thurlows kluger Verwaltung war Carries persönliches Vermögen noch immer von einem Sicherheitszaun umgeben, und Ralph war sich durchaus darüber im Klaren, dass er nach dem Scheidungsurteil wenig mehr bekommen würde als den halben Anteil am Haus und ein eingeschränktes Besuchsrecht gegenüber seinen Kindern.

Ralph formulierte diese Argumente nicht so explizit, wie sie hier ausgedrückt sind, doch er hatte sie, wie wir sagen, in seinem Hinterkopf, während er innerlich raste über Carries Betrug, ihre entsetzliche Wahl eines Liebhabers und die Beleidigung, die das für seinen Stolz und seine Selbstachtung darstellte. Schritt für Schritt übten sie einen kühlenden Einfluss auf seine Vergeltungs- und Rachegedanken aus. Er wurde ruhiger und nachdenklicher; als er sich auf den Weg gemacht hatte, war er gefährlich schnell gefahren, doch als er die Außenbezirke von Cheltenham erreichte, hatte er seinen Fahrstil wieder unter Kontrolle; als er das Haus in Pittville Lawn betrat, war seine Stimmung eher verdrießlich als wütend. Carrie und Emily waren gerade von ihrem Ausflug nach Stratford zurückgekommen. Ralph war nicht in der Lage, auf ihr lebhaftes Geplauder über die Aufführung, die sie gesehen hatten, einzugehen, aber Carrie schrieb seine Wortkargheit dem verzögerten Schock über Douglass' Tod zu und ließ sich davon nicht beunruhigen. Nach dem Abendessen ging er in sein Arbeitszimmer, lud seinen Computer und arbeitete bis spät in die Nacht an dem Buch, das er gerade schrieb.

Unterdessen packte Helen alle ihre persönlichen Besitztümer für ihre Abreise von der Gloucester University zusammen. Sie konnte es kaum erwarten, diesen Ort zu verlassen. Sie schlief schlecht und wachte vor Tagesanbruch auf. Anstatt zu warten, bis der Wecker klingelte, stand sie auf, duschte, zog sich an, trank eine Tasse Kaffee und lud ihre Sachen in den Wagen. Sie tat das leise, fast verstohlen, denn sie wollte ihre Nachbarn nicht stören, deren Schlafzimmervorhänge noch zugezogen waren. Ihr fiel ein, dass sie die Fantasie in die Tat umsetzte, der sie in den ersten deprimierten Wochen auf dem Campus nachgehangen war: in den frühen Morgenstunden wegzulaufen. Damals hatte sie sich vorgestellt, im Schutz der winterlichen Dunkelheit zu fliehen; jetzt war es helllichter Tag, als sie von ihrem Haus wegfuhr, aber auf dem Campus war noch alles still, und die einzigen beiden menschlichen Gestalten, denen sie begegnete, waren ein einsamer Jogger und der Wachmann an der Schranke, dem sie die Schlüssel zu ihrem Haus in einem braunen Umschlag gab. Dann hieß es die Zufahrtsstraße hinab bis auf die Hauptstraße, auf die M5, die M42, die M40, London ... Dort blieb sie am Ende der Rush-hour im Stau stecken, aber Viertel vor zehn war sie zu Hause.

Sie schloss die Tür auf, betrat das Haus und ging von Zimmer zu Zimmer, um ihre Bekanntschaft mit ihm zu erneuern wie mit einem alten Freund. Die Weismullers waren zurück nach Amerika geflogen und hatten alle ihre Besitztümer mitgenommen. Vera, Helens Putzfrau, die regelmäßig kam und das Haus gut kannte, hatte wie zuvor vereinbart nach ihrer Abreise überall sauber gemacht und aus eigener Initiative die meisten Möbel und die meisten Nippsachen wieder an ihre gewohnten Plätze zurückgestellt. Helen legte ein Vivaldi-Konzert in den CD-Spieler, und eine frische Streicherkaskade erfüllte die Zimmer mit den hohen Decken mit einem so klaren Widerhall, dass sie fast nach Luft schnappte. Jetzt fühlte sie, wie sehr sie diesen Genuss vermisst hatte. Leise folgten ihr die Klänge der Musik, als sie durch das Haus und dann die Treppe hinaufging. Mit liebevoller Sorgfalt und immensem technischen Fachwissen hatte Martin die einzelnen Teile der CD-Anlage zusammengestellt. Tatsächlich erinnerte fast alles im Haus an ihn. Zusammen hatten sie es gekauft, restauriert und ausgebaut, und dabei hatten sie die grässlichen modernen Panoramafenster herausgebrochen und durch Schiebefenster ersetzt, die Holzdielen abgeschmirgelt und poliert, jahrhundertealte braune Farbe von den Geländern abgeschliffen, bei Liberty's Stoff für die Vorhänge und bei Heal's Teppiche gekauft. Zuletzt kam sie in ihr Schlafzimmer. Auf der Frisierkommode stand ein gerahmtes Foto von Martin, das sie selbst aufgenommen hatte, als sie in Griechenland im Urlaub waren. Sie hatte es weggepackt, als sie das Haus vermietet hatte, aber Vera hatte es in einer Schublade gefunden und wieder zurückgestellt. Helen nahm das Foto in die Hand. Martin sah jung und gesund und glücklich aus, wie er da in einem Hemd mit offenem Kragen an einem Cafétisch saß und in die Sonne blinzelte. Das Bild löste eine Flut von Erinnerungen an die glückliche Zeit aus, die sie miteinander verbracht hatten. Sie begann leise zu weinen. Sie vergab Martin, und sie weinte um ihn.

Ralph Messenger musste sich schließlich doch noch operieren lassen, um die Hydatide zu entfernen. Die Operation war ein Erfolg, aber Leute, die ihn kannten, machten Bemerkungen darüber, dass er etwas geschockt wirke und dass er danach sichtlich weniger bestimmt auftrete und stiller sei, eher wie ein Mann in mittleren Jahren. Er verlor seinen Ruf, auf Konferenzen und ähnlichen Veranstaltungen hinter Frauen her zu sein. Er konfrontierte Carrie nie wegen Nicholas Beck, aber sie spürte die Schwingungen seines Verdachts und beendete klug diese Affäre, die niemals tiefe Gefühle in ihr ausgelöst hatte. Carrie schrieb ihren Roman über das Erdbeben in San Francisco nie zu Ende, doch sie fing an zu bildhauern, wobei sie vor allem mit Ton arbeitete, und sie eröffnete eine noble Kunstgalerie in der Montpellier Street, um ihre eigenen Arbeiten und die ihrer Freunde auszustellen.

Unter großem Medienecho veröffentlichte Ralph *Die lebende Maschine,* und das Buch verkaufte sich erfreulich gut. 1999 setzte ihn Sir Stanley Hibbert an die Spitze der Empfehlungsliste der Universität bei den Titel- und Rangverleihungen, und er erhielt den Rang eines Commander of the Order of the British Empire für seine Verdienste um Forschung und Ausbildung auf der Millenium Honours List.

Ein Jahr nach ihrer Rückkehr nach London traf Helen Reed einen Autor literarischer Biographien im Café der neuen British Library, und sie begannen, miteinander auszugehen. Er ist geschieden und hat drei Kinder im Teenageralter. Sie sehen einander häufig und fahren zusammen in Urlaub, aber jeder hat sein eigenes Haus behalten. Im ersten Jahr des neuen Jahrtausends hat Helen einen Roman veröffentlicht, von dem ein Kritiker behauptete, er sei »in seiner Form so altmodisch, dass er fast schon wieder experimentell ist«. Er ist in der dritten Person geschrieben, in der Vergangenheitsform, mit einem allwissenden und manchmal sich einmischenden Erzähler. Er spielt in einer nicht mehr ganz so neuen Universität auf der grünen Wiese und hat den Titel *Weinen ist ein Rätsel.*

Danksagung

Zum ersten Mal, einigermaßen spät, wurde ich auf die gegenwärtige wissenschaftliche und philosophische Debatte über das Bewusstsein aufmerksam gemacht durch einen Artikel von John Cornwell mit dem Titel »From Soul to Software«, der im Juni 1994 in ›The Tablet‹ veröffentlicht wurde und zwei Schlüsselwerke diskutierte: Daniel Dennetts *Consciousness Explained* (1991; *Philosophie des menschlichen Bewusstseins,* 1994) und Francis Cricks *The Astonishing Hypothesis* (1994; *Was die Seele wirklich ist. Die wissenschaftliche Erforschung des Bewusstseins,* 1994). Ich danke John für diese Anregung, für seine nachfolgenden Arbeiten auf demselben Themengebiet und für die interdisziplinäre Konferenz zum Thema »Consciousness and Human Identity«, die er am Jesus College Cambridge im September 1995 organisierte und die ich besuchte. (Die Protokolle wurden von John Cornwell herausgegeben und unter dem gleichen Titel 1998 von der Oxford UP veröffentlicht.)

Es wäre unangemessen, hier alle Bücher und Artikel aufzulisten, die ich zur Vorbereitung beim Schreiben dieses Romans gelesen habe; ich fand jedoch, zusätzlich zu den oben zitierten Titeln, folgende Werke besonders erhellend oder zum Nachdenken anregend: David Chalmers, *The Conscious Mind* (1996); Rodney Cotterill, *No Ghost in the Machine* (1989); Richard Dawkins, *The Selfish Gene* (rev. edn 1989; *Das egoistische Gen,* Neuausg. 1998) und *The Blind Watchmaker* (1986; *Der blinde Uhrmacher. Ein neues Plädoyer für den Darwinismus,* 1987); Antonio Damasio, *The Feeling of What Happens: Body, Emotion and the Making of Consciousness* (2000; *Ich fühle, also bin ich. Die Entschlüsselung des Bewusstseins*, 2000); Daniel Dennetts *Darwin's Dangerous Idea* (1995; *Darwins gefährliches Erbe. Die Evolution und der Sinn des Lebens*, 1997) und *Kinds of Minds* (1996; *Spielarten des Geistes. Wie erkennen wir die Welt*, 1999); Adrian Desmond und James Moore, *Darwin* (1991; *Darwin*, 1992); Robin Dunbar, *The Trouble with Science* (1995) und *Grooming, Gossip and the Evolution of Language* (1997; *Klatsch und Tratsch. Wie der Mensch zur Sprache fand*, 1998); Gerald Edelman, *Bright Air, Brilliant Fire* (1992; *Göttliche Luft, vernichtendes Feuer. Wie Geist im Gehirn entsteht*, 1995); Susan Greenfield, *The Human Brain* (1997; *Reiseführer Gehirn*, 1999); John Horgan, *The End of Science* (1996; *An den Grenzen des Wissens. Siegeszug und Dilemma der Naturwissenschaften*, 1997); Steven Pinker, *How the Mind Works* (1997; *Wie das Denken im Gehirn entsteht*, 1998); Matt Ridley, *The Origins of Virtue* (1996; *Die Biologie der Tugend. Warum es sich lohnt, gut zu sein*, 1997); V. S. Ramachandran und Sandra Blakeslee, *Phantoms in the Brain* (1998); John Searle, *The Rediscovery of the Mind* (1992; *Die Wiederentdeckung des Geistes*, 1993); Galen Strawson, »The Sense of Self«, ›London Review of Books‹, 18. April 1996; Tom Wolfe, »Sorry, But Your Soul just Died«, ›Sunday Independent‹, 2. Februar 1997; Lewis Wolpert und Alison Richards, *Passionate Minds: the inner world of scientists* (1997). Auch Ken Campbells lebendige und informative Fernsehserie für Channel 4, *Brainspotting*, die 1996 gezeigt wurde, verdient es, erwähnt zu werden.

Den größten Dank schulde ich Aaron Sloman, Professor of Artificial Intelligence and Cognitive Science von der School of Computer Science an der University of Birmingham. Geduldig hat Aaron meine grundsätzlichen

Fragen beantwortet, mir Kopien seiner Publikationen überlassen, mich seinen Kollegen vorgestellt, mir ermöglicht, an den Seminaren seines Fachbereichs teilzunehmen, mich auf eine internationale Konferenz über das Bewusstsein begleitet, die mir die Augen öffnete (und die passenderweise in Elsinore stattfand); und er diente mir in jeder Hinsicht als unverzichtbarer Führer durch Forschungen zum Bewusstsein im Allgemeinen und zur künstlichen Intelligenz im Besonderen. Obwohl er einige der Ansichten meiner Figur des Ralph Messenger teilt, wird jeder, der ihn kennt, bestätigen, dass sie ansonsten nichts gemeinsam haben. Ich danke seinen Kollegen, die mir erlaubt haben, bei einem Kaffee oder via E-Mail ihre Köpfe anzuzapfen, und besonders Russell Beale für praktische Hinweise zur Spracherkennungs-Software. Vijay Raichura fand trotz der vielen Arbeit, die sein Beruf mit sich bringt, großzügigerweise die Zeit, mich bei den medizinischen Aspekten meiner Geschichte zu beraten, wofür ich ihm besonders dankbar bin.

D. L.

Birmingham, August 2000

Quellennachweise

James, Henry: *Die Flügel der Taube.* Roman. Deutsch von Herta Haas unter Mitarbeit von Leslie MacEwen. Frankfurt/M; Berlin; Wien: Ullstein, 1985.

Keats, John: *Werke und Briefe.* Ausgewählt und übertragen von Mirko Bonné unter Verwendung der Briefübersetzungen von Christa Schuenke. Stuttgart: Reclam, 1995.

Milton, John: *Das verlorene Paradies.* Übertragen von Bernhard Schuhmann (1855). Herausgegeben von Günther Klotz. Berlin: Rütten & Loening, 1984.